剑宗作品集

壹
笑傲九天

剑宗 著

二十一世纪出版社集团
21st Century Publishing Group
全国百佳出版社

图书在版编目（CIP）数据

剑宗作品集 / 剑宗著 . –– 南昌：二十一世纪出版

社集团 , 2017.12

ISBN 978-7-5568-3252-1

Ⅰ . ①剑… Ⅱ . ①剑… Ⅲ . ①侠义小说—作品集—中

国—当代 Ⅳ . ① I247.5

中国版本图书馆 CIP 数据核字 (2017) 第 294460 号

剑宗作品集

剑　宗　著

责任编辑	敖登格日乐
出版发行	二十一世纪出版社集团
	（江西省南昌市子安路75号　　330025）
	www.21cccc.com　cc21@163.net
出 版 人	张秋林
经　　销	新华书店
印　　刷	北京柯蓝博泰印务有限公司
版　　次	2018年8月第1版　2018年8月第1次印刷
开　　本	710mm×1000mm　1/16
印　　张	200
字　　数	3000千
书　　号	ISBN 978-7-5568-3252-1
定　　价	800.00元

赣版权登字—04—2017—905

如发现印装质量问题，请寄本社图书发行公司调换 0791-86524997

目 录

第一章

时值八月，古月镇上好一派热闹场景，镇上行人来来往往，人头攒动，生意火旺到人难以接受的极点，各种各样，千奇百怪的叫卖声不绝入耳。

在这五花八门奇装异服的行客当中，有一位行客特别特别地引人注目，此人身高八尺，满脸横肉，浓眉大眼，那眼神透着一股杀气，高高的鼻梁，一双耳朵在两鬓挂脸浓须后面长得相当精神，此人年纪大约五十开外，腰间挂着一把长刀，那刀长约摸三尺左右，斜纹刀鞘，此刀实在少见得很，再看此人身穿灰黑色的和服，足踏木屐，走起路却毫无声响，尽管路面质地很硬，稍微一点见识的人一看便知道此人不是中原人士，而是来自远隔大海的岛国东瀛。

明日就是八月中秋节，每逢佳节倍思亲，难道这个东瀛来客是来与什么人团聚不成？人逢喜事精神爽，小镇上的人们无不喜滋滋笑盈盈，个个都正在兴高采烈地准备着中秋节的美食佳肴，可在这熙熙攘攘的人群当中，却唯有东瀛来客沉默不语，无心于这热闹的气氛，忧心忡忡，在来往的人群中孤独地前行，不像是要和什么人团聚的样子。

古月镇有一家酒楼，酒楼的名称为"万客轩"，这万客轩可是此镇最最有名的酒家了，此时轩内已经宾客满座，人人谈笑风生，热闹得很，轩内都是一些有钱人消费的最好去处，客人无不个个财富横溢，家逾黄金百万，客人各路人物都有，有富商，有当官的，有江湖侠客，有豪富小生，店主简直忙得不亦乐乎，店小二身上的搭子直可拧下半盆汗水。

非常特别的是万客轩一楼的门口处坐着一位穿着破陋，年逾八旬的老者，正在津津有味地拉扯着一只烤得金黄的老母鸡，这老者好像从来没吃过鸡肉一般，还不时吮吸着手指头上的鸡肉渣儿。

东瀛来客径直走向万客轩，他刚跨进万客轩的门口，满头大汗的店小二立刻迎了上去。

"这位客官，里边请!"店小二欠身鞠躬，热情地招呼，尖声吆喝道。

东瀛客人站在门口，略向四周扫视一眼，万客轩内顿时一片鸦雀无声，满堂宾客都好奇地望着这位来自远方的不速之客，店小二又欠了欠身，朗声吆喝道："客官! 二楼请!"

想是万客轩的生意红火，一楼已经满座，店小二才如此喊道，随着这店小二这么一喊，宾客们这才意识得到刚才的寂静，又边吃边谈论起来，可谈论的内容马上发生三百六十度大转弯，一下子全都转到谈论这位东瀛来客的来头上了。

东瀛来客充耳不闻，不知是听不懂他们的谈话，还是根本不予理会，径自慢步踏上二楼，在一处较僻静的角落的一张方形桌边坐了下来，声音相当响亮浑厚地说道："小二，把店里最上等的菜，上等美酒给我端上来!"

"客官，您稍等!"店小二热情高兴地答道，随着端酒菜去了。

东瀛客人解下长刀，靠在桌边上，便向窗处的远山望去。

虽然时近中秋，但古月镇方圆十几里花草树木仍然正在生长旺盛之期，丛林叠绿，阵阵花香不时迎面拂来，让人感到胸襟开阔，舒畅，远处是古月镇上最具神话色彩的古月神峰，山体呈弯月形，耸立在莽莽丛林之中，山面尖挺，山中怪石嶙峋，传说是嫦娥恩泽古月镇老百姓，从月亮上抛下来的，这古月神峰虽然是自古就已存在，但从小在古月镇上长大的老百姓还无一人到过神峰之巅，峰顶高耸入云不说，就说这古月神峰的山体，陡峭异常，又尽是石头，山体光滑如面，即便有一棵两棵奇松长入其间，但对于登山者来说毫不起作用，因此，也就没有上古月神峰的峰顶。

东瀛来客望着古月神峰淡淡一笑，自言自语道："他倒是真会挑地方!"

说话时，小二已将酒菜全都拿上来，欠身说道："客官，您慢用。"

转身就要下楼去了，岂料东瀛客人挥手说道："过来，过来!"

店小二忙转身问道："客官，您还要什么，尽管说，只要小店有的，一定送到!"东瀛来客从胸部衣袋里拿出一小块碎银递给店小二，说道："给你的，另外帮我找一间像样的房间!"店小二从未收过客人这样大方地馈赠，喜出望外，连忙接过，恭声说道："一定! 一定!"健步下了二楼。

东瀛武士捋了捋衣袖，豪放地吃了起来，约摸半刻钟，满满的一桌酒菜，满满的一壶酒已是吃得净光。

与此同时，楼下的那位衣衫褴褛的老者站起身来，拿起门旁边的一杆竹棍走出了万客轩，突然，店小的柜台前多了一锭白花花的银子，只听到一声："给你的鸡钱！"老者已不回头没入人群之中，店主愣住了，自语道："想不到叫化子也有这等富有大方之人，还没找您钱呢！"

天渐渐暗了下来，万客轩内的客人该走的都走了，该住下的也都一一找到房间住了下来。

东瀛来者在店小二的带领下来到房间，洗漱之后，便挂好长刀，在床榻上盘腿坐下，闭上眼睛，行功运气起来。

古月镇上的灯火一盏接一盏地熄灭了，东瀛客人仍然盘腿而坐，运气养神。夜渐深了，古月镇上一片寂静，偶尔传来几声狗叫声，更让人觉得古月镇上的夜晚静得慌。

"嗖嗖！"两条蒙面黑影向万客轩二楼疾射而上，好快的身法，好高的轻功，眨眼，两黑影来到东瀛客人的房门口，二人贴耳隔窗，仔细聆听了一会，忽然相视点头，在窗户上用手指戳出一个小洞来，塞进一个小小的竹筒，嘴对着竹筒一吹，东瀛客人的房间里顿时弥漫了淡淡的烟雾，约过了两三分钟，不知用了什么手法，窗户被两人弄开了，只见两团黑影掠过窗户，悄无声息地来到东瀛人的床间，见东瀛人盘腿倒床而卧，相对点头，便开始在房间各自搜寻起来，仿佛是无所收获，于是两人便开始在东瀛来客的身上摸了起来。

蓦地，东瀛客人弹身起来，一双虎爪，带着两股劲，分别向二人面门袭到，这二人何曾想到这个东瀛鬼子是假装被迷倒，对这突如其来的一招竟然显得略有迟疑，眼看二人的面门就要被抓伤，所谓来者不善，善者不来，这二人也不是泛泛之辈，竟双手一托一分，荡开这股劲疾而来的一击，二人失去了先机，且在情急之中，力不从心，二人只用了八成的力道，哪里敌得住这早有准备的东瀛来者的一击，二人顿时向后飞退五步开外，直撞得桌椅支离破碎，碎片乱飞，好强的劲道，好高的功力。二人无心打斗，亦自知打斗不赢，赶忙一个鹞子翻身，分从两扇窗户飞身逃了。

东瀛来客摸了摸胸口，似是未丢什么，便不去追赶，在房间走了几圈，想了一想，然后关好窗户，倒头睡去了。

但说两团黑影自万客轩奔出来后，一路径直朝东南方向飞去，在古月镇的百姓房屋顶上几个起落，一下子没入一幢非常破旧的无人居住的废庙里。

二人来到破庙的深处，那里有一间比较干净的房间，房间里摆设非常简陋，只有两张竹席铺在地上，上面盖着破旧的显得总算还不太脏脏的棉被，想必这就是二人的住所，其中一位点燃一盏用灯草、瓷碟、菜油做成的灯盏，光下仍可看得出其中有一位就是白天在万客轩吃鸡的那位老叫化子，另一位与他装束一般，年纪二十一二岁，却是一名小叫化子，只听白天在万客轩吃鸡的老者对另一位说道："黄长老，今夜的收获可不小哇！"那位被称为"黄长老"的要饭的回答道："妙手神偷秦通秦长老，你还有何颜面说收获不小呢，你从未空手而还，今夜你可曾拿到过什么东西吗？"说话的黄长老面容略带讥笑。

"什么东西也没有拿到！"秦长老说。

"就是嘛，那还有什么可说收获不小呢！"黄长老不解地说。

"我早就料想到此人来头不小，武功极高，至少这点得到了证实！"秦通说道。

"那倒也是，不过这位东瀛来者不知究竟来古月镇干什么。"

"黄长老，这个你不必担心，日后跟着他不就是了！"妙手神偷丐说道，顿了一顿，又道："此人武功如此高强，想不到东瀛也有这等人物，我们中原不会有什么劫难吧？"

"你看，我们需不需要通知帮主？"黄长老思忖了一会，若有所思地说道。

"现在还不是时候！"秦通回答说："等我们弄清楚此人来中原的目的，再禀告帮主不迟。"

"说的也是，此人来中原的目的何在呢？"黄长老眼带询问的目光对秦通说道。

"这正是我们今夜去万客轩的真正目的，也是我们急需弄明白的关键问题！"秦通分析得入情入理。

原来，这二人就是天下第一大帮丐帮中的黄、秦两位长老，丐帮弟子遍布天下，无处不在，江湖上略有风吹草动，最先知道的便是丐帮人物，丐帮弟子众多，各处都有分舵，由长老职掌，因此，丐帮仅长老就有上万人，更不必说丐帮弟子了，那简直是多如牛毛，难以统计，说起秦、黄二位长老，乃是丐帮中分管古月镇周围十六个县城的正、副两位舵主，因今天白天发现东瀛来客到了古月镇，财富显露，又是他乡异客，妙手神偷丐秦通动了贼心，想偷一把，但凭老江湖的经验，又怕打斗不过，就约了黄长老一同前往，多个帮手，就多一份力量，可惜这黄长老不知妙手神偷丐的最初用心。也不知秦通用怎样的花言巧语将黄长老骗着一同前去，不过秦通刚才的话中却滴水不漏，黄长老还蒙在鼓里呢，黄长老本名叫黄费，从小家境贫寒，父母在他十二岁那年相继去世，落得个小叫化子命运，得丐帮帮主任重义的仁义之慈，从十几岁就把人带在身边，传授其武功，渐渐在丐帮出人头地，又有帮主任重义的特别关照，很快就提升为副舵主，一直保持至今，黄费老实，为人忠厚，乐于助人，情义深厚，年轻气盛，心地正直，自然不知秦老叫化子葫芦里卖的是这等药。

一老一小两位长老在竹席上合衣而卧，谁也没有吱声，各自想着这位东瀛来客，可两人想法不一样，妙手神偷丐秦通在想：这东瀛来客本领高强，大方阔绰，富有钱财，不知这东瀛鬼子竟没有被迷魂香迷倒，到底是哪门子的邪门功夫？我妙手神偷丐从未失过手，我一定得想法子偷了这家伙。而黄费在想：这东瀛来客竟然很轻松地将我二人八成功力相敌过去，且震得我和秦老立足不稳，是何等武功，这力量来得迅猛却又如此轻描淡写的招术是何套路？这人来中原有何目的？来古月镇又是干什么？二人想来想去，也不能想出个所以然来，不知不觉就迷迷糊糊地睡着了。

当凉爽的秋风拂着翠绿的丛林，东方已经渐渐明亮了起来，两个叫化子拿起破碗，提着竹竿，来到万客轩门口的角落里坐了下来，等待东瀛来客的出现。

东瀛来客此时正在整装待发，他推开窗户，望着古月神峰，愣了一愣，转身拿起长刀，踏步出了万客轩，径向古月神峰方向走去，两叫化子一前一后，慢步跟上，一面乞讨，一面跟梢，待走出古月镇街区，来到郁郁葱葱的树林中，已不见东瀛来客的踪影，二人脚跟一提，一鹤冲天，跃上树梢，手搭凉棚，四处探望，茫茫丛林，哪里看得见什么人影，除了树木还是树木，突然，妙手神偷丐发现一个小黑影团在古月神峰的半山腰上，正在向上飞攀，正是他们要寻的东瀛来客，好俊的轻功，只见东瀛客人脚一点，身体一弹，如此连续向上升去，身后只留下一条黑线，那速度快得要命，若是别人，难以看出这东瀛来客是如何上得古月神峰，可恰恰是逢着妙手神偷丐，他一双贼眼又是何等犀利，何等敏锐，直看得他目瞪口呆，竟忘了喊黄费一同观看了，待那黑影直上至古月神峰顶，秦通这才回过神来，连啧三声，黄费一听妙手神偷丐这么一啧，连忙问道：

"秦长老，你发现了什么？"

"黄长老，你如果看清刚才的一切，恐怕这辈子也忘不了！"秦通显得有些骄傲地道。

黄费一听，连声问道："秦长老，你就别卖什么关子了，什么惊心动魂的场面，快说给我小叫化子听听。"黄费心急道。

妙手神偷丐满面带着向往的神情，答非所问道："我秦通此生能达到如此境界，已知足了！"

黄费有些不耐烦了，说道："秦长老，你不说就算了，快点找那东瀛鬼子，别老在想其他什么乌七八糟的东西了！"

"我就是瞧见那东瀛鬼子了，我看见他刚才已经上了古月神峰了！"妙手神偷丐回答说。

"什么？上了古月神峰？不可能吧！"黄费以为秦通说慌，不大相信地说道。

"没错！一点也不错，他上了古月神峰，而且速度非常快，快得我这把年纪从未见过，难以想象，难以想象！"秦通仿佛还沉浸在刚才那惊心动魄的场景中，喃喃地说道。

"真有此事，那……那真是不可思议了！"黄费也仿佛被说动了似的。

"走！我们想办法上古月神峰！"秦通坚定地说。

"好！我平生就最喜欢刺激！过上一把瘾，此生不悔！"黄费快言回答道。

两叫化子在树林上几个起落，眨眼来到古月神峰的山脚，抬头一看，哇呀，这么高，这么陡的山峰怎么上去呀，妙手神偷丐向山体仔细望了望，眼珠一转，说道："黄长老，你在此等候，我去去就来！"

黄费话还未说，秦通已经飞去老远。

秦通飞去，黄费一人在古月神峰峰底等待暂且不提。

东瀛来客上到古月神峰山巅，来到一处丈许见方较平坦的地方坐了下来，解下长刀，握在手中，刀鞘底部触着地面，阵阵冷风直吹得他衣袂飘飘，感到有丝寒意，这古月神峰高耸入云，山顶寒冷无比，虽说古月镇上的花草树木正值生长旺盛之际，但在这高高的古月神峰峰顶，却是寸草不生，整个山仿佛就是一个巨大的石头，大自然的鬼斧神工就是如此奇特，一个山顶，一个山脚，却是截然不同的两种气魄，两幅画面。

东瀛来客端坐在一处平石上，运气行功，蓦然，他的两耳微微一动，但见一团白色身影已经飞上了古月神峰离他相隔十米开外的一处平地上，准确地说应该是平石上，来者穿着一身洁白的线绸长袍，腰间佩着一柄长剑，剑柄上镶着三颗闪闪发光的宝石，年纪大约四十来岁，满面红光，精神焕发，浓眉黑眼，眼神透着一股欣喜之气，像是见到亲人一般，只见白袍来人缓缓向前行了一步，双手抬至胸前，一抱拳，正欲说点什么，东瀛来客已经说道：

"单老弟，五年不见，一切可好?"

白袍来者说道：

"托木谷兄洪福，单某一切都好，每五年的八月中秋一会，木谷兄都比单某先到一步，总是让木谷兄久候，单某在此请你多多海涵，多多见谅！并谢谢过去对在下的悉心指导！"

"单兄弟太客气了，我木谷三郎对令尊以及单兄弟的感激还来不及呢，你倒先我说谢了！"

"木谷兄，家父与尊师为了切磋武功，定下每五年中秋节在一处人迹罕至的地方一比高低，印证武学，都是相互学艺，促进提高，何谈谢字！"

"先师向令尊学习中原语言，而令尊却未曾从先师那里获得半点有用东西，现在我木谷三郎也受到中原文化的深深熏陶，这都得益于令尊以及单兄弟的深重情义，敝人实在是感激不尽！"

那被称为"单兄弟"的白袍剑客话锋一转，朗声说道：

"木谷山人在过去数十年的岁月，苦心钻研中原文化，我父亲单雄仁不过是指导一点点皮毛而已，一切辛勤的劳动都是木谷山人自己付出的，至于木谷兄对中原文化的悉心学习与钻研，更是你师父木谷山人的精心教导与培养的结果，与我父亲毫无干系，我虽与木谷兄在五年前接触，但亦不曾指导过什么高深的中原文化修养，木谷兄就不要谈感谢这两个字了，我单敬贤实在有愧于这'谢'字了！"

木谷三郎略顿了一顿，说道："单兄弟这么一说，我木谷三郎再不提就是了，不过我想问一下，令尊可曾对单兄弟提到过什么?"

单敬贤一怔，觉得木谷三郎话中有话，便问道："不知木谷兄是指哪方面的?"

"喔！比如说关于什么书之类的！"木谷三郎轻描淡写道。

单敬贤心想：这东瀛人对中原的书籍倒挺偏爱，这种钻研精神值得好好学上一学，说道："木谷兄想要什么书籍，只要我单敬贤能够尽力拿到，一定给木谷兄奉上。"

木谷三郎突然话锋一转，说道："单兄弟真是痛快之人，就凭你这句话，我交托与你也就放心了。"

单敬贤心头一紧，莫名其妙地问道："木谷兄何出此言？到底有什么难言之隐，不妨告诉小弟，小弟一定尽力帮忙！"

木谷三郎这才站起身来，对单敬贤深深鞠了一躬，说道："单兄弟，时候不早了，该到比试的时间了，出招吧！"

单敬贤心想，这个木谷三郎是怎么啦，话都没说完呢，怎么就如此心急，又听到木谷三郎说道："单敬贤，先比试比试，有话待会再讲不迟，你还是出招吧！"

单敬贤一听觉得也是，有什么话，比武完毕再说也好。

两人各向后退了五步，一个手握刀柄，一个剑柄在握，慢慢转过身去，背向对方，二人全神贯注，谁都不想失去先机，远远望去，古月神峰的峰顶上像是立了两尊石像，一动也不动，冷风习习，呼呼作响，直吹得二人衣袂飘飘，发出哗哗的声音，风力越来越强，山顶的小块石子被吹得直在地上打滚，二人立在疾风当中，站在绝顶之上，仍然一动不动。

话说妙手神偷丐去了，黄费在古月神峰底下等着他，也不知他到底去干什么，这会儿，只见秦通身背两大圈绳索，索端拴着一个飞爪，噔噔噔，身形几个飘忽，来到黄费面前，微微一笑，说道：

"黄长老，你看这样可以上古月神峰了吧！"

黄费满面赞许的神情，笑道：

"真有你的，要是几层高楼，你我要上去决非难事，可这古月神峰少说也有几千尺高，只怕你我趋至半山腰就要下来。"

妙手神偷丐说道："这古月神峰山体光滑如面，就好比是天上弯月放在地上一般，没有任何地方可以借力，你我还不曾达到如此境界。"

不等黄费回话，又说道："此飞爪有助于我们上山顶，走，我们上去！"

"好！"黄费回答得非常快。

二人各背着一圈绳索，身形一晃，向山顶疾升而上，然后手背一抖，那圈绳索嗖的一声，向上疾射而出，嚓的一声，飞爪没入石中，两片火光四溅，两位长老手握绳索，像猴子一样噔噔噔，升至半山，左手在山体一吸，右手将飞爪拔起，同时向上一抖，绳索疾射上去，咔嚓一声，又是火星四溅，飞爪没在石中，这样经过几个反复，二人终于来到山顶，在一块大石头后面躲了起来，听了听，只听到冷风呼啸，没有其他声息，这才从石头后面探出头去，却看见两个人，二人赶紧缩回头去，相对纳闷，不就是这东瀛来者一个人吗？怎的又冒出一个白袍剑客，黄费斜视了秦通一眼，小声问道：

"秦长老，那穿白袍的人你可认识？"

妙手神偷丐思忖了一会，说道："不曾认识，不过，看他衣装打扮，一定是一个有钱的人，真是又一块肥肉！"秦通有些得意忘形，最后一句，竟露出了狐狸尾巴，秦通自知说漏了嘴，"嘿嘿"干笑两声，说道："黄长老，我也不光是为了这个，下面可有好戏看啦！"

妙手神偷丐话音刚落，只听到"砰"的一声，两人连忙探出头去，原来这东瀛来客正与那白袍剑客双掌相接，发出了这"砰"的一声响，惊得二人赶忙观望，无暇说话了，黄费的双眼瞪得老大，头也不回地小声问道：

"秦长老，这是什么功夫？"

妙手神偷丐秦通看得正酣，不耐烦地说："别吵，看看再说。"

这两叫化子躲在离木谷三郎、单敬贤打斗的平台约五十米的古月山峰顶边缘一块石头后面，正看得欢。

只见那东瀛来者与白袍剑客两股掌风对接在一起，一股红光，一股蓝光，两股光束相持着，一进一退，相持不下，对接处光芒四射，形成一道美丽的光圈，带着"滋滋"的声响。

"哇，世上居然有此神功！真是让人匪夷所思！"黄费小声自语道。

妙手神偷丐懒得搭理，目光直盯着这东瀛来者与白袍剑客的打斗。

但见二人同时双掌一缩，又猛然向前疾推而去，两道光束突然增强，看得黄、秦二人眯起眼睛，只听得"轰隆"一声巨响，两道光束突然消失，中间接触处爆炸开来，仿佛晴天霹雳一般，那东瀛来者与白袍剑客各自暴退，身体向后斜过来，又见二人身形一晃，飘然立在平台上。

"哈……哈……"

"哈……哈……"

东瀛来客与白袍剑客大笑，突然又同时停住，但见那东瀛来客左手一举，说道：

"单兄弟，好功力，你进步不少！"

白袍剑客哈哈一笑，双手一抱拳，说道："木谷兄，佩服！佩服！你功力也增进了许多，小弟还得多多请教木谷兄才是！"

"哪里，哪里！单兄弟说哪里话，我们只不过斗了个平手，这'请教'二字太重了，怕不敢承受吧！"

姓单的左手托住腮帮，一脚向左轻迈一步，微笑道："木谷兄是否还想在兵刃下一见高低!"说时,嘴角露出两个圆圆的小酒窝,询问的目光看着那位东瀛来者。

那个外域来的姓木谷的也微微一笑,说:

"单兄真会琢磨人的心思,在下正有此意,请单兄弟亮兵刃吧!"

姓单的连连摆手道:"不急,不急,在兵刃比试之前,在下还有一个问题要问木谷兄!"

那个黑衣外域人淡淡一笑,说道:

"单兄弟可是在为刚才在下所说的事儿困惑?"

"不是困惑,是急于知道。"白袍剑客说道。

"不是说好,比试完再说的吗?"那黑衣人说道。

白袍剑客抬起右手,伸出食指,摆动着说道:"不不不,这样比试很不公平。"

"有何不公?"黑衣人疑声问道。

"你想啊,我心里老想你刚才说的那事,比试起来多少有些心不在焉,切磋武艺之人最讨厌人家不全力以赴,故意或无意让人家,你说对你公不公平?"白袍人侧脸问道。

"单兄弟果然是性情中人,我木谷三郎能结交你单敬贤这样的朋友,真是三生有幸!"木谷三郎说道,嘴边露出一丝阴笑,接着说道:"单兄弟既然如此说,我木谷三郎岂有不说出来的理由。"顿了一顿,又说:"在下说出来只怕同样会影响单兄弟的心情!"

单敬贤心头又是一紧,说道:"知道总比不知道要好,单某还要请木谷兄明说了吧!"

"那好!"木谷三郎说道:"你知不知道你父亲曾送给我师父一本什么书籍?"

"那事与书籍有什么关系?"单敬贤不解地问道。

"有!"木谷三郎缓缓走到单敬贤的面前说:"当年先师与令尊相处默契,非常投缘,有一次令尊带先师到他书房里去,为了查证一个成语的来历,偶然间,先师木谷山人发现了一本很奇特的书。"说到这里,木谷三郎打量了一下单敬贤。

单敬贤问道:"什么奇特的书?"

"《天下奇兵》!"木谷三郎一字一顿地说道。

"《天下奇兵》?那不过是介绍天下的各种奇怪兵器罢了,有何奇特?"单敬贤不明地问。

"是的,那本书看似很普通,当时先师就向令尊讨要了那本书,回到东瀛以后,先师潜心钻研此书，经过十五年的精心研究，解出了其中天大的秘密！"木谷三郎有些激动了。

"什么天大的秘密？"单敬贤越听越好奇，跟着木谷三郎踱步问道。

妙手神偷丐和黄费长老躲在怪石后面越听越玄乎，越听越想听，不自觉地连呼吸声都小了下去，竖起耳朵聆听这两人的对话，谁都不愿意有什么其他情节打断他俩的谈话。

但听那木谷三郎说道：

"先师木谷山人从这本书悟出了当年干将莫邪还铸造了另一种兵器。"此语一出，单敬贤不禁"啊"了一声，这二位长老更是险些呼出声来。

木谷三郎也不等单敬贤问话，接着说道：

"此兵器是一柄短短的神剑，据说此剑威力无比，天下无一兵器能敌。"顿了一顿，又说："只不过，此剑还有一本秘笈，找到这本秘笈，再拥有这柄神剑，按照秘笈的招式，此剑才能发挥其无穷的威力，否则，那柄神剑也不过是废铁一截！"

"真有这样的事？"单敬贤疑惑地问道。

"找到短剑和秘笈不就知道了！"木谷三郎面对单敬贤说道。

单敬贤迟疑了一下，问道："木谷兄为何要告之在下？你自己去寻它便是了！"

木谷三郎拍了拍单敬贤肩膀说道："这是先师的遗嘱，先师认为此书本是你单家的东西，所以这短剑和秘笈也应该归你单家才是，我木谷三郎深受恩师栽培，谨遵先师教诲，先师遗志，我木谷三郎岂能违背，再说，你单家对我木谷门生一向情义深重，我岂能把亲朋友好友的东西纳入私囊。"一番话，在情在理，单敬贤这才被说动了心。

"木谷兄真是重义气之人，我单某能结识木谷兄乃人生一大幸事，如若木谷兄不嫌弃在下的话，在下有一个不情之请！"单敬贤道。

"单兄弟请说无妨！"

"我单敬贤愿与木谷兄结为异姓兄弟，不知木谷兄意下如何？"单敬贤说道。

"在下正是求之不得！"木谷三郎回答得响亮，干脆，并捋起衣衫率先跪拜在地。

单敬贤双足一并，齐齐地跪到地上，双手一围，双掌一叠，与木谷三郎异口同声喊道：

"苍天作证，大地为凭，我单敬贤/木谷三郎在此古月神峰上从此结为兄弟，海枯石烂，永不后悔!"

话毕，两人都伸出右手，紧紧一握，单敬贤一声"大哥"，木谷三郎一声"贤弟"，二人立起身来，双眼相对，便开怀大笑。

怪石后面的黄费黄长老被这一动人场面感动得双手紧紧握住秦通的双肩，秦通此时也是看得欢，未曾知晓黄费有此一举，又没有运功抵抗，直痛得歪着嘴用双手一抓一拔，将黄费双手撩开，回过头去，瞪了黄费一眼，又不便作声，黄费自知失态，连忙低下头表示歉意，也不便作声。

单敬贤与木谷三郎结拜为兄弟，心中有一种说不出的冲动，他想在古月峰上大喊一声：我有大哥啦。然而，他没有这么做，他拉着木谷三郎的手说道：

"大哥，你知道不知道，今天是我有生以来第三次最高兴的一天。"

木谷三郎朗笑道："那么，前两次最高兴的日子是什么呢?"

"第一次是我结婚大喜之日，第二次是儿子出生那天，好久没有这样兴奋过了，人都快变老了!"单敬贤无限感慨，好像又回到了从前一样。

木谷三郎两手交叉，拍着胳膊，推着眉头说道："是啊，人生有几回这等快事，单贤弟，若这古月山峰顶上有几缸酒就好了，我们痛饮它三百回。"

"大哥，走，我俩去万客轩一醉方休!"单敬贤就想立刻去痛饮一番，拉起木谷三郎就走。

"慢着！慢着!"木谷三郎停住说道："贤弟别急，我还有话要说!"

"大哥，什么事?"单敬贤停足问道。

"就是短神剑与秘笈的事!"木谷三郎不失时地转入正题。

"那我们去万客轩边饮边谈!"单敬贤急不可待，忙说道："况且这神剑和秘笈藏在哪儿我们还不知道!"

"不，我们有办法知道!"木谷三郎斩钉截铁地说道。

"哦？什么办法?"单敬贤想听下去。

此时，妙手神偷丐和黄费黄长老心中掠过一丝欣喜，更是侧竖起耳朵，屏住呼吸，丝毫不敢走神地倾听着，两人不禁头挨着头，脸贴着脸，瞪大四只眼睛，自己却不知。

木谷三郎这时从怀里摸出一包东西来，解开包布，拿起两张羊皮纸，递给单敬贤，说道：

"贤弟，这是神剑与秘笈的藏匿地图!"

单敬贤心中一惊，又是一喜，喃喃说道："这是从哪里弄来的？"

木谷三郎语重心长地说道："这是先师花了十几年的时间，从你家那本很普通的书上破解出来的，这是他老人家十几年的心血，为了这些东西，甚至还赔上了……"

"赔上了什么？"单敬贤惊声问道。

"还赔上了性命！"木谷三郎似乎一脸痛苦。

单敬贤说道："想不到你师父为了这地图竟花了那么多心血，付出了那么多宝贵的东西！"

"是啊，师父付出那么多，到头来却什么也得不到！"木谷三郎眼睛露出一种异样的目光。

单敬贤看着木谷三郎，安慰道："大哥，别难过了，人都死了，不提也罢！"

"是啊！人死不能复生，难过也没用，我们还是比试兵刃吧！"木谷三郎说，深沉地望着单敬贤。

"比试兵刃？"单敬贤望着木谷三郎，愣了一会，说：

"为了满足大哥的心愿，也为了遵循先父与尊师定下的诺言，我就与大哥比试比试！"

"试"字还未说完，单敬贤身影一晃，头部微微一动，人已飘出十步开外，木谷三郎原地挪动了一步，手握刀柄，已是准备迎接对手了。

怪石后的秦、黄二人心情再一次紧张起来，黄费这才发觉自己与妙手神偷丐脸贴着脸，想离远一点，不料左脚一滑，绊动了足下边的绳索，吱的一声，二人赶紧缩回头去，躲在石后，大气也不敢出，妙手神偷丐直向黄费挤眉弄眼，意在责怪黄费弄出了动静，幸好，绳索质软，弄出的声音不大，且又距离四五十米远，未曾惊动单敬贤与木谷三郎二人。

约摸过了两分钟，秦、黄二人未听到动静，又慢慢地伸出头去，观看那二人的比斗。

但见那二人一个在南，一个在北，相对而立，手握刀把剑柄，威然不动。

黄费把嘴贴在秦通耳边，细声问道："他们为什么还不出手？"

妙手神丐用手指轻轻掐了黄费一下，示意他不要说话。

古月神峰之巅，此刻已经阳光普照，尽管阳光强烈地照射着这片土地，但是，山顶之上仍是冷风劲吹，呼呼作啸。

忽然，"嗡"的一声轻响，那单敬贤与木谷三郎刀剑同时出鞘，紧接着二人同时向前平滑出去，刀剑相接，"当"的一声，声音清脆响亮，直震得秦、黄二人耳膜"嗡嗡"直响，又见二人同时向上升起，"当当当"，眨眼之间，二人已斗了三四十个回合，突然，木谷三郎左脚一蹬，身形暴升数尺，两手紧握刀柄，胳膊一缩，向上一抬，刀光划出半圈弧线，由右上方向单敬贤迅猛劈来，这一动作写起来很长，实际上快得让人不可思议，单敬贤长剑一横，单手一托，剑身与长刀接了一个正着，单敬贤身处位置比木谷三郎低了一头，加之木谷三郎此时出手沉重，单敬贤身形不由向下一坠，立在地面，木谷三郎力道过猛，身形从单敬贤头顶上翻飞过去，忽地身形一转，那柄长刀直向单敬贤后背砍到。"好快的身法！"黄费心中暗道，只见单敬贤身形一斜，向左滑出数步，剑身向后一拔，"咣"的一声，刀剑相接之处，电光四射，在阳光的强烈照射下，更是刺眼，阳光下只见两条人影盘旋来去，刀剑碰撞之声直响向山脚之下，古月神峰高不可测，从山顶向下望去，更是让人心惊胆颤，头晕目眩，但见两人手上拆招，脚下毫不放松，刀剑光芒闪烁下，两人竟然斗下了古月神峰。

妙手神偷丐秦通与黄费长老赶忙爬起来，来到山顶的一处突出的石块边上，双双伏下身来，引颈向下观望，妙手神偷丐秦通凝目下眺，瞧出那木谷三郎与单敬贤相斗，一时竟难分胜负，不禁自语道：

"木谷三郎？是何人物？怎的从来未曾听说过？"说话间，眼睛却始终没有离开山下二人的打斗，顿了一顿，思忖道：

"单敬贤？难道是单雄仁的什么人不成？听说这单雄仁早年就隐姓埋名，不知去向，早就不涉足江湖了！"

黄费正看得入神，听得秦通嘴里嘀咕，头也不回地问道："你咕哝个什么？"

妙手神偷丐说道：

"没有什么，我觉那个单敬贤似乎与一个人有着非常好的关系！"

"是什么人？你可认识？"黄长老转脸看了妙手神偷丐一眼，又把目光投向山下问道。

"不认识！这个人早年就退隐江湖，隐姓埋名，不知所踪，不过，我听说此人武功极高，是江湖上称得上第一的剑客。"秦通像是自语，又像是回答黄费的问话。

二人正说之际，山下两人突然跃上丛林之上，在郁郁葱葱的绿林之上盘旋飞舞，刀光剑气幻成数十道耀眼的光华，将翠绿的树叶掀飞起来，那场面直看得秦、黄二人瞠目结舌，不觉停了对话，树林之上，两只飞鹰盘旋飞舞，相较之下，可比那两人的相斗慢得多了。

不知不觉，太阳已经西斜，二人仍然不分上下，斗得正酣，两只飞鹰似为二人助兴一般，也随着二人一上一下，飞舞相戏，转眼之间，天色渐暗，二人还是不分胜负，直斗得天昏地暗，倏忽之间，两只飞鹰疾射而下，准备入林，几乎是同一时间，二人忽地向下一飘，举手一托，两只飞鹰，一只插在剑下，一只刺在刀尖。

"哈哈……"二人一阵朗笑，身形虚步临空一滑，飘然立在地上。

秦通和黄费二人伏在山顶，再也找不到他们的踪影，这才从古月神峰峰顶慢慢下来，回到那间破败不堪的废庙里，天色早已经黑了下来，两叫化子饿得慌，妙手神偷丐说道：

"黄长老，走，一起吃酒去！"

黄费说道："算了，算了，店里都已经打烊了，哪里还有什么酒吃！"

妙手神偷丐淡然一笑，说道："和我一起出去还怕没酒喝，想喝什么酒，我给你拿去。"

黄费一听，这秦通一日不偷手痒痒的，还好听地说"我给你拿去"，好像那东西就是他自己的，一点儿都没有"偷"的意思，不过，黄费一想：管他是偷还是拿，不吃白不吃，又不是我偷，于心有何不忍，填饱肚子再说。

于是，两人披星戴月，向古月镇闹区一路摸去。

古月镇今夜，月光如银，一轮圆月挂在空中，古月镇一片皎洁，走在路上，可以清楚地看到地面的树的颜色，这才让二人想起今天是八月十五中秋节，白天光顾着看好戏去了，把今天的日子给忘了，这两叫化子转身飞奔，径直向洛阳总舵飞去。

两人一路疾奔，来到洛阳已是大汗淋漓，一路上的美丽夜色无暇欣赏，在一处四合院前停了下来，这时，门前的一个小叫化子上前一躬，说道："就差你们两位长老了，帮主在堂内等候！"

二人步入院中，只见院中灯火通明，成千上万的叫化子都在院内站立着，手里拿着打狗棒，几千双眼睛看着秦通和黄费二人，二人脸上一热，低头步入大堂内。

"我二人来迟，望帮主恕罪！"妙手神偷丐一拱手，向大堂正中坐着的一个老着说道。

这时，旁边走上一位年过七旬的老叫化子，责问道："秦长老，黄长老，你们怎么这么晚才来，帮主正在……你看，你看，唉！"

"帮主，我们……"妙手神偷丐想说我们确有事情，但转念一想，这不是理由，就说不下去了，还是黄费上前一步，说道：

"帮主，我们没有按时到会，任由帮主按帮规处置就是了，但是，我们有一条重要的消息要向帮主禀告！"

丐帮帮主这才转过了脸，看起来已经年逾百岁，却满面红光，鹤发童颜，手拿七节紫竹杖，嘴唇微动了一下，说道："什么消息？"

周围百余口分舵长老都向前一步，洗耳恭听。

黄费说道："我们在古月神峰上遇到两位奇人，这两人武功都非常高强，一个叫木谷三郎，是个东瀛武士，一个叫单敬贤，年纪约摸四十五岁左右，二人在古月峰上比试武学，相斗了一天，未分胜负，更重要的，我们从他们谈话中听说有一柄短剑与一本秘笈自远古以来就无人知晓，但是那个木谷三郎说他师父花了十几年的心血从一本很普通的书悟出了这两样的藏身地图！"

此语一出，惊动四座，满堂一片喧哗，议论纷纷。

任重义游目一扫，顿时一片寂静，鸦雀无声，丐帮帮主沉思了一下，问道："他们还说了什么？"

黄费答道："据那个木谷三郎说，此剑非同寻常，只要找到此剑和与此剑配套的那本秘笈，按照秘笈的招式去用该剑，该剑就会发挥出无穷的力量，世上无一兵器能敌！"这时，旁边一位长老大声问道："那地图现在何处？"妙手神偷丐抢先答道："在单敬贤那里！"

突然，帮主任重义旁边的那位老者说道："帮主，据他二人所说，那个单敬贤不知是何许人物，若那把神剑果真存在，落入姓单的之手，恐怕武林会遭劫难！"

任重义语重心长地说道："我也有此疑虑，不过，这个姓单的到底是什么样的人，我们不得而知，因此，我们不能放过姓单的任何一点动作，秦长老，你可知此人家住何处？"任重义转头向妙手神偷丐问道。

秦通答道："回帮主，属下不曾知道，不过，帮主应该知道早年号称天下第一的剑客单雄仁这个人吧！"

任重义说道："他不是已退隐江湖，隐姓埋名了吗？"

秦通干咳了两声，说道："帮主，这个单敬贤说不定就是单雄仁的什么人呢。"

任重义点了点头，说道："分析得有理，不管他们之间有没有关系，我们一定得查个水落石出，追踪短剑下落，阻止武林浩劫发生！"

"对！"在座的百余号长老齐声答道。

任重义说道："我们丐帮乃天下第一大帮派，有责任维护武林的稳定，关心江湖人物的安危，这个姓单的是善者更好，若是大恶之人，我们决不允许有人对武林图谋不轨！"

秦、黄两人这一消息竟一下子轰动了整个丐帮，这是他们始料不及的。

只听任帮主说道："各位长老，事出突然，今天的大会就到此告一段落，至于秦长老和黄长老违背帮规，处置他们的事情就暂搁，短剑与秘笈之事事关整个武林的安危，各位长老立刻回去调查有关单敬贤的一切情况，一有消息，马上通知我！"

难怪妙手神偷丐与黄费饿着肚子，转身直奔洛阳，原来丐帮每年中秋佳节在总舵洛阳举行全体长老大大会，商议帮中大事，缺席者，将会按照帮规进行处置，这个处置的办法因人而异，平常多次立功，有贡献的，处置不会很重，最多打上几十杖，没有什么出色表现的，在帮中又没有威信者，重则革去长老职务，轻则降级处理。

待众长老都走了，秦通和黄费心头的石头才落了下来，起码目前不会将两人怎么样。

突然，任重义想起一件事，说道："各位长老都不曾识得这个单敬贤，秦长老、黄长老，你们火速找一个画师，把你们见到的这个单敬贤的画像叫画师画下来，分送到各个分舵，好让他们迅速找到单敬贤，不得有误！"

"是！帮主！"二人齐声应道，抽身办理此事。

在古老的江淮大地上，有一座高耸入云的天佛山，这里奇峰独秀，绿水怡人，林深草绿，灵气十足，山高林密，树木众多，鸟语花香，每当春暖花开之际，晨露喷霞之时，就会有千百只白鹤自南飞来，栖息在翠绿的奇松之上，在这山势雄伟高大的天佛山里，有一个神秘谷地，名称"神秘谷"，这就是单敬贤的家宅所在地，神秘谷之所以神秘，是由于进入此谷只有一条唯一的通道，这条通道就像迷宫一样，左转右拐，不懂此中奥妙是很难进入此谷，通道就是<u>丛林之中一个怪异石洞</u>，石洞之中，明暗相错，让人不知所向。

单敬贤非常熟悉地进入石洞，一会儿就出了石洞，石洞终处有一处高不可测的石山挡住了单敬贤的去路，石山是天然形成，石山中间有一线光亮，一直升至山顶，在山底抬眼上望，天空就只有一线大小，大自然的鬼斧神工就是如此神奇，此处就像是那石山被一刀劈开一条裂缝一般，刚好只容一人经过，两边石壁光滑如面，寸草不生。单敬贤向里走了数十米，眼前一亮，视线豁然开朗，这就是天佛山里的神秘谷地"神秘谷"了，此谷真是别有一番天地，谷地中央建着几栋古色古香的房屋，绿林簇拥，隐约可见，谷地的东南方有一潭碧水，正值中秋季节，潭水碧波荡漾，成群成群的水鸭和白鹤在水面上飞舞嬉闹，清新甜美的空气以及未经任何人工雕饰的湖光山色给人一种全新的感觉，单敬贤心中流淌着一股暖流，自从昨天与木谷三郎印证武功得到神剑秘笈地图时起，心中兴奋不已，兴奋之余，却感到寻宝艰难凶险，心情不免变得沉重，此刻回到家中的感觉真好，想见亲人的急切心情却让单敬贤心里暖暖的。已是傍晚了，夕阳的余晖彩缎般铺洒在潭面上，水鸭和白鹤荡起一道道金波，一切都是那么宁静、安详和秀美。

单敬贤沿着幽深的林荫小道来到房舍跟前，房舍的建造依林就势，参差起伏，层层相连，无论是屋里，还是屋外，到处是镏金彩绘，雕梁画栋，造形之精美，工艺之细腻，为世间罕见，房屋的门窗、隔扇上装饰着许多优美的图案，如形象逼真的神仙人物，展示了建筑者高超的雕刻技艺，真是深山藏玉宇，绿林隐皇宫。

单敬贤何以得此宝谷，此事还得从单敬贤的祖先，单雄仁的父亲说起。

单家原本就是武学世家，尤其是剑术特别精妙，在江湖上赫赫有名，然而单雄仁的父亲单清坤偏爱名山大川，与世无争，每年都要到许多著名的，甚至鲜为人知的胜境游览，在单雄仁三十岁那年，单清坤无意发现了天佛山的神秘谷地，且有一栋无人居住，保存完好的房宇，天合心意，单清坤不禁对神秘谷留连忘返，回到老家，发动全家老小，神秘来到这处无人知晓的神仙绝境，从此一家在此居住起来，一晃五年过去了，单清坤久居神秘谷，心中不免犯腻，对儿子单雄仁说到蓬莱仙岛去游逛游逛，这一去竟三年未归，单雄仁思父心切，也踏上了去蓬莱仙岛的征程，可是，单雄仁不但未曾找到父亲，还险些葬身大海，幸好遇上了正来中原的东瀛武士木谷山人，二人一见投缘，相处默契，又都身怀绝技，成为知己，定了每隔五年，八月中秋切磋武艺的诺言，单雄仁同时还帮助木谷山人学习中原语言，以至于后来其弟子木谷三郎同样精通中原文化和语言，再后来不知因何缘故，单雄仁突然双腿瘫痪，武功尽失，由儿子单敬贤代替赴约，至于木谷山人缘何未赴约而由其弟子木谷三郎代替，书中自有交代，暂且不表。

话说单敬贤赴约后带着神剑秘笈地图回到家中，一到家中，家人欣喜万分。

一少女轻步跑上前来，圆圆的脸蛋上镶嵌着一双乌溜溜的大眼睛，动人地望着单敬贤，脆声道：

"师父，你赢了那个木谷三郎么？"

单敬贤伸手拂了拂那少女的秀发，爱怜地答道："师父没有输，不过木谷三郎也没有输，我俩斗了个平手，等你将来长大，与师哥一同前去打败那东瀛人好不好？"

"好哇！好哇！"那少女拍着手蹦跳着欢叫道。

这时，一个身体瘦长，面相黝黑黝黑的青年手持木剑趋上前来，在旁边说道："爹，那木谷三郎当真如此厉害么？"

"你这娃儿，你又没去，怎知他就如此厉害了！不好好用功学武，整天猜，猜个啥！"单敬贤一向对儿子单宝儿管教严厉，时刻教诲他不要作一些不合实际，没有根据的胡思乱想。

"爹，你又责怪宝儿乱讲话了，我不过是听到你刚才说与那木谷三郎打成平手才如此说的嘛！"单宝儿憨头憨脑地说道。

"爹又不是什么厉害人物，怎的就说木谷三郎厉害了！"单敬贤看着傻乎乎的儿子说道。

那少女见单宝儿被师父单敬贤责怪了两句，便不知所答，于是笑嘻嘻地问道："师父，你不厉害谁厉害，难道还有人比师父武功更高吗？"

单敬贤看着少女，满脸堆喜道："钗儿，你又在拍师父马屁了，世上比师父武功高的人多得是，师父只不过是小人物罢了！"

"不，我认为师父武功天下第一，不然的话——"那个叫钗儿的少女转动着大眼睛，咬了咬嘴唇，顿了一下，说道："不然的话，那个木谷三郎为什么不去和其他人比斗，偏偏要与你比试武功呢！"

单敬贤疼爱地看着钗儿，心里想道：宝儿要是像钗儿一样聪明可爱该多好哇，这个宝儿呀，你怎么就这么不进步，成天就知道玩，歪门邪道倒不少，正经事儿一件也办不成，傻乎乎的，说个话儿都不如钗儿中听。

"师父，你怎么啦，钗儿问你话呢！"钗儿轻轻摇着单敬贤的手臂道。

"哦，那……那是你师祖与木谷三郎的师父木谷山人定下的誓言，不能改变，所以那个木谷三郎就只找我们单家比试武功啦！"单敬贤不禁也跟着近乎娇气地说道。

单宝儿在一旁见爹爹与师妹说得亲切，心里妒意顿起，大声插话道："爹，我帮你把那木谷三郎给打败吧!"

单敬贤摇着手,示意他靠边站,说道:"就你那两把刷子,还不够和他交上一招呢,再苦练三十年再说吧!"

这时,单敬贤的妻子杜香菱推着单雄仁进来了,深情地看了单敬贤一眼,喊道:

"敬贤,爹来看你来了!"语言中流露出责备的味道。

单敬贤心神领会,赶忙上前一步,跪倒在地,惭愧地说道:"请爹爹原谅孩儿的不孝,光顾着跟这两个娃儿说话,一时竟忘了给您老人家请安!"

单雄仁坐在木轮椅上,连连挥手,说道:"快起来,快起来!和娃儿们说说话有何不可,说完再请安不迟,不过,呆会儿别忘了给你祖父和你娘上上香!"

单雄仁坐在轮椅上,上下打量着儿子单敬贤,十分欣喜地说道:"怎么样,与木谷三郎斗得怎么样,嗯?"

"回父亲,只斗了个平手!"单敬贤不敢看他父亲,站着微微欠身,低头回答道。

"哈哈!这木谷三郎进步不少哇,这次居然与你打成平手!"单雄仁丝毫没有责怪儿子,笑道。

单敬贤心中更是惭愧万分,第一次代父亲去赴约,还能胜他一招半式,这次却只斗成平手,自觉对不起单家的一世英名。

单雄仁仿佛看出了单敬贤的心思,语重心长地叹道:"我们单家一世英名,武学向来在江湖上数得上一流,不过这早就不重要了,爹爹就是想与世无争,才搬到这神秘谷来,才退隐江湖,隐姓埋名,享享清福,不再有江湖上的诸多烦恼!"

单敬贤一听父亲如此一说,心中顿时宽慰了不少。

单宝儿一走一歪地到单雄仁的木椅旁,一屁股坐在地上,歪头问道:"爷爷,你怎么不出去闯荡江湖?江湖到底是什么呀?"

单雄仁拍了拍轮椅的扶手说道:"我三十岁那年,你太爷就秘密带着全家人来到这里,从此不问江湖中事,我虽然闯过江湖,但是对江湖,与你太爷一样厌倦,人在江湖,身不由己,有时太累,太累!"

单雄仁坐在木轮椅上,露出一种仿佛回到从前的神情,充满对往事的深深回忆。

第二章

单敬贤从小就来到神秘谷，那时候他只不过四、五岁左右，对江湖同样是一概不知，仅仅隐约记得老家是在一个很热闹的地方，似乎那时候他家很大，很富有，人很多。

钗儿正听得入神，见师祖停下，没继续往下讲，便急不可待，娇身一动，来到单雄仁的轮椅边，与宝儿分别靠在轮椅两边，红唇微启，追问道："师祖，什么是人在江湖，自不由己呀？"

单雄仁望了望两个可爱的娃儿，说道："你们还小，不懂得这些东西，江湖中有好人，也有坏人，有正义，也有邪恶，有大侠，也有魔道人物，虽然说这样归类，但往往很难分辨是非对错，有时候，好人也可能变坏，有时候，坏人也是好人，只是每个人衡量这些人的标准不一致，所以你不明白。有时，自己最亲的人或最好的朋友就是自己的敌人和仇人，自己的仇人就是自己的恩人……总之，江湖中事，难得说个清清楚楚，明明白白，如果有一天，你们非得涉足江湖不可，千万记住江湖险恶，不可轻信于人，不过，你们在这山清水秀、风景优美的神秘谷里没有机会接触江湖，以后也不准你们去理会江湖中事，记住了吗？"

单雄仁一席话，直听得宝儿和钗儿更加迷迷糊糊了，半点还未明白，就同时点头说道："记住了！"

钗儿温顺体贴，善解人意，说道："师祖，您放心，我与宝儿哥永远陪着你，不会离开神秘谷半步，永远不会涉足江湖的。"

单雄仁高兴地点点头，说道："这就对了！"

这时，单敬贤有些踌躇了，嘴唇一动，想要说什么，又打住了。单雄仁斜了他一眼，问道："敬贤，你可有什么话要跟我说？"

单敬贤怔了一怔，说道："父亲，我有件事，不知该不该去做。"

单雄仁一愣，很严肃地说道："说吧，到底是什么事？"

单敬贤把与木谷三郎在古月山峰打斗，结拜，得到神剑秘笈地图的前后经过详细说了一遍。

单雄仁听了甚感意外，手微微颤抖，说道："敬贤，我们单家素来没有什么祖传神剑秘笈，至于什么《天下奇兵》一书，我看过，不过普通得很，为何那木谷三郎不自行去找，据为已有，这个中情形多少让人揣摩不定，此事是真是假，还有待查证！"

单敬贤连连说道："孩儿心里也很纳闷，那木谷山人既然愿花费十几年心血破解其奥秘，必定是想得此至宝，以助自己臻于武学最高境界，这才符合木谷山人与其弟子木谷三郎酷爱武学的性格。"

单雄仁微微点头，示意嘉许，淡淡的夕阳穿过房屋的透明亮瓦，照在他的头部，那头白发在夕阳的照射之下，被染成金色，满是皱纹的面上露出了一脸的沉思，虽然武功尽失，下肢瘫痪，目光仍然是炯炯有神，凛凛有威。

单宝儿与师妹钗儿已经站立起来，被刚才单敬贤的奇遇惊得瞪大眼睛，似乎还进入了梦境一般，动也不动，仍等着单敬贤的精彩叙说。

单雄仁沉思了片刻，对儿子单敬贤说道："你这几天也累了，休息休息，此事须慎重考虑，明儿再说吧！"

说罢，示意媳妇杜香菱推车回房。

单敬贤躬了一下身，说道："爹，您走好！"待单雄仁出了大堂，转过身来，对宝儿和钗儿说道："你们两人好好听着，以后不管有什么事发生，都要见机行事，不可莽撞，我明天就去寻那神剑秘笈，不管它是真是假，如果有什么不测的话，你们千万不可出去寻找，不可涉足江湖，要谨记爷爷、师祖的教诲，听娘、师娘的话，好好善待老人，千万记住了！"

宝儿和钗儿一片茫然，这爹爹、师父是怎么啦？平时从未有这样的神情，这样的心情沉重，也从未对自己说过这样的话语，一时竟不知如何是好。

单敬贤接着说道："你们要好好练习武功，保护好你娘、师娘和你爷爷、师祖，切记切记！"

一番话说得钗儿泪水淋漓，仿佛就要生死离别，这钗儿情不自禁，扑倒在单敬贤的胸怀里痛哭起来，单宝儿呆头呆脑地听着，也不知所措，只觉得心中仿佛有什么东西被塞住一般，加之这钗儿一哭，更是心情烦躁，闷头闷脑地说："薛钗儿，你哭什么哭，烦死了！"

单敬贤连忙责怪儿子："你这小子，平时就没少欺负钗儿，今日又发什么疯了，有什么烦的！"

单宝儿摸着脑袋说："我也不知道为什么这么烦，她这一哭，我心里更乱，愈加烦躁！"

单敬贤望着傻乎乎的儿子，又仔细端详了心爱的徒儿薛钗儿，相比之下，一个天上，一个地下，怎么也扯不到一块来，心里不禁伤感万分，想道：要是宝儿能娶到钗儿这样的好媳妇，那真是宝儿的造化了，可他哪有这等福份，凝望着天生丽质，温顺秀美的钗儿，不禁想起了钗儿的身世。

钗儿很小就没了父母，没了兄弟姐妹，大水无情地把她孤伶伶地抛在了街头乞讨，那是一个大雨滂沱的夜晚，父亲单雄仁正游览名胜回来，在路上发现这个可怜的孩子昏倒在雨幕中，心生怜悯，将她带回神秘谷，从此，宝儿也就多了个伴儿，这些年来，单敬贤一直把她当作亲生女儿一样对待，甚至在某一方面更疼爱钗儿，冷落了儿子。

想到这里，单敬贤不禁长叹了一声，觉得很是对不住宝儿，宝儿这孩子生下来就命苦得很，刚出生时，全凭他母亲一个人将这生命到来的过程努力地完成，神秘谷中再无第二个女人，单敬贤不禁又长叹了一声，又觉得对不起妻子杜香菱，妻子香菱任劳任怨，从不发脾气，对父亲更是尊重至极，虽说她出身名门望族，却一点贵族的气息也没有，为了单敬贤，她甘愿抛开疼爱她的父母，和单敬贤一道私奔到这寂寞的神秘谷里来，与单敬贤厮守至今，这一切的一切，单敬贤就像是在脑海里重新来过一般，不禁连连叹息。

薛钗儿扑倒在师父的怀抱里，伤心地抽泣着，听到师父接连叹气，心中一惊，马上止住啼哭，玉音清响，脆声问道："师父，我又惹您伤心了吗？"

单敬贤连忙说道："不是你，是师父自己心生伤感，与你无关！"说话间，突然觉得钗儿是大姑娘了，马上把她推开，像打量宝贝似的直盯着钗儿，越看越喜欢，越看越心疼，直看得钗儿面红耳赤。

钗儿见师父这般看她，娇声地喊道："师父，您……"单敬贤这才回过神来，心里骤然一动，想道：何不试试钗儿，转过身，踱了两步，又来到薛钗儿面前，表情非常认真地问道："钗儿，你愿不愿和宝儿哥一辈子住在这神秘谷里？"

薛钗儿毫不犹豫地答道："怎么不愿意，这神秘谷就是我和宝儿哥的家呀！"

薛钗儿这么一答，单敬贤开心地笑了，他哪里知道薛钗儿虽说是个大姑娘家，可从小与宝儿在神秘谷中一起长大，除了他们一家人，再无其他人，钗儿心中只把宝儿看作哥哥，把单敬贤当作父亲，这里就是她温暖幸福的自己家，况且，在这寂寞的神秘谷里也不知道什么情呀爱呀，更听不出单敬贤有把她当儿媳妇的这层意思，自是这般回答，因为这就是她的家呀，干吗要离开！

单敬贤自是不知道钗儿是这么个意思，他走到单宝儿面前，扶着儿子的肩膀说道："你以后要好好待钗儿，不可再欺负她，你有这样的福分，爹为你高兴！"单宝儿更是不懂爱情，笨头笨脑地答道："爹，你放心，我以后决不再欺负她就是了，不过，我觉得这与福分没什么关系，只不过是自自然然而已。"

单敬贤一听此话，暗忖道：这傻小子，你还早就有此一招，自自然然的，嗯，你这点倒不傻，单敬贤见两娃儿都表此心意，心中甚是高兴，他哪里明白这两娃说的根本不是他心里想的那层意思，到死他也没明白。

翌日一大早，单敬贤来到单雄仁房中请安，并说了心中打算，单雄仁说道："为父也有此意，是真是假，弄个明白，若真是神剑秘笈，你就取它出来，眼下金人正对中原土地虎视眈眈，让这宝物为国家作点贡献也好，不过一路千万小心。"

单敬贤见父亲有如此胸怀，心中更是大加佩服，同时更增加了寻宝的决心。

单敬贤告别了亲人，带着藏宝地图，出了神秘谷，一路北上而去，虽说他从未涉足江湖，但心存戒备，一路小心翼翼，专挑人烟稀少的地方走。

秋高气爽，落英缤纷，一路走去，景色各有不同，单敬贤很清楚地发现，路旁的树叶渐渐变黄，与神秘谷里绝然不同，一种新鲜畅快的感觉涌上心头，脚步越发走得快了，这一路的美好景色，他无意欣赏，秋风习习，吹得他肩负的长剑叮当作响，那是剑柄末端系着的两个小铜铃在秋风吹拂下与剑鞘相碰撞发出来的声音，这叮当的响声就像是一首优美的曲子，一路伴着单敬贤，让单敬贤少了许多的寂寞，这铜铃原是没有的，在与妻子杜香菱接触的第十天，杜香菱羞涩地送了他这对铜铃，很温柔地躺在单敬贤的怀里，说道："今生今世，我会像这铜铃一样永远陪着你！"一听到这铜铃的响声，单敬贤有一种说不出的温暖和幸福，虽说人已过不惑之年，但心中的那份情意却仍是那样年轻，永不会老，风夹着树叶不停地吹，一片红叶飘落下来，从单敬贤的肩头恰恰滑落到他摆动的手上，一种想家的感觉油然而生，家中有他太多的牵挂，这个铁骨铮铮的硬汉确有似水柔肠，怔怔地拿着红叶，马不停蹄地直向前奔，不知不觉，肚子已经饿了，人是铁，饭是钢，一顿不吃饿得慌，于是，来到一处小镇，弄点饭吃。

小镇并不繁华，单敬贤抖了抖肩上的包袱，一边走，一边游目四顾，终于看见前面有家饭庄，街道几个行人走来走去，却显得十分静，单敬贤刚想跨进饭店，两个衣衫褴褛的乞丐侧面挡住，手拿着竹棒，一手拿着讨吃用的破碗，声音沙哑地道："行行好，给点吧，行行好，给点吧！"一幅十分可怜的样子，单敬贤看都不看他们，伸手从怀里摸出两锭碎银，一人碗里放了一个，两个乞丐连连点头说道："谢谢，谢谢！这位大侠真是好心人啊！多谢了，多谢了！"

单敬贤也不答话，径直进入店内，在一张桌子上坐了下来，大声喊道："小二！"无人应答。

又喊了一声："小二！"这时快步走来一位老人，连忙躬身说道："客官！对不起，对不起，让你久候了，小店近来生意冷淡，小二辞掉了，请问客官要点什么？"

单敬贤"哦"了一声，说道："炒两个菜，一荤一素，外带三碗米饭！"

老者清吆一声："好嘞！客官稍等，马上端上来！"老者一面转身走向厨房，一面喊道："葫萝卜烩木耳！红烧肉丝！三碗米饭！"

趁老者入内屋之际，单敬贤游目一顾，小店客人不多，并且都不像有钱人，心里想：这小镇倒也穷困得很，恐怕生活在这种地方还不如我神秘谷，这时，老者将饭菜端上桌来，说道："客官，您慢用！"

单敬贤直饿得肚子咕咕作响，哪还来什么慢用，拿起筷子，端起饭碗，大吃起来，三下两下，三碗米饭、两盘菜眨眼吃个净光，付了饭钱，提剑走出饭店，两个乞丐立刻跟了上来。

单敬贤虽说未曾在江湖上闯荡，但是毕竟阅历不浅，心里顿觉有异，但转念一想，或许刚才给他们碎银的缘故吧，也不加理会，待出了小镇，仍见两人紧跟不舍，不禁加快脚步，心里想道：我倒要看看他们到底想干什么！难道我这寻宝一事还会有什么人知道不成，不会的，当时古月神峰之巅只有我与木谷三郎二人，再无他人，别人又怎会知道神剑秘笈之事？眼见俩乞丐也加快速度跟了上来，便停止脚步，转身喝道：

"你们为何老跟着我，想要干什么？"

两乞丐只顾拼命追赶，哪里知道单敬贤会突然止步，一下子就来到了单敬贤的跟前，急忙停住脚步，险些碰撞到单敬贤的身上。

两乞丐低着头，仍是十分可怜的样子，一乞丐支吾道：

"刚才大侠恩泽小叫化子，感激不尽……"单敬贤一听此语，问道："难道二位还嫌不够？"

两叫化子连连点头说道："够了！够了！叫化子感激还来不及，哪里还嫌不够，只是叫化子受大侠如此厚赠，请教大侠……"

单敬贤说道："请教什么？"

一叫化子答道："想请大侠留下姓名，我穷叫化子没有能力报答大侠，只求在菩萨面前，烧上几炷香，为大侠祈福祷告！"

单敬贤一听，心里想道：我道如何，原来是这样，便摆摆手说道："小事一桩，何足挂齿，二位回转吧，姓名就不必了！"

一乞丐说道："那我们只有在菩萨面前祈祷你这位无名大侠了！"

单敬贤也不多加理会，转身继续上路。

单敬贤走了一程，见两叫化子未跟道，心里想道：这小镇上的人倒还真穷得可以，区区一锭碎银，竟然惹得他们一路追问姓名，唉，天下还是穷苦人多啊！

又行了一程，来到一处荒芜之地，突然身后一阵嘈杂的脚步声急速传来，单敬贤一愣，想道：难道这荒芜野地有什么强盗不成，快快躲藏起来，转念一想：几个草莽山贼，我怕他不成，这样一想，脚步不停，只管走自己的路，后面众人一会儿就来至他身后。

忽听一声喊道："前面大侠请留步！"单敬贤知道是喊他，这荒山野地并无他人，心里又想道：难道是两乞丐串通山贼想劫钱财吗？否则，他们怎会来得如此迅速？我有赐于你们，你们却反而起了谋财害命之心，真是可恶小人，不给你们点颜色瞧瞧，你们是不会罢休的。

随即身形一动，转过身来，却见一帮叫化子手拿兵器赶上前来，心里顿时明白，原来那两叫化子乃是丐帮弟子，这会儿他们聚众前来，所为何事，心里纳闷不已，难道丐帮也有谋财打劫的行径？丐帮如此庞大，一小撮弟子有一些见不得人的行为也未必没有可能，心里这样想，但还是很平静地问道："不知各位喊在下为了什么事？"

其中一年老乞丐说道："我们帮主有请大侠一叙，不知可否赏脸？"那老丐显得彬彬有礼。

单敬贤心道：我与丐帮素无往来，更不认得什么帮主，无故请我叙谈，定是有什么缘故。嘴上却答道："我与你们帮主素未谋面，不曾认识，请我去不知所谈何事，可否相告？"

那老乞丐说道："这个……这个……不能相告，大侠去了就知道了！"那老丐语气显得有些不大自然，说话吞吞吐吐。

单敬贤心里暗想道：要我稀里糊涂，不明不白地跟着你们这帮从不相识的人一起去，哼，你当我是白痴，哪有这样好事，其时单敬贤心里一直觉得丐帮乃江湖第一大帮派，是正义之派，心里敬佩得很，只道是丐帮有什么大事相求，心存助意，否则不会理会这等无聊之事，早就掉头走人了。

只听单敬贤说道："你们都是丐帮弟子，一家人，又没外人，为何不能相告？"

这时，一个中年叫化子上前来，喝道："你到底是去，还是不去？"

单敬贤一听话意，心中大有怒意，反问道："不去你又想怎么样？"

那中年乞丐竟然开口骂道："好你个不识好歹的东西，敬酒不吃吃罚酒！"话音刚落，便趋身前来，一根竹杆已然向单敬贤捅到，单敬贤何曾受过这样侮辱，内心自是十分恼怒，但见他身形一晃，人已飘然避过竹杖，同时左掌轻拍，"嚓"，那中年乞丐的竹杖短了一截，右手"啪"的一耳光，重重打在他的脸上，中年乞丐恼羞成怒，暴喝一声，一截短杖舞得呼呼生风，直向单敬贤连连攻去，单敬贤轻"哼"一声，饶是那中年乞丐全力攻他，也不拔剑，只是左手一挡，右手一拨，只是应付，眨眼那中年乞丐已攻了三四十招，却丝毫伤他不着，这一记耳光之辱怎是不能挽回，中年乞丐更是气得哇哇大叫，只见他棒法一变，以棒充剑，向单敬贤急急刺去。

单敬贤一见，心中大笑，暗想道：在我头上用剑，班门弄斧，让你看看什么是真正的剑法，身子一挫，长剑不知何时已从后背经来到他的手中，唰唰唰连攻三剑，中年乞丐哪里招架得住，直向后退，突然，单敬贤手法一变，不知怎么搞的，那剑已经刺在了中年乞丐的咽喉上，中年乞丐慌忙丢下手中竹杖，站在原地，不敢乱动，幸好单敬贤长剑不曾脱鞘，顶在乞丐喉咙上的不过是剑鞘而已，且单敬贤并未有心伤他，所以中年乞丐才安然无事，单敬贤剑鞘顶着中年乞丐说道：

"像你们这帮无耻的要饭的，跟邪道人物有什么两样，趁早脱离丐帮，别坏了丐帮的名声！"

其实，单敬贤也不知道邪道人物是什么样的人，只觉得无故受这些追赶还被骂，交手，才这么说道，哪知这一说却引起众人的公愤，"嗡"的一声，一帮乞丐一齐攻了上来。

单敬贤心中暗道：果然是一些无耻之人，当即拔剑出鞘，左手握鞘，右手握剑，与这帮叫化子斗了起来，这帮叫化子个个武功不弱，又一起上，从四面八方直向单敬贤连连攻来，原来单敬贤不想伤害他们，才左一闪，右一挡，身形左右飘忽躲闪，可斗了十几回合，那些要饭的越斗越有精神，个个都使上狠招，直向单敬贤密风骤雨般攻到，突见单敬贤长剑一抖，身形一晃，剑影如幻影般散发出来，"嚓嚓嚓嚓……"那些乞丐手中的竹棒只剩下一短截，顿时攻势大减，单敬贤左右上下飘忽不定，不一会儿就有数名叫化子倒在地上喊叫不停，胳膊已被单敬贤长剑削伤，剩下几名叫化子斗不多时，就被打得落花流水，屁滚尿流，单敬贤长剑入鞘，哈哈一笑，人已飘然去了。

这帮乞丐挣扎着爬起来，相互搀扶，向洛阳丐帮总舵走来。

丐帮帮主任重义一见，连步走了上来，一察看伤情，问道："你们与什么人交上了手？与他可有什么瓜葛？"

一弟子颠跛上前道："回帮主，我们两个弟兄在郑州的一小镇上发现了那个姓单的人。"

任重义说道："你们都可看准了？他要去什么地方？"

那弟子回答道："只见一路北上，还不清楚要去哪里，我们已经通知郑州分舵的众兄弟，密切注意此人的动向！"

任重义点头称赞，说道："做得很好，只是他为何将你们打成这副模样？"

那与单敬贤单打独斗的中年乞丐向前跨了一大步，大声说道："回禀帮主，我们接到两位兄弟的信儿，说发现了那个姓单的，就连忙赶了上去，追到那姓单的以后，说帮主有事请大侠一叙，可那姓单的毫不讲理，不分青红皂白与弟子斗了起来，边斗边骂，说我们帮丐与邪道人物一样无耻下流，善恶不分，奸淫掳掠，无恶不作，众兄弟一时气愤，一起上前围攻起来……"

任重义瞪了他一眼，说道："你们怎可不讲江湖规矩，这么多弟子打他一个，传了出去，岂不叫江湖同道耻笑咱们丐帮！"

中年乞丐一时语塞，顿了一会儿，又说道："这个姓单的当真功夫了得，我们众兄弟都不是他的对手，后来，斗了几十回合就成了这个样子了！"

任重义边听边沉思，这时旁边一老叫化子说道："帮主，姓单的如此渺视咱们丐帮，咱们给他点颜色看！"

任重义旁边一要饭的走近他说道："帮主，依我看，此事须查个清楚再另行打算，不可鲁莽！"

那老叫化子气愤地说道："'贾诸葛'，你这是什么话，我们丐帮弟子被那恶人不明不白地打了，这个面子我们不挽回，丐帮还算什么天下第一大帮？以后咱们的脸往哪儿搁！"

那个被称"贾诸葛"的要饭的是丐帮的军师，此人精神矍铄，头脑灵活，思维敏捷，丐帮的许多大事都是他一手策划的，不过"贾诸葛"为人正直，从不搞歪门邪道，因此颇受丐帮人物器重和敬畏。

这时"贾诸葛"说道："项长老所言极是，不过那个姓单的，从众兄弟的话里不难看出此人并非恶人，我们丐帮只是维护江湖正义，锄邪除恶，岂能敌友不分……"

帮主任重义边听边点头，也不发话，那个被称作"项长老"的叫化子又说道："军师此言差矣，那姓单的武功高强，不分青红皂白连伤我数名丐帮弟子，又只身北上寻宝，图谋不轨，此等人物应是人人得而诛之，你倒反为他说起话来了！"语气确是十分犀利，与"贾诸葛"针锋相对。

这时任重义挥手示意他们不要争论，以免自己弟兄伤了和气，便说道："你们说的都有道理，我看这样，先不管姓单的是善是恶，我们都得把他找来丐帮，为受伤兄弟讨个说法！"

此言一出，那项长老与中年乞丐及受伤的数名弟子高声喊道："帮主英明！"

"贾诸葛"叹了一声，再未说话，帮主任重义对项长老说道："项长老，你挑几个武功好点的弟兄一起，去把单敬贤找来，千万不可大打出手，切记！切记！"那个项长老仿佛是获得什么至宝一般，连声喜道："是！帮主！我这就去找！"领了一班弟兄北上追赶单敬贤而去。

无巧不成书，这一日，武当派弟子丘云长身负神剑来到河南淇县境内，忽然一群丐帮弟子将他团团围住，这丘云长闯荡江湖多年，什么样的场面没见过，只是从未与丐帮打过交道，见此情景，只听他哈哈一笑，说道：

"你们丐帮弟子消息倒真灵通，不过接客方式未免太过奇特了——"

话音未落，只听那项长老一声喝道："你知道就好，还不快快束手就擒！"

丘云长只道是与他闹着玩的，笑了笑道："各位丐帮兄弟，手下多多留情！"

项长老本名项尘破，意思是说红尘看破，清心寡欲，与世无争，其实此人本性与其名称恰恰相反，那天中秋夜里听秦通、黄费二位长老说神剑秘笈这事，心里顿生私念，只是苦于个人力量单薄，又加之不认识单敬贤，一时没有寻找藏宝地图的门道，极力地煽动其他弟子甚至丐帮帮主，全力捉单敬贤，为私得宝物铺开道路，但听项尘破大声喝道："无耻之徒，谁与你是兄弟，快交出地图，饶你不死！"

丘云长一听此人开口大骂，心中不禁怒火烧起，但又听什么地图，纳闷，又听项尘破大声喝道："假惺惺的干什么？快快交出那东西来！""来"字话音未落，人已挺棍直向丘云长点到。

丘云长来不及细想，拔剑应接，又听项尘破边斗边说道："姓单的，你伤我丐帮弟子，我岂能饶你，今天不为我丐帮讨回面子，决不罢休！"棍法一变，直向丘云长拦腰扫来，丘云长越发感到迷惑，急忙长剑一抖，身形一跃，闪过这一招，疑声问道："我何时伤过丐帮弟子？"

项尘破哪里容得他辩解，说道："看来你的确无耻之极，做过的事还强辩不承认！弟兄们，还客气什么，快快将此小人拿下！"

他这一喊，丐帮弟子顿时一起上阵，将丘云长围得严严实实，从四面向丘云长攻了上来，丘云长心中大为不解，此时也容不得他细想与解释了，就连招架也显得十分吃力。

众人一起攻来，丘云长还未斗上十余回合，忽然觉得左腋下的肋骨一麻，顿时长剑撒手，便动弹不得了，只见项尘破身形向前一滑，点住了丘云长的哑穴，然后，伸手在丘云长身上仔细搜查起来，见未搜到，骂道："狡猾的无耻之徒！"又转头对众弟子说道："把姓单的弄回去再说！"

丘云长被两个丐帮弟子架着，心里不停地疑问：姓单的？地图？这是怎么回事？原本丘云长从泰山回来，途径淇县，准备前往丐帮的，因为最近江湖上出现了一个什么"日月神教"，在武当派势力范围屡次作难，武当派一时奈何它不得，武当掌门万华山派丘云长去请泰山三大刀尊——碧刀尊王胜、血刀尊慕容杰、鬼头刀尊曾进以及丐帮帮主任重义前去商讨对付"日月神教"的对策，不想却让丐帮弟子误以为他是姓单的，将其捉拿起来，丘云长心中想道：这姓单的害人不浅，打伤丐帮弟子，还拿什么地图，现在要我替你受苦了！

丘云长被项尘破一伙丐帮弟子带到一处僻静破庙里停下，项尘破上前解下丘云长的哑穴，问道："姓单的，只要你交出神剑秘笈地图，你打伤丐帮弟子这笔账从此一笔勾销，不再追究！"

丘云长摆头说道："我不姓单，我姓丘，你们抓错人了！"

"啪"的一声，项尘破一耳光重重打在丘云长脸上，鲜血顿时从他嘴角流了出来，项尘破气呼呼地喝道："你这家伙，还想赖嘴，快说，地图藏在哪儿？"

这一耳光可把丘云长给打火了，骂道："好个不要脸的臭要饭的，我不知道什么地头地脚的，就是知道，也不会告诉你！"

项尘破更是恼羞成怒，"啪"地又给了丘云长一耳光，骂道："你妈的个王八蛋，骂老子是臭要饭的，不给你点颜色瞧瞧，看来你是不说了！弟兄们，给我打！"

项尘破这么一喊，这时一位老丐走上前挥了挥手，示意丐帮弟子不要乱打人，说道："项长老，不可硬来，打死此人就无从下手了！"

项尘破一想也是，便不多言了，丘云长见形势有所缓和，便说道："我本是武当派弟子，姓丘不姓单，我有掌门人的信物在怀中，你可拿出来看看！"

那位老丐摸出一封信来，打开看了看，对项尘破说道："嗯，当真是武当掌门万华山的手迹，看来我们真的弄错了！"

项尘破看了看信，又看了看丘云长，突然说道："你他妈的用一封信就能唬得住人呐，这种东西谁不会写，要骗我，没那么容易！"说时，还踢了丘云长一脚。

丘云长简直是叫苦不迭，暗道：真是倒了八辈子霉，遇到了不可理喻的家伙，转念又一想，于是就开始说日月神教如何在武当势力范围作难，日月神教人又如何神出鬼没，掌门人又如何……如何……

项尘破任凭丘云长白般解说，充耳不闻，说道："编故事的功夫还真不赖！想骗住我们丐帮弟子，可没那么容易，大家说是不是？"

项尘破转头环视各弟兄问道，不少叫化子是与项尘破同流合污，一般心思，一般角色，自是连连点头，这时，项尘破找了一个要饭的，轻声说道："你去把妙手神偷丐秦长老和黄费长老叫来认一认，千万不要让帮主知道，快去快回！"那要饭的展开双腿，飞奔而去。

第二天凌晨，天还没有亮，妙手神偷丐秦通连夜与那要饭的急急赶了过来，而黄费却没有一起来。

项尘破一见秦通到来，心里大喜，赶忙拿着火把，牵着妙手神偷丐来到丘云长的面前，嘿嘿赔笑着说道："秦长老，看此人是不是你见到的那个姓单的？"

秦通拿过火把凑在丘云长脸上，左看右看，端详了好一会儿，又叫人把丘云长扶了起来，看了看他身材，眉头一皱，睁大双眼喜道："是了，是了，正是此……"

"人"字还未说出，但见一条黑影突然来到，已然点了妙手神偷丐的穴道，一柄长刀迅速向项尘破劈来，项尘破脸色顿时大变，身形一晃，向后暴退，其他弟子正睡得香甜，根本不知发生了什么事情，那黑衣人也不存心打斗，趁项尘破还未来得及还击时，将丘云长身体一扛，展开轻功，疾飞而去。

项尘破又是大喊，又是捶胸顿足，把一群梦中弟子惊醒，等到他们追赶出来，那黑衣人扛着丘云长已然不见踪影。

丘云长被那黑衣人扛着一路飞奔，直感到耳边呼呼生风，心里暗忖：此人轻功当真了得，扛着我这个大活人还跑得如此迅速！丘云长正想问那人为何解救他时，那黑衣人突然把他放了下来，解开他的穴道，说道："你怎么斗不过他们？"

丘云长只道此人解救了他，心生感激，抬眼一看，这才看清黑衣人蒙着脸面，无法认清来人面貌，又听他这么一问，回答道："他们一起上阵，我招架不住就……"

那蒙面黑衣人说道："你赶紧做你要做的事去吧！"身形微微一动，已消失在晨幕之中。

"喂，请问……"丘云长本想喊请问阁下尊姓大名等等，可那蒙面人已经不见影踪，所以就免得说了。

天微微地抹上了一点亮色，单敬贤此刻已经赶了一段路程了，深秋的天，冷风拂过，单敬贤感觉脚下有些凉意了，原来，脚下齐小腿以下都让露水给打湿了，冷风拂来，自然是有些冷丝丝的。

走着走着，前面迎面走来一帮人马，只见这些人个个身穿黑衣，面上带着面具，那面具让人看着可怕，阴森恐怖的面具戴在他们的面上，他们却泰然自若，若无其事一般，这些身着黑衣，头戴面具，手里拿着各种各样的兵刃的古怪人，却在这秋天的大清早抬着一顶黑色的轿子，并悄无声息地在茫茫的晨幕中行进着，不久，单敬贤来到了轿子的跟前，那帮黑衣人发现了他，却甚是警惕，但还是装作十分镇静的样子向他走来。

单敬贤站在路的一旁，给那帮人让出路来，他心里暗想：这帮人定然是有什么不可告人的事，但他转念又一想：江湖上古怪的事情甚多，姑且不去理它，当那顶黑色的轿子经过单敬贤时，单敬贤发现那些黑衣人更加戒备起来，手中的兵刃都紧紧在握，不像刚才在远处看到的，将兵刃很随便地携带着，与此同时，单敬贤还发现了轿子被风猛地掀开一角，露出了一副俏丽的脸庞，那是一个十七八岁的姑娘，那姑娘的眼睛红肿红肿的，眼角挂着泪水，眼睛充满了痛苦的神情，眨眼工夫，那轿子就从单敬贤身边走过。

单敬贤清楚地看见那轿里的姑娘发现他露出的欣喜之色，一副十分无助的神情露流出多少哀求和求援然之意。

单敬贤心里一紧，怔了一怔，心怦然一下，像突然上了弦儿一样绷紧了，为什么会这样？单敬贤在暗问自己，他站在那里一动不动，仿佛脑海一下子全让那姑娘的神情占据了，他在努力地思索为什么，为什么会有这样的事情？为什么自己会对那姑娘特别地关切……蓦然，他听到轿子传出了一声："大侠，救命！"单敬贤心里一惊，身形一晃，人已经飘到了黑衣面具人队伍前面，挡住了他们的去路。

走在最前面的黑衣人觉得头顶一阵风掠过，面前却真真切切地站着刚才立于路旁的那个身负神剑之人，便将手中钢刀一横，大声喝道：

"什么人？胆敢与我们日月神教作对！"

单敬贤一怔：日月神教？是什么教派？怎么从未听说过？那提钢刀的黑衣人见单敬贤并未拔剑动怒，心里略微缓了一下紧张情绪，说道："大胆狂徒，还不快快闪出道来！"

单敬贤并不答话，用关切的目光看了轿子一眼，这时轿子里飞出一声："大侠，快救我！"喊声飞出同时，那钢刀黑衣人已经趋身向单敬贤劈来，单敬贤一晃避过，反手一抓一推，顺手一掌拍去，"咣"的一声，那黑衣人钢刀已经落地，黑衣人"噌"地一纵，跃向一边，站稳了脚跟，哈哈怪笑，说道："阁下好身手，我们日月神教正需要像阁下这样的人才，阁下何不加入我们日月神教，我们教主绝不会亏待于你！"

单敬贤眉头一皱，朗声说道："你们这些人一大清早戴着面具，抬顶轿子，载着个姑娘，定然没有什么好事，你们什么鬼教，定然不是什么好教派，想拉我下水，做八辈子梦，快快放了这姑娘，饶你们一条狗命！"

单敬贤大义凛然，一副盛气凌人的样子，他自己都觉得奇怪，为什么会这样，只见那刚才与他打斗的黑衣蒙面人"嘿嘿嘿"一阵狂笑，那笑声让人听了十分恐怖，甚至毛骨悚然，单敬贤虽然并不惧怕此人，但初次听如此阴森恐怖的笑声，心里不免微微紧了一紧，突然那可怕的笑声戛然而止，但听那人怪声说道："竟与我日月神教为难，我天煞郎君岂能容你！"话音刚落，一柄蛇形长剑已然到手，刷刷刷直向单敬贤连续杀来。

单敬贤突然一惊，此人刚才还显得武功平平，转眼使上剑来，却甚为精妙，因此，不敢大意，晃身避过，拔剑出鞘，与他斗起剑术来。

但听得"铮铮铮"，密如连珠般的声响，两人快剑相搏，拆到六十余招后，单敬贤突然长剑一抖，小腹间故意露出破绽来，那天煞郎君大喝一声，挺着蛇形碧剑直刺单敬贤小腹破绽处。

突然，单敬贤身形一晃，回过长剑，已将天煞郎君蛇形长剑压住，"啪"的一掌，正击在天煞郎君的肩头，那天煞郎君只见单敬贤身形一变，顿感不妙，赶紧闪身躲避，但是已然来不及了，中了单敬贤一掌，不过幸好早有闪躲之变，是以伤得不算太重，天煞郎君退了一步，大为恼怒，身子一晃，撩起蛇形剑，犹如疾风骤雨般上阵猛攻，单敬贤见他拼命杀来，志在与自己两败俱伤，也不敢硬顶上，一边小心应付，一边暗忖道：一介莽夫，成不了什么大气候，陡地身法一变，剑法一换，"刷"的一剑刺去，只听到"噗"的一声轻响，剑刺入了天煞郎君的肩头，这招天煞郎君想都没想到，更谈不上应接了，顿时蛇形剑脱手而去，身子一挪，想逃去，哪知单敬贤比他更快，一柄长剑"嘶"的一声，已架在他的脖子之上。

其他黑衣面具人立刻围了上来，单敬贤不想继续打斗下去，剑身一缩，天煞郎君脖子顿时流出血来，只听那天煞郎君连连挥手示意，说道："不要过来，不要过来，他会杀了我的！"

那帮黑衣人都停止脚步，拿着兵刃，站在原地，再不乱动，单敬贤对那日月神教其他人喝道："放了轿里姑娘，饶他不死！"

天煞郎君赶忙接着说道："听他的，听他的，放了她，放了那姑娘！"

天煞郎君一发话，那些站着不动的日月神教弟子有几个立刻掀起轿帘，拉下她，解开绑在那姑娘身后的绳索，将她推到单敬贤这边来。

那姑娘跑到单敬贤身后，躲了起来，神态十分地害怕，单敬贤押着天煞郎君喝道："还不快快给我闪开一条道来！"

那些日月神教弟子倒十分听话，立即让在一旁，眼睁睁地看着单敬贤押着天煞郎君带着那姑娘往前走，走了几步，眼见没有人跟上来，单敬贤猛地一推天煞郎君，转身将那姑娘提了起来，展开两腿疾速向北奔去，那天煞郎君阴险狡诈，就在单敬贤推开他的一刹那，左手一扬，"嗖"的一镖，直向那姑娘打去，单敬贤虚步临空，身体一转，那镖端端正正插在了他的右肩上，这一过程，写起来很长，其时几乎是同时进行，单敬贤听到身后有异声，除了转身护住那姑娘，其他方法是再也没有了，"砰"，单敬贤与那姑娘一起结结实实地跌倒在地上，还未等单敬贤翻身起来——不过，要不是有那姑娘给带住，单敬贤想起来那简直易如反掌，"唰"，日月神教弟子与天煞郎君一齐涌了上来。

"当当当当!"一柄长刀不到一眨眼工夫将所有日月神教弟子的兵刃全都荡了开去，谁都没有看清怎么一回事，只见一黑衣蒙面人抓起那姑娘，同时对单敬贤喊道："还不快走!""呼呼"单敬贤身形一晃，跟着那黑衣人已飘出老远，等日月神教弟子与天煞郎君清醒过来时，黑衣人抓着那姑娘与单敬贤已去得不见踪影。

天煞郎君不禁怒火中烧，大声嚷道："还不快追!"那些日月神教弟子正欲上前追赶，忽听到一声："别追了!"

来人声音浑厚雄壮，内功极高，其说话时人还在老远，顷刻已来到了天煞郎君的面前，天煞郎君抬眼一望，忙不迭地向下一跪，说道："不知日神左使驾到，小人罪该万死……"还未等天煞郎君话语说完，那日月神教弟子齐刷刷跪了下来，俯着头，一起大声喊道："日月神教，光照四方，日月神佛，普渡众生，光我神教，扬我教威!"天煞郎君连忙改口跟着一道喊了起来，喊毕，一片寂静。

那被称为"日神左使"者说道："天煞郎君!你真是臭屎无用，叫你办这点小事都不成，你能做些什么?"语气显得十分愤怒。

那天煞郎君颤巍巍地答道："左使恕罪，小的该死，小人再去给教主找来一个!"

那左使亦是穿着黑衣，只是脸上所戴的面具与众不同，那面具更是让人可怕，更阴森恐怖，但听日神左使说道："再找一个来?再找一个来，你也保不住，又会让人给劫走了!"日神左使对天煞郎君的办事能力表示鄙夷，天煞郎君是狡诈之徒，岂有听不出语意之理，跪在地下，一动也不动地答道："左使英明，左使真是洞察秋毫，小人真是没用的，一切安排愿听左使的，左使有何吩咐，小人拼了小命也一定办到!"天煞郎君赶紧拍着日神左使的马屁，以换取左使对他的轻饶。

这日神左使果真不再追究，说道："这次再弄不回来，你就自行了结，还不快去!"那日神左使一声令下，"唰"的一声，天煞郎君与手下那些日月神教弟子一下子在他面前消失，那速度却比打斗时还快。

剩下的只有那日神左使一人，只见他在那里沉默着，不一会儿，"唰"!"唰"!两条人影飘落在他的身后，那两位向下一跪，其中一个说道："启禀左使……"

那日神左使头不回，身不转，问道："什么事?"

那黑衣蒙面人说道："奇怪得很，我们发现两个单敬贤!"

日神左使这次转过身来，欣喜地问道："你说什么？"

那人答道："我们在此跟踪那个姓单的，淇县那边飞探通知说在淇县也发现姓单的身影，此地距淇县少说也有三百余里，一个人不可能在此短时间内跨越这么远的地方，必定是两人！"

那日神左使喜出望外，哈哈大笑，自语道："真是天助我神教，你们去吧，我去通报教主！"

那两个呼呼疾驰而去，不一会儿就消失在视线之中，那日神左使身形一晃，眨眼也不见了踪影。

单敬贤与那黑衣人来到一处荒野停了下来，那黑衣人将那姑娘一放，只见那姑娘身子软绵绵地倒向地面，那黑衣人左手突然暴长，一抓一扶，把那姑娘又扶正起来，右手在她人中一掐，那姑娘微微睁开了眼睛。

原来她被那黑衣蒙面人一抓，转眼只觉得一片晕眩，一切东西看都看不清楚，只因那黑衣人奔得飞快的缘故，她眼一花，昏了过去，那黑衣蒙面人见她已经可以站稳了，才撒手，走到单敬贤身旁，看了看他后肩的镖伤，甩下一瓶东西，人已飘然而去。

单敬贤原本想问那黑衣蒙面人尊姓大名，感谢一番，这会儿就不用追赶着问了，接着那瓶东西，坐在地上，撕开衣服，拔了那支镖，将那瓶东西打开闻了闻，确信无疑后倒在伤口上，那姑娘走过来帮助他包扎好，只见她一双会说话的美丽的大眼睛望了望单敬贤，眼神中充满了无尽的感激，"扑通"一声，那姑娘跪倒在单敬贤的面前，哭诉着说："感谢大侠救命之恩，小女子今生今世难以报答，谢谢大侠，谢谢，谢谢……"她已经泪流满面，泣不成声，仿佛有天大的委屈在这哭声中宣泄出来，人几乎又昏厥了过去。

单敬贤伸手扶了她一下，衣衫轻轻一带，手一抬，那姑娘便不由自主地站立起来，单敬贤也站了起来，说道："你该谢谢刚才那人才是，是他出手救了你一命！"

那姑娘仍带着抽泣声，说道："两位大侠都是好人，都是该感激才是，大侠对小女子的恩德，小女子不知如何报答才是，都是小女子不好，连累大侠，还让你身受体负伤，小女子不知如何……"

单敬贤打断她，说道："算了，算了，快别这么说了！"顿了一顿，问道："小姑娘，你家住哪里？为何被那日月神教的人抓进轿子里？"

那姑娘一听单敬贤如此，又哭了起来，哭喊道："爹爹！娘！爹！娘！"哭声十分悲伤、凄惨。

单敬贤见姑娘哭得如此伤心，如此悲凉，心中不禁十分怜悯，十分疼爱，他自己都不知道为什么对这个小姑娘如此关心，如此疼爱，站在一旁，不禁"唉"长叹一声，对那姑娘说道：

"快别哭了，哭坏了身子可不好！你别哭，别哭，我也不再问了。"

那姑娘听恩人这么一说，渐渐止住了哭声，声音十分沙哑地对单敬贤说道："小女子姓彭名丹玲，家住安阳城内，父亲是安阳有名的镖头，'安阳镖局'就是我爹开办的，一家人本来好好的，昨晚那伙日月神教的人突然杀到我家来，见人就杀，我父亲和母亲，还有整个镖局的人全都被这些恶毒的坏人杀死了，小女子虽说跟父亲学了一点花拳绣腿，但和这些恶人打起来，根本不是对手，被他们给捉住了，他们见我长得还算漂亮，就将我绑起来，塞到轿子里面，抬到这里来了……"

那个姑娘看了看单敬贤，接着说道："我在轿子，多想有个人来救我，可是这一大早，有谁走路呢，我死死地盯着轿子窗口，生怕错过任何一个人，幸好老天有眼，让我在这里遇见了你，又见你身负长剑，肯定能斗过这些恶人，便大声喊你救我，我抱着全部希望，希望你能救我一命，当轿子从你身边走过后，仍未见动静，我万分害怕，便又拼命地喊你，你终于出手了——"

那姑娘说着，说着，眼睛不知不觉流下泪水，那是一种非常幸福的泪水，单敬贤看着她，不禁抬手为她拭去眼上的泪水，那姑娘激动地、高兴地、幸福地微微一笑。

单敬贤看着她这么一笑，心中怦然一动，暗想道：我怎么会这样？这笑容怎么如此眼熟？好像是什么人？像谁？像谁？哦，是了，是了！像杜香菱，像她！像她！单敬贤禁不住多看了她一眼，越发疼爱她。

他转过身去，叹了一声，不禁勾起了对妻子杜香菱的深深思恋，不禁自语道："这么多年，我与你朝夕相处，平平淡淡，渐渐忽略了你，几乎忘记了你的笑，可是，我怎么会忘记呢，这么多年，你好像忘了笑，就知道一味照顾爹爹，你太苦了，我真对不起你啊！"

彭丹玲听着单敬贤的话，一下子就明白是怎么回事，原来他在思念妻子，彭丹玲轻步走到单敬贤身边，小声问道："恩人，我又惹得您伤心了吗？"

单敬贤一愣，自知失态，便笑道："这不怪你，我是想到了我妻子！"

彭丹玲其实早就猜透了这一点，便又问道："恩人，你妻子一定很漂亮吧？"

单敬贤不禁又看了她一眼，说道："她很美，而且很贤惠，对老人很孝顺，对儿子和钗儿十分疼爱！"

彭丹玲又问道："恩人家里还有这么多人，那一定很幸福，很幸福！"

单敬贤听他这么一说，才猛然想起这娃儿家破人亡，就剩下她只身一人了，便关切地问道："小彭姑娘，你对今后有什么打算？"

彭丹玲一听，神色一下子黯然，说道："我也不知道！"木木地摇头。

单敬贤看着她万分可怜，关爱地问道："小彭姑娘，你可愿意去我家？"话一出口，才觉不妥，可彭姑娘喜不自胜，这姑娘生性聪明伶俐，当即跪拜在地，说道："义父在上，请受义女彭丹玲一拜！"

单敬贤摇着头将她扶了起来，说道："你这孩子，十分聪明，我收你这个义女是我单敬贤的福气，只可惜，我有要事在身，不能亲自将你带回家，我把地址告诉你，你带了我的随身信物，自个儿回家去吧！"单敬贤已把她当作自家的人了，彭丹玲听了单敬贤这么一说，真正欢喜得不得了。

两人说着，说着，天都亮了好半天，他们怎是没有感觉到，单敬贤将如何到她家里去，又如何进入神秘谷都一一给义女彭丹玲讲得清清楚楚，又将长剑柄上的那对铜铃取了下来，给了她，叮嘱一番，就要上路。

眼见义父就要走了，彭丹玲顿时感到空落落的，仿佛失去了依靠，竟然依依不舍。

单敬贤说道："去吧，快回家去！"

彭丹玲好一阵才挪动了一步，回头看了看义父，单敬贤仍在望着她，要让她先走，然后自己再走。

彭丹玲怎么也抬不动脚步，仿佛就像有什么千斤重的力量拉住了她一般，她艰难地又跨一步，再次回头看着单敬贤。

单敬贤心中也不禁酸溜溜的，眼见着义女慢慢地走着，一步一回头，渐渐远了些，正欲转身而去，忽听彭丹玲大声喊道："爹！"又飞奔了回来，单敬贤眉头一皱，好生疼爱。

彭丹玲跑了回来，对单敬贤说道："爹，我好害怕，我害怕失去你，害怕恶人再来把我抢去！我跟你走，我跟你一起走！"

其实，彭丹玲心中隐隐有一种不祥的预感，不是为她自己，而是为刚认的义父单敬贤，究竟为什么会有这种预感，她自己也说不清楚，只是这种预感在单敬贤深切地望着她走的那一刻愈感到强烈罢了，所以奔了回来，是以才说了害怕失去单敬贤。

单敬贤十分疼爱地抚摸了义女彭丹玲的乌发，心里暗想：是啊！这娃儿受的打击太大了，她一个人怎敢独自在这妖魔鬼怪不断出没的世间闯荡，她太需要关怀，太需要保护了，算了，还是带着她一起走罢！

于是，单敬贤带着义女彭丹玲一同北上寻神剑秘笈，路过安阳城，彭丹玲领着单敬贤来到"安阳镖局"——她的家，那镖局门口早就围满了许许多多的人，个个都伸着脖子向敞开的大门里面探望，有几个稍大胆的人来到两扇大门的门侧，向内屋观望，无不在摇头叹息，议论纷纷。

彭丹玲一阵晕眩，昏了过去，单敬贤赶忙扶住，好一会儿，彭丹玲双眼微微睁开，看到义父十分怜爱地望着她，不禁扑倒在单敬贤的怀里大哭起来，悲恸欲绝。

她这么一哭，单敬贤心中不禁一阵悲伤，两人走进镖局时，围观的安阳老百姓都跑开了，有几个认识彭丹玲的人跟了进去，对彭丹玲安慰了一番，帮着这新认的父女一道将她父母及家丁、镖局弟子的尸体一一都安葬好，这么一来，不知不觉，一天就过去了。

晚上，彭丹玲坚持在家中为爹娘守一晚的孝，单敬贤就陪着她，两人在"安阳镖局"耗了整整一晚，谁都没合上眼，第二天一大早，彭丹玲跪拜完爹娘的灵位，这才与义父单敬贤一道，开始了北上的征程。

东方渐渐呈现出鱼肚白，单敬贤父女踏着秋露，已经出了安阳城，可彭丹玲老是落在单敬贤后面，直累得娇喘吁吁，尽管拼命展开三脚猫儿的轻功，却怎么也追不上单敬贤的速度。

单敬贤只得走一程，等她一程，约摸行了两个多时辰，单敬贤看到彭丹玲已经满头大汗，娇面徘红，女儿家特有的如兰气息急喘不止，便想道：这种走法，怕会误了大事。突然心中一亮，暗道：我何不助她加快脚下的功夫，于是，便对她说道：

"玲儿，来，爹教你一个口诀，你按照口诀去做，走起路来就不那么累了！"

彭丹玲吐气如兰，喘息着，急切地说道："爹，这……样……岂……不是……更好，你……早该……把……它教……给……我了，玲儿……也不……会累……成这样……了！"

单敬贤见彭丹玲仍大气不止，便说道："玲儿，你按着爹说的做，来，两足相并，意守丹田，深吸气，慢呼出，先将气息调过来！怎样，好些了吗？"

彭丹玲如此一做，当真灵验，粗重呼吸顿时渐渐平息，呼吸平静如常起来，单敬贤拉了她一下，说道："我们边走边学口诀，边按口诀去做……"

一段工夫，彭丹玲已经脚步如飞了，心里不知有多高兴，但想比得上单敬贤，还差得远，只见彭丹玲展开轻灵双足，"嗖嗖嗖"，跟在义父身后，疾飞而去，平时从未有此体验的彭丹玲这会开心极了，泉水般的清脆笑声连续不止，只听"爹！走慢点，嘻嘻……""爹！我赶上来啦……"两父女一前一后，一路飞奔北上，不知有多高兴，多欢乐，单敬贤也仿佛回到年轻时代一般，哈笑不停，只是笑声显得更浑厚，更苍老罢了。

正当两人欢笑不停的时候，前面突然疾驰而来几个黑衣戴面具的人，挡住二人去路，二人临空一定，在空中一个急刹车，飘落在地。

彭丹玲望着那几个人说道："爹，又是日月神教的人！"

单敬贤一看，此间几个人物所戴面具与昨天那帮迥然不同，情知必定是日月神教的顶尖人物，便急忙从怀中摸出一张羊皮纸来，递与义女，说道："铃儿，这是寻宝地图的一半，你我各拿一半，如果情势不妙，爹掩护你，你赶紧逃走，要听话，不可擅作主张，要这帮抓住哪一个都不是，你明白吗？"

彭丹玲深深地看着刚认一天的爹，眼眶满是泪水地点了点头，忽然，一个浑厚雄壮的笑声从远处传来，眨眼工夫，一团黑影飘落在那几个日月神教人物的身后，背对着单敬贤父女俩哈哈一笑，说道："你们一个都跑不了！"接着，对那几个黑衣人喝道："还愣在这里做什么，还不快给我拿下！"这一声令下，那几个日月神教弟子招势一架，向单敬贤父女疾速杀来。

单敬贤一面招架，一面护着彭丹玲，对于这些日月神教的人物来说，彭丹玲的几路花拳绣腿与普通没有武功的人是一样对待，单敬贤这样一面应战，一面护着玲儿，甚是吃力，只听他大喝一声，身形一晃，长剑立刻幻成数道剑影，分别向来人疾快劈到，那几个人只觉得无数支长剑在与他们交手，而不是单敬贤手中的一把剑，蓦地，单敬贤身体向一个黑衣人急滑而到，"哎哟"一声，那黑衣人应声而倒，单敬贤左手将彭丹玲猛地一推，喝道："玲儿，快跑！"

彭丹玲经义父这么一喊，撒腿就跑，竟忘了用单敬贤教给她的轻功口诀，突见那站在旁边不动的黑衣人迅速飘来，一声喝道："哪里逃！"眼见就要将彭丹玲抓了回来，单敬贤暴喝一声，长剑疾抖，荡开纠缠他的几个日月神教人物，身子猛然跃起，长剑一挺，直向那首领人物身后刺到。

那黑衣首领一听身后一股强劲袭来，赶紧身子一翻，飘然飞出，放弃追赶彭丹玲，转头与单敬贤交起手来。

单敬贤大声喊道："玲儿，快按口诀去做！"

彭丹玲顿时醒悟，身子突然飞将起来，不一会儿，人已去得老远。

彭丹玲一路展开轻功，拼命飞奔，也不知走了多远，料想那帮日月神教弟子追赶不上，这才从空中落了下来，一气飞奔，这会儿又是娇喘吁吁，身心疲惫，但脚步仍不敢怠慢，继续向南奔去，走了好一阵子，心中思忖道：不知义父到底怎么样了！我是转回去找义父，还是到义父家去？彭丹玲这姑娘特别聪颖，心想道：转回头找义父是万万不能，要是义父安然无恙还好，若有所不测，自己小命送上倒无所谓，义父的重托，这一半藏宝图地图落入坏人手里可就糟了，这样一想，就按义父所指路线径直向神秘谷而去。

为了安全起见，彭丹玲在一处小镇买了几件男式衣装，在客栈里将衣裳一换，女扮男装，一路向义父家走去。

神秘谷里，峰林叠绿，怪石峥嵘，深秋之夜，风高月黑，几条人影正向神秘谷火速奔去。

单宝儿、薛钗儿睡在梦中，甜甜的笑容挂在单宝儿的脸上，不知他又在做什么好梦，他俩从小共寝一室，两张床，小的时候，每逢睡前，两人都要嬉戏打闹一番才肯入睡，现在人长大了，薛钗儿已是大姑娘了，多少懂了些事，便在室中央拉上了一面严严实实的隔扇，如同两室一样，只是单宝儿笨头笨脑，不解其意，起先还硬是不让薛钗儿拉上这面隔扇，薛钗儿说有了隔扇才更好玩，隔着这面木扇说说话儿更有趣儿。

单宝儿一听薛钗儿这么一说，心中大喜，心想捉捉迷藏也好，小时候他就经常同薛钗儿捉迷藏玩。

薛钗儿睡隔壁，呼吸匀称，姿态伏美，慵懒的面容更有打扮梳妆好时不可比拟的俊美，她已睡得正酣。

在单雄仁的卧室里，灯光依旧亮着，只见他站在窗边，那扇窗户向外洞开，在单雄仁的睡床上，杜香菱头发凌乱地躺着，衣服散开，露出洁白光滑的肌肤，杜香菱的脸颊挂着两行泪水，两眼一动不动地盯着屋顶，一只手从床檐边垂了下来。

第三章

黑衣已经来到神秘谷里，齐刷刷向单雄仁家门口悄悄走来。

这时，单雄仁转过身来，抬起双手，对着床上的杜香菱轻轻向上一抬，双眼盯住杜香菱，只听他低声说道："香菱，我的好儿媳，快快起来，穿好衣服，打扮好面容，梳妆好，推我出去！"那声音像鬼魅一般，阴森恐怖，甚是吓人。说来也怪，杜香菱缓缓起来，都一一按照单雄仁的话意做了起来。

几个黑影来到了单雄仁的大门前，停止脚步，其中一人大声喝道："单雄仁、单敬贤，快快出来受死！"这一声大喝，单宝儿和薛钗儿同时从床上跃起，提了长剑，冲出门去。

只见杜香菱已经推着单雄仁在大门前站住，单宝儿一个箭步跨了过去，问道："娘，爷爷，怎么回事？"

单雄仁说道："娃儿，大难临头了，必是有什么人寻到这里来找碴儿来了！"

突然，几条黑影踢门闯进，见单雄仁一家挡在门口，退了一退，其中一个人一声暴喝，道："单雄仁，快快将藏宝地图交出来，饶你全家不死！"

单雄仁哈哈一笑，答道："几位是什么人物，敢在我单家门口撒野！"

那蒙面黑衣人道："单雄仁，你别口出狂言，别人怕你，我段家堡的人还怕你不成！"

单雄仁又是哈哈一笑，说道："我单雄仁素来不曾与江湖中人有过节，更不知道什么蛋家堡，鸡家堡的，我单家与各位无怨无仇，为什么如此欺人太甚？"

那说话人又说道："单老儿，少说废话，交出藏宝地图，饶你不死！"

单宝儿、薛钗儿心中暗暗吃惊：爹爹说，除了木谷三郎之外，这神剑秘笈之事无人知晓，这段家堡的人何以晓得？薛钗儿抬眼正欲询问师娘杜香菱，但见杜香菱像着了魔一般，眼睛睁得老大，面上豆大汗珠布满一脸，头在不停发抖，陡然，她一声惊呼："宝儿、钗儿，快些逃命……"

蓦地，那说话的黑衣人身形一跃，一柄长剑已然刺进杜香菱的胸口。

单宝儿、薛钗儿四掌齐拍，将那黑衣人打翻，滚倒在地。

杜香菱抓住单宝儿和薛钗儿，咽声说道："娃儿，快走……快走……你爷爷他……"一句话还未说完，就断了气。

单宝儿见娘被杀，悲愤万分，身形一晃，向那些黑衣人趋身便刺，薛钗儿亦不怠慢，跃起身来，与单宝儿一起与那所谓的"段家堡"的人斗将起来。

杜香菱一死，单宝儿脑笨却手不笨，"我砍死你娘，我杀死你娘，我刺了你爷爷……"单宝儿一面骂，一面将长剑疾风骤雨般向黑衣人狠命攻去，"嚓"的一声，那黑衣人的头颅"骨碌碌"滚向一旁，这时，一条身影蓦然向单宝儿头顶掠过，将冲上来的单宝儿挡住了，单宝儿欲一剑刺去，定神一看，原来是爷爷单雄仁，只听单雄仁一面与那些黑衣人周旋，一面大声喊道："宝儿、钗儿，快快逃命！"

薛钗儿一把拉起单宝儿，向谷外飞奔，单宝儿死活不肯离去，却扯着薛钗儿直向回奔，薛钗儿急得都快要流出泪了，说道："宝儿哥，君子报仇，十年不晚，留得青山在，不愁没柴烧，你斗不过他们，快走！快走！"

单宝儿被薛钗儿紧紧拉住，可仍就不肯离去，突然，单宝儿听得单雄仁"啊"的一声，抬头望去，模糊看见一黑衣人长剑正刺在爷爷的后背，又听单雄仁大声喊道："你们俩人还不快走，爷爷不行啦！再不走就走不了了！"单雄仁极力与那黑衣人斗在一起，单宝儿满眶泪水，与薛钗儿一道向谷外逃去。

茫茫黑夜，单宝儿和薛钗儿熟练地出了神秘谷，一路拼命奔逃，两人身上的衣服都让奇松怪石给扯破了。两人哪里还顾得上这些，不知跑了多久，在一处河边停了下来。

单宝儿一屁股坐了下来，顺手摸到一个小石头，抓起来，狠命向河水砸去。

"我杀了你娘，我砍了你爹！我劈了你爷爷！"单宝儿气愤地骂道。

薛钗儿在一旁坐了下来，默默地流着泪水，没有说话，单宝儿隐约听到薛钗儿的抽泣声，抓了一块石头，又狠恨向河水砸去，黑夜只听得"咕咚"一声。单宝儿心里十分愤怒，一种报仇的怒火烧了起来。

"哭！哭！你就知道哭！"单宝儿突然对薛钗儿大声吼道。

薛钗儿吓了一跳，愣愣地望着他，不敢再哭。

其实在这浓黑的夜里，她看不清单宝儿的表情，并不知道单宝儿的眼眶同样盈满着泪水。

突然，单宝儿拿起长剑，跳起身来，就要向前冲去，薛钗儿一把把他拉住，声音十分悲切地说道："宝儿哥，你要去哪里？"

单宝儿说道："我要报仇，我要去段家堡，找他们报仇！"

薛钗儿隐约听到单宝儿咬牙切齿的声音，更是泣声说道；"宝儿哥，你知道段家堡在哪儿吗？"

单宝儿说道："我不知道，可我会找到的！"

薛钗儿说道："宝儿哥，凭你一个人的力量去报仇，是等于送死！"

单宝儿一听，说道："怎么？我一个人？你呢？你不和我一道去报仇吗？"说着，双手将薛钗儿两臂紧紧抓住，拼命摇晃。

薛钗儿说道："我不是不去报仇，我是去找师父，找到师父，一起去报仇！"

单宝儿这才放下了手，大声喊道："爹！你在哪里？爹，你在哪里呀？"喊毕，竟号啕大哭起来。

薛钗儿泪水顿时如倾盆大雨般倒了出来，在她看来，宝儿哥是不会哭的，从小与他在一起，薛钗儿从没见单宝儿哭过，即使是树刺扎破了手，单宝儿也不哭，还笨头笨脑地说道："你这根毒刺，敢扎我，我砍了你！"说着不顾手痛，还真的将那刺树给砍了。

这是薛钗儿记忆中，她宝儿哥的第一次哭泣，而且哭得那么凶猛，哭得那样让人心碎，哭得那样凄凉，哭得那样让人忍不住泪水。

薛钗儿心中那强压着的泪水，单宝儿这么一哭，给全部带了出来。

单宝儿哭着用手在地上一阵乱打，薛钗儿哭得身子发抖，一下子昏厥过去。

薛钗儿感到一阵凉意，身子一颤，微微睁开双眼，看见单宝儿向远方望去，眼角还挂着泪珠，天已经朦朦亮了，薛钗儿身子一动，这才发觉自己躺在宝儿哥的怀中。

小时候，薛钗儿与单宝儿一起玩耍玩累了，要睡时，单宝儿就会说你睡在我怀里吧，薛钗儿总非常乐意地向他怀里一躺，睡去。

有时，还睁开眼睛看一眼宝儿哥，见他傻傻地盯着自己，才又满意安心地睡去了。

可当她渐渐长大时，她就再也没有在单宝儿的怀里躺过，直到现在，薛钗儿一下子仿佛回到了儿时，"宝儿哥！"薛钗儿轻声喊道，可单宝儿好像没有听见一样，仍在呆呆地望着远处。

小时候，薛钗儿躺在单宝儿怀里睡醒来总是轻轻地喊道："宝儿哥！"充满着对单宝儿无尽的亲切，可现在，薛钗儿不仅仅是这种亲切的感觉了，还有一种莫名的冲动与心动，一种温暖和安全的感觉。

"宝儿哥！"薛钗儿又大声喊了一声，同时立起上身来，坐在单宝儿身边。

单宝儿回过神来，说道："你怎么一哭就昏过去了，差点没把我急死！"

薛钗儿一听他这么一说，心中觉得有一种说不出的暖意，她自己都有点莫名其妙，这不单是听出单宝儿的关切之意，不仅仅是简单地重复儿时的那一种亲切感、亲情感。

可单宝儿并不知道，他没有心思往这一方面想，他也不会向这方面想，在他眼里，薛钗儿就是他亲爱的妹妹，此时她睡在自己的怀里，就如儿时一样，是出于对自己妹妹的疼爱，再没有别的。

单宝儿站起身来，对薛钗儿说道："走，我们北上找爹爹去！"

踏着晨露，单宝儿和薛钗儿一同上路了。

这天中午，单宝儿和薛钗儿一起来到一小镇上，小镇十分热闹，人来人往，川流不息，各色各样的生意红红火火，有玩杂耍的，有卖艺的，有说书的，有卖唱的……

单宝儿与薛钗儿从来就没出过神秘谷，也从来没有见过这么多人，两人在小镇上走着，总不那么自然，薛钗儿更是紧跟在单宝儿后面，生怕丢了似的。

两个人东瞧瞧，西望望，觉得一切都是那么新奇，他俩走着走着，忽见过路的行人都好奇地朝他俩观望，有的还交头接耳，议论纷纷，更有甚者，他俩走到哪里，他们就一直跟到哪里，并在他们身后指指点点，不时传出嘻笑之声。

单宝儿心想：这些人真奇怪，怎么老跟着我们走，我们有什么特别么？不是和你们一样横眼睛直鼻子，这么好看的杂耍、卖唱你们不看，反倒来看我们两个。

薛钗儿见这些人一直跟着，很是害怕，伸出右手抓住单宝儿的衣角，紧密地跟在单宝儿身后，还不时回过头看看后面的人。

突然"嘶"的一声，薛钗儿抓着的单宝儿的衣角被撕了下来，由于薛钗儿回过头看那些人时走得稍慢了些，单宝儿脚步向前一跨，那衣角应声撕下，薛钗儿只拿着那块衣角。

后面的人大笑起来，单宝儿转过身来，说道："这些有人有些古怪，别理他们！"说着又转过身欲继续向前走。

就在单宝儿转过身来，薛钗儿猛然发现单宝儿身上的衣服已经破烂不蔽体，想必那些人是笑他穿得如此破烂吧，突然又赶忙一低头，看了看自己身上的衣服，也是一样破，白皙的肌肤都向外展露无遗，不禁脸上飞起一片红霞，赶紧拉住单宝儿，低声说道："宝儿哥，你看咱们身上的衣服，破得不成衣裳啦！他们都在笑咱们这身穿着呢！"

单宝儿转过身看了看薛钗儿的衣裳，又看看自己的衣裳，然后又看看跟在后面的那些人，只见那些人都像看猴子一样看着他俩，又看看自己身上的衣服，抬起头对那些人大声喝道："看什么看，没见过呀？"那些人这才一哄而散。

单宝儿对薛钗儿说道："咱们找家店，换换衣裳！"拉着薛钗儿找起衣服店来。

好不容易找到一家裁缝店，俩人一道走了进去，单宝儿喊道："店老板，买两套衣服！"

那店内走来一个戴老花镜的老头，上下打量单宝儿和薛钗儿，声音沙哑地问道："两位要什么样的衣服？"

薛钗儿说道："一套男人衣服，一套女人衣服！"

那老头摆了摆手，说道："我这里现在的只有男人衣服，没有女人衣服，要女人衣服，那得拿布来做了！"

单宝儿抢声说道："老伯伯，两套男人衣服也行！"

那老头说道："那好，我这就去给你们拿！"说罢，走进内屋，拿出两套衣服来。

单宝儿问道："老伯，多少钱！"

那老头说道："这衣服不贵，两套共半两银子！"

单宝儿手向怀里一摸，空空如也，哪里有什么银子，半个也没有，他向薛钗儿望了望，薛钗儿摇摇头，表示没有钱。

单宝儿与薛钗儿一路逃命出来，哪里来得及带什么银两，那老头望了望两人，摇着头，准备把那两套衣服放回内屋里去。

薛钗儿突然"啪"的一声将长剑放在柜台上，说道："老伯，我拿这长剑换你两套衣服！"

那老头看了看他俩，又看了看长剑，说道："姑娘，这可不能换噢！"

薛钗儿急了，说道："怎么不能换，难道这长剑半两银子都不值?"

那老头这回笑了笑，说道："那倒不是!"

单宝儿说道："那是为什么?"

那老裁缝说道："两位想必是远路人吧，你这长剑可是好长剑呀，可是像我这样不会武功的人，要这长剑有什么用，这样吧，两位把这衣服拿去，长剑放在我这儿押着，等两位弄到半两银子，再来换取这把长剑，你们看怎么样?"

薛钗儿这回高兴地说道："这样更好，老伯，谢谢您啦!"

单宝儿也说道："谢谢老伯!"

那老头说道："不谢! 不谢! 记住拿半两银子来换长剑!"

两人将衣服穿上，走出裁缝店。

薛钗儿说道："宝儿哥，咱们没银子怎么办?"

单宝儿晃了晃脑袋，说道："我也不知道!"两人一面走，一面思索着如何去弄银子。

单宝儿突然一拍脑门，说道："有了!"

薛钗儿高兴地问道："你有什么办法?"

单宝儿说道："我这里还有一把长剑，把它卖了不就有啦!"

薛钗儿摇着头说道："不行，不行，你这把剑不能卖，卖了你用什么报仇哇!"

单宝儿一听也是，怔怔地说道："那该怎么办?"

薛钗儿突然看见一对卖艺的父女，拉着单宝儿说道："宝儿哥，我们去那边看看。"

两人挤进人群当中观看俩父女卖艺，一会儿，薛钗儿把单宝儿拉了出来，说道："宝儿哥，我们也卖卖艺，我刚才看到好多人都给他们钱呢!"

单宝儿说道："那……那行吗?"

薛钗儿说道："那两个人行，咱们为什么不行!"单宝儿一想也对。

于是，两人找了一处比较宽阔的街角，开始卖起艺来，单宝儿没有铜锣，一时不知如何是好，单宝儿好生烦恼，暗想：真是一文钱急死英雄汉，如何叫人过来看咱们的武艺?

薛钗儿走过来拉了拉单宝儿，说道："宝儿哥，不用铜锣，你就照那卖艺的吆喝几声就可以了!"

单宝儿按那卖艺的刚才吆喝的那样大声地喊了起来："各位井象镇的乡亲父老，

我们父女俩……"单宝儿照那父女俩卖艺的喊了，顿觉不妥，接着喊道："我们兄妹俩因家中惨遭横祸，流落贵镇，没了盘缠，特献上几套花拳绣腿请各位欣赏，欣赏！这个……这个……各位如果看得满意，有钱就出几文钱，没钱的……没钱的就看好了！"

薛钗儿走过来，一拉单宝儿的衣角，低声说道："没钱的就叫个'好'！"

单宝儿"哦"了一声，接着又补充道："没钱就叫声好！"说完，不管有没有人看，耍了起来。

他这么一吆喝，倒有几个人凑了上来，只见他拳法打得甚是精彩，齐声叫起"好"来，单宝儿心里一惊，暗想道：算了，算了，就这么几个人，个个都叫好，那不是半文钱都卖不到么，不禁停了下来，围观的那几人当中有一人喊道："小兄弟，怎么停了，快再打几套拳法让咱们瞧瞧！"

单宝儿有些木讷，这时，薛钗儿有些胆怯地走出来，说道："我来亮几路腿法，大伙瞧上一瞧！"只见她两腿一分，接着把一双秀腿耍得更是精采，围观的人又齐声叫起好来。

单宝儿心中暗暗想道：师妹腿法也卖不到钱，这时，围观的人越来越多，围得水泄不通，不一会儿，那些人又是鼓掌，又是叫好，把单宝儿急得要死，他突然把长剑提起来，不等薛钗儿停下，一阵狂舞起来，围观的人纷纷把钱向中央处扔来。

薛钗儿一怔，停了下来，见如此多的人扔钱给了他们，赶忙鞠躬道谢。

单宝儿一见有人扔钱，心中一喜，暗道：原来这井象镇的人喜欢看舞剑，不喜欢看打拳，更是一阵狂舞，把那柄剑舞得如雪花飘舞一般，围观的人们掌声雷动，无不叫起好来，单宝儿越舞越起劲，见有这么多欢叫，竟不知停下，舞了好一阵子，忽听耳边传来一个细如游丝的声音："傻小子，该是停下的时候了。"单宝儿这才停了下来。

薛钗儿不失时机地走上前来，向围观的群众道谢，单宝儿一见钗儿向那些人点头，也跟着傻乎乎地笑着向众人点起头来，像是认识老友一般，眼睛却不停在人群中搜寻刚才对他说话的那个人。

观者们渐渐散去，薛钗儿蹲下来拾那些钱币，单宝儿仍在伸长脖子向四处探望。

薛钗儿见单宝儿在向散去的人探望，便说道："宝儿哥，怎么还没舞够哇，人家都走了，你还舍不得他们！"

单宝儿转过身来，边拾铜钱，边对薛钗儿说道："师妹，有一件很奇怪的事！"

薛钗儿停了下来，望着单宝儿问道："什么很奇怪的事？"

单宝儿说道："我刚才舞剑的时候，有个人在对我说话！"

薛钗儿说道："那有什么奇怪的，我也听见了！"

单宝儿一听，纳闷道："你也听到了，不可能的！"

薛钗儿说道："怎么不可能，难道他只跟你一个人说不成！"

单宝儿一想也对，随即转身将那些钱币一一都拾起来了。

单宝儿与薛钗儿将拾起来的钱点了一下，折合起来足足有二两银子，心里十分欣喜，正欲去裁缝店取薛钗儿那柄长剑。

突然，身后传来一声喝道："前面两人给我站住！"

单宝儿与师妹薛钗儿转过身来，看见五六个人正操着家伙向他俩急步赶来。

只听一个浓眉大眼，满脸都是络腮胡须的人喝道："哪里来的两个黄毛小子！胆敢擅自在我们的地盘卖弄花拳绣腿！"

单宝儿一听，以为是说他俩不该用不中看的武艺骗人钱财，便说道："花拳绣腿？我们卖的是真功夫！"

那为首的络腮胡子说道："好个不知天高地厚的黄毛小子，还敢逞强！"

单宝儿糊里糊涂地说道："我俩没逞什么强，我俩是真功夫，没有骗人！"

那络腮胡子更火了，一个箭步跃上前来，喝道："我倒看看你们到底有几把刷子！"

一柄狼牙棒便向单宝儿砸到，单宝儿"噫"了一声，挺剑应接，说道："你这人怎么横蛮不讲理，话都没说完，怎么抬手就打，想要比试，比试也用不着这样使用激将法，我与你比划几招就是啦！"

那络腮胡子肚皮都气炸了，大声喝道："黄毛小子，看我怎样取你小命！"

单宝儿更加奇怪了，说道："打就打呗，拼什么命，不就是切磋切磋武功嘛！"

那大汉越听越气，越气越恼火，一柄狼牙棒舞得呼呼生风，向单宝儿劈头盖脸地打来。

单宝儿长剑一抖，"当当当！"毫不讲情面地直向那络腮胡子攻来，那大汉一时气恼，只顾与单宝儿拼命厮打，不久，胸口大开，露出破绽。

只见单宝儿长剑一挺，荡开狼牙棒，长剑突然向大汉胸膛刺来，那大汉来不及抵挡，正眼睁睁地看着那柄长剑直向自己胸膛刺到，眼睛一闭，心里暗道：这小子真他妈的够狠，这下老子完了，完了，过了一会儿，那络腮胡子感觉身体并无疼痛，手臂一动，正欲挥起狼牙棒反击，睁眼一看，那柄长剑正明晃晃地架在自己的脖子上，哪里还敢乱动，正待要喊"少侠饶命"，突然"啪啪"，响起了一个人的掌声。

单宝儿眼神一斜，只见一个身穿华丽的蓝色长衫的青年鼓着掌向这边走来，其他与络腮胡子一道来的几人连声叫道："大公子好！"

那年轻人也懒得理会他们，径直走到单宝儿跟前，说道："这位兄弟好剑法，好剑法！"

单宝儿说道："你是什么人？"

那年轻人答道："在下张梦飞，是这井象镇花岭山庄的大公子！"说着转向那络腮胡子喝道："如此争强好胜，两位贵客光临小镇，展示高超武艺，实在是小镇人的福气，你们如此不懂规矩，竟然横蛮不讲理，硬逼着人家与你比试武功，不知道天高地厚！"

一顿训斥，那络腮胡子开始一怔，接着低下了头。

只听单宝儿说道："这位大哥果真是要比试武功，直说了便是，你还担心我不答应么！"

那蓝衫青年说道："这位少侠，看在张某的薄面上，就饶了这个莽撞的家伙！"

单宝儿才发现自己只顾着说话，剑还架在那大汉的脖子上，将长剑收了回来，说道："下次想比试武功时，最好不要骂人！"

那蓝衫青年一听，对大汉说道："你这张烂嘴，怎么能乱骂人呢，还不快向少侠赔个不是！"

那络腮胡子倒十分听话，把狼牙棒向怀里一靠，双手一抱拳，对单宝儿说道："在下多有冒犯，还望少侠多多包涵！"

单宝儿一听，心中的火气一下子就灭了，说道："不必多礼，我包涵你就是了！"

那蓝衫青年对他们几人喝道："少侠宽洪大量，饶了你们，站着干什么，还不快滚！"

那几人还未等他把"滚"字说完，已经灰溜溜跑了。

站在一旁的薛钗儿一直未曾说话，这时，见那些人都走了，便扯了扯单宝儿的衣服，说道："宝儿哥，我们该走了！"

单宝儿正欲转身，那蓝衫青年瞅见薛钗儿身穿着一身男儿衣服，便说道："二位从远道而来，可有栖身之处？"

单宝儿答道："洗身之处是没有，不过我们可以去客栈洗洗！"

薛钗儿见单宝儿又胡乱讲话，便说道："多谢这位大哥关心，我们能找到住处！"

那蓝衫青年微微一笑，说道："姑娘这身穿着恐有不便，在下有个妹妹，和姑娘身材差不多，不如两位到敝山庄去换了衣服再走不迟！"

单宝儿一看薛钗儿的着装，说道："如此就多谢张大哥了！"也不管薛钗儿愿不愿意，便答应了下来。

张梦飞说道："两位，请随我来！"说罢，一转身，在前面带路。

薛钗儿拉住单宝儿，说道："宝儿哥，你怎么能平白要人家的东西！"

单宝儿说道："平白？我们可以给他们钱，还不是为了你，你看你，穿得乱七八糟，一点也不好看，哪里像个女儿家！"

薛钗儿听他这样便不再作声，尤其听到单宝儿说她一点都不好看，这下子竟然倒希望马上去换掉这身穿着打扮。

单宝儿见她在那里怔怔的，问道："怎么啦？"

薛钗儿也不发话，跟着那蓝衫青年张梦飞走了上去。

单宝儿暗想道：说不去，跑得比我还快。于是便跟了上去。

来到一处雄伟高大的建筑跟前，张梦飞右手一抬，作个请的姿势，说道："两位请进！"两人抬眼一望，那房舍大门门头上赫然挂着"花岭山庄"四个烫金大字。

单宝儿与薛钗儿走进花岭山庄，立刻闻到一股香气扑面而来，两人定睛一看，原来这庭院到处种着千奇百怪、各种各样的花木，那些花儿竞相开放，万紫千红，煞是好看。

张梦飞把两人引进大堂，这时，一位老者走上前来，说道："张大公子，可有什么吩咐？"

张梦飞说道："丁伯，给两位贵客斟茶！"

那老者"是"一声，转身走出大堂。

张梦飞对单宝儿、薛钗儿说道："两位觉得寒舍怎么样？"

单宝儿边四顾边回答道："好得很，好得很！"

正当两人说话间，从大堂一侧传出一声清脆地声音道：“大哥，你又带什么狐朋友狗友回来了！”

接着，蹦跳出一个小姑娘来，张梦飞脸色一沉，说道：“小丫头片子，乱讲什么！”继而向单宝儿说道：“这就是我妹妹——张梦绮，小姑娘淘气得很，口无遮拦，请两位不要见怪！”

单宝儿摇着手说道：“不会，不会的！”

张梦绮见单宝儿有些傻气的样子，原本就想笑，又瞧见薛钗儿穿着打扮不伦不类，“扑哧”一下笑出声来。

张梦飞阻拦道：“小丫头片子，胡闹什么！”

那张梦绮小嘴一噘，娇嗔道：“不许叫我小丫头片子，再叫，我就不喊你大哥了！”

见薛钗儿与自己年纪相仿，人又生得俊秀，心中甚是喜欢，一蹦一跳，到薛钗儿面前，说道：“走，这位不认识的姐姐，我俩一起玩去！”

张梦飞突然想到什么，说道：“还未请教两位尊姓大名呢！”

单宝儿回答异常干脆，道：“单宝儿、薛钗儿！”

张梦绮一听，更是欢呼跃雀，说道：“好听的名字，宝儿，钗儿，好听，让人好亲切！走吧，钗儿姐姐，咱俩玩去，不要和他俩在一起！”

张梦飞说道：“梦绮，你带薛姑娘到你房间，找一套合适好看的衣服，给薛姑娘换换！”

张梦绮飞快地答道：“哎，好嘞！”说完，拉着薛钗儿就要走。

可薛钗儿却有些怯生，站着迟迟没有移步。

单宝儿走过来说道：“你就去吧，都是女儿家，没什么可怕的！”

薛钗儿凤眼向单宝儿一瞥，这才和张梦绮一同去了。

单宝儿与张梦飞大堂叙说，丁伯这时将茶水端了上来，张梦飞说道：“单兄，这是敝山庄特有的百花茶，你品尝品尝，看看味道如何？”

单宝儿端起茶来，呷了一下，品了一口，说道：“张兄，此百花茶真香气溢鼻，没得说！”

张梦飞见得如此拙词，笑了一笑，说道：“你且等一会儿，再说说身体有何感觉！”

单宝儿一听，精神集中，全身心地感觉起来，只觉得一股细细的清凉在周身游戈，渐渐地，这股细细的清凉越来越快，越来越猛烈，有如波涛汹涌般在身体里面翻动，直至大脑，单宝儿一下子十分清醒，十分轻松，有一种说不出的爽快之感。

单宝儿好生奇怪，说道："张兄，此百花茶到底有何功效？"

张梦飞笑笑，答道："这百花茶乃是用一百种花粉调配而成，有醒脑提神的作用，另外，最神奇的是，它可以使人的经脉畅通无阻，能够活血化瘀，消除人体的各种有碍身心的气息，你现在是不是有心情愉快，精力旺盛，精神振奋的感觉？"

单宝儿非常欢快地答道："正是如此，正是如此，张兄对单宝儿的盛情招待，单宝儿牢记于心，倘若后会有期，单宝儿必定百倍偿还报答！"

正说话间，薛钗儿和张梦绮两人来到大堂上，薛钗儿经过沐浴更衣后，那副俊美的面容带着一种娇滴滴、羞答答的忸怩之态，让张梦飞一下子看傻了眼，眼睛随着薛钗儿直跑，仿佛硬要将他的那双眼睛盯在薛钗儿的脸上一般。

张梦绮见张梦飞如此看着薛钗儿，"嘿"，大声一喊，直将张梦飞吓了一大跳。

薛钗儿见张梦飞如此盯着自己，好生奇怪，心里暗道：我哪里有什么不对劲么？

单宝儿觉得张梦飞的目光和神情有很大的不对劲，便拉起薛钗儿向张梦飞说道："张兄对我俩的深情厚意，我单宝儿日后定来花岭山庄报答，我们现在就要走了！"说罢，拉着薛钗儿就向庭院走去。

张梦绮赶上前拦住单宝儿和薛钗儿的去路，歪着脑袋，很调皮地说道："单哥哥和薛姐姐，你们不许走！"

薛钗儿见张梦绮像是有意不让他们走，说道："梦绮妹妹，宝儿哥哥和我有要事在身，不能在此多耽搁，好妹妹，你让让路，让我们走吧！"

张梦绮把鬼脸一扮，说道："我偏不让你们走，我不要你们走，我不许你们走，呜呜呜……"说着，两手蒙着眼睛，哭了起来，边哭边说道："我不……呜……不要……呜……你……你们走……呜……"

这下可把单宝儿给急坏了，他最怕的就是女孩子对着他哭了，连声说道："绮儿妹妹……"

张梦绮一听单宝儿喊她绮儿妹妹，心里那个美得呀，就像是蜂蜜加糖一样，甜滋滋，更是"呜呜"个不停。

单宝儿说道："我们不走就是了！你干吗哭呀？"单宝儿十分不解地说。

"你们不走了！这可是单哥哥说的，说话得算数！"张梦绮打开双手，舌头一

吐，"哇，我哪有哭啊，我哪有哭啊，你受骗啦！"说罢，竟独自拍掌欢跳起来

单宝儿气得不知该怎样骂她了，骂她也不行，张家对他们有莫大的恩惠，打她更不行，单宝儿一时竟不知该怎么好，只喃喃地说道："你怎么这样！你怎能这样！"

薛钗儿被张梦绮这样一逗，心中原本就不免对她也很责怪，听到单宝儿竟在那里焦急不安，不知胡乱说些什么，便关切地扯了扯单宝儿的衣角，问道："宝儿哥，你怎么啦？不愿意留下来就算了，咱们走不就得了吗，干吗那么烦躁！"

张梦绮见单宝儿竟如此急躁不安，心知因自己调皮胡闹闯了祸，一时不知该怎么办，用手指使劲地在衣服上乱绕乱搅，不声不响地，"啪啪"地掉下泪来，这回可真是哭了。

张梦飞这时走了过来，拍了拍单宝儿的肩膀，说道："单兄如果真的有要事在身，我也不留你，你们尽管走吧，梦绮这小丫头，与你闹着玩的，还请单兄不要见怪才是！"

单宝儿说道："可我都答应她了，说话怎能不算数！"

张梦飞笑道："与个小孩说话，算不算数，那有什么要紧的，不妨事，她没什么的！"

转过头对张梦绮喝道："你这样不懂事，作弄人家，整天吃饱了撑的着没事干是不是，真是胡闹！"把梦绮抢白了一顿。

张梦绮原本情知自己做错了事，经她大哥这么一训，更哭得凶了，竟越哭声音越大，索性放声大哭起来。

薛钗儿很为难地在中间转过来转过去，她懂得单宝儿为什么如此烦躁不安，无故被梦绮这丫头骗了，可大仇未报，爹爹又不知身在何处，一时一刻都不能耽搁，他怎么不急？可又答应梦绮不走，说话又不能不算数，走也不是，留下也不是，岂有不烦之理，薛钗儿想劝劝梦绮，可根本就劝不住，反而，越哭越伤心，竟哭得浑身打起颤来。

薛钗儿怎么也没有想到罪恶的魔爪正向她悄悄地伸过来。

张梦飞见梦绮仍哭个不止，便走过来对单宝儿说道："单兄，我这妹妹天生任性，我也拿她没办法，解铃还须系铃人，你试试劝她一劝，我陪薛姑娘到庭院走走！"说罢，转向薛钗儿，说道："薛姑娘，咱们回避一下！"

薛钗儿一想，这样也许有道理，试试也未尝不可，便对单宝儿说道："宝儿哥，

你就劝劝她，我出去一下！"

说完和张梦飞前后出了大堂，单宝儿这下又急了，伸出一双手，正欲喊两人回来，薛钗儿和张梦飞已经出了大堂。

这下可把单宝儿难住了，叫她劝梦绮，笑话，他从未劝过人，就连薛钗儿他都没劝过，要么就由着她，要么就大发脾气，要是张梦绮换了是薛钗儿，这会儿他还用骑虎难下吗，那又是大声喊道："哭！哭！哭！你就知道哭！"薛钗儿就会不哭了，可这是张梦绮呀，可不能这样对她吼哇，自己正在她家作客，怎么能还这样对她吼起来，那可不就明摆着我单宝儿是个十足的傻瓜，可是除了对她吼两声，单宝儿再也没有对付女人哭泣的方法了，他急得像热锅上的蚂蚁，在大堂不停地来回走动。

张梦绮的哭声仍就在不断地向他传来，直哭得单宝儿内心烦躁，突然，单宝儿急步走到张梦绮身边，大声吼道："哭！哭！哭！你就知道哭！"单宝儿一吼罢，便立刻知道自己不该这样，这是怎么啦？我刚才不是告诫自己不能对她吼的吗？怎么就不自禁吼起她来了呢？

单宝儿心里一片混乱，说来也怪，张梦绮被单宝儿这么一吼，竟突然止住了哭声，瞪着两只浓黑的大眼睛，怔怔地望着单宝儿，不敢再哭了，张梦绮从小就没有人对她这么吼过，父母亲还有两个哥哥都对他百般疼爱，偶尔一顿批评，那也不过是语气略微粗重一些罢了，哪有像单宝儿这样对她疯狂乱吼的，张梦绮顿时吓傻了眼，哭声骤然打住，望着单宝儿，不知所措。

单宝儿仍就烦躁地在大堂上踱来踱去，转了好一阵子，忽听哭声没有了，抬眼看了看张梦绮，却看见她正瞪着大眼睛不知所措，惊恐地看着自己，心里不禁掠过一阵怜惜和自责。

他缓缓地走到张梦绮的身前，期期艾艾地说道："我……我不是故意的！"

张梦绮好一阵子才缓过神来，沉默一会儿，轻声说道："单哥哥，这不能怪你，都怪我不好！"

单宝儿蹲下身来，说道："不能怪你，不能怪你，只怪单哥哥不好，我该死！我混蛋！我糊涂！我没用！"一边责骂自己，一边竟打起自己的耳光来。

张梦绮被单宝儿傻头傻脑的样儿一逗，竟"扑哧"一声笑了，笑得还挺开心，同时伸出一双柔滑洁白的玉手，将单宝儿的手捉住，不让他再打了。

单宝儿的脑子像突然断了电似的，傻乎乎地蹲在张梦绮的身前，竟一动也不动。

张梦绮天真幼稚的脸上那双蓝得动人的眼睛深深地看着单宝儿，用她温柔的双手轻轻地抚摸着单宝儿自己打红的脸，温情脉脉地轻声说道："你打痛了吗？"

单宝儿那断电的脑子突然像通了电一般，身体不禁打颤了一下，恍然大悟般说道："不痛！不痛！只要你能开心，你能不哭，就是再多打几下也没关系！"单宝儿那副傻乎乎的样子，让张梦绮看着觉得他真是傻得可爱，傻到她心坎去了，赶忙说道："不打，不打，打痛就没人再疼你了！"张梦绮竟把小时候母亲对她关切的话语用在了单宝儿身上，这下可让她吃惊不小，她自己都搞不清楚为什么会这样！傻傻地望着单宝儿。

单宝儿也傻傻地望着她，两人就这样傻傻地望了好一阵子。

薛钗儿在张梦飞的陪伴下，在庭院中走来走去。

张梦飞指着那些花儿，向薛钗儿一一介绍，可薛钗儿的心一点都没放在花上面，都放在了单宝儿身上，她一面走，点头应付张梦飞，一面在想单宝儿会不会劝住张梦绮，他拙于言词，又笨头笨脑，傻乎乎，怎么能劝住梦绮姑娘不哭呢？走着走着，忽听大堂里没了哭声，就跑了过来。

看见张梦绮很亲切地与单宝儿说话，还用手抚摸单宝儿，两人竟然还你望着我，我望着你。

薛钗儿的心"咯噔"一下，空荡荡的，一股无名的，从未有过的感觉自内心迸发出来，气呼呼走上前来，一把拉起单宝儿，说道："宝儿哥，咱们……咱们去取长剑去吧！"

薛钗儿开始想说咱们离开这个鬼地方，可一想，宝儿哥已答应人家话了，他一定会做到，便想到长剑还在裁缝店里，便改口说取长剑了。

单宝儿还没醒过神来，问道："咱们去做什么？"

张梦飞连忙插话道："薛姑娘，我陪你一起去取长剑吧！"

薛钗儿一听这话就更有气，说道："谁要你一起去了，这是我和宝儿哥的事，你少管！"

单宝儿一听薛钗儿无故抢白了张梦飞，顿时觉得很不好意思，抬脑瓜子说道："张兄不要生气，钗儿从小就被我宠坏了，脾气不太好！"

薛钗儿更是气愤地说道："你几时宠过我了？几时宠过我了！"说罢，撒娇般地哭了起来。

单宝儿见女孩哭就上火，"哭！哭……"单宝儿又吼了起来，不过他突然打住了，他想到，这么多人，且又是在别人家里，这样吼钗儿是不好的，况且刚才吼梦绮时，自己打自己的脸，虽说不痛，但也够丢面子的，所以，他改口说道："钗儿，你别哭了，都怪我瞎乱讲，我烂嘴，我该打，我不会说话，我该打！"说时又打起自己的嘴巴来。

薛钗儿赶紧捉住单宝儿的手，停住不哭了，在薛钗儿印象中，这是单宝儿第一次这样哄她，因而那股怒火被单宝儿很轻松地驱散了，代之的是喜悦和兴奋，温情和疼爱。

张梦飞在一旁一直盯着薛钗儿，她的一举一动无不对张梦飞产生莫大的吸引，他希望薛钗儿的哭泣，撒娇和温存是对他，而不是单宝儿这个傻蛋，他想拥有薛钗儿的一切，这一切对张梦飞来说胜过任何东西，一种罪恶的念头从张梦飞的脑中萌起，然而薛钗儿并不知道，单宝儿更不知道，张梦绮也没想到她哥哥会做出让人痛心疾首的事来。

张梦飞说道："好了，好了！大家都平静下来，单兄，你的衣服也该换了，来，到我房里去换一下！"

张梦绮一听，连声称赞道："好啊，去换一套好的衣服，这样看起来人更精神、英气些！"薛钗儿当然想单宝儿去换了，这样走在一起也相配些，她暗想道。

张梦飞将单宝儿引进自己的卧室，说道："单兄，还是洗个澡吧，我给你叫热水来！"

单宝儿说道："那就多谢张兄了！"

张梦飞说道："不必客气，我叫下人给你送水就是！"说罢，转身去了。

单宝儿独自在房间里，趁热水还未到来时，便四下看了一看，只见墙壁悬挂着各种各样精美的饰物，十分好看，样样都小巧玲珑，工艺精细，一般女孩特别喜欢佩戴这种东西，不过，单宝儿他不懂，看着这些花色各异、闪闪发光的小玩意儿，他心里暗想道：张兄这么大的一个人，还玩小孩玩的东西，那就难怪他妹妹如此顽皮淘气了。

房间里还有一个很大的橱柜，柜子上下分了七八层，每层都放着大小不一、花色不尽相同的各种瓶子。

单宝儿随手拿起一小瓶子瞧了瞧，只见上面写着："五步断魂散"，单宝儿完全明白，原来这里的各类瓶子都是装药用的，不过，这上面的药名没有一个他熟悉的，他好奇地一一观看，觉得这些药名十分奇怪，怎么也看不懂这药名的意思。

单宝儿沐浴更衣后，便来到大堂，薛钗儿正和张梦绮有说有笑地谈着什么，单宝儿"嗯"了一声，跨进门里。

薛钗儿见来的是单宝儿，立刻迎了上去，上上下下打量了他一番，脸上露出羞涩的笑容。

张梦绮总是如此调皮，一蹦起来，走到单宝儿跟前，嘻笑道："哟哟哟哟，这才像个男子汉，英姿飒爽，风度翩翩，走到大街上，看姑娘们不把你抢了去才怪！"

薛钗儿一听这话，脸上更是红云四起，满面通红。

单宝儿说道："你又在调笑我这个笨人了！我哪有你说的那么好！再说，姑娘们无故抢了我去干什么？我与她们无怨无仇的！"几句话可把张梦绮笑得前俯后抑，直不起腰来。

张梦飞在一旁不笑，也不说话，心里暗想：象薛姑娘这样的绝色娇羞女子，跟着单宝儿这傻冒，真是天下之大不幸，一朵仙花让牛屎粑给污染了！薛姑娘应该与像我这样风流倜傥、善解人意的人在一起，这是世间最完美的结合，才是不枉她的绝伦美妙的容貌！

是吃晚饭的时候了，丁伯走了过来，说道："晚饭都端上桌了，大公子快带两人吃饭去！"

张梦绮、张梦飞、薛钗儿、单宝儿分东南西北依次坐了下来，单宝儿和薛钗儿从来没见过这桌菜，都是一些叫不出名的东西做成的，单宝儿也不客气，就像是在自己家里一样，独自豪吃起来。

薛钗儿将饭碗拿在手中，慢慢地扒着，也不夹菜。

张梦飞见状，就不停地向薛钗儿碗里夹菜，弄得薛钗儿都不好意思，更是害羞。

薛钗儿越是这样，张梦飞越是喜欢，单宝儿连声说道："张兄不必客气，夹菜她自己能行，你自个儿快吃！"

梦绮却连碗都不拿，只管看着单宝儿那狼吞虎咽的样子，独自笑咪咪的。

吃罢晚饭，薛钗儿顿感精神疲惫，倦意袭来，单宝儿一见，说道："张兄，我们明天一早还要上路，就让钗儿和梦绮姑娘先休息去吧！"

张梦飞点了点头，也不答话，嘴角掠过一丝诡秘的笑容。

深夜，一条黑影很熟悉地来到薛钗儿的房里，轻车熟路般弄开窗户，很轻灵地跃进房内，那黑影慢慢地走近薛钗儿，呆呆地看了一阵子，突然将被子缓缓地掀开，"嗖"地一道白光疾射而来，正打中那黑影的手上，只见那黑影身形一跃，已经出了薛钗儿的房间，眨眼消失在黑暗中。

天仍在黑色的夜里闪着少许星光，单宝儿就起床了，走到薛钗儿卧房旁边，发现她的房间窗户大开，心中一惊，跃进房里，见薛钗儿仍很安详地睡着，便不忍心叫醒她。

眼看天快亮了，单宝儿走过去摇了摇薛钗儿，喊道："懒虫，该起床了！"

薛钗儿还是没醒，只是动了一动。

单宝儿大声喊道："喂，起床啦！"

薛钗儿好不容易睁开惺忪的双眼，迷迷糊糊地问道："你是谁？你怎样进来的？"

单宝儿见她好像还在梦里一般，便又大声说道："我是宝儿，快起床！该上路啦！"

薛钗儿说道："天亮了吗？我怎么全身软绵绵的，想起来，却怎么起不来了！"

单宝儿一听，用手在薛钗儿头上一摸，觉得没什么异样，便说道："想睡懒觉是不是？快起床！"

可薛钗儿怎么也起不来，单宝儿急了，一下子将薛钗儿扶起来坐着，可等他松开手，薛钗儿又软绵绵地倒下床去，单宝儿心想：难道生了什么病不成？便打开门，准备去找大夫，这时天早就亮了。

张梦飞、张梦绮正向这边走过来，单宝儿见到他们，便说道："钗儿生病了，你们帮助照料一下，我去请大夫！"

张梦飞拦住单宝儿，说道："还是你和梦绮留下来，我去请大夫，这里我比你熟悉，要不了多久的！"

单宝儿一听，觉得有理，便让张梦飞去了。

他和梦绮来到钗儿房里，只听薛钗儿在迷迷糊糊地喊道："宝儿哥，宝儿哥！你在哪里？我怎么起不来了！我怎么……"接着又睡了过去。

梦绮走到床边，看了看钗儿的眼睛，又拭了拭她的额头，很奇异地瞪着眼睛，良久没作声，单宝儿凑上去问道："梦绮姑娘，你可知道钗儿的病情？"

张梦绮怔怔地摇着头，眼睛一直盯着薛钗儿，没有回答。

第四章

这时，张梦绮领着一个老大夫走到房里，单宝儿急不可待地说道："大夫，请您快快看她的病况如何！"

那老大夫点了点头，走上前去，摸了摸薛钗儿的脉博，又看了看她的舌头，摇着头叹了一口气，说道："哪位是她的哥哥？"

单宝儿连忙说道："是我，是我！她怎么样？要不要紧？大夫，您快快治好她的病，您今生也不忘你的恩德！"

那老大夫说道："小兄弟，这个我也无能为力，你妹妹中了剧毒！"

单宝儿发疯般跑到薛钗儿的床边，傻傻地看着薛钗儿，喃喃地说道："不会的，不会的！"突然又跑到老大夫身边问道："大夫，她有没有事？能不能治好？这世上有谁能救她？"

那老大夫说道："你妹妹中的这种毒对生命一时没有危险，但是她可能这辈子再也别想起床啦，天底下能解此毒的人只有一个，那就是人称'赛华佗'的妙手神医喻圣舒，不过，此人听说在五年前就被他的徒儿给杀害了！"

单宝儿一听，急声说道："那就是说，我妹妹没得救了！"

老大夫无奈地摇了摇头，叹息道："老朽无能为力，请小兄弟见谅，老朽就此告辞了！"

单宝儿脑子一下空空的，什么也不想做了，一下子瘫坐在地上。

张梦飞走了过来，拉起单宝儿说道："单兄，你也不必绝望，刚才那老大夫只说听说那'赛华佗'的喻圣舒被人杀害了，可不一定就是真的给杀了，只不过听说而已，或许这'赛华佗'根本没死也说不定，只要找到'赛华佗'喻圣舒，那薛姑娘的病不就可以治好了吗！"

单宝儿一愣，跳了起来，说道："你说喻圣舒没死可是真的？"

张梦飞说道："那可不一定，我只是说人人都听说有这回事，这'听说'哪能就是事实，你说对不对？"张梦飞极力想使单宝儿明白这喻圣舒不一定死了。

单宝儿说道："照你这么说，薛钗儿还可能有救？"

张梦飞说道："这就看你能不能找到'赛华佗'喻圣舒了！"

单宝儿向张梦飞双手一拱，抱拳道："那就有劳张兄照看我妹妹钗儿了，我这就去寻'赛华佗'！"

张梦绮走上前来说道："单哥哥，这人海茫茫的，你去哪儿寻那妙手神医去？"

单宝儿一听，人一下子又软了，坐了一会儿，说道："张兄，你可曾听说这'赛华佗'的住处？"

张梦飞答道："那'赛华佗'住在亳州的一个神秘的山谷里，不过，你去那里恐怕很难找到他！"

单宝儿说道："那是为什么？"

张梦飞说道："我们不妨作这样的一个推理，'赛华佗'喻圣舒的徒儿要杀害喻圣舒，而喻圣舒幸免遇害，或者是他医术高超，自己治好了自己，那他必定知道杀他的人是谁了。既然这一切他都明了，就不会还住在自己的家里，那不就等于等死吗？等着要杀他的人来杀他！天底下没有如此笨的人吧！我猜想喻天舒肯定不会还住在老地方，必定找一个很安全、很隐蔽的地方躲起来，以躲避徒儿的追杀！"

单宝儿被张梦飞一番话说得稀里糊涂的，说道："如此说，那喻圣舒是找不到了！"

张梦飞说道："那倒未必，这就要靠你的本领了！那要靠你的智慧和运气了！"

单宝儿说道："我一定会找到喻圣舒，让他给钗儿治病！"

张梦飞说道："好样的，真正的男子汉就应该如此，单兄，你几时动身？"

单宝儿答道："事不宜迟，即刻就出发，我妹妹就交给你们两位了，拜托，拜托！"说罢，就要上路。

张梦飞拦住他说道："单兄，请稍宽片刻，我给你捎些银两来！"单宝儿感激不尽，说道："如此便多谢张兄了！"

张梦飞走出薛钗儿的卧室去捎银两，张梦绮轻声地问单宝儿道："单哥哥，你一个人去？"

单宝儿答道："带上钗儿会更麻烦的！"

张梦绮见他不懂她的话，便说道："我陪你去找'赛华佗'好不好？"

单宝儿说道："多谢梦绮妹妹，你还是在家里照顾钗儿吧，姑娘家之间可能更方便些！"

张梦绮突然觉得单宝儿成熟了许多，仿佛什么事都懂一般，便说道："我一定按照单哥哥的叮嘱，决不会让钗儿姐姐有半点差错！"

单宝儿心里暗想：我单宝儿能遇到张氏兄妹这样的好心人，不把赛华佗找到，誓不为人，便说道："梦绮妹妹的一番好意，我单宝儿不知如何报答才是！倘若姑娘日后有求于我，我单宝儿就是赔上性命，也要为梦绮姑娘办到！"

张梦绮见单宝儿如此一说，便又说道："单哥哥说的可是当真？"

单宝儿不解地说道："难道梦绮姑娘还不相信我这个笨人不成？"

张梦绮莞尔一笑，说道："我只要单哥哥答应我一件事！"

单宝儿说道："什么事？梦绮妹妹不妨直说。"

张梦绮说道："我替你好好照顾钗儿姐姐，你答应我一件事，这很公平，不过，这件事我暂时还没想到，到时候想到了再与你说！"

单宝儿斩钉截铁地说道："好！不管梦绮妹妹什么时候说出来，我单宝儿决不会说半个不字！"

张梦绮说道："这我就放心了！"

单宝儿点着头，说道："梦绮妹妹尽可放心！"

张梦飞拿着一个大包袱走了进来，说道："单兄，这里有二百两纹银，足够单兄花上一年半年的，单兄只管去吧，钗儿姑娘你就不必担心了，我们会好生照料的！"

单宝儿接过包袱，一声道谢，出了花岭山庄，直向亳州奔去。

在单宝儿心里，他认为不管"赛华佗"是不是在亳州，他都非得去一趟亳州不可，他一定得亲自查出"赛华佗"喻圣舒到底死了没有。

单宝儿一心放在救薛钗儿身上，一路上的深秋佳景，无暇琢磨，风餐露宿，日夜兼程，直向亳州急急赶去。

时光飞逝，日月如梭，眨眼半个月过去了，单宝儿终于来到了亳州"赛华佗"居住过的神秘谷地"万人谷"，名称虽说是"万人谷"，可单宝儿却一个人影也没见着，不免心中暗暗叫苦不迭，跑这么长时间、这么远的路特地来寻喻圣舒为薛钗儿治病，却不料一个人影都没看见，更谈不上什么"赛华佗"喻圣舒了。

单宝儿发誓要弄清喻圣舒的死活，在"万人谷"中不停地寻找，才发现一间竹屋，那间房屋全都是用竹子做成的，没有任何其他东西砌在其中，竹屋里面放置着各种各样的瓶子，就如花岭山庄中张梦飞的房里一样，单宝儿猜想这些就是药瓶吧，那么，这竹屋也就是"赛华佗"喻圣舒的住所了，除了这间竹屋，就再没发现第二处有人住的地方，不是喻圣舒住的，还能是谁！

单宝儿在竹屋的里间发现了许许多多的血迹，那血迹已然干了很久了，只隐隐约约能分辨得出来，房间的竹制桌子上放着一颗早已被吹干的干瘪的人心状的东西，竹桌上还放着刀具，各类器皿，许多杂七杂八的东西，单宝儿也叫不出名来，不过都是他从未见过的，就连他能认识的刀具也都是奇形怪状，闻所未闻，见所未见的，单宝儿经过半个月来的劳累奔波，身心疲惫，索性在竹床上躺了下来。

单宝儿躺在床上，心里想道：如果那"赛华佗"没死，他必定会来这里，一定会来这里，他自己努力地说服自己相信这一点，因为他除了在这里能找到喻圣舒以外，要想在其他地方寻找"赛华佗"喻圣舒，那比大海捞针还难，他在心里暗暗想道：喻圣舒就在这附近，想着，想着，不禁打起哈欠来，索性一翻身，想睡上一觉。

如果不翻身倒不要紧，他这么一翻身，身体竟然骨碌碌地顺着一个秃滑的竹道滚了下去，单宝儿只觉得四周黑漆漆的，什么也看不见，身子不由自主地向下滑去，他试着用手去抓，只觉什么也没有，滑溜溜的，什么也抓不住，身子顺着滑道忽左忽右，不停地向下滑去。

突然，眼前出现微弱的亮光，"啪"的一声，单宝儿只觉得自己重重地摔了一跤，屁股和后背一阵剧烈的疼痛，单宝儿伸手想去揉一揉被摔伤的后背，忽地一个硬物从后面打来，正砸在他的后脑壳上，直砸得他头晕目眩，眼冒金星，他伸手将那东西一抓，原来正是他的随身长剑，他气呼呼地将长剑一扔，暗骂道：砸我，带你有何用。那柄长剑连剑鞘一起向一面漆黑的石墙飞去，"当"的一声响，那剑鞘插入石墙的一个小孔中，只剩下剑柄在外面，剑柄旁边的石墙陡然洞开，单宝儿吃了一惊，忽觉一股强大的腥风袭来，一条巨大的蟒蛇张着大口直向单宝儿袭到，单宝儿吓傻了眼，他长了这么大，从未见过如此巨大的蟒蛇，偶尔在神秘谷中见到一些比较粗大的蟒蛇，也不过碗口那么粗，可就这条巨蟒，张着的大口，就足足可把他一口吞下，蟒蛇的牙齿比单宝儿所带的长剑还长，单宝儿心里暗想：这下可完了，钗儿的命救不了了，自己的性命丢了倒无所谓，可还有大仇未报，爹爹又不知下落。

单宝儿一动也不动，只道是自己必死无疑。

突然觉得脸上火辣辣的，像被什么东西重重地打了一下，整个人一下子飞了起来，"叭"，又重重地摔在地上，直摔得他心肺俱裂，动弹不得，陡然又觉得一个软绵绵的东西将他卷起，越卷越紧。

单宝儿被卷得透不过气来，两只手在空中一气乱抓，可什么也抓不着，睁开眼睛一看，自己被一个东西高高扬起，距离地面足足有七八丈高，单宝儿想道：要是再被摔了下去，必死！疾目向旁边一看，不看则已，这一看，单宝儿一下子吓晕了过去，原来他被那条巨蟒的红信卷住，那蛇身高高立起，将单宝儿悬在半空。

单宝儿渐渐地睁开眼睛，迷迷糊糊地发觉自己还没有死，心中又惊又喜，突然，他头顶上传来一声大喝："小子，你也有今天，想杀死师父，有那么容易吗？你这个无耻的小人，看我如何整死你！"

单宝儿睁眼一看，见自己仍高高挂起，想动也动不了，又听到那声音说道："畜牲！把它翻过来！"

单宝儿只觉得身上的那红信多了半圈，人已经面部向上了，他抬头向上一望，大吃一惊，自己正在那巨蟒的口边，更让他不可思议的是，那巨蟒的头顶正俨然坐着一个人，那人正十分气愤地看着自己。

单宝儿迷迷糊糊地问道："你是谁？是人还是鬼？"

那人笑得直打颤，说道："怎么啦？小子，害怕啦，我是鬼，是一个冤死的鬼！就是做了鬼，我也不会放过你的，哈哈哈！"

单宝儿又说道："你到底是谁？我不认识你！"

那人说道："哼，你不认识我，装得倒蛮像嘛，骗人也不换换法子，小子，这几年，在外面混得不错嘛，手艺练得怎么样了？徒儿几把刷子，师父能不知道？任凭你怎样改头换面，我都认得出你这个狼心狗肺的东西！"

单宝儿越听越糊涂，不解地说道："我怎么改头换面了？什么师父不师父的，我没有师父！"

那人更是笑得眼泪都流了出来，说道："哎哟，笑死我了，你以为你换个身体，我就会上当？为师什么没经过？你没有师父，你心里当然没有师父了，无耻小人，你以为一剑刺中我的心脏，我就死了是不是？告诉你，我的乖徒儿，你师父死不了！你就是再刺上一百剑、一千剑，师父也死不了的！"

单宝儿说道："我何时刺了你啦！"

那人说道："小子，别装了，让师父告诉你一个不幸的情况，小子，师父原本在前年带你来到这个你从未涉足的地方，告诉你祖师遗传下来的这个秘密，可你小子实在是太心急了，如果是在我带你来到这个密室之后再将师父我杀掉，你小子当真可以满足心愿了！"

单宝儿心里暗想道：这人只怕是个疯子，他是不是想什么法子逗我、吓我、玩我、整我？不管那么多，反正已经落在他手里，先和他玩玩也罢。

那人接着说道："现在告诉你，让你死个明白，这个秘密是列代师父留传下来的，与密室相伴的这条巨蟒——灵虬，这灵虬非常通人性，灵虬，你给这小子点厉害看看！"

单宝儿突然觉得身体就如千斤重物挤压过来，五脏六腑像翻江倒海般倒卷起来，赶忙说道："师父，师父，你行行好，等你说完了再动手不迟，那时要杀要剐全由你，何必像徒儿一样心急呢？这样，你说要我死个明明白白，那不就成了空话吗？"

那人一听，轻轻拍了拍巨蟒的头，说道："畜牲，别那么用力，暂且让他活一阵子！"

那灵虬果然卷得松了许多，单宝儿才感觉稍微能呼吸一下，不过内脏似乎被挤伤，一阵剧痛自体内迸发出来，直痛得单宝儿汗水淋漓，眼冒白花，那人说道："小子，这灵虬可是天下唯一的灵性之物，已经活了一千多年了，他身上的许多器官都是历代师父改换过的，唯有这双眼睛一直保留至今，你猜猜看，他眼睛有什么样的功用？"

单宝儿十分痛苦地说道："我不知道，师父，你就让这灵虬放下我吧，反正我也逃不了他的控制。"

那人笑道："小子，挺难受是吧？当初杀师父怎么就没有想到自己会有今天，要痛痛快快地去见阎王，我还不同意呢，我就是要你死不了活不成！怎么样？受得了吗？"

单宝儿说道："反正总是死，随你怎样对我！"

那人说道："嗯，还是耍嘴皮子，待会儿好好教训你！"突然大声对单宝儿说道："小孽徒，我刚才说到哪儿啦？"

单宝儿说道："你不是叫我猜灵虬眼睛的作用吗？"

那人又说道："对，对，你说不出它的作用吧？不过，为师也不知道它的作用，为师正在研究它!"

单宝儿痛得难受极了,说道:"你都不知道,瞎说什么,故意消磨时间,想整死我!"

那人气恼至极,说道:"我瞎说,我先让你瞎了再说,灵虬,废了他的眼睛!"

单宝儿看到眼前一片巨大的红缎向他的双眼刺来,一阵麻木,什么也看不到了,暗想道:想不到临死之前变成一个瞎子,见了阎王,看不清阎王爷的模样,真是倒八辈子霉了!

单宝儿想反抗,可哪里动弹得了,整个身体被那灵虬卷得都麻木了,手脚都充满了瘀血。

陡然,那人说道:"我现在不说了,明天再来说给你听,你可不要死啦!"说罢,从那巨蟒的头上顺着蟒背一溜,眨眼不知所踪。

单宝儿这才发觉密室里一片黑乎乎的,头顶上有一缕弱光射下来,可下面什么也难看到,单宝儿仍就被那灵虬高高吊起,他实在难受极了,昏了过去。

当他醒来时,发现自己已经躺在地上了,阵阵腥风不断地向他吹来,抬眼一看,却什么也看不到,这才想起自己的眼睛已经瞎了,想必是那灵虬正在不断地向自己喷气。

单宝儿想了想,心里暗忖道:许是自己昏了过去,那灵虬听从主人的话语,不让他死了,于是放他下来,用喷气将他弄醒吧。

单宝儿不再害怕那灵虬巨蟒了,他在想,钗儿的病,爹爹的下落,还有那未报,现在报不了的血海深仇,想呀想,不禁对自己的不幸遭遇感到极大的伤心,他想哭,可没有眼泪,只感觉到眼睛剧烈地疼痛,他试着用手摸了摸眼睛,顿时疼痛难忍,大叫一声,人几乎又昏了过去。

突然,他觉得有个软绵绵的东西扶了他一把,是什么?单宝儿用手一摸,他叫不出来是什么东西,难道是灵虬的红信吗?事实上,正是,那灵虬是千年的灵物,他怕单宝儿大叫一声,有寻死的念头,赶忙吐出蛇信,防止单宝儿撞壁而死。

身体巨大的摧残给单宝儿带来的痛楚再一次使他昏厥了过去。

再一次醒来时,他觉得有人在身边走动,那灵虬已经不再向他喷气雾了,单宝儿的眼睛仍然十分疼痛,体内的痛楚依旧不断地传来,单宝儿慢慢地移动着自己的身子,突然,有人说道:"你是谁?你为什么来我这'万人谷'?是谁派你来的?快说,不然别怪老夫不客气了!"

单宝儿听出晃坐在灵虬头顶上那人的声音，便说道："师父，你不是已经知道了我是谁吗？你不是说任凭我怎样改头换面，都逃不过你的眼睛吗？"

那人笑了笑，说道："你一定受了我徒儿不少的银子吧？光带在身上的，就足足有一百多两，为了这么点银子，赔上一条性命，值得吗？"

单宝儿说道："你已经知道我不是你的徒儿了？"

那人哈哈大笑，说道："什么事瞒得过老夫？"

单宝儿心中顿时有了一线希望，便说道："老人家，你是谁？"

那人答道："你没有资格来问我是谁，先老老实实地回答我的问题！"

单宝儿很听从地说道："如果我老实回答，老人家是不是也能老实地回答我的问题？"

那人说道："哪有这么啰嗦，我向来是人先办了我的事，我再替人家办事！你到底是受谁的指使？"

单宝儿说道："谁都没指使我！是我自己要来的！"

那人又问道："那你怎知道我在这'万人谷'里居住？"

单宝儿答道："老人家，你是谁我都不知道，你怎知我一定来寻你，我是来寻'赛华佗'妙手神医喻圣舒！"

那人答道："这不就得了，不是找我吗？老夫就是你要找的喻圣舒！"

单宝儿一听，心中大喜，想爬起来，可怎么也动不了，那人说道："怎么？听到我是喻圣舒，就想起来杀我是吗？你这副模样，走路都难于上青天，还想来杀老夫吗？白日做梦！"

单宝儿一听他误会自己，这下彻底想澄清自己了，说道："神医怎会如此说在下，我单宝儿正有求于神医，怎会杀你呢！"

喻圣舒说道："你这副惨样，还不愿吐露真情，是不是受了那无耻小人的控制？"

单宝儿说道："不不不，神医千万不要误会，我并未受任何人控制，我是想请神医去救我妹妹！"

喻圣舒说道："那就是你妹妹受那孽徒控制了，要挟你，让你来寻我，引我出去，再将我杀掉！"

单宝儿说道："不是的，神医，你听我说，我妹妹中了一种奇怪的毒！"

那喻圣舒说道："是什么毒？"

单宝儿可不知是什么毒，便说道："我也不知道是何毒，不过，我妹妹一直昏迷不醒，大夫说她这辈子也别想再起来了，除了你，天下再无人能解此毒！"

喻圣舒说道："有，还有一个人能解你妹妹的毒！"

单宝儿说道："是谁?"

喻圣舒说道："你这小伙子也真笨，当然是下此毒的人了！"

单宝儿说道："可我根本不知下毒的人是谁！"

喻圣舒说道："那么是谁告诉你，我曾住在万人谷?"

单宝儿说道："是张兄！"

喻圣舒说道："什么张兄，他现在何处?"

单宝儿说道："他叫张梦飞，是井象镇花岭山庄的大公子！"

喻圣舒又问道："你怎么认识他的?"

单宝儿将认识张梦飞的前因后果一古脑儿地说了一遍。

喻圣舒说道："那你妹妹是如何中毒的? 在什么时候中毒的?"

单宝儿说道："这我就不知道了，只是那天天还没亮，我发现妹妹的窗户开着，进去后，她便已一卧不起了！"

喻圣舒又说道："你可发现那张梦飞有什么特异之处，比如说颈上有圈疤痕之类的?"

单宝儿回忆了一下，说道："没有！"

喻圣舒说道："现在，我可以告诉你，你妹妹中的是天下最防不胜防的'八辈子不醒来'！"

单宝儿听不明白，说道："什么毒? 怎么称呼?"

喻圣舒笑道："此毒就叫'八辈子不醒来'，原本是我们历代医祖在灵虬，也就是这条巨蟒身上作实验时用的，每当灵虬到了快老死的时候，医祖们就把'八辈子不醒来'打在灵虬的身上，然后在外面找许许多多与灵虬身体各种器官相同的蟒蛇来，给灵虬一一换上，所以这灵虬就一直活到现在。"

单宝儿从来未听说有如此神奇的传说。这不是传说，而是事实，若非单宝儿亲身经历过灵虬的折磨，恐怕打死他也不会相信这是真的，可这恰恰是事实。

单宝儿说道："神医有什么没问完的，请你快点问，有什么要我做的，尽管说，只求神医能救我妹妹一命，我单宝儿就是死，也要为神医办到！"

喻圣舒笑道："一个瞎子，自己的性命都危在旦夕，仍然顾及自己的妹妹，可见你不是什么恶人！"

单宝儿说道："神医所言极是，我原本就不是恶人！"

喻圣舒说道："你现在瞎了眼，怎么能替我办事？"

单宝儿一听，顿时茫然，突然说道："神医的医术高明，区区一双眼睛算得了什么，神医难道医不好我这双眼睛？"

喻圣舒哈哈大笑，语气极为喜悦地说道："单宝儿，你总算还不太笨，区区一双眼睛，对我来说，只不过是小儿科罢了，就是你全身都换了，又有什么困难！"

单宝儿一听，简直不敢相信自己的耳朵，说道："神医果真有如此神奇医术？"

喻圣舒说道："难道还骗你不成，换换脑袋，我那徒儿也能做到！"

单宝儿一听，心里不知有多么高兴，说道："神医如果能解了我妹妹的'八辈子不醒来'，我单宝儿宁可不要这双眼睛！"

喻圣舒说道："那可不行，那你如何为我办事！"

单宝儿说道："什么事？"

喻圣舒说道："只要你能找出颈上有一圈疤痕的人，别说是你的眼睛、你妹妹身上的毒，就是你死了，老夫也能把你医活！"

单宝儿一听，说道："我一定会找到那个人，报答神医的大恩大德！"

喻圣舒说道："你以为此人是那么容易找到的？此人不仅像我一样，能够把两个人的脑袋换过来，而且还能将自己的脑袋放到别人的身上去，茫茫人海，谈何容易！"

单宝儿更是觉得他说得玄乎其玄，神乎其神了，如果果真有如此高明的医术，那岂不是很难寻得到那个人吗！

喻圣舒仿佛看出了他的心思，说道："这换脑也不是说换就能随便换的，它还必须两个的血型、经脉、身体大小等等诸多条件相符才行，其中条件缺一不可，想在人群中找一个这样的人，是百年难遇的，我自己到如今也未曾发现与我完全相吻合的人！"

单宝儿说道："这么说，你要寻的那个人也有可能不曾遇到与他相吻合的人？"

喻圣舒说道："那是当然，如果没有改头换面，他有一个非常明显的特征，那就是他特别喜爱女人的饰物，如果他已经换了脑，换到了别人的身体上，他的颈部就有一圈不可消失的疤痕，哈哈哈，这小子实在是心急得很，这疤痕也不是不能修复到原好无损，只是我没有传授给他而已，哈哈哈！"

单宝儿觉得喻圣舒的笑声近乎阴毒、恐怖。

单宝儿一听喻圣舒这么一说，立刻想到了张梦飞，他在张梦飞的房间里发现了许多的好看的小饰物，但转念一想，天下如此之大，有这一嗜好的，恐怕不止一人，况且没有发现张梦飞颈上有什么圈痕，怎能就断定是他，他如此情深意厚，也不像是喻圣舒说的那种人！

喻圣舒说道："傻小子，活该你倒霉，要不是你妹妹中了'八辈子不醒来'，要不是你来这里找我，你就不会受如此大的苦了！"

单宝儿说道："只要能找到神医，受再大的苦，我也愿意！"

喻圣舒长叹一声，说道："唉，我把你当成我那孽徒了，这世上，好人总是多磨难，恶人总是多自在。"

单宝儿说道："恶人终会有报应的！"

喻圣舒说道："但愿有这么一天，来，单宝儿，老夫为你疗伤！"

单宝儿万分感激地说道："多谢喻老前辈！"

喻圣舒说道："希望我没看错人，这灵虬的眼睛有什么功效，用在你身上便知道了！"

单宝儿一听，大吃一惊，说道："喻老前辈，你要把蟒蛇的眼睛放在我身上？"

喻圣舒说道："不要害怕，这灵虬的眼睛经过一千年的不断生长，和人的眼睛是一样的，接在你的眼睛上，与你生下来就有的眼睛没有什么分别！"

单宝儿想道：反正看得见总比看不见要好，管他那么多！

于是，单宝儿接受喻圣舒的医术治疗，喻圣舒很小心地把单宝儿的伤眼洗净，又慢慢把他的眼睛里的各种血管丝丝根根理好，又喝道："畜牲，低下头来！"

单宝儿也不曾看见他用什么法子将灵虬的眼睛给挖了下来，只感觉到他在自己的眼部很轻很慢地安上了什么东西，又涂上了什么液体，不一会儿，他就叫单宝儿睁开。

单宝儿不相信这么会儿工夫就把眼睛接好了，不敢睁开，生怕眼睛没弄好一样。

喻圣舒大声喝道："单宝儿，我走了！"

单宝儿一听大惊，走了，妹妹的毒谁来解，便睁眼一望，哇，什么都看得见，与从前一模一样，没有什么区别，一点区别也没有！单宝儿高兴得直想跳，可他内伤还未治疗，想跳也跳不起来。

喻圣舒拿出一颗药丸，要单宝儿服下，说道："半个时辰内，你的内伤就会恢复如初了！"

单宝儿向喻圣舒深深一拜，说道："还请喻老前辈救救我的妹妹！"

喻圣舒答道："你放心，你妹妹的毒不会伤及性命，只要你替我找到那个孽徒，我定然会给你妹妹解毒，不然的话，就别怪我不发慈悲了！"

单宝儿一听妹妹的性命不会有危险，便问道："喻老前辈，多谢你给我单宝儿新的生命，我一定会抓到那个无耻的徒弟，面交老前辈，以示谢恩！"

喻圣舒拉起单宝儿，对灵虬巨蟒喝道："畜牲，和单兄弟再见了！"

那灵虬眼睛被安放在单宝儿的面上了，对他有些敌意，无奈主人发话，便伸出红缎般红信，同单宝儿握手道别。

单宝儿很奇怪地问道："喻老前辈，这灵虬没了眼睛，他怎知我在哪里，又怎样知道同我道别？"

喻圣舒说道："虽说它已没有眼睛，可我会再替它装上的，除了眼睛，他的手，也就是蛇信，也十分灵敏，能辩出人的方位和各种东西的大小、形状等等，他通晓人性，就和人一样，这都是一千年来我们医术世家对他的培育和照料所得！"

单宝儿对此无不感到匪夷所思，喻圣舒说道："单兄弟，你的一双眼睛可能功效特别，希望你用于正道，不可与邪道人物同流合污！"

单宝儿说道："喻老前辈请放心，单宝儿决不会是那样人！"

喻圣舒说道："这样就好，这样就好！"

沿着曲折迂迥的地道，单宝儿跟着喻圣舒离开了密室，已然到了一片丛林之中，喻圣舒说道："单兄弟只管先去吧，那孽徒想利用你作饵，诱我出去，好实现他不可告人的目的，一旦单兄弟有了那孽徒的消息，就通知老夫，老夫定会解去你妹妹的'八辈子不醒来'，去吧，放心地去吧！"

单宝儿拜别喻圣舒，径直向井象镇花岭山庄奔去。

这一日，秋风凉爽，树叶一片金黄，收获的季节让单宝儿感到身上的重担越来越沉，好端端的，出了一路的岔子，心中感到一种沉重，妹妹的毒还未解，又到哪儿去寻找那喻圣舒的孽徒，单宝儿感到前所未有的困惑。

"棒子，新鲜的玉米棒子！"小贩的吆喝声打断了单宝儿的思绪，他已经来到宝塔镇了，行人们川流不息，车水马龙，过客匆匆，单宝儿心里暗想：这些忙碌的人们有谁知道我心中的苦痛呢！

前面不远处有一家饭店，单宝儿觉得有些饿了，便大步向饭店走去。

饭店里已经宾朋满座了，唯有中间那张桌子坐着一个年青的小伙子，单宝儿走了过去，问道："这位兄弟，我可以坐下吗？"

那年青人说道："当然！"

单宝儿一听，便纳闷起来，看着那年青人长得白皙皙的，斯斯文文的，怎么说也是个有钱的公子哥，看起来倒像个姑娘，声音细细的，尖尖的，他不管那么多，坐了下来，要几个菜和一壶酒，独自酌饮起来，单宝儿从未喝过酒，他心里感到苦闷，所以才要了这壶酒。

这酒酒性好烈，单宝儿"咕咚"一口，"扑哧"，呛得喷了出来，那酒花直溅了那公子一身，只见那公子哥圆目一睁，十分气恼地看着单宝儿，说道："你这人怎么搞的，不会喝酒就别喝嘛，喷了我一身，你赔我的衣服来！"

单宝儿自知对他不起，连忙取出一段布来，帮那公子擦去衣服上的酒水，那段布是用来包银两的。

可那公子急忙躲开，更是十分恼怒地说道："你这人怎么如此无礼，人家可没有叫你擦，你怎么自行碰人家来了，无耻！"

单宝儿也不答理，任凭他骂，等他慢慢静了下来，说道："小兄弟，实在对不起，是在下不好，我赔你衣裳就是！"

那年轻人仿佛对他怒意消了许多，静静坐在对面，看着单宝儿独自喝闷酒，单宝儿没心情搭理他，也不愿与他多讲，一味地喝酒，可他偏偏又不会喝酒，几次呛得喘不过气来。

那年轻人看了他好一阵子，终于开口说道："这位仁兄，可有什么伤心之事？不妨说说，让在下替你分担分担！"

单宝儿不胜酒力，有些醉醺醺地说道："分担，你能替我分担忧愁？笑话，你不认识我，我不认识你，我心中的痛苦你如何能分担！"

那年轻人一笑，知道自己猜想得不错，这对面独自酌酒的人必定是有苦衷的，便说道："请问兄弟怎么称呼？"

单宝儿说道："你问这些干什么？我又不想认识你！"

那年轻人脸色一沉，说道："噫，兄弟这么会儿该不是想要赖吧，你还没赔我的衣服呢，怎么我就不能问问你的称呼？"

单宝儿带着醉意说道："啊，原来是要银子，要多少，我给你就得了！"说时，一打嗝，伸手就去怀里掏银子。

那年轻人一下子火了，说道："你以为我是要饭的！要多少银子，我不要银子，我要衣服，和我一模一样的衣服！"

单宝儿睁着倦意的眼，说道："你这人怎的不讲理，我只有银子，没有和你一模一样的衣服！"

那年轻人说道："哼，没有衣服，那可不行，不管你买也好，偷了罢，总之，你赔我一模一样的衣服来！"

单宝儿答道："我到哪儿给你弄出这一模一样的衣服来，叫我偷，我从来就不偷东西，看来你也不是什么好东西，叫人偷，哈哈！"

单宝儿醉得近乎不知所言了，胡乱地说，也不怕人家生气，那年轻人果然真生气了，一拍桌子，大声喝道："你骂我不是好东西，好，今天就偏要赔我的衣服来，你还能在大庭广众之下要赖不成！"

单宝儿这下可没说的了，因为他迷迷糊糊地看到整个饭店的人都在看他，因为是他把酒水喷到人家的衣服上的，因为他答应赔给人家衣服的，他脑子"嗡嗡"作响，很迷糊地想道：我单宝儿可不是这样的人，在这么多人面前让那年轻人说自己要赖，他歪歪斜斜地站了起来，说道："走！我买一件和你一模一样的衣服给你，让你这张嘴闭……闭上！"身子一歪，又倒在桌上了。

那年轻人说道："走哇，怎么不走了，光耍嘴皮子，算什么好汉，去买呀，怎么不去了……"那年轻人突然打住不说，因为他已经听到单宝儿睡着时粗重的呼吸声，原来，单宝儿不胜酒力，醉倒在桌上，睡了起来。

那年轻人看着单宝儿睡着了，看着他醉得像烂泥一般，心里想道：他也有像我一样的遭遇吗？一点点挫折就如此经受不住，喝闷酒解愁，哼，管用吗，这不就醉了！

突然，那年轻人转念一想：这个人与我素不相识，我怎么对他如此关心呢？有什么理由让我对他如此关心呢？我还是走罢，于是，付了酒饭钱，出了饭店。

那年轻人边走边想起了自己的不幸遭遇，想到自己也曾被一个素不相识的人救了一命，还认了那人作义父，为了她，义父不知下落，去义父的家，可义父的家又遭横祸，义父若不是受到自己的拖累，恐怕不会落到如此境地，义父为人正义，心胸开阔，而我为何就不能像他一样呢？看着人家孤零零地醉在那里，却一走了之，哪里对得起死去的父母、恩重于山的义父，不行，我得回去把他弄到旅店里再说，那年轻人转头又走回了饭店。

那年轻人见单宝儿仍然睡在桌子上，旁边的客人都若无其事地只顾吃他们的酒饭，只有店主在单宝儿的旁边轻轻地推着他，喊道："客官，你醒醒！客官，你醒醒！"店主见喊他不醒，便将桌子上的饭菜碗盘都捡了开来。

那年轻人走了过去，对店主说道："店家，你店可有房间？"

那店主一听，马上迎了过来，笑容满面地答道："有！有，客官想要什么样的房间？"

那年轻人说道："上等客房两间！"

那店主向那年轻人背后一望，说道："客官一个人，要两间房干什么？"

那年轻人很恼火地说道："你只管收钱，问那么多干什么！"

店主自知多嘴，笑着答道："是！是！小人多嘴，客官还有何吩咐没有？"店主狡诈得很，一眼就看出那年轻人的心思。

那年轻人说道："将这个喝醉的兄弟背上一间房，给他洗漱干净，让他去睡！"

那店主躬身哈腰道："好！按你的意思办就是！"

单宝儿被店主背进了房间，那年轻人看着店小二为他洗抹干净之后，让他睡在床上，自己也回到房间，休息起来。

是夜，月光如练，点点繁星悬挂夜空，冷冷的月光透过窗户斜射进来，饭店二楼单宝儿隔壁的房间里，那年轻人慢慢洗净脸后，走到梳妆台前，向镜子里望了望，突然，他取下头上的帽子，竟垂下一头秀发，俨然是一个女儿家，看着镜中的她，竟然发出几声微微的叹息，要不是这江湖的邪魔歪道所害，我也用不着整天女扮男装面对世人。

姑娘的心事重重，缕缕哀愁不知不觉写在她的脸上，一眼秋水缓缓荡漾，黛眉低垂，纤纤的柳腰倚靠在窗口，可这恼人的秋风吹拂着她一头乌发，一切都掩盖不了她的婀娜多姿的身段，美丽如花的面容。

她就是女扮男装的彭丹玲，自义父单敬贤为救她的性命与她分散以后，她不得不将这如花般的面容隐藏起来，以男儿的身份在江湖中闯荡，她的父母惨遭邪教杀害，义父不知身在何方，而义父的家又飞来横祸，这一切都把这个如花般的姑娘变成了另一个人。

以前一个不谙世事、胆小如鼠、温顺脆弱的小姑娘，如今变成一个独闯江湖、敢作敢为锄邪助弱的堂堂热血男儿，这个中滋味，只有彭丹玲心中最为清楚，借着皎洁的月光，她仅能看远山的模糊轮廓，然而，她心中轮廓又何尝不是如此模糊，甚至根本不能看见，一片茫然。

她的义父生死未卜，还一时弄不清楚，还有素未谋面的义父的儿子和女徒儿，她要寻找他俩，那更是头痛难事，她心中的这些有谁知晓？看着模糊的远山，她不禁长长地叹了一声，她自己问自己：彭丹玲啊彭丹玲，看你如何解决这一道道难解的问题！

第二天一大早，单宝儿就从睡梦中醒来，他好生奇怪，怎么会睡在床上，这是哪里？

单宝儿跳下床来，四处细细打量起来，这时，女扮男装的彭丹玲推门进来，见单宝儿正四处观看，便说道："这位兄弟，别看啦，这是饭店的房间，你昨天喝醉了酒，我叫人把你送上来的！"

单宝儿这才明白发生了什么事儿，便十分感激地说道："多谢公子的有心照顾，昨天的事实在抱歉，你我素昧平生，仁兄如此宽洪大量，令在下深深敬佩！"

彭丹玲说道："兄弟何必客气，其实我这人小气得很，扶你上楼不为什么侠义心肠，乃是为昨日那衣服一事！"彭丹玲生性聪明，不愿别人过多地对自己心生感激，这样反而对自己不好，便又纠缠到昨日那衣服上去了。

单宝儿一听，心里很是惭愧，说道："我单宝儿说话向来算数，决不食言，请仁兄放心，我定会给你买来一模一样的衣裳，交付于你！"

彭丹玲见他态度诚恳，料想他也不是什么心存恶意之人，且以昨日喝酒的情形来看，必然与自己一样，是个有苦衷的人，同是天涯沦落人，彭丹玲想到此，叹了一声，说道："难得兄弟如此直肠，我看我们得一起去买那衣服，不然，大了小了都不合身，那岂不是白买了吗！"

单宝儿一听也是，合乎情理，便说道："仁兄所言极是，单宝儿有要事在身，烦劳仁兄带路，速速将衣服买来，我好赶回去。"

彭丹玲二次听他说自己叫单宝儿，心惊之余，有一丝希望深深吸引着她，她在想：这眼前的单宝儿如果是义父单敬贤的儿子就好了，那可真是踏破铁鞋无觅处，得来全不费功夫，可她哪里知道，眼前的单宝儿恰恰就是她要找的义父之子。

彭丹玲几个月独闯江湖的经验告诉自己，凡事须谨慎为好，不可莽撞，何况还有半张藏宝图在她身上，江湖上欺诈诓骗的事不知有多少，切不可让人将自己骗了，丢了藏宝图，可就说什么也对不起义父的再生之德了。

彭丹玲说道:"好,我们就去买衣服!"说罢,先出房去。

单宝儿收拾好行李,提起长剑,跟了上去,两人一道出了饭店,向街中心走去。

两人一边走,一边谈笑,彭丹玲说道:"单兄如果真的有什么要紧的事,那就算了,不买衣服了,你快点赶路吧!"

单宝儿一听,说道:"难得仁兄……噫?你怎知我姓单?"

彭丹玲一怔,心里暗想:这不是你自己说出来的吗?看来他是个有口无心之人!便答道:"单兄几次称自己单宝儿,你不姓单,那还会姓什么?"

单宝儿点了点头,说道:"我自己把姓名都告诉你了!不知该如何称呼仁兄呢?"

彭丹玲见他问自己的姓名,想道:告诉他也无妨,不过得改一改,改什么好呢?便随口答道:"在下姓彭名丹青,单兄就叫我小彭好了!"

单宝儿一笑道:"彭兄折杀我了,我哪里老了,要我叫你小彭!"单宝儿还特地把那"小"字拖得又长又重。

彭丹玲不禁一笑,心里暗想:这单宝儿看似有些笨头笨脑,可有时还真逗!便说道:"单兄想必比我大吧,叫我小彭也不过分!"

单宝儿说道:"我能如此自傲自大?你我都是同龄人,相差无几,当以相互同称为好,要不然,你也叫我小单好了!"

彭丹玲一听,觉得很顺,便说道:"那有何不可,小单哥……兄弟!"彭丹玲不禁顺口想叫"小单哥哥",陡然觉得不对,想与单宝儿还不至于如此亲密吧,于是,就改口"小单兄弟"了!单宝儿自是照着搬了过来,说道:"小彭兄弟,走了这么久,小镇的街都快到尽头了,到底在哪里能买到与你的一模一样的衣服!"

彭丹玲原本是借这个借口与单宝儿套近乎,可又听他说自己姓单,更是觉得这姓单的,天下很难遇到的,有可能他与义父单敬贤有什么关系呢?便自顾与他周旋,七弯八扭地套出单宝儿的身世,竟忘了买衣服的事。

见单宝儿这么一问,便说道:"我看小单兄弟待人赤诚,这点小事,不足挂齿,买了衣服反而显得我彭丹……青十分小气了!"

单宝儿说道:"我既然答应买衣服给你,我一定得做到,说话不算数可不是我单宝儿的个性!"

彭丹玲见他如此坚决,便说道:"此镇根本就没有这样的衣服,你上哪儿买去？"

单宝儿说道："那……那如何是好？"

彭丹玲见他急得团团转，说道："那你以后再买给我不就可以了！"

单宝儿愣了一愣，说道："等我买到这样的衣服，恐怕我再也找不到小彭兄弟的影子了。"

彭丹玲说道："只要有缘，总会见面的！"

单宝儿叹道："只怕我还未见着你，人已经死掉了！"说罢，望着远处，愁绪飞扬。

彭丹玲一怔，说道："小单兄弟，有什么难言的隐衷？"

单宝儿说道："真是一言难尽，小彭兄弟，倘若后会有期，我一定将衣服给你买上，我单宝儿对小彭兄弟的承诺决不会改变，请你放心！我现在要去找一个人，就此别过！"

彭丹玲听他说要找人，连忙拉拉单宝儿，说道："小单兄弟，不瞒你说，我也要去找人，不如咱们结伴而行，相互好有个照应！"

单宝儿毫不犹豫地说道："单宝儿人笨言拙，只要小彭兄弟看得起，那有什么不可以的，免得一个人走路闷得慌！"

彭丹玲见他应允，便豪兴一发，仿佛就是一个真正男儿身一般，手臂一挥，满怀壮志豪情地说道："小单兄弟，请！"

单宝儿也不多说，大步一迈，先走起来。

彭丹玲心道：这单宝儿真是爽快，叫他走，他什么也不说，真的走了，不像江湖中人，有许多婆婆妈妈的礼节俗套，于是，迈开大步，赶上单宝儿。

两人一道行了一程，看见路上行来一群送葬之人，那些人个个头上围着白布，都是一些穷苦人家，一位只有七八岁模样的少年，双手捧着一套色彩鲜艳，仿佛崭新的衣服，与那些在凄凉的秋风吹拂下，飘飘作响的白色围巾对比起来，显得十分地不协调。

那些吹吹打打的声音和着那死者家属伤心悲凉的哭调，把路上的单宝儿和彭丹玲深深地定在那原地，不知是什么原因，单宝儿想一直目送那丧事办完，于是对彭丹玲说道："小彭兄弟，你在此等候片刻，我想去看看那丧事是如何办的！"

彭丹玲听他如此一说，觉得单宝儿真的有点近乎傻气了，人家办丧事，你凑什么热闹？难道你还要办什么丧事不成？居然去看人家的丧事如何办理。

过了不多久，单宝儿回来了，他从彭丹玲面前走过，说道："小彭兄弟，该走了！"声音似乎在哽咽。

彭丹玲感到奇怪了，这单宝儿怎么啦！去看看丧事，回来竟然像变个人似的，不声不响，闷头闷脑，只顾一个人往前走，便追上去说道："喂，你怎么啦？怎么不等等我？"

单宝儿来到一处高地站住了，默默地凝神远眺，居然发现远山的树林里有一个樵夫在那里劈柴，这可把他吓了一跳，以为是自己看花了眼，定睛细看，仍可看见那樵夫，自语道："这是怎么回事？"

彭丹玲听到他在那里胡乱自语，便说道："什么怎么回事？"

单宝儿说道："小彭兄弟，你看那座山的树林里有什么？"

彭丹玲看了看，转过头说道："小单兄弟，你真逗，那座山距此少说也有五里多数，这世间恐怕没有如此目力的人吧！"

单宝儿很认真地说道："你仔细看看，在那山腰的树林里有什么？"

彭丹玲以为真的有什么重大奇迹发现，便沿着他指引的方面看去，可什么也看不清，就连那座山都是模模糊糊的，心里想道：哼，想作弄我，便说道："是啊！那树林里有个苍蝇在飞！"

单宝儿说道："胡说，明明是个樵夫在山腰的树林中劈柴！"

彭丹玲一歪嘴，说道："对呀，那苍蝇就在樵夫的旁边嘛！"

单宝儿信以为真，仔细地看了一会儿，说道："真的有只苍蝇在飞，看看看，苍蝇落在樵夫的肩上了！"

彭丹玲气得肺都要炸了，说道："真无聊，什么不好玩，变着戏法糊弄人家！"

单宝儿眉头一皱，说道："这是真的，我何时糊弄过你了！"

彭丹玲说道："你这不就是在糊弄我么！"

单宝儿急了，说道："真的有只苍蝇在那樵夫肩上！"

彭丹玲说道："好啦，好啦，我也不和你较劲，我说那苍蝇在飞，是骗你的，我连那座山都看得模糊不清，又如何看得到如此细小的苍蝇？那不是痴人说梦吗？"

单宝儿见对方有些误会他了，便说道："看不看得见不要紧，可我是真的看到了，没骗你！"

彭丹玲见他仍然说看得清清楚楚，便一指前面远处那棵树，说道："前面那棵树是什么树？"

单宝儿抬头一看，说道："是棵柿子树！"

彭丹玲不相信这么远他能认出是什么树来，说道："走，咱们去看看到底是不是柿子树！"

彭丹玲双腿一跃，脚下呼呼生风，眨眼来到那树下，一看果真是棵柿子树，不禁呆在那里。

单宝儿没有想到小彭兄弟轻功竟然如此之高，瞪着一双大眼，眼睁睁地看着他飞去，自己却只有靠两脚向他奔跑而去。

来到那树底下，单宝儿已经气喘吁吁了！彭丹玲不相信眼前的这个目力如此之高的人居然不会轻功，看着他累得都喘不过气来，忙掏出香帕来，递给他，说道："擦擦汗吧！"

单宝儿接过手帕，把脸上的热汗都擦干净，突然，他闻到一股十分幽香的味道，他把手帕放在鼻子上闻了闻，哇！真香，那香气沁人心脾，都使单宝儿有些眩晕了。

陡然，他把那香帕递给彭丹玲，一种莫名其妙的笑容浮现在他的脸上，只听单宝儿说道："小彭兄弟，你怎么有女人的东西？"

彭丹玲这才意识到一粗心竟露了自己的底细，忙说道："这……，这是我的……，我的……"她一时找不出很好的理由，说话竟支支吾吾起来。

单宝儿说道："这是你的嗜好，是不是？"

彭丹玲眉头一展，笑道："小单兄弟，真会读懂人的心思，你怎知是我的嗜好？"她见单宝儿如此一说，就汤下面、顺水推舟地就如是应了。

第五章

　　单宝儿听他如此一说，心里暗想：真是苍天有眼，让我如此轻松地遇见了你，哼，等我查出你是"赛华佗"的孽徒之后，看你还开不开心，笑不笑得出来！

　　彭丹玲见单宝儿独自在一旁冷笑，料想单宝儿笑他一个堂堂男子汉喜欢收集女人的东西，便拉着单宝儿说道："有什么大惊小怪的，天下之大，无奇不有，我喜欢这种香味，有何不妥！"

　　单宝儿一听，怕自己惊动了他，便说道："没什么大不了的，小彭兄弟有如此爱好，实在是多情，小弟想请教还来不及呢！"

　　彭丹玲一听，暗想：看你如此忠厚老实，原来也是个轻薄之人，唉，江湖上的人都是蒙着面皮面对世人，什么时候才能展现自己的庐山真面目呢？

　　单宝儿想起了刚才看那些办丧事的人，他去了解到是这么回事，死者是一个刚要出嫁的姑娘，就在那姑娘要出嫁的前一天晚上，突然有一个蒙面采花淫贼闯入了那姑娘的房里，将她奸污，姑娘觉得无颜见她心爱的新郎官，当天夜里就悬梁自尽了！单宝儿一想到眼前的这个面目清秀的小彭兄弟居然有如此奇特的嗜好，不是与采花淫贼有关，必然与喻圣舒喻老前辈的孽徒是一个人，因此，他想套出这个小彭到底有何底细。

　　单宝儿笑道："小彭兄弟，你猜刚才那死去的人是怎么回事？"

　　彭丹玲不觉感到十分奇怪，这单宝儿怎的突然提起那无关的丧事来了，便不解地说道："是怎么回事？"

　　单宝儿故意拖高声调说道："死者是一个刚要出嫁的新娘子！"说时，他眼睛一眨不眨地望着彭丹玲，看她面上有何种变化。

　　单宝儿见"他"面上仍看不出破绽来，便说道："新娘子遭到贼人的侮辱，无颜面对新郎，悬梁自尽而死。"眼睛仍不停地看着这位小彭兄弟。

彭丹玲气愤地说道："天下居然有如此恶人，如果被我捉住，一定将他碎尸万段！"

单宝儿见彭丹玲说此话时，怒目圆睁，目光中透出一股娇柔的杀气，怎么看也不能把她与采花贼连到一块儿，又想到喻圣舒喻老前辈对他说孽徒能改头换面的话来，心里便想：这眼前的白面小生难道就是经过改头换面的喻老前辈孽徒不成？

单宝儿开始算计如何揭开他的真面目，且又不能让他知觉。

而彭丹玲在想单宝儿到底是不是真的叫单宝儿，是故意改姓单来骗取她的藏宝图，还是他原本就姓单，或者根本就是她要找的义父之子。

彭丹玲也在想如何套出单宝儿的真实身世来，且又不能让他觉察自己身上有藏宝图以及她与他套近乎的目的。

这真是一个非常头疼的问题！

两人不禁四目相对，凝望一阵，猛地同时笑了起来，虽说笑得都很开朗，可两人的想法相对立，都心存一手。

单宝儿和彭丹玲虽说内心想法各异，但表面上却仍和从前一样，两人一路有说有笑，向前走去。

将近中午，两人来到一集市上，单宝儿开始着手使彭丹玲露出真面目来，可他怎么也想不出很好的方法来。

彭丹玲则显得逍遥自在，不紧不慢地漫步起来，其实，她的心里无时不在想方设法套出单宝儿的来历和身世，只是总找不到合适的时机和借口。

两人双双进入一饭店里，要了一桌酒菜，单宝儿独自酌饮，而彭丹玲则滴酒不沾，彭丹玲见单宝儿仍是不胜酒力，便劝道："小单兄弟，不会喝酒就别喝，这样只会误了大事的！"

单宝儿则半睁着眼睛说道："小彭兄弟，你我认识以来，你看我这人咋样？"

彭丹玲吃了一惊，他为何有此一问？说道："小单兄弟，为人正真、坦诚，从不欺瞒朋友，是一个可以信赖的人。"其实，彭丹玲是想单宝儿中她的圈套，一古脑儿将自己的事都告诉她，为她自己的计划铺路。

单宝儿半睁着眼说道："多谢小彭兄弟夸奖，我有一个问题想请教你，不知你可否将你的想法说出来？"

彭丹玲一笑，暗想：狐狸尾巴终于露出来了，便爽快地答道："你我相识，应该真诚以对才是，有何不可的，请小单兄弟但说无妨！"

单宝儿显得有些醉意，说道："我有这样一个朋友，不知是男的还是女的……"

彭丹玲一惊：难道他早就看穿了我不成！单宝儿接着说道："我又不认识他，可我知道他的颈上有一个很特别的记号……"

彭丹玲暗想：原来是这样，吓了我一跳，单宝儿又说道："可这记号又不好直接辨别出来……"

彭丹玲说道："你要找的那个人，他在哪里？"

单宝儿说道："就在这个镇上！"

彭丹玲也十分为难地说道："那得先确定这个人再作打算了！"

单宝儿说道："可一旦我认为那个人来到了我身边，你看该如何是好！"

彭丹玲说道："小单兄弟，怎的如此笨拙起来，你说女人怕什么？"

单宝儿不解地问道："怕什么？"

彭丹玲说道："怕虫子呗！"

单宝儿还是不明白，问道："虫子能起什么作用？"

彭丹玲释然一笑，说道："你把虫子放到她的颈上，她定会害怕得不得了，你就可以借帮她捉虫子的机会看到她颈上的记号了！"

单宝儿笑了，笑得喘不过气来，说道："小彭兄弟，聪明！高招！这种法子你也想得出来！"

彭丹玲脱口而出道："女人的心我最懂了！"话一出口，顿觉失言，白嫩的脸上不禁泛起了几圈红晕。

单宝儿说道："小彭兄弟，你还真行，不过懂得女人的心也不是什么害羞的事，应该害羞的是像我单宝儿这样读不懂女人心的人！"

彭丹玲觉得单宝儿是在说实话，可他这副傻头傻脑的样子实在让她觉得可爱，比起那些成天花天酒地，多情的浪荡公子强得多了。

单宝儿又接着问道："可万一他是个男子，我该如何去辨别他颈上的记号呢？"

彭丹玲想了一想，很自信地说道："你就把他请到饭店里来，同他一起吃酒，装作不小心将酒水洒在他的颈上，他肯定很恼火，你就为他擦去酒水，这样不就有机会看到他颈上的记号了吗？"

单宝儿更是笑得不可收拾，好一阵子，又问道："可万一他颈上没有我要找的记号，那该怎么办？"

彭丹玲说道："那太简单了，跟他道歉不就是了，这样说，'啊，对不起，实在不好意思，你看我这人毛手毛脚的，把阁下的衣服弄脏了，你多多包涵，多多包涵，我就去买件衣服给阁下换掉，实在对不起，请原掠!'"彭丹玲学得惟妙惟肖。

单宝儿笑得眼泪都流出来了，突然，拿起一盘剩菜，笑着说道："用菜水可不可以？"

彭丹玲说道："只是太过残忍了些，有何不可!"说罢，竟仰头笑了起来。

单宝儿手拿菜盘子猛地一抖，那菜水一下子溅了彭丹玲一颈，胸口、脸上到处都是，这下可让彭丹玲怔住了，骤然停住笑声，怔怔地看着单宝儿。

单宝儿急忙起身来到彭丹玲的身旁，边帮彭丹玲擦去汤水，边说道："啊，对不起，实在不好意思，你看我这人毛手毛脚的……"

彭丹玲马上意识到单宝儿刚才说的要找的那位朋友就是她自己。

这时，单宝儿已经松开了她颈部的衣服，彭丹玲本能地大喝一声，将单宝儿的手一翻一扣。

可单宝儿抓得太紧，"嘶"的一声，彭丹玲的衣服被撕开了一大片，单宝儿一看，竟傻了眼，怔怔地立在那里，任凭彭丹玲扣住他的手。

饭店里的人被这两人一闹，目光全都集中了过来，哇，彭丹玲那被撕开的衣服露出一半雪白的乳房来，粉颈酥胸，如玉雕瓷塑一般，光滑的皮肤如桃瓣一般细腻，一片粉红，可谓弹之即破，呼之即化，全饭店的人都傻了眼，店小二的口水从嘴角流了出来，全然不知。

彭丹玲恼怒地看着单宝儿，心里暗骂道：你这个无耻之徒，果真是个轻薄之人，蓦地听得四周一片寂静，见众人都盯着自己的胸口，彭丹玲大吼一声，她不用看自己的胸口，就意识到了什么，马上本能地用左手一护，右手狠命地"叭"的一声，给了单宝儿一记耳光，泪流满面地奔出了饭庄。

单宝儿傻了，怔怔地立在那里，不知所措，他被眼前刚发生的一幕弄傻了，他万万没有料想到会出现如此尴尬的局面，万万没有想到他的"小彭兄弟"竟然是个女儿身，他发疯般地抽打着自己的耳光，狠狠地骂道："无耻! 小人! 下流! 不是人! 畜牲! 淫贼! 流氓……"他不停地骂，不停地打!

彭丹玲一面奔跑，泪水如潮水般不断地涌出，一面在心里不停地骂道：流氓! 骗子! 小人! 淫贼……突然，他停住脚步，蓦地掉头向饭店气冲冲地走去，心里想道：我不能便宜了这个单骗子! 打一记耳光就算了，哼，我要杀了他，杀了他，什么都让他看见了，我杀了那兔崽子，杀了那乌龟王八蛋……

可等她来到单宝儿的跟前，竟站在那里一动不动，她看到单宝儿正在不停地抽打自己，一边还不停地骂自己一些狠毒的话语。

单宝儿的脸已经被他自己打得浮肿起来，皮肤都渗出了点点鲜血，他仍在不停地打骂，而且还使出狠劲。

彭丹玲茫然了，怔在那里，不知该如何是好。

单宝儿只顾低着头拼命地打骂自己，以至彭丹玲回来了，都站了好一阵子，他都没有发觉。

彭丹玲见全饭店的人都贪婪地看着她，突然，抓起长剑，揪住单宝儿，狂疯地奔出饭店。

单宝儿一点反抗也没有，脑子一片空空，脚步不由自主地跟在彭丹玲的身旁猛跑，来到一处坟场，"砰"，单宝儿一下被彭丹玲扔在地上。

只见彭丹玲右手一抖，长剑"嚓"地应声出鞘，"嗖"的一声，明晃晃的长剑已经架在单宝儿的脖子上，单宝儿大吃一惊，望着曾经是"小彭兄弟"，而现在正怒目圆睁的彭丹玲，一下子惊醒过来，十分愧疚地说道："彭姑娘，我不是故意的，我不知道你是个女孩，我以为你是我要找的那个人，对不起，我真的不是故意想看……"

彭丹玲羞愧万分，喝道："住口，无耻小人，我什么都让你看见了，今天，我不杀了你，难解我心头之恨，你当众羞辱本姑娘，本姑娘岂能饶你这乌龟王八蛋！"彭丹玲将长剑一带，单宝儿眼睛一闭，想道：完了，大仇未报身先死！天绝我也！

突然，"当"的一声，彭丹玲的长剑应声脱手飞去，同时传来两声"嘿嘿，嘻嘻"的怪笑，但见坟场陡然有两条怪影暴长，眨眼来到彭丹玲和单宝儿面前，两人都吓出了一身冷汗，定眼一看，来者一男一女，两个老人穿得不类不伦，怪态百出，那老头年约八十，蓬头垢面，蓬松的头发顶上一顶小小的红帽，一条红绳从两耳后面绕过，系在下巴下面，身穿着一套非常破旧的，仍然看得出鲜艳色彩的红红的新郎官的装束，腰带上斜插着一把锈迹斑斑的普通柴刀，柴刀刀柄很松垮地放置在刀把套上，随着那怪老头的走动一晃一摇，那老婆婆亦是蓬头垢面，头上扎着红的、黄的、绿的纸花，皱纹堆聚的脸蛋上，一边涂着红色，一边涂着绿色，身穿破旧的新娘子婚服，腰间挂着一把黑油油的锅铲，左手拿着一块砧板，右手捏着一把也是锈迹斑斑的菜刀。

只见那老怪婆"嘻嘻"笑着走了过来，彭丹玲吓得捂住眼睛，那怪婆婆说道：

"小贱人，真不知着耻，我这婆子虽然老了点，可比起你来不知道要强多少倍，你还捂着个丑脸不敢看我，我还不愿让你看到我这俊俏的脸蛋！嘻嘻！只给我的新郎官看，啊！"说罢，向那怪老头看去。

那怪老头连连答道："嘿嘿，只给我一个人看！"

那怪老婆子走到单宝儿跟前，说道："嘻嘻，小宝贝，打疼了吗？那小贱人敢打你？我帮你教训她！"说罢，转身"叭"的一声，一耳光打在彭丹玲的脸上，可彭丹玲却没有丝毫的痛苦，好像那一耳光不是打在她的脸上，而是打在空中一样，单宝儿急忙阻拦道："不要打她！"

那怪老婆子又嘻嘻两声，说道："小宝贝，心疼了，我还没打呢！"

单宝儿气愤地说道："打得这么响，还说没打！"

那怪老婆子笑道："小宝贝，你真像我的小宝贝，你喜欢她是不是？可她要杀你，这种贱人，打她不晓心疼你！"头也不转地又"叭"的一声。

这回单宝儿看清楚了，那怪老婆子压根就没打在彭丹玲的脸上，而是在空中发出"叭"的一声响，彭丹玲的头发丝都没吹动一下，单宝儿又惊叹不异，世上居然还有这样的怪人，一个巴掌也"叭叭"地响！

那怪老婆子嘻嘻怪笑，抚摸着单宝儿的脸，就好像单宝儿是她亲生的儿子一般，看见单宝儿红肿的脸，怪老婆子心疼极了，说道："小宝贝，不哭，啊，小宝贝乖，小宝贝笑一笑！"

那怪老婆子的话让单宝儿听得哭笑不得，突然，怪老婆子对那怪老头儿喝道："死新郎官儿，小宝贝叫人家给欺负了，还愣在那里干什么，还不快替他报仇！"

那怪老头子嘿嘿怪笑两声，说道："知道了，嘿嘿，打人的孩子在哪？快出来！"

怪老婆子说道："真没用，什么事都干不了，打小宝贝的女孩在这里。"说罢，朝彭丹玲一指。

彭丹玲更是害怕得不得了，那怪老头儿一晃，来到彭丹玲面前，说道："你敢打我的小宝贝，我劈死你！"说罢，抽出那把锈迹斑斑的柴刀就要劈下来。

单宝儿大惊，急呼道："老前辈手下留情，她没有错！"

那怪老头儿也不管三七二十一，一阵猛劈，只见彭丹玲周身到处都是刀影。

单宝儿惊呆了，倘若这样劈在彭丹玲身上，恐怕她眨眼就会被劈成肉泥。

单宝儿想起身阻止，可那怪老婆子衣袖微微一拂，他又坐在地上了，怪老婆子说道："小宝贝，莫着急，我不让她死，新郎官儿不敢劈死的，是不是？新郎官儿？"

那怪老头儿立刻住手答道："是，新娘子儿！"只见怪老头所劈之处，地上的杂草一根不剩，被砍得干干净净，就连彭丹玲两足之间的空地上的杂草也都被锄掉，那些杂草都整齐地放置在旁边，扎成一小捆一小捆的，单宝儿不敢相信自己的眼睛，彭丹玲竟毫发无损地站在那里。

单宝儿突然喊道："两位前辈不要再吓彭姑娘了，原本上是我欺负她，你们就别再为难她了！"

那怪老婆子说道："小宝贝，乖，不许胡闹，我们不戏弄她就是了，看来你挺爱她的啊！"

"新郎官儿！"她又喊怪老头子。

"哎！"怪老头子很快就答应了。

"不如我们作主，让小宝贝娶了这小贱人作媳妇儿，怎么样？"怪老婆子嘻嘻笑道。

彭丹玲一听，"扑通"双腿跪在地上，哭道："两位老祖宗，行行好，你们放过我吧，我才不和那无耻下流的东西在一起……"

那怪老头儿嘿嘿两声，喝道："大胆，你敢抗旨，我劈了你！"

怪老婆子说道："新郎官儿，干吗那么凶！她现在是小宝贝的媳妇了，还那样粗鲁，你比起小宝贝来，差得远啦！"

那怪老头儿立即很恭敬地答道："是，新娘子啊！"

怪老婆子说道："站着干什么，快布置新房子！"

怪老头儿非常乐意，非常敬畏地答道："是，新娘子儿，我这就去盖房子！"

只见那怪老头儿一个兔起鹘落，趋到坟场的树林，"咔嚓"几声，那碗口粗的大树霎时倒下四五棵来，但见他忽左忽右，那柄柴刀仿佛是生在他的手上一样，如活物一般，转眼工夫，那几棵大树已然被砍掉树梢，劈成一段一段，他陡然将柴刀一停，倏地向木段劈出，那木段又成凸凹不一的形状来，然后他喝了一声，将那些段木一一抛了过来，那段木竟兀自行拼成一个房架，又见他将一些长木板块抛了过来，那木板像长了眼睛似的，一块接一块地粘在房架，不到一会儿，一座小小的木屋竟立在单宝儿和彭丹玲的面前。

两人亲眼目睹这一不可思议的过程，都仿佛置身梦境一般，竟忘了刚才发生在饭店里的矛盾，单宝儿说道："小彭兄弟，啊，不不！彭姑娘，待会儿我抓住那怪老婆子，你快逃走！"

彭丹玲说道："好，我在饭店等你！"可突然意识到单宝儿刚才对她的无礼，马上又骂道："谁要你帮忙了，黄鼠狼给鸡拜年——没安好心！无赖！骗子！"

单宝儿被骂得狗血淋头，不敢多言，那怪老婆子却充耳不闻，突然向前迈出几大步，将腰间的锅铲向坟头的坟碑铲去，只听"当"的一声，那坟碑露出土上的一段竟被她轻易铲了起来，但见他手中的锅铲一抖，那断碑向空中升去，将锅铲很快向腰间一挂，拿着砧板接住空中落下的断坟碑，挥起生锈的菜刀，将放置在手中砧板上的断坟碑切了起来，一边切，一边念道："我切切切，切成块，切成片，切成丝，切成菜！"突然，她一手拿起砧板，像拿着炒锅一般一阵翻动，那被硬生生由坟碑切成的石块、石片、石丝搅合在一起，在砧板上胡乱飞舞起来，又听怪老婆子喊道："死新郎官儿，将桌子、椅子、盘子、碗儿、筷子、勺子端上来！"

那怪老头儿应声答道："好咧！"一段段、一片片的木头飞将过来，拼成桌子、椅子，只见空中不断有物体飞向桌子，转眼木碗、木筷、木盘、木勺都一一摆在木桌上。

只听怪老婆子喝道："菜炒好啦，开饭啦！"将那砧板一抖一扬，那些碎石"啪啪啪"落在盘子、木碗里面，两老怪走到一块，舞了一番，四掌一拍，同声喊道："耶！"

两老怪笑盈盈、乐滋滋地坐在木椅上，对视了一会儿，又同时向单宝儿和彭丹玲望来，只见那怪老婆子伸出干枯的手，向他俩一招，说道："来来来，两个小宝贝、小乖乖吃饭啦！"

单宝儿和彭丹玲哪里还敢上前，坐在地上，不敢乱动。

那怪老头儿道："哼，你敢抗旨，我劈死你！"

怪老婆子连忙阻止道："新娘官儿，你怎么这么大脾气，两个孩子不吃算了，我们吃！"

怪老头儿顿时不敢再多说，赶忙拿起那木筷和他的"新娘子儿"一道津津有味地"吃"了起来。

怪老婆子夹起一块碎石，放在嘴边，嘴唇上下张合，发出"叭叭"声音，"真好吃！"那怪老头儿也像怪老婆子一样"吃"着，突然，那怪老婆子又夹起一块碎石，在鼻前闻了闻，说道："什么味也没有，一点都不好吃！"竟接连地夹起几块碎石，向身后扔了出去。

那怪老头夹着一块碎石"吃"着，然后也向后扔去，说道："真的一点也不好吃，不好吃，不好吃！"发疯般夹着碎石向身后扔去。

猛地，那老怪婆子停止扔碎石，看着仍在扔碎石的怪老头儿，喝道："你敢说我做的菜不好吃！"

怪老头儿赶紧停住不扔了，夹起一块碎石放在嘴里，津津有味地"吃"了起来，说道："真好吃，真好吃，天下再也没有比这更好吃的菜了！"那怪老婆子这才笑了起来。

趁那两个老怪在一旁疯疯癫癫时，单宝儿轻声对彭丹玲说道："你快逃吧，再不走，就没机会啦！"

彭丹玲见单宝儿在饭店里将自己的脸打得红红肿肿，又见他几次在两怪面前袒护自己，对他的敌意渐渐消了许多，听单宝儿又一次叫她逃走，不禁心中一热，可抬眼一望，经那两老怪一折腾，天早已黑了下来，这黑灯瞎火的，又是在阴森的坟场里，我向哪里逃去？彭丹玲在心里暗道。

可转念一想：单宝儿说的极是，此时不逃，恐怕真的没机会逃走了，料不定这两老怪还会干些什么不可想象的事，彭丹玲看着暮色早就降临的鬼天儿，小声对单宝儿说道："我有点怕，咱们一起逃吧！"

单宝儿心中大喜，毫不思索地低声说道："好，我们走！"两人立起身来，长剑都顾不上拿，展开双腿就跑。

两个跑了几步，忽然觉得背后一股劲吸来，仿佛是什么东西拉住一般，怎么也跑不动了，两只脚竟自在原地乱踏，这时身后传来"嘿嘿，嘻嘻"的怪笑。

单宝儿和彭丹玲的身子不由自主地向后飞退，又被两个老怪不知用什么法子给拉了回来。

那怪老婆子走了过来，说道："小宝贝，还没入洞房呢，就要和小媳妇一起私奔了！"

那怪老头喜得直跳，喊道："好哇，好哇，像我们一样勇敢，后继有人啰！"

怪老婆子喝道："胡说什么，新郎官儿，我是愿意与你一道走的咧！"

怪老头儿说道："难道这小媳妇不愿与小宝贝一起走吗？"

怪老婆子说道："当然啦，你没见这小贱人要杀小宝贝吗！"

怪老头儿连连答道："看见了，看见了！"

怪老婆子转向彭丹玲说道："小贱人，要杀小宝贝是不是？想避开我们俩，就杀了小宝贝是不是？你这狠毒的小贱人！"

彭丹玲有苦无处诉，又不敢胡乱答话，害怕地望着怪老婆子，身子不自觉地向单宝儿身后躲去。

"不许碰小宝贝！"怪老婆子吼道。

彭丹玲望着黑夜里的怪老婆子，几乎吓得要大哭起来，身子不由自主地离开单宝儿，眼泪在眼眶里打转，硬是不敢哭出声来。

单宝儿见怪老婆子对彭丹玲一呼二吼，把彭丹玲吓得躲过来又躲过去，便大声嚷道："死老婆子！不要再逼人了，人家怕，你没看见吗！"

那怪老婆子怔了一怔，看看单宝头儿，又看看那怪老头儿，说道："小宝贝，脾气不小啊，敢骂我，有种！有种！"转过头对怪老头说道："新郎官儿，你敢骂我吗？"

那怪老头连连摇头，说道："不敢，不敢！"神色甚是惧怕他的"新娘子儿"。

那怪老婆子却露出欣喜之色，说道："原来被人骂的滋味也很不错吗，新郎官儿，过来，过来！"

那怪老头赶忙走了过去，说道："什么事？新娘子儿？"

那怪老婆子面对他说道："你骂我吧，骂我，骂吧！"

那怪老头儿连连畏缩，说道："不敢！不敢！我不敢骂！"

那怪老婆子手中菜刀一举，喝道："我劈死你！这么没用！"

那怪老头儿缩着头，说道："劈死我也不敢骂你！"声音显得特别委屈。

那怪老婆子突然又转过身来，说道："就凭今天你敢骂我，我也要嫁给你，不不不，不是我要嫁给你，是我要把这小贱人嫁给你！"

怪老头儿在一旁拍手称赞，说道："好哇，好哇，又有一个新郎儿和一个新娘子儿啰啦！"

单宝儿一听，急得脸涨得通红，说道："死老婆子，你别胡来，人家还没同意呢！"

怪老婆子越发喜悦了，说道："骂得好，骂得好，骂得痛快，我作主，还由不得她不答应！"

单宝儿说道："我们都不答应！"

怪老婆子说道："噫？小宝贝，想要赖？看人家的宝贵的身子，不要人家，像

· 89 ·

什么男子汉!"

彭丹玲在一旁又气又急，听怪老婆子这么一说，心里顿时一怔，暗想：是啊，我什么都没了，这无耻的小流氓居然看不上我，哼，我才不爱你呢，我一定会杀了你，不由得狠狠地向单宝儿瞪了一眼。

其实，她心里茫然得很，矛盾得很，乱七八糟，不知自己在想些什么，反正自己就像是一只被抓住的小羊羔子，任凭两老怪宰割。单宝儿傻里傻气，对男女之间的事情一概不知，很不解地说道："死老婆子，我怎么耍赖了，好端端的，我要她干吗？我和她成为朋友就够了!"

怪老婆子嘻嘻笑道："小宝贝，女人都不知道要，那你干吗在光天华日之下当众撕人家的衣服？"

单宝儿被问得满面通红，说道："我不是故意的，我不知道她是女人!"

怪老婆子说道："你现在不是知道了!"

单宝儿急得没话说了，哽咽道："我……我……我……"

怪老婆子说道："我什么我？你不要人家是不是？还不知人家看不看得上你，你说是吗？"说时，转向彭丹玲。

彭丹玲见怪老婆子说到她心坎去了，便不好意思多言。

那怪老婆子说道："怎么？不说话？不说话就是同意了!"

彭丹玲急了，说道："老前辈，我……我……"

怪老婆子说道："什么我我我的？一切都得听我的，来，进洞房!"说罢，将彭丹玲推进木屋，又把单宝儿推进木屋，可彭丹玲却跑了出来。

怪老婆子一见，火了，手指一点，彭丹玲只觉得浑身一软，就快要倒地了，那怪老婆子双手轻轻一托，把彭丹玲托了起来，又把她放在木屋里，对单宝儿说道："小宝贝，小媳妇就交给你啦，嘻嘻!"说罢，走了出来。

单宝儿却又冲了出来，那怪老头在一旁喝道："你敢抗旨，我劈了你!"一柄锈迹斑斑的柴刀向单宝儿劈来。

单宝儿站着一动不动，眼睛一闭，任凭他劈。

怪老头儿停住柴刀，望着怪老婆子，问道："新娘子儿，这小宝贝如此顽固，该不该杀？"

怪老婆子说道："你敢!"

怪老头儿连连低头，说道："不敢，你还没让他死呢，我怎敢擅自作主，我这不是吓吓他吗！"

怪老婆子来到单宝儿面前，说道："小宝贝，你不喜欢那小媳妇是不是？不喜欢就不要了，我杀了她！"

单宝儿连连阻拦那怪老婆子，说道："不要杀她，你杀了我！"

彭丹玲在木屋里一听，心中一股热流传遍了全身，想道：看来这单宝儿的确是个拙笨顽固之人，倒也不像什么花花公子、淫贼之类，看来他真的不是故意撕开我的衣服要看我的女儿身，回忆几天来与他相处，也觉得单宝儿虽然是愚笨了点，但人还是不错，是个直肠子，是个真正的男儿。

彭丹玲想叫单宝儿进来，暂且应付那两个老怪再说，可他怎么好意思开口呢？她只希望那两个老怪不要突然发什么疯，把单宝儿真的给杀了或者劈断一条胳膊、一条腿什么的，她不敢胡乱猜想，只想早早摆脱这月黑风高的夜晚里两个老怪物的无理、无休止的胡闹。

突然，两条黑影倏地从坟场旁边掠过，眨眼消失在夜幕中，两个老怪物身形一展，如老鹰般追那两条黑影去了。

单宝儿见两个老怪物终于走了，心中总算缓了一口气，连声说道："彭姑娘，可以走了，两老怪物已经走了！"

彭丹玲心里多少还在生单宝儿的气，也不搭理。

单宝儿认为彭丹玲不想与自己说话，不想再见到他，便十分愧疚地说道："彭姑娘，都怪我单宝儿鲁莽从事，侵犯姑娘玉体，我单宝儿不是什么贪生怕死之人，姑娘要杀要剐，全由你一句话，但单宝儿身负血海深仇，妹妹又被剧毒所困，单宝儿找到那个要找的，你知道的，就是颈上有记号的人，才能救醒我妹妹，等我将这两件事办完之后，如果还能活的话，一定再来向姑娘请罪，任凭姑娘发落，彭姑娘多多保重，我走了！"单宝儿语重心长地说完，跨步向茫茫黑夜下的密林深处走去。

彭丹玲听见单宝儿渐渐走远了，心里暗想：真是个粗心的傻小子，我的穴道还没解开，叫我怎么走？

单宝儿这么一走，彭丹玲才意识到自己一个人孤零零地被抛在可怕的坟场里，只觉得毛骨悚然，心中害怕极了。

这时，也不知什么虫子爬到她的身上，到处乱走，彭丹玲顿时一声惊呼，大声喊道："单宝儿，单宝儿！"那声音划破寂空，飘向远方。

彭丹玲从未如此惧怕过，她身子微微颤抖，面如土色，一种世界末日就要来临的恐惧袭击她的全身。

彭丹玲又大声地喊道："单宝儿，单宝儿，快来救我，单宝儿，你在哪里？"

单宝儿不会轻功，脚程不快，他隐约听到有人喊他，是她！是彭姑娘，她原谅我了吗？单宝儿转头向坟场奔来，一面狂奔，一面狂想，他多希望彭丹玲能够让他做完他该做的事后，再处理他，他觉得他刚才说的那些话根本不能算是理由，他没有理由，没有理由离开彭丹玲，逃避她的惩罚，他觉得自己仍然是个伪君子，不是真正的男子汉，真正的男子汉应该敢作敢当，应该不讲任何理由，去面对自己所做的一切，去承担自己应该承担的责任，他很快来到了坟地，来到了彭丹玲的面前，可他没想到，万万没想到的事情却发生了。

彭丹玲见单宝儿气喘吁吁地奔了回来，一种自然寻求保护的意识驱动着她，不顾一切地要单宝儿的保护。

彭丹玲想动，可她动不了，她被点中了穴道，那虫子还在她的身上爬动，她急声说道："单宝儿，快，快把我身上的虫子捉下来！"

单宝儿却有些犹豫不决了，他不敢再去触摸他曾经伤害过的人，可他看见她惊慌失措的样子，又不忍心。

单宝儿迟疑了一会儿，说道："你自己不敢捉吗？"

彭丹玲心急如焚，暗想：这个单宝儿真笨，我明明不能动弹，即使我动得了，我也不敢捉啊，便说道："我被点了穴道，动不了啦！"

单宝儿一听，才知自己竟忘了她被那老婆子点中穴道了，于是，便跪下来，伸手过去捉，黑灯瞎火，实难看得见小小的虫子，如果是别人，可以说在黑得如墨的夜里看到虫子是不可能的，但单宝儿能够，他连五里之外的苍蝇都看得见，又怎能看不见这近在咫尺的虫子。

他慢慢地，轻手轻脚地伸出两只手指一捏，他不想碰到彭丹玲的身子，那虫子竟没捉到，他这一惊动，虫子直向衣服里面钻去，单宝儿更是不敢妄动，说道："彭姑娘，那虫子钻进衣服里去了！"

彭丹玲一听，更是惊恐万分，她顾及不了那么多，急不可待地说道："快捉，快捉出来呀，哎哟，钻进来了！快捉呀！单宝儿，快捉呀！"

单宝儿跪在一旁，期期艾艾地说道："我不能再碰彭姑娘的身子了，我单宝儿原本就对不起你，这次可不能再对不起你了！"

彭丹玲一听，原来这单宝儿为了不碰自己的身子，才慢条斯理地捉虫子，这个傻蛋，还真的是个正人君子，心里暗想：我身子你都看见过，还在乎碰不碰的。那虫子在彭丹玲的衣服里面到处乱爬，容不得她细想，她急说道："我不怪你，你快帮我把虫子捉出来，快呀，哎哟，虫子咬我了，咬我啦！"

单宝儿见她泪水都流出来了，再也不犹豫，伸手就去捉，可伸到一半时，又愣住了，说道："彭姑娘，虫子进了衣服，看不见，如何是好？"

单宝儿急得双手直相交搓揉，不知所措。

彭丹玲气得七窍生烟，不是叫你捉吗？怎的又缩回去了？故意整我是不是？忙说道："我身子你都看过了，还犹豫什么，快捉呀，快呀！"

单宝儿终于鼓足了勇气，伸出手去捉那虫子，可心里怦怦直跳，他也不知道为什么会这样，可他又不知虫子在哪儿，便说道："我掀开衣服捉行吗？"

彭丹玲见他如此害怕碰到自己的身子，心里甚为感动，便说道："只要能捉到它，随你的便好了！"

单宝儿毛手毛脚地掀开彭丹玲的衣服来，可当他看到只有一层内衣时，便扭过头去，不敢看她。

彭丹玲更是感动万分，说道："你已经看过了，怎么又不看了，你这样乱摸，怎么捉得着！"

单宝儿满面涨红，又连忙转头来，仔细寻找起虫子来，可内衣上面也没见那虫子，单宝儿不敢再越雷池一步了，便说道："彭姑娘，虫子没了，看不见！"

彭丹玲只觉得那虫子正在胸脯上爬动，忙说道："快捉，快捉，在胸口上，在胸口上！"

单宝儿这下可两难了，要是掀开衣服捉吧，又看到了彭姑娘的身子，伸手到内衣里去捉吧，又摸到了她的身子，单宝儿又犹豫不决起来。

彭丹玲可真急死了，说道："你快捉呀，不管是看也好，摸也好，快捉，快呀！"单宝儿这才伸手，隔着内衣在里面一气乱摸起来，可怎么也摸不到虫子。

当他的手触到彭丹玲光滑柔软如粉瓣一样的肌肤，单宝儿的心跳更加剧烈。

彭丹玲见单宝儿真的很尊重她，心中已渐渐喜爱这个笨头笨脑的傻小子了，便说道："我不是早说了，你已经看过了，快掀开内衣，捉掉虫子，别磨磨蹭蹭的好不好，我快受不了啦！"

单宝儿这才猛地一掀彭丹玲的内衣，那虫子正在彭丹玲的酥胸中间，单宝儿飞快地捉住那虫子，然后飞快地将彭丹玲内衣盖上，将那虫子狠狠捏死，说道："我叫你害人，捏死你！捏死你！"突然将那捏死的虫子一扔，左右双手"叭叭"打起自己的耳光来。

彭丹玲吃了一惊，原没料到单宝儿还会打起自己来，心中的爱意陡增，十分心疼地说道："你干什么？别打了，别打了，再打我就不理你了！"

单宝儿果真住了手，说道："彭姑娘，单宝儿该死！我无耻，我下流，我……"

彭丹玲十分疼爱地打断他，说道："你不要再骂了，我知道，你不是故意的，你是个真正的好男儿，你不是流氓，你不是，不是……"说罢，竟流下泪来，是感动，抑或是疼爱？还是什么？彭丹玲心里没有准确的答案。

单宝儿连忙说道："彭姑娘，你别哭，我最怕女人哭了！"

彭丹玲见单宝儿真的很急躁，立即止住了哭泣，两只美丽的大眼睛噙满泪水，看着单宝儿，说道："那你帮我擦去泪水好吗？"

单宝儿没有帕子，用什么擦？他伸出手去，轻轻地把彭丹玲的泪水一点点地擦掉。

彭丹玲看着他，心中有种说不出的感觉涌了上来，她的脸"唰"的一下子涨得绯红，心怦怦乱跳，她有一种想拥抱单宝儿的冲动，可她知道自己动不了，所以干脆没动。

单宝儿为她擦干泪水，马上掉过头，不敢再看彭丹玲了，他的心跳得异常迅速，一种坐立不安的心情袭上心头，他有些心神不定了！

其实，彭丹玲的穴道此时早已自行解开，有单宝儿在她身边，她静静地躺在地上，可心里却一点也平静不下来。

单宝儿的一切吹皱了她内心的一池春水，她怎么能平静得下来？

单宝儿心里一直觉得对不起彭丹玲，他觉得该对她说点什么了，可内心的冲动怎么也平息不下来，他支支吾吾地说道："彭姑娘，我……我……我真……的……"。

突然，彭丹玲一跃而起，牢牢地抱住了他，单宝儿心里"咯噔"一惊，不知所措了，摊开双手，任凭彭丹玲紧紧拥抱，他却不敢碰她。

彭丹玲是第一个拥抱他的女孩，单宝儿感到她那温软的胸脯紧紧地贴在自己的胸膛上，不停地起伏，他从未感到过的一种激动袭透全身，他热血沸腾了，他再抵挡不住这醉人的诱惑，不由自主地抱住了彭丹玲，抱得很紧，很用劲。

彭丹玲直觉得透不过气来，可她却不愿挣扎，不愿挪动身子，她宁愿被单宝儿压得透不气来，她好怕这一刻很快逝去，所以她不能动，也不愿动，她觉得此刻真的好幸福，好温柔，好安全，幸福的泪水如泉涌一般，从她美丽的眼睛里流了出来，她不管，她要让泪水幸福地流淌，流到单宝儿的肩上、身体上，心坎里，也流进自己的心田。

单宝儿紧紧地搂抱着这一温柔，重要的是对他温柔的女人，他什么没想，全身心投入这一刻，彭丹玲身上少女特有的香味让他眩晕了，醉了，他不自觉地用手在彭丹玲的丰腴的柔背上抚摸，用嘴唇吮吸着她的粉颈，她光滑柔腻的肌肤，还有那一头乌黑的秀发，他只觉得天地一片空虚，能感受到的就是彭丹玲的玉体，彭丹玲的一切。

彭丹玲的樱桃小嘴顺着单宝儿特有的男人成熟的气息寻到了他的脸，他的眼，他的鼻，他的嘴唇，他们在相互吮吸，相互纠缠，相互牵绊，相互交流，谁都能感受到对方粗重的呼吸，可谁都没有放松这一刻，而且越来越激烈，越来越疯狂，犹如火山迸发一般汹涌奔放，一发而不可收拾。

过了良久，他俩放纵的热情才有了一些收敛，但仍相互拥抱着，彭丹玲温情脉脉地看着单宝儿，说道："单宝儿哥哥，你会娶我吗？"

单宝儿很快地坚定地答道："会，可你这么漂亮，我配吗？"

彭丹玲立即又抱紧单宝儿，深情地说道："你配，你配的，宝儿哥哥，你认为我漂亮吗？"她见单宝儿说她漂亮，心里乐滋滋的，一个正处在动情时期的女孩听到自己喜爱的男孩夸自己漂亮，心中的那种甜美呀，是任何一种夸奖所无法比拟的。

单宝儿很老实地说道："是的，当我那天无意中发现你的胸口，在我看来，那就是非常非常美的，你是我看见的第一个女孩，可当时我只觉得你是那么美，女人的完美身躯原来是你这样的，我并没有任何的非分之想，你是第一个让我拥抱，也是拥抱我的女孩，你在我心目中的漂亮是永恒的，此生难以磨灭！"

单宝儿在这一刻说话都觉得很顺口，心情也就不必说了，彭丹玲心里更是如蜂密加糖——甜上加甜，她小鸟依人般依偎在单宝儿的怀里，温存地说道："宝儿哥哥，我讲故事给你听，好吗？"

单宝儿用下颏触摸着彭丹玲的秀发，忘情地说道："好！"

彭丹玲于是就娓娓道来："从前，有一位朝廷大将，他有着神奇的武功，尤其擅长枪法，他的一杆枪横扫天下，无人能与之匹敌，因此，他为朝廷鞍前马后，立下了赫赫战绩，他激情高昂的斗志深深地吸引着一位美人，这位美貌女子深爱着这位勇猛的战士，不久，他们结了婚，还生下了一个可爱的女儿，可那位大将为了一家人幸福的生活，英年还乡，不再从事戎马生涯，渐渐地，他以前的那样凶猛杀敌的激情没有了，那种高昂的斗志没有了，生活平淡了下来，就在那小女孩五岁那年，这位曾经威镇天下的大将的温柔美丽的妻子离他而去，撇下了她心目中的英雄，也是她的至爱，还有她的天真可爱的女儿，你知道吗？妈妈临走的时候，小女孩倚在门口，默默地望着亲爱的妈妈，可她妈妈头也不回地走了，小女孩的心里在热切地呼唤着她深深眷恋的妈妈，可是妈妈看都没看她一眼，小女孩也就没有喊出来，她静静地望着妈妈消失在视线中，两行热泪无声无息地流淌出来，她知道她从此将失去什么。"

"时隔不到半年，那位往昔名震江湖的一代枪圣，背着心爱的女儿，在浩瀚的人潮中寻找他心爱的女人，他背着女儿，走过雪山，走过戈壁，走过沙漠，终于在历经两年多后，发现了他此生唯一最爱的女人——小女孩的妈妈，可是他发现女孩的妈妈和另一个男人在一起，而且见到他和女儿，她看都不看一眼，说道：'你去过你安逸地生活吧，你走吧，我已经找到了我要找的那个对生活充满激情，对困难充满了斗志的男人，你已经不再适合我了！'她的爱人——那位曾经显赫的大将军一下子瘫倒在地，狂风吹着他凌乱的长发，他突然向天大吼一声，两掌一阵狂舞，树上的叶子随着他掌风纷纷飘下，小女孩从未见过爸爸如此发威过，站在一边，一动不动地睁大眼睛看着。"

"然而，小女孩的妈妈身边的那个男人对这位大将的到来十分地敌视，他不允许在这个世界上还有一个带着小女孩的男人与他争夺身边的女人，他向小女孩的爸爸提出了挑战，被激怒的昔日大将突然拿起久违的钢枪，如当年沙场上杀敌一般，势不可挡，可是……可是，他的对手太强，强得他拼着毕生的绝学也斗不过他，两人直斗得天昏地暗，斗转星移，小女孩的爸爸耗尽了全身的精力，可他仍然没有放弃战斗，更没有放弃他心爱的女人，可他的对手陡然一剑刺来，眼看昔日的大将军就要命丧黄泉，谁都没有想到，他心爱的女人，也是无情抛弃他和女儿的女人为他挡了这一剑，这一剑志在夺命，力道猛狠，一剑穿过两个人的心脏，就在他俩倒在血泊之前，小女孩的妈妈微笑地说道：'你终于恢复了你本来的英勇和斗志，我满足了！就是死也值得……'女孩的爸爸这才明白，原来他最爱的女人一直都在爱着他，为了激起他的斗志，故意离开他，他什么都明白了，他笑了，直到死，他还在笑。"

　　"他的对手，那个疯狂的剑客，头一转，消失在茫茫的天际里，只剩下那个孤零零的小女孩……"

　　单宝儿听得唏嘘不已，世间竟还有如此痴情的女子，他一愣，问道："那可怜的小女孩不知怎么样了？"

　　彭丹玲说道："后来，有一个镖师路过那里，将那女孩带了回去，直到把她抚养成一个大姑娘！"

　　单宝儿说道："自古红颜多薄命，小女孩变成了大姑娘，这下可就好了！"

　　彭丹玲很伤感地说道："可是，当小女孩变成大姑娘时，大祸临头了，江湖中出了一个日月神教，将镖师一家全部杀死，唯独留下了那姑娘一个活口！"

　　单宝儿十分同情地说道："那小女孩真可怜，幸好老天有眼，让她活了下来！"

　　彭丹玲说道："可是日月神教却将她抓进一顶轿子里，给带走了！"

　　单宝儿说道："日月神教是什么教派？他们抓那姑娘干什么？"

　　彭丹玲接着说道："那姑娘自己也不知道，她害怕极了，像你说的一样，幸亏老天有眼，让她遇上了一位见义勇为的大侠，救下了她！"

　　单宝儿吁了一口气，说道："真危险，要是被那个什么教抓了可就完了！"

　　彭丹玲接着说道："在那姑娘举目无亲的时候，那位大侠认了那位姑娘作义女！"

　　单宝儿高兴地叫道："好啊，这姑娘可有依靠了，那位大侠真是古道热肠的人！"

　　彭丹玲说道："可那位大侠有要事在身，不能带着姑娘一起回家去，他把去他家的路线、方法还有信物都说给那姑娘，让她自己回家去，可那姑娘预感到她的义父有不祥的兆头，便随着义父一起上路去办那件非常重要的事情，就在第二天，日月神教的人又来了，让她和她分散了，义父为了救她性命，拼命与那教派中人打斗，掩护她的义女逃走！"

　　单宝儿说道："那姑娘没有危险吧？大侠有没有事？"

　　彭丹玲说道："那姑娘倒没事，可她的义父却下落不明，然而，当那姑娘来到他义父的家里，却发现义父一家飞来横祸，义母被杀死，义父的儿子，还有徒弟、他的父亲却不见了！"

　　单宝儿一听，这一家子怎的跟我家人一样多，便说道："那姑娘后来该怎办呢?"

彭丹玲哽咽道:"那小女孩长成大姑娘,历经苦难,以为碰到那位大侠后,可以苦尽甘来,可是,她却面临着义父生死未卜,义父的儿子和徒弟还有他的父亲不知踪影,她只有在茫茫人海中苦苦寻找,苦苦寻找……"

单宝儿陡然觉得手背一凉,他慢慢地将彭丹玲的身子移了过来,发现彭丹玲已是泪水涟涟,单宝儿不禁倒吸一口凉气,说道:"这只不过是个故事,你怎的哭了!"说时,把彭丹玲紧紧地搂在怀里。

彭丹玲拥抱着单宝儿哭道:"可这是个真实的故事!"

单宝儿疼爱地安慰道:"那小女孩不是你,你不用如此难过!"

彭丹玲更是啼哭不止,说道:"可那小女孩偏偏是我!"

单宝儿吃了一惊,说道:"你受了那么多的苦?真难为你了!"单宝儿紧紧抱着心爱的受伤的女人,心里一阵难过。

单宝儿很坚定地说道:"你别哭!别哭!你一哭,我心里更加难过,我一定帮你找到要找的人,那大侠叫什么名字?"

彭丹玲说道:"他叫单敬贤!"

单宝儿一把推开彭丹玲,睁大眼睛说道:"你说什么?他叫什么?"

彭丹玲马上意识到单宝儿就是她要找的义父之子,又扑倒在单宝儿的怀里,大声哭了起来,"宝儿哥哥……"她哽咽得说不出话来。

单宝儿脑子突然空荡荡的,他没有想到事情在他的身上发生了,他自己何尝不苦?他使劲地抱住彭丹玲,心里在滴血。

过了好一阵子,彭丹玲从怀中取出地图和铜铃交给她做梦都想找到的,现在正是自己心爱的人的单宝儿,单宝儿拿着铜铃,眼神悲伤、愤怒,充满了一股杀气,他要报仇!

单宝儿将地图和铜铃交给彭丹玲,说道:"丹青,你代我保管吧,切莫向任何人提起这件事!"

彭丹玲见他叫她丹青,便说道:"宝儿哥哥,我不叫丹青,我叫丹玲,丹青是我为了隐蔽,另起的一个名字!"

单宝儿说道:"丹玲!你比我聪明,我单宝儿笨头笨脑的,不知道江湖的险恶,用的是自己的本名。"

正说着,忽然传来两个人的对话声,其中一人说道:"我们这几个月来一直寻找的人却不曾出现，你说如何向项长老交待！"

另一个人说道："这还不简单，就说那单敬贤没有出现就是了，事实就是如此嘛！"

单宝儿和彭丹玲听了大惊，暗想：是什么人？要跟踪我爹爹？且听他如何说来。

一人又说道："唉，虽说事实是如此，可项长老这个人你又不是不知道，即使你没有单敬贤出没的消息，但至少也应给他探出与单敬贤相关的人的情况！"

另一人说道："这个项长老未免太苛刻了，我自打入丐帮以来，他这样的长老可是第一次见到！"

一人说道："我们只有自认霉气，谁让咱们由他来分管呢？不过，以前他可没有对兄弟们刁难过，自从那个妙手神偷丐与黄长老看到单敬贤与那东瀛人比武，说东瀛人给了那姓单的什么神剑秘笈地图，项长老听说此事，才严令兄弟们日夜追查，想必项长老对那宝物感兴趣吧！"

另一人说道："人心不可贪，属于你的，别人拿不走的，不属于你的，强求不得！"

一人说道："说的也是，只不过要聚合我们丐帮的力量追查一个姓单的并非难事！"

另一人说道："你说得倒轻巧，这几个月来，有何效果？还不是空手而归。"

一人说道："噫？莫非姓单的隐藏在什么隐秘的地方？白天不露面，晚上出去行动！"

另一人说道："嗯，有可能，嘘，小声点，当心就在附近！"

彭丹玲和单宝儿吓了一跳，难道那两人知道我们在此不成？我们又没弄出什么声响，又没说话，他们何以觉察？

一人说道："老兄，我看不会吧，这荒山野岭的，又是一大片坟场，哪个不怕鬼的人能躲在这里？"

另一人说道："你怕什么？哈哈，我跟你开玩笑呢，看把你紧张的，唏，真是的！"

一人说道："听说项长老去武当寻那姓单的了！你可知道？"

另一人说道："那一日，被抓着的自称是武当派弟子的人，可妙手神偷丐确认是那姓单的，项长老去武当干什么？"

一人说道："这你就不知情了，或许那姓单的与武当串通一气也未尝不可能！"

另一人说道："说得也是，你说我们现在该去哪里？是去武当？还是在这里等待姓单的？"

一人说道："我们且走一步看一步，好了，休息了这么久，该走了！"

接下来，两个丐帮人物一边说，一边渐渐地走远，再也听不见他们的谈话了。

单宝儿心中突然明亮，无意中总算为找爹爹寻到了一条线索，然而，心中却担心爹爹一直被人追赶，心中不免对他的前途担心起来。

彭丹玲见单宝儿愣在那里，便温情地问道："宝儿哥哥，你想爹爹了是吗？"话一出口，脸上陡然一热，自己竟然叫单宝儿的父亲为爹爹了，可她是他的义女呀，女儿家心眼多，是以自己觉得这样在单宝儿面前叫总不妥，不禁害羞起来，幸好单宝儿并不在意，也未曾觉察。

单宝儿说道："是的，爹爹现在不知身在何地，噫？你不是说爹爹与你分散时，他正和日月神教打斗吗？"

彭丹玲也十分不解地说道："是啊，我与义父分散时的确是那日月神教的人与他打斗，可为何刚才丐帮的人说抓了那武当派什么人呢？还说那人就是义父，难道义父真的在武当？"

单宝儿满怀深情，说道："要是真的在武当就好了，我们就可以直接去找他了！"

彭丹玲说道："那你未醒的妹妹怎么办？"

单宝儿说道："目前，我们先救师妹要紧，我看我爹爹的事还不是那么简单，也可能不是三五天的事！"

彭丹玲点了点头，觉得单宝儿比以前有心计了，便笑着说道："宝儿哥哥，我们怎样才能找出你要找的那颈上有记号的人？"

单宝儿说道："说起这事，还真对不起你，这件事还真不太好办，不过，车到山前必有路，我想总会有办法的。"

彭丹玲一听单宝儿仍在愧疚，便说道："宝儿哥哥，我现在都与你在一起了，你还自责什么？已经不是外人了，要不是你这么一搅和，还说不清何年何月我才能找着你呢！"

单宝儿心里甚是宽慰，这一切对他来说只是个开始，但有丹玲陪伴，他信心百倍，说道："看来我们必然还有其他的巧合，也许是老天爷在暗中相助吧！"

彭丹玲笑了，说道："那就是说我们有'天作之合'了！"

第六章

突然传来"嘿嘿，嘻嘻"两声怪笑，"什么'天作之合'，是我们搓和你们两个小家伙的。"单宝儿和彭丹玲一听就知道又是那两个老怪物，眨眼俩老怪物已经立在他俩面前。

那老婆子"嘻嘻"笑道："哟，拥抱起来，小媳妇原来是假杀小宝贝呀，吓得我俩一身冷汗，怎么样？小媳妇，小宝贝是个很不错的男子汉吧！"

彭丹玲听她话中有话，娇怒道："死老婆子，嘴巴放干净些，我和宝儿哥哥没什么的！"

那怪老婆子不急不恼，说道："哟，怎么胆儿大了，有人护着你，是不是？敢骂我了！"

那怪老头儿喝道："她骂你，我劈了她！"

单宝儿说道："你敢，我劈了你的新娘子儿！"

那怪老头儿怔了一怔，望着他的"新娘子儿"，说道："好小子，竟将恩人当仇人了，看我不把你这个忘恩负义的东西劈死！"

怪老婆子向怪老头儿一望，那怪老头儿便立在一旁，不再作声了，怪老婆子说道："我就喜欢这种重感情的男人，小宝贝，现在是不是打算娶了小媳妇？"

单宝儿说道："是又怎么样？"

怪老婆子喜不自胜，笑道："是就好了，什么时候请我们吃喜酒呀？"

单宝儿说道："这是我们自愿，你是逼我们的，为什么要请你吃喜酒！"

怪老婆子碰了一鼻子灰，气得嗫嚅道："这……这……这小宝贝，你……你忘了，不是我们救了你，恐怕你已经死在她的剑下了！"

单宝儿说道："死就死了，我乐意！"

这可把怪老婆子气得把那菜刀狠命在砧板上直敲，硬是答不出话来。

彭丹玲一听怪老婆子这么一说，心中一荡，暗道：如不是两个老前辈相救，她的宝儿哥哥也许当真死在她的剑下了，那可追悔莫及，便说道："多谢两位老前辈出手相救，小女子在此感激不尽了！"说罢，跪拜起来。

单宝儿在一旁傻了眼。

怪老婆子立即停止了敲击，满脸堆笑地扶起彭丹玲，说道："小媳妇真懂事，天下还是女人多情哩，啧啧啧，小媳妇真漂亮，老婆子我爱死你啦，嗯！"也不管人家嫌她脏，就在彭丹玲的手上亲了一口。

单宝儿一见，急了，赶忙喝道："你干什么？"

彭丹玲倒显得和很从容，拉着单宝儿说道："没什么的，真得谢谢两位老前辈才是，要不是两位老前辈及时出手，当时，我一气之下，可能真的把你给杀了，那是多么不堪设想！"

单宝儿说道："是吗？那谢谢两位老前辈了！"

怪老婆子喜爱地走上前来，抚摸着单宝儿的头，说道："你总算明白啦，什么时候吃你们的喜酒？"

单宝儿感激地说道："一定会让两位老前辈吃喜酒的，只不过，我们还不知道两位前辈的称呼和地址，到时好通知……"

那怪老婆子身形一动，人已然飘而去，只听她说道："有你这句话就行啦，新郎官儿，还不走！"

在怪老婆子一跃之际，怪老头儿已然兔起鹘落跟了上去，眨眼消失在夜幕之中。

单宝儿说道："真是两个怪人！"

彭丹玲说道："也是咱们的大恩人！"

单宝儿点点头，说道："咱们也该走了，天都快亮了！"

天，仍是这块天。

小镇，仍是这个小镇，仍然喧闹非常。

生意，仍是如此红火；行人，仍是川流不息，车水马龙。

可人，却有所改变，虽然仍是一男一女，可现在跟在单宝儿身旁的是彭丹玲，而再不是薛钗儿。

美仑美奂，格调高雅的宏伟建筑——花岭山庄耸立在这块天下，仿佛这块天是为它而撑，可是世事难料，天也有不测风云，何况是人？何况是物？

当单宝儿回来的消息传遍花岭山庄时，张梦绮一如往常一样蹦跳地出现在单宝儿的面前。

"单哥哥，单哥哥！"张梦绮像欢叫的小鸟一般飞进了大堂，可当她见到还有一个如花似玉般的姑娘在他身边，这种欢快似乎变淡了些，她轻快地飘到单宝儿身边，用长着长长的动人的睫毛的眼皮打扫了一下眼睛，瞟了彭丹玲一眼，问道："单哥哥，她是谁？"

单宝儿拍了拍梦绮的小手，说道："她叫彭丹玲，是我父亲的义女，你可叫她彭姐姐！"

梦绮一听，顿时像雀儿一样又飞到了彭丹玲的面前，拉着她的手，说道："彭姐姐，你真漂亮！"说罢，就上下打量起彭丹玲来。

彭丹玲用询问的目光看着单宝儿，单宝儿说道："噢，张梦绮，梦绮妹妹，调皮的小坏蛋！"

彭丹玲看着张梦绮，正碰到她那双动人的双眼正在看着自己，有点不好意思，但仍落落大方地说道："梦绮妹妹，你也很美丽动人！"

单宝儿在一旁听她们两个女儿谈话，什么你美她漂亮的，觉得很奇怪，说道："你们姑娘见面就谈这个吗？"一句话，问得张梦绮和彭丹玲两人面红耳赤，脸上红霞飞起，不再谈论了。

单宝儿说道："梦绮妹妹，钗儿怎么样了？"说着，就要去看她。

张梦绮说道："还是老样子，昏迷不醒！"见单宝儿已跨出门去，忙拉起彭丹玲跟了上去。

单宝儿走到钗儿的床边，看着她仍就酣睡的样子，掠了一下她两鬓边的青丝，叹了一声，说道："宝儿哥真没用，还不能把你救醒！"

张梦绮趋身上前，问道："单哥哥，你没有找到那'赛华佗'喻圣舒吗？没能拿到解药吗？"

单宝儿说道："想拿解药难于上青天，更不必说请妙手神医喻圣舒前来救钗儿了！"突然，单宝儿又问道："你哥哥张梦飞呢？他不在家吗？"

张梦绮见他像急于见她哥哥的样子，便说道："不知有什么事儿出去了，可能待会儿就会回来！"

说曹操，曹操就到，但听见外面奴仆喊道："大公子回来了！"单宝儿正要出门去见他，张梦飞却已经来到薛钗儿的门口，脸上露出神秘一笑，问道："单兄，可是找到了那个喻圣舒?"

单宝儿却摇了摇头,说道:"谈何容易!"

张梦飞突然看见房中多了一位绝色佳人,便问道:"这位姑娘是——"

单宝儿一拍脑袋,说道:"彭姑娘,我父亲的义女,你瞧,我都忘了给你介绍了!"

张梦飞又问道:"怎么你父亲他没来?"

单宝儿心情很沉重地说道:"我还不知道我爹爹的下落呢!"

张梦绮连忙插话道:"单哥哥,不如我帮你找父亲好不好?我寻人可有一套啦!"

单宝儿见她真是小孩子脾气,没心情与她闹,便说道:"多谢梦绮妹妹,你年纪还小,许多事你还不明白!"

张梦绮最讨厌的就是人家说她小了,便气呼呼地说道:"我小,我哪里小?我都是大姑娘了!"

彭丹玲在一旁差点没笑出声来,哪有姑娘家这样说话的,便走上前来,扶着张梦绮的柔肩,说道:"你我都是大姑娘了,宝儿哥哥只不过是说你比他小几岁而已,他这个人说话有口无心,口无遮拦,你不要见怪才是!"

张梦飞在这时也说道:"小丫头片子,又闹什么情绪?你本来就小吗,难道让单哥哥说你老不成!"

张梦绮一听哥哥也在说她小,便说道:"你们合起来欺负人,我小吗?我老吗?我不好看吗?"

张梦飞无奈地摇了摇头,对单宝儿说道:"单兄,别理她,我们大堂里谈话去!"单宝儿也没心思劝梦绮,便随张梦飞去了。

彭丹玲看着张梦绮,心里隐隐觉察到了什么,暗想:这小姑娘难道喜欢上了单宝儿?不会的!她想找出理由来说服自己,可她从单宝儿回来时,梦绮兴奋的神情这一点上却推翻了自己的结论,彭丹玲天生聪慧,何况张梦绮毫不掩饰表情,她岂有看不明之理,只是她心里却不愿这成为事实而已,因为这样,她将面临着与梦绮共同拥有单宝儿,这对她来说,是一件非常痛苦的事情。

彭丹玲开始有些心乱了,但她禁不住还是要试一试张梦绮,便关切地问道:"梦绮妹妹,你别伤心,我看你是有点喜欢宝儿哥哥的意思,是吗?"

张梦绮一怔,看着彭丹玲询问的目光,便坚定地点了点头。

彭丹玲不死心，她又问道："你和他相处多久了？"

张梦绮很奇怪她为什么会有此一问，便毫不思索地说道："没几天，可能还不到两天。"

彭丹玲这下吃惊不小，不到两天的工夫，就喜欢上一个人，这个张梦绮个性也太强烈了，那个单宝儿真的有如此魅力？不到两天赢得一个小姑娘为他芳心萌动？她自己也搞不明白，甚至暗问自己：你不也是与单宝儿相处很短，就爱上了他吗？这是为什么？她努力地思索着这个问题！

张梦绮见彭丹玲许久未说话，看着她好像神情恍惚的样子，说道："彭姐姐，你在想什么？"

梦绮的话把彭丹玲从纠缠不清的思绪中拉了出来，她说道："没什么，我在想，你不到两天的时间就爱上一个人，是不是未免显得有点欠考虑！"彭丹玲努力地想将梦绮从单宝儿的世界里赶出去，单宝儿的世界应当属于她，不能让太多的人进去。

梦绮答得十分干脆，说道："我这辈子跟定他了！"她还不曾想到单宝儿会不会答应，不曾想到单宝儿已经有了彭丹玲，她说得很干脆，说者无心，听者有意，彭丹玲一听，这个梦绮的话意之中旨在与我争！

可彭丹玲没想到不止梦绮一人，还有一个人，那就是此刻正在酣睡的薛钗儿，薛钗儿的心中早已许向单宝儿，而单宝儿全然不知，只把她当作自己的妹妹，梦绮在单宝儿的心中，也只是妹妹而已，可偏偏就是这么两个妹妹，都一心想要得到单宝儿。

彭丹玲已经知道了一个梦绮在与她竞争了，当她起身去年看薛钗儿时，她敏感的心立刻感到又多了一个劲敌——薛钗儿。

彭丹玲见薛钗儿像睡美人般躺在床上，薛钗儿那从小就一直饱受神秘谷灵气感染的脸上，透着一股灵气，让彭丹玲不禁倒吸一口凉气，她自己都惊叹薛钗儿的美妙绝伦的容貌，那种美丽不需要任何修饰，就是薛钗儿的酣睡将近一个月了，也未曾装饰过一次的慵懒睡姿，也是美妙绝伦，无可比拟的。

彭丹玲脑海一片空荡，只要到了最后关键时刻，她一定要单宝儿选择，哪怕是她自己被无情地抛开，她也一定要单宝儿作出抉择。

而张梦绮却什么也不知道，她一点危机感也没有，她认为她拥有单宝儿是理所当然的，梦绮显得十分地自信，她见彭丹玲又是沉默良久，便说道："彭姐姐，薛钗儿姐姐都已经这样睡了将近一个月，不吃不喝，会不会饿死？"

彭丹玲也不知道，她也没心思深究这个问题，怅然若失地答道："我也不知道！"

然而，彭丹玲知道，她母亲为了她父亲所做的一切，她顿时明白，爱一个人不惜付出一切代价的道理，母亲能为父亲抛开一切，甚至不惜牺牲自己的身体，我彭丹玲为了单宝儿难道竟容不下其他的姑娘？只要他单宝儿喜欢，只要他能够胸怀大志，只要他不沉溺于温柔乡里一蹶不振，彭丹玲决定容纳一切。

彭丹玲终于从困惑中解脱出来，走到张梦绮面前，拉起她的手，说道："我们去大堂里看看。"

大堂上张梦飞正与单宝儿谈笑风生，忽听一奴仆喊道："二公子回来喽！"张梦飞笑着说道："单兄，我弟弟是朝廷的第一捕快，叫梦龙，来，我给你引见引见。"话音一落，一个剽形大汉，手持钢刀跨进门来。

张梦飞立刻上前迎接，说道："二弟，你可总算回来了，把哥哥我都快想死了！"

张梦龙面色却异常平静，说道："大哥，你过得可好？这几年可还快乐吧？"

张梦飞笑着说道："二弟可是我花岭山庄的顶梁柱，哥哥还不是因为有了你这'第一捕快'的二弟，才不至于过得比别人差！"

张梦飞又说道："来，二弟，我给你介绍一下，这位是单宝儿，单兄！"

单宝儿双掌一拱，说道："梦龙兄弟，打扰你家多日，实在不好意思！"

张梦龙却微微一笑，说道："单兄说哪里话，如果不是单兄来我花岭山庄的话，恐怕我花岭山庄不知会来什么样的贵客呢！"

单宝儿不明白张梦龙的意思，不解地说道："梦龙兄弟何出此言，单宝儿不明白！"

张梦龙拍了拍单宝儿的肩膀，说道："总之，我张梦龙得感激单兄才是，而且更该感谢大哥这几年来为花岭山庄所做的一切！"

张梦飞一愣，说道："二弟，你这话恐怕有点见外了，这些都是我应该做的。"

张梦龙走到他大哥面前，笑着说道："大哥，你这几年辛辛苦苦，将花岭山庄里里外外料理得如此顺当，操了不少心，总的来说，我还得感谢你才是，不要忘了，花岭山庄可还有我的一份呢！"

张梦飞说道："二弟这几年在朝廷混得不一样了，当官的毕竟是当官的，说起话来也不同凡响!"

张梦龙笑了笑,说道:"大哥在花岭山庄也不错啊,有这么宏伟的房屋,还有大嫂陪伴,二弟可就惨了,虽说吃了几年官家饭,可到如今还是光棍一条,哪还能谈什么不凡响!"

这时,彭丹玲和张梦绮跨进门来,张梦绮一见她二哥回来,欢跳地跑到张梦龙的身边,用小手捶张梦龙的胸,撒娇般说道:"二哥,你可让小妹想死了,你怎么不早点回来!"

张梦龙看着张梦绮,笑道:"哈,长成大姑娘了,还不知害羞,是不是想二哥背你上街玩去?"

张梦绮更是捶得凶狠了,说道:"二哥,你真坏,刚一回来,就欺负小妹了!"

张梦龙说道:"二哥何尝不想小妹了,二哥在朝廷时,时刻想起在家时常常背你上街玩的情景,只可惜这么多年没背你,你就突然长大了,二哥还想背背你嘛!"

张梦绮立刻转过梦龙的身后,向他肩上一蹦,抓住梦龙的双臂,高兴地说道:"二哥,你就背上我吧,我俩上街玩去!"

张梦龙哈哈大笑,说道:"你以为还是五年前?你这么大了,背到街上,人家以为二哥背你出嫁哩!"

张梦绮咯咯直笑,跳下梦龙的肩背,说道:"二哥,你真坏,当了几年官儿,满嘴油腔滑调,不和你玩了!"

张梦飞见彭丹玲站在一旁不语,忙插话道:"二弟,这位是与单兄一道的彭姑娘!"

张梦龙向她点了点头,很有礼貌地说道:"彭姑娘,你好,欢迎你来花岭山庄做客!"

彭丹玲羞红了脸,说道:"张家二哥,你太客气了,我们在此已打扰多时,实在惭愧,哪里还称得上客人!"

张梦龙爽朗一笑,走到单宝儿面前,说道:"单兄是艳福不浅,有如此绝色佳人相陪,不同凡响,不同凡响啊,我张梦龙为官多年,自以为见过不少绝美佳人,都还没有一个比得上单兄的这位红粉知己!"

张梦绮睁着圆眼,说道:"二哥,你看你,把人家说得脸都红了,你这张嘴怎么就不能说点别的!"

张梦飞道:"小丫头片子,二弟刚回来,你就对他呼三吼四,成什么规矩!"

梦绮气呼呼地说道："我就说，我就说，不要你管！"

单宝儿一见，说道："各位，梦龙兄弟刚回来，也该休息休息，大家就不要再争论不休了！"

单宝儿又说道："梦龙兄弟，单宝儿有一事相求，不知梦龙兄弟能否赐教？"

张梦龙看了众人一眼，说道："单兄如果没有什么急事，我想休息一下，等一时片刻再谈如何？"

单宝儿一笑，说道："那有何不可，梦龙兄弟只管去吧，单宝儿自会等候！"

张梦龙对梦绮、梦飞说道："大哥，小妹，我休息去了！"说罢，径直向卧房走去。

众人也只好各自散去，梦绮拉着单宝儿和彭丹玲来到薛钗儿的房间里，对两人讲起她和梦龙小时候的事来，说时还眉飞色舞，显得甚为高兴。

单宝儿觉得十分奇怪，这梦绮与大哥梦飞似乎没有她与二哥梦龙那么亲密，同是一母所生，为何相差如此之大。

这时，一老奴仆进来对单宝儿说道："单少侠，我家二公子有请！"

单宝儿愣了一愣，说道："烦劳老伯引路！"

单宝儿来到张梦龙的房里，张梦龙就叫那老奴退了出去，他起身说道："单兄，有什么苦衷，不妨直说，看看张某人能否为单兄助一臂之力！"

单宝儿笑道："梦龙兄果真是爽快之人，单宝儿就不必多费口舌了，在下想请张大捕快帮我找一个人！"

张梦龙朗笑，说道："单兄如此信任张某人？"

单宝儿说道："梦龙兄弟直人快语，这点我早就看出来了，料定你必是一个可靠的帮手，况且梦绮妹妹再三介绍，更增加了我的信心！"

张梦龙望着单宝儿，说道："好，就凭单兄的这句话，这个忙，我张梦龙帮定了，单兄是否要我帮你找到能救你妹妹的人？"

单宝儿开怀一笑，说道："不愧是朝中第一捕快，一准能猜透人的心思！"

张梦龙又说道："大概单兄是指那下毒之人吧？这个人可不大好找哇！"

单宝儿又是一笑，说道："梦龙兄果真厉害，这下毒之人亦能救我妹妹，可还有一人能救她！"

张梦龙说道："就是下毒人的师父？"

单宝儿惊声问道："梦龙兄弟何以如此了如指掌？"

张梦龙说道:"单兄你可别忘了,我是朝廷第一捕快,没有根据的话,我可不会乱讲!"

单宝儿点了点头,说道:"看来梦绮妹妹说的不假,她二哥是个很有头脑的人,能洞察一切事情的来龙去脉!"

张梦龙说道:"单兄也太过夸奖在下了,我还了解到此下毒之人曾经杀害过他的师父,并且此人医术高超,令人不可思议,能改头换面,藏身隐匿!"

单宝儿大为感叹,说道:"梦龙兄弟果真名不虚传!"

张梦龙说道:"单兄所做的一切才使我这些资料的获得变得异常容易,这可得感谢单兄才是!"

单宝儿大为不解,说道:"梦龙兄弟今日才回,怎对我过去的所作所为了解得如此透彻?"

张梦龙避而不答,说道:"单兄才是真正的有功者,我张梦龙只不过投机取巧而已!"

单宝儿想了一想,说道:"梦龙兄弟能有这等本事,也可谓神通广大,怎的说投机取巧!"

张梦龙说道:"可以说,这件事,不到三日,我定会给单兄一个很好的答案,不过,今日的谈话,单兄切不可对其他人提起,在下还有一些事要办,单兄尽可高枕无忧,不必担心!"

单宝儿很知趣地告辞了,回到自己的房间。

是夜,天空高挂一轮皓月,花岭山庄后院的公园小亭里站着两个人影,这两个人是张梦龙和她的大嫂柳辛林。

只听柳辛林笑道:"哟,我的小叔子,你可总算回来了,怎么也不来看看大嫂我,还要我约你到这里来见面。"

张梦龙说道:"恕小叔子无礼,大嫂近况可好?"

柳辛林说道:"托小官爷,小叔子的洪福,总算还活着!"

张梦龙一怔,说道:"大嫂难道有什么不快乐的事情?"

柳辛林说道:"我快乐不快乐,小叔子心里应该明白!"

张梦龙顿了一顿,说道:"大嫂还未忘记从前的时光吗?"

柳辛林突然很悲伤地叹了一声,说道:"梦龙,你不是不知道,我和你大哥原本就不应凑合在一起,我和你才是天生的一对!"

张梦龙连忙说道："大嫂快别这样说，这样就折煞小叔子了！"

柳辛林说道："哼，这都是你大方啊，我与你从小一起长大，青梅竹马，哪知你爹竟要我嫁给你大哥梦飞，你居然不出来阻止，还极力说服你大哥接纳我，你大哥也知道我俩的感情，他不愿你失去我，曾多次劝说你，你可好，却为了你爹爹的决定，竟然连心爱的女人都可以让给别人，你算什么？我又算什么？你们张家的人都把我当礼物一样推来推去，我恨死了你，恨死你们张家所有的人！"柳辛林越说越激动，张梦龙不用看她，就可以感受到她脸带愠色。

张梦龙很痛心地说道："大嫂，那是没有办法的事，其实，你一直是我敬重的大嫂！"

柳辛林说道："敬重？你自从我与你大哥结婚以后，就跑出了花岭山庄，如今还当上了朝廷第一捕快，你是在敬重我？你是在逃避你自己，逃避你心爱的女人，你真是个混蛋！"

张梦龙却不恼不怒，说道："你和大哥不是过得很好吗？"

柳辛林说道："是，可那不过是表面而已，你大哥是个花痴，他整天跟花儿打交道，把我放置一边，不闻不问，我是个人哪，我在他的眼里不如一朵花儿，你大哥和我根本就格格不入，何以谈得上很好！"

张梦龙又顿了顿，说道："我看大嫂红光满面，脸上一副春风得意，无论怎么看，也看不出大嫂有什么不快乐呀！"

柳辛林冷笑一声，说道："是，我现在是很幸福，小叔子该不会是嫉妒了吧！"

张梦龙说道："大嫂说到哪里去了，难道大嫂没有感到大哥已经变了，跟以前有很大不同了！"

柳辛林放声大笑起来，说道："你大哥的确跟过去不同，我就是喜欢这种不同，比起那木头似的，一点人情味都没有的大哥可强上了百倍！"

张梦龙双眉紧皱，说道："大嫂能有今天的幸福，小叔子应该感到高兴才是，可我觉得这样总有辱我张家的名誉。"

柳辛林说道："你待怎的？我自你大哥改变以来，才真正体味到做一个女人的真正快乐，我不管他是真是假，我只要能得到我所想要的，就足够了！"

张梦龙心中一震，说道："在我眼里，大嫂不应是这样的人！"

柳辛林说道："在你眼里？哼，你眼里有我吗？你能改变，我为何就不能变了！"

张梦龙不禁吸了一口凉气，说道："我梦龙千错万错，也不至于让嫂子如此大相径庭吧！"

柳辛林摇了摇头，说道："到这个时候才承让自己有错，是不是为时已晚？你知道吗？我有多么爱你，你却离我而去，甚至避而不见，我之所以愿意嫁与你大哥，是为了每天能看上你几眼，你可好，你却……"柳辛林不禁流下了两行清泪。

张梦龙叹息地说道："想不到哇，我张梦龙酿成了一场大祸，竟害了那么多人！"

柳辛林拭了拭眼泪，说道："梦龙，我知道你心里是爱我的，我也知道我这样下去也不会得到真正的幸福，可这样总比你那个木头大哥强啊！"

张梦龙说道："大嫂，在我心里，我大哥就如同我的父亲一样，我敬爱他，他这样不明不白的，我能坐视不理吗！"

柳辛林说道："梦龙，你还会接纳我吗？"

张梦龙苦涩地摇了摇头，说道："你既然是我大嫂，就永远都是，我不能做出对不起我大哥的事来！"

柳辛林说道："想不到你仍是顽固不化，伦理道德能胜过你心爱的女人吗？你这样只会让我更恨你，恨你——"

说罢，噙着满眶泪水跑了开去。

张梦龙叹了一声，大声喊道："我的好'大哥'，你该现身了吧！"

只听哈哈两声大笑，张梦飞趋身来到亭前，说道："第一捕快，果然了得，我一来，你就知道了！"

张梦龙说道："你即使不来，即使大嫂不这样说出来，又岂能瞒得过我！"

张梦飞又哈哈一笑，说道："是什么使你辨别出来的？说来听听！"

张梦龙说道："事情很简单，我那天在街上遇到你时，你却对我形同路人，我大哥可不会连他弟弟都不认识吧！"

张梦飞说道："这么简单？"

张梦龙说道："不，我以为我大哥这几年大慨脑筋出了毛病，忘了弟弟的模样，也未必不可能，这只不过是我对你起疑心的开始！"

张梦飞说道："那还有什么呢？"

张梦龙说道："那就要感谢单兄与他的朋友了，既然他的朋友在我花岭山庄中毒，下毒之人必定与我花岭山庄有关！"

张梦飞说道："那你也没有理由怀疑你敬爱的大哥！"

张梦龙说道："当然，我也不会相信就是你，可是在一天夜里，一个黑衣蒙面人从我大哥房里钻出来，窜进薛姑娘的房里，想干坏事，我大哥不是这种人！"

张梦飞一怔，说道："如此说来，你早就回来了？"

张梦龙笑道："凭我多年的办案经验，你以为我会在认为家中发生了变故的时候贸然回家吗！"

张梦飞说道："当然不会，如果我是捕快，我也要查清楚再说！"

张梦龙说道："可惜啊，如果不是单兄亲自去了万人谷，如果他不是了解到你还有改头换面的绝世医术，我可还不至于将你看清楚！"

张梦飞笑了笑，说道："这么说，是我自己揭露了自己！"

张梦龙也笑了笑，说道："从根本上说，应该是这样，因为我大哥虽然和你一样，也是精通医理，可他却不知道什么万人谷，更不会对客人的女朋友存心下毒手，也不会黑夜潜入女儿家的房里，还有一点，他的武功可没有你那么好！"

张梦飞哈哈笑道："想不到我'万灵医童'到头来却落在一个捕快手里！"

张梦龙说道："这是你自己为自己铺设的道路，自然由你把它走完！"

"万灵医童"说道："张捕快，你以为你能对付我吗？"

张梦龙说道："我尽可能地为我大哥报仇，哪怕再赔上一条人命！"

"万灵医童"说道："再赔上谁的性命？"

张梦龙说道："我！"

"万灵医童"说道："我看不止吧，起码还有一个薛钗儿！"

张梦龙说道："你做梦去吧，你以为只有你一人能解此毒！"

"万灵医童"说道："难道那个贪生怕死的老大夫还敢来这里？！"

张梦龙说道："贪生怕死？你要杀害人家，却说人家贪生怕死？简直是天大的笑话！"

"万灵医童"说道："我要杀他？你知道我为什么要杀了他吗？"

张梦龙这下可惊奇了，说道："为什么？"

"万灵医童"说道："我们这个独门圣医门中，有一个鲜为人知的规矩，那就是当师父把毕生的医术教给徒弟时，师父就必须自绝身亡！"

张梦龙惊奇地问道："天下竟有如此荒唐的规矩！"

"万灵医童"说道："什么荒唐？一千多年来都这么走过来的，可到了喻圣舒的这，他却不这么做！"

张梦龙说道："那自有他的道理！"

"万灵医童"说道："什么狗屁道理，他都已经是快要死的人了，却将许多高深的医术藏而不露，不愿教于我！"

张梦龙说道："那也许是你自己脑子笨，学不到这些东西！"

"万灵医童"哈哈朗笑，说道："我笨?! 代历祖师爷花了五六十年，才能把整个圣医门中医术学完学好，你看我有那么大年纪吗？"

张梦龙说道："那你把整个圣医门的东西全学到手了?"

"万灵医童"说道："我从五岁就开始跟着喻圣舒，到现在也不过三十岁，我能在这么短的时间内将喻圣舒所教的一切全盘吸收，他见我如此聪明，怕了，不敢再教我了，什么也不教，你说我呆在那里干吗？我要的就是他的医术本领，可他却几年一种医术都不教，不是贪生怕死，是什么？"

张梦龙说道："想不到你如此聪明，可你也不该将这种怨恨迁移到我大哥的身上！"

"万灵医童"说道："你大哥该如此，谁叫他的一切都和我相同，这样的一个人是百年难遇的，一方面我是为了尝试医术，另一方面就是隐藏身份，伺机杀了那个贪生怕死的老鬼！"

张梦龙说道："你不是已经杀了他吗?"

"万灵医童"说道："我是杀过他，可他没死，他竟然将狗的心移植到他的身上，活了下来，他如果不是怕死，干吗连狗的心也要?"

张梦龙一听，简直不可思议，居然有这等奇门医术，说道："这可是你逼的！"

"万灵医童"说道："那你大哥的死至少有一半是喻圣舒逼出来的！"

张梦龙说道："男子汉大丈夫，自己做事自己当，怎往别人身上推?"

"万灵医童"说道："这怎么说我推卸责任？如果喻圣舒能一点不漏，毫不保留地将医术教给我，然后高高兴兴地去见历代祖师爷，你大哥就不会遭此厄运了！"

张梦龙惨然一笑，说道："你何时对我大哥下此毒手？又怎的对我们花岭山庄如此了解?"

"万灵医童"说道："那也不过是十个月以前的事罢了，可我为了到你们花岭山庄来，却花了整整一年的时间！"

张梦龙双臂一交，踱步说道："为什么要花那么多时间！"

"万灵医童"一笑，说道："饶是你办案甚是精明，一门不到一门黑，这你可就长见识了，我花了整整一年时间观察你大哥的行为举止，摸索他的性情脾气以及你花岭山庄上下老仆的各种工作分配、责职及行为、性情等等，可是我还是做不到你哥哥那样，不能像你哥哥那样对待你那俊美的大嫂……"

张梦龙大怒，说道："无耻至极，你杀人夺妻，罪不可恕，准备受死吧！""吧"字刚落，一道寒光向"万灵医童"疾射而来。

"万灵医童"淡淡一笑，说道："就凭你?!"长剑一划，一道剑弧将那道寒光逼了回去。

张梦龙吃了一惊，接着说道："好你个万灵医童，你且接我这招试试！"说罢，一柄长刀寒光森森，直向"万灵医童"脑瓜砍去！

万灵医童不躲不避，提起宝刀向上一撩，哪知张梦龙长刀一变，改砍为削，直向"万灵医童"脑壳削到，这一下可惊煞了"万灵医童"，想收回剑势已为时过晚，情急之中，只有向下一蹲，缩头闪避，可这一刀来势威猛迅速，直将"万灵医童"头顶上的发髻削了下来，"万灵医"童抬手一摸，脑瓜稳稳地还在，心中不禁暗自庆幸，但手中长剑仍不敢怠慢，直向张梦龙的长刀应接过来。

突然，张梦龙长刀一抖，一圈无数刀影向"万灵医童"袭来，"万灵医童"长剑一缩，手腕一抖，一弧剑光直向刀影撞去，只听到当当当当，密如连珠般刀剑撞击声响，一片刀光剑影将二人全身笼罩，已然分不清谁是谁了。

单宝儿早就来到二人打斗之地，看得他两只眼忙得左转右转，仿佛在努力将二人区分开来，这时，张梦绮、彭丹玲闻声赶到，见单宝儿站在一旁，忙向他跑去。

只听两圈人影突然一分，一人直向张梦绮疾飞而来，单宝儿脸色大变，毫不思索，身形赶至张梦绮身边，几乎是同时，那人已经将单宝儿挟在手臂之中，长剑一晃，冷光泛射，已经架在了单宝儿的脖子上。

张梦龙见此情景，大声喝道："'万灵医童'，用此卑劣手段，算什么好汉，不是说我敌不过你吗？来来来，再斗上几十回合！"

"万灵医童"架着单宝儿说道："那样未免太伤气力了，这下可省了我不少功夫，你以为我是怕你不成?!"

张梦龙哈哈一笑，说道："你以为你走得掉吗？看看你的身后有什么？"

"万灵医童"一惊，转眼一看，却什么也没有，情知上当，只觉得一股劲风直向面门袭来，他神色为之大变，急忙将袖口一抖，已不管方向对不对，一支寒光却端端正正地向张梦龙射来，忽然，一条人影挡在了寒光与张梦龙之间，只听一声娇呼，那人身体向张梦龙撞去，张梦龙左臂一弯一托，人已飘然落地，一看，躺在他臂弯里的正是他的大嫂柳辛林，再看她的胸口，一柄短剑已经只剩下剑柄在外，剑身已插进了她的心脏，鲜血汩汩流下，一会儿就变成了紫红色，张梦龙一见此短剑喂有剧毒，大声喝道："无耻淫贼，快快将解药拿来，饶你不死！"

"万灵医童"冷笑一声，说道："不管用了，她马上就会死去，你还是陪着你心爱的女人吧，我可没有工夫陪你！"说罢，架着单宝儿一步一步向花岭山庄大门走去。

张梦龙抱着柳辛林悲痛地说道："你为什么这么傻？为什么？我不值得你这样！"

柳辛林媚眼微开，慢慢说道："梦龙，我只想问你一句，你到底爱不爱我？"

张梦龙已是泪眼朦胧，说道："辛林，你一直是我心中最爱的女人，我之所以没有成家，就是没有人能代替你在我心目中的地位！"

柳辛林已经奄奄一息，断断续续地说道："那你……为……何……不……娶……我？"

张梦龙说道："父命不可违呀。"

柳辛林吐了一口浓血，声音已经很微弱了，她说道："只……要……你……爱……我……就……足……"一句话还未说完，人已经断气了。

张梦龙抱着柳辛林，失声痛哭，悲愤地大声吼道："'万灵医童'，我发誓要杀死你……"声音悲苍浑厚，划破寂空，飘向远方，一片乌云飘了过来，挡住了月光，后院内顿时一片漆黑，仿佛是月亮被张梦龙一声哀号吓破了胆一般，立刻躲进了云里。

单宝儿被"万灵医童"架着一步一步走出花岭山庄，向幽黑的偏僻山林走去，彭丹玲和张梦绮带着一群奴仆紧跟其后，丝毫不敢放松、大意。

单宝儿想不明白，自己与"万灵医童"相处多时，却没有发现他的秘密，而张梦龙一回来，就将其揭穿，他不解地问道："你就是喻圣舒喻老前辈的徒弟？"

"万灵医童"说道："什么老前辈，你别把他看得如此德高望重，其实，他比我更有过之而无不及，我只不过学了他的皮毛而已！"

单宝儿听不懂他的意思，问道："什么只学了皮毛而已，你不是说你在短短二十几年就将他教的东西都学会了吗？"

"万灵医童"说道："我说的是他的阴险，狡诈狠毒！"

单宝儿说道："你想欺负我的师妹？"

"万灵医童"一面寻找逃循的机会，一面说道："窈窕淑女，君子好逑，只不过我觉得她一朵仙花插在你这块牛粪上太可惜，不如我将她解脱开来！"

单宝儿冷笑道："你这样的人也能称得上君子吗？那天下的人不都是君子了！"

"万灵医童"说道："哼，别自命清高了，你不要以为你眼中的标准就是至理名言一般，在我看来，比起许多人来，我不是君子吗？"

单宝儿咬牙切齿地说道："我师妹与你无怨无仇，你将她毒昏将近一个月，阴险狠毒至极，谈得上君子吗？"

"万灵医童"说道："我也没有将她毒死，只不过用她作饵罢了，哪知那老鬼居然死不露面，他见死不救，又怎能称得上君子？！"

单宝儿说道："不如我们作个交易怎么样？"

"万灵医童"问道："什么交易？"

单宝儿说道："你将解药给我，我助你逃走！"

"万灵医童"说道："还算公平，可我怎么能相信你可助我？"

单宝儿说道："我不怀疑你给我的解药是真是假，你倒怀疑我来了！"

"万灵医童"似乎同意了这笔交易，说道："好，只要我安全离开这里，我决不会给你假解药！"

单宝儿停住脚步移动，说道："那你把解药给我吧！"

"万灵医童"冷冷一笑，说道："哪有这么容易？说要就要！"

单宝儿说道："那好，我现在就自刎而死，看你如何逃得了百余人的围攻！"

"万灵医童"赶忙将长剑稳住，说道："你有什么法子助我逃走！"

单宝儿说道："你只不过是给瓶解药嘛，还有我这个大活人在你这里呢！"

"万灵医童"说道："这何须你说，我还会比你傻不成？"

单宝儿说道："聪明反被聪明误，你只要给了解药，我自有办法！"

"万灵医童"将信将疑，迟疑了一会儿，说道："我姑且信你，你要是耍什么花招，我就杀了你！"

单宝儿冷笑一声，说道："我耍什么花招？"

"万灵医童"从怀中掏出一个瓶子来，说道："这是解药，只要她服下，马上就可以醒来！"

单宝儿接过药瓶，抛给彭丹玲，说道："快去救钗儿，看他的解药是真是假!"

彭丹玲接过解药，向花岭山庄飞奔而去。

张梦绮急忙说道："单哥哥，可不要上当!"

单宝儿一笑，说道："你放心，我自有办法!"说罢，他伸出脖子往"万灵医童"的长剑一凑，"万灵医童"的长剑上顿时留下了一道长长的血痕，还未等"万灵医童"反应过来是怎么回事，单宝儿整个人竟自慢慢倒下了。

"万灵医童"大感意外，忽然说道："单宝儿，我给了你真的解药，你却如此对我，你一条狗命能及得上我的命吗?"

张梦绮见单宝儿倒下了，以为他被"万灵医童"所杀，大声喊道："单哥哥，单哥哥，你不能死啊，杀了他，杀了'万灵医童'!"花岭山庄的家丁们一拥而上，向"万灵医童"围攻过来。

"万灵医童"没想到这单宝儿竟然连性命也不要了，这下子就得全靠他自己杀出重围了，虽说这些家丁武功都不怎么样，可要杀出去，也得花上很大的气力，并非轻而易举，他不敢怠慢，挥剑和那些家丁们斗了起来，这些家丁平时都受到花岭山庄的恩泽，有不少是因为走投无路而被花岭山庄收留下来的，即使拼上性命，让们也心甘情愿，报答花岭山庄恩情的时候到了。

那些家丁前仆后继，凶猛直前，并没有因为"万灵医童"武功高超而退缩，甚至越来越勇，"万灵医童"渐渐感到有些力不从心，豆大的汗珠从他的脸上滚滚落下，就快要支持不住了。

张梦绮抱着单宝儿痛哭起来，她用柔嫩的脸庞紧紧贴在单宝儿的脸上，一双玉手抚摸着单宝儿的头发，边哭边喊道："你怎么那么傻! 连自己的命都不要，你为什么那么傻啊，单哥哥，单哥哥……"张梦绮已经泣不成声，全身酸软无力。

"万灵医童"感到自己必将累死在这些如猛虎的家丁们身上，他想拼了最后一口气力逃出去，可是家丁们死死纠缠，他无论如何也脱不开身，前面的对手刚倒下，背后、左侧、右侧的家便发疯般地涌上来。

"万灵医童"脑子"嗡"一炸，眼前一片模糊，不知是汗水蒙住了眼睛，还是体力已经耗尽，总之，他脑子只有一个念头，那就是死，他会死在这些家丁的手里，笑话，我"万灵医童"会死在这无名小卒手里?!

"万灵医童"凭着最后一点力量，向他周身的家丁们探出了他最后一剑，可惜力量已经太微小了，他眼前一黑，便不省人事，正当这些家丁将要把"万灵医童"

剁成肉酱的时候，两团黑影飞速赶至，将家丁们的兵刃荡开，只见一黑影左手一扬，一股白烟像长了眼睛似的直向他们飞去，顿时，家丁们一个接一个扑倒在地，再也没有起来。

那两人将"万灵医童"一托，一个抬头，一个抬脚，同时展开双腿，如飞而去，眨眼就不见了。

彭丹玲在花岭山庄将解药给薛钗儿服下，薛钗儿那紧闭了将近一个多月的双眼终于慢慢地睁开，她看见眼前这个陌生的姑娘好生奇怪，竟一下子弄不清身在何处，忙问道："我怎么了？你是谁？这是哪里？"

彭丹玲见她睁开双眼，并且能说话了，便说道："你先休息休息，我还有急事，待会儿让宝儿哥哥告诉你，我走了！"说罢，给薛钗儿弄了弄被子，抽身奔了出去。

当彭丹玲一路向单宝儿这边奔来时，暗自庆幸单宝儿居然能将解药弄拿到手，解了薛钗儿的毒性，让她醒来，心里无时不在担心单宝儿的安危，所以一路飞奔，可出现在她眼前的一幕让她顿时像发疯般哀号一声，便向张梦绮飞来。

张梦绮已经哭成了泪人，见彭丹玲已来到她的面前，用微弱的声音说道："单哥哥……他，死了……"

彭丹玲脑子"嗡"的一声，如大白天响了一声霹雳，身体几乎昏倒，幸好她年纪比张梦绮稍大，见识了一些事情，用手摸了摸单宝儿的胸口，感觉到还有一丝热气，便将单宝儿托将起来，一路向花岭山庄飞奔，这个平时娇弱的女子竟然将单宝儿托了起来，还如飞般奔跑，张梦绮看傻了眼，等彭丹玲快看不见身影时，才明白是怎么回事，立刻爬起身来，向花岭山庄赶去。

彭丹玲双手抱着单宝儿拼命向花岭山庄飞奔，两行泪水簌簌落下，豆大的汗水已经布满了一脸，等她将单宝儿抱回花岭山庄时，已是全身混漉漉的，头上还冒着热气，脸上水汪汪的，已经分不清哪是汗水，哪是泪水了，她哪里顾得上这些，一时间竟不知道怎么办才好，急得像热锅上的蚂蚁，在房间里直团团转。

第七章

张梦绮气喘吁吁地跑了进来，见彭丹玲不知所措，她也一下子愣住了，突然，她说道："彭姐姐，你好好照顾单大哥，我去请大夫！"

张梦绮正欲转身离去，突然传来一个苍老的笑声，两人都吃了一惊，这时候，什么人来花岭山庄？接着听到那苍老的声音说道："这小子也太傻了，什么法子不能用，居然要以死来换取一包解药，若不是有我在这里，你就是有十条命，恐怕也没有人能救你！"

彭丹玲一听大喜，连忙跑出门去，向地面一跪，高声说道："高人能出手相救，小女子给您叩头了！"说罢竟在地上"砰砰"叩了起来，张梦绮见彭丹玲跪下，忙双膝一曲，也跟着叩起头来。

突然，一个苍老的声音说道："起来，你们也不怕头磕破了，毁了美丽的容貌，嫁不出去了，好了，单宝儿已经让我医好了，休息一两天就没事了！"

彭丹玲和张梦绮还没弄清楚是怎么回事，就听到说单宝儿没事了，连忙起身向房内跑去，只见房内中央正站着一位白发苍苍的老者，一手捋着白胡子，正微笑着望着她俩，彭丹玲和张梦绮又要倒地拜将起来，只见那老者连忙将二人扶住，说道："好了，好了，都已经磕了那么多的头了，单宝儿已医好了，你们都不知道，快别再磕头了！"

彭丹玲忙说道："多谢前辈救了宝儿哥哥，前辈有什么要求，只管说来，就是天上的月亮，小女子也定会把它摘下来，报答前辈的救命之恩！"

那老者哈哈一笑，说道："这个单宝儿可真有福气，有如此痴情红颜伴侣，也不枉我救他一场，你们什么也不要说了，还是照顾一下你们的心上人吧！"

张梦绮已经坐在了单宝儿的身边，她用手指拭了拭单宝儿的鼻孔，见他有呼吸，便向彭丹玲点了点头，示意单宝儿已经没事了，两行泪水夺眶而出，眼睛忽闪忽闪，脸上露出了甜美的笑容，她为单宝儿的醒来，又高兴地哭了。

彭丹玲也高兴地哭了起来，其实，她俩的泪水从一开始就没有断过，一直在流，只不过这时候是一种激动，一种高兴，一种感激所致而已。

彭丹玲含着泪水对那老者说道："前辈的大恩大德，永远铭记在心，不知前辈可否相告尊姓大名？"

那白发老者说道："这傻小子曾经找到过我，我就是人称'赛华佗'的拙医喻圣舒，你们不必如此客气，还是照顾照顾单宝儿吧！老夫明日再来看他！"说罢，就要走了。

张梦绮说道："老前辈请留步，请问老前辈可有栖身之处？不如就留在我花岭山庄吧！"

彭丹玲也连忙说道："正是，正是，老前辈救了我们的宝儿哥哥，哪能说走就走，这外面乌漆抹黑的，还是请老前辈留下吧！"

喻圣舒两唇微动，正欲说话，突然，一家丁满身是血地跑了进来，说道："小姐，受伤的弟兄怎样安置？"

喻圣舒哈哈一笑，说道："看来我喻圣舒还真的走不成啦，两位小姐只管叫受伤的兄弟等候片刻，先将那死去的弟兄尸体抬进一间房里来，让我看看他们还有没有药救！"

不等张梦绮和彭丹玲发话，那家丁一声"是"，连忙奔了出去，这消息一传开，花岭山庄一下子仿佛成了活菩萨来到一般，人声鼎沸，喧闹非常。

这时，一个剽形大汉抱着一个人直向单宝儿这房间奔来，大声喊道："神医在哪里？神医在哪里？快救救她，救救她！"原来是花岭山庄二公子张梦龙抱着他的大嫂柳辛林向这边奔来。

张梦绮这才想起了二哥，连忙起身喊道："二哥，在这里！在这里！"

喻圣舒检查了柳辛林的尸体，缓缓地蹀了几步，说道："如果她不曾中毒，一般创伤致死的，在两三个时辰内，我定可将她救活，不过，从现在的情况看来，不是没有法子救她，只不过怕误了其他家丁的拯救时间！"

张梦龙大声说道："有什么法子？神医快快救她吧！"

喻圣舒说道："那就是将她所有的中毒器官全部换掉，这样一来，恐怕她再不是原来的她了，恐怕她也不认识张捕快了！"

张梦龙吃了一惊，这喻圣舒怎的如此了解我，我还是与他刚刚见面，不过，张梦龙来不及细想这些，便说道："那她到底会怎么样？"

喻圣舒说道："那她可能变成男不男、女不女的阴阳人，也有可能性命如同畜牲一般！"

张梦龙一下子瘫倒在地上，喃喃说道："那救她有何用，她会更恨我，她会更痛苦……"

喻圣舒点了点头，说道："张捕快不愧是第一捕快，所以还是让心爱的人安静地带着幸福的微笑去吧，不要再伤她的心！"喻圣舒说罢，独自走出去为那些刚死的家丁们救命。

第二天一早，单宝儿就慢慢地睁开了眼睛，看见彭丹玲正望着他怔怔地出神，彭丹玲眼睛突然一亮，看到单宝儿正睁着眼睛望着她，便高兴地跳起身来，说道："宝儿哥哥，你醒了，感觉怎么样？肚子饿不饿？"

单宝儿嘴唇动了几下，却说不出话来，这下可把彭丹玲急坏了，连忙叫起正伏在桌子上睡着的张梦绮，说道："你照顾宝儿哥哥，我去叫喻老前辈，他怎么不能说话了！"

张梦绮揉着惺忪的眼皮，一听单宝儿不能说话，赶忙跑到床前，望着眼睛正在看她的单宝儿，眼泪又漱漱地落下，单宝儿知自己还不能开口说话，用手抚摸着梦绮的秀发，示意她不要哭，他最怕别人哭了！

一会儿，彭丹玲又只身跑了回来，张梦绮惊声问道："怎么，喻老前辈走了吗？"

彭丹玲摇了摇头，说道："他还在为其他受伤的兄弟疗伤，他说宝儿哥哥只是暂时的，过一两天后就自然会说话了！"

这时，单宝儿抬手向彭丹玲招了招，彭丹玲连忙走了过去，问道："你不能说话，想干什么，就用手在我的手掌上写出来吧！"单宝儿笑了笑，于是抬手在彭丹玲的手上写了起来。

彭丹玲说道："我光顾着照顾你，把钗儿姑娘给忘了，我这就去看她！"说罢，走了出去。

张梦绮猜想她的单哥哥肯定还惦记着薛钗儿，问起她的情况来，梦绮伏在床边，说道："单哥哥，你怎么这么傻，连命都不要了，可把我急死了，要不是喻圣舒喻老前辈及时相救，我恐怕再也不能与你说话了！"说罢，又哭了起来。

单宝儿将梦绮的一只手摊开，在她手上写道："不要哭！"张梦绮就立即不哭了。

单宝儿又写道："喻前辈怎么到这里来了？"

张梦绮摇着头，说道："我也不知道，你刚出事不久，我们还在外面叩头哩！"

单宝儿有些不解其意，写道："干吗叩头？"

张梦绮说道："求老神医救你呗，不过，我们就算不给他叩头，我看他也会救你，他似乎是专程来的！"

这时，彭丹玲过来说道："薛姑娘仍卧床不起，只是睁开了眼睛，我去请喻老前辈，叫他给薛姑娘看看！"

单宝儿挥了挥手，示意她快去。

不一会儿，喻圣舒和彭丹玲还有薛儿一同来到单宝儿的房间。

薛钗儿两眼流下了泪水，说道："宝儿哥，你不该这样，你还有大仇未报，要是有个三长两短的，可怎么对得起死去的师娘！"

单宝儿笑笑，写道："我早就料到喻神医会来的！"

张梦绮将他的意思说给大家听了，喻圣舒吃惊地问道："你那么有把握？"

单宝儿头一点，写道："是！"

张梦绮说道："万一喻老前辈不来，怎么办？"

单宝儿摇了摇头，写道："不可能！"

薛钗儿认为这只不过是单宝儿笨头笨脑，想不出办法，情急之下拿他的命换自己的命，所以甚为感动，说道："你只不过是莽撞行事罢了，这样后果有多严重，你知道吗？"

单宝儿写道："我知道，可我认为喻老前辈在我回花岭山庄时，就跟在我身后了！"张梦绮像充当翻译一般告知众人。

喻圣舒哈哈一笑，说道："有胆识，不过，有什么理由来证明你的猜测呢！"

单宝儿写道："你既然被我发现了藏身之处，必定不会再在万人谷呆下去了，另外，你又知道有关你徒儿'万灵医童'的线索，必定会按照这条线索将他找出来，以免他再为祸人间！"

喻圣舒哈哈大笑，说道："分析得入情入理，好气魄！有谋略，你单宝儿变得聪明啦！"

单宝儿摇头苦笑，写道："吃一堑，长一智，单宝儿有太多的重任在身，马虎不得！"

几人都开怀地笑了起来。

单宝儿写道："'万灵医童'的解药是假的吗？为什么你还起不来，要喻老前辈动手才行？"他在问薛钗儿。

喻圣舒一笑，答道："你以为他有如此好心肠吗？他只不过给了你一半的药量，所以薛姑娘只能睁开眼睛，而身体仍不能动弹，这个孽徒狡猾得很呐！"

单宝儿又写道："抓着他了吗？"

张梦绮说道："本来应该快杀了他了，可突然不知从哪里来了两个黑衣带面具的人，将他救走了！"

单宝儿又写道："你哥哥张梦龙哪里去了？"

张梦绮说道："他将大嫂安葬后，就忙着打理庄内的一切事情，许多家丁都受了伤，那些死去的家丁，也都让喻老前辈一一救活了，他们正在养伤，二哥就忙着照顾他们了。"

单宝儿写道："都是我给你们花岭山庄带来了如此巨大的灾祸，单宝儿简直就是一颗灾星，我有着不可推卸的责任！"

张梦绮头摆得像拨浪鼓，说道："单哥哥，这不怪你，说起来，你们还是有功者，若不是你们的到来，恐怕这花岭山庄过几年就不再是我们张家的了！"

单宝儿又写道："此次灾难都是因我和钗儿引起，连累了花岭山庄上下这么多人，怎么说，也是有愧于你们张氏兄妹，何功之有！？"

张梦绮说道："单哥哥，事情都过去了，你也别再责怪自己了，保重身体要紧！"

喻圣舒说道："是的，单兄弟不必再往心里去，这都是我那孽徒惹的祸，与你们几位无关！"

单宝儿写道："喻神医，单宝儿对不起你了，未能将'万灵医童'交付于你，实在无用至极！"

喻圣舒说道："单兄弟，你所做的一切都让老夫感动不已，只是那孽徒太过狡诈，不过，这救他的到底会是什么人呢？单兄弟可有什么高明见识？"

单宝儿写道："喻老前辈，我单宝儿初涉江湖，许多东西都还未接触或听说过，你不知道的，我就更不知道了！"

喻圣舒说道："嗯，说得也是，单兄弟，老夫有一个问题，请照实回答，老夫感谢了！"

单宝儿写道："前辈折煞单宝儿了，有什么问题，但说无妨，我据实回答就是!"

喻圣舒说道："单兄在这几天里，眼睛可曾显现过什么特别之处?"

单宝儿笑了笑，写道："喻老前辈对医学一丝不苟，让人钦佩，我这眼睛也没什么很特别之处，只不过比彭丹玲看得远一些，清楚一些而已，除此一点，再无其他。"

喻圣舒哈哈大笑，说道："这就是了，单兄弟获此至宝，真是天意，单兄弟一旦功力有所提高，你的神眼将会发挥更大的功效!"

单宝儿一怔，写道："这眼睛能有什么功效，前辈可否相告?"

喻圣舒显得异常兴奋，说道："单兄弟说目力提高，这只不过是前兆而已，它最大的功效就是能观察到万物的瞬息变化，一丝一毫都不能逃脱它的凝视，它可以使万物在正常的情况下的变幻速度减慢一千倍以上，比如说，一个武功高手能在十秒钟内变化出一千种招式，在你的眼睛看来，他就像是只有一种招式，并且很慢，你就有机会瞅出他的破绽，攻得他意料不及，你将成为前所未有的武术名家，对任何的武功会过目即会，对任何的武功，都能找出它的要害之处，世上的任何一种武功都及不上你的这双眼睛，你，就是天第一，再也没人能敌得过你了!"

单宝儿听着像是天方夜谭，疑惑地说道："那我怎么一点感觉都没有?"

喻圣舒说道："这只不过是因为你内功不到，一旦内功达到炉火纯青之时，即是你称雄武林之际，可喜可贺，哈哈哈……"

单宝儿写道："如此说来，得感谢喻老前辈的恩赐了，谢谢神医，谢谢!"

喻圣舒说道："说实在的，我和我的祖师爷们都在等待这颗神珠，只可惜，此乃天意，天意要这双眼珠放在你身上，不可违背，否则，它将失去功用。"

单宝儿写道："此话怎讲? 我听不明白，请前辈明说!"

喻圣舒说道："天机不可泄露，日后单兄弟自会渐渐明了，老夫也不便久留，就此告辞了!"说罢，大步走了出去。

单宝儿还想写点什么，可见"赛华佗"已走了，便没再写。

薛钗儿、彭丹玲和张梦绮听他俩的谈话，仿佛就像梦境一般，不知他们到底有过什么际遇。

彭丹玲最为聪慧，她问道："宝儿哥哥，你的眼睛不是天生的吗? 怎会是他恩赐的?"

单宝儿苦涩一笑，写道："这事说来话长，等我过几天能说话了再慢慢说给你们听！"

薛钗儿关切地说道："宝儿哥，你没有出什么差错吧？在万人谷里。"

单宝儿写道："没有什么的，放心吧！"

薛钗儿又问道："等你伤好了，我们该去哪里？一直往北走吗？"

单宝儿望了望彭丹玲，像是在征求她的意见，因为只有他和彭丹玲知道有关他爹爹的线索。

彭丹玲立刻就明白了，说道："宝儿哥哥，依我看，既然丐帮有人在追踪义父，也许还会获得更多的消息呢！"

单宝儿点了点头，未作声，独自想了起来。

薛钗儿甚感奇怪，说道："你怎知道丐帮有人追踪我师父？你怎的叫他宝儿哥哥？你跟我们有什么关系吗？你知道我们要去干吗？"薛钗儿见单宝儿把彭丹玲看得很亲密的样子，心里十分不自在，一连串的问话带着抢白彭丹玲的意思，仿佛不太欢迎她的到来。

彭丹玲何尝不知道她的心思，但转念一想，我总不能与她争执起来吧，况且宝儿哥哥都在两个老怪前答应娶我了，犯不着与她伤了和气，以免让人看着我不够大度。

单宝儿见薛钗儿对彭丹玲含有敌意，便写道："她是你师父、我父亲的义女，爹爹是为了救她，才和她分散……"

没等单宝儿写完，薛钗儿气愤填膺，说道："都是你拖累了师父，要是师父他老人家有什么三长两短，我拿你是问！"

彭丹玲心里更是难过，她原本就觉得自己对不起义父，又加之薛钗儿这么一说，且语意含有赶她离开的意思，她心里会好受吗？她本想说，我都成了单宝儿的未婚妻了，难道我就不担心爹爹的下落？可她还是忍住了，默默地立在一旁，任由薛钗儿责问，不作声。

单宝儿又写道："钗儿，别这样，这不能怪丹玲，她也够伤心的……"

张梦绮一直没有插话，其实她一直在说话，只不过代单宝儿说而已。

薛钗儿听单宝儿叫她丹玲，总觉得有些不舒服，哼，丹玲，如此亲密，是不是这个彭丹玲使了什么花招，迷住了宝儿哥，便更加对彭丹玲厌烦，说道："你伤心吗？你不是好好的，站在宝儿哥面前，一点事也没有？最伤心的是我师父，还不知他到底怎么样了!"

单宝儿急了,写道:"不要再说丹玲了,你闭嘴,你这样说人家,有什么作用吗?爹爹他又不是被你一说就回来了!"

彭丹玲被薛钗儿说得几乎要流下泪来,暗道:天下居然没有容我彭丹玲之所!真是可叹,幸好有单宝儿帮她说话,心中的甜美将薛钗儿给她带来的伤感消去一大半,所以她才不至于哭出来。

可还是有人哭了,是薛钗儿,薛钗儿望着单宝儿,仿佛单宝儿对她疏远了很多,她觉得自己从小与宝儿哥在一起,宝儿哥向来都是袒护着她的,可单宝儿现在却训斥她,去袒护一个她还没了解,没见过三次面的,半路杀出来的彭丹玲,薛钗儿感到无比委屈,两行泪水夺眶而出,哭了起来!

单宝儿最讨厌女孩子哭,尤其对薛钗儿吼惯了,他想再吼她,可吼不出来,因为他暂时还不能说话,便在梦绮手中写道:"你别哭!梦绮,你劝劝她!"

张梦绮只觉得自己一直在为他们三人服务,且很专心,因此脑子什么也没想,这下叫她劝薛钗儿不哭,她还没立即明白薛钗儿为什么哭,她还迟疑了一会儿,说道:"钗儿姐姐,单哥哥叫你别哭,他刚才在我手上已经向你认错了,快别哭,你再哭,我也快要哭了!"说着,眼皮忽闪几下,眼眶里盈满了一汪秋水,似乎马上就要流出来一样。

这可把单宝儿烦得不知如何是好,用手示意彭丹玲去劝她们,彭丹玲也正噙着满眶的泪水,如何去劝说她俩?单宝儿觉得一种无名的烦躁立即袭遍全身,"呼"的一声,掀开被子,猛地跳下床来,可是身体正处于伤养阶段,还很虚弱,"呼"的一下,跪倒在地上。

这下,三个姑娘乱了阵脚,忙抬手的抬手,抬脚的抬脚,又把单宝儿弄到了床上,哭泣不自觉地就停止了,三人怔怔地望着单宝儿,呆在床边,不敢乱说话。

还是张梦绮幼稚,说道:"单哥哥,我们不哭就是了,你用不着跑下床来给咱们下跪呀!"

这一说,薛钗儿和彭丹玲两人吃了一惊,以为单宝儿真的笨到如此程度,想不出法子,就干脆跪下求她们的,她俩心里好不懊悔。

可单宝儿气得说不出话来,不,他这时本来就不能说话,他气得双手总是挥着,示意她们出去,让她静一静。

张梦绮以为单宝儿在说:没关系,只要你们不哭,就没事了。她心里怎么也过意不去，刚想再说话，彭丹玲将她拉住，说道："他叫咱们出去，让他静静！"于是，三个姑娘都出了单宝儿的房间，只留下单宝儿独自一人。

单宝儿心里暗忖道：姑娘在一块怎么有那么多麻烦？不是这个哭，就是那个哭，唉，女人真是水做成的，搞不好，她就不知怎么的哭了，看来日后可得注意点，看样子，薛钗儿与彭丹玲相处得并不怎么好，这以后走在一起，那该有多麻烦，噫，"万灵医童"被什么人救走了呢？他们为什么要救一个十恶不赦之人？丐帮追踪爹爹是为了藏宝地图？这个名门正派也有抢夺人财宝的时候？为什么又说在武当？武当派也有人插手此事吗？那么，在神秘谷里杀死我娘的段家堡的人也在追踪爹爹吗？怎么有这么多人知道这件事？还有多少人知道？单宝儿越想越觉得不对劲，看来明天动身得好好预谋一番。

第二天清早，单宝儿已能说话，急可不待地起身向张梦龙告辞。

他来到张梦龙的房间，敲了敲门，没有人答应，单宝儿干脆喊了起来："梦龙兄弟，你在吗？"突然，从他身后伸出一只手来，搭在他的肩膀上，把单宝儿吓了一跳，转身一看，只见张梦龙正在睁着眼睛看着他，单宝儿连忙说道："梦龙兄弟，单宝儿在贵庄已待多时，给贵庄带来了惨重的祸端，单宝儿先在此表示对不起你了！"

张梦龙也不和单宝儿客套，眼睛直盯着单宝儿说道："单兄可是打算离开花岭山庄？"

单宝儿暗想：真不愧是朝中第一捕快，什么都瞒不过你的眼睛，于是，干脆爽快地答道："在下正此有意，特来告辞！"

张梦龙一本正经地说道："好，你要走，我也不会留你，不过，你得多带上两个人！"

单宝儿心里好生困惑，忙问道："哪两人？"

张梦龙一字一顿地说道："梦绮和我！"

单宝儿不大明白，问道："张捕快是公家人，怎的不去朝廷，反而跟我单宝儿这个笨人了？那岂不折煞单宝儿了吗？再说，张捕快还有偌大的花岭山庄需要打理，哪有时间脱身！"

张梦龙说道："这都不是单兄操心的事，我只想问单兄可否愿意让我加入你们的行列！"

单宝儿一听，左右为难了，暗想：我去报仇，你跟着我干啥？这不是连累了你吗？

张梦龙似乎看出了单宝儿的心思，又说道："单兄做什么事我都不管，我只想与你同道，好找出'万灵医童'，替我大哥大嫂报仇！"

单宝儿一听，暗忖道：那你为何不独自去寻找，为何要与我一道呢？说道："既然张捕快有此意，单宝儿求之不得，何乐而不为，只不过，梦绮妹妹年纪尚小，不便在江湖中闯荡，张捕快还是把她留在花岭山庄主持一些事务较好。"

张梦龙微微一笑，说道："看来单兄还没明了梦绮的思想，我这个妹妹，从小与我形影不离，这会儿，如果将她一人留在花岭山庄，恐怕她也会独自一人追来寻找我们，不如将她一同带上，再者，梦绮也离不开你们呀！"

单宝儿对张梦龙最后一句话就不大理解了，说道："为什么离不开我们呢？"

张梦龙又是一笑，说道："难道单兄一点也未曾感觉到？"

单宝儿被他一问，更是丈二和尚摸不着头脑，说道："感觉到什么呀？"

张梦龙笑了笑，说道："既然单兄没有察觉到，那你就慢慢体会吧，总之，你也必须得将梦绮带上，我可不想让这个唯一的亲妹妹独闯江湖，让她四处去寻我们，弄不好有个三长两短，你我都将后悔不及！"

单宝儿说道："既然如此，依张捕快所言就是了！"

张梦龙顿了一顿，说道："还有一点，单兄必须答应我！"

单宝儿说道："什么？"

张梦龙深沉地说道："单兄，江湖上许多事情复杂得很，请单兄在江湖走动的时候，千万不要再称呼我为捕快了，否则，对我们十分不利，并且，我已经考虑好了，将几个姑娘家都改扮成男装，以便行动起来更为方便，不知单兄意下如何？"

单宝儿一听，正合他意，说道："如此甚好！"

张梦龙突然噫了一声，说道："看来那'赛华佗'喻圣舒的确名不虚传，你这就可以说话了！"

单宝儿这才意识到自己已经能说话了，这也难怪，一个原本就能说话的人，在如此一瞬间突然不能说话，而被医治好了，说起话来自然是顺理成章了，哪里有心思想到那一点上面，单宝儿说道："真的，要不是张兄提醒，单宝儿还把这事忘了，以为自己没有发生过什么事哩！"

张梦龙说道："这不就是了，多一个人，就多一份心，你看，这件事不就险些忽略了吗？"

单宝儿觉得也有道理，说道："那我们需不需要连名字也改了呢？"

张梦龙说道："那倒不必，天下同名同姓的人多得是，也不必如此细心！"

单宝儿说道："那好，我去叫醒那几个姑娘，准备出发吧！"

张梦龙点了点头，说道："我们吃过早饭便上路，我有些事情给一些家丁交代一声！"

两人便分头行动起来。

吃过早饭，五人都换好着装，一起出了花岭山庄，单宝儿花了半两银子，将薛钗儿的长剑从裁缝店里赎了回来，三女二男一道向丐帮总舵洛阳进发。

一路上，三个姑娘甚为亲密，有说有笑，乍看起来，三人还真像三个白面书生，单宝儿好生疑惑，昨天这几个女儿家还闹着情绪，今日咋就这般热乎起来？正想问一下张梦绮，这时，张梦绮一面走，一面蹦跳地来到单宝儿面前，说道："单哥哥，你不是说要告诉我们你在万人谷里的境遇吗？现在边走边说给咱们听听！"她这么一说，立即得到众人的赞成。

单宝儿只好从头至尾讲了一遍，直吓得几个姑娘，现在应该说是三个白面书生瞠目结舌，好不惊叹！

薛钗儿心中最为激动，她想不到自己竟给她的宝儿哥带来了如此巨大的苦难，心中一阵难过，特别伤感，说道："宝儿哥，可苦了你了！"语意中充满了无限的柔情。

单宝儿说道："那没什么，最重要的是你现在已经没事了，况且我现在不是好好的吗！"

一句话说得几人心里稍稍有些慰籍。

一路谈笑，不知不觉已近晌午，张梦龙说道："前面有座小城，我们加紧脚程，赶去吃饭！"

张梦绮这会走得有些累了，说道："二哥，找家上好的饭店，让我们好好补充补充，我快累死了，饿死了！"

张梦龙笑道："怎么，还没有走一上午，就走不动了，那还闯荡什么江湖！"

张梦绮一听，红着脸，本来就很累，脸上已经是红扑扑的了，这样一来，她的脸就更红了，虽然已是上气不接下气，却毫不服气地说道："谁说我不行了，我难道还要你背我不成？我这不是自己走吗！"

单宝儿见梦绮真的累极了，便就她的话说道："来，梦绮妹妹，我背你一程！"

张梦绮喜出望外，但小嘴一噘，翘起下巴，说道："我自己能行，不要你背！"嘴上虽说不要，可人已经跳到单宝儿的背上了。

薛钗儿一下子醋意顿生，说道："嘴硬有什么用，怎么不自己走了，一个大姑娘家，要人背着，看你羞不羞！"

谁知张梦绮背在单宝儿身上，心里不知有多欢喜，满不在乎地说道："羞什么羞，人家看见了，顶多也不过是说单哥哥背着个白面书生，他们怎知道我是个大姑娘了！"

薛钗儿气得凤眼一瞪，说道："要人家知道干什么？有我们知道不就够了，你自己不知道羞耻，还爱什么面子！"

张梦绮骑在单宝儿的背上，笑得咯咯脆响，说道："我就是不下来，看把你气的，气死你，我就不下来，要不要单哥哥也背背你?!"

薛钗儿的心思让梦绮揭了个底朝天，暗道：再不能与她争论，不然就显得我不那个了，于是，便说道："你要人家背，我并不怪你，我只是担心宝儿哥的身体，他刚刚恢复说话，可身体还很虚弱呀，这样一来，他能好得快吗！"

薛钗儿这么一说，张梦绮"噌"的一声跳了下来，再也不让单宝儿背了。

单宝儿以为她在生气呢，便说道："没事的，钗儿姐姐跟你闹着玩的，别生气，来，我再背你！"

张梦绮说什么也不让单宝儿背她，她心里好生懊悔，是啊，钗儿姐姐说得对，单哥哥身体还没恢复好呢！

彭丹玲最懂梦绮此刻的心思了，因为梦绮曾说过，这辈子一定得嫁给单宝儿，她难道就不心疼单宝儿吗？只不过，她尚小，有些懵懂无知罢了，这会儿，正在责怪自己哩，便走到张梦绮的身旁说道："梦绮妹妹，我教你口诀试试，也许你就不觉得累了！"说罢，将单敬贤教给她的轻功口诀教给了张梦绮。

张梦绮心里正在责骂自己，开始还不当回事儿，可薛钗儿听在耳里，记在心里，按照彭丹玲的口诀做，身子突然像轻了许多，竟"噌噌噌"两脚离地，人一下子向前飘然而去。

这可把单宝儿和其他几个人看呆了，彭丹玲一笑，没有作声，单宝儿急忙喊道："喂，钗儿，别乱跑，跑丢了可就难找你了！"

张梦龙一直没说几句话，这时候突然问道："彭兄这个口诀想必是轻功口诀了，怎么薛兄一听就能轻了起来？"

彭丹玲听到张梦龙叫她"彭兄"，心里觉得甚感别扭，不过，转念一想，是啊，自己现在是男儿了，也应像男儿说话一般豪爽，便大声说道："张兄真是慧眼，在下正是教张弟轻功！"

张梦绮见彭丹玲像男儿一般，也跟她哥哥称兄道弟，不禁"扑哧"一笑，说道："你们也太逗了，居然称兄道弟了！"

这时，薛钗儿又飞了回来。

只见单宝儿点了点头，说道："你们也应该像彭姑娘，不不不，应该像彭老弟一样，记住这些称呼！"

张梦龙接着说道："不错，否则你们的这身男儿打扮就没有什么意义了！"

张梦绮顿时调逗起来，只见她双手一抱拳，说道："彭兄、薛兄，张小弟有礼了！"

一句话直逗得众人一阵开怀大笑。

进入城里，来到一家名叫"朋来客栈"的酒楼上，五人挑了张桌子，要了一桌酒菜，便吃起午饭来，单宝儿和张梦龙对饮起来，彭丹玲见单宝儿又在饮酒，便说道："单兄，我们还有要事在身，少饮些酒为妙！"

张梦龙如何灵活，忙说道："彭兄言之有理，好好好，咱们不饮也罢，吃菜，吃菜！"

这时，薛钗儿用眼神示意众人不要吵闹，听听对面桌子上的人谈话，五人立即边静静地吃菜，边仔细聆听。

只听一个獐头鼠目的瘦猴说道："洪寨主，好久不见，你这只身一人，是要到哪里发财去？"

那个满脸胡须，浓眉大眼的剽形大汉说道："黄鼠狼，你这下可猜对了，本寨主正要去发财哩，想不想凑下热闹？"

那个被称为"黄鼠狼"的瘦个子凑上身来，说道："洪寨主，可是为那丐帮追踪的神剑秘笈之事？"

那个洪寨主一愣，哈哈一笑，说道："黄鼠狼鼻子真闻事，你怎知我是为此事而来？"

那瘦猴说道："此事已传遍江湖，谁人不知，哪个不晓，听说武当还要找丐帮算账呢！"

彪形大汉说道："那还说不准是真是假，或许那姓单的真的与武当是一道上的人，武当只不过是在打掩护罢了！"

单宝儿一听这人提到他爹爹，便想上前询问，却被张梦龙一把按住，说道："不可乱来，暴露身份可不太好！"

单宝儿只得坐下，问道："张兄可知这两人的来头？"

张梦龙咳了一声，低声说道："那个被称作'黄鼠狼'的叫潘地黄，是江湖上有名的人物，据说此人消息极为灵通，一对飞爪十分厉害，那个洪寨主是人称'山霸王'的镇虎寨寨主洪冲亮，此人无恶不作，占着一方山寨，盘地为王，甚为霸道，一对板斧气势威猛，不可小觑！"

单宝儿一听，这帮十恶不赦的人十成是想去捞一把油水。

潘地黄说道："洪寨主可有什么打算？"

洪冲亮说道："姓潘的，是不是想套本大寨主的行动计划，好抢先作准备？！"

潘地黄干笑两声，说道："洪大寨主，你说哪儿的话，我老鼠狼即便是不想怎么的，你洪大寨主只身一人想有什么作为，恐怕还差得远呢！"

洪冲亮大为恼火，一拍桌子，说道："姓潘的，小看我洪冲亮，你找死！"

潘地黄满脸堆笑，两手示意洪冲亮别动怒，阴阳怪气地说道："别恼，别恼，洪大寨主，听我把话讲完！"

他顿了一顿，见洪冲亮似乎有意听他说话，便接着说道："洪大寨主，以你的武功，我潘地黄绝对相信够分量，你的一对板斧曾砍死的武林高手不计其数，无人能敌，这是江湖中人公认的，但是——"他这么一说，洪冲亮顿时怒气全消，面露得意之色。潘地黄夸他一番，将"但是"二字拖得重重的，长长的，洪冲亮有些等得不耐烦了，问道："但是什么？"

潘地黄赔着笑脸，说道："但是丐帮是天下第一大帮，高手如云，你纵有三头六臂，也恐怕敌不过丐帮这么一大帮人吧！"

洪冲亮似乎被潘地黄说服了，问道："那你说怎么办？"

潘地黄一阵怪笑，说道："洪大寨主是聪明人，你我联手，再加上你那帮山寨兄弟，不就可以与丐帮一斗了！"

洪冲亮说道："哼，姓潘的，你想利用我的力量，好达到你的目的！"

潘地黄连忙说道："唉，我可是有世人不知道的消息噢，你不合作，我也不强求，伙计多的是，到时可别后悔哟！"说罢，向店小二一招手，喊道："小二，结账，洪大寨主，就此告辞！"

洪冲亮抓耳挠腮，连声说道："潘老弟，潘老弟，不急，不急，有话好商量，有话好商量嘛，干吗说走就走！"

潘地黄转身慢慢坐了下来，说道："洪老哥可是有主意了？"

洪冲亮说道："潘老弟到底有啥世人不知道秘密消息？可否透露一点？"

潘地黄怪眼一翻，说道："洪老哥，你还没有确定跟不跟我联手合作呢？我潘地黄不至于愚蠢到这地步吧？"

洪冲亮干咳了几声，然后说道："潘老弟，与你合作，你只有人一个，而我却有那么一帮兄弟，你说，这账怎么算？"

潘地黄毫不思索地答道："当然是五五分账了，你认为还能怎么分？"

洪冲亮十分愤怒，大声说道："姓潘的，你果真不是什么好东西，你想狮子大开口哇，干脆说归你一人算了！"

潘地黄立即阴笑一声，说道："那就你六我四算了！"

洪冲亮"呸"的一声，吐了一口痰，说道："想得美，至多你一我九，这已算是给你大面子了！"

潘地黄又缓和了一阵，说道："那么就你七我三，怎么样？"

洪冲亮浓眉一竖，说道："不成！"

这时，张梦龙示意大家快点吃饭，说道："这些见财起意的家伙，事还未办成，先分起赃来了，不要理他们，咱们待会儿还要赶路！"

薛钗儿粉脸一沉，说道："天下居然有这等无耻小人！"

张梦龙说道："薛兄初涉江湖，难免心中产生厌恶，也是人之常情，其实，远比这种人还令人生厌的，还有不少，我早已见怪不怪了，以后，你慢慢就会遇到这类人物，也就习以为常了！"

张梦绮对她哥哥的话语很不满意，说道："哥，你身为……"话还未说，就马上给张梦龙打断了，说道："不是叫你吃饭吗？哪来那么多废话！"说罢，又低下头来，小声说道："梦绮老弟，说话要小心才是！"

张梦绮仍是有些不满意，但还是忍住了，没再作声。

洪冲亮和潘地黄仍在那边叽叽咕咕地争论不休，五个人已不再理会他俩，吃完午饭，又继续上路了，走了一程，见四下无人，张梦绮跑到张梦龙的身边，说道："哥，你身为朝廷捕快，那等十恶不赦、丧尽天良的极恶之徒，你都听之任之，你怎么能这样？"张梦绮还记得"朋来客栈"那两个人的事。

张梦龙见她穷追不舍，说道："我现在已经不再是捕快了，和大家一样，理他那等闲事干啥？免得多一些不必要的麻烦！"

张梦绮仍是不满，但一时找不出很好的话语，过了好一阵子，又说道："其实，我们应该就地将那两个坏蛋给杀了！"

张梦龙说道："我的好弟弟，好妹妹，你有几下子？斗得过那两个家伙吗！"

梦绮说道："我们有五个人呀，他们才两个，怕他们吗？你这么胆小，难怪不敢再当捕快了！"

张梦龙执拗不过，不耐烦地说道："好好好，你行，你勇敢，那你刚才干吗不过去将他俩杀死！"

梦绮气愤不过地说道："你明明知道人家打不过他们吗，怎的这样损人家了！"

彭丹玲见两兄妹快要争起来了，便说道："梦绮老弟，我们还有要事在身，减少些麻烦，也是为大局着想，况且，江湖中不公平的事情多得是，有道是：留得青山在，不愁没柴烧，山不转水转，总有一天，他俩总会落在别人手里，这种人命不长久，会得到老天的惩罚的，你何必急在一时！"

梦绮一听也是，便说道："假若再让我碰到他们，我一定杀了他俩，替天行道！"

薛钗儿笑道："难得梦绮老弟有如此胸襟，以后可得靠你啦！"

单宝儿一听，觉得钗儿的话有些不对劲，说道："钗儿老弟，这话可不能这么说，以后须大家同心协力，同仇敌忾才是！"

薛钗儿的脸顿时一下子红到耳后根去了，羞愧地说道："梦绮老弟，对不起，你别往心里去，我这个人乱讲话，其实，也没怀什么恶意！"

梦绮却不在意，说道："薛兄不必如此，我知道了，这世上不公正、不正义的事情多得是，咱们也管不了那么多，还是先办完咱们的事，再去管他们的事吧！"

彭丹玲见大家都转弯了，便说道："还是咱们兄弟情同手足，即使有再大的困难也吓不倒我们五个男儿！"

单宝儿突然蹦了一句："噫，你是男儿吗？"话一出口，才觉得又露了底了，竟自敲打自己的头，骂道："真笨，你瞧我这记性，叫你们记住，我自己都忘记了！"

彭丹玲、薛钗儿和张梦绮见他那傻样儿，不禁笑了起来，唯独张梦龙一人显得心情沉重，仿佛有什么重任在肩似的。

数日之内，无甚大事，一路倒也安静，只有张梦绮常弄些恶作剧，让众人开心开心。

这一日，一行五人来到郑州，这郑州城里物阜民丰，十分繁华，五人来到城中已是午后了，不觉腹中饥饿，见前面矗立着一座豪华气派的酒楼，招牌上写着"盖世楼"三个金漆大字，两边敞着雕花窗户，酒楼里面勺筷乱响，酒肉香气阵阵喷出，五人早饥肠辘辘，径行至楼前。

张梦绮脱口而出道："这酒楼的招牌起得当真气派！"

张梦龙把手一挥，五人一道径直走上二楼。

酒楼中伙计见五人衣着平平，不怎么华丽，满脸的不喜，上前伸手拦住，说道："五位客官，一楼里坐！"

薛钗儿好不生气，说道："怎的，二楼就不许我们上去了！"

那伙计眨了眨眼睛，见薛钗儿怒气冲冲，颤声说道："楼上是雅座，我看五位不像有钱的主儿，还是节俭点好！"

张梦绮一听，气愤填膺，说道："狗眼看人低，什么盖世楼，我看盖屎楼还差不多，你酒楼有什么好酒好菜，只管端上一桌来，难道我们还白吃你不成！"那伙计被骂得狗血淋头，跌跌撞撞地跑下楼去。

二楼果然气派不凡，桌椅十分洁净，均是上等红木制作，雕梁画栋，仿佛是王侯贵族家室一般，楼上座中客人个个衣饰十分豪奢，出手阔绰，十有八九都是富豪大商。

楼上那伙计瞧着他们五人的模样，料想也不过是穷书生一样，没什么油水可捞，竟不上前打招呼。

张梦绮一见，十分生气，一拍桌子，大声喝道："小二，死啦，半天不送酒菜，你干什么吃的！"

那伙计见人发火了，忙不迭地说道："好好，马上就好，一会儿给客官端上！"然后斜了斜眼睛，咕哝几句，将酒菜一一端上桌来。

彭丹玲见那伙计神色颇为不悦，说道："小二哥，辛苦你啦！"

那伙计立刻满脸堆笑，候在一旁，说道："客官，你甭客气，小的服务不周，请多包涵！"候了一会儿，不见动静，神色骤然一沉，边走边嘟囔道："一群穷鬼，摆什么阔气！"

张梦绮一听，将筷子向桌上一拍，不料张梦龙一把按住她，说道："吃饭，吃饭，少惹事端！"

张梦绮强忍怒气，暗想：等我吃饭了再好好收拾这个瞧不起人的家伙！

五人将要吃完，忽听大街中央一阵哭喊，五人抬头从窗户向外望去，只见三四个家丁模样的汉子正拉着一个小姑娘向这边过来。

张梦绮当即将桌子一拍，一声娇喝："小二，快点上来！"

那伙计忙不迭地跑上楼来，欠身问道："客官，有何吩咐？"

张梦绮说道："我问你，那街上哭哭闹闹的，是怎么回事？"

那伙计神情鬼怪，说道："客官，你只管吃酒吃菜，这等闲事，问他干啥？"

张梦绮早已对那伙计心生不满，当即"叭"的一耳光打在那伙计的脸上，直打得他晕头转向，眼冒金星，那伙计忙说道："小的知错了，那姑娘本是郑州城中一老农的孙女，名叫小兰，我家主人见她长得十分灵秀，想强行纳她为妾，可那姑娘死活不依，这不，我家主子就叫几个家丁抢了她来！"

张梦龙原本想阻止梦绮，可听这伙计这么一说，生怕妹妹又怪他不行侠仗义，便不多言。

张梦绮听得杏眼圆睁，霍地站起身来，砰的一掌，震得桌子上的碗盘跃起，汤汁飞溅，喝道："你家主人是谁？报上名来！"

那伙计斜了梦绮一眼，说道："我家主人叫郑匡筹，这家酒楼就是他开的！"

彭丹玲怕张梦绮乱来，忙说道："你且说准确了，那小兰姑娘可是郑匡筹强行抢来纳妾的！"

那伙计不敢怠慢，说道："小人句句属实，决不欺瞒几位大侠，我家主人开始用聘礼迎她，可那小兰姑娘死活不依，没有办法，我家主子才出此下策了！"

薛钗儿也气愤不过，说道："什么出此下策？根本就是强盗行为，这种罪大恶极之人，一日不除，祸害十年，快滚去，将你家主人唤来！"

那伙计像是很怕主人，迟迟不敢抬脚，张梦绮大怒，将桌子一掀，"哗啦"，一桌碗盏顿时满地都是，客人惊得直向门外奔涌不已，酒楼内顿时乱作一团。

张梦龙连声叹气，说道："好端端的，惹什么祸来，这下可难收拾了！"

单宝儿说道："既然已经闹开了，索性闹他个彻底，让那郑匡筹吃点苦头！"

薛钗儿顿时响应，将桌子、椅子向窗户上一气乱砸，彭丹玲也上前将二楼的栏杆、隔扇打得支离破碎，几个人一股作气，将"盖世楼"砸得稀巴烂。

那几个家丁，见酒楼内乱哄哄的，情知出事，抛开那小兰姑娘，操着家伙，急步向酒楼赶来，其中为首的那中年大汉大声喝道："什么人，敢在我们郑老爷子头上撒野，快快出来受死！"那些平时跑堂的伙计、厨师及掌柜的见家丁赶到，立即各自抄起叉子、菜刀、铁棒蜂拥而至，都要相帮动手。

张梦绮瞧在眼里，露出一丝冷笑，当即跃下楼去，一柄长剑"嚓"的一声，将一拿叉子的伙计当场削下头来，虽然她心里充满怒火，但毕竟平生第一次杀人，不竟到倒吸一口凉气，退了几步，愣在一旁，那些家丁见张梦绮杀了他们的伙计，一拥而上，直向张梦绮围攻上来。

张梦龙生怕妹妹吃亏，早已飞身下来，长刀一抖，划出一道刀弧，霎时已有数人倒下，就在张梦龙出手之际，单宝儿、彭丹玲、薛钗儿齐刷刷地跃下楼来，手中兵刃毫不留情，眨眼家丁又倒下几个。

那掌柜的开始仗着人多，料想这五人也没有什么大能耐，想让家丁们一股作气，将这五人制服，岂料，这样一来，剩下的没几人了，这掌柜的是郑匡筹的一个远房族弟，武功是没两下子，为人却十分机灵，这时已站在门口，当即上前抱拳，说道："不知五位大侠驾到，郑某人有眼不识泰山……"

张梦龙见形势已经到此地步，暗道：干脆在妹妹面前显显威风，他不等那掌柜的把话说完，便大声叫道："你可是郑匡筹？"

那掌柜的忙说道："不知大侠叫我家兄长做什么？有话与我郑炳说，也是一样，我定会转达给他，不知大侠与我家族兄可有什么交情？"

张梦龙嚷道："叫你家族兄来见我们！"

那郑炳眼睛一转，暗道：就凭你们几个毛小子，想见我家族兄？你就是磕头求见，他也未必能见你，但脸上仍是笑咪咪的，说道："请教各位尊姓大名，好通报！"

彭丹玲上前说道："我们都是一个姓，姓灭，灭掉恶人的灭，也只有一个名儿，叫狂徒！"

郑炳怪眼一翻，暗自嘀咕道："你们这不是分明找碴儿吗？"但仍然赔笑道："原来是几侠灭大侠，失敬，失敬！"

张梦龙见郑炳鬼眼翻转，猜他在拖延时间，好等待救兵，便大声喝道："你这奸诈之徒，想使什么把戏？快快受死吧！"说罢，一柄大刀已向郑柄砍去，郑炳只顾使心眼了，听他这么一喝，赶紧去掏腰间一条软鞭，可哪里来得及，不得已就地一滚，可身上的一块长袍已被削下一大块来，直吓得他魂不附体，面如土色，正待要逃命去，张梦龙大刀就势上撩，"嚓"的一声，郑炳的头颅骨碌碌向街心滚去，鲜血顿时如喷泉一样涌了出来，满地都是，剩下几人吓得两股颤颤，走都走不动了，两手一撒，弃了兵器，双膝一跪，在地上"砰砰"磕头求饶。

这时，平日里那些被欺压的穷苦老百姓都挤成一群，围上来瞧热闹，还有几个胆大的喊道："砸得好，砸烂这盖屎楼！"

张梦绮一听，暗自好笑，原来这些老百姓也称这酒楼为盖屎楼，可见，这个什么郑狂徒的确是个十恶不赦之人！

正暗笑间，忽然门外传来人声，叫道："哪几个狗杂种吃了豹子胆，敢砸郑老爷子的酒楼？"

人群往两旁一分，闯进四条汉子来，四人中两人高大魁伟，白衣白裤，密排黑色扣子，一副武师打扮，另两人较矮，一胖一瘦，胖子胖得像肥猪一般，一只肥头放在两肩上，看不出他有颈脖，一身肥袍罩在身上，样子极为滑稽，那瘦子瘦得惊人，一双黑眼就似突进肉里一般，瘦瘦的脸庞仿佛只显得两个窟窿，面部脸皮贴着头骨，毫无表情，仿佛一个僵尸一样，样子极为恐怖，其中一个身材高大的武师一见这五个年纪轻轻，立即露出轻蔑之色，说道："我道是谁，原来只不过是几个黄毛小子，快点受死吧！"

不等他们出手，张梦龙已将一柄长刀陡然刺到他的胸前，只见那大汉肚肠立刻掉了下来，两眼一翻，倒地毙命。

那三个一见，立刻一齐上来，单宝儿、彭丹玲、薛钗儿三支长剑如雪花飞舞一般，直将三人逼至门前，定眼一看，三人胸前已经被长剑戳得血肉模糊，唯独彭丹玲对付的那胖子还剩下半条命，正待挥着一把钢叉攻上来，薛钗儿长剑一晃，已刺进他的胸膛，那肥汉立即像泄了气的皮球一样，萎蘼倒地。

张梦龙一见四人武功如此平凡，想道：你们仗着一脸凶像，两下子武功，到处欺压百姓，可遇到这几个武功还不高的姑娘家，就丢了命，真是罪有应得！

这时，那小兰姑娘爬了过来，向五人叩头谢恩，恸哭不已，单宝儿将她扶了起来，说道："赶快回家去吧，将东西收拾一下，去别处安身吧！"

小兰姑娘千恩万谢，又跪了下去，就是不肯起来。

彭丹玲上前劝道："姑娘可是有什么冤屈？"

小兰姑娘哭诉道："那些家丁见我不收聘礼，就要将我抢来，可我爹娘拼死阻拦，不料，恶人们竟将我爹娘残忍地杀害了，我请各位大侠替我报仇，我小兰就是做牛做马，也愿意报答大侠们的大恩大德！"

张梦绮一听，心中不禁义愤填膺，说道："这等恶人，杀了他以尽天理，小兰姑娘，你放心，我帮你杀了那个郑狂徒！"

第八章

小兰姑娘用膝盖顶地，爬到张梦绮身前，不住地叩头，嘴中喃喃念道："大侠，大恩人，只要我爹娘的仇能报，小女孩就是粉身碎骨，也难以为报，大侠，大恩人，小女子只有给你磕头，磕头，磕头……"

这时，彭丹玲眼睛里含满了泪水，手握长剑，可以看出，她那握剑的手在微微颤抖，只听她咬牙切齿地说道："不杀那狗贼，誓不为人！"说罢，将长剑猛地向旁边那张歪倒的桌子砍去，桌角顿时被硬生生地砍下一块来。

单宝儿看见彭丹玲如此激动，心"咯噔"一下紧了，他从未见彭丹玲发过这么大的恶誓，料定她必是想起爹爹救她时的情景，往事不堪回首，今日触景生情，怒火依然在胸中猛烈燃烧，当下就跟着说道："好，我们一道杀了那个恶贼，替小兰姑娘爹娘报仇雪恨！"

张梦龙一见人人都杀得红了眼，想到单宝儿说过，索性闹他个彻底，便当即说道："小兰姑娘，你前面引路，去那狗贼家里，我们替你报仇去！"

小兰姑娘一听，一下子竟跳将起来，领着这五人一道来到那赵匡筹的家宅，那家宅前正有一帮家丁蜂拥而来，原来赵匡筹听说酒楼里出事，便又急急聚了一帮人马，正欲赶往盖世楼，刚出门，这五人已经杀到他家门口了。

为首的一中年汉子是郑匡筹的嫡亲弟弟，一见五人果真个个年轻气盛，杀气腾腾，不敢小瞧，站在前面，左手一挥，喝道："给我杀了他们，赏银一百两！"那些家丁一听有赏，不顾性命地冲了上来。

五人当中，数张梦龙武功最高，而彭丹玲武功最弱，只会一些简单的搏杀，不过，对付这些平日素无训练的家丁，是绰绰有余。

霎时间，郑府门前，一阵乱战，平日欺压百姓惯了的家丁不知这五人分量有多大，如往日里骑在老百姓头上作威作福的地煞般杀过来，单宝儿一剑一个，那些家

· 139 ·

丁像倒劈柴一样连连倒下，后面跟上来的几个家丁一见，都不敢上前，站在那里，不知是该上，还是该逃。

几个女扮男装的姑娘毫不容情，直追赶着杀，有几人直接弃了兵刃，抱头鼠窜。

为首的中年汉子与张梦龙斗了几个回合，已落下风，又见家丁们个个如丧家之犬，不禁高声怒吼，又向张梦龙扑了上来。

张梦龙听他脚步沉重，来势威猛，心里暗想：这汉子功夫倒也不差，一侧身间，乘势一带，只见刀光闪动，一条肥水牛似的粗壮身躯从身边掠过，一刀径向张梦绮的头顶砍落，单宝儿玉剑一长，飞身挺进，手臂一抖，将那汉子钢刀一挡，"当"的一声，那汉子钢刀一滑，身子急剧斜落，钢刀砍在地上的青砖之上，砖屑纷飞，张梦绮却右足伸出，已踏在他的手肘上。

那大汉狂吼一声，放手撒刀，张梦绮左手一挑，钢刀飞将起来，她顺手接过，就要顺势劈了下去，谁知当她左手挑刀之时，右足竟松了劲道，那大汉怒极，挺刀挣扎，在张梦绮要劈下来之际，竟被他翻身跃起，原来这汉子蛮力过人，他右足一撑，双手十指如钩，在半空径向张梦绮的手臂抓来，眼看张梦绮手臂就要受伤，突然，张梦龙已经赶到，一脚飞起，直踢那汉子腹部，那汉子不由自主，向上疾飞，一下子被踢上了半空，然后又重重地落下，"砰"的一声，顿时被摔得七窍流血，魂断气绝，鲜血直喷。

一切都静了下来，郑府门前满是尸首，血淌成河，五人抬眼望去，那郑府建筑宏伟，气派非凡，门前一对石狮威猛无比，伫立于郑府大门两侧，走进府内，院子中央是一个巨大的水池，假山喷泉栩栩如生，石龟石蛇，昂然盘踞。

来到大堂门前，里面静无人影，张梦绮长刀一砍，竟将门前的一棵碗口粗的大树齐腰劈了下来，那大树"轰隆"一声，倒在大堂屋顶之上，只见瓦片乱飞，掉在地上"叽叽"直响，张梦龙大吼一声，喝道："郑匡筹狗贼，滚出来！"

这时，大堂后面传来一阵嬉闹声，只见一群打扮得花枝招展的少妇们拥着一个老者步入大堂来，那人身穿一件古铜色缎袍，上唇留着两撇花白小髭，约莫五十来岁，右腕戴着一只汉白玉镯，左手拿着一个翡翠鼻烟壶，俨然是个养尊处优的大乡绅模样，他由那些娘们拥着，一步一步走出大堂，来到张梦龙面前，张梦龙瞧他一步一歪的样子，但脚下依然十分稳健，双目有威，多半武功高强。

只见他向五人扫视了一眼，竟转过身去，瞧了瞧那棵大树，然后对他的那些娘们说道："没事了，没事了，我们进去继续玩乐去！"一副眼中根本没有这五人存在的样子。

张梦龙心想：这老家伙如此猖狂，难怪草菅人命，强抢民女，他竟然视我们如无物一般，等他挥手拥着那些娘们之际，一柄大刀便直向他后背劈去。

那郑匡筹当真是一个郑狂徒，竟然不回身，左手将那缎袍掀起，猛地一卷，向左手边一扬，张梦龙的刀竟被他缎袍卷住，脱手飞去，直端端地插进那棵被砍断的树干上，没入数寸，那刀柄还在不停摇晃，单宝儿等人一见他这一手，不禁骇然，张梦龙一吐舌头，暗想：这下可闯大祸了。张梦龙毕竟比其他四人阅历深厚，当即双掌拍去，只见郑匡筹倏然转身，双手一抵，张梦龙不禁身子一震，那郑匡筹突然右手横拳，猛击张梦龙的腰身。

这时，单宝儿将长剑向张梦龙掷来，张梦龙见郑匡筹变招迅速，拳来如风，果然是名家身手，接住长剑，往他拳头上疾削下去，这一过程眨眼功夫，变得飞快，那郑匡筹头一缩，避开这一剑，这一变化使得郑匡筹不敢小觑张梦龙了，身了一退一长，突然向张梦龙面门抓来，张梦龙长剑由下向上画出一道剑弧，迫使他又忙将手缩回去。

郑匡筹老羞成怒，两次攻击不成，竟急于求成，从腰间抽出一条软鞭来，"呼呼呼"，向张梦龙的长剑缠来，这长剑顿时威力减小，郑匡筹的软鞭呼呼生风，直向张梦龙急急抽到，张梦龙左躲右闪，握住长剑一挡，那长剑剑柄竟被他缠住，突见他软鞭猛地一拉，张梦龙连人带剑竟向他飞去。

郑匡筹左手伸出一掌，向张梦龙的天灵盖拍来，千钧一发之刻，陡见一道白光飞来，打在郑匡筹握鞭的右手上，他软鞭一松，张梦龙的长剑就活了，"嚓"的一声，张梦龙的长剑移至他的胸口，刺进他的胸膛，郑匡筹的手掌刚刚到达张梦龙的天灵盖，剑已刺穿他的身躯，劲道全失，那一掌就好像是抚摸了张梦龙一下，就见他身体砰然倒下，翻着白眼，头一歪，气绝身亡。

那些娘们一见丈夫已死，都纷纷跪在地上，磕头求饶，哭喊连天，彭丹玲只料她们是被郑匡筹所逼，不忍杀了她们，便喝道："拿了钱财，各自安身去吧！"那些娘们乱作一团，纷纷滚爬着拼命逃去，哪里还敢要钱财？

张梦龙四下一望，竟看不见人影，当即大声喊道："感谢阁下出手相救，可否现身一见？"喊了几声，无人答应，便只好作罢。

薛钗儿走出郑府，将从郑府顺手拿来的一百两纹银送给蜷缩在墙边的小兰姑娘，说道："这些钱财，可供你吃上一辈子，快些远走高飞吧，找个好人家，好好过日子！"那小兰姑娘泪流满面，千恩万谢，叩拜而去。

几个人点了火把，把郑府前后燃着，扬长而去，可怜豪华的郑府竟被付诸一炬。

第二天，天空格外晴朗，朵朵白云飘在蓝天上，让人心情特别舒畅，精神为之振奋。

单宝儿一行五人走在向洛阳的官道上，心境如同天空般开阔、舒爽，一种为民除害后的正义感更加强烈，五人禁不住谈笑风生，一路精神大振，脚程也不觉快了许多。

正行间，五人身后传来一阵急促的马蹄声，单宝儿暗想：如此快速的奔驰，这帮骑马之人想必有什么急事，便说道："咱们给后面的人闪出一条道来，别挡着人家！"

张梦绮向身后一望，只见一帮差役和几个江湖中人策马奔来，说道："哥哥，后面来了许多当差的人！"

张梦龙好像根本不在意，说道："咱们走咱们的，不管他们是干什么的，不要惹他们。"

可张梦绮似乎看出那帮差役是冲着他们而来，忙问道："如果他们是来抓咱们的呢？"

彭丹玲、薛钗儿吃了一惊，望着张梦龙和单宝儿，希望他俩能赶忙想出对付的办法。

张梦龙不以为然，说道："哪有这等巧事，我们刚将那郑匡筹杀掉，差役就来追赶了，根据我多年的办案经验，应该不至于这么快！"

可这时，只听后面当差的一人高声喊道："前面的人停下来，大爷有话问你们！"

张梦绮惊愕地说道："真的是找我们，该怎么办，哥哥，单哥哥，快拿主意呀！"

张梦龙不慌不忙，说道："不要慌，也许他们是问路也说不一定，我们就照着他们的意思停下来，如果不是找我们的麻烦，也就作罢了，万一是的话，就兵来将挡，水来土掩，一不做，二不休，我们杀了出去！"

单宝儿无奈地摇着头，说道："万一如此，我们只能这样做了！"

这时，马群中有一人喊道："就是他们，就是他们杀了郑老爷子！"

张梦绮一瞧，那喊话之人正是她在盖世楼打耳光的那个伙计，心道：糟糕，差役抓我们来了，她向单宝儿挤了挤眼睛，单宝儿不知她是什么用意，问道："怎么啦，眼睛里进沙了吗？要不要让我帮你吹吹？"

张梦绮又向彭丹玲、薛钗儿挤眉弄眼，两人立刻会意，手握剑柄，准备战斗。

张梦龙却对张梦绮挤眉弄眼表示很不赞赏，说道："挤什么挤，人家都知道啦，你以为就你听得出来？浪费表情！"

"嘶！""嘶！""嘶！"那帮人马立刻上来将五人团团围住，总共有十六人，十二个身穿衙役着装，三个武者打扮，一个伙计布衫衣饰。

为首的差役把手一挥，说道："小二哥，上前来瞧个仔细明白，可是这五人么？"

张梦龙不等那伙计说话，抱拳问道："差爷，不知我等犯了什么法？如此劳师动众，将我等围住，我们还有要事在身，可别耽搁我等的时间！"

单宝儿一听，暗想道：犯了什么法，自己心中有数，你这不是明知故问吗？

为首的那差役听张梦龙喊他差爷，心里自是十分地高兴，也双手抱拳说道："这位小兄弟倒像是道上久混的，不妨直说，有人到衙门告你们杀了郑州郑匡筹郑老爷子，还放火烧了人家的房宇，可有此事？"

这时，三个武者打扮中的一个方脸大汉喝道："蔡老二，你这是办什么案子，怎的与罪人拉起家常来了！"

那个蔡老二有些不耐烦地说道："乔孟田，现在是我办案子，不是你办案子，你插什么嘴？！老爷不是吩咐要查个明白吗？万一抓错了人怎么办？难道你还承担这个责任不成！"说罢，回头对那伙计说道："小二，认清楚了，是不是这五人，不要认错人哦，认错了，小心你项上的人头不保，听到没有！"

那伙计战战兢兢地走上前来，好像是听了蔡老二的话中有话，一时竟不敢辨认。

张梦绮见那伙计死盯着她看，心里暗道：这伙计肯定认识我，我那样凶狠地打他，这下他要报仇来了。

乔孟田见伙计站在那里犹豫不决，将手中长枪一挺，顶在那伙计的后背，喝道："小二，你干什么，刚才在马上，你不是就认出是他们五人吗？怎么越近越看不清楚了，你要是欺骗本大爷，我就一枪结果你的小命！"

那伙计望了望蔡老二，又看了看乔孟田，又瞧了瞧单宝儿等人，结结巴巴地说道："是……他……们，就是……是……他们！"说罢，赶紧躲到马后。

蔡老二一听，将头一偏，说道："乔爷，你看五人年纪轻轻，除了刚才说话的那小兄弟稍大一点，其他人个个都是黄毛小子，怎么看也不像杀人放火的恶贼！"

那乔孟田怒火填膺，但好像又很忍耐的样子，语气软中带硬，说道："蔡老二，伙计已经认出，就是这五人杀了我大哥，你还不快叫手下拿人！"

单宝儿等人一听，立刻明白了乔孟田为他大哥郑匡筹寻仇来了，但见他们迟迟没有动手，心中不禁暗暗生奇，搞不懂他们为什么要说那么多废话。

蔡老二哈哈大笑，讥讽道："乔爷，难道你还怕他们飞了不成，我想要拿下他们，只不过是呷口茶的工夫！"

张梦绮见那蔡老二吹起牛来也不要本，娇哼一声，说道："牛皮吹得倒大，也不怕笑掉众人大牙！"

蔡老二脸色陡地一沉，说道："黄毛小子，若不是本爷有意让你活命，只怕你也活不到现在，来呀，将他们抓回衙门候审！"

那帮衙役见蔡老二发令，拔出差刀向单宝儿等五人攻来，乔孟田与另两名同伴也迅猛杀到。

张梦龙挥刀应上乔孟田等，这一去势极快，但见刀光闪烁，那乔孟田闪避之后，其左侧马上的同伴已中了一刀。张梦龙回刀削向乔孟田的头顶，乔孟田横枪架住，又见他左手一伸，已抓住了那中刀同伴后颈"天柱穴"，那同伴的马一冲之势力道很大，张梦龙顺手也将那同伴拉下马来，摔在地下，然后他也不回身，抽刀平削过去，向他对面正冲过来的第三个大汉削到，这几下兔起鹘落，迅捷无比，蔡老二在一旁暗暗喝了声彩，心想，这三名汉子虽然未出一声，但既与乔孟田同来，免不了也要受这一刀无妄之灾，哪知道这大汉只是一勒马头，空手竟来抓张梦龙的明晃晃的大刀，张梦龙见他出手如勾，竟是个劲敌，当即手腕一振，大刀由削改为一道刀弧，将那汉子的手硬是逼了回去。这时，张梦龙只觉背后一股劲风袭来，身形一滑，长刀一隔，将乔孟田从身后刺来的冷枪荡了开去，这时，刚才被摔下马的那名大汉也挥刀杀了过来，顿时，张梦龙被三人围住，乔孟田的长枪原本在兵刃就占了上风，又加一个拿刀的和一个空手却十分厉害的角色，一下子陷入了苦战。

张梦龙在这边苦战，而单宝儿、薛钗儿、彭丹玲、张梦绮四人在那边力敌十一个差役，蔡老二在一旁观阵，却不曾动手。

单宝儿四人背靠背，分站四个方向，与围攻的十一个差役斗得难解难分，竟一时分不出胜负，突然，薛钗儿腾身跃起，长剑一挥，直向一差役马头刺到，那马儿被刺痛受惊，调转头就要逃走，却与两边的马儿撞了个正着，这一下，原本围成的一个马圈顿时乱成一团，好几匹马都跪倒在地，马上的差役也滚跌在地，受惊的马儿失去控制，扬起马蹄一气乱踩，有两名官差顿时被马踏死。

马群一乱，单宝儿、张梦绮左冲右闯，长剑频频刺出，又有两名差役立即毙命，剩下的只有七名官差对付单宝儿、彭丹玲、张梦绮、薛钗儿四人，形势缓了许多。

而张梦龙此刻已经斗得大汗淋漓，这三个，有两个都可与他匹敌，更何况还有一个拿刀的，因而，每一招都使得张梦龙拼命招架，招招凶险，每招都是尽力抵挡，开始时，张梦龙出手在先，还以为很有把握胜这三人，可现在连连叫苦不迭，只有招架的份儿，就是招架，也得十分小心。

单宝儿这边七个差役已经只剩下六个，仍斗得激烈，蔡老二在一旁，鬼眼珠子左转右转，瞧出形势不妙，策马而去，抛下话来，说道："乔爷，你慢慢教导几个娃儿，我回去搬救兵来！"

这里距郑州少说也有百里，一时半会，哪里搬得来救兵，蔡老二分明是想撒手不管此事，乘机溜走，他手下的六名官差对蔡老二的为人了如指掌，见头儿走了，六人也跃马扬鞭而去。

乔孟田骑在马上，气愤地骂道："无耻的东西，敢违抗知府大人的命令，撒手不管！"

单宝儿等立即转向张梦龙这边，形成了五对三的局面。

张梦龙稍稍舒了一口气，暗想道：如果那蔡老二不走，今天我张梦龙恐怕就要葬送在这乔孟田一行的手里了，但手中的长刀毫不怠慢，向拿枪的乔孟田连连劈来。

乔孟田顿时腹背受敌，长枪一舞，将周身护了起来，不敢轻易出枪。

后面薛钗儿一剑刺在马屁股上，那马长嘶一声，扬起马蹄，飞奔而去，那空手汉子见乔孟田也走了，骂道："都是一群乌合之众，不足为盟，老子也走了！"说罢，一掌震开彭丹玲刺来的长剑，转调马头，一溜烟走了，只可怜那拿刀的汉子，一刀架住单宝儿的长剑，张梦绮一剑从背后刺穿了他的胸膛，一声未吭，就倒地而亡。

盖世楼的伙计无马可乘，撒开两腿，拼命奔跑，张梦龙身形一晃，就挡住了他的去路，那伙计双足一软，"扑通"一声，跪倒在地，连连磕头求饶，张梦绮圆眼怒瞪，喊道："无耻小人，杀了你，以泄我心头之恨！"说罢，提剑追了上去。

　　张梦龙却把长刀向那伙计脖子上一架，说道："慢来，我还有话要问他！"

　　那伙计吓得身子直抖，料定自己必死无疑，结结巴巴的，连"饶命"也说不清楚了。

　　张梦绮向他身后一看，那伙计的裤裆里已湿了一大片，尿液正一滴滴地掉下来，一阵臊气扑鼻而来，张梦绮双眉一皱，骂道："肮脏的家伙！"三步两步便跑开了。

　　张梦龙见伙计如此害怕，便收了长刀，说道："可是你报的官？"

　　那伙计吓得两片嘴唇直哆嗦，说起话来牙齿嗑得嗒嗒直响，他回答道："不……不……是……是……小……小……人……人，是……是……那……乔……乔孟……孟……田……田。"

　　张梦龙听着实在刺耳，大声喝道："不许哆嗦，否则就杀了你！"

　　那伙计果真不敢再哆嗦了，但身子不禁颤了几下，像要直弹了起来。

　　张梦龙顿了一会儿，见他安静了许多，说道："那乔孟田与郑匡筹是什么关系？"

　　那伙计咳了一声，清了清嗓子，说道："乔孟田与郑匡筹是拜把子兄弟，他本是五行寨的二寨主，郑老爷子……不不，郑匡筹是名义上的大寨主，他们素来与郑州知府章旺家结为一伙，一起搜刮老百姓的钱财，郑州官府见摇钱树一倒，也不禁大怒，责令将你们……不，将五位大侠缉拿归案，于是，就马上通知乔孟田前来商量如何对付五位大侠，可章旺家的师爷却说郑匡筹死了更好，他说道：'知府大人，这下你可高枕无忧了，郑匡筹平日没少给您带来钱财，这么多年也该收手了！'知府章旺家顿时大悟，说道：'依师爷之见……'那师爷便说道：'你既然已经叫了二寨主前来，也不要太显形了，派几个差役去应付一下就行了！'于是，出现了开始的那一幕！"

　　张梦龙看似不太相信，说道："你一个小小伙计，何以知道这些内幕？"

　　那伙计一听，吓得面如土色，说道："请大侠相信，我所说的句句是真，我当时被知府抓去询问，他们也不避讳，就当我的面说了！"

　　张梦龙仍有些怀疑，说道："既然是这样，那你为何要来指证我们？"

那伙计更加魂不附体，说道："这都是知府大人故意安排的，好让乔孟田仍对他忠心不二，小人是一个穷苦人，那乔孟田长枪就顶在我背后，我若不指证你们，他就会立刻把我杀了，请大侠相信，我说的都是真话，没有半句欺骗了大侠，我家还有一家老小，我敢对天发誓，如果……"

张梦龙不愿听这些废话，打断他，说道："好了，我相信就是，你走吧，以后可不要为那些恶人做事了！"

那伙计一听，不禁喜出望外，将头磕在草地上，"砰砰"直响，念道："感谢大侠不杀之恩，小人一定谨记大侠教诲，决不再为那些坏人做事了，谢谢大侠！谢谢……"

张梦龙见他也的确是个穷苦可怜的老百姓，便叹息道："走吧，我们说话算话，你难道还怕我们在背后给你一刀不成！"

那伙计连声说道："不怕，不怕！"

张梦龙见他有些语无伦次了，便走到这边来，说道："咱们继续赶路吧！"待五人都已走了老远，那伙计仍跪在地上没有起来。

单宝儿五人正行走不久，突然身后又传来一阵急促的马蹄声，五人不禁神色为之一变，暗道：莫非那乔孟田又追回来了？

五人正欲转身迎战，却见一匹快马擦身而过，上面坐着一个乞丐模样的人，不等五人看清楚，那匹马已然消失成一个小点点，接着又有一匹快马从五人身旁掠过，上面坐的是一个书生打扮的年轻人，那年青人向单宝儿五人斜望了一眼，转眼也变成了一个小黑影。

单宝儿有些狐疑地问道："张兄可知是什么人？"

张梦龙笑了笑，说道："江湖上奇闻怪事多的是，只要与咱们无关，管他做什么，咱们走吧！"

张梦绮鼻子一扬，说道："哥，咱们出来就是跟着你长见识嘛，听你说话，你似乎认识他们！"

张梦龙用手揠了揠张梦绮那好看迷人的鼻子，说道："鬼精灵，出来几天就学得能察言观色了，其中一人我认识，另一人却从未见过！"

单宝儿正想知道这中间一个人的来头，便问道："张兄快说了吧，快急死人了，是认识哪一位？前面的，还是后面的？"

张梦龙见单宝儿都等得急红了脸，故意转弯抹角，反问道："单兄想知道哪位的情况?"

单宝儿说道:"你就从年轻的说起吧!"单宝儿见张梦龙脸上露出诡秘的笑,便故意颠倒心意说道。

张梦龙可从来都认为单宝儿老实巴交,傻头傻脑的,不会说谎,便故作惊讶无奈的样子,说道:"哎呀,真不巧,那个年轻的,我根本不认识,让单兄失望了!"

张梦绮在一旁催促,说道:"那么,那个乞丐你总归认识,说出来听听嘛,正好解解闷儿!"

单宝儿一听,正合心意,但仍故作失望的样子,低下头,不再作声。

张梦龙斜了他一眼,说道:"江湖中有一个被称为妙手神偷的乞丐,就是刚才那人了!"

此语一出,单宝儿和彭丹玲心中一紧,暗道:终于可以找到此人了,继而不禁暗自欢喜。

张梦龙边走边说道:"那个妙手神偷丐秦通,为人十分狡猾,特别喜欢偷那些有钱人家的东西,他的神偷妙手这门技术可谓江湖少见,如果没有十分了得的武功内力,是不易觉察出来的,你们都看看自己身上少了什么没有,说不定他刚才掠马而过时就已经偷了咱们的东西了!"

张梦龙说得绘声绘色,几个听得直惊叹不已,见他一提醒,赶紧在身上仔细搜查起来,单宝儿却愣着不动,仿佛在想什么。

张梦龙以为单宝儿不太相信他的话,说道:"单兄难道有十分的把握,那妙手神偷丐不会偷咱们的东西?"

单宝儿如梦初醒一般,红着脸说道:"哦……张兄不是说那贼丐喜欢偷有钱人家的东西吗?你看,我们这副打扮,又不像是什么有钱人家,我想他是不会偷的吧!"

三个女孩子也没有发现丢了什么,听单宝儿这么一说,自觉惭愧,这么简单的逻辑推理却忽略了,还不如平日笨头笨脑的单宝儿,都不禁羞红了脸,直点头赞同单宝儿的推论。

单宝儿又说道:"咱们赶快追上去,看看他们到底做什么!"

张梦绮咯咯一笑,说道:"单哥哥,他们骑的是快马呀,我们怎么追赶!"

张梦龙却说道:"只要有这个决心,我看不一定追不上他们!"说实在的,他心里是想加快脚程,好办正经事儿。

五人都提起内力，展开轻功，直向前一道飞去，远远望去，那场景犹如五个神仙下凡一般，蔚为壮观。

奔了一程，前面出现了一座县城，此时太阳已到头顶，时到中午，五人纷纷飘落下来，像是五只巨鸟一般，整理好衣帽，向城里走去。

原来是荥县，五人瞅见荥县的气氛较其他处有些不同，城里城外都多了大批的乞丐，这些乞丐在人群中游来穿去，眼睛骨碌碌地东瞧西望，像是在找什么人物。

单宝儿暗道：这些乞丐在找我爹爹吗？这样一想，也不禁东张西望起来，到处找起他爹爹来。

薛钗儿见单宝儿神态有些异常，便说道："宝儿哥，你在寻找什么？"她也跟着四处观望。

单宝儿边看边说道："没什么，我觉得这些乞丐有些不大对劲，想瞧瞧他们在干什么！"

张梦绮说道："乞丐能干什么，他们在寻找乞讨的对象呗！"话音刚落，果真有一个乞丐过来向她乞讨。

彭丹玲掏出几个铜钱，放在那乞丐用来乞讨的饭碗里，那乞丐连连点头，以示感谢，也不见他答话，瞧了众人一眼，侧身走过。

五人走进一家客栈，吃起午饭来，彭丹玲眼睛清亮，一眼就看到客栈门口有一乞丐在嚼着鸡腿，彭丹玲好生奇怪，心道：想不到乞丐也有富有的，竟来客栈吃鸡！

张梦绮见彭丹玲停着碗筷，伸着脖子在望着什么，便顺着她的目光瞧去，说道："彭兄，是不是想人家鸡腿吃！"

彭丹玲的粉脸顿时一下子通红，说道："我看那乞丐很特别，别的乞丐都在城中到处乞讨，而那个老丐却还能来饭店吃鸡肉，难道乞丐中也有富人？"

张梦龙瞧了那乞丐一眼，说道："你们小心点，那乞丐就是路上遇到的妙手神偷丐秦通！"

这时，那乞丐向他们五人望了望，露出神秘难看的一笑，笑时，那嘴里还叼着一块鸡肉，彭丹玲与他目光一碰，连忙低下头来吃饭，再也不敢去看他了。

单宝儿一听，问道："那乞丐在何处？"便起身四下寻找。

彭丹玲又抬头一看，不禁吃了一惊，那乞丐却不见了踪影，她向梦绮问道："张老弟，你可曾看到那乞丐何时走的？"

张梦绮却说道："什么，那乞丐走了？噫，真的走了！"显然，她亦不知乞丐何时不见了。

薛钗儿却平静得很，说道："你们干吗老盯着一个乞丐？他不就是会偷东西吗？有什么值得大惊小怪的！"

单宝儿说道："这个乞丐不同寻常，他也许会给我们带来许多寻找爹爹的线索！"

彭丹玲向薛钗儿点了点头，意思说是，薛钗儿却不禁惊愕，暗道：这彭丹玲和宝儿哥怎么啦，找师父与乞丐有什么联系？正欲问个明白，单宝儿却说道："咱们走吧，去找找那老乞丐！"说罢，单宝儿竟独自先走出了客栈。

张梦龙付了饭钱，跟着单宝儿出去了，三个女扮男装的姑娘也一起跟了上去。

在街上，行人颇多，特别是乞丐多，他们都是清一色的破烂衣衫，要想找出那个老乞丐妙手神偷丐秦通，还真不容易，五人在街中转了好几个来回，也未发现单宝儿要找的那个秦通。

突然，人群一阵骚乱，一匹快马径直向这边冲来，人群中分出一条道来，只见那马上正是单宝儿要寻找的老乞丐妙手神偷丐秦通。

单宝儿手握长剑，刚想冲去，却见马后上空一人如飞一般追赶那秦通，但听一声清喝，道："偷马贼，哪里逃！"眼看那人就要跃到马背来了，哪知那秦通亦非简单，两足在马镫稍稍一推，整个人一下子飞了起来，在空中一个鹞子翻身，飘落在一酒楼的屋顶上，嘻笑道："小子，还你的马！"

那追赶的年轻人也十分了得，脚尖在马背上一点，身形一跃，也上了那酒楼房顶。

这荣县平民百姓何曾见过这等场面，都不禁驻足观望，要看这两人的精彩表演，单宝儿等五人也不禁赞叹不已，赶紧抬起头来观望，这时，热闹的街道顿时一片寂静。

忽听叭叭叭三声掌风对接之声，响声过后，又是寂然，但见两人四目对望，脚步移动，手中的掌势不断变换，强烈的阳光照射下来，十分刺眼，但是没有一个人愿意低下头，生怕错失这一壮观场面。

突见二人身子同时跃起，四只手相互对接，发出的声音更加响亮，阳光下，两条人影盘来旋去，掌风对接之声直响到那西北角高处，那是一座险峻挺拔的古塔，古塔上面堆满了枯叶，一般人是爬都不敢爬上去，可两人四足临空，手上却不断拆招，阳光照射之下，两人竟斗上了古塔的第七层。

单宝儿凝目上望，瞧出与妙手神偷丐秦通打斗的那年轻人穿着一身蓝衫，书生打扮，背负长剑，陡见两人同时亮出了兵刃，那妙手神偷丐手持一根竹竿，指向年轻书生的长剑，喝道："试试你小子兵刃上的招术！"说罢，与那年轻人斗起兵器来。

眨眼两人就拆了二十余招，也分不出胜负，斗得难解难分，在烈烈的阳光照射之下，那妙手神偷丐将竹竿幻成一道耀眼的光华，在古塔上盘旋飞舞，那年轻人出剑似并不快捷，然而守得似乎很是严密。

这时，张梦绮拉了一下单宝儿，说道："单哥哥，那年轻人的武功你可瞧清楚了？"

单宝儿说道："什么？要我学他剑术？"

张梦绮微微一笑，点头称是，单宝儿觉得张梦绮不再是那个天真幼稚的她了，似乎懂事得多，成熟得多。

单宝儿便又凝目向古塔望去，只见那年轻人与秦通已斗上了古塔的顶部，那古塔长期以来风雨吹打，已长满了苔藓，虽说是晴天，不怎么滑溜，但加上上面覆盖着一层枯叶，稍不小心，滑了下来，那古塔足有二三十丈高，即使不死，也得摔成重伤，两人远远望去，身子不觉小了许多，高空之上，两人衣袖飘舞，仿佛是神仙在空中飞腾一般。

突见妙手神偷丐竹竿一长，直戳向那年轻人左腿部的阑尾穴，那年轻人左腿向旁边一移，这下，身子一斜，失去了重心，整个人一下子从古塔上摔了下来，那一移一滑之际，将古塔上的枯叶纷纷带下，犹如漫天飞舞一般，场面奇美。

眼看那年轻人很快就要摔到地上，但听他清叱一声，挥剑直向塔身斩了下去，正好斩在第二层古塔的窗口缝上，"当"的一声响，那长剑一下子弯折下去，却不折断，他借这长剑弯曲的力量，身子向上急提，另一只手在塔身上一拍，"嘭"的一声，人已飞身落在古塔的第三层塔身边上，然后陡见他一声清啸，一匹快马从人群中飞奔过来，直奔向古塔旁边，那年轻人身形一跃一翻，身子落在第二层搭边，还未站定，身影一晃，直向马背飞驰而来，恰好骑在那马背之上，那匹快马扬起前蹄，一声嘶叫，飞奔而去，留下一串烟尘灰雾。

围观群众都张着大嘴，竟许久没有人有任何动静，竟都看得目瞪口呆，傻傻的，不知道走了。

单宝儿抬头向塔顶望去，可那塔顶哪有人影，妙手神偷丐不知何时用何法子下了古塔，单宝儿一拍脑袋，心里骂道：真该死，光顾着看那小子摔下来了，却忘了那妙手神偷丐，但仍不肯罢休，对其他人说道："我们快去追他！"

薛钗儿这才回过神来，茫然问道："追谁呀？"

单宝儿有些烦躁地说道："你说追谁？追那个乞丐去呗！"

五人直奔向那古塔而去，古塔静静地矗立在丛林之中，与那些盘根枯干的古木相比，显得更加沧桑，塔身许多地方早已破败不堪，每层都长满了杂草，古塔高不可攀，就是那些经历过多年风雨吹打的苍老树木，也只及古塔的第一层沿台，张梦绮数了数，那塔高十三层，仰头望去，看不见塔尖，塔顶也只是一个小点点，张梦绮不禁对刚才那年轻人与妙手神偷丐在这古塔顶端打斗的一幕感到吃惊，暗道：如此高耸的古塔都能攀上去，可见那年轻人的武功已十分了得了，只怕我再练上十年，也未必能攀得上这高不可测的古塔，那年轻人到底是什么人？怎么年纪轻轻，武功便如此了得？

五人在密密的树林中仔细地寻找了一遍，会合后，谁也没有看见那老丐秦通的影子，单宝儿一副沮丧的样子，一个人默不作声地盲目地在树林间乱走。

彭丹玲看了看张梦龙，说道："张兄，你们三人在此等候片刻，我去劝劝他试试！"

张梦绮、薛钗儿一听，心里都有一道去的想法，但张梦龙却说道："好，彭兄只管去吧，人去多了反而不好，我们在此等你们俩。"薛、张二人这才勉强留了下来。

彭丹玲追上单宝儿，见四下无人，柔声说道："宝儿哥哥，你怎么了？这次让那妙手神偷丐秦通跑了，还有下次嘛，我们总会与他碰面的！"

单宝儿扶着彭丹玲的肩头，一面向前走去，一面摇着头，不无感慨地说道："丹玲，你说，我们能找到爹爹吗？"

彭丹玲见单宝儿用手抚在自己的肩头上，不禁俊脸微微一红，又听她的宝儿哥哥这么一问，小脸更是如红霞一般，暗道：看来，宝儿哥哥已经把我当作他的女人了，心里极为甜蜜，情不自禁地伸出手，轻轻地揽住单宝儿的腰部，将身子紧贴在单宝儿的身躯，温情脉脉地看着她的宝儿哥哥，无限温柔地说道："能，我们一定能找到爹爹的！"

单宝儿有些失望的样子，说道："丹玲，你有没有发现，我们这点本事，连一个妙手神偷丐都追不上，何况还不知有多少高人，怎么去寻爹爹呀！"

彭丹玲心头一震，暗道：难道宝儿哥哥要去拜师学艺不成？急忙柔声安慰道："宝儿哥哥，你不用着急，车到山前必有路，我们总能找到爹爹的。"

单宝儿苦笑道："可我们连这唯一的线索都没有把握住，如何能继续卜去！"

彭丹玲咯咯一笑，两个酒窝写满笑意，说道："你也太过虑了，我们去了丐帮，不就能找到那个秦通了吗？再说，我们不一定非得找到那个秦通不可，丐帮知道了爹爹的秘密，他们的帮主肯定知道爹爹的情况，何愁找不着线索呢？另外，不是还有一个姓黄的长老也看到过爹爹么？我们的线索还有许多哩！"

单宝儿心中豁然开朗，笑着说道："是吗？我们真的还有许多路可走吗？"

彭丹玲眨着美丽的双眸，看着单宝儿，答道："嗯！"

单宝儿忘情地拥抱着彭丹玲，说道："我单宝儿真是太笨了，幸亏有你在我身边！"

彭丹玲感到无比幸福，把脸儿紧贴在单宝儿的胸脯上，双手紧紧地抱着他的双肩，喃喃说道："你不笨，你是心里急，才一时脑子转不过弯来。"

单宝儿说笨，可也有不笨的时候，他知道彭丹玲将"糊涂"改成了"脑子转不过弯来"，是为了不伤自己，是鼓励自己，他心中充满无限的感激和欣慰，他用手轻轻地抚摸着彭丹玲，眼睛里透出柔和的目光来，说道："我知道你对我好，我一定不会辜负你的，我一定娶你做媳妇！"

彭丹玲高兴得眼泪在眼眶里打转，强忍着不让它流出来，因为她知道单宝儿最怕女人的眼泪，一见到女人流泪就不知所措了，她将头埋在单宝儿的怀里，不让单宝儿察觉。

突然，单宝儿转声说道："丹玲，你听听，好像有打斗的声音传来！"

彭丹玲抬起头来，侧耳聆听，果真听到兵刃相碰撞的声音，她说道："宝儿哥哥，好像距这里很远，我们要不要去看看？"

单宝儿拉着彭丹玲的柔荑，说道："走！"两人身形几个起落，朝那声音传来的地方奔去。

彭丹玲边跃边提醒道："我们还是小心点好，可别再惹出什么祸来！"

单宝儿点头会意，不一会儿，那声音越来越响亮，越来越清晰了，单宝儿说道："好像是两个人，不知是哪路的高手，内力竟这般高强，距我们这里少说也有五里开外，打斗的声音能传得这样远。"

彭丹玲伸出一个小指头竖在两片红唇前，"嘘"了一声，示意单宝儿小声点，单宝儿摸着脑瓜笑了一笑，两人蹑手蹑脚地弯着腰走了过去，前面有几处山坡，两人躲在山坡后面，听得那打斗之声传自山坡那边，于是，两人慢慢伸颈张望。

只见那打斗的二人正斗得紧，一个乞丐模样，拿着竹竿，另一个黑衣蒙面，手握长长的略带弯形的钢刀，两人忽左忽右，刀棒相接，碰撞之处，火花飞溅。

单宝儿暗道：原来那竹竿不是竹子做的，而是纯钢铸成，要不是亲眼见他这番打斗，还真看不出那乞丐手中是拿着一根钢棍，突然，那乞丐身形一跃，钢棍压住那黑衣蒙面人的长刀，飞身越过蒙面人的头顶，同时，身形临空翻转，钢棍一挺，直向黑衣蒙面人后脑勺的曲池穴戳来，就在这一瞬间，单宝儿差点叫出声来，原来那乞丐就是他要找的妙手神偷丐秦通！

那蒙面人冷笑一声，长刀回掠，迅猛快捷，"当"的一声，荡开秦通的钢棍，讥笑道："雕虫小技，我看你妙手快要变成断手了！"话音刚落，长刀猛地向秦通的手臂劈来。

秦通脸上露出诡秘一笑，暗道：你这一招，正合我意，看我怎样叫你兵刃脱手，手中钢棍"咔嚓"一声，棍子顶端陡然多了一个铁爪，只见秦通手臂一缩一伸，那铁爪竟向蒙面人的胸脯抓过来，原来那钢棍里还藏有一个飞爪。

单宝儿暗暗惊叹：想不到还有如此精巧的兵器，看来那秦通也确非简单，蒙面人见突如其来地多出一只飞爪，身形一跃，向后暴退，同时长刀不得已向飞爪挥去，长刀砍在飞爪与钢棍连接的钢绳上，那飞爪在长刀刀身上圈了几圈，秦通哈哈一笑，喝道："撒手！"钢棍猛地一拉，就要将那蒙面人手中长刀夺去。

只听蒙面人叫道："你做梦！"身形向前暴滑，同时手腕急抖，手臂一挺，那飞爪竟脱离开刀，向自己的主人袭来。

秦通叫道："好身手！"钢棍一缩一伸，飞爪猛地被制住，不再打向自己了，但听"咔嚓"一声，那飞爪掉向地面，原来蒙面人手腕一抖之际，力道强劲，飞爪向秦通飞来时，秦通也使劲猛抖手中钢棍，要将飞爪收回顶端，由于两股劲道太强，竟硬生生地将中间连接飞抓的钢绳崩断，飞爪应声落地。

单宝儿和彭丹玲看了不禁骇然大惊，心里暗道：这蒙面人好高强的内力，竟在手臂一抖一送之间发出内力与秦通手握钢棍使出的内力相抵，将钢绳拉断！

二人心里一面暗想，一面注目观望，只见秦通与那蒙面人盘旋来去，竟飞舞于空中，"当当当"，数声兵器撞击之声划破寂空，飘向远处，两个上下飞舞，时起时落，犹如两只鸟雀相互嬉戏一般，斗得狂风暴起，沙尘飞扬，地上的枯草落叶像被人有意摆设一般，竟在两人打斗的四周围成一个大大的圆圈，那场面实在精彩至极，叫人心跳不已。

彭丹玲不自觉地向单宝儿靠近了一些，但眼睛一眨也不眨地望着两人相斗，生怕错过这壮观场面。

突然，那蒙面人哈哈一笑，说道："上得了古月神峰，我道你武功有多高强，原来也不过如此！"手中长刀却毫不留情，狂风骤雨般向秦通砍到，秦通大惊失色，手中的钢棍更是不敢松懈，喃喃说道："你是……"未等他话说完，蒙面人身形临空暴升，喝道："去死吧！"居高临下，双手握住刀柄，狠命向秦通劈来，只见秦通身体急速落下，"砰"的一声倒地不能动弹了，手中的那根钢棍却牢牢在握，那蒙面人哈哈大笑，飘然落地，看都不看秦通一眼，收刀入鞘。

单宝儿、彭丹玲见秦通躺在地上一动不动，暗道：莫非死了？心里更是惊恐不已，却见那蒙面人向这边山坡瞥了一眼，两人大吃一惊，赶紧缩头躲藏，不敢再看。

彭丹玲心中充满恐惧，向单宝儿递了递眼色，意在告诉单宝儿，那蒙面人想必发现了我俩，该怎么办？

单宝儿摆了摆手，示意彭丹玲不要害怕。两人不知等了多久，也不见那蒙面人上得山坡上来，也听不见山坡下面有任何声响，单宝儿壮起胆子，伸出头来，向山坡上看了看，那蒙面人早已不见了踪影，只留下秦通躺在地上。

单宝儿拉起彭丹玲，走下山坡，来到秦通的身前，只见秦通的额头上有一条整齐的血痕，却看不到刀伤的痕迹，单宝儿惊叹不已，说道："丹玲，你看，那蒙面人并不曾用刀伤到秦通，秦通却死了，这是什么功夫？"

彭丹玲摇了摇头，惊讶说道："不知那蒙面人是用的什么功夫，竟然有如此杀人之法！"

单宝儿俯身看了看秦通的尸体，沉思良久，说道："想不到妙手神偷丐如此高强的武功，也敌不过那蒙面人，可见那蒙面人武功甚是了得，这秦通面额上的伤痕，想必是那蒙面人的刀气所留下的，是了，秦通是被蒙面人的刀气所杀！"

彭丹玲听了面色大变，说道："能用兵器所发出的内力杀人，真是让人匪夷所思！"

单宝儿说道："那蒙面人的内力可想而知，你我以后行动得处处小心谨慎才是！"

彭丹玲默默地点了点头，看着秦通的尸体，不禁更加恐慌，说道："宝儿哥哥，我们得赶紧离开，万一让人碰到，还误以为是你我杀了妙手神偷丐！"

单宝儿游目四顾，见四下无人，点头说道："但不知那蒙面人是何等人物，他为何要将秦通杀了？"

彭丹玲急不可待，拉起单宝儿就走，边走边说道："这个以后再慢慢讨论，先离开这个是非之地！"

突然传来一阵嘈杂的急速脚步声，彭丹玲暗叫：不好，急忙拉着单宝儿就要奔跑，可是已经迟了，一群乞丐弟子已然挡住了他俩的去路。

单宝儿很惊诧，但马上平静下来，暗想道：我们又没杀妙手神偷丐，有什么好怕的，便说道："不知各位挡住在下的去路，是什么意思？"

只见一个乞丐大惊失色地从单宝儿和彭丹玲的身后奔了过来，在一个老丐面前嘀咕道："秦长老已经死了，像是刚死不久！"

那老丐面色一沉，向单宝儿二人望了一望，露出十发诧异的神色，然后将手一挥，那群乞丐马上分散开来，将单宝儿二人团团围住，那老丐声怒喝道："阁下是何方人物，为何杀我丐帮长老？"

单宝儿心头一紧，说道："在下也是刚路过这里，不曾杀过什么长老不长老的！"

一年轻乞丐说道："查长老，用不着与他多费口舌，我们为秦长老报仇，杀了这两个恶人抵命！他这种人是不会承认的！"

查长老见单宝儿神色平静，暗道：不知这小子是何来头，竟然能将武功高强的秦长老杀了，看他神情静如止水，武功自然了得，于是向众人吩咐道："大家小心点，将这两个恶人拿下！送往总舵，由帮主发落！"

那些弟子齐声答道："是！"便如蜂拥一般围了上来。

单宝儿和彭丹玲还没弄清是怎么回事，脖子上已经架满了几十根打狗棒，单宝儿涨红了脸，嗫嚅道："这……这是什么？你们这是干什么？我们又没杀你们的长老，你们抓错人了！"

一年轻乞丐喝道："你他妈的给我闭呢，杀了人，你们当然不承认了，老子先废了你！"说罢，手中竹棒一翻，径直向单宝儿的琵琶骨戳来。

彭丹玲娇喝一声，抬起左脚，向单宝儿脖子上的几十根打狗棒踢去，顿时，数根竹棒飞了起来，恰好挡住那乞丐狠毒的一招。那乞丐十分恼怒，正欲再次攻来，突然，姓查的长老喝道："不可乱来！"

那年轻乞丐急忙收住，十分诧异，说道："查长老，此人与我丐帮有仇，岂能对他客气！"

查长老神色十分古怪，脸上显出一抹高深莫测的笑容，说道："我看还是送往总舵，由帮主定夺！诸位兄弟，将二人押往洛阳！"

彭丹玲凤眼圆睁，喝道："慢着！"

那查长老嘿嘿冷笑，说道："小兄弟既然做得出来，就该有勇气承担，怎么样？秦长老可是你们杀的？"

彭丹玲咯咯娇笑，说道："我道丐帮是一个匡扶正义，讲道理，做事有根有据的礼仪大帮，原来也不过是与江湖中的小混混差不了多少，竟胡乱抓人，有什么颜面面对江湖同道！"

查长老面色极为难看，喝道："小崽子出言不逊，小心你的小命，我们丐帮素来是江湖豪杰公认的礼仪大帮，岂是你所说的江湖小混混之辈！"

彭丹玲清笑一声，讥讽道："你无根无据，怎说那个秦长老是我们杀的？"

单宝儿连忙满脸通红地说道："对呀，说我们杀了你们丐帮的长老，可有证据？"

查老丐仰天哈哈一笑，说道："我们丐帮从来不做糊涂之事，你杀了我们秦长老，可是有人证物证俱在！"

此句一出，单宝儿和彭丹玲面色大变，彭丹玲说道："笑话，口说无凭，小孩把戏，谁都会耍，你拿出真凭实据来！"

单宝儿附和道："是啊，你把证据拿出来！"

查长老又是大笑，说道："你们还敢抵赖不成？证据我们自然会给你们看个清楚，不过，那得先去了我们丐帮总舵再说！"

彭丹玲又是咯咯一笑，说道："查长老，你这是哄小孩吗？难道当场没有证据，到了你们总舵，就冒出证据来？"

查长老显得很不耐烦，轻蔑地笑道："你少耍嘴皮子，让你先看看人证又何妨，来呀，把那支雕花木镖拿出来给他们看看，以免让人家说我们丐帮的不是！"

只见一乞丐从怀中掏出一支木镖来，彭丹玲笑得更加厉害，说道："你们的人证就是一支木镖，天下之大，无奇不有，可从来没听说木镖能作人证，真是笑掉大牙!"

查长老被彭丹玲哂笑得很不自然，恼怒地说道："有什么好笑的？你看清楚了，木镖上面的字条写的是什么？"说罢，将木镖上的一张小纸条呈了过来。

彭丹玲吃了一惊，凝目仔细一瞧，纸条上赫然写道：二人追杀夺宝，秦通快没命了，求雨地。

彭丹玲边看边念，百思不得其解，暗想：这怎么能说是人证？！

单宝儿听了，破口大骂，道："妈的，求雨地这厮陷害我们，看我抓着他，不扒他的皮，抽他的筋，我就不叫……"他还未骂完，彭丹玲打断他，说道："查长老，这从何说起？人证就是这张纸条吗？"

查长老说道："你小子装什么糊涂，当然是放这木镖的人了，他可是亲眼见你们追杀秦长老的，怎么样？无话可说了吧？"

彭丹玲暗自叫苦，暗想：难道有人算计我们？这木镖主人是谁？他为什么要这样诬赖我们？居心何在？……

但听查长老喝道："把他们捆绑结实，小心他们使诈！"有几个乞丐马上拿来绳索，将二人绑得结结实实，像两个大粽子一样。

忽地眼前一黑，只觉得有人给他俩用黑布蒙上眼睛，什么也看不清，单宝儿大声号叫，说道："我们是被冤枉的，你们抓错人了，快放了我俩！"

一乞丐走近前来，喝道："喊什么喊，我叫你闭嘴！"

单宝儿只觉身体被人一点，顿时再也喊不出声来，单宝儿暗想：这帮乞丐没安什么好心，居然怕我喊叫，点了我哑穴，肯定是他们自行设的圈套。转念一想：难道这帮乞丐知道我们有一半地图不成？是不是冲着地图来的？这样一想，心中不禁暗暗叫苦不迭，想告诉彭丹玲，可又看不见，又不能说话，急得满面通红，身体乱动。

这时，只觉得自己被放在一块木板上，接着，彭丹玲也被送到身边来，只听彭丹玲说道："我们可能是被装在了一辆马车上！"

单宝儿只能点头示意，陡然，觉得身子摇晃起来，又听到"驾"的一声，"叭"的一声，是马夫挥鞭驾车的声音。

彭丹玲小声地说道："真是在马车上！"

单宝儿点头，然而，彭丹玲却也看不到他的示意。

第九章

　　就这样，一路摇摇晃晃，不知过了多久，单宝儿和彭丹玲竟被摇晃睡着了。突然，彭丹玲被一阵喧闹声吵醒了，她说道："宝儿哥哥，你没睡着吧?"可是没有回音，侧耳聆听，只听到喧闹声中似乎还有单宝儿的鼾声，彭丹玲不知外面到底发生了什么事情，正欲弄醒单宝儿，这时，一阵脚步声向马车走来，彭丹玲于是就装作睡着了。

　　又听到一个声音说道："就是这两个人吗? 把他们拉下来!"

　　又一个声音说道："师爷，这俩凶手真是死猪不怕开水烫，竟然睡得像死猪一样!"

　　刚才那声音"哦"了一声，接着说道："把他们弄进来，请帮主定夺!"

　　彭丹玲只觉得由两人抬了一程，"砰"的一声，后背疼痛不已，自己被抛到地上，彭丹玲暗骂道：你们这群该杀的，摔得痛死我了，接着又听"砰"的一声响，想必是单宝儿也被摔到了地上，接着听到那个查长老的声音，他说道："帮主，凶手带到!"一阵叽叽喳喳的议论声过后，一个苍老浑厚、雄壮洪亮的声音说道："解开他们眼睛上的黑纱布!"接着听到两声"是，帮主!"彭丹玲和单宝儿眼睛上的黑布被解开了。

　　单宝儿眨了眨被蒙痛的眼睛，这才发现他俩被带到一个巨大的殿堂上，两边站着几百个丐帮弟子，个个怒目圆睁，盯着他俩，仿佛是单宝儿和彭丹玲杀了他们的亲人一样，大堂之上是一个鹤发童颜的老丐，面色红润，双目炯炯有神，正打量着他俩，老丐旁边站着一个面容瘦削的老丐，年纪似乎比坐在竹椅上的老者小约十来岁，精神矍铄，目光机敏，一身儒丐打扮。

　　单宝儿此时哑穴已解，他见气氛十分肃杀，心中不免有些紧张，大声喊道："你们抓错了人，我们不是凶手!"陡然听到一阵嗒嗒嗒的敲击声，原来是那数百位丐帮弟子手中的打狗棒击地的声音。

单宝儿不明白是怎么回事，嚷道："敲什么敲，不许说话是不是？自己做错了事，还不许人声明纠正，算什么英雄好汉"！

陡然听到一声哈哈大笑，那笑声雄浑有力，震耳欲聋，单宝儿和彭丹玲不禁感到一阵眩晕，随着笑声戛然而止，单宝儿二人才清醒了许多，才发现发笑之人就是端坐竹椅上的老丐，想必就是丐帮帮主了！

只见那老丐缓缓走了过来，慈祥的面容略带愠色，仔细看着单宝儿和彭丹玲，边看边问道："两个小子为何要杀我丐帮秦长老？居心何在？快快从实招来！"

单宝儿和彭丹玲觉得头脑嗡嗡作声，一股强大的劲力直向头部袭来，两人不由自主地摇头晃脑，觉得头痛难忍，异常难受，待那考丐话音一落，才顿感轻松。

单宝儿和彭丹玲面面相觑，不知是何原因，难道是老丐练了什么怪异功夫，说话也能伤人吗？两人一时竟不知答话。

这时，姓查的长老怒气冲冲地喝道："天杀的小杂种，你嘴硬，我打到你说，看你能挨到几时！"说罢，打狗棒兜头打来。

单宝儿被绑得动弹不得，眼睁睁看着那打狗棒就要劈头打来，赶紧头一偏，打狗棒"啪"的一声，重重打在他的肩膀上，"咔嚓"一声，琵琶骨应声而折，单宝儿几声哀号，晕了过去。

彭丹玲见查长老如此凶狠，大声说道："你给我住手！"可是已经晚了，打狗棒已然打在单宝儿的肩膀上了，见单宝儿晕死了过去，彭丹玲急得满面绯红，大声说道："你们丐帮竟用如此手段对付手无缚鸡之力的人，算什么狗屁大帮，连邪魔歪道都不如！"

"住口！"那查长老气恼地喝道，打狗棒又向彭丹玲打来，彭丹玲怒目圆睁，喝道："狗贼，你敢！"

说时迟，那时快，那丐帮帮主衣袖一拂，那查长老的打狗棒快贴着彭丹玲的头顶，却被硬生生地拉了回去。

彭丹玲顿时感到一股强大的劲风袭来，竟倒在地上，只听到帮，说道："稍安勿躁，先问个清楚明白再说，查长老，你太过莽撞了，那小子的琵琶骨都给你打断了！"

查长老仍十分气愤，但帮主说话，又不敢出言不逊，显得十分尴尬。

黄长老与妙手神偷丐秦通是老搭挡，多少有些感情，见帮主对杀人凶手如此仁慈，便说道："帮主，对这种恶徒，你用不着仁慈，我看查长老也是为我们丐帮出口气而已！"

帮主任重义面色十分凝重，说道："事情总得有个原委，万一错伤好人，我们丐帮颜面何在！"此语一出，有些弟子立刻议论起来，像是说已经证据确凿，无需追查之类的。

任重义说道："查长老，解开二人的绳索，先替受伤的那小子把伤治好！"

查长老顿时一怔，十分不愿意，说道："帮主，我们抓来凶手，就是要血祭秦长老，雪我丐帮耻辱，岂有救治凶手之理！"语意分明在责怪任重义的不是。

任重义哈哈一笑，捋捋白须，说道："查长老亲办此事，可保证不出差错？"

查长老面色顿时极为难看，说道："帮主明察，我查慎行办事一向有根有据，从不胡乱行事，众弟子都有目共睹！"

任重义微微一笑，说道："查长老行事素来小心谨慎，丐帮无人不知，我任重义岂能不知个中情节？只不过马有失蹄，人有失足，谁都难免出错！"

这时，一直都没说话的"贾诸葛"走上前来，说道："帮主是不是察觉有什么不妥之处？"

任重义看了众弟子一眼，说道："这要等问清楚，查明白了就知晓了！"

彭丹玲暗想道：看就看丐帮帮主并不是简单角色，眼光十分犀利，能发现其中必有蹊跷，不过，到底该怎么说明呢？

只见任重义面色凝重，说道："查长老，是不是连老丐的话你也不听？"

查慎行忙拱手说道："帮主有令，查某岂敢不从，弟子给他治疗就是！"说罢，解开二人绳索，扶起单宝儿，替他接过琵琶骨来。

彭丹玲两行泪水滚落下来，看单宝儿痛得汗流浃背，气愤地说道："你们怎么能这样？将他伤成如此模样，他岂不成了废人！"

这时，项尘破项长老带着一帮弟子匆匆赶来，立在大堂之外，说道："弟子项尘破参见帮主！"

任重义轻描淡写地说道："进来吧，正好共同商讨如何处理这件事！"

项尘破即领着弟子步入大堂，立在一旁，见四周十分寂静，无人说话，又见查慎行为凶手疗伤，大惑不解，说道："帮主，立刻杀掉这两个狗杂种，替秦长老报仇，以解丐帮心头之恨！"

他身后的弟子应声说道："对，帮主，立刻杀掉凶手，祭秦长老在天之灵！"

贾诸葛见帮主不动声色，说道："各位，此事有待查实，不可乱来，大家心情都是一样，秦长老无缘无故被杀，帮主也痛心疾首，倘若查出真正凶手，我们定然要为秦长老报血海深仇！"

项尘破素来对贾诸葛不满，见他如此一说，十分恼火，说道："贾师爷，你可有什么证据说明秦长老不是这俩狗杂种所杀？"

贾诸葛顿时老脸通红，说道："这个……这个倒没有，不过，事情还正在查证！"

彭丹玲这时一抹泪水，说道："请帮主大人明察，我二人确实未曾杀过秦通！"

项尘破十分恼火，一听彭丹玲如此一说，高声骂道："小贼子，你敢抵赖，你何以知道秦长老就叫秦通？分明是早有预谋，早已把一切情况摸得一清二楚！"

彭丹玲不惧声色，静如止水，说道："大名鼎鼎的妙手神偷丐，谁人不知，何人不晓，单凭这点就说我们是凶手，这位长老也太没头脑了，你不也知道秦长老的名字吗，那你不也是凶手了！"

项尘破在众弟子面前颜面大损，恼羞成怒，骂道："大胆元凶，竟敢辱骂老夫，杀了你这狗崽子！"说罢，竟无视帮主的存在，打狗棒直向彭丹玲扫来。

彭丹玲可不吃眼前亏，急忙挥手应战，无奈手中无兵刃，况且劲力相差何止十倍，避过一招，就被点穴道，不能动了。

这时，贾诸葛想出面阻拦，见帮主任重义不动声色，也就立于一旁，不敢乱说。

彭丹玲刚被点中，任重义连忙挥手说道："好了，项长老住手，我有话说！"

顿时，大堂立刻安静下来，人人都望着帮主任重义，等待他发话，只见他用手指一指，一道劲光直向彭丹玲射来，有的弟子顿时喜道："这冲天一指打出，那小子必死无疑！"话音未落，只听彭丹玲已然躬身说道："多谢帮主！"

那些人还未醒悟，待彭丹玲蹲下来照看单宝儿时才知道，原来帮主是替彭丹玲解开穴道。

任重义转身坐在竹椅上，面色深不可测，见单宝儿慢慢睁开眼睛，说道："查长老，你可以起来了，把你所见的一切从前至后一一道来！"

查慎行擦擦汗水，立起身来，向帮主躬了一下，又向众丐帮长老、弟子拱手，说道："帮主，各位丐帮兄弟，查某此次缉拿凶手，事出偶然！"

众人听了大惊，原以为是查长老追查出来的，此时，他却说是偶然，只听有人咕哝道："怎么回事？不是追查到凶手的吗？"

查慎行接着说道："前天午后，我们一个弟子突然发现一支飞镖向他袭来，忙侧头躲过，却不知这支飞镖从何而来，不知飞镖主人是谁……"

彭丹玲一听，暗道：原来我们在马车上度过了两天，也难怪，眼睛被蒙住，漆黑一片，怎知时日？

只听查慎行又继续说道："那飞镖上面有张纸条，上面写道'二人追杀夺宝，秦通快没命了，求雨地。'我领着众弟子赶到求雨地，正碰上这两个小子，秦长老已经死了一个时辰，全部经过就是这样，请帮主明察！"

单宝儿方才醒了过来，听到查慎行这么一说，暗道：求雨地原来是那山坡，我还以为是人名，唉，真笨！

彭丹玲突然站起身来，抱拳说道："帮主明察，我有话，不知可不可以相问？"她见帮主是个深明大义之人，因此显得十分有礼。

任重义举手说道："你尽可问来！"

彭丹玲竟不慌不乱，慢步走到查慎行身旁，双手放在后面，俨然是她审问犯人一般，说道："查长老，你说你们看到我俩时，秦通长老已经死了一个时辰，那你可有证据证明这一点？"

查慎行神色一震，忙说道："小路子，你出来！"

只见一个年轻乞丐从人群中走了出来，说道："查长老，你有何吩咐？"

查慎行神色极为难看，说道："你可瞧仔细了？秦长老是否死了一个时辰？"

那小路子支支吾吾说道："我摸秦长老尸体，见已冰冷，大慨有这么长时间吧！"

查慎行十分气恼，说道："什么大慨，说准确点！"

彭丹玲接着说道："我代他说了，你们赶到时，秦长老大约死了将近两刻钟左右，并不是他说的一个多时辰！"

项尘破听了哈哈大笑，说道："小子不打自招，秦长老果真是你俩所害，快受死吧！"说罢，又趋上前来，要杀彭丹玲。

任重义喝道："住手，不得无礼！"

项尘破急忙收势，说道："帮主，这小子已经供认不讳，还留他做什么？"其他弟子连声喊道："对，就是他杀死了秦长老，杀了他！"

任重义不理不睬，说道："丫头，继续说下去！"

众人一听，什么？丫头？明明是个小子嘛！他们立刻好奇地打量起彭丹玲来。

彭丹玲吃了一惊，暗想：这丐帮帮主果真了得，竟能瞧出我是女儿身，难道我露了什么马脚不成！

单宝儿更为好奇，不假思索地问道："你怎么知道？"彭丹玲连忙眨眼，示意单宝儿不要胡说。

任重义哈哈朗笑，说道："用不着眨眼啦，你骗得了老丐吗？第一，你声音清亮，不是男子吐气声势；第二，你刚才与项长老过招时，虽然只有一招，但步履婀娜，是女子行动；第三，你眉清目秀，肤色白净，是女子面容；第四，最重要的一点，就是你没有男子特有的喉节！"

此话一出，满座皆惊，项尘破暗道：这任重义果然厉害，刚才过招时，我却未察觉这小子是女人。查慎行更是惭愧得低着头，只有贾诸葛频频点头，面带微笑，仿佛是说中了他的猜疑。

彭丹玲十分机敏，转变奇快，娇笑一声，说道："既然帮主都看出来了，那我也不敢再作欺瞒，我的确是个女儿身，不过，帮主光顾着看这些，恐怕与这件事没有关系吧？"语意极为讥讽。

项尘破顿时大怒，喝道："无礼小人，竟出言无状，敢顶撞我丐帮帮主！"

任重义却哈哈大笑，满脸喜悦，毫无气怒之色，说道："好，好，有气愧，大义凛然，了不起，将来定会是个巾帼英雄，只不过，你的根基太差！"

彭丹玲笑靥顿生，单宝儿却大为惊愕。

任重义却面容一沉，说道："秦长老虽然不是你俩所杀，但你们却脱不了干系！"

查慎行一听，吃了一惊，说道："帮主，秦长老不是他俩所害，那会是何人呢？"分明是责怪帮主偏袒单宝儿二人。

查长老暗想：如果说不是他俩所为，那我颜面往哪儿放？以后在弟子面前的威信何在？既然你帮主有这样的把握，就该知道杀秦长老的人了。

任重义看了查慎行一眼，说道："杀秦通之人暂时还不清楚，不过，我敢肯定，不是这两人所为，但也不能就说明与他二人没有一点关系！"

项尘破在一旁鬼眼翻动，奸笑上前，说道："帮主何以表明秦长老不是这两杂种所害？能让各位弟子知道个明白！"说罢，朝查慎行瞟了一眼，查慎行对项尘破表示谢意，因为他已经代替自己问了这一句。

任重义脸现愠色，但马上又恢复了常态，说道："这个很简单，秦长老的尸首上只有唯一处伤痕，而这个伤痕，并非利器所致，而是兵刃上发出的一股强烈的劲气所致，秦长老的武功，在江湖上是一流水准，能杀他之人，武功必定很高。"说罢，向项尘破和查慎行看了一眼，是在责怪他们连这点都看不出来，二人顿时明白了是怎么回事，而那些弟子却期待着帮主任重义说下去。

单宝儿捂着肩膀，气愤地说道："你既然早就知道不是我们所为，那为何让那糟老丐伤我琵琶骨？是何道理？真是气死我了！"

彭丹玲心疼地说道："你不要紧吧？遇上这群乞丐，算倒了八辈子霉！"

项尘破气冲冲地说道："你说什么？你活该！"

贾诸葛十分平静地说道："两位不必气怒，这也是逼不得已，如果确定与你俩毫无关系的话，我们自然会把你恢复得和原来一样！"

彭丹玲凤眼一瞪，说道："你们能吗？就算你们能做到，恐怕也不会是原来模样了！"

任重义哈哈一笑，说道："丫头，你也太小瞧我丐帮了，这点小伤还难不倒老丐！"

彭丹玲毫不放松，说道："那你为何不现在将他治好？"

贾诸葛捋了捋花白胡子，说道："这个不是早说过了吗，如果与你们毫不相干的话，定然会出手相救，况且我们不能不救，因为是我们丐帮弟子伤了他！"

单宝儿气得眼珠一翻，嘟弄道："只说好话，不做好事，我们与秦长老的死有关吗？"

任重义不紧不慢地说道："你们的武功，我也不知道，只不过，我觉得，能杀秦长老的，绝对不会轻易让我们丐帮弟子抓到的，至于你是装假象，还是真的武功差，我们得小试一下，所以我开始用衣袖拂过来，你们就倒了，这还不能说明你们不是在假装演戏，就是查长老废你琵琶骨，我们才有大半证实，一个武功高强且心怀目的的人，不会轻易让人废掉武功，这一点，可以证明你们的确没有如此能耐去杀秦长老，但是——你们也有可能获得其他利益，却不曾透露！"

"什么？！"单宝儿和彭丹玲同时大为震惊，原以为这下可澄清自己了，可没料到又生出枝节，彭丹玲反应迅速，说道："不知帮主所指何事？"

任重义突然把手一挥，喝道："你们快点自己交出来，免得让你们受苦！"

彭丹玲十分谨慎，暗道：莫非这老丐帮诱我上钩，要我交出藏宝地图？丐帮虽说知道有宝图一事，可又怎么知道我身上有呢？便十分镇静地说道："帮主要我们交出何物？我俩的确不知！"

在这对话的当儿，项尘破鬼眼珠子转得飞快，心里暗道：难道这两小子拿了秦长老的什么东西？什么东西呢？是否是藏宝图？

不容分说，就走过来在单宝儿身上一气乱搜，除了搜去一些银两，别无他物，他知道，任帮主既然说了此话，定然不会是银子，于是，转身就要搜彭丹玲的身子。

彭丹玲顿时满面通红，但马上咯咯娇笑，说道："你敢，丐帮中人居然无耻到这个地步，仗着人多，又在自己家中，竟然非礼一名手无缚鸡之力的姑娘，岂不叫天下人耻笑！"项尘破闻言大惊，连忙缩回手去。

任重义哈哈大笑，说道："好一张伶牙利嘴，你以为老丐对你就无可奈何了吗？"说罢，手掌一张，猛地一拉，彭丹玲怀中的那张地图竟自向他手中飞去。

"隔空取物！妙！妙！"不少丐帮弟子呼叫起来，要知道，一个人不用手去拿，隔一段距离将要取的东西拿到，已是很少有人能做到，何况任重义露这一手时，不仅隔空，而且还隔着衣服，真是难上加难了。

彭丹玲和单宝儿傻了眼，但彭丹玲红着脸，平静地说道："原来帮主自己图谋不轨，竟强抢人家的东西，可笑，可笑！"

任重义朗笑一声，说道："丫头，证据在此，你有何话说？"

这时，一名弟子慌慌张张地飞身进来，说道："启禀帮主，武当掌门万华山突然率弟子闯了进来！"

那乞丐通报未毕，大堂前已经俨然站着万华山率领的数十名武当弟子。

武当派掌门万华山年约七旬，花白胡子，花白眉毛，花白头发，头顶上盘着发髻，两鬓苍苍，身材瘦削，但太阳穴处鼓鼓的，内功造诣显然是已达到很高的境界，一身道袍穿在身上，显得有点松荡，身后除了有他的徒弟丘云长同辈的冷云虎、田云彩、寇云冲、梅云豹、王云雄、柳云飞几大弟子外，还有与万华山同华字辈的顾华权、左华岳两位师弟以及武当的其他徒子徒孙，一共六十七人，人人面带杀气，个个怒目圆睁，一派杀气腾腾的样子。

丐帮帮主任重义见此情形大为不对劲，但仍然镇定自若，开怀爽朗一笑，说道："万贤弟率诸多门人弟子光临敝帮，欢迎，欢迎，万贤弟，请坐！"说罢，一把竹椅疾驰而来，带着强烈的劲风。

万华山瘦脸一板，抬脚定住飞来的竹椅，满面杀气地说道："任老丐，今天可不是与你拉家常的时候，少来这些俗套，我问你，你可吩咐弟子追踪一个姓单的？"

姓单的？！单宝儿和彭丹玲听着大为震惊，单宝儿心想：莫非就是我爹爹？或者我也被丐帮人物追踪？武当与此事关系极为密切，曾听两名丐帮弟子说爹爹与他们合伙，不知是否是真。

但听到任重义哈哈一笑，说道："万贤弟，确有此事，但不知又哪里开罪于你们武当了？如此兴师动众来我丐帮？"

万华山突然见到任重义手中的羊皮地图，说道："任老丐，你少装疯卖傻，你手中的是什么物事？"

任重义抖了抖手中的藏宝地图，悠然说道："万贤弟就是为它而来？未免太欺人了吧？"

此话不说则已，在万华山听来，就像故意挑衅一样，他不禁大怒，高声喝道："好你个任老丐，平日称兄道弟，见财起意，居然不择手段，恬不知耻，反倒打一耙，到底谁欺谁了？"

贾诸葛一听话中有话，上前说道："听万兄之意，好像是我们丐帮招惹你们武当了？"

万华山居然嘿嘿冷笑两声，说道："你们个个如此不顾兄弟之情，做出伤天害理之事，心里最清楚不过，还装糊涂，哼！"

项尘破鬼眼疾转，情知不妙，不禁有点担惊受怕，他倒不是怕武当人士，而是担心自己行为败露，在丐帮中地位不保。

贾诸葛尽管平素才华横溢，足智多谋，能洞悉人心，这会儿也只觉得云里雾里，想不出个所以然来，不禁暗暗生奇，不解地说道："伤天害理？我们丐帮向来都不会做出这种事来，万兄所指的是什么，我们的确不知，还请万兄明说了吧！"

顾华权的徒弟冷云虎见掌门竟然如此客气，心里早窝了一肚子火，这会儿再也沉不住气，怒气冲天，说道："掌门，师父，师叔，这伙臭要饭的是不会承认的，我们用不着跟他们客气，师弟们，我们上！"说罢，挥手上前，直向项尘破攻来，他自知斗不过丐帮帮主任重义，且早已有杀项尘破之心，是以首先向项尘破杀来。

项尘破正要挑起事端，这冷云虎来得正中下怀，马上挺起打狗棒，不容帮主吩咐，就与冷云虎斗了起来。

武当众师徒一跃而上，与丐帮大打出手，顿时一片混战，喊杀连天，刀光剑影，满堂翻飞，万华山径直向任重义面门攻到，剑势凌厉，出手就是绝招。

任重义见形势紧急，连忙闪躲，同时说道："贾师爷，你先带两个娃儿避一避，以免错上加错，不可让两娃儿无端受累！"

贾诸葛应声跃起，将单宝儿和彭丹玲挟起，一边一个，向后堂撤去，单宝儿心里大惊，想不到这儒丐也有如此高深的武功，竟毫不费力地将二人挟着疾飞而去。

冷云虎愤怒至极，长剑幻成道道剑弧，将项尘破罩得严严实实。

项尘破大惊，暗想：这臭道士居然要与我拼命，因此，不敢硬上，急急招架躲避。

冷云虎霎时已攻了六十余招，见仍不能占上便宜，不禁大声喝道："今日不杀你这个臭要饭的，替丘师弟报仇，我冷云虎誓不罢休！"

项尘破暗喜，心道：你越是心急，我越好对付，便故意说道："就凭你，你回去再练上十年再说大话！"

冷云虎剑势一转，向项尘破肩部削来，气愤地说道："天杀的狗杂种，杀我师弟，我要你血债血偿！"

项尘破挥棒上挡，谁知冷云虎变招奇怪，竟改削为刺，向项尘破的胸口刺来，好一个项尘破，大喝一声，说道："你是自不量力！"同时竟空手向长剑剑身抓来。

冷云虎冷笑一声，剑身疾转，顿时长剑剑光四射，仍急速向项尘破胸口刺到，这大出项尘破意料，心道：这冷云虎果真厉害，不可小瞧。快缩手回来，挥棒抵挡，只听"咔嚓"一声，长剑刺穿打狗棒，竟仍向胸口刺到。

项尘破不禁面色大变，索性将打狗棒一折一扭，硬生生地将冷云虎这致命一招给化解了，冷云虎心里大喜，暗道：老狗杂种没有兵器，看你还能撑多久，剑身一缩，分上中下三路向项尘破急速点到，项尘破丢了兵器，心中更是惊惧，忙点足跃起，冲上空中，借堂中木柱一点，霎时奔出大堂，冷云虎气得脸色铁青，骂道："挨千刀的臭要饭的项杂种，我看你哪里跑！"同时身形一跃，"嗖"的一声，径直在空中向项尘破追来。

顾华权正力敌查慎行，两人已斗了三百余招，难分胜负，顾华权不禁怒火中烧，想不到查老头竟能滴水不漏，突然双掌一并，向查慎行的面门袭来，查慎行竟不闪不避，提起打狗棒一横，同时飞起左脚，朝顾华权的小腹踢去，分明是两败俱伤的打法，顾华权不禁骇然，忙身形一晃，闪到查慎行的右侧，单掌直截查慎行的右肋，这一招变招迅捷，查慎行闪躲已来不及，硬是抵挡，右掌与他对接起来，但劲道不够，顿时向后退了三步，情形极为狼狈。

身后一乞丐被撞得飞了起来，正好倒在武当弟子的剑上，气绝身亡，鲜血溅满一地，查慎行大怒，挥棒急劈顾华权的天灵盖，颈道十足，足有开山裂石之势，顾华权冷笑一声，双掌上举，只听"咔嚓"一声，查慎行手中的打狗棒应声而断，顾华权掌上一颤，暗道：查老头力道不小。只见查慎行身形一跃，冲上顾华权的头顶，左脚抬起，向他踹来。

顾华权双掌一接一推，查慎行在空中翻了两翻，蓦然双掌推出，俯冲下来，顾华权不慌不忙，立在原地，双掌再次推出，只听"砰"的一声，声震屋瓦，竟有些许灰尘从屋上洒落下来，两人四掌竟未分开，一个在地上，一个在空中，比拼起内力来。

这种打法，危险至极，稍有差错，就会伤及性命。

任重义与万华山刚一交手，两人就同时飞上空中，边打边走，竟打至一个山坡上来。

大堂内的打斗亦延伸到庭院及大门外，只见那群丐帮弟子与武当弟子混成一片，斗得灰尘飞扬，天昏地暗，双方死伤众多，由于丐帮弟子众多，武当弟子渐渐不支，一个个接着倒地而死。

左华岳与黄费等人急战之中，见武当弟子死伤太多，心里不禁阵阵黯然，陡见顾华权与那查慎行在比拼内功，心中更是觉得情形危急，大喝一声，使出武当绝招，一招"雄霸天下"，绵长的长剑幻出无数剑影，从四面八方向黄费等人袭来，顿时就有两个中剑倒地，左华岳大声疾呼："顾师兄，不可力拼，我们快摆剑阵！"

顾华权一听，蓦地内功增加一倍，向查慎行推出，查慎行原本就身在空中，形势不利，突然觉得双掌一股强劲袭来，直至内脏，刚劲猛烈的劲力压得心肺翻涌，异常难受，只觉口中一股腥味，"哇"的一声，猛地喷出一口鲜血，双掌顿时失去劲道，整个身体被震得向空中飞去，幸好查慎行武功不弱，在空中一个翻飞，双足顶在大堂的顶梁上，"咔嚓"一声，顶梁应声而断，可见顾华权的劲道之猛烈。

查慎行暗道：这老道如此厉害，再斗下去，恐怕性命难保，索性来个千斤坠，借顾华权的劲道冲破屋顶，逃了。

顾华权操起长剑，一声大喝，说道："摆上'无敌金刚阵'！"只见田云彩、寇云冲、梅云豹、王云雄、柳云飞迅速聚拢来，加上顾华权、左华岳，一共七人，摆出一个十分古怪的剑阵。

这"无敌金刚阵"原本是武当的云字辈长期练习的一种以防外敌的剑阵，此阵威力无比，变化多端，一旦使用起来，足有抵挡千军万马之势。

由于丘云长、冷云虎不在，便由这云字辈的两位长辈顾华权、左华岳代替而上，这二人的武功修为与两个小辈的武功相比，高出何止一倍，因此更能使"无敌金刚阵"发挥无穷的威力。

丐帮诸位长老虽曾听说过"无敌金刚阵"，但谁也没见过，因此仗着人多，蜂拥而上，将七人团团围住，围攻起来。

霎时，只听"当当当"，密如连珠般的剑刀撞击声音，直响彻云霄，双方谁都讨不上便宜，黄费暗道：这"无敌金刚阵"甚是了得，以七人抵挡我等数十名高手，居然久攻不破，手中兵器却不敢怠慢，急急攻去。

但斗了许久，也只是丐帮弟子受伤数人，而"无敌金刚阵"七人却毫发无损，丐帮诸位长老不禁焦急万分。

任重义与万华山斗至山坡外，万华山一腔怒火无处宣泄，出手凶狠，招招使绝，顿使任重义心中暗暗生疑，若论武功，任重义比万华山高出一筹，但两人平素切磋武艺，各自招式套路已非常熟悉，是以任重义觉得万华山此次到来的原因还不清楚，所以只防守，不进攻。

万华山当然看出了这一点，心中也不免有些奇怪，按常理说，若此事，他丐帮所为，任重义定然不会是这样，但是心中的那腔愤恨怎么也消解不了，急急向任重义连连使出绝招，要与任重义拼个你死我活。

两人你来我往，已经斗了五百余回合，万华山手中长剑渐渐慢了下来，因为任重义一直是只守不攻，凭着往日的交情，心中有些不太情愿，毕竟这件事还没有完全得到证实。

任重义一见万华山剑势缓慢下来，立刻明白，突然跳出圈来，说道："万贤弟不必过于情急，任老丐心里一直纳闷，万贤弟何以兴师动众，与我丐帮大打出手？老丐想问个明白！"

万华山立刻收敛攻势，说道："好，大家说话，不要藏私心，你我作个清楚明白的了断更好！"

任重义满面凝重之色，不解地问道："万贤弟尽可将来意一一说来，只要是老丐知道的或者做过的，老丐决不隐瞒只言片语！"

万华山虽然怒火未消，见任重义满腹狐疑的样子，心中多少有点眉目，便说道："任老丐你既然承认追查姓单的藏宝图一事，你也该知道事情的前后经过吧？"

任重义听得稀里糊涂，但十分客气地说道："老丐愚笨，不知万贤弟指的是什么事的前后经过，到目前为止，我们不曾见到过单敬贤，近两个月来，也无他消息，如果万贤弟是为此事来丐帮的话……"

万华山听得心里一惊，立刻打断他说，道："任老丐，你说什么？你从未见过姓单的，也无他的消息？能不能说具体点？"

任重义神色十分疑虑，说道："的确如此，手下弟子也不曾向我汇报有什么重大发现！"

万华山突然嘿嘿一笑，问道："你刚才手中拿的是什么东西？"

任重义一听，觉得万华山仍是为藏宝图而来，说道："实不相瞒，正是藏宝地图，不过，这是秦通秦长老用生命换来的，却被两个小娃娃趁机夺走，就是刚才在大堂上的两个小娃儿，你已经见过了！"

万华山怒火激烈燃烧，瞪着双眼，说道："这就是了，你派妙手神偷丐偷去藏宝图，然后杀了我徒儿丘云长，对不对？"

任重义见万华山仍怒火冲天，只得平静地说道："我不曾吩咐过此事，不知令徒何时被杀？被杀的情形，你是否可以一一说来？"

万华山气度不凡，压住胸中怒火，暗想道：我一一说来，不怕你不承认，于是说道："任老丐，你仔细听好，如果中间有什么疑点，及时提出，否则，你就偿我徒儿命来！"

任重义暗想：我未作过什么亏心事，怕你不成？便哈哈朗笑，说道："这个自然，你不妨说来，我洗耳恭听！"

万华山痛心疾首，说道："三个月前，在我武当势力范围内，屡次出现江湖人物被杀事件，后来，我们得知是一支新生的魔教——日月神教所为……"

任重义听了一惊，日月神教？怎么没有听说？连忙打断道："等等，这日月神教是何人创立？老巢在哪里？你可知道？"

万华山不耐烦地说道："就是不知道，才请你与泰山三大刀尊去商议，知道就不必如此啦！"

任重义不解地说道："喂，喂，老弟何时请过我老丐？"

万华山说道："我叫徒儿丘云长去办理此事，可当他到你们丐帮时，就被你们丐帮的人痛打一顿，居然以众敌寡，真不知耻！"

任重义吸了一口气，自语道："我怎么不知此事？"

万华山说道："你们的手下居然连我的亲笔信都置若罔闻，诬赖说我徒儿就是那个姓单的，妙手神偷丐还当面指证！"

任重义吃了一惊，姓单的只有秦、黄两位长老认识，其他人纵然认识，也只不过看到过其画像而已，未敢确认，这秦通何时做此事？心中疑惑不解。

万华山叹了一口气，说道："幸好有一蒙面人救了我的爱徒，但是，你们欺人太甚，居然派人追上武当，追杀我的徒儿丘云长！"

任重义更是吃惊，说道："万贤弟可看清楚了？是哪个为首？"

万华山暗道：你是真不知情呢，还是在卖傻？便说道："你们的项尘破项长老你总不会不知道吧？"

任重义说道："项尘破？他带人上武当了？"

万华山道："那个项要饭的不自量力，居然带着一帮弟子，青天白日来我武当要人，我们见他是你的手下，仅仅命几个弟子报那一日痛打我徒儿丘云长一剑之仇，并没有再为难他，可料不到他却怀恨在心，将我爱徒秘密地杀了！"

任重义面色十分凝重起来，望着远方，叹道："万贤弟，你可知道你徒儿死于什么武功之下？"

万华山突然一怔，说道："像是一种非常高深的武功，但你们丐帮的长老也能做到！"

任重义叹息道："或许是因为你爱徒与那姓单的的确长相一模一样，居然连秦通都指证了，那这一点毫无疑问，但是项尘破抓你徒儿及上你武当之事，我的确一概不知，这个畜牲大概利欲熏心，竟私自追查，至于你爱徒的死与项尘破有无关系，我看得问一下项尘破，当面证实此事，不知你同意否？"

万华山见任重义真的是不知内情，但仍不放心，说道："我凭什么信你？尽管我们数十年的交往，彼此都十分了解，但如今形势下，你我双方不知死伤了多少弟子，万一你反目成仇，怎么办？"

任重义哈哈一笑，说道："我手中的这块羊皮地图是从两个娃儿那里拿来的，现在交给你，你还有话说？"

万华山一惊，说道："你不是说是秦通用生命换来的吗？怎么又是那两个娃儿的了？"

任重义摇了摇头，说道："这只是一种猜测，事实上，是从两娃身上拿来的，但秦长老死时，两娃儿在场，且有人告之我们，说是这两个娃儿杀了秦通，并夺去该藏宝图，但事实未必如此，我们一时还未弄清楚！"

万华山拿着藏宝图，说道："好，如果这藏宝图是那两娃的，说明这两娃儿来历不凡，我们定要将此事一查到底。事不宜迟，我们赶快回去，以免更大、更多的伤亡！"说罢，身形一晃，向丐帮总舵飞去，任重义展开轻功跟上，转眼来到丐帮总舵，见双方仍战斗激烈，二人同时喝道："住手！快停手！"众人一怔，顿时不再打斗了，只见满地都是尸首，血流成河，腥气扑鼻，惨不忍睹！

任重义叹息一声，喝道："项尘破何在？"见无人答应，不免更是惊奇，说道："万贤弟，先带你的弟子入堂休息，我来询问情况，你们亦可听听！"

丐帮弟子和武当弟子都面面相觑，不知发生了什么事，万华山说道："我们进去休息一下，受伤的包扎治疗一下，等任老丐给我们个交代！"掌门发话，剩下来的二十余名弟子都唯命是从。

顾华权问道："掌门师兄，这中间可有什么差错？"

万华山说道："还不知道，但我们目前也斗不过人家，只有暂时忍耐！"众人会意，步入大堂，大堂亦是横七竖八躺着血腥尸首，叫人不忍看下去。

此刻，天空出现一片血红的云彩，仿佛是被这场战斗感染了一般，天上地下到处一片殷红，让人觉得痛心怜惜，似乎是在显示这场斗争的悲哀，万华山领着弟子与任重义一道坐在大堂一角，静等着事态的延续。

约摸两刻钟，一名年轻乞丐领着贾诸葛、单宝儿和彭丹玲来到大堂，丐帮的弟子已经将死伤的兄弟安置妥当了，这时亦都站在两旁静静地听着任帮主审问这件事。

单宝儿和彭丹玲十分惊奇，为什么丐帮会与武当发生如此恶战？见到到处一片血迹，两人不禁呆在一旁，不敢说话。

丐帮帮主任重义脸色十分凝重，在大堂中踱来踱去，像是在思考什么，武当掌门万华山更是一脸迷惘，他的那些弟子个个仍是十分愤怒，怒意未消，但坐在一旁，不敢胡乱搅局。

突然，任重义停了下来，向万华山说道："万贤弟，既然项尘破与冷云虎还未到来，我们先将秦长老的事办理一下，万老弟不会有什么意见吧？"

万华山满脸深不可测的样子，很轻描淡写地说道："只要任帮主不嫌我们是局外人，但行无妨，只不过，你不要让我们失望才好！"

丐帮众人一万华山已经改口称"任老丐"为"任帮主"了，神情也都为之缓和了许多。

只见任重义走到单宝儿身前，说道："我们丐帮素来是匡扶正义，惩恶扬善，不会像你们想象的那样邪恶无耻，只要你俩娃儿与秦长老的死无半点干系，我自会把你的伤疗愈，我看两位眉宇中透着一股正气，希望两位能实事求是，共同将这件事画上一个完整的句号！"

单宝儿的肩膀仍痛得十分厉害，但豪气不减，壮言说道："我想先问任帮主一个问题，贵帮是否确实抓到一个姓单的人！"

任重义正色答道："小兄弟这一问有待证实，据万贤弟刚才所说，有这么一回事，但必须等项尘破回来一并证实后，才有准确答案，噢，不用了，小春子，你们舵主可曾抓过一个姓单的？"

人群中，一个年轻乞丐走了出来，说道："启禀帮主，确有这么一回事，不过，那人称他是武当派弟子，但项长老请妙手神偷丐秦长老证实，秦长老说就是那个我们要找的姓单的！"

万华山听了嘿嘿笑了两声，说道："任帮主，怎么样？你们是不是该知道如何处理此事了？"

任重义苦笑着答道："万贤弟，如果的确是你武当丘云长弟子，老丐必定严办闹事之人，但这不能表明你的徒儿就是我们丐帮弟子所害，这中间恐怕还有误会！"

梅云豹气极，说道："任帮主是在推托责任了？反而责怪我武当无故打你丐帮之人的不是了！"

任重义十分严正，说道："万一杀你们的丘道长不是我丐帮弟子所为，你们武当的这次行动是有点鲁莽了！"他仍想给万华山留点颜面。

万华山却说道："任帮主，我们可不是捕风捉影，空穴来风，即使如你所说，但至少我们亲自接待过你们的项老丐，追究起责任，恐怕也是你们丐帮的不是在先！"

贾诸葛清了清嗓音，说道："帮主，万掌门，大家不知是否有这样一种感觉，秦长老之死与丘云长之死，是不是同一人所为呢？"

彭丹玲咯咯娇笑，说道："亏你还是天下第一大帮的军师，秦长老死亡的时间与丘道长死去的时间相隔不到半天，一个人怎么会在距离那么远、时间隔那么短的条件下于两地作案？师爷是在做梦吧？"

任重义笑道："这丫头聪明，但是，如果是同一个组织或者帮派所为，未必没有可能！"

彭丹玲一怔，问道："那么说，这个组织为何要这么做？目的何在？"

任重义看了万华山一眼，说道："你就是我们找到的一个重大疑点，也是我要两位竭诚合作的原因！"

彭丹玲和单宝儿都对任重义的为人有了大概的了解，但仍十分不放心，单宝儿说道："在下还想问一下，任帮主追查姓单的人的目的是什么！"

任重义又一惊，说道："我们丐帮向来不为金钱宝物所诱惑，我们追踪此人，是因为此人在寻找罕世珍宝，这宝物一旦出现，如果姓单的是个大邪大恶之人，天下人岂不要遭难？"

单宝儿红着脸，气愤地说道："他不是坏人，也不会给武林造成什么灾难！"

贾诸葛皱了一下眉头，说道："小兄弟为何知道此人就是个正义人士，你是他什么人？"

彭丹玲抢先说道："我们不过知道此人非大恶之人而已，并非与他有何渊源！"

贾诸葛又问道："那你俩的藏宝图就是在秦长老身上偷来的喽？"

单宝儿气恼地大声说道："胡说，这藏宝图本来就是我们家的！"

贾诸葛哈哈一笑，说道："帮主，此人必定与姓单的有关系，小娃儿，你姓什么？叫什么名？据实说来！"

彭丹玲向单宝儿眨眼示意，要他不要讲实话，单宝儿却说道："你们追踪姓单的仅仅是为了查清他的底细，再无别的？"

任重义严肃地说道："我再三重复，我丐帮的立场不会为宝而动，现在，我以人格担保，这宝物如果确实是你家所有，我们一定原封不动地奉还给你，但是，你有什么证据说藏宝图就是你家的？小兄弟能拿出来给大家瞧瞧吗？"

单宝儿却说道："你担保不成！我们击掌立誓！"说罢，抬起双掌，要任重义与他立下誓言。

任重义心道：这娃儿童心未泯，只怕不会说谎，或许他真的与秦长老死因无关，于是，说道："有武当万掌门作证，还有在场所有人见证，老丐如有欺瞒，自断头颅，以谢天下！"

万华山站了起来，说道："好，我万华山也加入，若是爱徒与丐帮无关，此藏宝图确实是这位兄弟的，决不会有贪图妄想，否则，刎颈自尽，以示众人！"

武当弟子齐声喊道:"掌门,你……"

万华山挥手阻止道:"此事关系重大,我们要一查到底,找出杀爱徒的真凶,为他报仇,还有这么多死去的弟兄,我们岂能置之不理!"

彭丹玲想阻止也来不及了,他们三人击掌已定,无可反悔。

任重义说道:"小兄弟现在可以证明藏宝图是你家的了!"意在提醒单宝儿。

单宝儿正想开口,彭丹玲却说道:"我们说了他们也不信,况且我们也不能证明!"众人听了一惊,怎么两人前言不搭后语?

单宝儿却十分倔强,说道:"如果我是你们要追查的那个姓单的人的儿子,算不算是证据!"此语一出,满堂皆惊,个个好奇地打量着眼前的这个年轻小伙子。

任重义与贾诸葛对视了一眼,说道:"你叫什么?那个找宝之人又叫什么?你一一答来。"

单宝儿哼了一声,说道:"我叫单宝儿,我爹叫单敬贤,此藏宝图是一个东瀛高人交给我爹的,它确是我家之物!"

贾诸葛点了点头,说道:"那东瀛人叫什么?在什么地方、什么时候交给你爹的?"

单宝儿据实答道:"那东瀛人叫什么我爹没说,但他是在八月十五那天于古月镇的古月神峰上比试武功时交给我爹爹的,那人说此藏宝图原本是从我家的一本书上悟出的,该归我家所有,因为我爹与他交好多年,所以他给了藏宝图!"

众人听得无不瞠目结舌,连彭丹玲也大为吃惊,原来藏宝图还有如此来历!

万华山走了两步,说道:"如此说来,此藏宝图的确是你家的无疑!"

任重义却紧皱眉头,说道:"只怕这藏宝图来得太容易,不是什么好事,单兄弟与这位姑娘意欲往哪里去?"

单宝儿顿时神色黯然,说道:"她叫彭丹玲,是我父亲在寻宝途中认的义女,我家都让段家堡的人惨害,我们被逼得走投无路,现在,我们正在寻我爹爹,然后去段家堡报仇!"

众人一听,无不惊诧不已,段家堡居然知道此事,且行动之快,令人惊叹万分。

第十章

万华山悠然说道:"段家堡向来重江湖义气,从不曾听说做过如此伤天害理之事,想不到在稀世珍宝面前,竟仗着雄霸之势,做出如此惨无人道的事来!"

任重义却问道:"不知彭姑娘何时认单兄弟的父亲作义父?"

彭丹玲见他一问,不禁热泪盈眶,说道:"我本是安阳镖局镖头彭震天的女儿,突然,有一天,日月神教的一伙人将我家满门杀尽,我被他们掳去,幸好半路上遇到我义父单敬贤,才得救,他见我孤身一人,无依无靠,便认了我作义女,说起来,大概已经有将近三个月了,那天我记得特别清晰,就是八月二十八日!"

任重义点了点头,说道;"如此说来,八月二十八日你是与义父单敬贤在一起了,那时候我们正在追踪他,小春子,你们抓到那个人是在什么时候?"

那小乞丐转了转眼珠子,说道:"八月二十八日!"此话一出,武当弟子都站了起来,万华山忙挥手阻止,对任重义说道:"任帮主,想必你现在知道你们抓的就是我徒儿丘云长了!"

贾诸葛叹息道:"唉,不知那项尘破捣什么鬼,怎不通报此事!"

任重义眉头微微一动,说道:"万贤弟,实在对不起,此事是丐帮弟子所为无疑,只是仍有许多不明之处!"

万华山说道:"现在你们抓了我徒儿无疑,有何疑点!小春子,你可上过武当?"

那小春子望了望任重义,见任重义点头,于是,便答道:"去过武当,但我们被武当弟子赶出来了,就再没有闹事,径直回分舵了!"

万华山一听,惊讶不已,说道:"你是说我徒儿之死与你们无关?"

那小春子说道:"的确如此,项长老虽说想去你们武当夺藏宝图,但见你们的弟子与那丘云长甚是亲密,便料定那人不是单敬贤,也就没有藏宝图,所以就回来了!"

万华山气愤地将长剑向地下一掷，"铮"的一声，长剑竟没入地面，只剩下剑柄在地面上，众人见了不禁赞叹不已，只听到有人说道："好功夫!"

万华山怒骂道："他妈的，这个杀人凶手让我抓到，非把他碎成十八大块不可!"

任重义面色更加疑重，说道："万贤弟，恐怕事情并不简单，此人的目的好像是故意挑起我们两派的矛盾!"

顾华权说道："莫非是日月神教?!"

万华山惊道："他妈的，这个邪教，我们一定把它消灭，要他不再为祸人间!"

贾诸葛不无惋惜地说道："事情既然如此，大家都是受害者，至于是不是日月神教所为，尚无证据，不可妄作断定，现在，大家来看一下这支镖!"只见贾诸葛从怀中摸出一支木镖，递给万华山，万华山一看，面色极为难看。

任重义说道："师爷可知此镖是何人的?"

贾诸葛身体一欠，说道："恕手下无能，仍猜不出此镖的来头!"

任重义说道："江湖中使镖者不外乎金镖史忠、蝴蝶镖蝴蝶花余紫香、龙头银镖张盛达、五叶针镖舒无发、三棱镖夏虹飞、毒镖毒花柳柳虎生、流星镖伍雷霆……可唯独没人知晓这木镖是何人所有，看来拥有此镖的人必定是一个非常清楚我们的一切活动，并且非常神秘的人物，如果能找出这个人，必定对我们大有用处，定然会解开不少的谜团。"

任重义一气数出数十家使镖者的名字以及飞镖的种类形状，单宝儿和彭丹玲以及其他在场的人不仅在惊叹世间竟有如此千奇百怪的飞镖，更加赞叹任重义的广闻博见，由此足以看出任重义任帮主确实是个很了不起的人物!

左华岳在一旁问万华山道："掌门师兄，你认为师侄的死与这使木镖的人有没有关系呢?"

万华山望了望任重义，说道："这一时也说不定，或许是一个组织的人干的，或许与这木镖的主人根本无关，现在，我们在明，人家在暗，只有将他们引出来，我们才可能得到确定!"

任重义微微点头，说道："我们必须弄清他们杀人的目的和动机，才能将他们引出来。"

左华岳听后，揣测道："是否为藏宝图地图而来? 如果是的话，这个就大大的好办了!"

单宝儿说道:"这都是你们自找的,如果你们不去追踪我爹,我看江湖上也无人知晓此事,你们丐帮这么多人,一闹起来,能不走漏网声,招来灾祸吗?甚至连累了我爹及我的家人,你们真是在做梦!"单宝儿也不管辈分大小,江湖规矩,责怪起来。

贾诸葛面色一沉,但马上恢复了常态,说道:"或许真是我们丐帮惹的祸,帮主,秦长老的死必定与藏宝地图有关,这个杀人真凶是冲着藏宝图而来!"

彭丹玲十分冷静地说道:"我看未必,因为我目睹那个蒙面人杀死秦长老之后,并未搜查秦长老的身体!"

贾诸葛大为震惊,说道:"什么?你亲眼见他们打斗过!"

单宝儿证实道:"是的,我们在你们说的那个求雨地,见到一个使长刀的蒙面人与妙手神偷丐相斗,然后使刀者突然劈出一刀,头也不回地走了!"

站在一旁的丐帮弟子和武当人士都莫不惊讶,继而点头,议论纷纷。

万华山摇了摇头,说道:"这事儿实在令人头痛,我们根本不知对手是谁,无从着手!"

左华岳说道:"我们还不知道师侄的死与秦长老的死是否有关,也不知道是否是同一组织所为,掌门师兄,现在该怎么办?"

任重义突然说道:"不,我们在隐隐约约中不难发现,丘道长和秦长老的死都是在藏宝地图出现以后,秦长老是亲眼目睹藏宝图转交的人,而且丘道长是与单敬贤像貌一模一样的人,他们一个与图有关,一个与人有关,必定是联系在一起的,总而言之,那就是对方是为了藏宝图!"

彭丹玲却说道:"那秦长老死时,为什么那个蒙面人不去搜查他的身体?"

贾诸葛接过来说道:"那是对方知道秦长老并没有地图,地图在你义父身上,他杀秦长老的目的是减少对手,断掉线索,以免更多的人与他争抢!"

任重义兴奋起来,说道:"分析得有道理,他们嫌秦长老可能会给他带来不少的麻烦,所以才杀了他!"

万华山说道:"那我徒儿死为何由?多一个单敬贤,不正对他有利吗?"

任重义陷入沉思,并不作答,贾诸葛看了任帮主一眼,说道:"或许此人听到有这么一个与单敬贤长得一模一样的人,害怕以假乱真,万一人不小心给混淆了,连自己都弄不清楚,岂不更麻烦!"

万华山点了点头，像是认同，左华岳说道："那他怎么知道我师侄不是单敬贤，他凭什么能够确认？再说了，在你们项长老抓了我师侄时，被妙手神偷丐都确认是单敬贤时，却有人出手相救！那是为何？这个救丘云长的人，为什么要救他？那个人又是谁，他在干什么？"

众人顿时又陷入了迷宫，苦思冥想，也说不出所以然来。

彭丹玲这时说道："任帮主，你说话可要算数！你应该马上将宝儿哥哥的伤治好，并且把在藏宝图还给他！"

任重义哈哈一笑，说道："彭姑娘，老丐决不是食言，不过，这件事十分蹊跷，藏宝图暂时不能给你，我先给他把伤治好了再说！"

单宝儿立刻涨红了脸，说道："你想反悔？为什么藏宝图不马上交给我！"

任重义说道："这个自有用处，单兄弟不必过多担心，老丐说过，一定将藏宝图原好无损地交付给你，你说呢？万贤弟！"任重义把话传给万华山。

万华山迷惘得很，但斩钉截铁地说道："不错，我们说话怎能不算数？你把我们当什么人看了！"

单宝儿顿时气结，满面通红通红，竟气得说道："我要你们马上给我，你以为击掌是小孩玩游戏吗？否则，你们当众自裁，以谢众人！"

任重义与万华山倒吸一口冷气，想不到这娃儿说得出做得到，顶天立地，气概不凡，两个老头儿你瞧我，我瞧你，一时竟鼓着老眼珠子，说不出话来。

左华岳暴喝道："小鬼不要逼人太甚！"

彭丹玲咯咯娇笑，红霞在脸上飞起，说道："那你们是既不想交出藏宝图，又不想自杀是不是？这么一大把年纪，想要赖！"

任重义结结巴巴地说道："谁说我们不……不交地……地图了？我们只……只……不过……想借藏宝图……图一用！"

单宝儿红着脸，说道："分明是欺瞒，你要用它做什么？除了用它来寻宝，还能做什么？"

任重义说道："我们想'借花献佛'，引出那个蒙面人！"

彭丹玲笑道："那你得看我们同不同意了！"

顾华权上前大声说道："丫头，不同意也得同意，没有藏宝图，我们就报不了仇了！"

彭丹玲笑道："你们报仇，关我什么事？要不要我帮你们将这个仇报了？"

顾华权被揶揄得脸色微微一红，说道："小丫头大言不惭，就凭你，还不够给人家挠痒痒！"

彭丹玲笑得更动人，说道："是啊，你能行就可以啦，干吗非得要人家的藏宝图呢！"

万华山阻止道："顾师弟，别与小丫头一般见识，与她斗嘴，也不怕有失身份！"

顾华权更是羞愧，灰头灰脸地走开了，还狠狠地瞪了彭丹玲一眼，心里暗想道：总有一天，我要好好地修理你这个黄毛丫头！

彭丹玲看着顾华权哼了一声，暗道：瞧你那笨样，有一身武功，没脑子，又有什么用！

单宝儿听万华山如此一说，心里一喜，说道："两位前辈都是赫赫有名的帮主掌门，都是江湖中有身份有地位的人，当是一言九鼎，言无反悔，想来两位也不会当众食言的！"单宝儿将二人一吹一捧，竟使起激将法来。

万华山哈哈一阵大笑，说道："单兄弟言之甚是，我们决不会做出这等事来，藏宝图给你吧！"说罢，从怀中掏出藏宝图，递给单宝儿。

彭丹玲又惊又喜，暗想：宝儿哥哥看似笨拙，其实也挺有心机的，想着不禁粉脸红热，看着单宝儿，眼睛一眨也不眨，无限深情，溢于言表。

彭丹玲说道："两位前辈言出必行，不愧为一代宗师，我这位宝儿哥哥的伤……"

任重义笑道："这个自然，我马上给他治疗，但两个小娃儿恐怕要暂时住在这里了，等伤治好了，你们再走不迟！"

单宝儿说道："谢谢任前辈、万前辈，单宝儿有一个交易，不知两位前辈愿不愿意做？"

任重义和万华山同时哈哈大笑，相视一眼，任重义面露笑意，说道："好小子，和我们做起买卖来了，你且说说看看，什么交易？"

彭丹玲吓了一跳，赶紧拉着单宝儿，说道："宝儿哥哥，你可不要做什么傻事儿！"

单宝儿拍了拍她的香肩，说道："你放心，我不会乱来的！"

随即转向任重义，说道："任前辈，你们不是要借我的宝图吗？"

万华山大喜，抢上前来，说道："你肯借给我们了？你有什么要求，尽管说来!"

单宝儿微微一笑，说道："其实也没什么大的要求，只要你们能够将我的伤治好，助我内功达到炉火纯青的境界，就可以了!"

彭丹玲急了，说道："宝儿哥哥，不会吧，怎么是这么个小小的条件，那不是太不值了!"

任重义哈哈朗笑，众人顿时感到一股强劲袭到，压得连呼吸都很困难，彭丹玲觉得头脑都快要炸了，她扶着单宝儿，几乎就要倒下去了，突然，任重义停止笑声，众人这才觉得轻松百倍，只听他说道："单兄弟，这样的内功，你可满意?"

单宝儿喜道："当然满意! 但你不得有丝毫的隐瞒行为，你必须一点一滴地全部教给我!"

万华山说道："不会，不会，只要你肯将藏宝地图借给我们，我们教你修炼内功，这有何不可，况且对我们也没有什么损失，你说是不是? 任帮主!"

任重义说道："正是，正是，单兄弟慷慨借宝，我们得以报仇雪恨，这点小小的付出，不值一提，若单兄弟还有其他条件，但说无妨!"

单宝儿却摇头说道："别无其他，不过，我要提醒两位前辈，一旦你们得以找出真凶，就必须将藏宝图原封不动地归还于我，这点，两位前辈能保证吗?"

万华山胸脯一拍，信心十足地说道："没问题，保证完璧归赵，单兄弟尽可以放一百二十个心!"

单宝儿大为欣喜，连忙递过羊皮宝图，说道："万掌门，任帮主，藏宝图现在交给你们了，不过，两位前辈若有什么行动，必须将我们带在一起，不然的话，我可就没有机会向你们学习内功了!"

贾诸葛好久没有说话，这时，他显得谋略满腹，高声说道："这个自然，我们丐帮帮主以及武当掌门与你一道闯荡江湖，不会分开的!"

任重义看了贾诸葛一眼，说道："师爷的意思是……"

贾诸葛不失时机地接过话来，说道："帮主一行只管在江湖上行走，我们丐帮立即放出风儿，就说藏宝图已经到手，你们一行人去寻宝了，那杀人真凶知道消息，必然来追踪你们，现在我们去请少林寺方丈能智大师与你们一道，以增强实力，防凶手偷袭，在你们后面，丐帮弟子紧密跟踪，不让对手有得手的机会，这样，效率最高!"

万华山说道："妙计，就这样办，两位师弟，你们先带弟子回武当，一切事情，暂时由两位师弟主持！"

顾华权和左华岳心中大喜，暗想：总算能过上当当掌门的瘾了，便飞快地答道："谨遵掌门师兄教诲，定不会辜负掌门的欺望！"

于是，领着二十余名徒子徒孙就要离开丐帮，准备打道回武当。

这时，黄费站出来，挡住他们的去路，说道："你们把我们丐帮闹得天翻地覆，一走了之，哪里有这么简单的事！"

顾华权浓眉一竖，说道："你想怎样？"

黄费毫不讲情面，说道："要你们为我丐帮死去的弟兄披麻戴孝，以慰他们枉死之灵！"

左华岳怒气冲霄，摆开架势，说道："你说怎样，我们就得怎样，你也太妄自狂大了，我们难道怕你不成！"

万华山一见形势又紧张起来，喝道："你们又要闹事是不是？还不够吗？任帮主，这次的确是武当的不是，在此，贫道先向你道歉，等我们亲手杀了真凶，再来谢罪！"

任重义却十分平和，说道："万贤弟，不必如此，此事不能怪你，要怪，也只能怪我丐帮失礼在先，怎么能要你们谢罪，老丐道歉还来不及，老丐真是惭愧，领导无方，手下竟做出无礼之举，还望万贤弟不要见怪才是！"

万华山面露微笑，说道："哪里，哪里，任帮主深明大义，恩怨分明，贫道实在应该向你请教请教了！"

贾诸葛喝道："黄长老，你还不快让人家上路，站在前面干什么！"

黄费觉得十分委屈，自己为丐帮弟兄讨公道，却遭到如此对待，悻悻答道："是，师爷！"其实，心里有说不出的酸楚。

任重义一向把黄费视作亲生儿子一样，见他像是不悦，说道："费儿，你有什么话，不妨说出来，别藏在心里！"

黄费一听帮主喊他"费儿"，心里一股暖流传透全身，心中的郁闷顿时云消雾散，说道："帮主有令，手下岂会有什么异议，只不过，一时糊涂，意气用事，还望万掌门不要见怪才是！"他不失时机地下了台阶。

万华山哈哈大笑，夸道："任帮主果然了不起，手下人才辈出，说话彬彬有礼，贫道自愧不如！"

任重义瞟了黄费一眼，暗道：这小子精明多了，忙向万华山说道："见笑，见笑了!"说罢,与万华山携手来到大堂之上,并肩坐下。

两人坐定以后,任重义说道:"单兄弟,彭姑娘,烦花二位暂时等候片刻,等我把事情吩咐好,再给单兄弟疗伤!"顿了一顿,说道:"黄长老,你马上去少林寺请能智大师出山,不得有误!"

黄费毕恭毕敬地答道:"是,帮主!"领命转身直向少林而去。

"贾师爷!"任重义继续吩咐道:"以后日常事务全部由你打点,不得有半点差错,出现重大情况,及时禀报!"

贾诸葛微微一躬身,答道:"是,帮主!"然后立在一旁,静等帮主任重义把事情一一分配完毕。

最后,任重义说道:"万贤弟,你先请休息一下,我去给单兄弟疗伤!"说罢,起身走下堂来,领着单宝儿和彭丹玲向堂后的客房走去。

万华山告别贾诸葛,由一名乞丐带回房休息,其他的丐帮弟子一一散去,各自做自己的事儿。

单宝儿和彭丹玲随着任重义来到一间比较清静整洁的房里,任重义坐在地上,运起功来,单宝儿坐在他的面前,等着他为自己疗伤,彭丹玲环视了房间,只见房中布置优雅,清新别致,暗想:想必这是个很有才气的人的房间了,突然,觉得身后一阵劲风涌来,转身一看,只见任重义和单宝儿两人头上冒着阵阵热气,豆大的汗珠从面上滑落下来。

彭丹玲连忙蹲下身来,掏出香帕,将单宝儿脸上的汗珠点点擦试,目光充满无限的爱意。

突然,单宝儿眼中射出一种奇特的光芒,彭丹玲吓了一跳,暗想:宝儿哥哥这是怎么了?眼神怎么这么怪异,以前怎么从来没有这种现象?莫不是这老丐使什么手脚?于是,他说道:"任帮主,你不会加害于他吧?你要是别有用心,我一定不会放过你!"

任重义只顾运功疗伤,也不答理,只见他头上热气更加浓厚,面上已经被汗水渗得湿淋淋的,双掌与单宝儿的后肩接触处热气亦是浓厚,彭丹玲一时不知所措,也不知该怎么做,她向来没见过如此场面,顿时急得满面通红,手心上冒出汗水来。

约摸过了一个时辰,只见任重义缓缓收起双掌,置了胸前,再慢慢合了丹田,这时,他头上的热气也慢慢变淡。

单宝儿呼了一口气，顿觉精神大爽，见彭丹玲看着自己，一副焦急的样子，不禁拉着她的玉手，说道：“没事的，我现在好多了！”

任重义缓缓站起身来，说道：“你好好照顾他，不要让他运功行气，否则就很难治好了，小丫头，看得出，你对他十分关心，是不是爱上她了？”说罢，也不等他俩回答，走出房间。

任重义刚走，彭丹玲再也控制不住，一把搂住单宝儿，竟伏在他的肩头默默地流下了眼泪，单宝儿只觉得左肩一阵剧痛，不禁“哎哟”一声，彭丹玲连忙抬头望着单宝儿，问道：“你怎么了？”

单宝儿扭曲着脸，说道：“你弄痛我伤处了！”

彭丹玲十分懊悔，十分地疼惜，忙解开单宝儿的衣服看看伤处。

单宝儿却捉住她的双手，双目炯炯有神地望着彭丹玲，轻声说道：“怎么？你为什么哭了？”

彭丹玲眼睛模糊一片，但仍噘着樱桃小嘴说道：“我有吗？我自己怎么不知道？”

单宝儿轻轻地为她拭去脸上、眼角边的泪水，轻轻地说道：“怎么没有？看你都成什么样子了，连自己哭了都不知道！我怎么从来没有这种情形！”

彭丹玲虽说仍噙着泪水，却仍忍不住“扑哧”一笑，娇声说道：“你当然没有了，因为我从未见过你哭哇，你有哭过吗？”

单宝儿捏了捏彭丹玲的粉鼻梁，说道：“男儿有泪不轻弹，怎么说哭就哭了，再说，男儿眼中没有泪水的！”

“是吗？”彭丹玲显得十分天真可爱，说道：“你长这么大，真的一次没哭过？”她睁着一双美丽的眼睛，动人地看着单宝儿，好像十分赞赏。

“有的，我曾哭过一次，并且哭得很厉害！”单宝儿老实地答道。

“那你一定是在你家出事的那天哭了！哎呀，我真不该勾起你的伤心事来！”彭丹玲责怪自己道。

单宝儿沉默了一会儿，说道：“我一定要替母亲报仇，一定要找爹爹！”

彭丹玲依偎在单宝儿温暖的怀抱里，柔声说道：“宝儿哥哥，你为何将藏宝图交给任帮主和万道长？那我们找到爹爹如何交待？万一他们弄丢了怎么办？”

单宝儿微微一笑，抚摸着彭丹玲滑腻的玉手，说道：“这个你不必担心，其实，在丐帮众弟子和武当弟子面前，我们既然被知道有宝图在身，并不安全，天下没有不透风的墙，如果我们揣着宝图独自上路，势必会带来许多麻烦，甚至是杀身之祸，凭你我的武功，根本保护不了那张地图，交给他们，反而更安全，他们的武功如此高强，又有少林方丈的加入，更是十分保险，我们可以放心地由他们去！"

彭丹玲听得脸色变了又变，喜不自胜，将单宝儿搂住，亲昵得不得了，心中阵阵暗喜道："想不到你还真鬼精灵，脑子转得比他们还快，我真是笨死了，竟生怕藏宝图给弄丢了！"

单宝儿也十分温存地说道："你看我总是擅作主张，让你担惊受怕，可苦了你啦！"

几句话说得甜蜜蜜的，彭丹玲听得好不高兴，整个人仿佛昏昏然，飘飘然，禁不住抬起粉脸，微张樱唇，主动亲吻起单宝儿来。

单宝儿心里"咯噔"一跳，但马上热血流遍全身，脸部涨得通红，全身像突然充满了电一般，胀得快要爆炸了，他再也忍耐不住了，两只粗壮有力的手臂将彭丹玲抱得紧紧的，尽管左肩仍有些疼痛，但他却全然不去理会，两片厚唇压在彭丹玲的殷红的薄唇上，使劲地吮吸起来，单宝儿粗重地呼吸直向彭丹玲的香面袭来，他慢慢地抚摸彭丹玲的柔背，彭丹玲感到阵阵快感袭透全身，禁不住地猛烈地抚摸起单宝儿宽阔厚实的后背，她不停地抚摸，不断地感受，她觉得单宝儿的手越来越快了，范围也越来越广了，从后背挪到头上，由头顶摸到耳朵，摸到粉颈，又摸到腋下，转到胸前，彭丹玲禁不住地轻轻呻吟起来，她也弄不清为什么会这样，只觉得特别畅快、舒爽。

单宝儿的手抚摸着彭丹玲的酥胸，他感到她的肌肤是那么柔嫩，那么滑腻。

他触摸着她，心里畅快极了，冲动极了，他不停地抚摸，不停地搓揉，嘴唇不停地吮吸，舌头不停地与彭丹玲的香舌缠在一起，他冲动了，他再也忍不住了，他开始解彭丹玲的衣衫，他虽说从不知男女之间的事情，可这会知道他要干什么，他的身体告诉他需要干什么，他动粗了。

彭丹玲意识到单宝儿想要什么，他在解她的衣衫，她想挣扎，但她那双不听话的手一点力气也没有，她自己也有着强烈的冲动，然而，她的脑子突然清醒，转得飞快，不能，这时候决不能，她努力地好不容易地抽出双手，软弱无力地将单宝儿的双手捉住，她突然一阵颤栗，不知是哪里来的一股劲力，竟将单宝儿分了开来，她喃喃地说道："宝儿哥哥，不能，我们不能，对不起，我们还有许多事要做，我们不能啊，呜呜……"竟不知怎么地，轻声哭泣起来。

单宝儿的热情一下子消退了，像是火红的焦炭上泼了一瓢冷水一般，见彭丹玲哭泣，马上明白了，心里十分地难过，竟狠命自责起来，只见他狠命地挥拳头在地上一阵乱打，"哎哟"，他突然大叫一声，几乎昏了过来。

彭丹玲惊慌失色，面色大变，连忙拉住他的双手，说道："你干吗？你干吗？都是我不好，我给你，我一切都给你！"

单宝儿挥起那只不痛的右手，"啪啪"打了自己两耳光，大声骂道："混蛋，不是人，不知耻，大仇未报，我怎能这样，我怎么能……"竟不敢说下去了。

彭丹玲赶紧捉住了他的手，也不管身上衣衫轻散到什么程度，用柔嫩的纤手抚摸着单宝儿的脸，泪如雨下，泣不成声，过了好一阵子，彭丹玲哽咽地说道："你干吗打自己，就像打在我的心上一样疼痛，你知不知道，你的伤还没好，你这样狠命地挥起拳头胡乱地打，伤口怎么能好得快？你不要自责了好不好，你这样，我心好痛！"说罢，紧紧拥抱着他。

单宝儿也紧紧搂着彭丹玲，他觉得彭丹玲是他的至爱，更是今生唯一的女人，这一刻他明白了，他更深刻地认清了这一点，他的爱更加升华了，应该说，他们之间的爱更升华了！

他俩就这么拥抱着，许久，许久……许久以后他们平静下来，分离开来。

单宝儿慢慢地将彭丹玲的衣衫一一整理好，给她穿好，两只深邃的眼睛充满了无限的男人特有的温存和爱意！

彭丹玲温情脉脉地看着她心爱的人，任他给自己整理衣衫，眼睛一动不动地瞅着单宝儿的脸，仿佛他的脸上写着读不完读不厌的美丽的故事。

待到单宝儿将她的衣服整理好，她再一次地紧紧地扑到单宝儿的怀中，那是她永远都不想离开的地方，彭丹玲柔声说道："宝儿哥哥，你很爱我，是吗？"

单宝儿微笑着说道："我不知道，我还不懂得什么是爱，我觉得我已经离不开你了，你的一切，我都能够认同，我只觉得真的好喜欢和你在一起，这是不是爱？你说是不是？"

彭丹玲被他说得又惊又喜，心中甜得像蜂蜜里加糖一般，说不出的好滋味。

她突然想到了薛钗儿，想到了张梦绮，她不由自主地问道："那你喜欢钗儿妹妹吗？喜欢梦绮妹妹吗？是不是也像喜欢我一样喜欢她们？"

单宝儿好奇地望着彭丹玲，不知道她为什么问这么奇怪的问题，但他却不想违拗她，答道："我是很喜欢他们，但是和你不一样，我只是把她们看成是我的妹妹，我就是她们的哥哥，我对你就好像……好像什么呢？反正，我就要你做我的媳妇这种感觉！"

彭丹玲别提有多高兴啦，她原本以为她会有两个竞争对手，她原本想过要容下她俩，可现在，什么都不会再让她苦恼，她也不会苦恼了，她就世间最最幸福的人！

单宝儿突然叹了一声，说道："不知他们现在怎么样了，是不是还在等我们？在找我们！"

彭丹玲听着，暗想道：这下可急坏了那两个丫头了，她们一定在急着找她们心目中的爱人——单宝儿了！不过，有张梦龙在她们身边，大概不会出什么事儿吧！于是，安慰道："宝儿哥哥，有张大哥在她俩身边，大概是没事的！"

单宝儿点了点头，说道："嗯，张梦龙武功比我们都强，保护她们应该不成问题！"顿了一会儿，他又说道："不知这次丐帮寻宝消息传出之后，他们会不会找到我们，爹爹会不会找来。"

彭丹玲一惊，想了片刻，说道："宝儿哥哥，你是不是故意传出藏宝图的下落，好让爹爹来寻找我们？"

"嗯，爹爹身上只有一半地图，他必定会转回来寻你的，如果我们不宣扬藏宝图的下落，那我们找他，他又在找我们，还不知猴年马月才能会面呢！"单宝儿显得十分得意，自我欣赏地说道。

"可是，他们三人并不知道我们身上有藏宝地图哇，薛钗儿他们会找来吗？"彭丹玲十分担心地说道。

单宝儿更是像个大谋划家的样子，信心十足地说道："会的，钗儿妹妹知道爹爹带着藏宝图的，即便她不知我们身上有藏宝图，她也会认定是爹爹的藏宝图出现了，在找不到我们的情况下，她能找到我爹爹，也是很高兴的事儿！"

彭丹玲想不到平素傻乎乎的单宝儿，这件事考虑得十分周全，心中自是欣慰万分，醉倒在单宝儿的怀里，笑靥频挂脸庞。

在他俩温存的时刻，却没有发觉有一个人被他们的缠绵情话带到了遥远的回忆中，这个人就站在他俩的房间不远处，他就是丐帮帮主任重义，任重义回忆着往事，不禁叹了一声。

单宝儿和彭丹玲听到一声叹息，大吃一惊，两人连忙侧身跑出房来，见任重义站在房间前侧走廊的不远处，他听到单宝儿和彭丹玲的脚步声，转过身来，说道：

"单兄弟精明过人，深藏不露，老丐无意中听到你们的谈话，还望两位不要见怪才是！"

单宝儿神态自若，很镇静地说道："任前辈不必过谦，单宝儿还得感谢前辈的治伤之恩呢，任前辈像是有什么心事，不妨说出来，单宝儿冒昧请求，不知任前辈能否倾心相告？"

彭丹玲只道是刚才的一幕被任重义听到了，心里不禁如鹿撞一般，怦怦直跳，羞得满脸绯红，挨在单宝儿身后，不敢瞧任重义一眼。

任重义凄然一笑，说道："那是像你们这般年纪的事啦，想起来让人心痛，嗯，我们房里谈吧！"

三人步入房间，彭丹玲紧张得要命，不敢当任重义的面靠单宝儿太近，三人坐定后，任重义再次瞧了二人一眼，微笑着点头。

彭丹玲更加羞涩，忍不住轻声问道："任前辈，我们有什么不妥吗？"说时，脸上火辣辣的，羞态与娇态并存。

任重义自知失态，忙哈哈一笑，说道："没有，没有，看到你们俩，我仿佛又回到了年轻时那段无比欢欣快乐的日子，单兄弟，你有这样一位美妙绝伦的红粉知己，老丐心里也感到十分高兴，你可要好好把握啊！"

单宝儿态度十分恭敬，说道："前辈教诲得极是，单宝儿不会令您老人家失望的，我看前辈也是个性情中人，想必年轻时一定很轰轰烈烈了！"

任重义说道："那倒谈不上，我像你一般大时，也有过一位红颜知己，只可惜我们好景不长，若不是她父亲坚决反对，恐怕我也成为不了丐帮的帮主。"任重义对往事充满怨恨之情。

单宝儿一笑，说道："她父亲为何反对你和她来往，难道其中有什么特殊缘由？"

任重义叹了一声，捋了捋胡子，说道："说来话长，那是我二十岁那年的事情了。"

"我本是一名富家子弟，从小就喜欢琴棋书画，自以为在这方面还有一定的造诣。"

"有一天，我到京城去游玩，恰巧碰到一家店里开办画展，忍不住进去观赏，那次画展的确办得很好，特别是有一幅梅花图，画得非常有深意，我不禁呆呆地站在画前，久久不肯离去，却不知身边早已站着两位姑娘。"

"突然，有一位小姑娘喊道：'这位公子，这幅梅花图画得好不好？'"

"我望着那幅画，连头也不回地答道：'也许你看不明白，这幅画是出自一个有非常功底的女儿家之手，她的情丝扣人心弦，难得，难得呀！'这一说，倒引发了另一位姑娘的兴趣。"

"只听到一声清亮的话语道：'请问公子，这幅梅花图难得在何处呢？'"

"我转过身一看，眼睛一下呆住了，面前说话的那位姑娘穿着一身洁白的衣衫，那衣衫上面绣着一树梅花，那梅花正如那幅画中的梅花，虽然梅花的画法不一样，但我看得出，她身上的梅花图与画中的梅花一定是出自同一人之手，那姑娘清秀绝俗，雅致清丽，我从未见过如此美丽绝伦的姑娘，我呆呆地看着她，竟不知答话，那姑娘见我这般看着她，明眸忽闪忽闪，羞红了脸。"

"旁边的那位小姑娘喊道：'喂，傻呆着干吗？我家小姐问你话呢。'"

"我这才自知失态，忙羞愧地嗫嚅道：'对不起，我……我这就……就回话。'"

"那姑娘见我如此惊慌失措，竟'扑哧'一笑，我顿时羞愧万分，恨不得找个地缝钻下去，真是羞煞老丐了！"任重义说着说着，老脸不禁微微泛红。

彭丹玲瞧他这副模样，暗想：看来这任前辈也是个多情种子，竟偷偷地笑了起来。

任重义仿佛沉浸到往事中去了，根本没有发现彭丹玲在暗笑，也没发现单宝儿正睁着大眼，听得入神，他无比向往，无比深情地接着说道：

"那小姐笑靥媚生，低声说道：'你这么一个大男儿，见了女儿家，竟脸红成这等样子，男儿也这般害羞吗？'"

"我一时竟不知如何回答，转过话题，说道：'小姐身上的梅花与这幅画中的梅花同样精彩！'我不知我当时为什么会这么说。"

"那小姐收住笑容，说道：'哦，公子倒是行家啊！'说罢，那目光直在我脸上扫射，我害羞得不敢再看她，忙说道：'在下也只不过略懂皮毛，让小姐见笑了'！"

"那小姐娇笑道：'公子何必谦虚，我看公子对书画天赋甚高，不如评评这画中的梅花如何？'"

"我巴不得与她多呆一阵子，便将我的看法、感觉详细地讲给她听，她听着非常认真，有时还露出惊讶之色，那小姑娘却一句也弄不懂，立在一旁，无意听解，四处游顾。"

"我只觉得当时口若悬河，娓娓道来，那小姐瞪着一双美丽的眼睛，一眨也不眨地看着我，那目光让我心跳不已，不敢与她对视。"

　　"我讲完了，她还怔怔地望着我出神，那小姑娘拉了她一把，说道：'小姐，人家都讲完了，我们也该回去啦！'她这才回过神，红着脸，一句话也没讲，跟着那姑娘走出店去。"

　　"我眼睛望着她快出了店门，却有一种说不出的感觉，突然，她回头一笑，说道：'你明天在京城梅花园里等我吧！'我一下子热血沸腾起来，看着她渐渐走远，却不知去追，傻傻地站在画店里，许久没回过神来。"

　　"那天晚上，我一夜没合眼，怎么也睡不着，第二天一大早，我穿好衣服，早早地来到京城著名的梅花园里，等着那位小姐的出现。"

　　"可是，我左等右等，也不见她的到来，我急得团团直转，那时候，天很冷，梅花园里的梅花正竟相开放，我却无意欣赏那美丽的花儿，只盼那小姐早点出现。"

　　"我终于等到了，她仍带着那位小姑娘，来到了梅花园，可我看到她来了后，竟又不知该怎么做了，站在梅花树旁一动不动。"

　　"她像仙女般飘到我跟前，轻声问道：'你已经等好久了？'"

　　"我却傻乎乎地说道：'你怎么知道？'"

　　"她一笑，妩媚动人，说道：'看你满头的霜花，不就知道了！'我这才知道头上满是冰霜，要知道，我等了她将近三四个时辰。"

　　"我傻笑着说道：'也不怎么早，天刚蒙蒙亮！'"

　　"那小姑娘'扑哧'一笑，说道：'瞧你傻样儿，天还蒙蒙亮不算早，那还能怎样早？'"

　　"那小姐训斥道：'说话不要如此无礼，对不起，小丫环被我惯坏了，你别见怪！'"

　　"我哪能见怪，我忙说道：'不妨事，不妨事，我本来也不怎么聪明！'"

　　"那小姐笑得灿烂，过了一会儿，她把那小丫环支开，说道：'我们走走好吗？'"

　　"我受宠若惊，心若鹿撞，连声说道：'好，好，好的！'"

　　"于是，我俩一道在梅花园里散步，边走边谈，谈书画，谈人生，谈理想，谈许许多多，那天，我们从上午谈到下午，竟忘了吃中饭，我连早饭都没吃，可一点也不觉得饿，尽管天气很冷，我却一点也没感到，直到天色渐晚，她才和那小丫环依依不舍地离去，临走时，她仍叫我明天还到梅花园里来。"

"自从那天以后，我每天都与她在梅花园里见面，我快活得就如同神仙一般。"

"后来，我渐渐了解到她是当今朝廷郑王爷的女儿，郑王爷是辅佐皇上登基的重臣，很得皇上器重，她还有一个哥哥，是朝廷的大将军，她母亲在她很小的时候就去世了。"

"听她说了这些之后，我有些自惭形秽，甚至有时候想不去见她，但我仍抵不住她的诱惑，每次都如期而至，我们已经到了谁也离不开谁的地步了！"

"有一天，她突然告诉我一个天大的秘密，她说她爹爹要谋反，篡夺皇位，我吃惊不小，可她紧紧地搂着我哭了，她说道：'任哥哥，我们还是逃走吧，不要在这里呆下去了，到一个没人知晓的地方，过着平静的生活，那该多好哇！'"

"我却说道：'你是王爷的女儿，怎么能随随便便地跟着人家跑了，那样，你没名没分，多不好，我们不如跟你爹爹明说了吧。'"

"可她却狠命地摇着头，哭诉道：'我爹爹为了消除皇上的戒心，竟要将我献给皇上！'"

"我仿佛五雷轰顶，一下子呆住了，于是，我们决定在第二天晚上一齐逃走，到时，我们仍在梅花园见面。"

"可是，她再也没有来，我等了她整整一个晚上，自那天后，我便四方打听，才知道她第二天一早，就被她狠心的父亲送到宫里去了。"

"可是我仍不死心，仗着自己一身武功，竟深夜闯进宫里，与她幽会。"

"见到我以后，她恸哭不已，说道：'任哥哥，我对不起你，我现在已不是贞洁的女儿身了，你忘了我吧！'"

"我却什么也不想，说道：'我不在乎，只要我们能够在一起，我永远都是一样地喜欢你！'"

"她摇着头，说道：'不可能的，我们永远逃不出皇宫，你自己走吧，以后不要再来看我了，这样太危险，你会丢了性命的。'"

"她不会武功，逃出皇宫的确不是容易的事！"

彭丹玲瞪着大眼睛，说道："任前辈，你为何不把带出来？"

单宝儿像亲身经历一般，说道："谈何容易，宫里高手如云，任前辈能一个人闯进去，也已经是非常不易的了！"

任重义叹道："是啊，的确难以做到，但是，我并没有放弃，我仍想方设法让她逃出宫来，要和她一起过平静的生活！"

彭丹玲说道："你们成功了没有？"

任重义说道："于是，我不断地溜进宫去，趁无人在的时候，我不断地教她轻功，妄想有一天，等她学好了轻功，我们就可以逃出皇宫，过上自由自在的生活了。"

"可万万没有想到，在她轻功快练成的时候，我们的相会却让宫里的侍卫发现了，顿时，宫里灯火通明，高手云集，我寡不敌众，被锦衣卫捉住了！"

单宝儿急了，说道："那怎么办？"

任重义凄然惨笑，说道："我被抓到皇帝老儿的面前，可我心爱的人不顾自身性命，跑到皇帝老儿面前苦苦哀求，要那可恶的皇帝老儿放了我，我当时心在滴血，我真想一头撞死在宫廷的柱子上，可是，那皇帝老儿却毫不犹豫地同意了她的请求，放了我，并叮嘱我，从此再不准闯进宫来与她会面，我却痴心妄想地跪下来，求皇帝老儿成全我俩，恳请他能将我们俩一齐放了。"

"皇帝老儿哈哈一笑，像是连想都没想，就答应了，我心中自是十分高兴。"

"可是，郑小姐坚决不依，她死活不愿与我一道出去，她还说，她根本不喜欢我，她说她是宫里的妃子，荣华富贵，享之不尽，不会跟我这个穷鬼去的！"

单宝儿说道："真可恶，她怎么变成这样了？"

任重义恼怒地嚷道："胡说，她没有变，她仍然只深爱我一个人，后来，她终于在哀求声中，劝我一个人离开了皇宫。"

"在我离开皇宫之后，我家就立刻遭到满门抄斩，幸好我被前任丐帮帮主救下一条命，被带到丐帮，隐姓埋名多年，才得以不被追杀。"

"后来，我知道了她为什么不愿和我一道离开皇宫，因为，皇帝老儿存心要置我们于死地，只要她答应和我一起走，我们就会立刻被杀掉。"

"再后来，郑王爷谋返未遂，全家被处死，株连九族，她也被皇帝老儿给杀了，听说她的哥哥是唯一躲过这次劫难的人，但没有人知道他躲到哪儿去了。"

两人听得唏嘘不已，单宝儿叹道："想不到任前辈还有如此惊天动地的爱情故事，真叫人敬佩不已！"

彭丹玲睁大美眼，问道："后来任前辈就再也没有遇到过称心如意的女子了！"

任重义叹道："遇到的好多啦，可是没有一个能取代郑小姐在我心目中的位置，我再也没有心思与那些姑娘缠绵下去了，我更不想伤害她们，一个人一生中有过这么一次轰轰烈烈的爱情，足以让你过上这一辈子，此生何悔!"

单宝儿惊叹万分，说道："听君一席话，胜读十年书，任前辈的确是个顶天立地的男儿，不像有些富家子弟，三妻四妾，甚至几十岁的人，硬逼着人家十五六岁的小姑娘做她的小妾，不依的话，还强抢，这世间如果人人都像任前辈一般，那该多好!"

任重义微微一笑，说道："老丐总算没有看走眼，单兄弟果然是个正人君子，有如此胸怀，实在难得，老丐有一个提议，不知单兄弟可否答应?"

单宝儿抱拳说道："任前辈请讲!"

任重义笑道："老丐一生好交朋友，但从没结拜过兄弟，老丐虽说年逾八旬，见到单兄弟，就好像见到亲人一般，单兄弟可愿意与老丐结为异姓兄弟呀?"

单宝儿毫不思索，当即双足一跪，说道："老哥哥在上，受小弟单宝儿一拜!"说罢，"咚咚咚"连磕三个响头。

任重义如同小孩童一般，连忙跪下，说道："老丐任重义愿与单宝儿结为兄弟，往后有福同享，有难同当，单兄弟的事，就是我任老丐的事，苍天作证，誓不悔改!"说罢，就要叩头。

单宝儿连忙拦住，说道："老哥哥，使不得，这样单小弟我接受不起，会遭雷劈的!"

任重义哈哈一笑，说道："你怎么如此说，现在我们是兄弟，有什么受不起的，我不是受了你三个响头吗!"

彭丹玲连声说道："任前辈使不得，照年龄，你可以做宝儿哥哥太爷了，怎能受你如此大礼呢，使不得，万万使不得!"

任重义跪在地上，说道："你这丫头，什么任前辈任后辈的，该改口叫任大哥啦!"

彭丹玲不禁粉脸一红，连忙过来扶起任重义，说道："好啦，任大哥，你故意羞人家啦，刚一结拜就欺负人家了!"

任重义喜不自胜，高兴得满脸堆笑，说道："这怎么能说是欺负你，你就是我的兄弟媳妇，不该叫我大哥吗?"

彭丹玲羞红了脸，说道："任大哥，人家还没……还没……，哎哟，我说不出了!"

任重义哈哈大笑道："还没过门，是不是? 还没过门也应叫我大哥嘛! 我看得出，我这个小弟弟也是个死心眼儿，他心中只有你一个人，容不下第二个人的，是不是，单小弟？"

单宝儿傻笑着挠着耳朵说道："大哥说得极是，单宝儿也不敢痴心妄想！"

任重义一愣，说道："噫？你这小弟怎的乱讲话！什么妄想，你还想别的女人吗？"

单宝儿涨红了脸，说道："不不不！我不会讲话，你们俩别见怪！"

任重义一笑，说道："嗯，这还差不多，喂，你还跪着干啥，快起来，快起来！"见单宝儿起来，便拍着他的肩膀，说道："老丐今天太高兴啦，我终于有一个弟弟了，走，弟弟，弟媳妇，我们一起吃酒去！"

单宝儿愣了一愣，说道："大哥，请我喝酒，就别破费了吧！"

彭丹玲连忙跟着说道："对对对，他滴酒不沾，闻到酒气就醉了！"

任重义瞧了瞧单宝儿，又瞧了瞧彭丹玲，说道："怎么？吓唬老哥哥？不喝酒就不喝酒，现在，我们吃饭去！"

说罢，领着二人走出房间，径直向洛阳城最繁华的街中心走去。

洛阳城热闹非常，男女老少，人山人海，各种各样的店铺林立，延绵六七里，街道上铺满了青石，显得格外古朴幽深，街巷两边的建筑玲珑别致，风格各异，色调明快而和谐，让人顿时心胸坦荡，开怀舒畅。

一路上，单宝儿和彭丹玲东瞧瞧，西望望，仿佛是刚懂事的小孩一样，对世界充满无限的新奇感，任重义微笑着在一旁一一解说，毫不厌烦，这个年逾八旬的老丐也如同孩童一般，欢喜雀跃，竟引了不少行人注目观望。

三人来到洛阳城最为著名的"胜英阁"坐下，要了一桌饭菜，边吃，边谈笑风生，好不高兴。

单宝儿自闯荡江湖这几个月来，学了不少的东西，再也不像从前刚出道时那般木讷，他不时地向彭丹玲的碗里夹菜，彭丹玲幸福地微微羞笑，每当单宝儿夹菜给她，总是百般深情地向他投去娇态的一瞥。

任重义见两人这般深情厚意，往事立现脑中，红光满面的脸庞露出甜美的笑意，不时地打趣道："单小弟，只顾着自己的心上人，把刚结拜的老哥哥丢在一边，你就是这般义气！"

单宝儿顿时羞红了脸，说道："任大哥，你别这么说，小弟怎能忘了咱们之间的情义，只不过，我这么一个大小伙子，给你夹菜，只怕你会不乐意的，要不，下次我请位姑娘给你夹菜，如何？"

"呸！油腔滑调，我老哥这么一大把年纪，要什么姑娘服侍，你这是故意弄气给老哥哥受，拐弯抹角地骂老丐不正经！"任重义吹胡子瞪眼睛，竟假装气得透不过气来，说道："哎哟，咳咳，结拜你……你这个弟弟，咳咳，是自讨……自讨苦吃……，咳咳！咳咳！险些将老哥哥气死！"

单宝儿见任重义竟气成这般模样，心中甚是后悔，没想到自己仍然这么笨拙，说出话，总是伤人家的心，连忙起身，走到任重义身后，伸出两手，急忙给他捶起背来，边捶边说道："任大哥，你别生气，单小弟向来不会说话，你别生气，气坏了身子可不好，要是你有个三长两短，你那帮弟子不剥了我的皮，抽了我的筋才怪，来，我帮你捶捶，你别咳了，快别生气了，否则，小弟真的难以向丐帮弟子交待了！"

任重义见单宝儿给自己捶背，心中暗喜，不露声色，继续假装气乎乎的样子，原本是想他多为自己捶捶背，可单宝儿这几句话越说越离谱，真个把任重义气得直咳嗽，他赶紧打断单宝儿，说道："好了，好了，你是真的想气死我？刚结拜就盼着我去阎王爷那里报到，是不是想我这帮主之位？"

单宝儿一下子愣住了，竟瞪着眼不知所措，暗想：我哪里有这等想法，任大哥这人怎么忽然如此奇怪，竟说出这等话来？

彭丹玲见二人闹得像真的一样，看到单宝儿傻乎乎地愣在一边，神情迷茫得很，不禁"扑哧"一笑，说道："宝儿哥哥，任大哥跟你闹着玩呢，你干吗当真！"

任重义把筷子向桌子上一扔，气愤地说道："谁跟他闹着玩的，他不就是这种想法吗？你说，单宝儿，你是不是这么想的？"任重义那样子，似乎要和单宝儿翻脸。

单宝儿被任重义一呼二吼弄得满脸飞红，竟像平白被人诬赖一般，像突然看清了任重义的为人一般，十分悲愤地说道："我单宝儿自以为结识了一位好大哥，一位宽洪大量的大哥，想不到你连我几句笨拙的话语都作如此猜疑，可见你为人也不过如此，但我单宝儿既然与你结拜为兄弟，也不会白白结拜一场，只要你不管是现在，还是将来，有什么事要我办理，不管它有多么困难，我也一定办到，以报你这位大哥的恩情，从今往后，你当你的丐帮帮主，我走我的路，大家互不相干！"

任重义气得直翻白眼，喃喃说道："噫噫，你这小子，说翻脸就翻脸，比翻巴掌还快！"

彭丹玲见单宝儿真的动了怒，轻声说道："宝儿哥哥，任大哥是故意寻你开心，你咋当真了呢？"

单宝儿气呼呼地说道："你看他那样儿，像是假装的吗？有这样寻人开心的吗？"

任重义突然哈哈大笑起来，眯起眼睛说道："嘿嘿，我看你这小子有时处事还不错，就是人太老实巴交，这一试，你果真真假不分，可惜，可叹！唉，你小子还得多磨练磨练！"

彭丹玲面上一喜，说道："是不是？我说任大哥是故意闹着玩的吧？"

单宝儿生气地一下子坐在椅子上，说道："有什么好开心的，明知道我这人笨，还故意开玩笑，明摆着欺负人家没用嘛！"

任重义胡子一翘，嘻笑道："所以你要不断地提醒自己，慎重地对待每一件发生在自己身旁的事，还得仔细辩明身旁的人，谁才是你真正的朋友，谁又是你的敌人？这世上，伪君子多得是，难道你父亲没教过你吗？"

这么一说，单宝儿倒想起爷爷单雄仁曾经对他说江湖是多么险恶，人与人之间是多么虚伪，可是他仔细一想：也没有发现什么人不对呀？大家都很好，只要是与他一起的，于是说道："人心都是肉做的，没你说的那样狠毒，你这是多心了！"

第十一章

彭丹玲觉得任重义说得极是，对单宝儿这样善良、老实的人，的确得好生照管着点儿，心里暗暗下定决心，为防止她的宝儿哥哥上当受骗，要密切地注意与他接触的每一个人。

任重义见单宝儿仍然不屑一顾，说道："以后你就会明白了，不过，那时候，一定为时已晚了，你还是得早点辨明你身边的人为好！"

单宝儿很满不在乎地点了点头，他知道任重义也是为他好，才告之这番经验的，但他压根儿也不放在心上，突然，他像是想到了什么，身子一震，又把刚要问的话吞到肚子里去了。

他这一小小的举动也没逃过任重义的眼睛，任重义以为他怕自己不实情相告，便十分诚恳地说道："弟弟有什么话不妨直说，何必独自闷在心中，我们三人的主见总比你一人的强吧！"

单宝儿苦笑着说道："其实这两个人与我们也没多大关系，所以才想还是不问的好！"

彭丹玲经过任重义的一番教诲后，本来就非常细致的心更加不愿放过与单宝儿有关的任何一个细节，她催促道："说出来又不妨碍什么，有什么问题，任大哥定能发觉出来，你还是说了吧，免得我总把它搁在心上。"

彭丹玲说出了她的心里话，单宝儿对她的要求好像很顺从，不愿违拗，笑着说道："我要问的这两个人，你也见过，就是那一对怪怪的新郎官儿和新娘子儿，他们的身世来历我一直想弄明白，但只怕连任大哥也未必清楚！"

任重义一怔，说道："可是两个年纪挺老，常穿着新婚服装的一对老者？"

彭丹玲料定任重义必定知道这二人的来历，连声说道："对，就是他们！"

任重义摇着头苦笑着说道："这两人我也不太清楚，不过，以他们浪迹江湖的行径看来，倒不是什么恶人，据说，这两人行为怪癖，疯疯癫癫，有一身绝世武功！"

单宝儿连连点头，说道："对对，他们是怪怪的，但武功高深莫测，我只是不明白，他们为什么老是穿着成亲时的着装，真让百思不得其解！"

彭丹玲红着脸说道："说起来，他俩还是我们的大恩人，否则，你可能就不在这里说他们两人了！"她一直从心里感激那两个老怪物，只是无缘与他俩再见面，她打心眼里感谢他们促成了她与单宝儿的姻缘，使她这个孤苦零丁的女儿家有了一个坚实的靠山。

任重义听了吃了一惊，问道："他们救过你们吗？要不就是将你们合在一起了？"

单宝儿抬眼看了看彭丹玲，只见她羞得粉面绯红，面上不禁微微一红，说道："正是如此，就是他俩既救了我一命，又将我俩连在一起的！"

任重义点着头说道："如此说来，他们的确有恩于你们，不过，我看这两个怪人定然是受了什么严重的打击，不然的话，也不至于这般疯癫，有机会的话，你们不妨问他们一下，看看他们有什么仇人没有，我们替他们报了仇，以感谢他俩的恩情！"

彭丹玲默默地点头，心里却暗道：他二人武功如此高强都未能报得了仇，我们可更不必谈了。

单宝儿飞快地说道："理应如此，只不过我们的武功太差，恐怕力不从心！"

任重义哈哈一笑，说道："你现在武功不好，却不能说你以后武功也不行，君子报仇，十年不晚，难道十年后，你武功还不如他俩吗？"

单宝儿一笑，说道："十年后，只怕他们的仇人早就老死了！"

任重义点了点头，说道："那倒有可能，我们先不必谈这些，你说说我们这次行动该怎么走下去。"

单宝儿听了大为震惊，暗忖道：原来任大哥心中还没有谱，我道你早就想好了，于是，试探地问道："要不和我们一道去段家堡，怎么样？反正迟早是要去的。"

任重义说道："这样也好，走，我们先回去，等少林能智大师来了，我们再作定夺！"

经过两日的精心疗养，单宝儿的伤口筋骨也将要痊愈，少林寺的能智大师也来到丐帮，于是一行五人商量该如何行动。

单宝儿与彭丹玲自然是要去段家堡打探情况，然后做到心中有数，实行自己的报仇计划，做到知己知彼，百战不殆。

虽说其他三个老前辈都同意他俩的意见，但是能智大师却警告道："阿弥陀佛，此去段家堡，路途遥远，途经许多险要地带，最易被人设下埋伏，只怕我们寻宝消息一经传出，必然会招致许多江湖人物争相抢夺，所以，大家务必一路小心才是。"

任重义捋着银白的胡子，眨着那双深邃富有远见的眼睛，自信地说道："此去路途必定是会遇上许多艰难险阻，所以我们才请大师出手相助，不过，我们丐帮弟子紧跟在后面，万一有什么情况，料想他们也会及时赶到，解救大家的，不过，这一路却辛苦能智大师了！"

能智和尚虽年逾八旬，同任重义一般年纪，但二人向来交好，武功又不相上下，他考虑的倒不是自己，而是武功平平的单宝儿和彭丹玲，听老友如此一说，哈哈大笑，说道："阿弥陀佛，老友这样说可就见外了，以你我多年的交情，老衲就是拼上这条性命，又有何妨，只是这位小兄弟与这位姑娘身手不高，保护他俩才是首要的。"

这时，彭丹玲已经换上女儿装束，更加妩媚动人，美丽绝伦，一头乌发如瀑布般泻落下来，一副楚楚动人的模样，洁白柔嫩的脸庞上镶嵌着一双大大的，会说话的美眼，圆圆的脸蛋白里透红，常挂笑靥，当真是国色天香。

能智大师看她这般美丽，心中也不禁怦然一动，虽说他佛理高深，也不免打心眼里称赞单宝儿的艳福不浅，可在他心中，再美的女人，也不过是世间的尤物，与他毫不相干，但越是她这样的美丽女子，越容易生出事端，这一点，能智大师深信不疑，所以他才故意将彭丹玲单独提出来说。

除了单宝儿以外，其他三人岂有不明之理，但偏偏这彭丹玲又是单宝儿的伴侣，怎么也不能将他们分开来吧，所以，听了能智大师的分析，万华山瞟了彭丹玲一眼，暗想：这女娃实在是太漂亮了，红颜祸水，不知她会给我们带来多少麻烦！

任重义见大家静下来不谈，便说道："这个问题，说好解决，也好解决，只要我们三人肯倾囊授艺，一路上，我们一面行走，一面传授他二人武功，只要能达到保护自己不致被人所伤就行了，这就得请大师、万贤弟多多费神了！"

能智大师笑道："你这老要饭的，这般主意也想得出，很好，我们如果不传他俩武艺，倒显得咱们不够大方了，不过，我先声明，我只授男，不授女！"

任重义笑着点头说道："好好好，大师够义气，你的条件，给予十分地肯定，没问题！"

万华山眼睛一转，暗想：这老和尚答应了，我不答应的话，那他说不够大方，不就是指我了嘛，这和尚也真够狠的，自己做事，还要将别人搭上去，于是，哈哈一笑，爽快地答道："这是应该的，要知我们在路上保护他俩更难，授他们武艺，让他们自己保护自己，岂不更省事？我们何乐而不为！"

任重义见彭丹玲低着头，心里便明白是怎么回事，便说道："小弟媳妇的授艺任务就交给我了，好，就这么定了，我们即刻起程。"

单宝儿和彭丹玲起身一一道谢，只不过，单宝儿心里一直犯嘀咕，是该叫他们师父呢，还是叫他们前辈？

五人准备好盘缠，向段家堡而去。

贾诸葛立即吩咐丐帮弟子传递迅息，到了谁的分舵，这五人如有闪失，便拿谁是问。

单宝儿一行出了洛阳城，一路秋风萧萧，落叶飘飞，回想前几日还同薛钗儿、张梦绮、张梦龙三人在一起，虽说也是五人，可已经是三个小的变成了三个老的，仅相隔数日，情景却全然不同了。

一路上，三个老头儿马上按计划行事，立马向他二人讲起武学来，单宝儿头脑虽笨，但一股钻劲可算是了得，一日下来，起码已问了数百个问题。

天地接近四合之时，五人来到一处荒芜人烟的地方，任重义抬头看了看天色，说道："咱们还是找一处有人家的地方借宿一晚吧！"

万华山肚子饿得咕咕叫，暗想：有这样的人家岂不更好？免得我饿得慌，于是鼓劲说道："我们加快脚程，看看前面是否有人家！"话音未落，身形一晃，已向前疾驰而去。

单宝儿和彭丹玲虽然武功不怎么样，但轻功也还算过得去，单宝儿经过反复练习，也能轻行一程半程的，于是，提起内息，展开轻功，向万华山追去，可是新伤刚愈，刚飞走几步，左肩剧痛，"哗"的一声，掉落下来。

任重义焉有不知之理，是以刚想开口喝住他这位鲁莽的弟弟，可单宝儿已经从半空中掉了下来，说道："一件事没提醒你，你就会出问题，毛手毛脚，怎么能干大事？"急步赶上前，将单宝儿扶起。

能智大师是个细心的人，他自然知道二人功力不够，即使会轻功，施展开来，恐怕也追不上他们三个老头，是以干脆在他们侧边走着，以防有什么坏人冷不防地射什么暗器，打中这两个小娃儿可就糟了。

突然，前面万华山大声喊道："你们快看，前面有一户人家！"

众人听了一喜，总算老天对这几个人不坏，出门第一夜不至露宿荒山野岭，于是几人精神顿增，不一会儿就来到那户人家的门前。

可走近一看，门虚掩着，却不见人影，万华山喊道："有人吗？有人吗？"连喊几声，也不见应答，便推门而入。

进去一看，屋里面满是灰尘，显然好久没人来过，只见墙上挂着各种各样的兽皮，想必这屋主人是个猎手，出门打猎了吧，一月半月不回来也是常事，于是五人便打扫一番，准备夜宿，幸好这屋里还有些柴米等物，彭丹玲便主动为大家做饭，能智大师又开始给单宝儿授艺了。

开始在路上只是口授单宝儿一些要领口诀之类，一旦亲自面对，手把手地教起武功来，能智大师却大为震惊，继而面露喜色，说道："阿弥陀佛，上苍总算对老衲不薄，让老衲有这等福分，能遇到你这样的奇才！"

万华山和任重义大为好奇，任重义说道："大师，什么奇才？他只不过是个普通练武料子罢了！"

能智大师哈哈朗笑，说道："这个你们不知，并不为怪，他身上的玄妙不在经脉、骨骼，而在于他的眼睛！"

单宝儿心中大为一震，暗想：想不到"赛华佗"喻圣舒所言不虚，我这双眼睛果真有妙用。

任重义却仍不知所以然，不解地问道："喂，大师，你说说他这眼睛跟练功有什么关系？"

能智大师却说道："你们都有这等福分遇上他，必须悉心教他武艺，不准有半点私心！"

万华山越听越奇，暗想：凭什么？我教他内功心法就行了，我们约定好了，他帮我用藏宝图诱敌，我帮他修练内功，互不便宜，为何还要我将自己几十年才练成的一身绝技一古脑儿教给他？便问道："你得说出个让人信服的理由来呀！"

能智大师喜不自胜，尽管佛家讲究心如静水，但他仍控制不住内心的激动，说道："他的这双眼睛神奇奥妙，前所未有，我在一本书中见过这等神奇器官的介绍，这样的眼睛，乃千年修炼而得，只要内功修为达到最高境界，世上再无他不会的武功、不破的武功了，并且会使他本人头脑灵活，过目不忘，记忆力十分惊人，你们说，遇上了这样的眼睛，该不该促他成功？"

单宝儿忍不住问道："大师，你说我这眼睛当真有如此厉害吗？"

能智大师说道："阿弥陀佛，佛家原本戒律森严，但老衲破戒为你打赌，这世间，你是天下第一人，再无人能高过你了！"

万华山抢着说道："你是说武功方面？"

能智大师笑道："各个方面，就是老衲几十年的佛家修为，不几年，也及不上这位小兄弟了！"

任重义说道："那是什么道理，说武功方面，还有练一说，还说各个方面，怎么能解释这个奥妙？"

能智大师哈哈大笑，说道："看来你也老糊涂了，你想啊，一千多年的修为，你有吗？"

万华山瞪大两只原本很细小的双眼，说道："这娃儿不过二十岁左右，哪来一千年的修为？胡诌些啥！"

能智大师瞧着他二人好奇又不解的眼神，神气十足地说道："小兄弟，你告诉他们，看看你这眼睛是不是与生俱来的！"

单宝儿傻笑着摸着脑袋说道："我这眼睛换过一次，是一对蟒蛇的眼睛，不是我生下来时的那双眼了。"

任重义大惑不解，说道："奇了，奇了，这世间居然有人说能够换掉眼睛！"

万华山一听，觉得有理，说道："是啊，我们从未听说过有人能将眼睛换下来，只怕能换下来，也没有能再装上去的，即便是装上一双眼睛，也不过是个样子罢了，一定是瞎子。"

能智大师说道："可他却不是瞎子啊！"

单宝儿见他们争执不下，说道："换眼睛只不过是小事一桩，有人甚至能将自己的脑袋装在别人的身上，那更让人不可思议呢！"

"什么？"三个老头吃惊不小，同时惊呼道。

单宝儿满不在乎地说道："这并不奇怪，我这眼睛就是'赛华佗'喻圣舒给换掉的，他还能够将十二个时辰内的死人救活呢！"

万华山大声说道："屁话，你当我三人都是三岁小孩，胡乱说就可以骗得了吗？'赛华佗'喻圣舒咱们都见过，他医术的确是高明，但从未听说换眼换脑救死人的!"

彭丹玲在一旁听得入神，竟忘了灶内的火势，单宝儿闻到一股饭焦的味道，说道："烧焦了，烧焦了，快熄火！"彭丹玲仍不知他是在喊自己。

能智大师也闻到饭烧焦的味道，便说道："小丫头，说你呢，饭烧焦了，你不知道吗！"

彭丹玲这才回过神来，连忙胡乱将火熄灭，起身来到四人身旁，听他们将此事说下来，虽说她亲自听到喻圣舒说过此事，但今日却仍觉新奇，因为换眼这件事不仅是喻圣舒一人知道，说明就是千真万确的，因此打心眼里替单宝儿高兴，其实是为自己高兴，因为她有这样一个神奇的未婚夫。

她见万道长不相信单宝儿的话，便说道："的确如此，我们都亲自经历过，喻圣舒真的将被人杀死的家丁救活了！不信，你们还可以去问问花岭山庄的那些家丁们！"

任重义疑惑不解，说道："果真有此事，但大师你怎么能发现我这弟弟眼睛的神奇呢？"

万华山一听，说道："你这势利眼，人家有了奇遇，神功异能，你就套近乎，他做你孙子都可以了，什么我这弟弟，老不要脸！"

任重义气极，恼羞成怒，说道："万贤弟，你说话小心磕了牙，我怎么了？我不能认他作弟弟吗？你弟弟就得年纪相差无几吗？"

万华山毫不相让，讥讽道："要认弟弟，你早该认了，现在认他作弟弟，不是势利眼，是什么？还怪人家直言了！"

单宝儿一会儿瞧瞧这个，一会儿瞧瞧那个，见二人竟争得面红脖子粗，便结结巴巴地说道："好了，好……好……了，你们不……不要争了！任大哥……的确……确是……在此之……之前就认……认我……作兄弟了！"两老头如同孩童般争吵，竟让他险些不敢插话，但为了两人不发生矛盾，便鼓起勇气说了出来，不过，说起话来仍是十分紧张。

能智大师见二人这么一争，即刻就知他们定然会全力保护单宝儿的，也定会毫不保留地将自己的武功传授给单宝儿，人就是这样，一旦发现了稀世珍宝，都相拥有，何况这么一个大活人？以后能扬出个名来，也有他们的功劳，他们可是单宝儿的师父呀！

他想不到居然会碰到这等奇事，心中自是无比激动，见二人一吵闹，心中反而踏实多了，说道："阿弥陀佛，人为财死，鸟为食亡，两位本不是这样的人，何必争个不休，现在，大家只有一个目的，就是保护它，不让他受伤害，就是功德无量了！"

任重义本不是为了单宝儿的奇特功能，只不过是觉得万华山说他和单宝儿套近乎，甚是气恼，门缝里看人，把人看扁了，他想说明他早就与单宝儿结拜为兄弟了，而不是万华山所想的那样势利，这才与他辩了起来，可转念一想，也没有必要把话挑明，只要单宝儿承认，不就够了？只是这个多年的好朋友误会了他，唉，这个万华山怎么搞的？先是胡乱地杀入我丐帮，如今竟又将多年相知的老友看走眼了，莫非越老越糊涂？

任重义仍是那个问题："大师何以看出他的眼睛就是你曾在书中见过的那种神奇特异的眼睛？"

能智大师朗声说道："其实，你们如果见过那本书的介绍，一眼便能认出来，书上说这些眼睛在平时，与普通人的眼睛一样，无法辨认，但当他行功运气时，凝神定目，他的眼睛会射出一种五彩光芒，细如游丝，来，单少侠，你运气行功，让他们瞧瞧！"

单宝儿依言而行，四人凑近凝目察看，果真有一种细丝般的光芒自他的眼睛里射了出来，直看得四人面色大变，彭丹玲在丐帮时就已感觉到他的眼睛有一种奇特的光芒，但不是就这种奇异功能发挥出来了，如今好了，只要他的武功臻于最高境界，报仇的事就容易多了，于是，面露喜色，好不欣喜，若不是其他三个老前辈在场，她定会扑倒在单宝儿温暖的怀里，与他温存缠绵一番。

万华山突然问出一个奇怪的问题，道："这眼睛已经一千多年了，难道它有什么长生不老的功效？大师，这你可知晓？"但眼睛仍不转向他处，盯着单宝儿神奇的眼睛，像欣赏一样珍宝一样，面带极度的激动、欢喜之色。

能智大师也是目不转睛地盯着单宝儿，说道："书中倒没有这等记载，我看有可能起到延年益寿的作用吧！"

彭丹玲在一旁瞧瞧能智大师，又看看万道长，再望望任帮主，见三人像欣赏玩物一般看着她的宝儿哥哥，不觉自心中产生一种非常奇怪的感觉，总觉得会有什么变故，不过到底是怎么回事，她也说不清楚，因为这种感觉转瞬即逝，快得让她无暇思索。

她努力地使自己做到观察与单宝儿接触的每一个人，因为这是任大哥刚结拜单宝儿为弟弟时的肺腑之言，她听到能智大师改口称宝儿哥哥为"单少侠"，说明大师对宝儿哥哥已经是刮目相看，想必以宝儿哥哥从前的武功，根本与侠字连不起来吧。

万道长为何提出这样的问题，彭丹玲百思不得其解，莫非万道长在炼长生不老丹时发现与宝儿哥哥的眼睛联系得上吗？因为她听说道士爱炼什么长生不老的药丹，是以作此猜测。

单宝儿已是大汗淋漓了，因为他身上的伤刚愈，是忍住剧痛行功运气的，这时痛得大汗淋漓，几个人都看得忘乎所以，竟将他身上有伤的情况都给忘记了，所以仍没有放下欣赏的意思，突然，单宝儿大喝一声，左肩喷出一道血柱，人便昏倒在地。

众人一时惊慌失措，不知为何会发生这样的事情，能智大师忙扶起单宝儿，封住他的穴道，不让鲜血继续流出。

彭丹玲自是心疼得难受极了，这血就如同是流出自己的肩上一般，但是有这三位老前辈忙手忙脚地照顾单宝儿，她只有在一旁干着急的份儿，根本插不上手，她转念一想，即便是自己能亲手照顾他，也不知如何才好，这样一想，心里反而踏实多了，轻松多了。

只见三位老头儿一人坐在一方位置上，六只手分从不同的方位伸向单宝儿，顿时，四人身上都冒出一阵浓浓的热气，单宝儿身体不停地颤抖，身上、头上到处是汗水，显得极度难受，不一会儿，房屋已经弥漫了气雾，直将四人罩在热雾之内，难以分辨，陡然，三位老人围着单宝儿不停地转动起来，愈转愈快，只看到一圈人影围着单宝儿在浓烈的热雾当中转动，单宝儿身上的好几处地方发出一种强烈的光来。

彭丹玲虽然见过任重义为单宝儿疗伤时的情景，但与这时相比，相差何止十倍，彭丹玲看得呆住了！

约摸小半个时辰，他们才慢慢地停止转动，浓雾也渐渐散去，只见三人同时收回双手，运功调息起来。

单宝儿坐在中间，也情不自禁地吐纳呼吸，调整自己的内息。

不消片刻，四人皆起身站了起来，单宝儿抱拳说道："多谢三位前辈，单宝儿的伤痛已经消失，都是三位的功德，单宝儿不知该如何答谢才好！"

能智大师哈哈一笑，说道："单少侠何必客气，大家能有缘结识你这位奇人，实在是我等的造化，不必言谢!"

任重义面露喜悦，说道："老哥哥怎么说也与你兄弟一场，不是说你的事就是我的事么？不是说有难同当的吗？你客气个啥!"

万华山也即笑道："你不必如此多礼，你能慷慨地拿出藏宝图，好让我们报了血海深仇，我们理当如此，理当如此!"

彭丹玲不失时机地说道："饭早已凉了，大家还是填饱肚子再说吧!"

她这一提醒，万华山早已饿了的肚子又咕咕作响起来，连忙说道："好好，我们吃饭，吃饭，贫道竟忘了饿啦!"

吃过晚饭，休息的事情可麻烦了，若不是有个彭丹玲，倒也不难，可这么一个女娃娃在此，房屋只有那么大，如何睡去？

众人大为头痛，单宝儿知道这三个老前辈都不愿与彭丹玲共寝一室，自然是有道理，老和尚能与一个姑娘家共处一室吗？当然有悖佛家戒规，还有道长，帮主更是不愿让江湖人耻笑，因此三人都闷着不说话。

单宝儿见此情形，说道："三位老人家就睡在屋里吧，我和丹玲在屋外小憩片刻，也好把把风，当心有什么意外动静!"

彭丹玲会意，拉着单宝儿就向屋外走去。

可任重义连忙拦住他们，说道："慢来，慢来，我三个老头儿怎能要你们两个小娃娃保护，说出去岂不叫江湖同道笑掉大牙，还是我们睡屋外，你们睡房里吧!"说着，向能智大师和万华山投去询问的目光。

这二位岂有不明之理，当即走出门去，二话不说，为单宝儿和彭丹玲把起门来。

秋天的夜晚，凉风习习，亦是带有十分的寒意，三位老头儿用屋外的一堆枯草和一些木架塔起一个草棚，三位紧挨着盘膝而坐，闭目养神起来。

彭丹玲本是个十分细致灵巧的姑娘，将房中仅有的两床被褥送了出来，说是给他们三人御寒，三老头硬是不要，任重义说道："你们盖啥？我们这副老骨架抵抗这点寒风还不成问题，你们留着自己用吧!"

单宝儿却想到彭丹玲如果空身而睡，恐怕她身体虚弱，会生病，便说道："这样吧，我们用一条棉被就够了，你们留一条吧!"

万华山一听，暗笑道：我们三位老鬼居然为他二人销魂而把门，真是滑稽，于是，便说道："那就留下一条吧!"说罢，脸上露出诡秘的笑容，不过夜晚光线暗淡，大家都没有觉察他在笑。

单宝儿这才与彭丹玲走进屋里。

能智大师忍不住不解地问道："万掌门，你留下一条被子，他二人如何睡去？他们俩正好一人一条被子，老衲早已有这个打算了！"

万华山低声说道："这你就外行了，这两娃儿就是只有一条被子就行啦，男欢女爱，年轻小伙，姑娘哪有不喜爱之理！"

能智大师一听，连忙念道："阿弥陀佛，罪过！罪过！南无阿弥陀佛……"竟再也不敢听万华山说话了。

任重义气愤地说道："呸！呸！一张臭嘴，这么一大把年纪，还老不正经，不知你是如何当上武当掌门的！"任重义结识他这么多年来，也从未听过他说过什么污言秽语，这次让他大感意外，然而，又不好太过分责怪，便自顾打坐养神，也不再理会万华山。

万华山自知失言，心里十分惭愧，他不过是一时兴趣来了，不假思索，就脱口而出，以致让这两个多年的朋友都误会他了，他想解释自己并没有龌龊之意，但转念一想，只怪自己修为不够，自己管不住自己的嘴巴，再解释，只怕误会更深，于是，惭愧地静坐一旁，不敢乱想，也打坐行功起来。

单宝儿将自己睡觉的地方整理好，和衣而卧，彭丹玲自是不敢叫他与自己一起睡觉，虽说并不含男女之事这层意思，但她也不敢乱开口，以免单宝儿误会她轻浮，彭丹玲默默地铺好被褥，望着单宝儿侧卧的背影，怎么也无法睡去。

秋虫鸣啾，更使深夜显得寂静苍凉，凉风拂过，草屋上便响起沙沙之声。

彭丹玲心中甚是恐惧，她见单宝儿仍一动不动，均匀的呼吸隐约能听见，夹杂着虫鸣之声，她心里越发惊恐，她不由自主地轻声喊道："宝儿哥哥，宝儿哥哥！你睡着了吗？我真的好怕，好慌！"却不见单宝儿应答。

屋外万华山却听得清楚晰，暗道：这女娃耐不住寂寞了，呸呸，见鬼，怎么老神经错乱，专想一些不洁的东西，真是羞煞人了，幸好旁边两位老友不曾知晓，否则的话，可真要钻地缝里去，才能安心。

人就是如此，定力不到，任何一点小小的动静都会影响你的行为，所谓环境造就人，说的就是这个道理。

彭丹玲浑身颤栗起来，不知什么东西在她脚下一动，竟是这般害怕，她很快地逃离了自己坐着的地方，来到单宝儿的身旁，见单宝儿已经睡得十分香甜，心里暗想：说你笨，你有时也很聪明，可咋就不知道人家害怕呢？你不知道人家最怕住在荒山野岭吗？你不记得那次在坟场里我害怕情景吗？一想到那坟场里发生的事，彭丹玲不禁脸上一热，害羞起来，但转而心中甚是甜美，不由自主地弯下身来，俯在单宝儿的身上，她很轻很轻，生怕弄醒了他，可她哪里知道，单宝儿行了一天的路程，更主要的是，今天伤口流了不少血，加之经过几番治疗的折腾，困得要命，哪里醒得过来。

彭丹玲双手搭在单宝儿结实的身躯上，粉脸贴着他的臀部上，感到十分踏实、安全，她想到那天夜里在坟场时的情景，想到单宝儿毛手毛脚地为自己捉虫子，竟不敢看她，但是手还不是胡乱地摸了她的身体，想到他捉了虫子，狠命捏它时的那种憨样，想到他不停地打自己的耳光，骂自己无耻下流时的老实劲儿，彭丹玲不禁笑出声来，其实她一直想笑，那种甜美的笑容没人看见，只有她自己知道那是一种多么美好的感觉。

她想到自己突然抱住单宝儿，就忍不住，"扑哧"一声，笑出声来，然而，单宝儿仍旧睡得很沉，没有半点要醒的样子。

她又想到与单宝儿热烈相拥相吻的情景，内心不禁躁动起来，那是她生平第一次与男孩相吻，是她的初吻，她记忆犹新，永远也忘不了那一刻，那种妙不可言的感受让她的呼吸竟然粗起来，她只沉浸在那种美妙的回忆中，竟不知自己有什么反常的行为。

她想到在丐帮的房间里，单宝儿的手不停地抚摸着，搓揉着自己，一种快乐顿时传遍全身，竟软绵绵地伏在单宝儿的身上，浑然不觉，脸上已经热得烫手，她亦不自知。

她只觉得那一切太美妙了，太难忘了，太让人留恋了，她觉得那一次才是真正地体验到男人的吸引力，知道她已再也离不开单宝儿了。

她想呀想，不自觉地轻声呼唤起单宝儿的名字来，象梦呓一般呼吸，甜蜜地呼吸，也不知到底过了多久，竟带着甜美的回忆进入了美好的梦乡。

突然，一阵悠扬的笛声传来，打破了这和谐的宁静。

万华山失声叫道："鬼笛！"顷刻之间，即转为平静，说道："料想这川中四鬼斗不过咱们三个老头儿，实是麻烦！"

能智大师冷冷地说道："阿弥陀佛，该来的，终究会来，我们也不必抱怨！"

任重义笑道："只不过这四个小鬼来得挺快，怎么我们一出行，就碰上他们了!"

又听一阵噼噼啪啪的响声传来,任重义冷笑一声,说道:"算来算去,还不是算自己,这个算鬼一天到晚地扒拉着算盘算个不停,不知他是否算出他的死期到了没有!"

万华山接着说道:"也许今晚就是他们的终期,这是在告诉阎王爷他们快要去地府了的信号!"说罢,一阵哈哈大笑。

那笛声渐渐小了,原来是万华山借着笑声传送内功,将那笛声给消退了许多,高手比拼内力,方法多种多样,这便是其中一种。

单宝儿只觉得耳鼓一阵震动,顿时醒来,见彭丹玲伏在自己身上,正抬起身来,看着她惺松的双眼,嘴边还挂着一丝笑意,便说道:"丹玲,你怎么睡在这里了,是不是很冷?"

彭丹玲揉着眼睛,迷糊地答道:"我不冷,我好怕,所以我就来到你身旁,觉得安全多了,不知怎么地就睡着了!"

单宝儿听她这一说,心中甚是愧疚,暗道:我与她已经是未婚夫妇了,却冷落了她,让她一人在一旁担惊受怕,真是混蛋,这里只有我和她两人,用不着避什么嫌,我怎的笨到如此地步!

但听一阵笛声吹来,越吹越响,便说道:"这荒山野岭,哪来的笛声?是什么人在吹笛?"

彭丹玲摇头,说道:"我也不知道。"正说间,只觉一股强劲袭来,胸口顿时闷得难受,竟双手抱头,痛苦不已,单宝儿不知发生了什么事,连忙问道:"怎么了?你怎么了?哪里不舒服吗?是不是风寒所致?"他哪里知道,正是这笛声的缘故,单宝儿本是愚钝,对音律更是一窍不通,乐音与他心灵不起丝毫感应,刚刚醒来,心中一片空明,竟不知不觉中因内心澄清而破解了笛声音律之法,彭丹玲刚醒来亦是如此,因她通晓音律,仔细一听,顿时着了笛声的道儿,是以感到阵阵强劲袭来,承受不了,难以自拔,陷入了困境。

陡然听到一阵哈哈大笑,彭丹玲立马感觉轻松了许多,单宝儿见她没什么大碍,不觉好生奇怪,心中纳闷不已。

突然,屋外传来任重义的话声:"你们两个娃儿千万不要出来,外面来了四个捣蛋的家伙,我们应付应付就是了,听到没有?千万不要出来!"

能智大师听屋里没有回话,说道:"我们三个还得让他们出来,要不然,让那四个小鬼趁我们打斗之际，分身一个进去，掳了娃儿，那可就麻烦了，我看这房子也不怎么受用，他们破墙而入是轻而易举了！"

任重义说道："也好，我们让他俩出来！"于是，转向屋里喊道："你们出来……""吧"字未说，两个小娃儿已经打开门，站在他们面前。

单宝儿疑惑地问道："什么人捣蛋？怎不见人影？在哪里？把他们揪出来赶走，怎么那般令人讨厌，吵得人睡不着觉。"

这时那笛声显得越来越近，响声越来越高，又听得万华山口中传来一阵阵长啸之声，似是与那笛声相敌。

彭丹玲顿时把持不住，单宝儿一把扶住她，问任重义："任大哥，这是怎么回事？"

任重义从破衣服上撕下一块布来，扯成两半，说道："你把她双耳堵住，就没事了！"

单宝儿依言而行，彭丹玲果真好如当初，不再站立不稳了。

但听那笛声忽高忽低，愈变愈奇，有时如昆岗凤鸣，有时如深闺私语，万华山的长啸亦忽高忽低，时而如龙吟狮吼，时而如狼嗥枭鸣，一个宛转，一个极尽千变万化，刚劲激荡，细辨起来，只觉一柔一刚，相互缠斗，或急进以取势，或缓退以待敌，正与高手比武一般无异。

单宝儿只听得万华山的长啸之声初时以雷霆万钧之势，要压制那笛声，那笛声却东闪西避，但只要长啸之声中稍有些微微间隙，便立时穿透进来，过了一会儿，万华山长啸之声渐渐缓了下来，那笛声却愈来愈是荡气回肠，突然，长啸之声大作，重振声威，顿时，那笛声渐小，陡然，清叱一声，笛声消失得无影无踪。

万华山停住啸声，哈哈大笑，说道："知道贫道的厉害了吧？还不速速离去，你要了你等的狗命！"

只听到一声传来："万老儿，你别得意，我们还会再来找你们算账。"声音过后，顿时恢复一阵寂静，连秋虫的叫声也跟着消失了。

单宝儿不明白是怎么回事，说道："万道长，那人走了吗？咋听不见他的笛声！"

万华山哈哈朗笑道："那鬼笛不是我对手，被我击伤，已经逃走了，现在没事了，大家可以休息了！"

单宝儿更是大感不解，追问道："你就这么长啸几声，就把来人吓跑了？有这样的功夫吗?"

万华山怫然不悦,说道:"什么吓跑了,是打跑的,那鬼笛乐鬼被我打成重伤,回去疗伤去啦,你真是孤陋寡闻,什么事都得给你解说详细不可,但愿你哪天能像大师说的那样聪明起来,就不用我老道士费心了!"

单宝儿见万华山甚是不耐烦,便转向任重义问道:"鬼笛乐鬼是什么人?任大哥,你知道吗?"

任重义一笑,说道:"这鬼笛乐鬼是川中四鬼之一,以一根铁笛作为兵器,听说这铁笛还暗藏着暗器,尤其是这个乐鬼铁柱升的内功,能随着他的笛子发出的音律传来,伤人性命,像刚才彭姑娘内功不够,就很难抵得住,这种功夫,必须要用同样的音律武功与它相敌,就像刚才万掌门的长啸之声,但必须内功深厚,不然的话,就会被他的内功震伤自己,那可就麻烦了,噫,彭姑娘,你可以把耳朵中的布条扯下来了!"

单宝儿走过去,将彭丹玲耳朵中的布条扯下,又问道:"那其他三鬼是怎样的人?"

任重义淡淡一笑,说道:"他们四鬼一起出江湖,从不分开,那铁柱升是老大,老二是钓鬼,也叫吊颈鬼石坚,以一根铁钓鱼杆为兵器,亦十分厉害,老三算命鬼邢必残,以一把算盘为兵器,此人诡计多端,十分狡诈,老四无常鬼常克,以一对钢铁判官笔为兵器,这四人个个凶残狠毒,每人兵器中均带有暗器,如果你们日后单独行走江湖时遇上他们,可要小心,这四鬼不讲什么江湖规矩,素来出手就一齐上,从不手软,他们分别称为乐鬼、钓鬼、算鬼、判官,由他们的姓氏连起来,铁、石、邢、常,也就是'铁石心肠',可见他们心狠手辣,恶毒至极!"

单宝儿和彭丹玲听得身上直发毛,尤其是彭丹玲,早已将单宝儿抱得紧紧的,原本就寂静荒芜的地方,加之任重义这鬼那鬼的,说得彭丹玲直想捂住耳朵不听算了,但是为了增长江湖见识,以便日后好行走江湖,还是强忍着惧怕,总算给听了下去。

彭丹玲忍不住说道:"这样的恶人,为什么没人去消灭他们,留他们在世上为祸!"

能智大师淡然笑道:"这四鬼行踪不定,很难找到他们,曾经也有人追杀过他们,但最终还是让他们逃走了,近年来,他们在江湖上很少露面,不想这次又出来了。"

单宝儿说道："他们为了什么？难道是为藏宝图吗？"

万华山觉得单宝儿真是太笨了，这不是明摆着来索取藏宝图的吗？还用得着问吗？

能智大师轻哼了一声，说道："这四人从来不做没有赚头的生意，只要有什么珍珠宝贝被偷、被抢，发生杀人放火之类的事，都与他们有关系。"

单宝儿一听，暗道：偷东西的不止是他们，妙手神偷丐秦通秦长老也爱偷人家东西，杀人放火的事，说起来，我们五个小娃儿也干过，不过，杀的是坏人，烧的是用赃物建起来的房屋，那也没有什么可惜的！

能智大师继续说道："这些恶鬼选中偏偏的是武林中正道人物，要不就是平民百姓，大多数歪门斜道的人物都与他们有交情，所以，他们从不向恶人下手！"

单宝儿暗道：真是可恶之极，竟然专门挑衅正道英雄，该杀，该杀！转而说道："他们还会来吗？"

任重义接过话头，说道："他们不达目的誓不罢休，定然会来，或许他们见我们力量不弱，还有可能勾结其他邪道上人物联手进攻我们呢！"

彭丹玲急了，说道："那便如何是好？"

万华山轻描淡写地答道："兵来将挡，水来土掩呗，还用得着其他的方法吗？"顿了一顿，说道："好了，该休息了，明天还要赶路！"

众人一听，顿觉困倦，都不作声，静静地回到各自原先的地方。

单宝儿这回可不再傻帽了，拥着彭丹玲进入草屋，与她同睡一处，这是他第一次同一个大姑娘家睡在一起，心里禁不住怦怦直跳，尽管他与彭丹玲已经有过两三次的热吻经历，仍慌乱得很，他见彭丹玲很温顺地卧在自己身旁，也不敢与自己太亲热，于是，就想打破这个局面，也好定下神来，说道："丹玲……"

彭丹玲应答得非常非常快，好像一直在等他开口一般，"嗯，什么事？"打断了他的问话，她心里更是紧张，如鹿撞一般，听着自己的心跳，不禁都有些害怕让单宝儿听到了，她越想掩盖自己内心的慌乱，心越是跳得厉害。

单宝儿听到彭丹玲的心跳十分地清晰、急速，把想问的话咽入肚中，改口说道："你心跳得怎么这么厉害？是不是害怕？我在你身旁，你还怕吗？"

彭丹玲低柔的声音近乎有点颤抖，说道："怕！"就这么简单的一个字回答，她搞不懂为什么如此心慌意乱，又是欣喜，又是害怕，又是紧张，又是慌乱，真是百感交集。

单宝儿听说她怕，心跳反而平静下来，一心只想如何帮助她克服害怕的心理，于是，伸过手臂，将她揽在臂弯，另一只手将她紧紧搂住，问道："你还怕不怕？"

彭丹玲见单宝儿终于将手伸过来了，居然还用身子贴着她的身子，另一只手还紧紧地搂着她，她以为单宝儿要她，心中更是慌乱，单宝儿这么一问，她身子不禁颤了几颤，便不知如何回答才好。

单宝儿感受到彭丹玲的颤粟，暗想道：她还是很害怕，她怕什么呢？怕那四个恶鬼吗？便安慰道："不用怕，没什么大不了的，我会好好地爱护你的！"

彭丹玲一听，心道：他终于要和我那个了，如何是好？于是便柔声说道："宝儿哥哥，你可不可以等到我们结婚的那一天再要？"

单宝儿不明白她说的是什么意思，但听到结婚的那一天，立刻明白了，笑道："你以为我怎么的？我不会的，我一定要等报了仇，找到爹爹，寻得神剑秘笈后，与你风风光光地成亲，再与你……"

彭丹玲这才明白单宝儿并没有那种意思，心里一下子轻松多了，忍不住又搂住单宝儿，打断他，说道："你不用说了，我知道了，那你最开始想说什么？"

单宝儿喃喃地道："最开始？最开始想说什么呢？你看，我一时竟忘了！"

彭丹玲毫不放松，娇嗔道："你想想嘛，人家可是急着听呢。"

单宝儿想了一阵子，突然说道："对了，我最开始想说，我们第一次同睡，怎么会在荒山野岭的一间草房里！"他竟不停地自个儿笑了起来，

彭丹玲也笑了，也打趣地说道："总比在坟场要好得多了！"她仍记着初吻的那一刻，那一夜，那一情景，那一处地方，以及每一事一物。

单宝儿却笑道："那一夜，我们并没有睡在同一床被子里面！"

彭丹玲嘻笑道："原来你也那样坏，那样不正经！"

单宝儿笑得更开心了，说道："是吗？我真的很坏吗？那我就坏给你看看！"说罢，竟吻住彭丹玲刚想启动的两片薄唇，两人再一次重温那香甜美妙的旧梦。

当天空刚刚抹上一点点亮色，单宝儿就起床进行晨练，他发誓要将功夫练到更高的境界，他经过这几个月的亲身经历和体验，已经觉得他自身的武功与江湖的一般角色差不多，与那些有点名气的人物相差太远太远，以这样的身手去报仇，那无异于去送死，所以，他要抓紧每一个练功的时机，决不放松自己。

能智大师、任重义和万华山早就发现他在草坪上练习了，只是假装睡着一般，以免打扰他，三人偷偷地看着单宝儿的拳法套路、剑法招式，有时摇头，有时点

头，只是没有哪一个人说话。

彭丹玲与单宝儿一道醒来，这时，早已准备好了早餐，正走出门来，想要喊他用饭，任重义连忙打手势止住他，示意她不要打扰单宝儿，彭丹玲会意，轻轻地走到三位老前辈旁边，低声问道："任大哥，你看他练得如何？"

任重义并不开口，彭丹玲好生诧异，暗道：这任大哥是不是看入神了，竟听不见我问话了么？正想开口再问，突然，一个细若游丝却十分清晰的声音传入耳鼓，道："彭姑娘，练武人最忌打扰，你还是待会儿再问吧！"

彭丹玲吓了一跳，她的一双美丽的眼睛四顾流盼，却未见三人哪个开口，这使她大为震惊，她明知道必是这三位老前辈其中一人传话给她，但是，她就是不知道是谁，而且这不动嘴就能说话的功夫，她生平是见所未见，闻所未闻，令她惊奇不已，她突然想道：哪一天我能会这门功夫就好了，当着众人的面，不动嘴唇，也能与宝儿哥哥说话，那该多美妙、多惬意！

单宝儿慢慢收式，停歇下来，见四人正在观看他练习，不禁微微脸红，快步走过来，抱拳说道："单宝儿的微末小技，让二位前辈和任大哥见笑了！"

万华山却突然说道："你这话怎么那么不顺耳，这样称呼真是滑天下之大稽，任帮主，你这么一大把年纪，怎么胡乱结拜，你听听，我们两个老头儿也跟着你一道吃亏了！"

任重义哈哈大笑，说道："这有什么防碍？你作你的称呼，单小弟作他的称呼，我乐意，有何不妥！"

万华山气得胡子差点没翘起来，说道："他称呼你大哥，我称呼你任兄，那我与他不也是兄弟了？你这不是明摆着占人便宜吗？"

任重义眼睛一定，说道："噫，你这话何来？应该是你占我便宜的呀？单宝儿称我为大哥，他却称你为前辈，那我不也要称呼你为前辈了？万前辈，你可答应？"任重义不无风趣地喊道，两眼却死死盯着万华山，瞧他如何应答。

"折煞贫道了！你这是故意折煞贫道了！"万华山面带微笑地说道。

能智大师微微一笑，说道："世间的称谓，本来就无所谓大和小，尊与卑，长与幼，你们何须计较！"

万华山哈哈大笑，说道："好，那就是叫单少侠也称你为大哥好了，以免不公平！"

能智大师笑道："有何不可？只怕老衲还没有这等福气呢，单少侠，你可愿与老衲结拜为异姓兄弟?"

单宝儿顿时傻了眼,但马上跪拜在地,说道:"大哥在上,受小弟单宝儿一拜!"

万华山这下子顿时愣住了,气呼呼地说道:"你们这是成何体统?你们……你们老的不像老的,少的不像少的,真是不像话!"

任重义哈哈大笑,说道:"我们都是些粗人,没你那么温文尔雅,讲不着那些礼仪俗套,单小弟在不久的将来,任何一个方面都在我们三人之上,只怕我们还配不上与他称兄道弟了,万贤弟,你是不是也一起结拜了?"

万华山连连挥袖摆头,说道:"去去去,我可不像你们这般势利眼,见人家有了千年的奇遇,千年造化修为,就连长幼也不分了,也不怕江湖同道笑话你们,我可不愿与他结什么义!"说罢,双手向身后一背,独自走向屋里。

能智大师和任重义相视一眼,顿时哈咕大笑,能智大师扶起单宝儿,说道:"单少侠,你与我们一道涉险,就凭你这点功夫,难与那些恶人相敌,不过,你的这种毅力和恒心,着实让人感动,老衲也不是什么随随便便之人,刚才的话,你别当真,那只不过是与臭道士开了个玩笑,我这么一个老和尚,与你结拜,有悖少林寺规,还望单少侠见谅!"

单宝儿丈二和尚摸不着头脑,胡乱说道:"不妨事,不妨事,要按万前辈所言,只怕与任大哥结拜也太过荒唐了!"

任重义连忙说道:"不荒唐,不荒唐,老丐秉性如此,以后慢慢就知道了,大师,你说是不是荒唐?"

能智大师说道:"我们和尚不管你们这等世间琐碎之事,荒不荒唐,你自己不知道?!"

任重义一拍手,笑道:"荒唐又如何?反正已经结拜了,立过誓,我还能反悔不成?那我老丐的脸往哪儿搁?"说罢,也径自走向屋里。

彭丹玲好奇地看着他们谈话,这时,见只有能智大师和单宝儿留下,便十分礼貌地一欠身,向能智大师问道:"大师,小女子有一疑问,不知大师能否一解?"

能智大师一捋白须,笑道:"你是不是对刚才说话之人琢磨不透?"

彭丹玲立刻明白刚才传话之人就是能智大师,又说道:"小女子深知大师的戒律寺规,我有一个不情不请,不知大师能否答复?"

能智大师修为深厚,揣测人的心思最为擅长,说道:"是不是想学这门功夫哇?

又知道我不会传授给女人的，想我传给你的宝儿哥哥，然后再向他学习，是也不是？"

彭丹玲羞得面红耳赤，低声说道："大师真不愧是得道高僧，一眼就能看穿人的心思！"

能智大师哈哈一笑，说道："你放心，老衲说过，要将我所学的东西倾囊相授于他，当然包括这'传音入密'的内功了！"

"传音入密？"单宝儿大为诧异，重复道。

彭丹玲可是一心向往这功夫，问道："不知该如何讲？大师能否点透？"

能智大师哈哈大笑，叹了一声，说道："老衲与施主讲得已经够多了，就再多告诉你一点吧，不过，以后你可不许再向老衲提出什么疑难问题了，老衲最怕的是与女施主说话了！"想了一想，说道："这'传音入密'的内功奥妙无穷，可以随心所欲，愿意与一个人说话，那么你用心控制，就会把话传到那个人的耳朵里，你想与多个人说话，也可以把话传到你想与之说话的那几个人耳朵里，其他的人则听不到的，这样说，正合你意了！"说罢，也走向屋里。

单宝儿十分惊奇，说道："这种功夫，我以前碰到过的，不知那传话之人是不是能智大师！"

彭丹玲甚为羞愧，说道："真不该多问，大师好像十分不高兴的样子！"

第十二章

当下两人也一齐走进屋里，与三位老前辈一起用饭。

彭丹玲见三位老人都默不作声，个个面色冷静，这种气氛近乎有点让人窒息的味道，但是，她又怕自己说话无人应答，就不断地向单宝儿使眼色，示意他打破沉寂。

可单宝儿哪里懂得，只看到彭丹玲又是挤眉弄眼，又是翘起小嘴，两片红唇张开，不知道她要干什么，竟盯着她一直观看，揣测她的意思，直想得满面通红，想说，又不敢乱说。

三人虽说都没正眼看她俩，心里却十分清楚他俩在干什么，万华山终于沉不住气了，猛地放下碗筷，喝道："看你冰肌玉质，美丽动人，怎的那般不洁身自爱？竟当着咱三个老不死的面举止轻浮，放荡不羁，又是送秋波，又是抛飞吻的，这一套，你留着与他单在一起时使用，别污沾了我们三人的眼睛！"

彭丹玲无故被他如此侮辱，且语言十分尖刻辛辣，眼泪顿时夺眶而出，被羞辱得极度伤心，想立刻死去，突然，玉腕一弯，一双竹筷直向自己的咽喉刺到。

万华山此语一出，顿惊满座，其他三人都看着他说话，面色一变再变，想不到这臭道士越来越离谱，越说越不像话，正准备反唇相讥，维护彭姑娘的颜面，陡见她心生死念，能智大师和任重义几乎同时出手，一个点住穴道，一个不知怎么的就夺去了她手中的筷子。

彭丹玲哭诉道："我哪有脸活着？让我死，让我死！我还有什么颜面活下去啊！呜呜……"

万华山顿时愕然，嗫嚅道："这……这……这如何是好？"

单宝儿霍地站了起来，怒道："你太过分了！"走过去安慰彭丹玲。

任重义顿时大怒，一掌向万华山劈了过来。眼见那一掌已然劈来，万华山虽是反应迅捷，要躲避，已是来不及，只得硬接，可是他单手接任重义一掌之时，顿觉任重义这一掌劲力不大，心中十分疑惑，只见任重义双掌变招奇快，眨眼又是向他胸前攻到，万华山应接得十分吃力，情形甚为狼狈。

彭丹玲见两位老前辈竟隔着桌子对打起来，哭泣顿时止住，忙喊道："两位前辈别打了，我不寻死就是！"

任重义一听，更是攻得快了，一面攻打，一面说道："哼，臭道士，你敢侮辱我的小弟媳妇，今天非掌你一百个嘴巴不可，看你以后还敢不敢乱嚼舌根！"

万华山只是招架，也不答话。

彭丹玲虽然两眼挂着泪水，悲痛不已，但仍不希望他二人打得两败俱伤，这样，她与单宝儿就失去了两位"师父"了，其实，主要是为了单宝儿，所以，她竟顾不上刚才所受的侮辱之气，一个劲地叫他俩住手。

可这两人哪里肯罢手，竟打着打着，打到屋外去了，彭丹玲被封住了穴道，全身不能动弹，干瞪着眼见二人出屋，突然，她灵光一闪，说道："大师，你快叫他们住手，别再打了！"

能智大师冷冷答道："阿弥陀佛，他俩要打，全是因那臭道士污言秽语之故，我可不管这些无聊之事！"

彭丹玲急忙说道："那大师可能帮我解开穴道？"

能智大师摇着头道："解铃还须系铃人，你的穴道不是我封住的，我怎么能解？待会儿，你要有个三长两短，寻个死什么的，那臭要饭的又与我打起来了，那可如何是好？"

彭丹玲一听，觉得十分有理，便不再强求能智大师了，转向单宝儿，说道："宝儿哥哥，你叫他两位老人家别打了！"

单宝儿闷头闷脑地答道："嗯！好！"转身向屋外走去，突然止住身形，说道："你没事吧？"

彭丹玲十分欣慰地看了他一眼，说道："我没事，你快去吧！"单宝儿去了以后，彭丹玲顿时自责起来，我要是就这么去了，宝儿哥哥一定会很伤心的，说不定他脾气一来，也寻个短见，那我岂不是对不起义父大人了吗？这样一想，心情好了许多。

不一会儿，单宝儿、任重义和万华山三人走了进来，见彭丹玲仍是抬着手的样子，任重义用询问的目光看了一下能智大师，待他微微点头后，解了彭丹玲的穴道，任重义的隔空点穴解穴的手法奇妙，精彩绝伦，能智大师不禁点了点头，笑道："任帮主，你不是说彭姑娘的武功由你负责吗？有时间得教人家一招半招的，可不能冷落了她啊！"

能智大师说这番话，意在把彭丹玲的心思引向别处，不要老想着刚才万华山说的几句话，他觉得像她这样武功平常又如花美丽的姑娘能同大家一起勇闯江湖，实在是令人称赞，她凭的全是对单宝儿的深深感情，如果这命根子一松手，恐怕她无论如何都受不了。

能智大师向万华山瞟了一眼，万华山老脸羞红，低着头说道："彭姑娘，对不起，我这挨千刀的臭第道烂舌根子，不该……"

任重义见彭丹玲把脸深深地埋下了，打断他，说道："道歉都不会，你真是老糊涂了，对不起，是我的错！请原谅，你都不会说吗？又扯七扯八地说些啥！"

万华山低声说道："是是是，对不起，都是我惹的祸，是我的错，请彭姑娘原谅！"那模样叫人好笑。

彭丹玲多想扑到单宝儿的怀里大哭一场，但她听了万华山刚才说的话，忍住了，不哭了，说道："万道长教训得是，小女子虚心接受！"

众人都吃了一惊，想不到彭丹玲如此大度，受了这等侮辱，却瞬间就能宽容别人！

能智大师哈哈一笑，朗声说道："彭姑娘气度非凡，只怕我们都及不上她，真是巾帼不让须眉，万老道，任老丐，我们都落伍啦！"说罢，又是哈哈大笑。

众人应是，亦跟着笑了起来，气氛一下子融洽了。

彭丹玲何等聪慧，她知众人都在安慰她，心里一下子暖和起来，抬起头来，说道："前辈的心意，我彭丹玲感激不尽，大家还是赶路吧，我很好的，真的没什么！"

任重义说道："好，我们边走边教他俩各种心法，怎么样？"

单宝儿一一谢过，拉着彭丹玲的手率先走出了屋。

三个老头儿也知趣儿，这次远远地跟在后面，不再靠近，以免万华山又忍不住乱说话。

可他们并不知道，恰恰是这样，给他们带来了一个大麻烦，也正是因为万华山的话所造成的这样的局面，带来了后果。

五人行了一程，来到一处沟壑幽深的狭谷地带，山势十分险峻。

单宝儿和彭丹玲仍然走在前面，能智大师、任重义和万华山三个在后，陡见前面地形奇特，三人不禁加快了脚步，生怕前面两娃儿出事。

　　凭多年的江湖经验，任重义立刻隐隐觉得像是有什么事儿要发生，他知道像这样的地方，荒僻险峻，山贼土匪经常出没，他们利用这种地利进行拦路打劫及一些不法勾当，这些贼匪手段毒辣，方法多种多样，令人防不胜防。

　　任重义一面向单宝儿、彭丹玲二人追来，一边喊道："单小弟小心！前面恐怕有危险！"正当他施展轻功，将要追上两人的时候，在他们之间，突然出现一道巨网，挡住了任重义的去路，这道巨网将单宝儿、彭丹玲与三个老头子分了开来。

　　与此同时，山谷两旁响起一阵奇怪的呐喊声，跟着又听到"轰隆隆""轰隆隆"的巨响自山头传来。

　　任重义正准备破网而过，陡觉头顶劲风袭到，暗叫一声"不好！"连忙足尖一点，向后疾退，只见前面已然瞬间堆了一丈多高的圆木，每根圆木足足有二三百斤重，加之从高高的山顶落下，这一砸之下，少说也有二千斤力，饶是任重义武功再高，也抵挡不住如此多自山顶滚落的圆木。

　　单宝儿和彭丹玲在狭谷里面忽听身后的巨响，转身一看，顿时惊惧万分，身后多了一道圆木做成的高墙，正想喊三位前辈援助，身边那些树叶树枝竟一齐向他俩攻来。

　　"原来这些都是坏人的伪装！"单宝儿心里骤然一紧，连忙和彭丹玲背靠背，与那些以树叶伪装的人打斗起来。

　　那边任重义一退之际，能智大师与万华山正好赶到，三人发足一跃，向木墙疾飞过去，岂料那头突然起火，熊熊烈火组成一道不可逾越的防线，三人心中大骇，急忙临空一个后翻，使上一个千斤坠，刚好落在火墙的前边，如不是及时打住，只怕三人都已被烈火烧焦了。

　　三人听着这熊熊烈火噼哩叭啦的燃烧声响，心里就如同这眼前的大火烧着一样焦急，猛烈燃烧的声响仍掩盖不了那边的打斗声，三人又急又喜，只道那单宝儿和彭丹玲能支持，如此就有办法救他们。

　　能智大师一看这两边的山势，陡峭如削，粗看很难攀登，但仔细一瞧，那些巨石上面长年累月经雨水冲打，隐约可见一些浅浅圆坑，虽说很滑很浅，但这对于三人来说已经足够了。

　　能智大师心中不禁大喜，说道："我们从这里过去，只要上到火势烧不着我们的高度，再借山体的反弹力一跃，越过这道防线，我们就好办了！"

话音未落，那山顶轰隆之声突然传来，三人顿觉不妙，身形向后疾滑！

哈哈！好家伙，只见一堆巨石正从山顶一个一个地滚落下来，这要是被砸中，立刻就会变成肉酱，三人阅历甚广，经验丰富，也不禁吓出了一身冷汗。

只听山顶传来一阵怪笑，三人仰头一看，见两边山顶站着两排人马，那些手下正在不断地推着巨石，为首的正是川中四鬼铁柱升、石坚，另一山头站着的是邢必残和常克，四人怪笑阵阵，好不威风！

万华山气得毛发都竖了起来，咬牙切齿地说道："气死我了，昨晚上没把这些家伙给追杀掉，他们现在倒狂傲起来了！"

任重义说道："为今之计，是怎样救人，光生气有何用！"

突然，山顶传来一阵大笑，一个声音传来，说道："任帮主听着，想救他二人，请上'亡命谷'一遭！"听他语意，单宝儿二人显然已被抓住了。

三人一惊，这四鬼居然与亡命谷的人串通在一起了。

"亡命谷"本是一伙亡命之徒聚集在一起的，无恶不作，谷主刘芒当真人如其名，流氓成性，奸淫掳掠黄花闺女不计其数，这附近一带寻常百姓没少受其害，人人都十分忌惮这帮恶匪的欺凌，眼下这物土丰富的地方，几百里也难得发现一家老百姓的家宅。

那刘芒占地占山为王，经过数十年的抢夺经营，现下各路极恶之徒都投奔他的手下，更加为非作歹起来。

朝廷也曾经对其围剿多次，均未成功，只因这伙恶匪不致于危害朝政，皇帝老儿也就任其肆虐掠抢，再也没有打扰过他们。

"亡命谷"范围很大，方圆几百里以内都是它的势力，后来，这刘芒干脆吩咐手下一些原本犯下了死罪，却又无什么武功的躲难之人在其势力下种田耕地，成为亡命谷的奴仆，这样的奴仆也不少，他们就好比是刘芒的子民，刘芒在此亡命谷就好像建立了一个小国一般，堂而皇之地做起小皇帝来，几十年下来，刘芒对其脚下的"子民"也还挺客气，只要每年上缴一些粮食杂税，倒也不曾为难他们。

"亡命谷"属于一个三角地带，三省交界地区，各省知府巡抚为了保全自己地方平安，没少巴结刘芒，送他银两，去财消灾，刘芒并不笨蠢，利用这些钱财，大兴土木，建造房舍宫殿，扩充军力，扎扎实实地做起"亡命谷"的"国皇"了。

江湖上的正道侠义之士无不对他嫉恨如仇，无奈他人多地利，人人对他恨之入骨，就是没人敢去取他狗命。

说实在的，只要不是"亡命谷"的人，要想进得谷去，比进皇帝的金銮殿还难，这刘芒工于心计，刁钻狡猾，在"亡命谷"城里城外布下了道道关卡，亡命谷里面的人个个都有他亲手签名的令牌，没有令牌的人，只怕已死在城外，抑或峡谷口上了。

是以四鬼传话让他们上"亡命谷"，能智大师、丐帮帮主任重义及武当掌门人万华山心里不禁也吃了一惊，说什么他们也不惧怕，怕的就是着了这刘芒一伙的道儿，既救不出单宝儿和彭丹玲，又冤送性命和藏宝地图，那可是赔了夫人又折兵，大大的不划算了。

眼见着川中四鬼领着人马离去，大火仍然燃烧不息，三人当真心急如焚，却又无计可施。

现下若是绕过这山头，只怕川中四鬼已带着单宝儿和彭丹玲入了"亡命谷"的城堡了，可这道火墙又加上石墙挡住，增加了宽度，再想越过，也是不可能的了。

三人只得待这火势减去，才可越过去，直去亡命谷，三人何曾想到自己已经进入了亡命谷的势力范围，若不是万华山的一席话，五人也不会分开，那么单宝儿和彭丹玲也不会轻易地被抓了去。

单宝儿和彭丹玲终究是武功平平，难以以寡敌众，结果被那些人给抓住了。

二人被绳索捆绑个结实，一路被推推搡搡地押到了一座雄伟的城堡面前。

远远望去，那城堡像在空中一般，四周云雾笼罩，若隐若现，犹如天上仙宫，城堡是建立在一座石山的峰顶，那石峰陡峭异常，形体奇特，竟像是一个倒立的锥体，上大下小，要想上得城堡，非得经过面前斜坡上所凿出的一条人造天梯，这种神奇的地方，不由得让单宝儿大为惊叹，就是他家的神秘谷，也实难与之相比！

天梯的两边站满了两排手持各式各样兵刃的护兵，单宝儿和彭丹玲跟着这些匪贼拾级而上，只听见前面不时传来口令："亡命——之徒！"走了一段，又听到："亡命——之兄！"不一会又听道："亡命——之师！"接下去是"亡命——之王！"最后一道口令是"亡命——之神！"

单宝儿和彭丹玲大为惊异，这哪里是什么匪剿贼窝，简直比皇帝老儿的宫廷守卫有过之而无不及，二人想道：这次只怕冤死在这"亡命谷"里了，这等架势，三位老前辈恐怕也救不了咱们俩了！

单宝儿一路观察，那天梯两边都是青一色的光秃秃的山石，寸草不生，甚至连苔藓也不曾见长，心里暗暗叫苦不迭，心道：即便是在城中放我二人自由，想要逃下城堡，也不过是痴心妄想罢了，于是，暗骂这大自然的鬼斧神工，竟造出这等天地来供恶人为非作歹，真是苍天无眼！

上得山顶，眼界顿时豁然开朗，奇花异草满地都是，树木林立，早已叶落枝荒，直挺挺地插入云雾之中，有些花草仍生长旺盛，红绿相映，与山下迥然不同。

单宝儿虽身在危难之中，仍禁不住叹道："好一处人间仙境！"

彭丹玲听了心中吃了一惊，暗道：宝儿哥哥也真傻，命都捏在人家手里了，还有心思欣赏美妙景色，转念一想：反正也逃不出去，三位老前辈也难以救得我们，终究是一死，临死之前，能欣赏到如此美景，也算福气不小，只是被这伙恶毒之人捉住，不知他们会想出什么法子来折磨我们呢，想到这里，彭丹玲不禁打了几个冷颤。

为首的正是川中四鬼，他们投靠这"亡命谷"刘芒已经多年，现为手下带兵统领，这四人原本形踪不定，浪迹天涯，又四处作恶，结下了不少仇家，遇到过不少江湖侠客的追杀，四人齐心协力，总算逃过一难又一难，但他们害怕终究难逃法网，下定决心投靠了刘芒，加之四人天衣无缝的配合，凭着一身武艺和精心谋算，终于跻身于"亡命谷"的高层人物之列，谷中多数事情都是由他们四人办理的。

这次夺取藏宝图的事情自必落在四人手中，因为"亡命谷"谷主刘芒听手下探子打探到江湖中最近闹得沸沸扬扬的便是这丐帮帮主任重义与武当掌门万华山一道寻宝之事，急命川中四鬼速办此事，恰恰这一行五人又自投罗网，正中下坏，川中四鬼昨晚打探虚实后，在狭谷之处设下埋伏，将这二人捉了去，以图任重义和万华山来救人时一并捉住他们，夺得藏宝图，但他们并不曾打听到这藏宝图原有两张，也不曾知道这五人只揣着一张地图故意假装寻宝。

眼前这座城堡规模宏大，建筑错落有致，风格各异，且美仑美奂，豪华奢侈，不知花了多少金银财宝、人力物力，远处的一栋高楼仍未竣工，一大帮能工巧匠正在忙碌，可见这座城堡定然也花了多年的时光。

单宝儿和彭丹玲心中不由得为之一震，暗道：这谷中主人定然更加了得，厉害之极，否则怎有如此能耐，控制这帮匪徒？且如何能拥有如此的财富，用来建筑这样胜似皇宫的城堡？单宝儿望着呆呆出神，不自觉地叹道："天下之大，无奇不有，这样神奇的宫殿建，在这样神奇的地方，真是不可思议！"

前面一个手持判官笔的人走到队伍的后面，单宝儿一看，暗道：想必这人就是川中四鬼中的老四，人称"无常鬼"及"判官"的常克了，不禁多看了他几眼，只见他面色苍白，无一丝血气，两只怪眼深陷下去，一对恶眉插入两鬓，长鼻阔嘴，两只耳朵十分细小，一看，几乎看不出他那生出的耳朵来，一身灰白的长袍套在全身，更显得就如地狱里出来的一般，让人见了不寒而栗，加之头上一顶灰白尖顶长帽，就像传说中的"无常鬼"，单宝儿不禁吁了一口气，心道：只是手中的判官笔似乎不像是"无常鬼"所用的抓鬼兵刃，否则就真的与其名号丝毫不走样了。

只见"无常鬼"常克走到单宝儿面前，一双泛着暗绿光芒的眼睛盯着他，用阴森森的怪调说道："不可思议的事多着呢，少啰嗦，还不快走，见了谷主，保管你更加大吃一惊！"说罢，那苍白的面孔露出一种十分恐怖的笑容。

单宝儿见他十分可怕，不愿与他讲话，更不愿多瞧他，很听话地跟上那些兵卒向前走去，心里暗道：这人若是让胆小的人见了，只怕会被吓死！正想着，陡然听到身后一阵骚动，回来一看，只见几个士兵正在扶起昏倒的彭丹玲，连忙跑过来，喊道："丹玲，丹玲！你怎么了？怎么突然昏过去了？"脑子突然一动，想道：是了，丹玲连虫子都怕成那样，这可怕的"无常鬼"，不把她吓昏才怪！

"无常鬼"常克挤身过来，怪声怪调地说道："好标致的美人，怎的这般娇弱，上一段天梯就给累昏了！"

单宝儿很想说，这都是你标致的俊脸原因，但还是强忍住了，心里告诫自己，不要给丹玲带来什么麻烦，这伙无恶不作的匪贼什么事都干得出来，最好不要招惹他们。

单宝儿见几个兵卒的色眼在彭丹玲的身上、脸上直扫，眼睛里透着淫光，连忙喝道："走开！走开！她老毛病又犯了，这病会传染的，你们快躲开些！"

那些兵卒个个都是贪生怕死之辈，否则也不会投靠刘芒了，一听单宝儿说这姑娘身上有传染病，都远远地躲向一旁，不敢近身。

"无常鬼"常克更是怕死了，连忙走向前面，嘴里怪调声声，说道："晦气！晦气！倒霉透了，遇到一个瘟神，可惜，可惜，一朵毒花，碰不得，真是可惜！"

单宝儿暗自好笑，但心里忽地一亮，这可能是保全性命，不受侮辱的好方法，他双手被绑，所以扶不起彭丹玲，只好喊道："丹玲，你醒醒，怎的又犯病了！"他故意说给那些匪徒听，好让他们不敢接近两人。

彭丹玲悠悠醒来，身子竟不禁打了几个寒颤，见单宝儿向自己眨着眼睛，说道："我老毛病犯了吗？怎么样？好些没有？"又见那些贼人远远地站着，立刻明白了，故作痛苦的样子，说道："宝儿哥哥，只怕这次再也活不长了，这该死的瘟病，折磨得我好苦，你干脆一刀把我杀了算了，免得我受煎熬！"

单宝儿故作十分悲伤的样子，说道："丹玲啊丹玲，想不到这传染病治了再治，还是治不好，你要是死了，我也不活了！"

那些匪徒个个都面如土色，生怕刚才与彭丹玲靠得太近，这会身上只怕已经给传染上了，都议论纷纷，只听见一人说道："怎么办？刚才我一直走在她后面，闻到那妞儿身上的香味，那香味的确美呀，可是万一我染上该死的瘟病，如何是好？"

他旁边的人一下子四散逃去，有人说道："我可不碰你，万一你传染给了我，那我这小命也给搭上了！"

又有人说道："糟了，晚上我得另找住处，可不能再与你睡在一起了！"

单宝儿和彭丹玲相视一笑，彭丹玲低声说道："这主意你怎想得出来？"

单宝儿用眼睛示意她不要再说，淡淡一笑，又说道："我可不想你死呀，你哪怕只陪我一天也好，我就快乐一天，你死我也死，反正我也染上了你这病，活不了多久！"

那些山贼土匪更加惧怕，孤单单地抛下刚说闻到香味的那人，不敢靠近他，更不敢靠近单宝儿二人。

单宝儿用腿支撑起彭丹玲的上身，却仍不能一下子将她扶起来，单宝儿故意大声喊道："快来人，快来人，将她扶起来！"可没有一个人上前来扶，单宝儿微微一笑，对着彭丹玲低声说道："你就假装无力的样子，起不来了！"

彭丹玲会意，又软绵绵地倒了下去。

这时，"无常鬼"常克在前面见后面的人仍不走动，便拉大嗓门，怪调骂道："日你娘的先人，李三，格老子的，快把她扶起来！"

那个单独站立的匪贼战战兢兢地不情愿地走了过来，两只手颤微微地伸了过来，用两个指头捏了彭丹玲的肩头，慢慢地把她提了起来，马上就远远地躲避。

单宝儿和彭丹玲见那人害怕的样子实在可笑，却不去理会，跟着队伍进入城堡里。

来到一座豪华典雅、金碧辉煌的宫殿前，"亡命神殿"四个烫金大字映入眼帘，单宝儿和彭丹玲装作病恹恹的模样，有气无力地走了进去，但见大殿内珠光宝气，雕梁画栋，无一不显示出主人的富有和尊贵，二人都暗暗震惊，但仍默不作声，耷拉着脑袋，装得像挺像样儿。

大殿之上，一个高大威猛，满脸横肉，长满胡须的汉子正在与几个妖媚女子调情逗乐，行为举止无不显出淫荡轻浮，叫人目不忍睹，彭丹玲俊脸一下子通红，低着头，再也不敢瞧上一眼。

这时，那些无名小卒都退了出去，只剩下川中四鬼和单宝儿、彭丹玲六人，但听那嬉笑放荡之声阵阵传出，让人耳根无法清静，川中四鬼立在一旁，静静候着，一动也不敢动，若不是耳闻目睹这一骇人听闻的丑恶行径，单宝儿真不敢相信世上居然有这样不要脸的淫男荡女，他见川中四鬼毕恭毕敬，没有一丝敢打扰那汉子的举动，心道：想必这汉子就是亡命谷的谷主了。

突然，耳根一片清静，那可恶的声音消失无踪，传来一声浑厚雄壮的声音，说道："事情办成了吗？"那声势显出那汉子的显赫地位和威力。

川中四鬼中一个手拿铁笛的老者向前跨了一步，单宝儿料定他必是四人中的老大——"落水鬼"铁柱升无疑，但听他回答道："我们抓了两个小娃娃，料想那三个老不死的一定会来救他，也算是大功告成了！"

那汉子哈哈大笑，说道："好！不怕那三个死老头不来，定叫他们死无全尸！"那笑声和话声响荡殿堂，余音不绝，甚为恐怖！

铁柱升万分恭敬地说道："谷主，这两娃儿如何处置？"

那谷主笑道："把他们送进石牢，听候审讯！"

铁柱升忙回答道："是，谷主！"

正欲将二人带下殿去，亡命谷主喝道："且慢，有一个女的？怎的不禀报？嗯?!"声音里充满了威慑力。

铁柱升吓得身子一抖，不敢说话，"无常鬼"常克赶忙说道："启禀谷主，这女娃得了一种可怕的瘟病，属下怕污了谷主的金体，所以才不敢贸然乱禀！"

铁柱升向常克投去感激的一眼，他可不知道彭丹玲有什么"瘟病"，更没有料到谷主连这人质也不放过。

亡命谷主身形微微一晃，倏地出现在彭丹玲的面前，正待伸出手去托她的下颏，想瞧她的容貌，单宝儿急了，要拦阻。

"无常鬼"常克的怪声又起，说道："谷主不可，染上那该死的瘟病可就麻烦了！"

那汉子哈哈一笑，手停住不前，说道："我这金刚不坏之身，还怕她什么瘟病不成！"

"无常鬼"常克见刘芒的手停住了，心里暗道：说不怕，你怎的不伸手碰他？说明你还是怕死，心里暗笑，但面容仍不敢有丝毫的讥讽之色，却十分坚定严肃地说道："谷主是聪明人，这瘟病可不像兵刃，一旦上了身，可就难抵御了，你瞧她那样子就知道了，再说，这种货色，谷主都玩得多了，用不着冒这个险！"

刘芒哈哈笑道："嗯，说得不错，天下美女，我应有尽有，难道还缺这等角色？少她一个又何妨？带下去吧！"

"无常鬼"常克暗道：尽管你玩了不少女人，可没有一人能及得上这美丽绝伦的姑娘，只怕你见了，不管她有什么瘟病，也不愿放手，突然又一想：唉，我怎么这么笨，这么忠心，让他玩了这女娃，染上瘟病，岂不了却我四人的心愿？真是笨到极点了。只是这女娃万一要是病给治好了，那就让她给糟蹋了，那我不就要后悔一辈子吗了？嘴上仍不忘回答道："是，谷主！"领着他二人走下神殿。

出了神殿，"落水鬼"铁柱升走到"无常鬼"常克的跟前说道："老四，这丫头果真有瘟病？"

"无常鬼"怪笑一阵，暗道：看来老大是故意不禀报谷主的，原来是想先占为己有，于是，便说道："这难道还有假？你不看她的病样儿，就说他们与那三个武功卓绝的老头在一起，武功也差不到哪里去，那几个兵卒能抓住他们吗？他们能被几个小卒子抓住，确定是有病无疑！再说了，若没病，三个老不死的咋不和他俩走在一起？"

铁柱升翘着大拇指说道："老四高见，果真如此，老哥哥也没什么歪念了！"

单宝儿和彭丹玲心里十分好笑，但觉得这四个恶鬼说得入情入理，观察也十分仔细，是一伙不能轻易对付的角色。

那"无常鬼"开始打算自己行动，将这丫头给玷污了，可七分析八分析，自己都相信彭丹玲确实像有瘟病，因此也打消了邪念，不敢再胡思乱想。

走到一座建筑雅致，却十分坚固的宫前，一个婀娜多姿的人挡住了他们的去路。

"吊颈鬼"石坚手握钓鱼竿，上前请安道："公主万福，有什么吩咐？属下这就去办！"他见那女子挡住道，必有差遣，才这么说。

单宝儿瞟了一眼那宫殿，只见门前挂着"亡命公主殿"的金匾，暗道：不知这公主是何等人物？

只见那女子缓缓转过身来，向六人扫视了一眼，突然眼光一亮，盯着单宝儿，竟忘了说话，川中四鬼亦不敢乱插话。

彭丹玲见那女娃目光充满异样，说道："看什么看？没见过男人吗？"

话音未落，只觉脸上一热，"啪啪"两响，已然被那女娃不知怎的就打了两耳光。

彭丹玲好生羞辱，还从来没有人这样打过她，心中怒火顿生，一脚踢了过去，直向那女娃小腹踹去。

那女娃眼睛盯着单宝儿，看都不看彭丹玲，抬起左脚，嘴里哼了一声，说道："你还不够分量！"话音刚落，她一足正好抵住彭丹玲踢来的足尖，向前轻轻一伸，彭丹玲顿时斜飞出去，"砰"的一声，重重地摔在地上。

单宝儿及时抬足一挡，却挡了个空，听到彭丹玲"哎哟"一声，赶忙转过身去，只见她摔在地上，好不心疼，不禁怒火中烧，转过身，飞起连环腿，向那公主面门攻到。

那公主不躲不闪，两手抓出，将单宝儿两足抓住，轻轻一提，竟将单宝儿倒提起来，单宝儿头顶着石板，好不羞恼，只听到那女娃娇笑道："你这火候，还差得远了，再学上三十年，再来试试吧，若不是见你模人样的，本公主早就废了你两条腿！"

单宝儿虽是恼怒，心里不禁暗道：你说得倒也不假，我这么一个百来斤的人，被她轻轻一提，竟一点力气也使不出来，这公主使的是什么邪门功夫？只怕任大哥也未必能胜得了她！

那公主手一提，单宝儿的身子不由自主地飘到空中，忽觉后背被她一抓一翻，人已经稳稳地站在地面上，单宝儿不禁仔细地瞧了瞧眼前的神奇公主，只见她生得花容月貌，丽质天生，虽及不上彭丹玲的容貌，可也称得上是天姿国色，美女一名。

那公主被单宝儿这么一瞧，脸上不禁红霞骤起，不好意思地走到彭丹玲身前，伸手一提，彭丹玲也被提了起来，站在她的面前。

那公主眼光大变，暗道：天下竟有这样的美人，忍不住说了一句："真美！"

彭丹玲被她这么一夸，怒意全消，还不太好意思起来，顿觉得这公主倒有一种亲切感，并不像川中四鬼及那亡命谷主那么可怕。

那公主盯着彭丹玲问道："你叫什么名字？他又叫什么名字？"

彭丹玲听她语气柔和，并无敌意，说道："他叫单宝儿，我叫彭丹玲，你叫啥？"这谈话根本不像是敌我双方的。

那公主一笑，特别灿烂，说道："你们名字还挺好听的呢，我叫刘香香！"

单宝儿走了过来，说道："你姓刘，是这儿的公主？你爹爹叫什么？"

刘香香咯咯一笑，说道："什么公主，我一点儿也不稀罕，我爹是谷主，叫刘芒！"

"流氓！"单宝儿不自觉地重复了一句，道："这名字怎么这样难听？"

"你不要乱说，小心割掉舌头！"刘香香说道。

单宝儿睁大眼睛问道："叫他名字有什么罪？还割人家的舌头，那他干吗起名字？"

刘香香觉得单宝儿特别傻气，忍不住笑道："他是谷主，名字能随便叫吗？！"

"那你刚才不是叫了吗？"单宝儿说道。

"那不同，我是他女儿！"刘香香公主很神气地说道："你是他什么？竟敢如此叫他？我哥哥都不敢叫，只有我敢！"

彭丹玲立刻明白了为什么川中四鬼除了请安，再也不敢乱说一句话，可见亡命谷谷主刘芒很迁就他这个宝贝女儿。

彭丹玲见她一副天真无邪的样子，料想这公主定不会是什么大坏人，便说道："我看你好像闷闷不乐的样子，难道没人和你一起玩儿，一起做事吗？"

香香公主惊讶不已，说道："你怎知道我不乐？我还用得着做事吗？我是公主呀！"

单宝儿说道："公主怎么啦？谷主不也要做事吗？主母说不定也要做事，你这公主还不做事？说得过去吗！"

川中四鬼一听，都忍不住笑了起来，幸好没出声，公主背对着他们，也未瞧见。

那公主特别诧异，问道："谷主、公主，我们这里倒有，难道外面还有主母吗？主母是什么人？地位有多高？权力有多大？"

彭丹玲咯咯直笑，心道：原来这公主刘香香对有些事也如宝儿哥哥一样懵懂无知。

刘香香见她直笑得停不住，说道："不许笑，难道主母比我还厉害？我连谷主都不怕，她连我也不怕吗？"

单宝儿说道:"我也不知主母是什么人,但我想,她肯定做事情,不像你,不做事!"

彭丹玲索性骗她一骗,说道:"那当然,她可比你厉害多了,她专生公主!"

"你是说我母亲?"香香公主问道。

"你说是便是!"彭丹玲笑道。

香香公主自小就在亡命谷的城堡里长大,城里没一个跟她一样大的孩子,从来没有人和她这样谈话,她觉得眼前这两个人懂的特别多,有一种强烈的想亲近的感觉。

于是,又问道:"你们怎的被抓来了?"

单宝儿说道:"我们也不知道,你为什么不问他们?"说罢,嘴巴向川中四鬼一撇。

刘香香转过去问道:"'铁石心肠',为什么抓他们?他们又是该死的吗?"

铁柱升赶忙回道:"这是谷主的意思,公主还是去问谷主好了,这两人有传染瘟病,公主不要接近他们!"

这四鬼没等公主问话,决计不敢开口,因为她可以号令谷主,她可以置人于死地,四鬼对她可是比对谷主恭敬多了。

"啪啪啪啪"四响,"铁石心肠"各挨了一耳光,刘香香气道:"那你们怎不早说,害得我又是和他们打,又是扶他们,这不就是接近他们了?我是不是传染上瘟病了?你们说!"

"无常鬼"常克挨了一耳光,仍不敢气恼,说道:"公主吉人天相,未必就一下子传染得了,请神医看看不就知道了!"

"啪",又是一耳光,"无常鬼"常克被打得莫名其妙,但仍敢怒不敢言。

"那你还站着干什么?还不快去请神医来!"刘香香公主气得银牙直咬,转过身来,正挥手向单宝儿和彭丹玲打去,但猛地缩了回去,气呼呼地问道:"你们害我,要你们好死!"

"无常鬼"跑了开去,其他"三鬼"立在一旁,硬是不敢乱动。

单宝儿和彭丹玲弄不懂这公主怎么喜怒无常,一变再变,彭丹玲脑筋转得快,立马明白了,彭丹玲向前跨了一步,想凑近香香公主的耳朵,告诉她实情。

可香香公主大为惊惧,说道:"不要过来,否则我就马上叫他们杀了你们!"

彭丹玲吓了一跳,连忙缩身回来,不敢乱动,暗道:这丫头实在怪得很,不能胡乱招惹！

香香公主伸出两只玉手，左手瞧瞧，右手看看，也看不出什么异样，大声喝道："你们快说，到底得了什么怪病，怎么一点迹象也没有？"

单宝儿大惑不解，这小公主说话一时如同孩童一般，一时如同久经江湖的老手一般，她到底是故意胡闹，还是原本如此？

彭丹玲笑着说道："我们这病不传染女孩，只传男孩，你瞧，我身边的这个大男孩的样子跟你的样子有什么不同？"

单宝儿一听立即像惊皮蛇一样低下头。

香香公主看了看单宝儿，自己又乱跳一番，反问道："真有此事？传男不传女？"

"是啊，他和我一样奄奄一息，你不是活蹦乱跳，好端端的吗？"彭丹玲不无调侃地说。

川中四鬼中的"三鬼"也面面相觑，不知所以然，只觉得单宝儿的确不如公主香香气色好，三鬼暗道：大半这丫头说的是真的。

香香公主半信半疑，高兴地一笑，说道："如此便好，不过，它以后会不会发？"

彭丹玲有气无力地说道："你没传染，怎的会发什么瘟病，只怕刚才绑我们的人这时已经发了吧！"胡诌一气，但想到刚才那些人害怕的样子，便知那几个人必定灰心丧气，没精打采，就像单宝儿的样子，可是，待会神医一来，马脚不就露了，所以干脆乱说，想把小公主将三鬼支开，好另做打算。

这小公主果真上当，连忙说道："你们都是死人呐，还不快去看看有没有这回事？"

"三鬼"个个怕怕这嬉闹无常的小公主，一听发令，一齐溜走了，只在心里暗道：谷主要是怪罪下来，说是公主阻止，便不妨事了！

这么一来，彭丹玲确信公主是无知幼稚无疑，平时哄小孩她最拿手了，不如再哄她一哄，于是，便说道："待会神医来了，如果我们没有瘟病，你会怎么样？"意在试探她。

单宝儿不住地眨眼示意彭丹玲不要乱说，彭丹玲像没有看见一样，不理会他，单宝儿直急得团团转。

香香公主见单宝儿直转圈儿，说道："他这样昏头乱转，是不是发病了？怎的又说没病，神医会诊断准确的！"

这没头没脑的乱说一通，彭丹玲倒不知香香公主的意图了，只得顺着她的问话慢慢再转到自己的计划中来，就说道："他这是犯病，但是你只要让神医说他真的犯病了，他便好了，这是一种怪病，你越胡来，它就越没方法，就不会再犯，便自行治好了"！彭丹玲自己都不知道自己在说些什么，但她仍想试一下，或许能求得一线逃脱的希望。

小公主自幼就给惯坏了，无邪之气未灭，暗道：管他是真是假，试试又何妨？反正我又没染上这该死的瘟病。

恰巧这时"无常鬼"常克带领一个老者过来，说道："公主，神医请到，让他给你瞧瞧吧！"说完，立在一旁，十分恭敬。

小香香说道："你走远点，不可偷看女孩家身体！"说着，还用眼睛向彭丹玲眨了眨，彭丹玲不知其意，也眨了几下眼皮。

待那"无常鬼"远去，小公主香香说道："神医，你看看我有什么不对吗？"

彭丹玲一惊，暗道：这小公主还挺有心计的，不挑明说是瘟病，只说有什么异样，神医自不知是什么病了！

那老神医瞧了瞧公主的脸色，又替她把把脉，看了看她的舌头，说道："公主玉体安然无恙，什么病也没有！"

小公主高兴得笑逐颜开，低声说道："你再看看这两人是不是有瘟病！"

彭丹玲一听，暗道：糟了，要穿帮了，这下可露了底！

老神医依言看了二人一遍，怎么也看不出有什么不对劲，更别说是瘟病了，沉思良久，转回头看了看小公主香香，见她忽闪着眼睛，仿佛明白了什么似的，清了清嗓门，说道："这两人的确得了瘟病，不过，对公主玉体并无大碍，公主可满意了？"这最后一句显而易见是试小公主的。

小公主柳眉一展，说道："这病是不是只传男不传女？是真的吗？"

单宝儿和彭丹玲心如鹿撞，怦怦直跳，眼见着就把慌言揭穿了。

陡听到那老者说道："这病不可能传得到公主身体，公主是何等尊贵之躯，这病能近得了公主的玉体吗？自然是传男不传女的了！"

那老神医自然而然地顺从小公主，这是亡命谷没人敢惹的最高人物呀，不小心应付，只怕会落得个脑袋搬家的，那神医已经冷汗涔涔而下了。

彭丹玲瞧这情形，立刻上前说道："小公主，我们的确与神医诊断的一样，没有错吧?"

那神医只道是彭丹玲给她解难,感激的目光投了过去,已是老泪纵横了。

彭丹玲心中更是大惊,暗道:料想这神医也是被抓来这里的,为了生存下去,不得已给这亡命谷的人卖命,而且还得顺从这个小小的丫头的兴致。

小公主香香嫣然一笑,说道:"我知道你是骗我的……"

那神医顿时跪拜在地,说道:"公主饶命,小人不敢再乱说,只是……"

小公主淡淡一哼,说道:"不过,你想不明白我眨眼是什么意思,所以才违心说他们有瘟病,对不对? 怕我杀了你,对不对?"

"神医"吓得直哆嗦,说道:"是……是……"

小公主轻挪莲步,笑道:"幸好我今天心情还好,饶你一命,你去吧!"

神医连连叩谢而去,连跌了几跤。

小公主"扑哧"一笑,自语道:"看你下次还敢不敢骗我!"

彭丹玲与单宝儿对视了一眼,见单宝儿脸上一片血红,知道他心里着急,她自己何尝不是如此? 心跳急剧加快,惊慌不定,这小香香太可怕了,连可怕的川中四鬼都不敢乱诌半句,我这么一气乱说,不知要受到什么处罚。

正想着该如何应付,忽听小公主香香笑道:"这么一个大男人,也羞得满脸通红,我还是第一次见过,男人也会有脸红的吗?"

单宝儿一听,脸更加红了,知道若是不答,势必不妙,便说道:"男孩也怕羞,和女孩一样,有什么大惊小怪的!"

小公主笑了笑,说道:"我们亡命谷的男人个个都铁骨铮铮,从没有人脸红,想必你第一次见到我,脸红也不奇怪!"顿了一顿,说道:"常克,你把他们带到哪里去?"

"无常鬼"连忙跑步过来,说道:"回公主,奉谷主之命,带他俩去石牢!"

小香香点了点头,说道:"嗯,带去吧,好好招待,不要虐待他们,否则,我叫刘芒杀了你!"

"无常鬼"常克立即躬身说道:"是,公主!"

单宝儿特别奇怪,自语道:"明明是她爹爹,为何直称其名?"

公主听了说道:"有什么奇怪的? 我从小就这么叫的,你管得着吗?"

单宝儿和彭丹玲见她一时很好,一时又凶巴巴的,实在不敢再招惹她,跟在"无常鬼"后面,走向城堡深处。

突然，小公主喊道："常克，给他俩松绑！"

单宝儿和彭丹玲顿时感到那么主特别奇怪，但是至少本性不坏，只不过是凭喜恶做事，单宝儿不禁说道："谢谢公主！"

那公主嫣然一笑，说道："你们也很可爱，放心去吧，常克，没我的命令，不许杀了他们，听见了没有？噫，你找死，还不松绑！"

"无常鬼"开始极不愿意接近他俩，害怕染上瘟病，听公主这么一骂，立刻上前给松了绳索，不声不响地带他们到石牢里去。

越往深处走，越发让人觉得阴森，静得有些可怕，二人暗道：这么美丽的仙境，居然也有如此阴暗的角落。

二人被关进一间石室，那石室很高，最上还留有一个小窗口，至少只能伸出一只手臂出去。

"无常鬼"怪笑道："你们老实点，否则有你们会受折磨的！"

"你敢，我跟公主说！"单宝儿仗着那小公主的威信反唇相驳道。

常克果真害怕，嬉皮笑脸的样子煞是可怕，说道："你别对公主说，我不为难你们就是了！"说罢，"砰"的一声，关了石门而去。

石牢里顿时一片黑暗，彭丹玲不由自主地靠近单宝儿，身体在发抖，只听她哆哆嗦嗦地说道："宝儿哥哥，我们会死在这儿吗？"

单宝儿心里一阵难过，沿途的路径和关卡让他确信能智大师、任重义还有万掌门救他们比登天还难，心中不免掠过一丝慌乱，彭丹玲这么一说，他反而胆气十足了，安慰道："不会的，单宝儿在万人谷与千年灵虬相斗也没死，在这小小的石室，又怎么会死呢？吉人天相，我们没事的！"

彭丹玲何尝不知单宝儿在说谎话，说安慰她的话，她隐隐感到只有那个小公主香香才救得了他们，但这只是幻想而已，美梦而已，会成真吗？彭丹玲不停地问自己。

想到刘芒在亡命神殿上的淫威，彭丹玲害怕极了，现下公主已经知道他们并没有什么瘟病，还有常克和那神医，都知道此事，他们会不会告诉谷主刘芒呢？刘芒会放过她吗？她暗暗下定决心，如果刘芒强迫，她就一头撞死，以保全清白的女儿身，但她害怕离开单宝儿，她是单宝儿的女人，她不忍心单宝儿大仇未报，就这么和她一道共赴黄泉之路，怎么办？

彭丹玲紧紧地拥抱着她的至爱，一行行苦泪无声地落下。

不知过了多久，正当单宝儿和彭丹玲迷迷糊糊地进入梦乡之际，忽然听到"轰隆隆"的声响传来，二人睁眼一看，石牢的石门已然洞开，一个年轻力壮的小伙子走了进来，身后站着"无常鬼"常克。

乍看那青年身材高大结实，雄姿飒爽，虎虎生威，细瞧起来，原来却是满脸麻子，大眼浓眉，高鼻阔嘴，生像威猛，若不是那令人厌恶的一脸麻子，倒当真长得不赖。

常克站在那年轻人身后恭敬地怪声怪气地说道："少主，就是这二人了！"

原来此人正是亡命谷主之独子刘希，他比妹妹刘香香只大两分钟，两人实为龙凤双胞胎，在三岁那年，一场麻疹让他生满一脸的麻子，却不像妹妹刘香香的脸面那样好看，为此，他没少问他父亲刘芒，同是一母所生，且相隔只有两分钟左右，为什么独独他是麻子脸，而妹妹生得那般漂亮？刘芒说是从娘肚子里出来便是这样了，没有办法，只怪你命苦，小香香自是十分欢喜，而刘希则自卑至极，由此养成十分孤僻的性子，常常一个人躲在没人找得着的地方，闷闷不乐，后来，见父亲刘芒武功甚是了得，便吵闹着要学武，其实，他不要求学武，刘芒也会教他武功的，以便将来继承他的谷主之位。

刘希学武自比刘香香勤奋得多，时常一个人躲着练功，因此，武功比刘香香胜过何止一倍。

这刘芒原来年轻时就生性风流，武功并不怎么样，一次偶然的机会，他发现了西门希香，也即她的妻子，天生丽质，花容月貌，便强行玷污了她。

西门希香迫于无奈，只好嫁了给他，西门希香家中无一男丁，仅有三个姐妹，她排行老大，因此，为了续住西门家的香火，刘芒就倒插门，做了上门女婿，可是这刘芒偏不学好，竟将两个尚未出嫁的姨姐先后强奸了，两个女儿家羞愧万分，纷纷自尽，这下可激怒了西门希香的父亲，刘芒的岳父，

决定将这个忤逆不道的孽婿处死，可刘芒索性一不做二不休，来个先下手为强，竟将西门希香的父母一并给杀了。

西门希香悲痛欲绝，料想刘芒难以革新洗面，重新做人，一索悬梁，却被刘芒及时解救，也不知是看在未出世的两个无辜孩子的面子，还是想寻机报仇，杀了这个畜牲丈夫，西门希香竟活了下来，并且生下了一对龙凤双胞胎，可怜的西门希香却因产后身子虚弱，当即香消玉殒，去见她的亲人了。

西门一家并非习武之人，可刘芒却鬼神使差地在西门家找到一本武功秘笈《西

门神功》，这是西门家祖传的至宝，一般情况下，无人敢习这种武功。

然而，刘芒却潜心修炼这种功夫，越练，人越发疯狂，竟无论如何也禁不住全身的情欲，他生性喜好淫乐，这正合他意，就不停地到处奸淫妇女，成了一个地道的采花贼。

这便激起了武林公愤，于是，很多侠客四处追杀刘芒，刘芒自知无法立足世间，便带着刘希和刘香香四处逃避，寻找避难之所。

老天似乎总是帮着坏人，刘芒意外地在亡命谷中发现了他现在所住的锥形山，山上住着一位老人，他千方百计地巧缠，骗得老人的同情，收留了他，并传他绝世武功，在老人倾囊相授之后，他原形毕露，将老人也给杀了，从此便占住亡命谷，广收天下不法之徒，建立起亡命城堡，自立为亡命谷主，经过二十年的经营，亡命谷中人数现已达到数千，已成旺盛之势，刘希与刘香香也已长大成人。

刘芒并不是轻易收留这些歹徒，每个被收容的人，必须将自身的武功毫无保留地展示于他，倘若有可取之处，他便吸取，收留以后，还必须每人每年为他献上一名闺女，供他享乐，委实卑劣至极，但那些贪生怕死，为了活命的歹徒，丧性人性，居然一一依言而行，那些被刘芒玩腻了的女子，就被抛给了手下这些恶徒，直至容颜憔悴，不能再供他们享受为止，所以，他的手下也无不对他感恩戴德，保他不死，将刘芒视为皇帝一般，对其命令无一不从，就是叫他们杀人放火，也都乐意，所以，刘芒的亡命谷才如日中天，鼎盛非常。

第十三章

眼见着独子独女长大成人，刘芒封他俩一为亡命少主，一为亡命公主，派头之大，可想而知。

但刘芒极为疼爱独女香香公主，自小就对她百般宠爱，言听计从，无不顺从其意，究其原因，不得而知。

可对儿子刘希迥然不同，动辄打骂，严厉至极。

刘希听说堡中抓来了两个年轻人，即找来常克，来到石牢，想看看到底是怎样两个人物，竟然兴师动众，浩浩荡荡地去的抓他们。

常克刚说就是这二人了，刘希嗤了一声，说道："我道是什么世外高人，原来是两上黄毛小子丫头，你有个屁用，居然带着百来人才将他俩抓住，我看你这统领当不了多久了！"

"无常鬼"常克原本就面无血色，这下更是惊得魂不附体，面色死灰，结结巴巴地怪声答道："少主，你……你听我说，他……他们一道……道有……有五人，另……另外……外三人十分厉……厉害！我……我们四兄弟不……不是……对手，这才……才禀明谷主，带……带一些人去抓……抓的！"

刘希哼了一声，皱着眉头，说道："你们四鬼身为带兵统领，理当个个武功不弱，你们是怕死，并不是打不过他们，这副德性，如何再任这四路统领一职？"

"无常鬼""扑通"跪倒在刘希身后，说道："少主明察，那三个老不死的正是少林寺方丈能智大师、丐帮帮主任重义和武当掌门万华山，就是再有四鬼，我八鬼也难敌过他们……"

单宝儿一听大怒，骂道："你们才是老不死的，无耻下流的东西，不得好死的恶鬼，天杀的厉鬼，阎王爷不把你们召了去，我就不姓单！"

单宝儿一连串的骂声如同连珠炮，直轰向常克，刘希听了，不怒，反而哈哈大笑，说道："骂得好，骂得好，免得我骂了，小子，你姓单？"

单宝儿答道："你没长耳朵吗？"

他原以为刚才没骂刘希，所以他才如此发笑，这下骂了它，这个少主肯定会发脾气，可是刘希仍就笑道："我看挺恶的嘛！一点也不善。"

单宝儿说道："你们这些人才叫恶人、坏人，我们都是大善人、大好人！"

"你是善人？好人？我倒要看看你们有多善，有多好！"刘希沉着脸，喝道："常统领，将他们带出石牢！"

"无常鬼"这下受宠若惊，连忙恶狠狠地走到单宝儿和彭丹玲的身边，狠狠地踢了单宝儿一脚，怪声说道："起来，到外面去！"

单宝儿不禁心中火起，岂能白白地受这等侮辱，弹身跳将起来，正欲还手，彭丹玲拽了拽他的衣角，低声说道："好汉不吃眼前亏，忍忍算了。"

常克向后退了一步，准备应接单宝儿的还击，见彭丹玲这么一说，不由地放松了警惕，哼了一声，转身就要出了石牢。

单宝儿突然向前趋了一步，"啪啪"两响，"无常鬼"只觉脸上一阵火辣，已然被单宝儿扇了两个耳光，常克不禁火冒三丈，大声怪叫道："好一个天杀的小子，竟敢偷袭本统领，看格老子的怎样收拾你！"掌随音至，一双干枯的鬼掌直向单宝儿胸前拍到。

"住手！"刘希一声怒喝。

"无常鬼"常克委实了得，双掌竟硬生生在单宝儿的胸前不到一寸的地方打住，双掌未收，掉转头看了一眼刘希。

刘希冷冷地站在石牢外，面色丝毫未变，一副冷酷的神情，看也不看常克一眼。

"无常鬼"见他神情不对，连忙收回双掌，瞪了单宝儿一眼，好像在说，待会儿让你知道我的厉害！

单宝儿露出鄙夷的一笑，轻哼一声，拉着彭丹玲，径直从常克身边擦身过去。

来到一条幽长黑暗的巷子尽头，单宝儿和彭丹玲的眼界顿时大亮，这是一处不大不小的场地，单宝儿大刺刺地往场中央一站，说道："恶小子，叫小爷来，有何见教？"

刘希忽然哈哈大笑起来，笑毕，冷冷地说道："好小子，善小子，本少主今天倒要瞧瞧你是如何好法，如何善法！"

单宝儿心里直犯嘀咕，搞不懂这个少主到底要如何整治他。

刘希脸上肌肉微微一动，冷笑道："如果我今天打你，你不还手的话，那你可就是真正的大好人，大善人了！"

单宝儿恍然大悟，暗道：这小子居然想得出如此毒法，要我白白挨打，天下哪有这样的傻瓜？于是，大笑一阵，说道："你是堂堂的少主，竟然如此无耻，我虽说已是你的阶下囚，但是，人不犯我，我不犯人，白白地让你打两下，本来小爷也能不把它当回事，只是小爷今天见到的都是一些无耻之辈，无论如何，也不能让他弄脏我的衣衫！"

刘希听他连自己也骂了，顿时火起，说道："不知天高地厚的东西，受死吧！"话未说完，身形已经趋到单宝儿面前，眼见单宝儿就要受伤。

彭丹玲在一旁大为吃惊，失声喊道："快退下，你斗不过他！"

单宝儿暗暗称奇，心道：这少主果然了得，不知他学了什么功夫，怎的那么快的身法？但身子不敢有丝毫怠慢，急忙使一个"铁板桥"，避过他的双掌。

岂知刘希这一招是虚招，单宝儿只觉得左膝盖重重地中了一踢，整个人一下子仰倒在地，直滑出丈余远处。

单宝儿顿时痛得心胆俱裂，想弹身而起，已是万万不能，只得昂起头来，狠狠地骂道："恶小子，你使诈，算什么好汉？什么狗屁少主！"

刘希哈哈大笑，说道："我道你有什么能耐，居然动用了数百人马，原来是个臭屎无用的家伙，连本少主的一招也敌不过，哈哈！"狂傲之态显露。

"无常鬼"常克不失时机，连忙拍马屁，怪声说道："少主功夫何等了得！这小子自是不堪一击，尽管他武功不弱，料想他连少主的武功见都没有见过。"

彭丹玲心疼万分，连忙扶起单宝儿，问道："你没有受伤吧！"话一出口，顿觉糊涂透顶，若是没有受伤，单宝儿定会站起身来，何以要自己去扶？不禁两行泪水夺眶而出，说道："这个天杀的坏人，一定将你的腿打伤了，你不要动，我给你包扎起来！"

单宝儿只觉得漆盖一阵钻心的疼痛猛烈传来，顿时满头大汗，但是仍苦笑道："无常鬼，这回马屁可拍个正着了，本少爷的确不知道那恶小子的武功套路，但是，我不久就会了如指掌了！"

"胡说八道！"刘希气恼地大声喝道："这是我家的祖传秘学，你怎会不久就了如指掌？"

单宝儿已被彭丹玲扶起身来，坐在地上，他仍忍着痛楚，嬉笑道："什么祖传秘学？要不是你使诈，让小爷受伤，你使出什么招来，小爷必定使出这招，让你瞧瞧！"

刘希心中一惊，暗道：我这武功练了四五年，才练到如此境地，你一个黄毛小兔崽子，有什么能耐一看就会？纵使我演示一遍，你也未必能使出一招来，想到这里，不禁又是一阵狂笑，说道："好大的口气，小爷现在就使出一招，你看好了！"说罢，身形一动，有如蛟龙出海，翻腾飞舞，霎时，地上的杂草已是随着刘希动时扬起的劲风上下飘舞，场景的确十分美妙壮观。

单宝儿和彭丹玲直看得惊呆了，暗道：这种功夫竟然如此了得，能智大师等人看了恐怕也得大吃一惊，看来此次定是难逃一死了！

刘希一招使毕，脸上露出十分狂傲的笑容。

"无常鬼"常克又上前恭维道："少主神功盖世，哪能是这小子学得会的，瞧他那笨头笨脑的样子，只怕这辈子也使不出像少主这样精美绝伦的招术来，他说不久就了如指掌，不过是痴人说梦罢了！"

刘希一阵狂笑，说道："料他一辈子也学不会这招'翻江到海'，哈哈哈！"

单宝儿气极，痛楚不停地袭来，大汗淋漓，仍就是咽不下这口气，受不住这等奚落，说道："只要小爷腿好了，小爷使出你这什么屁招'翻江倒海'让你瞧瞧，保管你这辈子都想不通！"

"哦？是吗？本少主只怕那时候早就死了！"刘希话刚说完，顿觉不妥，连忙改口道："只怕你到死也想不出如何使出这一招来，看你那样儿，命也不比本少主长，本少主有生之年只怕难见你在生前使出'翻江倒海'了！"

单宝儿哈哈大笑，突然"哎哟"一声，仰倒在地，仍不愿停口，道："是啊，你活不了三两天，我得抓紧时间养好伤，免得日后还要到你坟前使这招'翻江倒海'，那样可没趣味儿了！"

刘希怒不可遏，但见单宝儿倒在地上，再上前殴打，有失少主身份，便怒道："常统领，将他关进石牢，饿上三天，看他还嘴硬不嘴硬！"

"无常鬼"堆笑道："是，少主！"答罢，走到单宝儿身边，飞起左足，向单宝儿腰部踏来。

彭丹玲早已看出无常鬼心怀鬼胎，已有防备，就势伸手一挡，虽说这一脚没有踢中单宝儿，但彭丹玲自己却被踢了几个筋斗，直滚向刘希面前。

刘希抬脚一踩，正踩在彭丹玲的肩膀上，彭丹玲顿时羞怒至极，就地一翻，伸出左手，一掌向刘希的那只脚劈来，她明知这一掌击在刘希的腿上，好比搔痒，但女儿家的身体岂能轻易让人如此践踏，是以气极之际，仍出掌劈去。

刘希站在原地，脚一抬一挡，彭丹玲那一掌劈在刘希的脚底下，犹如击在钢铁上一般，玉掌顿时红肿起来，一阵麻木，竟无痛感。

刘希开始一味摆少主的架子，专心与单宝儿斗嘴，并不看他的同伴彭丹玲，这时，听到彭丹玲一声娇呼，定睛一看，不禁睁大了双眼，情不自禁地将彭丹玲扶将起来。

彭丹玲如何肯依，双肩一动，想要挣脱，岂料刘希双手力大无穷，竟被他毫不费力地提了起来，已是稳稳地站在地上。

面对着美妙绝伦，犹如天仙般美丽的彭丹玲，刘希顿时忘乎所以，掉了魂魄似的，傻傻地抓着她的双肩，怔怔地看着，眼睛一眨也不眨，仿佛被人用魔法定住的样子。

彭丹玲开始被他瞧得满脸羞红，刚要低头，突然不知从哪里迸发出一股劲来，竟挣脱刘希的双手，挥手"叭叭叭叭"，一顿耳光，打得刘希双眼金星直冒，脸上顿时红肿起来。

刘希却居然一动不动，仍然眼睛都不眨动一下，看着彭丹玲，好像根本没人打过他一般，刘希平时见过的女子不少，每年亡命谷都有许多漂亮的姑娘被抓来，可是，在他眼里，彭丹玲简直就是天上仙女，人间尤物！那些女子如何与她相提并论？

彭丹玲情急之下，使用的竟是左手，殊不知刚才左手红肿得厉害，麻木不痛，经这一用力，痛得樱桃小嘴一扁，奔到单宝儿身前，将他搀扶起来，不用常克领路，径自向石牢走去。

刘希在彭丹玲转身之际，陡地闻到一股浓浓的幽香，不禁心神一荡，仍不眨眼地默默地看着彭丹玲走了，彭丹玲的一举手，一投足，莫不叫他内心摇憾，心神激荡，浑不知"无常鬼"常克在一旁傻傻地望着他，等他发话。

直到彭丹玲与单宝儿消失在视野之外许久，刘希才缓过神来，喃喃自语道："那小子艳福当真不浅，本少主若有这样一女子搀扶，就是双足都废了，也情愿！"

"无常鬼"常克苍白的脸上露出一种诡秘的笑容，说道："少主莫不是看上了这个小妞？"

"什么小妞？根本就是仙使！噫？你怎么知道本少主看上了她？"刘希仍沉浸在美妙的幻想之中，看都不看常克，说道。

"无常鬼"几乎要笑出声来，但强忍着，不敢出声，面上仍堆出笑容，怪声说道："少主喜欢那小……小仙使，那还不是她的福气？明明是个死……不不不，明明就快是少主夫人了，她……她……"

刘希打断他，说道："哼，我要的女人，谁也得不到，就怕她万一不从，寻个死什么的，岂不是让我终生遗憾！"

"无常鬼"干咳两声，怪调又起，说道："少主聪明绝顶，竟然忘了用一个最简单的办法制住她！"

"什么法子？快说来听听！"刘希急不可待。

常克说道："少主用神功一点她的穴道，她不就一动不动地如小羊羔一样任少主享受了吗！"

"呸，你就知出馊主意！"刘希气愤地说道："你道我是什么人？我定要与她举案齐眉，百头偕老，做长久夫妻，不是你想的那样卑鄙无耻！"

常克被骂得狗血淋头，连连恭维，说道："是是是，少主的为人，感情专一，忠贞不渝，属下该死，竟以小人之心度君子之腹，该死！"

"你不用那么多废话，还有何主意？快快说来！"刘希只想常克能献上妙计良策，好促成他与彭丹玲的结合。

"无常鬼"哪里还敢乱说，唯唯喏喏，说道："这个……那个，……属下不才，一时想不出什么好的计策，我回去与三个哥哥商讨商讨，说不定能议论出个好法子来！"

刘希大为失望，怒道："无用的东西，对一个姑娘都没法子，你怎么当统领？快回去想吧，想好了，立刻告诉我！"

"无常鬼"如释重负，说了声"是"，赶紧逃了开去。

刘希默默地在那处场地来回踱步，抓耳挠腮，想破了脑袋，也想不出来个好主张来，本就不太好看的麻子脸，扭曲得相当厉害，更是丑态百出，不可形容。

彭丹玲扶着单宝儿回到石牢，忙将单宝儿的裤褪卷了起来，看了看伤势，顿时泪如雨注，说道："这该死的臭少主，将你的膝盖一下子给踢碎了，如何是好？身上没有金创药，怎么治疗？要是任大哥在一起就好了，说不定他能为你接好！"

单宝儿轻轻地拍了拍彭丹玲的肩膀，说道："小小伤痛，不打紧，自然会好，不用担心！"

"膝盖都碎了，伤还小吗？你呀，就是嘴皮子硬，也不知吃了这嘴皮子多少亏！"彭丹玲不无心疼地说道。

"哈哈哈！"单宝儿笑了几声，说道："这能算什么？我肩上琵琶骨断了，不也接好了吗？小事一桩，别老放在心上，现在，我们得想法子出了这亡命城堡，任大哥自然会替我治疗的！"

彭丹玲听了，再也不多说伤情了，便问道："我们如何出去？这里如此森严，且只有唯一的一条山路！"

"法子是人想出来的，我们左想右想，说不定就能想出一个好方法来，我们就自由了！"单宝儿傻乎乎地道。

彭丹玲摇了摇头，轻叹一声，再不说话。

单宝儿居然挥舞着双手，学起刚才刘希的那一招"翻江倒海"来。

彭丹玲亦不打扰，回想刚才刘希的色眼，淫光四射，不禁身子颤了几下，不由地靠近单宝儿，迷迷糊糊地进入了梦乡。

不知过了多久，石牢的门又"轰隆隆"地打开了，牢卒说了声"公主请"便退了出去。

彭丹玲睁开眼睛，只见刘香香小公主带着两个女仆走了进来，两女仆一人端着一盘食物，呈了上来，香香笑道："你们饿了吧？吃点东西，我待会儿有话问你们。"

单宝儿抓起竹筷，就要大吃起来，彭丹玲飞快地抓住他。刘香香说道："没毒的，你们尽可放心食用！"说罢，竟坐在石牢的地面上。

彭丹玲将信将疑地放了单宝儿的手，刘香香竟用手抓起一块鸡肉，咬了一口，说道："嗯，味道不错，快吃，快吃！"

彭丹玲怔怔地望着她，问道："你为什么对我们这么好？有什么企图是不是？我们初次见面，你有那样好心款待我们两个阶下囚？"

香香公主咯咯娇笑，脆声说道："我觉得你们面善，这就来同你们聊聊，怎么？不行吗？"

单宝儿毫不在乎，说道："管他呢，不吃也是死，吃饱了也是死，不如吃得饱饱的，总不能做个饿死鬼！"说罢，大吃起来。

彭丹玲觉得很是在理，这公主若要杀他俩，简直易如反掌，用不着这么劳心费神！于是，便不再犹豫，吃个饱再说。

刘香香在一旁看着单宝儿豪吃的样子，忍俊不禁，"扑哧"一声笑，好不开心。

单宝儿嘴里包着饭，仍禁不住说话，说道："你笑什么？吃饭也好笑！"

香香公主笑道："你快吃，我不笑就是了！"

待他二人吃完饭，刘香香命一个女子送走饭碗，说道："你们知不知道，从来没有人敢骗我，你们第一次见到我，就骗本公主。"

单宝儿哈哈大笑，说道："骗死人不偿命！我们有什么罪，你倒说说！"

香香公主先是一怒，继而笑了起来，说道："你总是骗人，每一句话都是骗人，是不是？"

彭丹玲说道："是又怎样，不是又怎样？"

香香笑道："不怎样，只是，我觉得骗人挺好玩的，我未骗过人，也没人骗过我，除了你俩个人！"她说得十分真诚，单宝儿和彭丹玲见她一副天真无邪的样子，也深信不疑。

小香香又说道："你们教我骗人，好不好？让我骗得这城里人团团转，那才好玩呢！"

单宝儿和彭丹玲吃了一惊，万万想不到这香香公主提出这么奇怪的要求，当下单宝儿也不思索，说道："没问题，骗人我最拿手，教你三万三千九百九十九个骗人的法子？如何？"

小香香拍手欢呼，说道："好啊好啊，你怎么有这么多的骗人法子，是不是在骗我？"

彭丹玲原本听单宝儿胡乱说一气就想笑了，这下见小香香瞪着圆眼，好奇地歪着脑袋看着单宝儿，忍不住"扑哧"一声，笑出声来。

小香香立刻明白了，说道："你骗人，你总是骗人，我说呐，你哪来那么多的法子？"

单宝儿也歪着头，说道："我这下又把你骗了！你说好玩吗？要不要我教你？"

"好玩，不过，马上就被拆穿了，不过瘾，你教我骗得别人绞尽脑汁也想不到法子！"小香香高兴地说道。

单宝儿说道："江湖一张纸，戳破就不灵！哪有人想不到的骗人法子！"

小香香近乎有些失望，说道："你们想不到，那我更想不到，一点也不好玩，我要回去了！"

彭丹玲却说道："小香香，你不要急着走，我教你骗人的法子好不好？"

香香公主笑道："你不叫我公主，叫我小香香，小香香，小香香，嗯，我名字也很好听，你说，什么方法？看它灵不灵，看我想不想得到！"

彭丹玲像抓到了救命法宝一般，眼前这个香香公主像孩童一般，决计不会像那些恶贼一般，草菅人命，我们这两人的性命能不能保住，就全靠她了，想到这里，彭丹玲微微一笑，说道："小香香，如果我教了你这法子，你怎样感激我呢？"

小香香毫不思索，说道："我拜你为师！"

彭丹玲笑道："我不要你拜我为师，你只要放了我们就行了，可不可以？"她明知这近乎不可能，但仍努力试上一试。

小香香却豪情抒发，说道："我拜了你们为师，谁还敢杀本公主的师父，那不是找死吗！"

单宝儿喜道："好好，你说话可得算数，如果你爹爹要杀我们，怎么办？"

"那也得先问问本公主，我不让他杀人，他就不会杀的了！"小香香说道。

彭丹玲格格娇笑，说道："你还说不会骗人，你这不就在骗我们吗？你爹爹是谷主，他就象皇帝一般，怎听你这公主的？"

小香香忙摆手说道："我没骗你们，你问这个花菊花，看看我骗你们没有！"

单宝儿见那个叫花菊花的女仆连连点头，说道："你们俩合伙骗我们，是不是？拿我俩开心，对不对？你故意来调侃我两个被抓来的人！"

小香香急得几乎流出泪来，却豪言壮语，说道："你们要我怎样证明才信？才肯把骗人的法子教给我？"

彭丹玲笑了一笑，说道："除非你放了我们，你若做不到，说明你爹根本就不听你的话。"

小香香说道："好，我这就去叫刘芒放了你俩，不过，你不可耍赖，你一定要教给我骗人的法子，不然，住在这城堡里，可把我闷死了！"

彭丹玲听她这么一说，问道："难道你从未出过城堡？"

"没有，我从小就住在这里，没离开过城堡一步，再说，外面也不一定比这里好。"小香香天真地说道。

单宝儿说道："外面的世界多精彩，你们这鬼地方，我一会儿都呆不住。"

"不打紧，我这就去叫刘芒放你们，你们尽可放心，好，我去啦，你们等着。"小香香说罢，就与那花菊花一道出去了。

狱卒关上石门，黑漆漆的石牢里又只剩下单彭两人了。

过不多久，石门再一次被打开，单宝儿低声对彭丹玲说道："丹玲，这石牢原来也是个热闹的地方，接二连三地有人来看望我们，我俩怎的有那么大的面子！"

彭丹玲捏了他一下，说道："我俩命悬一线，这时候，你还有心思说笑！"

门外传来一阵浑厚的笑声，那声音说道："好好，居然有人不怕死的好说笑之人，在我亡命城堡中的确与众不同，难怪我女儿为你们求情，饶了你二人性命！"

"是刘芒！"彭丹玲失声叫道，在她内心，刘芒是永远也不想见到的人，她害怕刘芒像对待那"亡命神殿"上的女子一样对待她，禁不住紧紧地搂住单宝儿的手臂，生怕被分开了。

刘芒跨进石牢，看了看两人，说道："原来是一个傻小子和一个漂亮姑娘，很好嘛，居然敢骗本谷主，说有什么瘟病，我看你到底有什么瘟病，能奈老子何！"说罢，一手抓起彭丹玲。

彭丹玲身子禁不住地打颤，手死死地箍住单宝儿的手臂，不敢放松。

单宝儿想出手解救，却感到一股强大的劲风向自己袭来，连呼吸一下都觉得十分困难，更是动弹不得。

刘芒见彭丹玲仍不肯放手，淫笑一声，说道："本谷主宠幸于你，是你的福气，我已应允香香放了你们，你总该为本谷主奉献奉献吧！"

彭丹玲自是知道他的意图，忙哆嗦答道："我们有传染病，你不怕死吗？"

刘芒手腕一用力，彭丹玲再也捉拿不住，硬性被他提了过来，刘芒另一手放肆地托起彭丹玲的下巴，淫相毕露，说道："我怕死，我怕得要命，你现在不是已经靠近我，接触我了吗？本谷主不还是安然无恙？哈哈哈，本谷主当真艳福不浅，有这样的仙女作陪，死又何惧！"

单宝儿气得青筋暴露，大声骂道："你这个淫贼，你要是敢动她一根毫毛，我定把你碎尸万段！"

"好！好！你来杀了本谷主就是了，怎么？动不了？你也不撒泡尿照照，微末小技，能奈我何？本谷主刀枪不入，什么都不放在眼里，哈哈哈哈，小天使，咱们就在这里乐上一乐，让他欣赏欣赏，保管他受益匪浅！"刘芒淫笑回荡，狂疯至极，无视一物，足见他的权势和地位之高，单宝儿喃喃地说道："小香香骗了我们，她是个小骗子，她根本拿刘芒没有办法！"眼见着他的爱人就要遭受凌辱，自己又动弹不得，单宝儿涨红着脸，两只眼睛充满血色，简直心胆欲裂，不可用言辞来形容。

刘芒淫笑声声传出，在石牢中四处回荡，陡听见"嘶"的一声，彭丹玲的衣衫已被他撕破了一大块，露出雪白的肌肤，在微弱的光线之下，仍然看得清楚，彭丹玲大叫一声，昏了过去。

单宝儿目眦欲裂，想要开口大骂，可是咽喉像突然被什么塞住了一般，说不出话来。

这时，突然传来一声长啸，刘芒怔了一怔，大声喝道："你来干什么？还不快滚，扫了爹爹的兴致，当心老子宰了你！"

石牢门前突然身影一晃，刘希已站在门前，说道："爹爹，能智大师、任重义和万华山来到，要见您老人家！"

刘芒仍不肯罢手，不耐烦地说道："叫他们殿中等候，老子干完事就去！"

刘希忙说道："三位说了，如果这二人有丝毫损伤，他们决计不会交出藏宝图，宁可当场与你周旋一番。"

"大胆，好你三个老不死的家伙，竟敢违抗本谷主的旨意，他们现在何处？"刘芒气极，仍未放手，抓着吓昏了的彭丹玲说道。

刘希忙说道："他们正在亡命神殿上，爹爹再不去，只怕他们三人已将神殿给毁了！"

刘希这句话果真灵验，刘芒放下彭丹玲，身形微微一动，不知使了怎样的法术，竟一阵风似的出了石牢。

单宝儿身子这才得以活动，当下急忙扶起彭丹玲，连声呼唤。

刘希看了看彭丹玲一眼，略愣了一下，走了。

过了良久，彭丹玲才苏醒过来，见单宝儿欣喜地望着他，情不自禁地向他怀里一倒，痛哭起来。

单宝儿咬牙切齿地骂道："不杀这个淫贼，我单宝儿誓不为人，我一定给你雪了这个侮辱！"

彭丹玲越发哭得厉害，身子颤栗起来，哭着哭着，竟又哭昏了过去。

单宝儿脱下外面的衣衫，给彭丹玲慢慢穿上，拥着她，不禁感到悲观失望，暗道：这刘芒练了什么邪门功夫，竟然身体所发出的劲风都压得我动弹不得，如何斗得过他？哎呀，不好，能智大师、任大哥和万掌门只怕合力也难敌这个刘芒，岂不连累了他们？

单宝儿此刻想到自己大仇未报，爹爹和师妹薛钗儿等三人不知下落，但他们毕竟不至于像自己和彭丹玲以及三位老前辈身陷危难之中，自己死了倒不足惜，只是连累了丹玲及三位前辈，大仇未报，还有师妹和爹爹，他们可以报了此仇，只是不知他们该是怎样一遭际遇。

正思绪翻飞之际，突然听到一阵脚步声，有人喝道："快走，三个老不死的东西，自投罗网，有本事，你们就一辈子不交出藏宝图来！"

单宝儿仔细一听，正是那刘希的声音，心里顿时一阵暗喜，料想被抓的必是能智大师、万华山和任大哥了，又暗自庆幸他们三人仍安然无恙，他一直担心刘芒把他们给杀了，听到刘希的声音，立即明白了三人虽然被擒，但仍保住了性命，心中一阵宽慰。

那脚步声愈来愈近，又听到"轰隆隆"的石门打开的声响，三人已被关进另一间石牢。

但听刘希说道："你们考虑清楚了，交出藏宝图，饶你们五人不死，否则，嘿嘿，让你生不如死，看你们能熬到几时！"

"轰隆！"石门被关上了，嘈杂而又清脆的脚步声渐渐远去，渐渐消失。

突然，一个细如蚊鸣的声音传入单宝儿的耳内，说道："单少侠，你可好？你和彭姑娘在这里吗？没出什么大麻烦吧？"

单宝儿精神一振，放开喉咙说道："我们在这里，在这里，我们没事儿，三位前辈可好？没受伤吧？"

那声音又传来，说道："我们没什么大碍，这是进来救你们来了，我们现在得想办法凑到一间石牢里来，好让我们教你内功，助你神功显威，才能打败那个亡命谷主！"

单宝儿心中一阵暗喜，但他马上恢复了常态，寻思道：我纵然有什么特异功能，也难与刘芒一斗，只怕此生无望了，但他又极不愿让能智大师等三人失望，便即大声说道："我只要内功能达到至高境界，就一定能发挥神奇功能吗？就一定能打败那个刘芒吗？"

能智大师说道："一定能，原来那谷主叫刘芒，怎么起了这么一个肮脏的名字，作孽，作孽！阿弥陀佛！阿弥陀佛！"

单宝儿连忙推了推彭丹玲，没想到她一动不动，并没有醒来的样子，单宝儿狠狠地在自己头上打了一下，暗骂道："我怎么这么笨，这么大声喊，她都没有醒，一定是她身心被吓过度，何不问问大师，看看有什么方法将她弄醒，转念一想，我弄醒她干吗？怎么不让她好好休息休息，刚才刘芒的粗暴行径吓得她够苦了，还是等她慢慢恢复了一下体力吧。"

其实，在他心里，彭丹玲比他聪明得多了，刚才能智大师叫他想法子，让他们三个与他二人住在一起，他想叫醒彭丹玲，看她是否有什么妙计良策，可是见她那疲倦虚弱的样子，又不忍心了，禁不住轻轻地抚摸单宝儿的秀发，另一只手轻轻在她的肩膀有节奏地拍打起来，好像慈母哄心爱的宝贝睡觉一般。

蓦地，他想到师妹薛钗儿，小时候，薛钗儿总是睡在他的怀里，他也总是这样哄她入睡，只不过，在他心中，薛钗儿就像他的亲妹妹一般，而此刻睡在他怀里的是他的最爱，是他的最初的爱侣，他在心中暗暗发誓，彭丹玲也是她最后的爱侣，是他终身的伴侣，他不会再去青睐其她任何一个女人。

突然，能智大师细如蚊蚋的声音又传过来，说道："单少侠，你现在不要出声，我这就将内功心法的练功口诀和行功方法教给你，你听仔细了！"

单宝儿仔细地倾听着能智大师的传授，但是他生性就不甚聪明，一遍教了下来，至多只记得一成，十之八九都记不得了，一想到大仇未报，自己又如此笨拙，霎时间心乱如麻，热血上涌，满脸尽是涨得通红，他想问问能智大师，可他又叫他不要作声，于是，心中更是慌乱，愈是心乱，愈是记不清心法口诀，不一会儿，就早把智能大师所传授的一切忘得一干二净，顿时脑子里空空的，单宝儿不由得骂自己臭屁无用，但内心仍不气馁，仍指望能智大师再传话过来。

果真，能智大师声音又起，将内功心法的口诀和行功之法一段一段地重复说了好几遍，单宝儿生怕记不住，把所有的都忘了，于是，在能智大师传授完第一节时，就迫不及待地依法修习起来，再也不管后面的东西了。

其实，这内功心法，入门甚是容易，只要心神安定，无丝毫妄念就行了，可是，单宝儿怕自己忘了口诀和行功之法，内心的仇恨又随着练功不断地涌现于脑海之中，修习起来，胸膛快速起伏，内心如波涛汹涌一般澎湃不定，怎么也进入不了练功状态，心中不禁又躁乱起来，顿时又将仅仅记住的第一节入门法诀忘得干干净净。

单宝儿虽说笨至极点，生就一副笨脑子，脑子笨拙，性格却坚毅刚强，他又笨拙地等待能智大师再一次传授。

不久，声音又起，这次可不是口诀和行功之法，只听能智大师说道："修习内功心法，最好不要让彭姑娘对你有丝毫的打觉，而且要保持心平气和，切勿烦躁，内功的基底固然重要，但是只要你勤奋苦练，加之你本身具有神奇的际遇，一旦小有成就，你眼睛的神奇功能亦会得到相应发挥，它能辅助你更快地修完这门功夫，同时，你的功夫更有助于你眼睛特异功能的有效发挥，你记住了，练功是一个循序渐进的过程，不可使用蛮法！"

单宝儿心中大为惊喜，他万万想不到，是任重义在一旁告诉能智大师他这种蛮横性格，他只道能智大师委实非凡，居然隔着几道石墙仍然能感觉到自己情绪极不稳定，性格急躁，所以他才如此告诫。他十分欣喜，既然能智大师知道我的练功情况，必然会再传授的，于是，又静静地等待能智大师的再一次传授。

单宝儿只是傻傻地等待，他坚信能智大师定会再次传授，但他并不知这"传音入密"的内功最耗真气，刚才他只顾练习第一节心法去了，能智大师后来的传话都成了白白耗费真气，一连几遍地传话过来，饶是能智大师内功修为甚高，也不得不停下来休息，待真气慢慢恢复才能再授。

单宝儿傻等之余，突然想到了彭丹玲，如果让她记，她一定比自己记得全面，尽管她仍未苏醒，但他为了五人性命着想，为了报血海深仇，只好违心地将彭丹玲弄醒过来。

彭丹玲揉着惺松的美眼，望着单宝儿说道："宝儿哥哥，我怎的昏过去了？那刘芒没有把我怎样吧？"神情仍旧十分恐惧。

单宝儿拍了拍她的柔臂说道："幸好老天有眼，能智大师、任大哥和万掌门及时赶到，你才幸免这个不堪设想的灾祸，现在，我们的三位老前辈也被他们关在石牢里了！"

彭丹玲惊得睁着大眼，悲伤地说道："那该如何是好？他们也被连累抓住了，我们逃生岂不是没有希望了吗？"

单宝儿悠悠答道："刚才能智大师用'传音入密'的声音告诉我，现在能救咱们的就是自己了，只要我练习内功心法，我的神眼功能就会发挥出来，就会打败刘芒这个恶贼头子，我们就可以重见天日，获得自由了！"

彭丹玲大喜过望，说道："是真的吗？但愿你能尽快地练成这一门功法！"

单宝儿喟然长叹，说道："我太笨，能智大师已经教授了我许多遍了，我总是记不住，把那些口诀和行功之法忘得一字不剩了！"

彭丹玲笑道："你只要用心专注，就不怕记不住了，要不，我帮你记，好不好?"话刚出口,顿觉不妥,又说道:"能智大师说过,不会传授女儿家的,他定会只与你一人说话,不会同时与我两人谈的!"神情不免有些黯然。

单宝儿突发奇想,说道:"不打紧,待会儿能智大师再传功过来,我就一边听,一边跟着念,你在一旁用心记就是了,反正,我是记不住,你记住后,再教我,不是更好!"

彭丹玲笑得十分柔美,说道:"其实你一点都不笨,这样的法子你都想得出,你很笨吗?"

单宝儿挠挠脑袋,说道:"我没你记性好,就这么说定了,待会儿能智大师就会传话过来的,你我不要再说话,专心记口诀吧!"

彭丹玲听他这么一说,也不再乱问,静静地与单宝儿一起等待那蚊蚋之音。

过了许久,也不闻那蚊蚋之声,单宝儿又开始急躁起来,他没料想到,彭丹玲料想到的事却正在那边石牢里发生。

任重义深知,若不是面对面,手把手地教单宝儿,他的这个笨头笨脑的异姓兄弟是决计记不住这些口诀的,纵使记住了,他悟性不高,亦是枉然,所以,任重义竭力提议能智大师先将内功心法传给彭丹玲,可是能智大师身为少林寺方丈禅师,素来不与女儿家接近,更别说亲口传她内功心法了,是以坚持原则,一点也不放松,任重义和万华山在一旁直责怪他顽固不化,枉为一代禅师,不知随机应变,因人而异,能智大师也不与他二人争执,竟闭目静坐,念起佛经来。

不知不觉地过了许久许久,狱卒端来饭菜,嘱咐他们吃饱,说是公主特意分咐的。单宝儿和彭丹玲在这黑暗中也不知时辰,便问那狱卒,狱卒说她们两人已在石牢中过了三天了,单宝儿和彭丹玲都大吃一惊,怎的自己却不知道?反正多想无益,单宝儿吃饱饭,对那狱卒说道:"你替我向公主谢过,说我们还记得她的话哩,叫她赶忙去办!"

那狱卒见香香公主对他二人喜爱有加,很乐意地应声而去。

过了一会儿,能智大师的声音又传了过来,单宝儿依照计划,边听,边小声念与彭丹玲听着记着,他一个字也记不得,活脱脱的一个传话机器。

一连传过来五六遍,彭丹玲已经记得滚瓜烂熟了,见单宝儿仍木讷地边听边念,亦不打扰他,便即刻盘膝坐下,依法入静修习起来。

彭丹玲的定性较单宝儿要强得多了,尽管单宝儿不停地念口诀,她却充耳不闻,心平气和,脑中空无杂念,一下子就进入了内功心法的修习法门。

单宝儿直到能智大师不再念了，才跟着停下来，正欲问彭丹玲记住了没有，陡见她盘膝而坐，两手交错，闭目入静，正在吐呐呼吸，运功行气，便急忙收嘴，不敢打扰，只道是能智大师先对他说了练此内功最忌打搅，所以呆在一旁，也不动声色地盘膝而坐，闭目养神。

约摸过了一个时辰，彭丹玲才慢慢睁开眼睛，收势作罢，她已经将第一节行功之法与口诀融合练习得如同自身原有，这才一一讲给单宝儿听了，单宝儿经过数十遍的教导才懂得其真谛，才慢慢地进入状态，好不容易也闯过了第一大难关！

后来的几天日子倒过得甚是平静，偶尔只有香香公主来探望他们，其余的时间，单宝儿和彭丹玲均专心练习内功心法，倒也进步不少，均感到功夫增强了数倍，此时彭丹玲的内功心法已经练到第六层，而单宝儿仍停滞在第二层上，但他只是傻笑，更加勤奋，毅力惊人。

这一日，单宝儿早早醒来，面向石牢窗口的那面墙壁，依法吐呐，忽听到门外一阵脚步传来，他别的不精通，却听出这是香香公主来了，便有些诧异，转过身子，停止练习，思索香香为何而来，由于练习过内功心法，功夫大增，耳目比之往日远为灵敏，只听到石牢的门锁轻轻地打开，石门又缓缓地打开了，但仍然发出"轰隆"的声响，只见石门打开一人身大小的开口，香香公主伸进头来，低声喊他的名字，单宝儿随即站起身来，走到门前，香香又挥手示意他跟她出去。

单宝儿无暇思索，毫不犹豫地跟了出去，与香香公主一道轻手轻脚地走出石牢，来到一处非常僻静的石崖旁边。

其时，天刚蒙蒙亮，一片阴云笼罩在亡命城堡的上空，不久便渐渐沥沥地下起小雨来，一阵寒风掠过，单宝儿发现天真烂漫的香香公主的脸上露出一丝忧伤，两鬓旁的青丝不时地拂着她俊俏的脸蛋，单宝儿也不说话，一直目不转睛地望着她，幸好这处石崖向里凹去，刚好容得下两个人，才不至于使他二人身子被雨淋湿，香香公主神色凄楚，一言不发地望着远处，身子一动不动。

单宝儿亦沉默了许久，阴霾的天空也未见有一丝亮色，他终于再也忍耐不住，问道："小香香，你叫我，倒底来有什么事？"

小香香转过脸庞，满脸愧色，喃喃说道："我对不起你们，不能实现我的诺言，我尽了最大的努力，也不能让刘芒放了你们！"

单宝儿前些日子只顾着练功，却一直未问她这个问题，这次她却自己说了出来，单宝儿不怒反喜，深情地说道："香香公主，你我素昧平生，你这些日子都在为我们的事担忧和周旋，单宝儿觉得莫大的感激，原本你可以根本不理我们，你如此一来，反而使我觉得愧疚了！"

斜风细雨，兀自未息，小香香的脸上凄然一笑，说道："你以为这亡命谷中人人都很坏是不是？连我也一样，对不对？"

单宝儿心中一怔，说道："香香公主天真无邪，圣洁无比，定然是个大好人了，只是单宝儿很奇怪，在如此氛围之下，公主又何以住在此十几年！"

小香香叹道："我自幼就失去了母亲，全凭刘芒一手将我拉扯大，他的为人秉性我一直坚决反对，可是以我的微末力量，实难阻止，再说，他是我的亲生父亲，养育之恩，永生难报，我也只好听之任之！"

单宝儿一听她话中有话，便说道："难道你还有什么法子控制刘芒不成？"他见小香香叫她父亲刘芒，也跟着直呼其名。

小香香似乎并不在意，说道："从我很小的时候，刘芒就一直顺从我，因为他得了一种怪病，天下无药可治，唯有我一人救得了他，所以他对我十分怜爱，从不让我有丝毫的闪失，否则，他也会没命的。"

单宝儿听得唏嘘不已，从未听说过有如此神通广大的女娃，很小的时候就能治疑难杂症，便问道："公主何来如此大的本事？"

小香香说道："也并不是我的本事大，只因我与生俱来就有这种特异功能，我只要吐出一口痰，就能治好他的病！"

单宝儿虽说亲眼目睹，亲身体验过"赛华佗"喻圣舒的神妙医术，却对这一惊世骇俗的秘闻大感不解，又问道："你有什么样的特异功能，怎么如此厉害？"

小香香说道："其实也没什么大惊小怪的，刘芒每个月都会发病一次，所以我每个月也就吐出一口痰让他服下，对于其他的病症，我却是无能为力，只是对他一个人有效！"

单宝儿越听越奇，说道："竟有这等怪事！"转而一喜，说道："那你完全可以要挟他放了我们，他若不听，你就不给他痰服！"

香香摇了摇头，说道："不管用，我已经试过了，他就是不放，不答应，我执拗不过，还是给了他痰服，他毕竟是我的亲生父亲啊！"

单宝儿一听，觉得极是，人非草木，孰能无情？况且刘芒是她的生身父亲，又怎能眼睁睁地看着自己的父亲受折磨，受痛苦呢？虽说他是十恶不赦之人，可也难狠下如此心肠，对于这个天性善良的小香香公主来说。

单宝儿本就是善良的性格，更能体会到此时香香公主的心情。

可是，香香却说出了一个令他大为震惊的秘密，她说道："单宝儿，如果你不在这个月十五之前交出什么藏宝图的话，刘芒决定将你的左手砍去，再到下个月的十五，你还未交，他又将把你的右手砍去，接着会砍你的左脚、右脚！"

单宝儿心中不禁骇然，但马上平静下来，说道："你为什么待我这么好？为什么要告诉我？"

小香香笑道："因为我想你教我骗人的法子，你可答应过的噢！"

单宝儿再笨，也知道这不是真正原因，心念一动，暗道：莫非小香香与刘芒串通一气，故意诱拐我等的藏宝图？于是，便说道："这个好说，我死之前，定然会教给你，并且不需要任何交换条件，你满意吗？"

小香香凤眼一瞪，说道："谁要你死了？我正想办法救你们呢，要是你成了残废，那……那我就杀了刘芒！"

单宝儿被说得稀里糊涂，说道："你连一口痰都狠不下心不给他，又如何狠心将他杀了？你打得过他吗？"

小香香说道："我是打不过他，但是他发病时，我不给他痰服，他就会瘫软无力，我杀他易如反掌！"

单宝儿不明白香香为何要杀刘芒，便不解地问道："我死了，你干吗杀你父亲？这与你毫不相干呀？"

小香香毫不犹豫地说道："因为我喜欢你，我不许任何人伤你，哪怕是刘芒，也一样照杀不误！"

单宝儿脑子"嗡"地一响，他怎么也不相信自己的耳朵，这个香香居然说喜欢上他了，叫他好生诧异，他在脑海上不断地问自己：我喜欢丹玲，丹玲喜欢我？你咋又喜欢我，是怎么回事？你不能喜欢我，我也不能喜欢你，要是我也喜欢你，那丹玲怎么办？不不不，我与你相识不久，怎么能喜欢你呢？你又怎么就这样喜欢上了我呢？为什么？为什么？我真的没有喜欢过你，但是，我如果说不喜欢她，她会将我杀了的，她连她父亲刘芒都要杀，那我又何以不会被杀，但是我不会怕死，死了就死了，没什么了不起，或许她连丹玲及能智大师、任大哥和万掌门也一起杀了，这可如何是好？如何是好？大丈夫岂能为人所逼，威武不能屈，我就是不喜欢你。

想了良久，单宝儿斩钉截铁地说道："香香公主，我不值得你如此珍重，再说，我也不喜欢你，我只喜欢丹玲一个人，此生此世，永不变心！"他满以为小香香会立刻暴跳如雷，立马杀了他，然后杀丹玲和三个老前辈。

可万万没有想到，小香香凄然一笑，说道："我知道你不会喜欢上我这个刘芒的女儿，但我喜欢你就够了，不管你是否喜欢我，我都会阻止任何人伤你，都会容许任何人爱你！"

这是什么？这算什么？单宝儿不停地问自己，天下居然有这样的女子，居然还是"公主"，单宝儿竟一时答不上话来。

小香香淡淡一笑，说道："你不想我为什么会突然喜欢你么？"

单宝儿点头，连声答道："想！想！你好没来由，怎的可以胡乱喜欢人？"

小香香"咯咯"娇笑，说道："怎么没来由？我第一眼见到你，就知你不同凡响，见你像姑娘一样害羞，我每时每刻都在脑海中回忆你那一刻的模样，我真的好喜欢你这种人，难道我喜欢一个人的权力也没有吗？我并不苛求你能喜欢上我，但我喜欢你，你怎么也要管！"

单宝儿的心怦怦直跳，暗道：对呀，我怎么阻止得了别人的心思，她要是打心眼里喜欢岳飞将军，我能让她喜欢秦桧？不会，她也真够胆量，居然把这种思想直言不讳地说给她喜欢的人听，真是不可思议。

小香香说道："你是不是很恨我？说我不该插足你和彭丹玲的关系？"

单宝儿被她弄得不知所措，说道："你是不该，但是你却没有影响我和丹玲的感情，我想你也不会如此去做的！"他说这最后一句话只是他心中所愿，并无半分把握。

可是，小香香却坦诚万分，说道："我说过了，我会包容允任何爱你的人，不管她是谁，我都不会去伤害她，拆散你们，因为她和我一样喜欢你，爱你，我不能对自己刻薄，不能对不住自己及如自己一样的人！"

单宝儿傻了，简直有些害怕小香香，这个小香香真像鬼魅一样让他失魂落魄，魂不守舍，他几乎想要一声不响地逃走，但是，还是说道："香香公主，如果没有别的事，我想我该回石牢里去了！"

小香香说道："难道你不怕死？不怕砍掉手、砍掉脚？"脸色极为苍白，像是也会如此对待她一样。

单宝儿淡淡地答道："砍就砍了，那有什么！"

小香香说道："你不在意，可是我在意，我现在教你武功，好让你有能力逃出去！"

单宝儿不屑地答道："我才不稀罕你什么武功，我不学，你都打不过刘芒，我又怎敌得住他！"

小香香说道："我要你斗刘芒干吗？我只要你能学好我的功夫，斗得过'铁石心肠'就够了，到时候，我不给刘芒疗服，他就没能力出战了，我与刘希纠缠，你不就可以逃走了吗！"

"不行，我要与丹玲在一起，要与任大哥、能智大哥和万掌门一起走，要死就一块死，要走就一块走！"单宝儿想着啥就说出来。

小香香叹道："我总算没看错人，只是我没这个福分，好，到时候，你们一块走，行了吧？"

单宝儿深情地瞧了她一眼，说道："我该如何报答你呢？你要我如何谢你？"

小香香摇着头说道："缘分天注定，我并不强求你如何谢我，我也不要你报答我，今天就说到这里，明天我再来叫你，你可必须要来跟我学功夫，不许不来，听到没有？"

单宝儿也不知怎么搞的，唯唯诺诺，小香香像一朵云一样飘走了，阴云笼罩着亡命城堡，亦如愁绪笼罩着单宝儿的心境一般。

回到石牢，单宝儿看见彭丹玲正用惊异的目光望着他，顿时，他内心一片迷茫，乱至极点，他不知道该不该把刚才发生的事老实地向彭丹玲明说了，思想斗争让他的汗水慢慢渗了出来，这种思潮，他还是平生第一次碰到过。

彭丹玲连忙走近他，挥起衣袖，给他将汗水轻轻地拭去，同时柔声问道："你这是怎么了？如此冷的雨天，却直冒汗，是不是刚和小香香拼命了？"

单宝儿内心一震，说道："你何以知道下雨了？又何以知道我跟着公主香香去了？"

彭丹玲嫣然一笑，娇声说道："你以为我不知道么？你出石牢时，我醒着呢，看你身上淋得湿漉漉的，外面不是在下雨，又是什么！"

单宝儿咧嘴一笑，说道："你真细心，什么都让你瞧见了，那我还有什么隐瞒的！"

彭丹玲柳眉微微一皱，问道："难道你还有什么不能说与我听的吗？"

单宝儿脸上一热，顿时红通通的，说道："咱俩谁跟谁呀？说什么也不能瞒住你，来，我把刚才的经过慢慢说与你听！"

彭丹玲娇躯一扭，坐了下来，暗忖道：小香香到底搞什么鬼，竟然把宝儿哥哥吓得出了一身冷汗，莫非她动了杀念？

单宝儿倚着她坐了下来，将湿衣服解下，将刘芒要对付他以及小香香对他的感情和计划一五一十地慢慢说与丹玲听了。

彭丹玲听着又惊又喜，想到她的宝儿哥哥将被砍去左手，更是恐慌，便即说道："宝儿哥哥，我们不要那劳什子藏宝图了，交与刘芒吧！你可不能失去了一只手呀！"

单宝儿苦笑道："那我们还报不报仇了？"

彭丹玲娇躯向单宝儿一靠，柔声说道："我们不是已经知道仇家便是段家堡了吗？待找到爹爹，我们一起上段家堡报仇就是，何必要那无用的藏宝图呢？再说，他刘芒拿了一半地图也是枉然，还有一半，他未必能得到！"

单宝儿微微笑道："你说的倒也不错，但是爹爹那一半地图倘若也丢了，那日后我们寻起藏宝图来，谈何容易！"

彭丹玲瞪大凤眼，说道："藏宝图真的如此重要吗？它到底有什么秘密？"

单宝儿叹道："我并非贪图藏宝物，只是这宝物一旦落入恶人手中，武林将会面临一场难以想象的灾难，这也是任大哥跟踪调查爹爹的目的，我不能为了个人的利益，草率地将这神剑秘笈交给任何一个不正义之人，否则我苟活于世，又有什么意思！"

彭丹玲大惑不解，说道："那神剑秘笈当真如此厉害？那可得好好藏匿了！"

单宝儿摇头，说道："我也只听爹爹这么说，至于是真是假，只有依着宝图，找到那柄短剑和秘笈方才知晓！"

这时，狱卒送来一套十分华丽的衣服交与单宝儿，说是香香公主让他换下湿衣，不要着凉感冒了，保重身子，才能办大事。

彭丹玲又是嫉妒，又是感激，不知该骂香香好，还是该感谢她才是。

单宝儿听到说办大事，内心一热，连忙换好衣服，让彭丹玲教他内功心法起来。

第十四章

以前单宝儿练功常常万念俱生，难以静心，此刻明白了自己将为了千万人的生命安危和整个武林的稳定，一腔正义热血涌上心头，加之有丹玲陪伴，有香香公主刻骨铭心的深情厚意支持着他，单宝儿一想到自己若能发挥神眼之功效，就能打败恶人，保护好爱的人，还有许许多多的亲人和朋友，心中一下子踏实多了，出奇地镇静，很快地进入练功状态，并且效率也大大提高了，眼见着两个时辰下来，一层内功心法已练得出神入化。

彭丹玲在一旁静静地看着他，陡见他突然睁开眼睛，两道五彩光芒疾射而出，居然将石牢照得明亮，知能智大师所说的神眼之功效已渐得发挥，内心暗暗激动欣喜不已。

单宝儿自己并不知道，他只觉得眼前突然一亮，如同白昼一样，一切都瞧得十分清晰，诧异之际，内息一退，顿时眼前又是一片昏黑，单宝儿好生奇怪，暗自忖道：哪来的奇怪现象？难道这石牢里有什么古怪？怎的无故亮堂堂的，还煞是好看？正欲询问彭丹玲，但听她说道："宝儿哥哥，你的神眼发挥奇效了，你再练练看！"

单宝儿不禁大喜，拥着彭丹玲，得意忘形，喃声说道："我练成了，我练成神功了！我可以打败刘芒了，我太高兴了，我总算可以重见天日了，你高不高兴？"

彭丹玲小鸟依人般依偎在他的怀中，热泪忍不住夺眶而出，点头作答。

正在单宝儿得意忘形之时，能智大师那细如蚊嗡的声音传来，说道："单少侠，习武之人切忌骄躁，你不过是使得神眼奇功发挥了微末功效而已，你必须静下心来，潜心修习内功，方能使神眼功能全效发挥出来，以你现在的功力，恐怕连刘芒的一根手指头也未必碰得到，天将降大任于斯人也，必先苦其心志，劳其筋骨，饿其体肤，空乏其身，你还未经过艰苦磨炼，要想练成神功，必须不断修习，修习再修习，愿佛祖保佑你早日大功告成！阿弥陀佛！善哉！善哉！"

单宝儿犹如兜头泼了一盆冷水，顿时冷静清醒过来，暗忖道：是了，我怎能如此骄傲自满，学海无涯，我这一辈子也难学全，古人云：天外有天，强中自有强中手，我这点小小成绩根本不值一提，不知还有多少高人比我单宝儿强，我一定要不断地吸取武学精华，使自己成为一个出类拔萃的武学尊者！

他扶起彭丹玲，将所学过的内功心法一次又一次地练习起来，直到练至得心应手，才又让彭丹玲教授下层的功法，这一练起来，竟将整个内功心法一下子练到底了，单宝儿仍不肯就此罢休，重新从头练习下去，直到练得全身热气腾腾，衣服都已湿漉漉的，筋疲力尽为止。

彭丹玲十分诧异，以前单宝儿练习此法，一层功法往往练上三四日才能擦着皮毛，这天，怎的竟将整个功法一古脑儿地练成功了？彭丹玲百思不得其解，直感到匪夷所思。

她自是不知这其中的奥妙，甚至连单宝儿自己也并没觉察到，这正是千年灵虬的奇眼发挥了千年修炼所得的功效，一旦这灵虬的神眼在单宝儿的身体上发挥了功效，便犹如千年灵虬复合在他身上一般，以灵虬千年的修为，练起这种内功心法，简直是小菜一碟，不值一提，自然不用花费多长时间便水到渠成了，这千年灵虬的灵性十分了得，胜过数百人的智慧，单宝儿得到了这种灵性的滋润，自然而然地变得万分聪明，悟性惊人，练起功法来就轻而易举了，普通人即便是花上一辈子也难学会的东西，这会儿，单宝儿亦会唾手可得。

这种功效甚至连"赛华佗"喻圣舒和少林方丈能智大师也并不知晓，他们只知道这种神功的确了得，前无古人，何以得知？仅仅从书中得知微末而已。

第二天一早，单宝儿便起来修习内功心法，顿觉精神异常饱满，要爆炸一般，全身有着使不完的劲道，他轻轻地挥了挥衣袖，一股强大的劲风竟将酣睡的彭丹玲的娇躯移了一个位置，他大吃一惊，暗道：我怎的有如此大的功力？这真是奇了，噢，对了，定是神眼发挥的功效，随即心中不免又是一喜。

彭丹玲幸好正在酣睡之中，否则，单宝儿这一拂袖，必然会把她的筋骨震断不可，饶是如此，彭丹玲亦感到全身疼痛难受，睁开眼睛，一张漂亮的脸蛋扭曲着，傻傻地望着单宝儿，不知到底发生了什么。

单宝儿此时心念电转，聪明绝顶，二话不说，连忙扶起彭丹玲，为她推宫过血，彭丹玲顿觉精神舒适，全身畅舒无比，说不出的美妙受用。

单宝儿收回双掌，说道："丹玲，能智大师正在和任大哥、万掌门商讨如何教我武功，只是苦于不能当面传授，三人也急得不知如何是好！"

彭丹玲更加大为震惊，侧耳聆听，并无一丝响动，便说道："你怎么知道？难道能隔物视物不成？你是不是昨晚梦见们如此了？"

单宝儿神功一旦发挥，耳目比普通的武学高手不止灵敏百倍千倍，此刻他仍能隔着数层石墙清晰地听到能智大师等人的谈话，他笑了笑，说道："不是的，我亲耳听到他们说话，他们正在担心我的练功进展如何呢！"

彭丹玲听了，简直不敢相信自己的耳朵，说道："你能听到他们的谈话，是不是能智大师又用'传音入密'的功夫传到你耳朵里了？"

单宝儿见彭丹玲兀自不信，他也不再与她解释，便说道："此刻小香香已经快来了，等会儿你即知道，我不是在说假话！"

彭丹玲一听，若是真有其事，岂不是天地造化？为单宝儿高兴还来不及呢。

约摸一刻钟，小香香清脆的脚步声果真传来，彭丹玲高兴得几乎要放声大喊，欣喜的泪水再一次湿了衣襟。

单宝儿随着小香香来到昨日清晨的那个石崖洞边，小香香慵懒的面容煞是好看，他不禁多瞧了她几眼，小香香捋了捋两鬓的青丝，从怀中拿出一本黄皮书来，说道："这是我家祖传内功心法，你先看看，有什么不懂的地方就问我，我一一解释给你听，你边看边依照书中所说的去做，我们时间有限，你得尽快将它记熟，练好内功，方能修习我家其他武功，这种功法说易不易，说难不难，我用了三年的时间才学成功……"

单宝儿也不再听小香香说些什么了，飞快地将书翻了一遍，将黄皮书一扔，便依法修习起来。

单宝儿摧动内息，顿觉一股细微的真气便依着经脉运行起来，心中不禁一怔，怎么这种内功心法与能智大师所传授的恰恰相反？只怕是什么邪门功夫。但随即转念一想，这本书所说的也并没有什么错漏，我不妨试它一试，当即再次摧动内息，按书中所说而行，片刻之间，便觉得全身暖洋洋的，说不出的轻快舒畅，霎时便有如江河奔流，竟丝毫不用力气，内息飞快地自然运行，心中不禁又惊又喜，想不到这种内功竟然如此奇特，莫非它比能智大师的内功心法更高一等不成？跟着又想：这不对，这两种心法刚好相反，也许各有特色，各有千秋吧。

但觉得体内的内息运行顺畅，渐渐觉得心旷神怡，全身血液都沸腾起来，又过一会，身子陡然轻飘飘的，好似在云里雾里腾飞一般。

突然之间，喉咙被一股浊气阻住，吐纳呼吸之气要从口鼻中呼出来，已是不能，这股强烈的浊气在体内左冲右突，始终找不到出路，体内的内息加上这股强烈的无法宣泄的巨大浊气，相互交进撞激，直让他感到全身难受到极点，窒息难挨。

这时，胸腹间剧烈刺痛，体内的这股气息越胀越大，越来越强烈，犹如满锅蒸气没有出口，直要裂腹而爆一般，蓦地前阴后阴之间的"会阴穴"上似乎被烈气穿破了一个小孔，顿时觉得有丝丝热气从"会阴穴"通到脊椎末端的"长强穴"去，人身"会阴"与"长强"两穴相距不到数寸，但"会阴"属于任脉，"长强"却是督脉，两脉的内息原本决不相通，此刻他体内的内息与这股热气竟自行强冲猛攻，替他打通了任脉和督脉的大关。

这种武学中至高难破的大关，一般江湖中二三流的角色实难通过，饶是武学至尊，也得花上一两年的工夫，而单宝儿竟用一眨眼功夫就通过，当真是前无古人，后来无者。

内息一通入"长强穴"，顿时自腰俞、阳关、命门、悬枢诸穴，一路沿着脊椎上升，走的都是背上各个要穴，然后是脊中、中枢、筋缩、至阳、灵台、神道、身柱、陶道、大椎、痖门、风府、脑户、强间、后顶而至顶门的"百会穴"，单宝儿在石牢中已练成能智大师的内功心法，这内功极是深奥难练，他资质原本不佳，只是此刻神眼大发奇效，因此于一日习得，仅这任督二脉未能打通，小香香所授的功法虽邪，却正好起了破窒冲塞的补助功效。

这股内息冲至百会穴中，单宝儿只觉颜面上一阵清凉爽快，一股凉气从额头、鼻梁、口唇下来，通到唇下的"承浆穴"，这承浆穴已属任脉，这一来自督返任，任脉诸穴都在人体正面，这股清凉的内息一路行去，自廉泉、天穴而至璇玑、华盖、紫宫、玉堂、膻中、中庭、鸠尾、巨阙等，而至水分、神阙、气海、石门、关元、中极、曲骨诸穴，又回到了"会阴穴"，如此一个周天行将下来，郁闷之意全消，说不出的畅快受用，内息第一次通行一周天微微觉得艰难，任脉督脉既通，轻车熟路，眨眼之间，也连自然而然地飞快运转了数十次。

神眼之功效原本就是千年灵虬的千年修为所得，奇特无比，此刻一旦达到极点发挥，内息运行一周天，劲道便增加数倍，单宝儿只觉得四肢百骸，无一处不充满精神力气，这种强大劲力勃然而兴，沛然而至，头发根上都充盈了强大的劲力，衣服被胀得鼓鼓的，欲爆裂一般。

单宝儿突然睁开双眼，两道强烈的五彩光芒疾射而出，灰蒙蒙的天空顿时出现两道五彩虹桥，景象十分美妙壮观。

刘香香开始只觉得一股强大的劲风袭来，五脏六腑被震得翻涌，难受至极点，身上的骨骼"咯咯"作响，几欲断裂，眼前陡然一黑，就要昏了过去，隐约中看到单宝儿身上衣衫犹如风鼓一般，两只眼睛突然射出两道劲光，潜意识中以为单宝儿鬼怪附身，惊叫一身，身子一歪，竟向石崖之下飘去。

单宝儿听到一声惊叫，也不思索，身子微微一动，便原状不动地向崖下疾飞而去，探手一抓，将小香香提将起来，两足稍稍一蹬，便上了石崖，安然落在地上。

这石崖深不可测，难以见底，倘若探头下望，顿时使人头晕目眩，这人一旦跌落下去，尸骨定会荡然无存。

幸好单宝儿此刻神眼奇功刚好告成，它的功效已发挥至极点，单宝儿全身的各种功能亦跟着发挥到极限，轻功自然亦是如此，大脑的反应更是如此，所以，他才不慌不忙地轻发奇功，将小香香轻而易举地救了上来，若是换了别人，恐怕无一人敢自恃轻功了得，下这万丈深渊的绝世险境救人，小香香也是恰恰遇到了单宝儿，否则，此时就得香消玉殒了，该去见她从未见过面的生身母亲去了。

单宝儿将小香香公主放在平台上，用手指轻轻一点，小香香叹息一声，便即醒来。

其实，单宝儿原本也不懂得这些救人的方法，只是千年灵虬千年以来亲眼目睹数百位像"赛华佗"喻圣舒一样的神医治病救人的各种手法，此刻反映到单宝儿的脑海里，他便无师自通，很轻易地就将小香香弄醒了。

小香香见单宝儿如从前一样，只是精神更为饱满而已，并无异样，才稍稍定下心来，仍十分骇然地问道："你刚才是怎么了？可把我吓死了，像着了魔似的！"

单宝儿微微一笑，说道："那是我神奇功能练成的迹象，并不是什么着魔不着魔的。"

小香香惊喜万分，说道："你有什么特异功能，居然能有这么大的劲风，直压得我筋骨都快要散了架一般，要呼吸都不可能。"

单宝儿又是一笑，说道："我现在的功力与从前的大相径庭，只怕我的功力，连你的爹爹再练一百年，也不能及上我的一点皮毛！"

小香香更是无法想象，无法相信，说道："你怎的如此骄傲？吹起牛皮来不要老本，你连我的手指头都不如，何以夸下如此海口？"

单宝儿摇了摇头，说道："我没骗你，这是真的，你不信，我可以试给你看看！"说罢，衣袖一挥，他旁边的一块斗大的巨石应声而裂，没有一丝声响。

小香香眼珠快要吐瞪出来了，惊得好半天没有说出话来，好半晌，才回过神来，忘情地抱住单宝儿，"咯咯"娇笑，好不高兴，好不痛快，清脆响亮的声音伴着银铃般的笑声传出来，说道："好啊，你终于可以不要人担心了，你终于可以保全自己的身体了，好啊，好啊！"

欣喜之余，仍有许多百思不得其解的地方，停下来，仍未放开单宝儿，问道："你怎么一看我家祖传秘学就练了，而且一眨眼就练成了？"

单宝儿也说不出地高兴，笑遂颜开地答道："这都是我这千年灵虬神眼发挥的功效！"

"真有如此神功吗？我再将其他的武功都教给你吧！"小香香欢呼雀跃，天真无邪的性格让单宝儿好生感动，仿佛自己也跟着回到了童年时代，情不自禁地跟着欢跳起来。

突然，小香香大叫一声，怔怔地望着单宝儿，眼睛一眨也不眨，似乎被人点中穴道一般。

单宝儿饶是此刻头脑异常灵敏，也猜不出她为什么会突然这样，便问道："怎么，有什么不对吗？是哪里又奇怪了？"

小香香吃惊地望着他的双眼，说道："你……，你的眼睛……"

单宝儿揉了揉眼睛，好生诧异，但觉得并无异样，说道："我眼睛好好的，并没有什么特别的感觉哇，对了，我眼睛更加敏锐了，很远很远的东西，我都能看得一清二楚！"

香香公主摇着头说道："不是，你的眼睛都是血红血红的，好怕人！"

单宝儿心中大骇，说道："是吗？怎的会出现这种现象？千年灵虬的眼睛原本和人是一模一样的，怎的突然会变红了呢？"

这恐怕无人能够回答，喻圣舒和能智大师亦不知晓此事缘由。

单宝儿好生懊丧，但转念一想，幸好我眼睛仍如以前一样看得见东西，若是瞎了，那岂不是让喻圣舒老前辈白费心机了？反而害得千年灵虬没有了自己的眼睛，但我既然得到了这么多，这一点点牺牲，自当是应该的，这样想，心胸顿时开阔起来，不再在意。

刘香香满面忧虑，怔怔地说道："不知你还会不会有其他的变化呢？你感觉到没有？"

单宝儿一听大惊，摧动内息，身子顿时轻快舒畅无比，并无异样，说道："不会吧，那还能有什么异样？我觉得精神愉悦得多了！"

陡然觉得小香香的确甚是亲切，有一种想拥抱她的冲动，但单宝儿强压住内心的欲望，只是感激地望着她。

小香香被他瞅着十分不自在，俊脸一下子红朴朴的，像泛红的苹果一般，特别惹人喜爱。香香芳心怦然一动，一股娇羞袭来，竟觉得身子飘飘然，仿佛置身于云里雾里一般，说不出的惬意舒服。

一阵寒风掠过，单宝儿身子不禁颤栗起来，他赶忙行功运气，身体内热血奔涌，这才不感觉到寒冷，此时正值中冬之际，亡命谷城堡置于高峰之上，更是寒冷无比，已然是大寒节气了。

不大一会儿，单宝儿觉得微醺薄醉一般，人昏沉沉的，硬是想睡觉，越是寒风掠过，这种感觉越是强烈，眼睛微合，困倦得要命。

小香香见他十分疲惫，连忙趋近身来，用一双白皙皙的小手抚摸着单宝儿的前额，两人相距不过数寸，但单宝儿觉得小香香吹气如兰，芳香无比，不由得心中一动，便想伸手搂住她亲上一亲，只是他脑海中仍清晰地知道眼前的是香香，而不是彭丹玲，是不能乱来的，半点亵渎不得，要是自己现下一主动，后果就难以料想了，当即于迷糊之际收摄心神，一动也不敢动，小香香的掌心温软柔滑，在单宝儿的脸上轻轻地摸来摸去，当真让单宝儿亦难不动心神。

突然间，小香香惊叫一声，面色大变，随即柔情似水般说道："你生病了吗？怎的额头脸上冰冷冰冷的？"关切之情，溢于言表。

单宝儿好生感动，听她如此一说，这才觉得体内寒意更甚，一股冷入骨髓的寒气，从全身各处直透过来，不由得一声惊问："怎……怎么……回事？"话刚说完，已全身颤栗，牙关咳得"咯咯"作响，心中当下便已明白，自己的千年灵虬的神眼发挥全效后，亦如灵虬一样，遇到寒冷的天气，即要进行冬眠，此刻若不立马用内力抗寒，将体内的寒气化散，必然会如灵虬巨蟒一般，四肢僵硬，呼吸停止，整个冬季将以冬眠度过。

心念电转之际，单宝儿已然摧动真气，竭力地将体内寒气逼出，内息一摧，顿时觉得热血沸腾，一股热气与体内寒气相抗，渐渐地，寒气慢慢散去，四肢已如常了，但心中想道：我不能停止运气，否则，寒气袭来，只怕又会四肢僵硬而倒了，于是，便暗运真气，一丝也不敢大意。

小香香见单宝儿全身四周阵阵气雾散发，内心大骇，不久就见他亦如平常，便说道："你这神功只怕练岔路子了，怎的你的呼吸时而微弱，时又均匀正常？到底是怎么一回事？"

单宝儿笑了笑，说道："我得和灵虬一样进行冬眠，这山崖边甚是寒冷，我们赶快离开此地，到比较温暖的地方，我就没事了！"

小香香更是不可思议，诧异不已，但仍急忙带着单宝儿回到石牢，不愿让他在寒冷的地方久留。

回到石牢，单宝儿才觉得身心更加舒爽，但仍不免有些怕冷，小香香见他有些哆哆嗦嗦，当即便走出石牢，给他拿御寒衣服去了。

彭丹玲情知小香香对单宝儿关爱有加，只怕爱他之心不在自己之下，也不免对香香有些妒意，但目前形势之下，除了让香香无尽地照顾单宝儿之外，别无他法，自己是一点忙也帮不上，彭丹玲心疼地抚摸着单宝儿微凉的脸，喃喃说道："你不会有事的，你一定会好起来的！"她只道是单宝儿练功走火入魔，才出现如此迹象，却并不知道这是灵虬冬眠的习惯已传到了单宝儿的身上。

单宝儿仍得运行真气，以抗衡外界的寒气，他不想自己一旦进入冬眠状态，让彭丹玲误以为自己就此与世长辞了，便颤着嘴唇哆嗦地说道："我不……要紧，只是冬……冬眠而已，我……我只怕你……你一个人真的在这个冬天……天难熬，我冬眠……眠时，便如……如同死……死了一样，你不……不要害怕，不要……要伤心，过了春天，我又……又会苏醒过来的！"

彭丹玲见他冷得不能自持的模样，危难之中仍顾及自己，两行热泪盈满眼眶，流了下来，同时，运行内功，助他抗寒。

单宝儿心中顿感宽慰，但他仍担心丹玲娇女弱质，受不起这寒气长期侵袭，便说道："你不用白费力气了，整个冬天，我都会如此，你哪来这么多真气助我？还是省省吧！"

彭丹玲哪里肯依，仍旧推动内息，真气不断地向单宝儿体内输送，但约摸半个时辰，已感到内功不继，肌肤亦渐变冷，身子已颤抖得相当厉害，脉博已是微微跳动。

单宝儿只觉得彭丹玲的真气渐弱，顿感不妙，连忙奋力推动内息，竭尽体内所有功力将彭丹玲的双掌震开，说道："不能再……"一句话还未说完，身子盘膝之形，已然僵硬，呼吸亦即停止，进入了冬眠状态。

彭丹玲却已是没有力气哭了，冰凉的身子麻木了，难以行动，只好眼睁睁地看着单宝自僵硬不动，仿佛死去。

不久，小香香公主搂着一大抱棉衣进来，见单宝儿已然冬眠了，禁不住两手一软，棉衣撒了一地，小香香仿佛丢了魂魄一般，精神恍惚，双眼泪流如注，瘫倒在地，突然，她像得到了什么灵光启示，站起身来，双手将单宝儿的躯体托起，径直奔出了石牢。

彭丹玲吓得大叫一声，双肩一动，欲上前阻拦，岂料内力枯竭，再者四肢冰冷，一跃竟未能成功，"砰"的一声，侧倒在地，彭丹玲心中不断暗忖：这公主香香究竟要把宝儿哥哥送到哪里去？会不会弄死宝儿哥哥？

单宝儿感到全身暖烘烘的，一股炽热正笼罩全身，他睁开双眼，呈现在眼帘的是一座高大的正旺盛燃烧的铜炉，铜炉的火苗闪烁跳跃，阵阵热浪从铜炉向单宝儿辐射而来，单宝儿周身一阵闷热，四肢已有知觉了，他游目四顾，见周身摆满了四个铜炉，炉内的火焰燃得正盛。

单宝儿好生诧异，我怎会置身于这样的一片天地？暗道：难道我已经死了？到阎王爷这里报到来了？当下掐了自己一下，顿生痛楚，心中不由得大喜，暗地里庆幸自己仍然活着，他回想起自己在石牢中正在与丹玲抗寒，自己突然就失去知觉，什么也不知道了。

这是什么地方？单宝儿心生疑惑，便站起身来，四顾一望，只见自己乃置身于一个富丽堂皇的宫殿之中，宫殿内珠光宝气，到处雕龙绘凤，擎柱矗立，宫殿正堂之上，放置一张雕刻精美的床榻，床榻上方透明洁白的纱缦笼罩下来，床榻之上正睡着一位身材婀娜多姿的女子，床榻两旁各放置一张红木排椅，椅子上面两个丫环模样的女子正在酣睡。

单宝儿渐渐站起身来，鼻吸之际，闻到一股淡淡的幽香，顿觉精神一振，说不出的心旷神怡，他看着看着，忽觉身子闷热，原来四座铜炉正值燃烧旺盛之际，自己却在四炉之中站立许久了，他抬足向前跨了一步，但觉得四肢软软的，无甚力气，是以足下一软，跌倒在地。

响声惊动了一个丫环，那丫环睁开惺忪的眼睛，忽见单宝儿摔倒在地，失声惊呼，连忙疾步飞奔过来。

那丫环惊呼之声惊动了另一个丫环与床榻上的那位女子，只见另一个丫环喜道:"公主,这位公子醒来了,他醒来了!"欢呼之际,抬手将纱缦掀了开来,那床榻上的女子竟身躯一动,已然飘到纱缦之外,站立了一下,然后猛地向单宝儿奔来。

单宝儿只感到有一双玉手托起他的脸来,望了那女子一眼,不禁大为惊喜,原来她正是亡命谷主之女亡命公主刘香香。

单宝儿怔怔地看着刘香香,问道:"我怎么会在这里?这是什么地方?是你救醒了我吗?"

小香香俯下身子,低下头,粉脸贴着单宝儿的脸,不停地点头,却不言语。

单宝儿觉得心头一热,不能自持,忽见小香香无语凝噎,心中大为感动,暗忖道:小香香对我的确深情厚意,见我醒来,激动欣喜得如此这般,单宝儿又欠下了一笔情债,该如何偿还?正欲挣脱,但转念一想:香香为我,不知操了多少心,受了多少累,我怎能如此绝情,拒人于千里之外,那我单宝儿还有人性吗?于是,任凭小香香的粉脸紧贴着自己的脸,不由得热血上涌,脸上一红,神情十分窘迫,但仍然安慰道:"小香香,你别哭,单宝儿一时还死不了,你看,哭肿眼皮就不好看了!"

小香香这才意识到自己竟与他耳鬓厮磨,随即羞得粉面通红,连脖子也热了,心想:女孩儿家喜欢人直说,已经是破天荒了,怎的自己竟然主动与人家脸贴着脸,当真不知羞耻,但与单宝儿的脸紧贴在一起的感觉实在太美妙,自己的确从从有过这种奇妙的感受,这是女儿家特有的敏感。在清醒明白过来之后,立即便移过脸去,羞得再也不敢看单宝儿了。

单宝儿却情急地问道:"香香公主,这是哪儿?丹玲还在石牢里吗?她冷不冷?有没有送棉被给她?"可话说出口时,才觉得自己太爱彭丹玲了,而至于提出这些无礼的问题,他内心暗道:香香是你什么人?你对她提出这样那样的要求?你是人家的阶下囚,人家不处死你,反而想方设法地救你,保护你,你却利用人家对你的感情要求这要求那,一点爱意都没有给他,这是卑鄙小人的行径,单宝儿啊单宝儿,你好糊涂,好卑鄙,内心只容得下自己爱的人,却从来不在意爱你的人,这倒也罢了,可是不能利用她,欺骗她呀,她是个受伤害的人,你知不知道自己伤了她的心?想着许多,单宝儿惭愧得无地自容,便爬起身来,对小香香说道:"对不起,我不该提这些问题,你对我的大恩大德,单宝儿只有来世再报了!"

小香香听了大为惊慌,心道:你这是要干什么?怎么说来世?难道你会死吗?

当下心里极不明白，说道："为什么要来世？今生你就可以报答，现在，我要让你报答，你肯不肯？"

单宝儿内心大惊，心道：这么厉害，这就要我报答？倘若不是要我喜欢你、爱你，其他的事情，我倒是肯定能做到，刚要回答，转念一想：不妙，若是要我杀了丹玲，那可就办不到了，若是要我自杀，倒也无所谓，反正这条命你已经救助了不少。该不是要我杀了你爹刘芒，要我当亡命谷主，与你白头偕老吧，不行，不行，这可不能乱回答，否则食言，就不是大丈夫所作所为了！

小香香见他沉默不语，不愿回答，轻笑一声，说道："若是我叫你吻我，搂抱我一会儿呢？"说时粉脸羞得通红，但她内心这种强烈的愿望如果不在此时说出来，要求单宝儿答复，只怕以后就没有机会了，在她心中，单宝儿的地位不亚于他的父亲刘芒，她多想刘芒就此放过单宝儿，但她的一切努力都终于成为泡影，然而，当单宝儿的神功练成时，她又担心刘芒会死在单宝儿的手中，她多么希望这两人能和平相处，能成为好朋友，甚至成为亲人，然而，她知道刘芒不达目的，誓不罢休，他定会与单宝儿恶斗一场，以维护谷主的尊严，单宝儿更不会轻易折服，特别是这神眼奇功大功告成之后，他的雄心壮志，嫉恶如仇的性格更是容不得刘芒。

小香香内心的矛盾极其突出，她不知道该帮谁，一边是她深爱的人，就算为他死，也毫不在乎，一边是她的生身父亲，尽管他行为卑劣，为世人所耻，但父母生她养她的恩情实难回报，为刘芒死，也是理所当然，所以，小香香早就下定决心，决定以一个巨大的代价来阻止这场争斗，因为，她想，两中的任何一人伤亡，都是他所不愿的。

单宝儿红着脸支支吾吾的，不知所措，不敢去吻她，去拥抱她。

小香香淡然一笑，说道："我这样的恬不知耻的女儿家，你当然不愿去吻了，也罢，你什么也不用放在心上，也不用老是觉得对不住我，这一切都是我心甘情愿做的，你亦没有叫我这样去做，用不着来报答我了。"

单宝儿好生羞愧，心道：我单宝儿怎会是这样的人，知恩不报？！只是你这样的要求实在叫人不好去做，只要不要求这些，便是让我断臂断足，我也不会皱一皱眉头，嘴里跟着说道："香香公主，单宝儿不是知恩不报之人，只是……你这……，不太好办！"

小香香凄然一笑，说道："我知道，你除了彭丹玲，心中再也容不下别的姑娘了！"

单宝儿听她这么一说，满脸通红，亦不便再问及彭丹玲的情况了，说道："我……我……总而言之，我太对不住你了！"

小香香将了将左鬓的一缕青丝，说道："这不是你的错，何必这样自责呢？不说这些了，你现在有何打算？"

单宝儿笑道："我还能有什么打算，就是在这里闷得慌，想到外面的世界去闯闯！"他这样说，是不想与刘芒打斗，他知道这是小香香所不愿的，只不过说得比较含蓄而已。

小香香焉能听不出他的话意，笑道："这是天意，没有人可以阻止你去闯世界！"

单宝儿内心一震，暗道：怎的又有一个人说是天意？真是造化弄人？随即叹道："不知还要呆到什么时候。"

小香香悠然说道："我真希望越长越好，甚至是一辈子，一万年！"

单宝儿又是一怔，暗道：小香香真是对我痴心甚深，当下极想走过去抚慰她，但是他觉得这样对不起彭丹玲，口中便说道："那可苦了丹玲了！"

经他提醒，小香香想到单宝儿曾问她丹玲的情况，挥手召来菊花，说道："你去看看那位彭姑娘，把她的情况弄清楚，来告诉这位单公子！"她叫单宝儿为单公子，心中极不愿意，可是落花有意，流水无情，除了这么叫，难道她还能叫一声情哥哥？小香香是个明白事理，懂得别人心理的人，几次三番地，单宝儿都表明不喜欢自己了，也就不再自作多情了。

单宝儿心中微微一宽，说道："那就多谢香香公主，有劳这位花姐姐了！"

花菊花娇嗔一笑，说道："单公子，何必客气，你是我家公主的贵客，理当效劳！"话毕，一阵风似的走出公主殿外。

小香香待花菊花出去后，说道："单公子，你不必老是将出去的事挂在心上，你现在只能呆在我这宫殿里了，外面寒风凛冽，气候严寒，出去了，你又会冬眠了！"

单宝儿连连点头，说道："是是，只是你我同居一殿，诸多不便，在下实在过意不去！"

小香香"扑哧"一笑，说道："你还这么老土，守旧，我一个女儿家都不在乎，你倒反而觉得有什么不妥了！"

单宝儿笑道："在下也是为公主好！"

小香香脸色一沉，说道："难道还有人敢对本公主说三道四不成？管叫他这辈子再不能说话！"

单宝儿倒吸了一口气，暗道：香香公主当真是个古怪之人，一时柔情似水，一时冷若冰霜，不过，对我单宝儿倒十分关照，于是说道："那就恭敬不如从命，单宝儿一切听从公主的安排就是！"

小香香笑道："这就对了，到了请你出去的时候，我自然不会留你，况且我也留不住你！"

单宝儿心道：这倒也是，转念一想，我独自一人在此躲避，那么能智大师、任大哥和万掌门可就惨了，丹玲倒不打紧，有公主照应着。

小香香似乎猜透了他的心思，说道："你自己都身处危难之中？还时刻为别人着想，实在难得！"

单宝儿笑道："哪里，有公主这样一位热心姑娘照料，单宝儿身在福中不知福，哪里处在危难之中，只是三位老前辈年迈体弱，只怕难以承受各种打击！"他将刘芒对三人所用的酷刑说成是各种打击，实是不愿伤了小香香的心，不愿直言不讳地说刘芒。

小香香微微一笑，说道："刘芒的各种打击的确是惨无人道，但是有什么法子，他是老子，我是女儿，我哪里有权力去管他！"

单宝儿苦笑，说道："公主的心善良玲珑，必有法子叫他们三个不受皮肉之苦的！"

小香香说道："你故意恭维我，只不过想我帮你照顾三个朋友而已，这，香香恐怕无能为力，就是你，恐怕我也是难以保全！"

单宝儿心头大为震惊，说道："公主说笑了，你有通天的本事，区区几个阶下囚，岂在话下！"

小香香叹道："要是刘芒突然……突然性情大发，闯进本宫，只怕到那时，我拼了命也难救你了！"

单宝儿脸上露出一丝不易觉察的微笑，暗道：就是闯进了宫，到时候只怕该救的是刘芒，而不是我单宝儿，如果是在刚进亡命谷时，小香香这么说，单宝儿定然会惊骇，此时，他自恃一身奇特神功，料想刘芒也不是他的对手，心中才不慌不忙，更不放在心上，但是小香香一心为他，他总不至于不知好歹，便笑道："公主不必多虑，在下要死要活，命中注定，上天早有安排！"

他这么一说，未免太狂傲了点，当下小香香损他，说道："但愿老天也在帮你！"

突然，花菊花惊慌失色地跑进殿来，娇喘微微，说道："公主，不妙了，彭姑娘她……她让刘少主带去了！"

单宝儿跳了起来，说道："什么？丹玲不在石牢里？刘希带她去干什么？"

小香香瞥了他一眼，说道："你安心呆在这里，我去把你的心肝儿要回来就是！"

单宝儿急得团团直转，说道："多谢公主！"但脚下却兀自未停，在殿中来来回回，穿来穿去，当真好生着急。

小香香见他心急如此，心道：要是我能让他关爱至此，该有多好，当下也不再答话，带着花菊花匆匆而去。

刘希自从那天见到彭丹玲之后，便魂不守舍，日夜苦苦思念着这个美若天仙的姑娘，但是他内心把彭丹玲看作天使一般，神圣不可侵犯，他想用非常正规的手段，让彭丹玲心服口服地跟着他，所以日思夜想，终究也想不出什么好主意，"铁石心肠"川中四鬼个个心怀鬼胎，更是没有一个好计策，纵有人献上几计，也都让刘希给否定了。

这天，刘希终于敌不住诱惑，想去狱中看看彭丹玲，哪怕就一眼也好，按理说，彭丹玲一切都在他的掌握之中，想怎样就怎样，可他却总是觉得这样只能得到她的人，而得不到她的心，别看他从小就在这恶人堆里长大，耳濡目染，自然活脱脱是一个大流氓痞子，可是自娘胎中就有的一点良知却并未泯灭，是以还很有点正人君子的味道，但这仅仅是几天的事，当他再次见到彭丹玲时，一切都有了天壤之别的变化。

刘希来到石牢，见只有彭丹玲一人在，并且显得十分虚弱，便说道："这位姑娘，你怎么了？是不是生病了？"

彭丹玲想起那天他色眼直愣愣地瞅着自己，便有气，说道："你这恶人，假惺惺的，想讨好本姑娘是不是？滚远点，别让我再看到你！"

刘希麻子脸一紧，说道："我几时得罪过你了？我就那么可恶吗？"

彭丹玲看着他满脸的麻子，听到这么一说，竟哈哈大笑，说道："你可不可恶，拿镜子照照不就知道了？这么丑陋，也不怕吓死人！"

彭丹玲这一笑，丰满的胸脯跟着一起一伏，全身充满了青春活力，直看得刘希心猿意马，邪恶顿生，本有的一点良知也马上给抹掉了，露出可怕的笑容，说道："我丑是吗？可是你朋友的性命却捏在我的手里，是死是活，全由你了！"

彭丹玲顿时心头一紧，大为恐惶，声音颤抖地说道："你……你把他怎样了？"

刘希脸上诡秘地一笑，说道："我能把他怎样？将手一只只地砍下来，再将脚一只只地只砍下来，然后将……"

彭丹玲捂住耳朵，尖叫道："你别说了，滚出去，快给我滚出去！"

刘希把双手一摊，故作无可奈何的样子，满脸堆笑，说道："那我可就没办法了，只好慢慢照这样去做了，我要让他求生不得，求生不能！"

单宝儿乃是彭丹玲生命的全部，听刘希说得如此残酷，哭诉道："你要怎样才放过他？你们要什么藏宝图是吗？你放过我们，我把藏宝图给你就是了！"

刘希摇着头，说道："藏宝图我终会得到的，可是，眼前的仙物，我可不能就这么放过了，你只要答应跟我结成夫妻，我保证立刻放了他，并且一根毫毛都不会少！"

彭丹玲气极，骂道："呸！无耻下流的东西，你想得美，做你的春秋大梦，本姑娘宁愿一死，也不会让你碰我一根指头！"

刘希说道："那好吧，你们就在阎王爷那里相会吧，不过，你还要看我心情好不好，不好的话，就让他四肢残缺，过三十年，再去阴曹地府见面吧！"

刘希越说越恐怖，彭丹玲一下子崩溃了，说道："你说话可算数？"

刘希见她语意已软，拍着胸脯说道："本少主说一不二，从来就没有打过诳语！"说罢，脸上露出万分高兴，眼光贪婪地望着彭丹玲，只差口水没有流下来，顿了一顿，又道："你可是答应本少主了？我保管你享不尽荣华富贵，将来，谷主之位传给我，你就是谷主夫人了，地位可就是万众之上了！"

彭丹玲咬了咬牙，为了单宝儿，她什么都豁出去了，暗道：待我救出宝儿哥哥脱离困境，再杀了你这个不要脸的小人，便假装十分狐疑的样子，说道："好，我一切都依你，如有半句谎言，你将让雷劈死，让药毒死，让人乱刀砍死，让饿狼咬死，让太阳晒死，让雨水淋死，让瘟疫缠身折磨而死！"刘希为了取得彭丹玲的信任，一连串地发了十几个誓言，反正，这些话总而言之就是让他不得好死。

彭丹玲原本也不是信任他，只是为了单宝儿，她宁可牺牲自己，利用他，让他除去刘芒，然后再伺机杀了这个卑鄙无耻的小人，听着刘希这一连串的毒誓，心道：要是你当真是这么死了，那就好了，当下心念飞速转动，又道："这还不行，我还有个条件!"

　　刘希见彭丹玲已然答应了,别说是一个条件,就是十个、百个,他也照办不误,急忙问道:"什么条件?你尽管说来,我一百二十个答应,决不食言!"为了能尽快与她在一起,刘希夹七夹八地发了一大通的豪言壮语。

　　彭丹玲一笑,说道:"这些事,一件未完成之前,不许你碰我一根手指头,否则,我自断经脉而死!"

　　若是一般女子这样做,刘希倒不在意,可是彭丹玲的武功他见识过,虽说及不上他的十分之一,但是要想自断经脉,恐怕是件轻而易举的事情,刘希听了,连连摆手,说道:"不可,不可,我都一一依你便是!"可心中暗道:要我一件一件地办完,才能与你尽情欢娱,日子可真的难挨了,但除了暂时稳住她,别无他法,只有顺从彭丹玲的条件了,不过,他依然对彭丹玲贼心不死,说道:"那你得住在我的宫里,能让我天天瞧见你,也是好的,再说,这种地方哪是你尊贵的身体吃得消的!"

　　彭丹玲心道:谅你也不敢使什么阴谋诡计,当下暗下决心,若是他要强迫的话,就马上自刎而死,可手中没有长剑,她便说道:"那好,你得将我的长剑交给我,不然,你要是出去办事了,坏人进来了,我可就没有什么可防身的了!"

　　刘希只道她已经死心塌地了,再说,自己这一相逼,不由得她不屈从,当下也不多想,说道:"如此甚好,如此甚好!理所当然该防止这些坏人!"其实,别人都不会放在他眼里,只怕他的爹爹刘芒,倘若刘芒趁他不在宫之际,闯了进来,见彭丹玲这般美丽,那可就糟了,刘芒必不会放过她。

　　单宝儿被刘香香掳了去,彭丹玲是亲眼见过的,可是她听刘希说单宝儿在他手里,便误以为刘香香将单宝儿交给他了,想让刘希救他,这几日,一直没有单宝儿的消息,刘香香也未曾来看过她,几天来,心中一直惴惴不安,刘希这么一说,她倒信以为真,情急之下,便出此下策,跟着刘希去了"亡命少主殿"。

　　刘希将貌美如仙的彭丹玲带到少主殿后,便着手策划谋杀刘芒之事,他急不可待地要与彭丹玲结合,其时,刘希正是年轻力壮,野心勃勃,早已有了夺取刘芒这一好似皇帝一般的谷主之位,只是羽翼未丰,一直在忙碌地笼络属下,加强自己的势力,以图来日与刘芒抗衡。每一个皇帝的更换,付出的代价不可估量,为了权势和地位,甚至不惜谋杀亲兄弟,亲生父母,刘希有这样的打算,也不足为怪,毕竟,这亡命谷就如同小国一般,谷主的位置实质上就是皇帝之位。

刘希将川中四鬼铁柱升、石坚、邢必残、常克四位统领相约于少主殿密室会商，这四人个个诡计多端，更是野心勃勃，听刘希说要夺谷主之位，相视一眼，都不约而同地说道："少主之命，我等万死不辞，要我们风里去便风里去，火里去便火里去，誓死效忠少主，愿少主早日梦想成真！"

四鬼之所以如此说，是因他们四人早就对谷主之位虎视眈眈，只是忌惮刘芒的武功太过高深，四人联合起来也未必敌得过他，贸然谋反，恐怕偷鸡不成反蚀米，丢了性命可就不划算了，于是便一直等待机会，事出偶然，刘希居然也有逆反之心，四鬼自是心中暗喜，若是他们四人再和刘希联合起来，就算打不过刘芒，至少也得斗个旗鼓相当，万一失败，那也有刘希作挡箭牌，自己不过是奉命行事而已，说不定刘芒大发慈悲，放他们一马，也未必没有可能。失败当然不是他们所希望的，四鬼古灵精怪，他们对付不了刘芒，对付刘希却不在话下，一旦刘希谋反成功，四鬼反戈相击，立刻把矛头指向刘希，到时亡命谷的一切都是他们的了，这种如意算盘，四鬼敲得好，是以毫不犹豫地答应为刘希效力。

但是刘希深知父亲刘芒的秉性，没有十二分的把握，他亦不敢轻举妄动，于是便说道："本少主听说'销魂堡'的堡主……叫什么来着？"

"落水鬼"铁柱升连忙说道："叫司徒沉鱼！"

刘希接着说道："听说这个司徒沉鱼练得一种阴毒邪门功夫，能吸取男人的精气，让这个男人在销魂之时，武功尽失，成为废人……"

"算命鬼"邢必残怪笑着说道："少主的意思是请她出马相助，让她先将谷……，先将刘芒功力吸去，然后再谋反，一举成功？"

刘希诡秘一笑，说道："正是此意，不知四位统帅谁与司徒沉鱼有交情？"

四鬼一听刘希将"统领"之称改为"统帅"，都心中暗喜，说道："多谢少主提拔，我们川中四鬼先行谢过！"

刘希挥手说道："四位统帅助我大功告成，必当还有重赏，每人赏处女三百，宫殿一座，只要大家齐心协力，以后自当有福同享！"

四鬼中的老二"吊颈鬼"石坚说道："少主放心，此事包在石某身上，我定将'销魂堡'堡主司徒沉鱼请到，助少主一臂之力！"

刘希微微一笑，说道："好，此事只有我们五人知晓，不可走漏风声，否则，我们就一齐完蛋了！"

四鬼齐声答道："是！我等必将守口如瓶，少主尽可放心！"

刘希点了点头，又道："好，事不迟宜，石统帅速速去'销魂堡'！"

石坚应了一声，随即便独自一人出了亡命城堡，刘希又与其他三鬼如此这般地安排一番，方才散去。

刘香香与花菊花赶到"亡命少主殿"时，四鬼刚好各自散去，刘希走出密室，便听到刘香香在殿外与门前士兵争执的声音，刘希内心一怔，暗道：奇怪，香香怎的如此消息通灵，就么快就知道了，转念一想，不可能，我且先试探一下她的口风，倘若她知道了，那就把她一并困在少主殿中。

当下大声喝道："什么人在本少主殿外大声喧闹？拿了上来！"他明知故问，实是想掩饰内心的恐慌。

士兵带着刘香香向正殿走来，刘希见刘香香将士兵的武器皆一一缴去，肆无忌惮地直闯少主殿，幸好只有香香和那花菊花两人，刘希心中当下一宽，稍稍定下心神，说道："什么风把你给吹来了，公主妹妹？你可从不进我这少主殿的呀！"

香香气愤地说道："别装蒜了，你把彭丹玲彭姑娘交出来，我就不会找你麻烦了！"

刘希吁了一口气，暗道：原来是为那仙使的事，我道是你已经知道密谋夺位之事，吓了我一跳，随即眼珠一转，说道："妹妹一个女儿家，不去找小伙子，倒钟情一位姑娘了？未必太不像话了！"

香香怒道："刘希，你少油腔滑调，本公主可没时间陪你磨嘴皮子，你到底把彭姑娘怎样了？"

刘希毫不把刘香香放在眼里，平日里看在她是妹妹，又碍着刘芒对她宠爱有加的分上，常常让着她，迁就她，这会儿决心谋反，气势也盛了，说道："如果我不交人呢？"

刘香香怒道："你敢，那你就试试看！"看字未落，一招"拨云见日"直向刘希胸前击到。

刘希嗤了一声，说道："雕虫小技！我就陪你练练，看你进步如何！"话毕，一招"铺天盖地"使将出来，势道更加威猛。

刘香香吃了一惊，原来这招"铺天盖地"正是破解"拨云见日"的招式，心念电转之际，中途变招，奇快，一招"气冲霄汉"，与"铺天盖地"相敌相克。

刘希冷笑一声，使出一招"昏天暗地"，亦制住刘香香的"气冲霄汉"。

这对龙凤双胞胎虽然同在亡命城堡中长大，但从小彼此熟悉拳法套路，二人见招拆招，瞬间已变换了五六十招，两人却一直未能正面交锋，仿佛只是在拆解招法一般。

刘希突然想，这样下去只怕不妙，先得稳住香香，于是收住招势，说道："你要姓彭的做什么？"

香香怒道："你只管交出她来，啰里啰嗦的干什么？"她自知敌不过刘希，亦收住架势作罢，但嘴上却仍不让步，咄咄逼人！

刘希双手向身后一背，说道："你不说明，休想要人，平时我处处让你，今日若轻易让你随随便便闯进少主殿，带走姓彭的，我这个做哥哥的以后还有何面子面对众多手下！"

刘香香听刘希语意已软，心道：这倒极是，损了他的面子，他可不干！便说道："她的朋友要我来请她见上一面，你赶快交人吧！"

刘希哈哈大笑，麻子脸十分丑陋，嘻笑道："你喜欢上那个小子了？竟对他如此言听计从！"

刘香香粉脸一红，嗔怒道："这你管不着，你到底交不交人？"

刘希连忙摆手，说道："你别急，别怒，我也是为你着想，你既然爱上了那个姓单的小子，就容不得这个姓彭的小姐，你们俩人单独在一起，说不定日久生情，他就会娶了你，要是你将姓彭的与那姓单的小子放在一块，你可就没有机会得到他的深爱了，他仔细想一想，是不是这么回事？"

刘香香内心一震，暗道：也对呀，可是我怎能欺骗我深爱的人呢？险些就此拂袖而去。刘香香下定主意，说道："不行，我可不像你想象的那样卑鄙，我答应过单公子了，就一定要做到！"

刘希见香香语意坚决，心道：小不忍则乱大谋，先且应付应付她，于是，便说道："要姓彭的不难，但有一个条件！"

小香香也不愿与刘希作对，说道："什么条件？只要不苛刻，什么都成！"

刘希笑道："苛刻是一点也谈不上，你不能把两人放在一起，你要姓彭的，那就要将姓单的交出来，咱们对换！"

他心下暗想：放了彭丹玲，有了单宝儿这枚棋子，就不怕彭丹玲不就范了，把她放在公主殿也无不可！

第十五章

刘希摇着头说道:"这不是刁难,这是公平交易,一个换一个,不公平吗?"顿了一顿,又道:"再说了,你只不过让她平安无事就行,若是想让他二人见面,你亦可经常带着姓彭的来看那姓单的小子!"

刘香香原本也只是想打听一下彭丹玲的情况,并无让二人呆在一起的意思,当下也不愿多纠缠,说道:"那何必交换,你将彭丹玲带到我公主殿中,让单公子见她一面亦可!"

刘希见香香已让步,笑道:"那没问题,不过,仅仅让他们见面而已,可不能让他们交谈,我将彭丹玲带到你公主殿前,你只能让那姓单的在殿内瞧见即可,不能再让步了!"

刘香香一心是想安慰单宝儿,当下便应承下来,料想单宝儿见彭丹玲平安无事,也就安心住在公主殿了。

当下刘希带着彭丹玲与刘香香一起向公主殿走去。

彭丹玲惊奇地问道:"你们要将我带到哪里去?"

刘希连忙说道:"我带你去见见你的心上人,不过你不可上前与他说话,否则,你可知道后果!"他生怕谎言被拆穿,是以先封住彭丹玲之口。

彭丹玲听说能见到单宝儿,什么条件都愿答应,何况是不准说话,只要能见到单宝儿平安无事,心愿足矣,当下便毫不思索地应了下来,迫不及待地就跟着刘希向公主殿走去。

待香香将单宝儿带至公主殿门前,刘希高声喊道:"你们两人属于重犯,不可放置在一起,不可交谈,香香出于同情,费了好大劲才使得你们见面,你们可不要错过了机会!"

彭丹玲见到单宝儿平安无事,大声叫道:"宝儿哥哥,我……"竟一时说不出话来，眼睛温情脉脉地盯着，泪水无声流下。

单宝儿一见彭丹玲，便欲冲上前去，香香生怕他受不住寒冷的气候，一把拉住他，说道："你这样出去，只怕一眼都瞧不上便倒了，还是站在这里比较暖和，可以多瞧上几眼！"

单宝儿就是想多瞧瞧彭丹玲，听香香如此一说，便停住脚步，不敢往前，生怕失去了这大好良机。

二人久久相对凝望，默默无语，虽然相距不到二丈，却仿佛相隔千里万里，竟不能相聚在一起，实在令人痛苦心碎。

刘希见二人已如此深情厚意，连忙说道："好了，时间到了，你们今天就到此为止，以后每隔十天，我酌情让你们相见，本少主已经是大发慈悲了！"

彭丹玲依依不舍地被刘希推搡着离开，一步一回头地走了。

单宝儿则怔怔地站在门口，站着站着，不知不觉地在寒冷的殿门前又一次进入冬眠状态。

单宝儿站着良久一动不动，小香香不愿打扰他，可是越看越不对劲，一拉他手臂，顿时觉得他身体十分冰冷，单宝儿亦僵硬地被她拉倒。

小香香眼疾手快，两手一托，将硬邦邦的单宝儿托回铜炉中央的地毯上，让温暖将他弄醒……

过了良久，单宝儿悠悠醒来，嘴里不住地喊道："丹玲！丹玲！不要离开我，不要离开我！"

小香香好生嫉妒，但是看到单宝儿昏迷不醒的样子，顿生爱怜，俯下身，用柔和软滑的玉手抚摸着单宝儿的脸庞，泪水无声地落了下来，滴在单宝儿的脸上。

单宝儿顿时清醒，发觉眼前的是小香香，而不是彭丹玲，顿感失望，但他见小香香流着泪水，心中一动，一股说不出的滋味涌上心头，安慰道："香香，我又惹你伤心了？"

小香香噙着泪，摇头，说道："没什么，一个小虫子钻进眼睛了，痛得泪水直流，不是为你，你别老觉得自己有什么不好！"

单宝儿当真，说道："我帮你吹吹，说不定能把虫子吹出来了，就不痛了！"说罢，真的起来给她吹了起来。

小香香暗道：既然已骗了他，就索性再骗骗他，让他吹吹也无妨，难得他能自愿与我如此亲近。可当单宝儿给她吹眼时，那气息弄得小香香的眼圈痒得厉害，竟让她忍不住破涕为笑，说道："好啦，怪痒痒的，你想作弄人家？"语音充满无限柔情。

单宝儿没把她当作情人看待，自然也就不会感觉到，连忙应声停住吹气，笑道："好了吧，我吹虫子可有水平的，小时候常给妹妹薛钗儿吹眼睛！"他这无意中一说，思绪跟着立刻想到了薛钗儿，心中暗道：不知师妹钗儿现在怎么样了，是不是在寻找我们呢？可千万别上这亡命谷了，否则可就麻烦了。

这几日下来，单宝儿与小香香相处倒是甚为融洽，小香香仍然不遗余力地教他各种功法和拳谱、剑谱，单宝儿亦一看就会，每种功夫，一遍就大功告成了。

刘希终于盼到了"吊颈鬼"石坚回来，只见他身后跟着三个女子，中间一个衣着华贵，衣裳裸露的地方甚多，颇为性感风骚，只见她已是来到少主殿内。

刘希未等石坚通报，连忙迎了上来，哈哈笑道："这位绝色美人一定就是司徒堡主了！"

那华贵穿着的女子淫笑，娇嗔道："哟，这位必定是刘少主了，瞧你长得高大威猛的，倒不是个粗人，说话怎般逗人喜爱！"

女人最喜欢的就是说她美貌如仙了，司徒沉鱼更是如此，因为她看起来好比二十来岁，实际上已经四十多岁了，这种年龄，刘希这么一夸，她自是高兴得不得了，虽说刘希满脸麻子，但出身尊贵，不在自己之下，人又长得高大威猛，正适合她的口味，再说她生性放荡不羁，练了一种专门吸引男儿精气的邪门功夫，更好淫乐，一进门就开始向刘希展姿弄骚，献媚调逗，当真淫荡至极。

刘希被她这情场老手一挑逗，顿时热血翻涌，看着她洁白裸露的粉颈酥胸，双眼像充了鲜血一般通红，满目淫邪饥渴的神色！

这个司徒沉鱼果真不简单，刘希心中暗道：我何不先试试她的功夫，当下便一把搂住她，就要开始作乐！

司徒沉鱼的确算是个大美人，当初年轻时容颜更加娇艳美好，当真是沉鱼之容，如今已四十多岁了，仍不减当年姿色，让刘希见了更加欲火燃烧，迫不及待。

司徒沉鱼"嘻嘻"一笑，不停地调逗，挣脱刘希的搂抱，竟在大庭广众之下，将衣衫一件一件地脱去，让刘希追来追去，自己荡笑声声。

"吊颈鬼"石坚在一旁不禁咽下了一大口口水，心神跟着荡漾起来，难以自控，心道："销魂娘子"果真名不虚传，如果让老夫受用受用，当真死也心甘，两只贼眼不停地扫来扫去，直愣愣地盯着司徒沉鱼带来的两名女弟子。

这司徒沉鱼一共收了百余名放荡的女子，最为得意的四名女徒是用"国色天香"四个字起名，这带来的两名弟子唤作倾国、绝色，另外两名唤作天姿、艳香，便留在了堡中，代她主持堡中诸事。

倾国和绝色乃司徒沉鱼的大弟子和二弟子，生性与她师父一样，好淫荡，她们见石坚欲火中烧，自己又被师父司徒沉鱼这么一逗，早已春情大发，不约而同地将石坚围住，一边帮他宽衣解带，一边不停地卖弄风骚，石坚喜不自胜，一手揽住一个女娃，哈哈大笑，竟忘乎所以，不知自己身在少主殿中。

刘希总算抓住了司徒沉鱼，情急之中，将衣衫胡解乱撕，竟将衣服撕成一条条的形状。

司徒沉鱼"咯咯"荡笑，说道："瞧你这猴急性子，待本堡主来带你一起去极乐世界！"话毕，粉腿一盘，将刘希高大的身躯压倒在地。

刘希色眼淫光四射，闪烁着欢乐的绿光，暗道：当真销魂不已，不用自己动手，即享受如此人间尤物，他一面抚摸着司徒沉鱼柔软滑腻的肌肤，一面快乐得直叫。

司徒沉鱼淫笑声中，一面熟练地抽动身躯，一面暗运"销魂香功"，嘴中不停地快乐呻吟，说道："少主年轻力壮，试试本娘子的香功如何！"

话音刚落，刘希顿觉于极乐之中体内的功力和真气如江河奔泄一般，猛烈地被吸扯而去，心中不禁骇然，暗道：这香魂娘子阴功果真厉害，这次刘芒可要遭殃了，暗喜之余，不禁惊恐万分，颤抖地喊道："娘子饶命，我封你为谷主夫人，不要用功了，否则，我失去功力，就难以登上谷主之位了！"她哪里知道司徒沉鱼已经徐娘半老，不然，说什么也不肯封她为谷主夫人。

司徒沉鱼大喜，来时早已发觉这"亡命谷"比之"销魂堡"要强上何止百倍，当下停住运功，说道："你此话当真？"但兀自未停止享乐。

刘希的劲道立即没有半点外泄，心中大喜，司徒沉鱼的快速动作令他快乐无比，当下哈哈大笑，说道："这亡命谷谷主之位就好比皇帝之位，我当了皇帝，自是言出必行，皇帝金口玉言，又何来戏言！"

司徒沉鱼欣喜至极，行为更加放荡，荡叫声声，余音不绝！

刘希则大叫狂喊，仿佛极乐无穷，世界是如此美妙！

旁边"吊颈鬼"石坚在倾国、绝色两位销魂堡的至高弟子陪伴之下，早已大汗淋漓，怪叫声声，与刘希一样荡叫连天，当真丑陋不可目视，约摸一个时辰，石坚的劲道和真气已被二人吸得干干净净，石坚仍乐得怪笑，昏昏的，要睡去了，嘴角流下快乐的白沫，竟不知自己已变成废人，当真是死也心甘情愿了！

刘希享受之后，见石坚赤裸地躺在大殿之上，一阵哈哈大笑，说道："不知死活的东西，享乐够了吧！"但见石坚丑态百出，兀自昏睡不醒，嘴中仍舔吸着流下来的口水和白沫，仿佛仍置身于极乐世界之中。

倾国和绝色乐不可支，穿好衣衫，走到师父司徒沉鱼面前嬉笑不止，说道："师父，这老家伙虽然功力深厚，却亦不敌我两姐妹的折腾，他这下子可玩完了，功力和真气已被我二人吸个干净！"

司徒沉鱼荡笑道："干得好，你们又长了不少功力，为师可留情了，仅仅吸了他一点点功力而已！"一副显得十分失策的样子。

刘希哈哈几声笑，竟抬起左脚，将石坚的躯体踢出殿外，石坚在不知不觉中就命丧黄泉，三女见刘希将手下弃如敝屣，不由得花容失色，心惊肉跳。

待手下士兵将石坚尸体抬走之后，刘希立即密召其余三鬼来少主殿，和司徒沉鱼等人一起决定于刘芒生日那天密秘谋反！

余下时日，刘希一面与司徒沉鱼及倾国、绝色享乐，一面将一切掌握在手中。

刘芒的生日那天，正是大寒时节，这天，亡命城堡里里外外，人头涌动，热闹异常，到处张灯结彩，挂满硕大的寿字，连挂在城墙头上的灯笼上亦贴上金黄色的寿字了，可见其排场宏大。

"亡命神殿"上，摆了七八十桌酒席，手下们忙碌不停，各自献上厚礼，为刘芒贺寿，刘芒自是喜笑颜开，高举酒杯，大声说道："各位兄弟，刘芒今日万分高兴，有你们这帮忠心耿耿的弟兄，亡命谷才有了今天，来，我敬大家一杯！"

整个神殿，足有七八百人，人人都站起身来，举起酒杯，齐声喊道："谷主万岁，谷主万岁！"接着便是吸酒之声。

刘芒兴致正起，高喊道："今天本谷主心情大好，兄弟们尽兴，随便喝酒，每人尝一个大美人，大家好好享受享受！"

话音未毕，那些匪贼们又即喊道："谷主万岁，我等誓死效忠谷主，谷主领导有方，千秋万载，万古长青！"声音之齐，响声之高，就是皇帝老儿也不及的。

刘芒哈哈大笑，把手一挥，神殿两旁的士兵、侍女立刻奏起乐曲，以助酒兴、淫兴，场面之狼藉龌龊，世间绝无仅有。

待到刘芒兴致旺盛之际，刘希立刻向司徒沉鱼递上眼色，示意该是她出手的时候了，司徒沉鱼娇笑一声，说道："你这谷主日后怎么当？连介绍本娘子的勇气也没有，以后如何主持谷中事务！"

刘希立刻会意，走上神殿堂上，见刘芒俯在一名女子身上，乐得直叫，顿了一顿，随即上前高声说道："父亲今日雅致不浅，这等货色不足过瘾，孩儿有一份薄礼，请爹爹收纳！"

刘芒边享乐边笑道："快快献上来，爹爹重重赏你，难得你如此孝顺，爹爹再过十年即传位给你！"

刘希一听，暗骂道：你这老不死的，还想坐位十年，本少主可等不及了，你就准备受死吧，但嘴上却说道："谢谢爹爹，孩子一定尽力支持父亲的事业，让我们亡命谷更加壮大！"

刘香香素来不上"亡命神殿"，即便是在刘芒生日之际，否则见到这惊世骇俗的场面，不羞得立即逃遁才怪！

司徒沉鱼带着两名得意门生一步三摇地走上殿堂上，见刘芒身下的女子容貌，不由得一阵荡笑，暗道：我道是什么人间绝色女子，玩得如此高兴，原来是这种下三滥的货色，不由得对刘芒产生一种轻视的态度。

刘芒忽听身后一阵浪荡笑声，内心一喜，转身说道："什么人如此放肆？竟敢笑老夫！"待看清司徒沉鱼的面容后，邪淫之色顿时从眼光中放射出来，竟忘了自己身在享乐之中，怔怔地望着司徒沉鱼出神。

刘希立即上前一步，介绍道："爹爹，这就是孩儿献给你的生日礼物，你好好享用吧！"

刘芒眼睛一眨也不眨地望着司徒沉鱼，突然怪笑，高声喊道："我儿当真孝顺，好好好，老夫有这种艳福，少活几年也无所谓了！"

刘希在一旁冷笑不语，心道：此次只怕你活不过今天，该是去找阎王爷报到的时候了！

司徒沉鱼衣袖轻轻一挥，一阵浓烈的香气直扑向刘芒的面庞，刘芒顿时心神大荡，迫不及待地跳将起来，一把抱住香气袭人的销魂娘子司徒沉鱼，司徒沉鱼身子一扭，挣开刘芒的双臂，淫笑道："哟，谷主何必心急，本娘子兴致还未来呢。"心中暗喜：这老不死的功力也不过如此，我轻轻一动，就轻易地挣脱了。

倾国和绝色两名弟子立刻搔首弄姿，媚态百生，放荡性感的挑逗终于让刘芒忍耐不住，一把拉过绝色，把她摁倒在地，骑在绝色的身上，怪笑声声，说道："这娃儿不错，细皮嫩肉的，诱得老夫好生心急，老夫便先要了你！"

司徒沉鱼在一旁冷笑，心道：虽说你武功高强，但始终逃不出本娘子的手掌心，倾国和绝色是我最得力的两名弟子，二人都有十年以上的采阳内功火候，应付你这副老骨头应该不成问题。

但见刘芒眼泛绿光，一把撕掉绝色身上的衣服，露出洁白光滑的肌肤，刘芒面上肌肉牵动，说道："哈哈哈……美人如玉，老夫当真艳福齐天，刘希，我的好儿子，爹爹再早五年传位给你亦无不可！"

刘希若是在平时听了此言，必定大喜过望，此时，已有杀心，无论如何，再也容不下这个老头儿了，在一旁只是冷眼观望，伺机寻找下手机会。

司徒沉鱼俏眼一扫，见铁柱升、邢必残、常克和刘希四人围在刘芒身边，虎视眈眈，心中不禁微微一惊，看到刘芒将绝色的衣服胡扯乱撕，荡笑一声，暗道：哼，瞧你这老鬼，与你丑陋儿子一样性急，活象饿狼一般，嘿嘿，待老娘收服了你这恶魔，再将你那丑陋的儿子一并收服，这亡命谷便是我的了，想到这里，不禁放声荡笑。

但是这笑声立刻被淹没了，两旁的士卒和侍女奏乐，以增刘芒的淫兴。

但见刘芒黄牙大嘴张开，头发都竖了起来，双目血红血红的，满面淫邪饥渴的神色分外显眼，显然已经兴奋不已。

不消片刻时间，刘芒心中一惊，暗道：这小娃居然想吸本谷主内功，我且让你尝尝快乐的滋味，顿时但见绝色已是高声荡叫，嘴中不停地呻吟，呵呵……呀……显然已进入极乐的境界！

倾国在一旁不禁被撩拨得不能自持，满面通红，连脖子也红热了，禁不住地两手在身上乱摸乱擦，浪叫道："哎哟……哎哟，这个骚婆娘，当真浪得要了人命！"

司徒沉鱼在一旁凝目观望，突然俏目圆睁，大为惊讶，暗道：这个老色鬼的反应怎的与那"吊颈鬼"石坚不大相同？竟没有一点被吸去真气和功力的样子。

只见绝色躺在垫床上，快乐得不停狂叫，手舞足蹈，也是香汗满面，荡叫不已，刘芒边享受边放声高呼："哈哈……太好了，太棒了，太美妙了！哈哈……"！

此种情景弄得司徒沉鱼和倾国都心痒难熬，不禁春情撩动，司徒沉鱼连忙运起功来，以收摄心神，但倾国兀自不停地跟着浪叫不停，难以自持。

刘希和川中四鬼中的三鬼再也按捺不住，急忙一个抓来一个侍女，跟着享乐起来，早就将逆反之事抛到脑后去了。

司徒沉鱼俏眼一白，不禁暗骂道：一群无用的东西，永远成不了大器，生就一副奴才命！

过不多时，绝色已经香汗淋湿了一地，早已经叫不出声来了，只剩下娇喘微微，声音甚是微弱快速，不久，便是筋疲力尽，软绵绵地瘫在地上，昏迷过去。

刘芒好不扫兴，转头望着倾国，说道："老夫才弄了一小会儿，这女娃儿已招架不住了，真是扫兴！"

倾国早已忍耐不住，见刘芒贼眼盯着自己，欢叫着奔上前来，说道："谷主大人别生气，待倾国来侍候侍候您就是了！"

刘芒喜上眉梢，一把揽住倾国，笑声阵阵，说道："哈哈哈，老夫看你早已是春情勃发了，想领教老夫的独门功夫的厉害吧！"倾国被揽得全身痒酥酥的，嬉嬉笑不已，只盼刘芒快些要了她。

司徒沉鱼满面狐疑之色，暗道：倾国与绝色功力不相上下，看来，她也支持不了多久，但愿这老色鬼不再使什么伎俩，让倾国一举成功，情急之下，立刻走到绝色躯体前，昏迷了的绝色面上犹带笑意，司徒沉鱼蹲下身子，忙上前替她把脉，察看她的内功情况，这一把脉，顿时让司徒沉鱼花容失色，惊慌不已，心中暗叫：哎呀，不妙，绝色的脉象散乱虚弱，看来她不但未吸到这老鬼的功力和真气，反而让老鬼将她的功力吸个干净，当下心中愈加慌恐，面色大变，心道：我的天，这老鬼居然练了采阴术，刚好与我的采阳术相敌相克，绝色功力尽数被吸去，已变成了一个废人，这老刘芒当真不易对付！

此时，倾国的欢乐呼叫，在司徒沉鱼的耳朵里，再也不是那种听得习惯的喜爱音乐了，已变成令人毛骨悚然的可怕的声音，当下心中暗道：如果倾国也支持不住，待会儿让本娘子亲自上阵，只怕自己还没有机会施展独门功夫采阳慑魂大法，已先被他把自己几十年的功力吸干了。

倾国浑然不知自己快要变成废人，武功尽失，仍然乐得大叫，香汗流淌不止，在这寒冷的季节，吐气如雾，一点寒冷的感觉也没有。

甚至连刘希都不知道刘芒练的"西门神功"就是"吸阴神功"，所以，刘芒每天都要女子陪乐，只不过那些女子不会武功，断然没有这二人来得快意，但是，刘芒的采阴吸阴神功能收放自如，每一个女子他都吸收微薄的力道，特别是处女，对于他来说，更是采阴神功必备的练功靶子，更有助于他的吸阴神功练成，这么多年，刘芒享用过的女子不下万人，功夫已然达到登峰造极的境地。

刘希这一计谋，反而使刘芒陡然增加不少功力，刘希却兀自不知。

但听刘芒怪声高叫，快乐不已，说道："普天之下，只有老夫的独门功夫才能让你们如此享受，叫你们这一辈子难忘，哈哈哈……老夫今日真是太高兴了，我儿真是孝顺至极，哈哈哈……"

司徒沉鱼怨恨地看着地上那如狼似虎的刘希和川中三鬼，此种情形真叫她骑虎难下，进退维谷，越想越是不寒而栗，心道：看来，老娘亦不是这老鬼的对手，是斗不过他的了，但是我若失掉这次绝好良机，放弃了，就再也没有机会夺得亡命谷了，经过激烈的思想斗争，终于决定与他搏一搏，看看到底是你的采阴神功厉害，还是老娘的采阳摄魂大法高明！

终于，倾国的欢乐亦到尽头，口中白沫吐出，已力竭了！

这种情景，任何女人见了都心惊胆颤，司徒沉鱼终于决定走为上计，当下身形一动，飘向神殿之外。

刘芒见倾国这么快就玩完了，吓了一声，陡觉人影一晃，已然发现司徒沉鱼逃走了，便如鬼魅一般，快捷无比，跟身追赶司徒沉鱼，好一个刘芒刘淫贼，竟后来居上，挡住了司徒沉鱼的去路，只见他淫笑道："好娘子，哪里去啊？你是我那孝顺儿子送的礼物，老夫还没享用呢！"

司徒沉鱼见他身法奇怪，不禁大为惊慌，颤抖地说道："谷……主……大……人，我……有点……害怕啊！你……不要我……了吧！"

刘芒哪里肯放过，说道："这两个女娃只能供我热热身子，你才是老夫的真正对手，老夫的采阴神功与你的采阳神功斗上一斗，看看是谁的厉害，今番不斗，可就没有机会了！"

司徒沉鱼见阴谋被识破，顿时冷汗直冒，嗲声说道："本娘子带来了许多弟子，我去召了他们来，侍候谷主大人如何？"一面说，一面走，施展轻功，尽力逃遁，快疾如风。

刘芒则似与她逗乐一般，一面怪笑，一面追赶，如影随形，轻功比司徒沉鱼高出何止一倍！

司徒沉鱼见始终逃不脱刘芒的追赶，一面飞奔，一面说道："谷主大人，你就放过我吧，我保证每年给你送上几百名美女！"

刘芒淫邪地望着她说道："不成，就是一万名美女，也及不上你一个，我就是喜欢与你这样的美人作乐，今天失去机会，老夫岂不抱憾终生，死不瞑目！"

司徒沉鱼情急之下，说道："我司徒沉鱼已经把一切都给了你儿子，现已经是少主夫人了，你这是乱了伦理！"

刘芒哈哈大笑，说道："那有什么打紧，你又不是第一次，再说，我可以封你为谷主夫人，你更该服侍我才对！"

司徒沉鱼见的确逃脱不了，说道："那就等你正式封了我之后再说吧，若不举行正式封我为谷主夫人的仪式，以告全谷，恐怕让天下人耻笑，叫我有何颜面！"

刘芒正处于兴奋阶段，哪里肯依？举行仪式不是一会儿半会儿的事，笑了几声，说道："老夫可没耐性等那么久，我现在就要了你，你还是顺从了吧！"

二人在"亡命神殿"上空盘来旋去，如穿梭于花丛中的蝴蝶一般，只把那些奏乐的侍者和侍女看得目瞪口呆，甚至连有些士卒和小将都忘了身处于极乐之中，怔怔地望着，傻了眼！

司徒沉鱼好不恐慌，心惊胆战之际，急忙运行内功，准备击刘芒个出其不意！

刘芒一面追赶，一面说道："好娘子，你就顺从了吧，老夫保证你从未享受过如此快乐的滋味！"

未等刘芒话毕，司徒沉鱼蓦然回过身来，双掌全力拍向刘芒的胸脯，不知是刘芒故意的，还是躲闪不及，竟让司徒沉鱼当胸击了一个正着，"砰"的一声，司徒沉鱼陡然觉得如击败絮，掌劲瞬间消失得无影无踪了，心道：不妙，当下骇然抽回双掌，身形暴退，但已然出了一身冷汗。

刘芒哈哈大笑，说道："好娘子，你的掌力倒也不差，不过，嘿……女儿家学的都是一些花拳绣腿，看倒是中看，但是不管用！"

司徒沉鱼羞怒万分，情形已是骑虎难下了，唯有尽力一拼，希望图个侥幸取胜，以保全自己几十年的功力，于是俏目一睁，干脆明摆着与他一斗，说道："那么本娘子再使花拳绣腿，请谷主大人多多指教！"说罢，身影一晃，抖出数十个掌花，每一掌都是拍击刘芒身上的各大要穴！

刘芒不慌不忙，说道："这一掌倒像模像样，不过仍是中看不中用！"话毕，竟伸出一只左手，将腰间尚未解下的一件内衣扯下，只把那内衣回旋疾挥舞动，"啪啪啪啪……"，数十声响，已把司徒沉鱼的掌势尽数击溃！

司徒沉鱼顿时后退数步，大为惊诧，暗道：这老鬼竟如此厉害，用一件内衣也能将我震得虎口发麻，后退数步，看来是敌不过他了！

刘芒又飞身而至，已然到了司徒沉鱼的面前，只见他双手背在背后，毫不畏惧，说道："好娘子，我劝你还是省省气力，留着跟老夫共赴巫山云雨之时用吧！"

司徒沉鱼暗运内劲，将全身的功力集聚于两手的手指之上，如离弦之箭，疾戳而出，直向刘芒的双眼戳到。

刘芒笑道："哈哈……居然跟老夫的双眼较上劲了，开什么玩笑！"语言未毕，司徒沉鱼已经击中了他的双目，"噗"的一声，但同时，他的双眼亦散发出两道淡金色的气劲，将司徒沉鱼的两指硬生生地挡住了。

"哈哈哈，我那孝顺儿子没告诉你我是金刚不坏之身吗？刀枪不入，水火不侵！"刘芒得意地大声笑道，同时双腿一夹，将司徒沉鱼牢牢地箍在双腿之间，令她动弹不得。

"哈哈哈……该是我们斗一斗的时候了！老夫带你去极乐世界！"刘芒喜不自胜，司徒沉鱼已被压倒在垫褥之上。

司徒沉鱼大惊失色，魂不附体，惊叫不已，却已半点奈何不得。

刘芒伸出双手，将司徒沉鱼摁倒在地，淫邪的眼光在她胸间直扫，淫笑道："真是国色天香，又是采阳神功的绝顶高手，实为人世间难得的佳侣，只怕刘希那小子不能令你满足，此番老夫得好好品尝品尝你这个人间尤物了！"

司徒沉鱼见大势已去，不得不屈服，说道："本娘子一旦失身于你，哪里还有面目面对你的孝顺儿子和这些众将，并且在众目睽睽之下，奴家好生害羞呀！"

刘芒一刻也等待不了，说道："管他娘的这么多，老夫是谷主，是皇帝，老夫想干什么就干什么，哪个还敢哼一声？这些世俗眼光，都让它们见鬼去吧！老夫决不会亏待于你，只会令你更尊贵，更有权势！"

司徒沉鱼被压在刘芒的身下，暗道：唉，大势已去，现下只有承欢献媚，应付应付这个老色鬼了，我便运用采阳摄魂大法试他一试，又有何妨？当下荡笑一声，说道："谷主大人啊，你得好好对待我司徒沉鱼，别把奴家弄得半死不活的，好生难受！"

刘芒见她已经答应，怪笑道："老夫一定把你弄得欲死欲仙，欢乐透顶！"语毕，只见他双目血红血红的，如火焰燎原一般，神色亢奋至极点，已然是兴奋极了！

但见刘芒又是几声怪笑，说道："奏乐，奏乐，老夫让你好好享受一番！"

但听乐声大起，与刘芒的动作相配合，助兴。

片刻间，司徒沉鱼已浑身如遭电击，快感如潮，不能自已，当真与其他人感觉不同，以前都是她吸取别人的功力和真气，此番自己却被刘芒吸去，想斗也斗不过他，直看得其他人心跳不已，不能自持。

极度欢乐过程中的司徒沉鱼，突然感到体内的功力和真气如江河决堤一般，被猛烈地吸扯得破体而出，顿时惊惧莫明，慌乱不已，惊声急呼："哎哟，谷主大人，不要哇，你放过奴家吧，谷主大人饶命呀！"

刘芒兴奋至极点，高声喊道："哈哈哈，太妙了，太爽了，嘿哟，好啊，美呀，哈哈……"竟不管司徒沉鱼惨叫连声，痛苦得撕心裂肺一般。

司徒沉鱼内心惊惧万分，暗道：完了，完了，今番老娘亦要变成废人了，原来被人吸取功力竟这般痛苦，我吸那些男子时也如这老色鬼一般亢奋不已，到头来，终于落了个这般下场，报应，报应啊！

正待她极度绝望之际，一股真气正从刘芒的体内向她源源送到，司徒沉鱼又惊又喜，颤声道："谷主大人，你……"

刘芒怪笑，犹兴未尽，说道："你运用采阳神功试试，看看有何感受！"

司徒沉鱼狐疑地运起采阳摄魂大法，顿时眉飞色舞，乐不可支，暗道：这老鬼居然还怜惜老娘，将功力和真气故意还给我，我何不将自己的功力全盘吸回来？

心念电转之际，尽全力运起采阳摄魂大法，狠命地吸取失去的功力，同时立马恢复平日里的浪荡性子，口中不断地发出阵阵欢愉极乐的呻吟声，整个神殿之上但听到她"呵呵……噢……呀……哎……哟……好啊"的声音，顿时，神殿上溢满了阵阵香气，突然，司徒沉鱼身体散射出夺目的彩光，奇幻异美，令所有神殿之中的人目眩。

刘芒更是快乐得高叫不断，暗道：这骚婆娘当真厉害，不可多得，居然把采阳神功练成最高境界，身体上散发出彩光来，欢快之际，竟喝起彩来："好啊，美啊，真是绝世神功，无与伦比，老夫欣赏得很！"

司徒沉鱼快乐欢愉之际，心念电转，暗道：这可是个好机会，我何不把这老色鬼的全部功力吸了过来？脑筋转得飞快，身体丝毫没有停顿，运用刚吸回的全部功力，开始将刘芒体内的真气大吸特吸起来，自己却快乐得荡叫不已，不时地发出娇媚清啸，当真荡人心魄！

刘芒却乐得大叫，说道："哈哈哈，好娘子，想将老夫的功力全部吸去？野心不小啊！"当下摧动内息，运用采阴神功，与她对抗起来。

司徒沉鱼一见阴谋被识破，体内的真气与功力再次如江河决堤般被吸扯过去，心中顿时又惊惧起来！突然之间，又感到真气再次被猛烈吸了回来，原来刘芒已停止运用吸阴神功，司徒沉鱼体内的功力一时被他吸去，一时自己又吸回，高潮迭起，当真是前所未有的极乐享受，暗道：这老鬼原来故意玩老娘，吸来吸去，倒也真有滋味，当下也再不多想，放下思想包袱，尽情地吸纳起来，尽情地享受这绝好的销魂时刻。

刘芒哈哈大笑，高声叫道："哈哈哈……这才是真正的极乐享受，老夫爽死了，好啊，老夫就将你那几十年的功力和真气返还给你，再将你那两女徒弟的二十年功力一并给了你，哈哈哈……你我本就是天造地设的一对，哈哈哈……阴阳合璧，天下无敌，好娘子，你说是也不是？"

司徒沉鱼此刻只管尽情地享受，对刘芒早已有了好感，顿觉只有这个老鬼才是她梦寐以求的男人，一边不住地呻吟，一边竟主动地在这又老又丑的色脸上、额上和胸前狂吻起来，口中不停地发出声音，"哎哟……爽啊……嗯……是的……是的……老娘……与你……才是……最佳……搭档！"

刘希此时在一旁已玩得筋疲力尽，正仔细地观察着刘芒与司徒沉鱼的龌龊行为，突然见司徒沉鱼情不自禁地吻起刘芒来，还说与他是最佳搭档，心里猛地"咯噔"一下，暗道：完了，完了，这个不要脸的骚婆娘是靠不住了，完全沉溺在情欲之中，说不定为了自己的私欲，将我谋反的计划告知刘芒，我岂不是死无葬身之地？罢了罢了，迟翻脸不如早翻脸，我此时不杀刘芒，以后就更没有机会了，虽说未必杀得了他，但是或许刘芒正处在忘乎所以时，侥幸除了他也未必没有可能，主意打定，当下抽出一把锋利的短剑，就要向刘芒刺去。

司徒沉鱼高潮已过，显得有些倦意，陡然发现刘希正抽出明晃晃的短剑，要向刘芒刺来，心中大惊，暗道：不妙，我得阻止他，这鲁莽的小子这点微末功夫怎杀得了这个老色鬼，偷鸡不成反蚀米，阴谋败露，老娘岂不白白搭了条性命，当下一语双关，摆着手叫道："哎哟！不要！不要啊！奴家会死的，谷主大人就放过我吧！"

刘希一怔，见司徒沉鱼对自己又是摆手，又是递眼色，收敛入鞘，立在一旁，不知所措，川中三鬼早就乐得力竭，竟赤裸裸地在神殿上呼呼大睡。

这吸来吸去来回几十个回合，刘芒亦倦了，终于收住巫山云雨，像蚂蟥吸饱了血一般，滚向司徒沉鱼娇躯一旁，半闭着眼睛，吧嗒吧嗒地舔了几下嘴唇，悠悠睡去。

司徒沉鱼努力地睁开十分疲倦的眼皮，无力地抬起手，向刘希摆着，示意他不要乱来，他杀不了刘芒的，示意完，那只手"砰"的一声，软瘫在地上，已经进入了甜美的梦乡。

其他一些侍女匪贼早已是疲惫地睡了好半天，两旁奏乐的侍者和侍女没有刘芒的命令，哪里敢停下，由于时间过长，那激昂快乐的乐曲渐渐变成哀乐一般，此时已不闻其声，两旁奏乐者竟吹奏得筋疲力尽，也倒地昏去。

神殿之上，刘芒生日之际，到处躺满了赤裸裸的躯体，男的女的，横七竖八，整个场景，丑不可睹，竟无一人以衣蔽体，遮住羞处，除了两旁未解衣衫的几个男女奏乐之人。

刘希独自一人立在神殿之上，虽说自己亦加入了这场肮脏的欢娱之举，眼前的情形亦让他不禁颤抖了几下，陡然发现自己亦赤裸着身体，连忙穿好衣服，拖着疲惫的身子缓缓地走出"亡命神殿"。

单宝儿一直呆在"亡命公主殿"，有刘香香陪伴着，倒并不寂寞，只是有一种强烈的想见彭丹玲的愿望，他是每隔十天见她一次，仍就未见她说一句话，仍就是默默无语地流泪，单宝儿心中也跟着默默流泪，总隐隐觉得这事有些不大对劲，但他却说不出所以然来。

这天，也即刘芒生日之际，小香香陪伴着单宝儿一起练功，心中有一种说不出的快活，隐隐约约地感到有一种要和单宝儿十分亲热的冲动。

突然，单宝儿"哎哟"一声，跟着就用两手在身上狂抓乱挠起来，嘴中不断地喊道："哎哟，痒死我了，我痒死了，怎么会突然这么痒?"内心不禁猛烈一震，暗道：难道是我练功走火入魔的征兆?否则，这神眼奇功竟能如此快地练成?只怕大为不妙，这神眼奇功没有这般易练成的，心中越猜越慌，越慌心越乱，心越乱，身上到处奇痒无比，难以忍受，不由得大叫一声，翻倒在地，昏了过去。

小香香正处在美妙的幻想之中，陡然见单宝儿叫了几声痒痒痒，翻倒在地，不由得大为惊骇，尖叫一声，身形一晃，趋至他的身前，伸出玉手替他把脉，只见她脸上神色时而狐疑，时而欣喜，内心却道：奇怪，奇怪!单郎脉象正常无异，怎的突然昏过去了呢?难道是身上奇痒所致?那么身子怎会突然这么痒呢?这几日，单郎一直用热水沐浴，况且我这公主殿内别无异物，哪里来的东西引发他身子奇痒?小香香百思不得其解，平日谈话中总是称他为"单公子"，可内心早已将他视作自己的如意郎君了，是以内心里呼唤他为"单郎"。

小香香伸开双手，插至单宝儿的身下，想把他托起来，可哪里托得起？以前单宝儿都是硬邦邦的，倒也可以用点力气托起，这次身子却软绵绵的，特别沉手，小香香连忙喊花菊花过来帮忙，两人这才将单宝儿弄至床榻之上，看着昏迷不醒的单宝儿，小香香不禁默默地流下了眼泪，也不知他到底为什么会变成这般模样。

时光易逝，转眼一天过去了，单宝儿仍昏迷不醒，滴食未进，滴水未沾，小香香一直守候在他的身边，见他这副模样，怎不心疼？心里暗道：都是我不对，不该让他如此一个劲儿地习武，否则也不会至此，若是单郎有什么三和两短，我亦不想活了！

随即便命花菊花去熬制一碗参汤端来，可单宝儿连张嘴的力气也没有，叫小香香当真好生为难。

突然，小香香端起那碗参汤，就要送到自己的口中。

花菊花大感意外，失声叫道："公主，你怎么自个儿……"

一句话还未说毕，只见小香香口中含满参汤，已将红唇压在单宝儿的嘴上。

花菊花更为诧异，随即便明白了是怎么一回事，叹道："我跟随公主这么多年，从未见她对人这么好过，当真是情根深种了！唉，公主以樱唇喂食，香艳温馨，这小子艳福当真不浅，只可惜公主的一番深情付诸流水，这小子另有所爱，对公主半点情意也没有！"

但见小香香一口一口地将参汤喂完，呆在床榻边，喃喃地念道："单郎啊单郎，你一定要努力地坚持下去，你一定要坚强地活下去，你快快醒来吧，香香真的好心痛啊……"

花菊花立在一旁，不禁也默默地感动得流下泪来，花菊花突然来到床前，低声说道："公主，何不请神医来看一看！"

一语惊醒梦中人，小香香像遇到了救星一般，连忙站起身来，说道："快替我更衣，我这就去请神医！"

花菊花见香香像是急糊涂了，想笑，却笑不出来，说道："公主，何须劳您的大驾，这点小事，花菊花去就行了！"

小香香急忙道："那你还不快去？嘱神医速速来到，误了我的事，将你们一并斩了！"

花菊花吓得连忙飞奔而去，吐出的舌头好久未能收回嘴里。

不大一会儿，花菊花领着神医匆匆赶到，小香香迫不及待地说道："快给他看看!"

那神医把了把单宝儿的脉,像是自言自语地说道:"奇怪!奇怪!一切都很正常!"

小香香生怕他说无药可救,听他如此一说,心中稍感宽慰,说道:"怎么样?能否救醒他?"

那神医脸上顿时显出难色,说道:"属下无能,的确不知这位公子得了什么病,恐怕无能为力了!"

小香香怒道:"什么无能为力,你若救不醒他,我立刻将你杀掉!"

那神医顿时吓得面如土色,暗道:公主怎么如此奇怪,居然责怪老朽的不是了,为今之计,也只能死马当活马医了,当下哆哆嗦嗦地写下了一个药方,说道:"公主且用这药方试他一试,若是他仍不能醒来,老朽也只有任由公主处置了!"

小香香想都不想,说道:"不用啰嗦了!花菊花,按方抓药,立马熬制,不得怠慢!"

小香香待药汤熬好,仍用樱桃小口一口一口地喂给单宝儿,那神医呆在一旁,吓得身子直抖,这条老命可全系在单宝儿身上了。

约摸两个时辰过去了,单宝儿终于一声惊呼"好痒啊!好痒啊!",随即便醒了过来,那神医立刻面露喜色,暗道:真有苍天有眼,老朽命不该绝,也许公主不有赏呢!

单宝儿高声呼叫,仍奇痒难熬,突然,小香香尖叫,倒在地上,只见单宝儿的脸上满是裂痕,犹如蛇鳞一般,古怪至极,难以形容。

单宝儿听小香香一声尖叫,强忍住痒痛,陡然发现自己的双手古怪至极,均已裂成片片蛇鳞,顿时惊惧莫明,失声喊道:"怎么会这样?怎么会这样?"

小香香突然弹身起来,身形一晃,趋至那神医前,恼怒道:"你到底给他吃的什么药,怎会让他变成如此模样?"

那神医吃了一惊,陡见单宝儿的蛇鳞般的裂痕,也不回答香香公主,径直走到单宝儿身边,掀起他的长衫,只见全身无一处不是如此,顿时大惊失色,说道:"奇了,奇了,真是奇人,老朽看到奇人,死也该瞑目了!"

小香香怒气未消,奔至那神医身边,说道:"他这是怎么了?你若不把他恢复得原模原样,小心你的颈上人头!"

那神医这回反而哈哈大笑,小香香吃了一惊,不知所以然,但听那神医笑道:

"此乃天下少有的奇人，他这种蜕皮现象，实为罕见，老朽此生能见此种情形，当真福气不小！"

小香香和单宝儿同时惊愕，说道："什么？蜕皮？人也会蜕皮？"

那神医说道："难怪你身上奇痒无比，老朽一时也不明白其理，此时看情形，绝不会错，一定是罕见的蜕皮现象，并无大碍！"

小香香这才定下心来，问道："可有什么方法给他治疗或治痒？"

神医将香香公主叫至一旁，咕哝了一会儿，便走出公主殿，单宝儿大感意外。

小香香对花菊花说了一会儿，花菊花回身去了，小香香随即走到单宝儿身边，笑道："单公子，你现在没事了，待会儿，花菊花给你洗个澡，你就再也不会痒了，我去换换衣裳！"说罢，一阵风似的离开了单宝儿。

过不多时，只见几个侍女抬着一个大澡盆来，放置在大殿的中央，又见另几人抬着一桶桶的热水来，倒在澡盆中，便都出去了，只剩下花菊花一人。

花菊花笑了一笑，说道："单公子，快来洗洗，洗过了，你就不感到痒了！"

单宝儿站起身来，说道："不烦劳花姐姐了，单宝儿自己洗便是了！"

花菊花脸上一红，说道："单公子，公主吩咐过了，我怎敢不从？你下身衣服不脱掉便是了，我给你刷刷背，也算是不违抗公主之命了！"

单宝儿违拗不过，依了她，只见那澡盆中的水墨绿墨绿的，单宝儿心想道：只怕是治痒的药水，当下也不在意，身子一跃，进了澡盆，果真，那水直透过身上的裂纹缝隙，钻至肌肤里，一种清凉爽快的感觉袭遍全身，说不出的舒畅，顿时不痒了。

花菊花一面帮他刷背，一面说道："公子！你可得好好地报答公主才是啊！公主为了你，什么都愿意做！"

单宝儿吃了一惊，说道："她做了些什么，单宝儿心中都明白，公主的大恩大德，永不敢忘！"

洗完澡，单宝儿换好衣衫，顿感困倦，花菊花将他扶至床榻，替他盖了被褥。

此时，小香香已换好一身淡装，清丽脱俗，别有一番韵味，素来英姿飒爽的小香香，变得羞答答的，扭扭捏捏起来。

单宝儿强忍着困倦，口中喊道："小香香，我要起床！"

小香香双手扶住他，将他重新放倒在床上，说道："你刚用药，不要乱动，好好地躺着，我替你敷上另一种药膏！"

单宝儿也不违拗，但见小香香粉面含春，娇艳欲滴，他看着也不禁心神一荡。

小香香一点一点地将药膏涂抹在单宝儿的身上，顿时，一股清凉彻骨的感觉袭来，说不出地舒爽，单宝儿感觉着，不知不觉中便睡着了。

沉睡，不知多久，单宝儿终于渐渐醒来，睁眼一看，一张甜美欢欣的俏脸映入眼帘，俨然就是小香香。

单宝儿伸手拍了拍自己的脑袋，说道："哎呀，我怎的睡着了，还睡得这么死？"

小香香爱怜却又害羞地望着他说道："你已经睡了刚好半个月了！"

单宝儿大吃一惊，疑惑道："怎么睡那么久？那我不饿死了吗？"

花菊花在一旁"咯咯"直笑，说道："傻瓜，怎的会饿死，顿顿都是公主喂你吃的！"顿了一顿，笑道："这半个月也没白睡，全身的蛇鳞皮片都蜕掉了，你看，这么满满一盆的皮肤片，足有四五斤重！"

单宝儿见花菊花端着一满盆的蛇鳞状的东西，听她这么一说，抬头一瞧，不禁惊叫起来："哇，太好了，那可恶的鬼蛇鳞终于没有了，皮肤比以前更白更嫩了！"

当下喜不自胜，伸手一向被子里一摸，脸刷地一下子红到耳根，全身都赤裸裸的，连那儿……也光滑软嫩的。

小香香也满脸通红地低下了头。

花菊花在一旁"嘻嘻"笑道："都是公主一片一片地剥下来的，我可没有这个福分，摸到公子的……公子的贵体！"

单宝儿红着脸望着小香香，说道："谢谢……谢谢你，香香，我……我不知道该如何答谢你才好！"

小香香的头埋得更低了，露出光洁白嫩的粉颈，单宝儿看了，不禁心神一荡，情不自禁地托起香香公主的脸，在她的香额吻了一下。

小香香顿时羞得脸更红了，也脖子也通红通红的，但脸上仍露着十分欢欣的喜色。

刘希拖着疲惫的身子回到少主殿，看到殿堂上的红木桌上放着一盒脂粉，立刻想到了彭丹玲，心中不禁暗道：那些龌龊女人怎及得上我的彭仙使，这几日老是忙着谋权夺位，无暇见她，现在该去见见我的仙使密糖儿了，当下拿了那盒脂粉，来到殿后的彭丹玲的居住处。

刘希虽说精神疲惫，但一想到美丽可人的彭丹玲，精神不由自主地为之一振，高兴起来，嗓门也大了，高喊道："彭姑娘，我来看你啦！"边喊边推门而入。

只见彭丹玲坐在梳妆台前，怔怔地看着镜中的自己，刘希的到来仿佛跟她一点关系也没有，竟视他如无物一般。

刘希也不气恼，强颜欢笑地自我解嘲道："彭姑娘，你怎的又不高兴了？你瞧，这是我托人从京城买来的上等脂粉，送给你用的，嘻嘻嘻！"

彭丹玲头也不回地说道："我才不稀罕，我不要，我问你，怎的还不放了宝儿哥哥？怎的还不杀了刘芒，让我当上谷主夫人？"

刘希陪着笑脸，说道："一直在忙此事，因此也顾不上来看你了，你别生气，我看用不了多久，这些我都会一一办到！"

彭丹玲转过身，俏目圆睁，怒视着刘希，说道："从今日起，你若一刻未办成这些事情，一刻也不许再来见我，我更不想见到你！"

刘希连声说道："好！好！你请息怒，息怒，看你憔悴了许多，我心痛！"刘希一面说，一面观察彭丹玲的脸色，见她一点也不动容，接着说道："没……没问题，我就去安排人马，杀了那刘芒，你我早日成婚！"

彭丹玲羞怒万分，说道："呸，无用的东西，快给我滚，滚出去！"

刘希本想来亲近亲近彭丹玲，没想到惹她发火，自己竟碰了一鼻子灰，连声说道："好，我滚，我滚，我这就滚出去！"神色对彭丹玲极为恭敬。

其实，若是以刘希的种种卑劣行径，要对付彭丹玲，足足有千百种方法，她竟一时糊涂，想利用美人计，使他父子自相残杀，牺牲自己，以换取单宝儿的性命，可单宝儿压根儿也不惧怕这个刘希，只是这个刘希对她敬若神灵，在他眼里，彭丹玲就是天仙化人般美丽动人，神圣不可侵犯，他要她心甘情愿地跟随他一辈子，他要给她尊严，地位和权势，这样，才配与她成婚，因此自始至终，对彭丹玲都甚是尊敬，倒不是因为彭丹玲所说的没有当上谷主夫人之前不准碰她半个指头。

第十六章

是夜，月光皎洁，少主殿的密室中仍就坐着川中三鬼、司徒沉鱼和刘希，他们总结失败的教训，再一次商讨谋反大计。

刘希在四人面前来回踱步，说道："这次行动，司徒堡主出了大力，功劳不小，只是我们却不知道这个老鬼居然如此厉害，连司徒堡主的绝世武技也敌得住！"

司徒沉鱼叹了一口气，说道："我'销魂娘子'生平从未遇到过敌手，这次险些成了废人，想起来仍有些后怕，这次虽然未能助少主大功告成，可也吃了不少苦啊！"说罢，竟以衣衫拭泪，内心却对刘芒给予她的销魂时刻心驰神往。

川中三鬼在一旁冷笑，都暗自道：这个骚蹄子，当时那浪荡劲儿可惹得我们几个人运用内功也把持不住，今天倒说吃了不少苦，我看你是享受了不少快乐才是！

刘希仿佛并未察觉他们的心思，又说道："据司徒堡主的亲身体验，得知刘芒这老贼武功非同凡响，只怕联合我五人的力量也难以应付他，不知各位还有何妙计良策？"

"落水鬼"铁柱升怪眼一翻，说道："司徒堡主此次功劳卓著，已探得刘芒有如此了得的功夫，既然联合我等力量都不是他的对手，我们何不再增强力量？料想有了这几人后，我等足可制住这个老鬼！"

刘希脸上立显喜色，说道："铁统帅有何高见，不妨直说，到底有哪些人？"

"落水鬼"怪笑几声，说道："远在天边，近在眼前，少主也知道这几人的功力不弱，那就是关在石牢里的那三个老头儿！"

刘希惊喜万分，说道："铁统帅是说少林方丈能智大师、丐帮帮主任重义和武当掌门万华山三人？"

司徒沉鱼荡笑道："哟，少主早已有了这等高手，竟然让本娘子受这等罪，当真苦煞我了！"

刘希淡淡一笑，说道："司徒堡主过谦了，虽说他三人功力都在你之上，可你这旷世绝技却是他们三人所不及的！"

司徒沉鱼凄然一笑，说道："只是我未能帮上少主的大忙，实在惭愧！"

刘希笑道："但你功劳着实不小，能让咱们得知对手的分量已经足够了，本少主他日登上谷主之位后，定然将你封为谷主夫人，只不知我刘希有没有这等艳福！"

司徒沉鱼喜上眉梢，说道："少谷主垂爱，奴家自当服侍你，少谷主如此说，可折煞我了！"

铁柱升哈哈大笑，抱拳说道："恭喜司徒堡主荣升，属下先行见过谷主夫人！"

司徒沉鱼浪荡一笑，说道："八字还未有一撇呢，铁统帅这是故意损我销魂娘子了！"

铁柱升又是哈哈一笑，说道："岂敢，岂敢，我等巴结夫人还来不及，怎敢损你！"

刘希摆了摆手，说道："大家现在都同乘一只船，理当同舟共济，同心协力才是！"

川中三鬼和销魂娘子司徒沉鱼齐声答道："少主所言极是，我等必将全力以赴，共讨刘芒这个老贼，替少主夺得谷主之位，赴汤蹈火，在所不辞！"

刘希点了点头，说道："有各位如此忠心，我刘希何患不成大业？本少主在此先谢过了！"

川中四鬼的三鬼及司徒沉鱼急忙还礼。

刘希说道："铁统帅，现在我们就去把那三个老头请来，问问他们是否愿意出手相助！"

"落水鬼"答道："是，少主，属下这就去办！"

当铁柱升将能智大师、任重义及万华山带至少主殿时，刘希与其他二鬼及司徒沉鱼已经等候多时了。

刘希上前一步，抱拳说道："三位老前辈请坐，晚辈刘希见过前辈！"

三人同时哼了一声，各自坐在红木椅上，万华山对刘希一点好感也没有，气恼地说道："有话就说，有屁快放，别转弯抹角，贫道可没有这么大的耐性，听你胡嚼舌根！"

刘希不怒反笑，说道："万前辈不愧是武林顶尖人物，豪迈爽快！好，我就开门见山地说了吧，我想与三位前辈做一桩交易。"

三个人看都不看他一眼，悠然自得地坐在红木椅上，没有一个人答话。

"算命鬼"邢必残将那把铁算盘打得"叭叭"直响，见三个都不理会刘希，忍耐不住，喝道："三个老不死的东西，少主与你们说话，竟然如此无礼，哑巴啦？怎的不敢说话！"

任重义伸出左手中指，暗运内劲，霎时，只见一道光芒直射向邢必残，邢必残身子一动，两眼冒出火来，怔怔地定在那里，再也说不出一个字来，已然被任重义运用隔空点穴的手法点了他的穴道。

司徒沉鱼荡笑声声，说道："哎哟，任帮主这手功夫好俊呀，真让本娘子大开眼界了，只是奴家不明白，为什么三位当世武林高手却被困在亡命谷了，传出去，只怕让江湖人笑掉大牙，哟，啧啧，三位不会只是浪得虚名吧！"

任重义见她轻淫放荡，顿生厌恶，连忙避过头去，能智大师则双手合十，低声念道："阿弥陀佛，阿弥陀佛，孽障！孽障……"万华山听她出言不逊，大含轻蔑，便喝道："无耻荡妇，你不配和我们谈话，免得污了我们的声誉！"

司徒沉鱼更加浪荡起来，一阵风似的飘到万华山的身前，抬腿露胸，放纵挑逗，说道："哎哟，万掌门的声誉好大哟，你干吗又与本姑娘子说了，哎哟，让我看看，万掌门的嘴皮子污染了没有？"神情极是淫荡。

万华山一时语塞，见她在眼前晃来晃去，袒胸露乳，极为恼怒，一掌拍了过去。

谁知司徒沉鱼竟不闪不避，反而挺胸迎了上去，荡笑道："哎呀，万掌门凡心勃动，想摸摸奴家的胸脯啦，来呀，本娘子成全了你！"

万华山哪里料到她如此无赖，急忙收住掌势，那一掌只距司徒沉鱼的肉胸不到数寸，一掌若是拍了下去，司徒沉鱼焉有命在？不过，司徒沉鱼早就料到他会收掌，所以才敢如此放荡不羁地用胸脯迎接，她见万华山掌势已住，又浪笑不已，笑道："哎哟，万掌门怎的发呆了？奴家胸脯太好看吗？摸摸，可能更令你魂销魄动，嘻嘻嘻！"

万华山被弄得脸色铁青，打也不能打，只得缩身回来，骂道："岂有此理，真是气死我了！"

"无常鬼"常克在一旁怪笑，说道："男子汉大丈夫，敢作敢为，气有什么用？干脆摸摸，不就是了？"

几个淫夫荡妇发出阵阵嬉笑之声。

任重义突然一声清啸，声震屋瓦，几人顿时感到胸口压得透不过气来，笑声一下子止住，换之的是面如土色，面面相觑，不敢再胡闹。

刘希立马脸色一沉，喝道："你们怎可对三位老前辈如此无礼？还不向前辈道歉？"待那四人对三人欠身道歉后，又马上满脸堆笑地说道："三位老前辈宽洪大量，不必与他们一般见识……"

万华山哼了一声，说道："我们根本就没与你等一般见识，你这不是废话！"

刘希连忙躬身说道："是！是是！晚辈言词笨拙，前辈不怪，刘希说声对不起了，前辈有什么条件，不妨说出来，只要能帮我们除掉刘芒这个老鬼！"

三人同时大吃一惊，原来只道是刘希想要藏宝图，怎么也没有想到他竟然要他们帮助除掉他的父亲刘芒，都望着刘希，不知他打什么主意。

刘希立刻明白了三人的心思，干咳了几声，说道："咳咳，是这样的，刘芒虽是我亲生父亲，但是为人阴险狡诈，狠毒辛辣，不少伤天害理的事都是他所为，我这做儿子的已是看不惯，忍耐不住了，为了天下老百姓的安居乐业，天下太平，所以出此下策，为民除害！"刘希为了说动三人，不惜狂骂自己的父亲，并且还堂而皇之地说是为了百姓，当真比其父更加阴险狡诈！

能智大师微微一笑，说道："阿弥陀佛，倘若刘施真有此善心，当真是天下之福，百姓之幸了，也是武林同道所敬佩的。"

刘希恭恭敬敬地答道："多谢大师夸奖，十恶不赦之人，理当人人诛之，作为儿子的我，没少规劝他，只是他根本听不进去，所以才如此做。"

能智大师淡然一笑，说道："施主此番话语，但愿出自内心本意，阿弥陀佛，罪过！罪过！"

刘希见能智大师识破他的心思，暗道：这老和尚果然了得，竟唬不了他，不如用条件激他一激，当下便满面堆笑，说道："我怎敢欺瞒大师，大师若不相信的话，尽可在杀了刘芒之后，将你们的朋友一并带下城堡，只是这刘芒不除，我亦无法放过他们！"他生怕三人要他先放了单宝儿和彭丹玲才肯答应帮他，是以先封了三人的口，好一个刁钻的刘希，心计当真强过他的父亲。

能智大师岂有不知他想利用他们三人的力量进行谋权篡位之理，是以一直不理会他，万华山心中一动，说道："我们管他做什么？这个十恶不赦的人，早就该死，不如与他们一起将其杀了，起码也可以为武林除了这一大害，到时，量他也不敢不放咱们几人下城！"

任重义点了点头，已经同意了他的看法，顿了一顿，说道："只是我们与这些人为伍，有损声誉，太过荒唐了！"

刘希见他们二人语意有所松动，不敢乱插嘴，免得激起他们的反感，那可就不好办了，是以恭恭敬敬地站在一旁，好像是自己反而成了三位老前辈的选择对象了，再也不是这里的主人一般。

万华山却说道："顾不了那么多了，再说，我们三人已是难敌他，也不知单兄弟功夫进展得怎么样了，我们老是呆在这鬼地方也不是办法，若是那单宝儿愚笨蠢钝，练不成什么神眼奇功，我们三个老头儿岂不要老死在这里?！报不了仇不说，我那掌门候选人还未定呢，这样一去，岂不更糟！"

能智大师站起身来，说道："阿弥陀佛，既然万掌门这么说了，老衲若不答应，日后，你武当有什么事儿发生，反倒怪老衲的不是了！"说罢，缓缓地走到大殿门口。

刘希绝顶聪明，见三人已都有了合作之意，连忙上前说道："大师请留步，大师如不嫌我这少主殿寒伧，就留在这里休息吧！"

任重义也站起身来，说道："好吧，你们什么时候行动，就近也好通知，大师，我们干脆就不要再进那黑漆漆的石牢了！"

能智大师淡然一笑，说道："你以为我愿呆在那里吗？万一要是让刘芒知道我们不在石牢里，而在这少主殿悠然自得，岂不是明告诉他咱们要对他下手吗？他一有了防范，事情就难办多了！"

刘希等人心中暗暗佩服得五体投地，大师有这种诚心合作，都让他们心中大感宽慰。

刘希不失时机地说道："大师请放心，这个我们早已安排好了，刘芒是不会得到任何消息的，三位老前辈的诚心实意，的确让晚辈无地自容，三位前辈暂时就住在这里吧！"说罢，即命令手下去为三人铺垫床榻，摆上酒席，热情周到，生怕三人中途反悔。

为了缠住刘芒，让他无暇顾及谷中事务，刘希便叫司徒沉鱼日夜陪刘芒寻欢作乐，以便寻找最佳下手时机，司徒沉鱼如鱼得水，乐不可支，心中一直向往重温那绝好的销魂时刻，听刘希这一吩咐，二话不说，急匆匆地赶往"亡命神殿"销魂去了。

时光荏苒，日月如梭，转眼便到了春暖花开的季节。

虽然室外的气温仍有些凉意，但是此时单宝儿的一身至高无上的内功足以抵御这样的寒意，不致于被冻僵硬了。

若不是千年灵虬的冬眠特性传到他的身上，即便是在严寒季节的亡命城堡上，他不用穿棉衣也能使身子热烘烘的，这灵虬蟒蛇却并不如此，一有寒意，身子便冷却下来，进入冬眠状态，所以，单宝儿兼有人的恒温与灵虬的变温双重特性，过于寒冷的天气，他也支持不住，不免像蛇一样冬眠，但他毕竟是人而不是蛇，所以，在蛇还不能出洞的时节，他却可以出外走动了，最为重要的是，他此刻的内功修为甚高，御寒能力更强。

好久没有能智大师、任大哥和万掌门的消息了，单宝儿在小香香公主的陪伴下，来到曾经囚禁他和彭丹玲以及三老的地牢，令他大为吃惊的是，三老居然不在石牢里，小香香一直陪伴着他度过了这美好的冬天，亦不知三老去了哪里，小香香想问那狱卒，可一个人影都没有，哪里还有什么狱卒？

亡命城挺大，若要寻找起来，倒是不易，尽管小香香是城堡中的公主，但她心中明白，若是刘芒和刘希将三人藏了起来，不明告她，她想一时半会找到，亦属难事，是以，二人打定主意，先回公主殿，日后再慢慢打听。

这天，又该到刘芒必须服用小香香的奇痰的时日了，小香香想速速去送了痰给刘芒，然后回来陪伴单宝儿。

可是当她刚要走出公主殿的范围，立刻就被刘希的手下兵卒拦住了去路。

小香香大为恼火，怒喝道："你们吃了豹子胆？敢拿谷主的性命开玩笑！"

"无常鬼"常克奉命阻拦小香香，只听他一改往日对小香香毕恭毕敬的常态，怪笑声声，嬉皮笑脸地说道："香香公主，你这是到哪儿溜达去？是不是送灵痰给刘芒服用？"

小香香见他十分异常，对自己居然是这样的态度，而且竟如她一般直呼谷主刘芒其名，心中隐隐感到有大事发生，当下，也不发作，说道："常克，是谁派你到这里来的？你不好好地带领手下把城，却到我这公主殿来，是为了阻拦我去谷主那里么？"

常克怪笑声声，怪声怪调地说道："我等仰慕公主的美貌已久，今日，我带着这些喜欢上公主的士兵来与你亲近亲近。"

小香香气得七窍生烟，骂道："无耻的东西，癞蛤蟆想吃天鹅肉！纳命来吧！"

说时迟，那时快，小香香身形一晃，"啪啪啪啪"已连续抖出数掌，已有好几名士兵当场毙命！

常克左手一振，一对判官笔已然分开，握在两手，怪叫一声，直向小香香身上各大要穴点，说道："小公主，此番你也怨不得我了，今天就让你和老夫一道去极乐世界游一游！"

小香香吃了一惊，抽身双掌分向常克的两杆判官笔插来。

常克大喜，暗道：求之不得，保管叫你立即躺下，双手疾挺，两只铁笔分向香香公主两肋刺来。

小香香娇叱一声："想一招就取胜，你也太小瞧本公主了！"突然双掌变为双爪，变招奇快，常克正待变招，两支铁笔已被刘香香稳稳抓住。

常克心中一怔，暗道：这公主当真了得，竟敢以一双空手对我的判官笔，我大意之际，却让她给抓了个正着，但她毕竟是个女儿家，内力哪及得上我？当下发动内力，向铁笔一送，小香香两手顿时震开，常克哈哈大笑，怪声说道："我劝公主还是省省力气吧，待会与老夫共赴巫山之时没了力气，就不爽了！"

小香香气得满脸通红，当也下顾不得女儿家的羞涩了，骂道："放你妈的狗臭屁，你胆敢动我一根毫毛，叫你死无全尸！"

常克笑嘻嘻地道："哎呀，原来公主这般粗俗下流，倒与老夫很是相配了，越野越有趣儿！"

小香香气极败坏，暗道：这个该死的老色鬼，我不杀了他，誓不为人，可是我没带兵器，如何敌得过他，心念一转，暗道：我何不也让他弃了判官笔，便骂道："天下最卑鄙下流的就是你这种人，以大欺小，还拿着兵器对付我一个手无寸铁的姑娘家，羞不羞！"

常克一听，游目四顾，见不少士卒在交头接耳地议论，暗道：我们这些人什么武林规矩都不顾，别说什么以大欺小，就是他妈的几个人斗她一人，也毫不顾及，只是我如用这对判官笔胜了她，日后让这些小喽啰议论，瞧老夫不起，那岂不是没面子了，于是，怪笑一声，将判官笔向地下一扔，说道："老夫让你输得心服口服！我单手斗斗你又如何！"

小香香心中大喜，暗道：这老鬼果真着了我的道儿，本来与他双手相搏也未必胜得了他，此时，他仅用一只手，嘻嘻，叫他尝尝本公主的厉害，故意说道："你这老鬼，胡须一大把，死都死得，几十年的功夫，就是单，掌本公主亦敌不过，快走开，别耽搁了本公主正经事儿！"说罢，便大踏步地向他走去。

常克一怔，暗道：公主所说也不无道理，但说什么也不能让她送痰给刘芒，否则，就坏了大事。老夫再让她十招又如何？正待开口，冷不丁地见小香香双掌向他胸前拍来，正是那一招"翻江倒海"，这一招蕴藏着巨大的内力，足有翻江倒海之势！

常克一愣之下，慌乱地忙于应接，单手仅用了七成功力，只听见"砰"的一声，掌劲四起，直吹得地上灰尘飞扬，常克顿时后退五步，情形甚为狼狈，突然，"哇"的一声，吐出一口鲜血。

旁边的士兵连声称赞，竟忘了此时是来对付小香香的，看到精彩的打斗，便叫起好来。

常克老羞成怒，喝道："小贱人，竟敢偷袭老夫，找死！"

小香香"咯咯"娇笑，说道："你是难道瞎子吗？我在你正面进攻，怎算偷袭？是你自己无用，窝囊废一个！"

常克气极，暴喝一声，身形一晃，已趋至香香身前，仍然以单掌攻来。

小香香丝毫不敢大意，连忙双掌硬接，"砰"的一声，二人各后退一步，按理说，常克单掌亦不怕小香香公主，只不料刚才小香香突然发难，着了她的道儿，伤了内脏，有些力不从心，也仅仅与她斗个平手而已。

小香香的武功得刘芒真传，原已不弱，常克顿时汗水涔涔而下，暗道：今日若不将这个小丫头打败，日后难以服众，突然摧动内息，功力顿时大增，只见他的一只手青筋暴出，骨骼"咯咯"作响，带着强大的劲风，再次攻来。

小香香急忙运起全身内力，积聚于双掌，一招"拨云见日"，迎接过去，这一招比先前那招"翻江倒海"更具威力，小香香心道：保管叫你再次吐血！

谁知常克单掌突然避过小香香的双掌，另一手伸出一指，在她左肩上一点，小香香顿觉左手一麻，失去劲力，已动弹不得。

小香香气得满脸通红，说道："卑鄙小人，怎的说用一只手，又用两手了！"

常克怪笑道："我有吗？你不见我是一只手点穴的吗？另一只手可没碰着你呀！"

小香香气怒道："你……你使诈！"

常克哈哈一笑，说道："你问问众位兄弟，谁不知兵不厌诈，使诈也是本事，你不是也使诈，才伤得老夫的吗！"那些士卒只是点头，不敢说话。

小香香悔恨不已，暗道：只怪自己太大意，只知全力去攻他的一只手，却不知这老鬼诡计多端，自己反而着了他的道儿，但转念一想，常克绝不敢妄自对我下毒手，一定要弄清楚，是谁指使他这样做的，于是，娇笑一声，说道："常克，你堂堂的男子汉，大丈夫敢作敢为，到底是谁叫你来阻拦我去'亡命神殿'，有什么目的？"

常克见小香香也已制住，暗道：告诉她又何妨？反正她也不能送上灵痰，刘芒也会被杀，干脆让她死个明白，哈哈一笑，说道："公主玉体，小人不敢有什么侵犯之意，都是少主的意思，属下只不过奉命行事而已！"

小香香大为惊愕，说道："胡说八道，刘希与我是同胞兄妹，怎么会如此待我？是不是另外有人指使？"

常克见她不相信，说道："少主为了夺谷主之位，蓄意谋反，信不信由你，少主叫我来阻止你去送灵痰给刘芒的！"

小香香仍不相信，说道："胡扯，谷主之位早晚是他的，他又何必如此心急？"

常克淫邪的目光在刘香香身上直扫，淫笑道："少主为了那个姓彭的小姐神魂颠倒，姓彭的叫他干什么就干什么，这叫红颜祸水，谷主万万想不到，捉了那个漂亮妞，竟招来杀身之祸，哈哈哈……"

小香香沉思了一会儿，心里立刻明白为什么刘希一直将彭丹玲关在少主殿中，又为什么不让她与单宝儿谈话，多半是要占有她，却又要答应她的条件，彭丹玲只好使了一个离间计，让他父子自相残杀，以泄心头之恨！

这时，常克怪笑着走近小香香，贪婪地打量着她，仿佛要将她瞧个透一般。

小香香心头一紧，不由自主地慌恐起来，说道："你……，你想干什么？"

常克双眼淫光四射，怪笑道："与公主亲热亲热呀，啧啧，老夫生平未尝过这么鲜嫩的美人，哈哈哈，艳福不浅啊！"说罢，就动手动脚地在香香身上摸了起来。

小香香受此奇耻大辱，本能地大声叫道："救命啊，救命啊，单公子，赶快来救我！"声音传到天空，飘向远处。

常克淫笑道："你叫他也没有用，谁听得见？就算那个单小子来了，也敌不过老夫的一招，你还是乖乖地与我一起快乐吧！"

刘希安排这次谋反实是经过细心安排的，他故意选中刘芒必须服用小香香的灵痰这天，只要刘芒没有服用灵痰，即使他有天大的本事，也抵抗不住自己的疾病，所以派常克领一班人马守候在公主殿旁，不让刘芒有灵痰服用，这样，杀起刘芒来较为容易。

他却领着铁柱升、邢必残以及能智大师、任重义和万华山径直去"亡命神殿"。

其实，天刚刚大亮，刘芒本性好淫乐，临起床时还与司徒沉鱼极乐一番。

刘希带着众人赶至刘芒的寝宫，见刘芒刚刚享乐完，正穿好衣服，而司徒沉鱼则疲倦得呼呼大睡。

能智大师见此情景，立马转回身去，边走边念道："阿弥陀佛！罪过！罪过！阿弥陀佛！"任重义和万华山亦退了出去。

刘希大感不妙，灵机一动，说道："爹爹，孩儿已经与这三个老不死的商量过了，只要咱们让他五人平平安安地出了亡命谷，他们就会立即把藏宝图交出来！"

刘芒打了一个哈欠，说道："噫？奇了，以前不也是这么个条件吗？三个老不死的怎么突然想通了！"

刘希答道："这几天，孩儿一直当着三个老不死的面，将那两个娃儿折磨得死去活来，三个老不死的心疼不过，只得答应了！"

刘芒哈哈大笑，说道："好好好，我以前怎没用你这法子，要不然早就取得藏宝图了，他们三人刚才是不是想与本谷主交涉此事？"

刘希就汤下面，连忙说道："正是！正是！三个老不死的等不及了，一大早就吵闹着要出城堡，孩儿见此事已办妥，便带着他们来了！"

刘芒哈哈大笑，说道："好孩儿，真有一套，好，咱们这就出去会会他们！"说罢，大踏步地来到"亡命神殿"上。

刘芒见三个老头果真在大殿等候，哈哈一阵大笑，说道："三位前辈都想通了，如此甚好，如此甚好！"他比三人都小了一大截，武功却高过他们三人，是以称其为前辈，实则是敬畏三人都是武林泰山北斗。

能智大师自知是刘希胡诌一通骗他的，心道：只怕他日刘希这小贼登上谷主之位更加凶狠残忍，但堂堂少林高僧，答应过的话，又怎能反悔？于是，微微一笑，说道："只不过在此之前，还想开开眼界，用老衲这副老骨头挡挡施主的拳脚试试！"

刘芒面色一沉，说道："本谷主不愿与你多纠缠，你速速拿了藏宝图出来，我立马放了你们五人！"

能智大师说道："你这是瞧不起老衲了，老衲若能胜过施主，施主又凭什么要老衲如此做呢？"

刘芒笑道："好，老夫就成全你，今日是你们主动提出交出藏宝图，老夫就当感谢三位，先让你三招!"心中暗道：我那孩儿对我谷主之位虎视眈眈，今日让他们川中二鬼瞧瞧老夫的厉害，让他们死心塌地地效忠本谷主!

能智大师见他如此狂傲，当下也不答话，摧动内息，顿时，浑身气劲急速游走，突然一声清叱，悠然出手，劲势雷霆万钧。

刘希从未见过能智大师三人的武功，亦未见过刘芒真正的武功，这时，只在一旁暗暗想，能智大师就算敌不过刘芒，只要斗他个两败俱伤，也是好的!

铁柱升和邢必残则在心中暗想：只愿这次行动能够一举成功，少主能够如愿登上谷主之位，他日好取而代之!

好个刘芒，居然并不出手迎击，但见他身形突然原地暴升数丈，只听得"轰"的一声，刘芒身后的虎皮座椅已被击得粉碎!

能智大师心中一怔，暗道：我用了五成功力，这恶贼却悠然躲过，身法当真快极!

刘芒不慌不忙，说道："大师，还有两招!"

能智大师好不羞愧，但手中不敢怠慢，加快一倍速度，同时增加二成功力，未待他身形落地，向上一阵狂轰，但刘芒几个转身，使用移形换影的身法，又轻易避过。能智大师更加羞愧，身形一飘，凌空拍出两道劲光，激射向仍在空中的刘芒，两道光芒夹击之势快得无与伦比。

刘希冷笑，暗道：看你怎么躲避，去死吧!

情急之中，刘芒只有违背诺言，双手一伸，立刻将能智大师的两道光芒击退。

任重义和万华山大吃一惊，同时惊愕：这家伙果真厉害，三招转眼使尽，能智大师竟未讨到半点便宜，不禁暗暗吃惊。

刘芒的双手亦被震得发麻，血脉有些散乱，心中暗道：想不到这老和尚这么一把年纪，功力却如此了得，看来不能大意，即刻便收起轻敌的念头，暗运劲力，说道："大师好功夫，三招已过，现在老夫可要对不起你了!"

此时，能智大师已深知刘芒的厉害，只是，一时弄不明白刘芒的功夫套路，暗道：这恶贼功夫高不可测，不知是哪位绝世高人传授给他的。当下不敢冒然进攻，采取稳扎稳打的方法，并且又将功力增加了二成。

刘芒却狂傲至极，说道："大师，小心了!"说罢，左手使出一个古怪的招式，在场的人从未见过这等古怪的招式，不禁同时愕然，能智大师不敢大意，立马将功力推至十成，来个先下手为强，只见他身形一变，幻成三个身影，从左中右三个不同的方位进攻刘芒，刘芒却不闪不避，身形突然如陀螺般急速转动，周身形成猛烈的气劲漩涡，能智大师顿时感受到了漩涡的气劲，紧密如墙，加上他身形疾旋不定，竟无从下手！

任重义和万华山顿时大骇，暗道：咱们刚上城堡时，即败在这招之下，不知能智大师能否躲过。

但听"砰砰砰"数掌相撞击的声响，竟与刘芒连接数掌，二人同时身形暴退，但能智大师功力却不及刘芒，多退了一丈开外。

刘芒打得性起，突然急速提升功力，一团护身气劲自周身散出，发出耀眼的金色光芒。

能智大师心头一紧，急忙凝目观看，希望能找到刘芒的武功破绽。

但见刘芒身法奇快，有如疾电一般，一掌击中能智大师的胸膛心坎穴，能智大师顿感气闷窒息，身体被推着撞向神殿的大柱，能智大师胸膛猛烈暴胀，一股强大的气劲与刘芒相抗衡，但经脉被击得剧痛攻心，汗水自脸上涔涔而下。

刘希骇然，看情形，能智大师不能抵抗刘芒了，连忙发出围攻暗号。

任重义和万华山飞身而至，抢先给能智大师解围，铁柱升和邢必残亦立即跟上。

刘芒一见铁柱升和邢必残也上来了，而刘希却在一旁呆着不动，立刻明白了是怎么一回事，大声喝道："不孝贼子，你找死！"只见他头也不回，左掌一挥，一下子将邢必残震飞老远，铁柱升铁笛一挺，直向他的天灵盖砸来，刘芒伸手一抓，即将铁笛抓住，却不料任重义和万华山的一掌一剑又至，使他不得不放弃铁笛，一手竟以肉掌抓住万华山的利剑，一手单掌迎击任重义的双掌。

万华山长剑被他捏住，顿感内力大减，恰巧铁柱升正从刘芒背后一笛点到，只听"嚓"的一声，铁笛竟被震得扭曲变形，同时，万华山的压力减小，内力得以发挥，只是任重义的双掌被刘芒单掌形成的一股气旋控制，劲力难以尽情发挥，说时迟，那时快，邢必残飞身而至，一把铁算盘向刘芒当胸打来，铁柱升则弃了铁备，单掌使出全身功力，向他身后同时拍到，四大高手同时发力狂攻，刘芒双手被制，前后各大要穴均遭铁柱升和邢必残的致命攻击。

刘希大喜过望，在一旁暗叫：杀得好！杀得妙！

突然，陡见刘芒身体四散出刚劲的金光气劲，同时将四人震得飞退，电光石火之际，能智大师蓦然又至，双掌正中刘芒的胸膛，但立即亦被震得后退数丈！

刘芒饶是有天大的本事，亦难抵挡这一击，只感到五脏六腑一阵热血翻腾，"哇"的一声，喷出一摊血来，瘫倒在地。

刘芒的强烈气劲亦将五人震至重伤，五人赶紧就地静坐调整内息，运功疗伤，刘芒见五人均不得在短时间再有攻势，自己的伤势颇重，也急忙运功疗伤，但见他面上渐渐青筋暴出，狰狞可怕，一团黑色的气雾立刻笼罩全身，刘希与其他正在疗伤的五人见了都不禁大惊失色。

此时，刘希在一旁，身子不停地发抖，他从未见过他的父亲刘芒有如此古怪离奇的功力，见五大高手联合夹攻，亦不过打成平手，且五人均已受重伤，而此刻刘芒的古怪面色和行功方法几乎让他对这次逆反充满绝望，想到自己将要被刘芒处死，心中大为慌恐，禁不住颤栗起来。

司徒沉鱼被刘芒弄得欲死欲仙，筋疲力尽，这会儿总算恢复了体力，步入神殿来，见此情景，顿时花容失色，险些叫出声来，她来到刘希身后，刘希却未能察觉到，仍不住地发抖，司徒沉鱼见他如此胆小怕死，一种厌恶之感油然而生，上前一步，伸出纤手，在刘希肩上轻轻一拍，想告诉他又多了一个帮手，不用害怕，可刘希慌乱之余，本能地吓了一大跳，不管三七二十一，回身就是双掌拍来。

司徒沉鱼大吃一惊，急忙伸掌应接，"砰"的一声，两人各退一丈，刘希这才看清来人正是司徒沉鱼，顿感宽慰，结结巴巴地说道："你……你干吗……鬼……鬼祟……祟的！吓了……我……一……大跳！"

司徒沉鱼面色一沉，皱起眉头，说道："你这等胆量，如何统治亡命谷上下万众?！不如让我来替你打理如何?"她见神殿之上，人人都伤势极重，顿时野心大起，想独霸亡命谷。

刘希自知斗她不过，说道："我登上谷主之位后，即封你为谷主夫人，我们就是一家人，你我共同统治亡命谷，又有何不可！"

司徒沉鱼浪笑一声，心念电转，暗道：这倒也是，这亡命谷乃是他刘家的，我一个外来侵入的妇人，只怕难以服众，不如以他的门面压慑众人，他至多也只是个傀儡而已，想到这里，咯咯大笑起来，说道："好夫君，奴家不过是试你一试，看你待奴家如何！你果真是个言出必行的大丈夫，奴家跟定你了！"说罢，轻步向刘希走来，展开双臂，就要搂抱刘希。

刘希惊魂不定之际，有这个浪荡女子投怀送抱，不觉心中一宽，居然像小孩子见到亲爱的母亲一般，飞扑了过去。

司徒沉鱼搂着刘希，轻轻地拍了拍受惊的他，像母亲关爱儿子一般，又是安慰，又是鼓励，嘴角挂着一丝高深莫测的笑意。

突然，刘芒身上的黑色气雾散去，只听他大笑一声，跳将起来，活动了一下拳脚，立刻变得生龙活虎一般，凛凛生威。

同时，能智大师亦蓦然站起，一双深邃的目光注视着刘芒，僧袍飘动飞舞，人却威然不动，一缕佛光在他的头顶闪现，奇幻神圣，犹如佛祖下凡一般。

刘希和司徒沉鱼看了这种情景，心头不禁同时一震，暗道：这会可有得一斗了！

刘芒见能智大师头顶光环一闪，不禁稍感诧异，暗道：嘿嘿，这老和尚的确不简单，不过，老夫的许多绝技还未使上，今番你可要吃苦头了！

但见刘芒的周身黑雾笼罩，双手暴长二倍，突然身法奇快，两手一抖，两股强劲的黑芒向能智大师攻来，能智大师亦同时两手一振，两道金色光芒自两掌疾射而出，直击向刘芒发来的两股黑芒，"噗"的一声，金色光芒犹如击中败絮一般，劲力消散在黑雾之中，能智大师倒吸一口凉气，暗忖道：这恶贼功夫越来越邪，真是奇怪，怎么他有时劲力无坚不摧，有时却绵绵无力，正思忖间，刘芒身形已趋至他的面前，一双巨手向他胸口抓来，能智大师不敢怠慢，身形立马幻成三个身影，从三个不同方位攻他，这次一一击了个正着，仍犹如击中败絮一般，劲力消失得无影无踪，并且内劲仿佛被猛烈地吸去，能智大师骇然，赶紧抽掌回来。

刘芒哈哈大笑，说道："老秃驴，知道本谷主的厉害了吧？我让你死得心服口服！"语音未竭，双掌挟着两股劲风随即拍来。

能智大师一时弄不清他的招术路数，心中有些怯意，想避开他这一击，可是已经来不及了，周身也被气劲笼罩，若想闪避，势必会有更强猛的气劲向他压来，结果定会粉身碎骨，心中暗道：不管那么多，真正拼命的时刻到了，希望同归于尽，那样也是好的，双掌豁尽所能，施展出少林无影掌的最后绝招，硬接刘芒这一击。

两人此刻所推动的劲力都是尽毕生功力，气劲磅礴惊天，"轰隆"一声巨响，四掌交接处光芒四射，一股强大气劲自碰撞处冲天而起，"轰"的一声，神殿大堂的屋顶顿时穿破一个大窟窿，双方进行着最危险的比拼内力的打斗，这种斗法最为危险，由于都是用尽毕生功力，稍有不慎，就会立马毙命。

这时，铁柱升和邢必残以及任重义、万华山四人同时飞身而至，四股强大的掌劲向刘芒的身体拍到。

刘芒大为惊骇，连忙运用一股内功护住全身，能智大师感到压力大减，但强大的气劲仍将他内腑震得翻动，也渐渐支持不住，霎时间，铁柱升和邢必残攻打刘芒身后，任重义和万华山分别击到刘芒的左右双臂，"砰砰砰砰"，四声巨响，但见神殿之上一片血肉模糊，人体斜飞，铁柱升和邢必残内力毕竟与刘芒相差太远，当场被震得支离破碎，血肉横飞，能智大师和任重义及万华山亦被震得飞退数丈，"砰砰砰!"重重地摔倒在地，鲜血从口中喷出，三人内脏也惨遭重创，刘芒伤势也沉重无比，脸色已呈苍白。

司徒沉鱼在一旁看得花容失色，大声尖叫，这些日子来，她与刘芒日夜淫乐，销魂至极，这个老色鬼虽然可怕，但也只有他，才能使她如此快感如潮，销魂不已，此刻见他这个带给她无限美妙享受的男人就要在这个世间消失，心中不禁怜悯起来，竟突然盼望他不死，否则，再也没人能使她获得如此极乐了!

单宝儿心烦意乱地在公主殿上走了来走去，小香香去了那么久，怎的还未回来? 正思忖间，单宝儿猛然听到小香香喊救命的声音，心中大惊，身形一晃，飞身出了公主殿，朝着声音传来的方向而去。

若不是单宝儿此时练成了神眼奇功，耳目特别灵敏，他实难听到小香香的呼救声，公主殿的范围原本就很大，加之都是巨石砌成，隔音效果非常好，一般人在公主殿外说话，里面的人都难以听到，何况小香香此刻已来到公主殿范围的边沿?

正当"无常鬼"常克淫邪地非礼小香香时，单宝儿暴吼一声，声音传来，惊心动魄，那些功力平平的士卒当场被震昏了过去，常克正在解小香香的衣衫，冷不丁地传来一声暴吼，心头猛地一震，顿时压抑，暗自吃惊：哪来的如此内力强猛的家伙? 直震得老子心烦意乱，慌忙收慑心神，转身寻找发音之人。

单宝儿已然飞身而至，轻轻飘落在常克的面前，"无常鬼"大吃一惊，心中暗自诧异：这小子武功平平，怎的一段时日不见，轻功这般了得? 他怎么也不相信刚才发出那内劲强猛的声音之人就是眼前的单宝儿，怪声问道："刚才是你这小子乱吼吗?"

单宝儿看都不看他一眼，径直走到小香香面前，小香香被他刚才那一声暴吼震得迷迷糊糊，睁开眼睛一看，单宝儿正向她走来，立马欣喜若狂，情不自禁地脱口而出："单郎，快杀了这个禽兽不如的东西!"单宝儿走到她面前，将她的穴道一解，又帮她把衣衫整理好，说道："不用怕，有我在，这个恶鬼逃不了!"小香香的奇耻大辱顿时避免，而且解救她的人，就是她深爱的单宝儿，激动的泪水夺眶而出，夹杂着多少屈辱。

在常克眼里，单宝儿只不过是个普通人而已，但亲眼见过他轻功比自己不知高到哪里去了，现下单宝儿竟视他如无物，心中大为恼火，使出全身内力向他打来，想出其不意，一招置他于死地！

单宝儿头也不回，只觉得一股劲风从身后袭来，小香香大惊，叫道："快躲，这老鬼偷袭！"语意未竭，只见单宝儿右手向后一挥，一股强猛无比的气劲向常克疾射而去。

常克只感到身形被强大的劲风所阻，不能前进一步，突然，身体猛地向后暴飞数十丈，"砰"的一声，身子撞到一面石墙上，顿时脑浆迸裂，一命呜呼，他至死也未明白，为什么曾经敌不过他一招的单宝儿，今日怎的一招就要了他的性命？

小香香明白她的父亲刘芒此时必在与刘希互相残杀，心急如焚，拉着单宝儿就直往"亡命神殿"赶去，在她心中，若迟到一刻，刘芒便凶险一分，因为他必须服用她的灵痰！

司徒沉鱼担心起刘芒的生死来，她不愿这个唯一能使她快乐至极的男人死去，但是她也不想他就此保住性命，恢复以前的模样，若是那样的话，她将得不到亡命谷，得不到这人间仙境，一时之间，竟不知该有什么样的结局才对她有利，一时盼他死，一时又希望他活，脑海中的思想斗争激烈，居然变得迷迷糊糊起来，幻想成为谷主的威风场面，回忆销魂的时刻！

刘希看着这激烈的打斗经过，早已魂不附体，心中只有一个念头，就是盼望刘芒早点死掉，口里则自言自语地说道："怎么还不发作？怎么还不发作？难道他已经服了灵痰了吗？"

这时，眼前突然多了两个人，就是要命的小香香带着单宝儿来到了，刘希大惊失色。

小香香见刘芒伤得异常厉害，老远就喊道："刘芒！刘芒！我送灵痰来了！"她认为刘芒之所以伤得这么重，是因为没有服用灵痰，旧病复发，这才没有劲力对抗对手，被打至乱如此模样。

刘芒一边运功疗伤，一边叹息：自己的儿子都对他下此毒手，可见这个世界上无一人能真心对他，包括那该死的川中四鬼，想到自己一生作恶多端，理当有此报应，天意不可违，自己命中有此一劫……

小香香那充满爱意的呼唤，使他心神为之一振，想不到我没有白白宠爱这个女儿，危难之际，只有她对我显示出一份真挚的亲情，他在心中默默祈愿，愿小香香这一生能找到一个好归宿，拥有一个幸福温暖的家，千万不要像她妈妈一样，碰到像我刘芒这种十恶不赦之人！

人之将死，其言也善，可是刘芒没有说出口来，他不能说话，若此时说话，真气和内力一泄，势必就此与世长辞，虽说五脏六腑已重创得剧痛攻心，但他明白，只有挺住，才能活命，他一直在全力运功疗伤。

刘希口中仍念道："为什么还不发作？香香明明没给他灵痰服下，为什么发作不了！"

小香香亦正向刘芒奔来，喊道："我送灵痰来了，你马上就会好起来的，你不会死的，是不是？你答应我啊！"两行热泪夺眶而出，虽说刘芒是个十恶不赦之人，虽说小香香一直对他的所作所为看不顺眼，但是……，但是刘芒毕竟是她的亲生父亲，见他如此重伤，小香香情不自禁地流下了眼泪，这是她第一次为刘芒流泪，然而，却也是最后一次。

刘希和刘香香哪里知道，刘芒此时根本用不着什么灵痰来服，没有服用灵痰并不是他伤重的缘故，所谓的"灵痰"，压根儿就不必服用。

那是刘香香三岁那年的一天，刘芒运功时，突然怪病发作，口干舌燥，直有一种欲火焚烧的痛苦，他翻倒在地，不断地呼喊："渴！渴！我要……，我渴……！"

两个才三岁的小儿哪里知道是怎么一回事，刘希端来大盆水，刘芒却一点也喝不下去，刘希就往他的嘴里灌，可是一点也不管用，直灌了好几盆，刘芒仍叫道："渴！我渴！要，我要！"情急中的刘香香幼稚无知地啐了一口痰液到他嘴里，这无意荒唐之举却解脱了刘芒的痛苦，刘芒感到身体舒爽多了，又向刘香香要了几口痰服，说来也怪，刘芒的怪病就这样好了，如平常一般，后来，每当刘芒练这种功夫时，这种总是会发作，而只要一服刘香香的痰，病即刻就好，刘芒自己亦诧异万分。

直到有一天，刘芒杀了这亡命谷原来的主人，那个曾传授他绝世古怪武功的老者，这一怪病，才有了另外的克制之法，那时的刘芒，为了创业，为了扩大亡命谷的势力，建造亡命城堡，便仗着盖世武功专门收容一些作恶多端，且又被仇家追杀的恶徒，并且，这些恶徒必须为他献上一名处女，有了处女供他享受，这一怪病便不再发作，便不需要刘香香的"灵痰"了。

刘芒为了弄清缘由，竟然与那些女人隔离一段，他猜得果然不错，离开了女人，他的怪病立马发作，只要他练"西门神功"怪病发作之时，刘芒立刻召来一名女子，叫那女子用痰液救他，说来也怪，那女子的痰液亦能治这种怪病，刘芒大喜，将那女子一掌击毙，从此，这世上就再也没有人知道这个秘密，为了掩人耳目，为了防止有些贪图权势的小人夺他的谷主之位，刘芒一直故意保持服用"灵痰"的习惯，而且后来就固定为每月中的一个日子，所以这一习惯亡命谷中人人皆知，人人都以为刘香香是奇人，刘香香因此也就每月照例送痰给刘芒服用，可他从不当众服下，总是独自一人端了刘香香的痰，在秘密的地方使用，实际上，这十几二十年来他压根儿从未服过一口刘香香的痰液，总是偷偷将痰液倒去，究竟为何当初刘香香的痰液救了刘芒，这得自他练习的"西门神功"说起。

"西门神功"其实就是"吸阴神功"，这种功法，一旦练习，必须有女人的体液，才能够练成，哪怕就是唾液也成，在刘芒杀死那老者之前，亡命谷压根儿就没有女人，除了刘香香这个女娃娃，刘芒练"西门神功"时亦不知要女人的体液才行，就糊里糊涂地练习起来，无意间，刘香香揭开了这个神秘武功的练习法门。

所以，刘芒收留这些恶人之时，要他们带上一名女子，固然是由于他风流成性的性格，但一个人总是泡在女人的身上，不死也会成为废人，刘芒之所以一直对女人乐此不疲，即是他所练的"西门神功"必须得有女人的体液才行，服痰也就不必要了，可是他保守这个秘密至今，至死，就连亲生的儿子女儿也不知晓！

刘希见刘香香向刘芒奔来，大为惊骇，生怕刘香香给了"灵痰"刘芒就恢复了元气，自己的谋反企图就会落空，他身形一晃，一掌拍至刘香香的胸前，说道："不准给他服痰！"

刘香香本就敌不过刘希，这一招又突然发难，眼看刘香香就要中掌。

突然，一道黑色的光芒从刘芒的左手发出，"砰"的一声，刘希应声而倒，若此时刘芒不是身受重伤，这一道黑色气劲立马就会要了刘希的性命，刘希挣扎着，一阵剧痛从后背袭来，难受至极点，顿时昏了过去！

虽说刘希和刘香香都是刘芒亲生的，但是在刘芒眼里，却有天壤之别，刘希忤逆不道，居然要杀亲生父亲，刘芒怎容得了他？刘香香自幼就倍受刘芒的宠爱，甚至刘香香在他登上谷主之位后仍直呼其名，他亦能容许她，他怎么能眼睁睁看着刘希这个不孝之子杀害他视若掌上明珠的刘香香？怎么能让人伤害这个世界上唯一对他充满亲情的宝贝女儿？就算他是刘希，刘芒一样照杀不误，他不允许任何人伤害她。

单宝儿见他父子二人自相残杀，实在不忍目睹，别过身去。

任重义却对他说道："单兄弟，快杀了这个恶贼，否则，咱们都活不成了！"说罢，"哇"的一声，地喷出一口鲜血。

单宝儿转过身来，望向刘芒，刘香香正望着他，眼神里充满了哀求，虽然，她知道刘芒将他们捉了来，并且将他们囚禁在这亡命城堡中已有两个月之久，但她却仍然哀求他，求他放过刘芒，放过生她养她的父亲！

单宝儿进退两难，一边是他要出这亡命谷，必须杀掉刘芒，一边是对他情根深种的刘香香，单宝儿不知到底该怎么做？

突然，单宝儿的耳膜中传来一个女人的声音："阴阳合璧，天下无敌，阴阳合璧，天下无敌！合璧！无敌！无敌！合璧！"单宝儿抬眼望去，见一个女子披头散发地像疯了一般向刘芒走来。

小香香和单宝儿同时大吃一惊，怎的忽地多了一个女人？

任重义说话都已感到十分艰难，见司徒沉鱼向刘芒走来，情知不妙，连忙说道："单……兄……弟，连……这……这……个……女……人……司……徒……沉……鱼，一……起……杀……了！她是……个……最……淫……荡……妇人！她……会……把……"

司徒沉鱼忽然大笑起来，邪里邪气地说道："杀我？杀我？你们能吗？我们众叛亲离，让你们死无全尸！"说罢，大叫一声，来到刘芒身前，像妻子关心丈夫般对刘芒说道："你怎么样？不要紧吧？你不是说，阴阳合璧，天下无敌吗？我们现在就阴阳合璧，打遍天下无敌手，好不好？"

小香香大叫一声，说道："你不许碰他，你会害死他的，你给我滚开！刘芒，快，快张开嘴，我给你痰服！"小香香一面喊，一面来到刘芒身前，很熟练地张开小嘴，就要向刘芒口中喂痰。

刘芒深地望着小香香，满是血迹的脸上露出了欣喜的笑容，摇了摇头，但仍未停止运功疗伤。

司徒沉鱼猛地将双手拍至刘芒的后背，一股气雾自刘芒背后与司徒沉鱼的手掌相触处不断散出。

顷刻间，刘芒的双眼目光如电，全身像充满气体一般，鼓了起来。

小香香也从未见过这等情形，关切地问道："刘芒，你怎么样？你好了吗？你把嘴张开，服了灵痰更有精神！"

刘芒突然面露喜色，随即放声大笑，说道："好啦，老夫又是生龙活虎一般，多谢娘子，香香，你不必担心，爹爹是不会发病的！"

司徒沉鱼面色苍白地收回双掌，坐在刘芒身后，披头散发地盘腿调息起来。

刘芒突然双眼充满杀气，狠狠地说道："苍天有眼，老夫比你们先疗好内伤，三个老不死的东西，归西吧！"说罢，身形奇快地暴升一丈，凌空而下，向任重义的天灵盖拍来。

单宝儿大吃一惊，暴吼一声："不准伤他！"人至声未竭，身法比刘芒更快一倍，双掌向刘芒的脑壳击下。

刘芒只得放弃任重义，凌空转身，双掌向单宝儿击来，"轰"的一声巨响，刘芒"砰"的一声撞到地上，单宝儿身子向后飞退，凌空身形一飘，稳稳地落在地上。

能智大师、任重义和万华山同时面露喜色，激动不已，却不敢乱动，兀自运功治疗伤势。

刘芒大伤刚愈，怎接得住单宝儿这一击，幸好单宝儿刚才只用了八成功力，且武学的根基不足，是以未致刘芒重创。

刘芒从地上起来，哈哈大笑，说道："好小子，有两把刷子，接老夫这招试试！"说罢，双手暴胀，两道黑色的气劲发出两道黑芒，向单宝儿疾射而来。

单宝儿内心暗暗惊异，心道：这是什么邪门功夫?！当即也顾不上那么多，摧动全身功力，双掌发出两道强烈的绿芒，带着猛烈的气劲，向两道黑芒撞击而去。

使单宝儿大为诧异的是，自己的两道强大，气劲竟然消散在黑芒之中，如击在败絮中一般，毫无反响。

刘芒向后退了一步，暗道：这小子好强的劲道！居然能穿透我的吸功气芒，将我震退一步，看来得小心应付才是。

单宝儿心中暗自揣摩，心道：这老鬼果真邪门，将我的劲道卸掉，不知能用什么方法破他，且行一步，看一步，稳扎稳打，鲁莽不得！

二人怀着同样的心情，谁都不抢先进攻，暗运全身内劲，在神殿上游走。

第十七章

　　这样来回游走了几圈，刘芒毕竟老奸巨滑，看出端倪，心道：看来这小子亦不敢轻举妄动，料想他也没太大分量，于是，伺机出手。

　　小香香看着自己心爱的人正与自己的父亲大打出手，她心中明白，单宝儿绝不惧怕刘芒，他只会胜过刘芒，绝不会败给他，见二人游来游去，心中着急，喊道："单郎，求你放过我爹爹！"这是她第一次喊刘芒作"爹爹"，刘芒心中一震，但马上瞧见单宝儿正斜眼望着她的女儿香香，身形一动，如鹰隼一般扑向单宝儿！

　　小香香大骇，喊道："单郎，小心！"

　　单宝儿听到香香一喊，顿觉眼前人影一晃，一股强劲袭到，身形奇快，像灵蛇一般，避过刘芒强有力的一击，身形已到了刘芒的左侧，双掌猛地拍击刘芒的右肋和右臂，"砰"的一声，紧接着是"咔嚓"的声响，是骨骼断裂的声音，刘芒惨叫一声，颓然倒地。

　　"爹！"小香香悲痛地惨叫，飞身向刘芒奔来，"爹，你怎么样？单宝儿，你竟敢打伤我父亲？我……我……，爹爹呀，算了吧，让他们走，不再要那个劳什子藏宝图了，你不再要了！"

　　小香香悲痛得呼天抢地，单宝儿心痛得肝胆俱裂，心如刀绞，张口结舌地说道："香香，我……，我不是……故意的，不是故意……伤……伤他的！"

　　小香香泪流满面，对单宝儿的话语充耳不闻，扶起刘芒，双掌拍向刘芒的后背，像司徒沉鱼一样，为她父亲疗起伤来！

　　刘芒剧痛攻心，嘴角流出汩汩鲜血，却微笑道："香……香，你……别……费……力……气……了，爹……爹……能……听……到……你叫我……一声爹，已经……心满……意……足了，你要……为爹……报仇！杀了……那个臭……臭小子，爹……爹……肋骨……已经……全部……震碎，经脉……也……也被……震乱，一时……也……难以……治好，你快……杀……杀他！"

小香香已哭成泪人，摇头说道："爹，我不能杀他，我也杀不了他，你别说话，我定要将你治好，你会没事的，没事的！"

小香香痛心疾首，单宝儿精神涣散，瘫倒在地，自言自语地道："我怎能杀她父亲？她是我的救命恩人，她是我的救命恩人……"

司徒沉鱼此刻已恢复劲力，见刘芒伤得惨重，小香香拼命为他疗伤，突然，眼光中射出一种奇怪的光芒，走到刘芒身边，伸手抓住小香香，用力一甩，小香香立刻像被抛出的绣球般飞出老远，"砰"的一声，重重地摔在地上，动都不动，樱桃小嘴流出一股鲜血！

单宝儿猛喝一声："贱妇！"身法奇快，却向小香香身边飞至，他扶正小香香，为她疗伤。

司徒沉鱼双目突然发出一种奇怪的光芒，盯着刘芒说道："你已经骨骼碎裂，但功力仍在，你将功力传给我，我替你报仇，我一定杀了这些混帐王八蛋，你们居然敢向我们阴阳合壁天下无敌的人挑战？！要他们个个死无葬身之地！"司徒沉鱼一面说，一面解开刘芒的衣裤，然后，将他放倒在地，骑在他身上！

刘芒哈哈大笑，神情极为恐怖，吼道："阴阳合壁，天下无敌，哈哈哈，你要为我报仇！"

突然，司徒沉鱼身上发出耀目的三色彩光，彩光照耀着神殿，奇幻异美，只见二人不时地变换方向，一上一下，光芒笼罩在二人周身，形成一道刚劲的气团。

能智大师、任重义和万华山同时大惊失色，惊恐万分，三人同时紧闭双眼，不敢再看二人的龌龊行为。

渐渐地，司徒沉鱼身上的彩光更盛，刘芒身上的光线渐暗，范围渐小，似要马上消失一般，只见司徒沉鱼高声荡叫浪笑不已，刘芒则面色惊恐，狰狞可怕，痛苦得撕心裂肺地惨叫连天！

正在这时，一个身影从刘芒的身边站了起来，却是昏去多时的刘希，刘希见此情景，心头亦不由得猛地一震，但发觉刘芒气数已尽，已接近油尽灯枯的境地，此时不出手，更待何时？刘希蓦然目露凶光，杀气大盛，全身功力集聚于两掌之下，猛地向刘芒轰出！

刘芒本来就惨叫连天，这下猛地被刘希双掌击中后背，全身骨骼顿时全部碎裂，凄然惨叫，陡然竭尽最后的一道残力向后击去，"砰"的一声，刘希脑袋中拳。

刘芒的这一道残力亦非同小可，刘希顿时口喷鲜血，身形飞速向后暴退。

同时，司徒沉鱼惊叫一声，身上的彩光立马消失！刘芒一声不响地倒在她的跨下！

一代风流成性，武功卓绝的枭雄终究死在自己儿子的手中，倒在女人的跨下，可叹！可笑！苍天有眼，这就是报应！

能智大师等人睁眼见此情景，顿时唏嘘不已，惊得目瞪口呆。

刘希挣扎着爬了起来，见刘芒倒地，一动不动，已经死了，顿时一阵狂笑，大声喊道："哈哈哈……亡命谷终于落在我的手里了，我现在就是亡命谷主，我就是皇帝，我要好好地享受天下所有的权势和女人，哈哈哈……"

小香香伤得严重，单宝儿仍在为她疗伤，她见刘希杀了刘芒，尖叫一声，就要起身，可单宝儿的劲力将她牢牢控制住，她想动也动不了，只得口中大骂："刘希，你这个禽兽不如的东西，连爹爹你也杀，我定要将你碎尸万段！"

刘希哈哈大笑，说道："你有多少斤两，我一清二楚！你只有服从我，才是出路，否则，只有死路一条！"

司徒沉鱼来到刘希身边，与他并排而立，浪笑不已，刘希亦哈哈大笑，说道："夫人，替我将这些人全部杀了，这亡命城堡现在就是我们的了！"

司徒沉鱼仍荡笑不已，好一会儿，说道："不对，亡命谷现在已成了我的天下，而不是我们的，你这忤逆不道的东西，废物一个，要你何用，去死吧！"说罢，一掌向刘希拍去。

众人一见，更是莫名其妙，匪夷所思！

司徒沉鱼猝然出手，刘希闪躲不过，"砰"的一声，已然脑浆迸裂，刘希本来就斗不过司徒沉鱼，何况是已将刘芒毕生功力全盘吸到自己身上的司徒沉鱼，一掌就要了刘希的狗命！

刚刚弑父不到半刻钟的刘希，到死也没想到会死在自己请来的，精心安排用来刺杀刘芒的销魂娘子手中，多行不义必自毙，刘希理当有此报应！

这次轮到司徒沉鱼得意忘形了，只见她狂笑阵阵，异常高兴，却披头散发，衣衫不整，话像个疯子一般，双手举起，对着苍天，大声笑道："苍天有眼，我司徒沉鱼终于得到亡命谷主之位了，我要像武则天一样成为一代女皇了，哈哈哈，还有什么我不能拥有的？我简直太高兴了，太高兴了！哈哈哈！"

一个女人的笑声原本令人心神荡漾，而此时司徒沉鱼那大声的呼叫，狂笑声音渐渐近乎沙哑，听起来却是那样地刺耳，令人毛骨悚然。

突然，她像发现了什么似的，止住笑声，眼露凶光，充满杀气，倏地向小香香望来，小香香顿时被惊得花容失色，心道：不妙，这疯女人定是想到刘家还有我在，她是决计不会放过我的，看她神情，像是要斩草除根，以免留下后患！

小香香猜得一点也不错，司徒沉鱼万分欣喜激动之时，突然忆起刘芒还有个女儿刘香香，若不将她一并杀了，她势必将给自己登上谷主之位带来不少的麻烦，另一方面的原因，就是担心日后她会纠集一些人来报仇，当然，目前她是根本不把小香香放在眼里，能智大师、任重义和万华山以及单宝儿对她来说都不构成威胁，只要她与他们相安无事即可，司徒沉鱼在脑海中反复地权衡过，若是此时将这几个人一并杀了，只怕从此与少林、武当、丐帮结下了梁子，日后的麻烦自必不少，所以，她一心想灭掉眼中钉刘香香，杀了这个刘家唯一的后人，她就可以永享太平，安安心心地做她的武则天第二了！

司徒沉鱼一面思索，一面冷笑，一面缓缓地向刘香香走来。

能智大师虽然内伤仍十分严重，但此刻已大有好转，他见司徒沉鱼杀气太盛，欲对刘香香下毒手，提起一股真气，说道："孽障，你已经达到了目的，不可再造杀孽！得饶人处且饶人，你就放过她一条生路吧！"

司徒沉鱼哈哈大笑，说道："我今日放她活命，她若明日来报仇，夺回亡命谷，我岂不是枉费心机，白白花了这么大的力气，大师等几位前辈尽可放心地去，这个丫头却非死不可！"

能智大师情知多说无益，喃喃叹道："阿弥陀佛，看来世间邪魔不除，天下终难安宁，老衲此次出来，却亦不知是福是祸，善哉，善哉！"突然只觉得胸中猛地热血上涌，一股腥味冲入口中，能智大师急忙停止说话，强硬地将那股热血咽下肚中，不敢再开口讲话。

小香香正在此时伤情大有好转，已无大碍，见司徒沉鱼断然不肯放过她，于是心中早已积聚下来的怨恨一齐涌出心海，破口大骂道："你这个不要脸的贱妇，骗取我爹爹的功力，现在要杀我夺谷主之位，哼，只要我刘香香尚有口气在，你就别作春秋大梦了，你的阴谋绝不会得逞的！"

司徒沉鱼哈哈浪笑，说道："小丫头，能有多大能耐，本堡主……不对，应该说本谷主杀你如捏死一只蚂蚁那样简单，你就到阴间告诉你爹爹一声，说最爱他的人正在替他打理亡命谷的一切事务，让他在阴间安安心心的，他的仇，本谷主已经给他报了，哈哈哈……"

一直未发话的单宝儿这时霍然站了起来，面色冷静地说道："这位姊姊，我看你年纪轻轻，杀气却不小，在下劝你还是收敛杀心，革心洗面，重新做人，不然的话，就是自寻死路！"

司徒沉鱼大笑道："小子口气不小，凭你那点微末小技，还想胜过本新上任的谷主吗？"但内心暗喜：小子倒懂得怜香惜玉，说我年纪轻轻，看来我的确娇嫩异常，只怕老娘说出年龄来，保管叫你吓一大跳，本娘子今年将近四十有五了，女人最喜欢别人夸她年轻漂亮，荡浪成性的"销魂娘子"司徒沉鱼亦不例外，当下心中对单宝儿掠过一丝好感，接着说道："小兄弟相貌堂堂，一表人才，白嫩得像一个文弱书生，姊姊看你倒还顺眼，就放了你这条小命，去，站在一旁，别乱掺和，否则，不要怪姊姊不心疼你了！"

单宝儿和小香香对江湖中人知之甚少，自然不知司徒沉鱼的真实年龄，可能智大师、任重义和万华山三人却对她一清二楚，任重义见司徒沉鱼自称是单宝儿的姊姊，还左一个"小兄弟"，右一个"小兄弟"的，忍不住说道："死要面子，你都可以做单兄弟的奶娘了，老得不像人形，却浑然不知，恬不知耻，老丐倒替你脸红了，好不知丑为多少钱一斤的淫妇！"

司徒沉鱼本该大怒才是，她却狂笑一阵，戛然停下，荡声说道："哟，我不知耻，任臭要饭的不也可以做我的爹爹了吗？怎的也称这位小伙儿作'单兄弟'？你都快黄土齐脑袋了，却也这般不知老小？哎哟，哈哈，笑死老娘了，可笑！可笑！你这老脸皮当真厚得很呀！"

任重义顿时气结，满面通红，胡子几乎都翘了起来，说道："我老丐可不与你这荡妇一般，你问问单兄弟，老丐与他已经为拜把子兄弟了！"

司徒沉鱼披头散发，笑得柳腰直扭，说道："你与他结为兄弟？哈哈哈，本娘子还与他结为一对小夫妇呢？哈哈哈，笑死老娘了，老娘还从来没有如此开怀大笑过，哈哈哈……"

任重义被她揶揄得无言以对，气得老眼直翻，低声骂了一句，再未回话。

单宝儿拍了拍小香香的柔肩，说道："香香，这次灾难对你来说，打击实在太大，我……我真对不住你！"

小香香睁着一双俏目，先是诧异，转而柔情地说道："单郎，这怎么能怪你呢？要怪，也只能怪爹爹太贪图宝物了，以致落得个人财两空，你是个受害者，在这沉闷的地方呆了这么久，实在让你受苦了！"

单宝儿苦笑了一下，说道："能认识你这样的一位红粉知己，再苦也值得，现下这种情景，不知你有何打算？"

小香香见单宝儿把她当作红粉知己，心中说不出地激动和高兴，羞红着脸说道："香香现在孤苦零丁，一个人呆在这亡命城堡，有什么意思？单郎去哪儿，我就跟着去哪儿，这亡命谷拱手让给别人算啦！"说完，俊脸更加红了。

单宝儿心中甚是高兴，但她立马想到了彭丹玲。彭丹玲！单宝儿心中惊呼一声，拉着小香香就跑，要去寻找他至爱的伴侣。

司徒沉鱼开始听见小香香说亡命谷拱手让给他人，心中大喜，但立刻恢复了常态，见单宝儿拉着刘香香要走，身形一晃，拦住了二人的去路，长发向后一甩，露出俊俏的面庞，阴沉沉地说道："想走？没那么容易！"

单宝儿不由得大为恼火，气恼地说道："唉，你这个人怎的如此冥顽不灵，人家都说了将亡命谷拱手相让，你还要怎的？"

司徒沉鱼哈哈一笑，说道："你这种缓兵之计能骗得过老娘吗？今日她说拱手相让，是因为她敌不过我，也无人能敌得过本谷主，待她武功有了提升，便会纠集像你们这样的狐朋狗友，来歼灭本谷主，你以为我不明你们这种鬼心思吗！"

单宝儿一心系在彭丹玲的身上，却让司徒沉鱼死缠不让，大怒道："本小爷原本想放你一马，既然你不领这个情，执意要与我等决一死战，那可就是你咎由自取，怨不得我了，臭婆娘，进招吧！"说罢，推开小香香，摆开架势，等待司徒沉鱼进攻。

"销魂娘子"荡笑一声，说道："不知天高地厚的小子，受死吧！"

话音刚落，但见她身形一飘，向单宝儿而来，身法轻盈飘逸，出掌却显得绵绵无力。

单宝儿哼了一声，心道：她竟然如此轻视于我，用这种花拳绣腿戏弄本小爷，我亦戏一戏她，拿定主意后，竟不闪不避，单掌推出二成功力的掌劲，向司徒沉鱼双掌撞去。

任重义在一旁见了大惊失色，忙喊道："不要上她的当，这贱妇其实蕴含着巨大的掌劲！"

任重义一句刚说完，单宝儿与司徒沉鱼的掌劲已然碰撞，只听到一声巨响，单宝儿身子斜向后疾射，犹如断线的风筝一般，单宝儿顿觉五脏六腑一阵剧痛，

"砰"的一声，重重地摔倒在地。

司徒沉鱼哈哈大笑，说道："小子功力未全用上，故意戏耍本谷主，如此狂傲，提早见阎王爷吧！"紧接着双掌发出两股黑芒，不等单宝儿站起身，已然向他攻到，很明显要立马取他性命。

单宝儿见她如此狠毒，怒气冲天，身形猛然暴升三丈，迅捷无比，也不知他使了什么身法，竟能平躺在地面上却陡然间身形向上暴起，双掌上的气劲幻成两道五彩光芒，带着刚猛强劲，直向司徒沉鱼疾射而到。

司徒沉鱼骇然，刚才那两道黑芒打了个空，眼见单宝儿发出的五彩光芒射来，心下不免暗暗吃惊：这是什么功夫？怎会如此美妙好看，当下仍然使用之前那招应接，但见五彩光芒刹那间劲道变弱，仅剩一线光芒透到黑芒，向司徒沉鱼双掌射来。

司徒沉鱼面色大变之际，已然中掌，身体后退数丈，方才站稳，惊诧不已，暗道：我这招居然不能完全卸去他的掌劲，这小子怎会有如此刚猛的神力？

单宝儿心中亦暗自奇怪：贱人功夫邪门，竟将我的掌劲卸去，如中败絮一般，幸好我功力强过她，否则，不知该如何对付她。

高手过招，最忌鲁莽，二人均不知对方的套路，各自按兵不动，静观对方动静，伺机寻找对方的破绽。

天有不测风云，二人静立对抗之时，天空忽然乌云密布，阴沉沉地暗了下来，一阵寒意袭来，单宝儿不禁身子一颤，顿感身体内血液流动慢了下来，仿佛要凝固不动一样，单宝儿暗叫不妙。

"哎呀，下雪了！"小香香突然惊叫一声，果然，天空簌簌地洒下了雪花，寒意更甚。

单宝儿心道：若不尽快将这个女魔头打败，待会儿我一定进入冬眠状态，遭殃的就不只是我一人了，当即推动全身功力，只见他双目暴射出两道五彩光芒，双掌亦发出五彩光来，只是比双目的光彩更强更耀目。

雪越下越大，天气亦越来越冷，单宝儿身体再次抖了几抖，五彩光芒跟着忽闪忽闪的，时明时暗。

司徒沉鱼大喜，已运足全身内劲，冲了过去。

单宝儿本想尽早解决掉这个女魔头，无奈脚下僵硬如铁，不能动弹，唯有上身可以活动！

小香香见司徒沉鱼已然出手，心中大惊，飞身赶至单宝儿身边。

小香香想替单宝儿接过司徒沉鱼这一掌，只可惜她的身法比司徒沉鱼差了一大截，两人几乎同时冲向单宝儿，可司徒沉鱼先到几步。

"轰隆隆"一声巨响，已将单宝儿口中所喊的"香香，不可！"的话语淹没了。

单宝儿像木头一般倒下！

司徒沉鱼娇躯向后猛地暴退，最后像断线的风筝一样，飘落在地，"砰"的一声，再也没有起来，一声不吭地离开了她费尽心机才得到的权势的梦想，去见她自认为最爱的人——刘芒去了，到死她仍未明白，阴阳合璧的她却敌不过一个单宝儿。

小香香被两人强猛的掌劲震得惨叫一声，向旁边甩去，口中鲜血狂喷，倒向地面。

司徒沉鱼吸纳了刘芒毕生的功力，加之自身的功力，可称得上绝世高手，单宝儿也是绝世高手，两人的掌劲可称是威猛至极，以致小香香当场就全身筋骨破碎，命在旦夕！

单宝儿见小香香倒在地上一动不动，一声狂吼，声震天地，他以为小香香已经死了，悲痛欲绝，运起内劲，抵抗严寒，双手用力地在地上爬着，爬向小香香，只见他双手十指硬生生地插于石头铺盖的地面，没入一寸有余，可见他内力是何等大！

他一面爬向小香香，一面哭喊道："你这是何苦！你不该这样，我虽说脚下已僵硬了，可我已经将全身劲力集于两掌之上，等着那贱人来寻死的呀，你这不是做无畏的牺牲吗？单宝儿如何感激你的大恩大德？你叫我如何安心？"

小香香的玉手沾满了血迹，忽然，她手指轻微一动。

单宝儿心中顿觉宽慰，爬得更快了，这一寸一寸地向前挪移，甚是艰难，何况她几乎全身僵硬一般，全凭极强的毅力，凭着两手自体内发出的一点点劲力，向前爬行，好不容易爬到小香香身边，单宝儿急忙喊道："香妹，香妹，我是单宝儿，你醒醒，你要坚持下去，不要放弃，你会没事的，你会好起来的……"

小香香果然悠悠苏醒过来，见到单宝儿，眼光突然露出十分欣喜的光彩，气如游丝地说道："单……郎，我……为……你……而……生，为……你……而死，我很……高兴，你能……不能……答……应……我，吻……吻……我！"

单宝儿悲痛莫明，曾记得香香想要他吻她，他心里只有彭丹玲，根本容不下小香香，经过这近两个月来的亲密相处，香香的真情终于打动了他的心，别说是吻她，就是要他现在娶了她，单宝儿也会毫不犹豫地答应。

单宝儿身体已近乎冰冷，但强忍着不让自己立刻进入冬眠状态，艰难地说道："香妹，我现在就宣布，你是我的妻子，是我单家的媳妇，你要好好地坚持下去，你要活下去，我爹爹还没有见过你这个儿媳妇呢！"

小香香虚弱地甜甜地笑了，鲜血刚流出嘴角，就被冻住了，她充满幸福地说道："能……做……你……单……家……的……媳……妇，是……我……这……一……生……最……大……的……幸……福，我……快……不……行……了，你……好……好……珍……重，好……好……对……侍……彭……姑……娘，我……已……经……很……满……足……了，我……真……的……很……满……"

小香香的气息渐渐弱了下去，再也说不出声音来，只是幸福地望着单宝儿，嘴中兀自翕动，像是在期待什么。

单宝儿顿时明白了，含着冰凉的泪水，将两片厚实的嘴唇压在小香香充满血迹的樱唇上，热情奔放，丝毫不带一点杂念，他要给小香香临终前最深情的吻，只是这一吻太过凄凉了，虽说内心充满了热情，可现实却是冰凉透顶，叫人见了潸然泪下！

小香香终于合上了那双美丽的眼睛，心中暗念道：谢谢你，亲爱的单郎。与世长辞，离开了心爱的单宝儿！

凄冷的寒风卷着雪花，在两人的身边飞旋舞动，仿佛在为他二人哀号，愤愤不平，单宝儿仍就未停止热吻，渐渐地，他的深情长吻慢了下来，停止了，却仍旧保持着拥吻小香香的姿态，这样地进入了冬眠。

风雪中二人的热吻姿态，仿佛就是一个神话里的故事，像是能工巧匠精心雕塑一般，此情此景，叫人看了，莫不痛心落泪。

单宝儿醒来时，发现自己躺在暖烘烘的炼钢的铜炉旁边，他对这个地方太熟悉了，这就是他与小香香相处将近两个月的"亡命公主殿"，在这里，情深义重的小香香救过他，爱过他，为他尽力地奉献着她的一切。

"宝儿哥哥！宝儿哥哥，你醒了?!"一声清脆响亮、十分熟悉的声音传入单宝儿的耳朵里，单宝儿这才发现，坐在他身边的是他时刻铭记挂念在心的爱侣彭丹玲，他猛地坐了起来，双手将彭丹玲拥入怀中，深情地说道："你没事就好，快想死我了，我时刻都惦记着你！"

彭丹玲泣声答道："宝儿哥哥，我也时刻惦记着你，挂念着你，每天都祈求菩萨保佑你平平安安！见到你能平安无事，我真的太高兴，太幸福了！"

单宝儿激动喜悦地紧紧搂住彭丹玲，说道："我在石牢中，不就说过了吗？吉人自有天相，我们不是果真没事了吗！"

彭丹玲也紧抱着单宝儿，高兴地流淌着幸福喜悦的泪水，说道："是，是，这都是你我的福分，上苍都偏袒我们，让我们今生今世永不分离！"

单宝儿说道："嗯，以后我们再也不会分开了！"突然，他话锋一转，说道："能智大师、任大哥和万掌门没事吧？他们在哪里？快告诉我！"

他话音未竭，传来一阵哈哈大笑，单宝儿心头一喜，能智大师、任重义和万华山已经由大殿门口走了进来。

万华山笑道："若不是单少侠提到我们，我们都不好意思打扰两位的温存了！"

彭丹玲立刻挣脱单宝儿的拥抱，羞红着脸说道："宝儿哥哥，我给你熬了人参汤，我去给你端来！"不好意思地借故离开。

单宝儿连忙起身，站了起来，说道："两位前辈和任大哥的伤势好了吗？"

能智大师悠然一笑，说道："阿弥陀佛，托单少侠的洪福，我们三人已无大碍，少侠不必挂心！"

单宝儿喜道："无碍便好，否则，单宝儿就对不住两位前辈和任大哥了！"

任重义捋了一下白胡子，笑道："你还别这样说，我们险些犯了天大的错误，对不住你这位兄弟了！"

单宝儿心中甚为惊诧，说道："大哥何出此言？三位前辈对我们两个娃儿义重情深，小弟可不明白大哥的意思了！"

任重义哈哈一笑，说道："我们几个糟老头儿，孤陋寡闻，见你全身僵硬，连呼吸都没有了，险些将你与那香香公主一并葬了！"说罢，叹了一声。

单宝儿心道：原来如此，那我可就成了冤死鬼了，不过，能与小香香同葬一处，也是很幸福的事，只不过我大仇未报，爹爹仍不知下落，这一切又由谁来办呢？

任重义像看透了他的心思一般，叹道："要不是那个花菊花及时制止我们，我等可酿成大祸了，单兄弟大仇未报，这血海深仇，可就得由我们三个老不死的替你报了！"

万华山说道："单少侠，还有许多事情等着你办呢，我们不要互相嘘寒问暖了！"

单宝儿心中疑惑，正待开口相问，任重义说道："嗯，这是大事，单兄弟请随我们来！"

说罢，三人领着单宝儿走向"亡命神殿"。

令单宝儿大为吃惊的是，亡命神殿外集聚了数百名丐帮弟子和一些亡命谷中的士卒们。

单宝儿看见贾诸葛也来了，便走上前问道："贾师爷，这是怎么回事？"

"贾诸葛"恭恭敬敬地答道："单少侠好，此事说来话长，两个月前，我们接到本帮弟子通报，得知单少侠等人被捉到亡命城堡中了，于是便派人日夜守在这里，后来，我亲自来察看形势，这亡命城堡的确是一夫当关，万夫莫开，丐帮弟子屡次攻打，都没有成功，硬生生地在这亡命谷呆了两个月，前几天，见这些匪贼四散而逃，毫无斗志，便很轻易地上得城堡中来，原来是单少侠已经将这里的几个大头目都给杀了！"

单宝儿一笑，说道："贾师爷夸奖在下了，这些都是能智大师、任大哥和万掌门几人的功劳，在下只不过尽一点点微末之力而已！"

"贾诸葛"干笑两声，说道："单少侠功劳显著，反倒说是三位前辈的功劳，实在令人钦佩！难怪三位老前辈一定要单少侠亲自处理这里的一切！"

单宝儿心中更是疑惑不解，说道："贾师爷，你说什么？什么要我来处理？"

"贾诸葛"说道："老朽也不敢多浪费时间，单少侠你请，待会儿便知！"

单宝儿见他不答，也不好再追问，只好随着三位前辈走到神殿之上。

任重义在神殿之上朗声说道："现在，你们的新主人到了，请他说话！"

那些往日跟随刘芒的匪贼一起跪倒在地上，齐声喊道："谷主万岁，我等誓死跟随谷主，效忠谷主，决不违背谷主的吩咐！"

单宝儿傻了，不知该如何是好，任重义凑近他耳边，小声说道："你叫他们站起来呀！"

单宝儿说道："大家都起来吧！"

那些士卒匪兵齐声喊道："谢谷主！"然后一一站起身来，静立在殿下，等候他的讲话。

单宝儿望了望任重义，无可奈何的样子，任重义又小声说道："这亡命谷现在就是你单宝儿的啦，你就是他们的新主人，该说什么，就说出来，将他们一一安置妥当，不要再为害老百姓就是了！"

单宝儿好奇地问道："这亡命谷本是刘家的，怎的与我扯上干系了！"

任重义说道："这些群龙无首的匪人，若不好好调教，更是祸害，这亡命谷的几个头目都死了，你不当谷主，谁来当！"

单宝儿不想当什么谷主，说道："我只杀了一个小小的常克和那贱妇司徒沉鱼，其他的我没杀呀，你们三人不也都立下汗马功劳？你们怎么不当这个谷主？"

任重义叹了一声，说道："唉，你这个兄弟怎么如此固执，我三个老头都这么一大把年纪了，各自都有一大帮弟子跟着，哪里还有精力管这些人？自己家中的事都忙不过来啦！"

这时，那些匪贼中一个老者上前一步，朗声说道："谷主请放心，我等自知罪孽深重，不配与谷主共事，但是我们早就有改过自新，重新做人的想法，无奈迫于刘芒的淫威，我们才不得不迎合他，谷主尽管发话，即便是要我等立刻死去，我们也不会皱一皱眉头！"

其他的人也都喊道："是啊！谷主尽管放心，该走的都走了，我们这些无家可归的人，只望能跟随新主人，主人有什么想法，不妨向大家说个明白，大伙儿死也心甘！"

单宝儿见此情形，说道："大家既然都认可在下，那么在下就勉为其难了，首先，我想，以下几点大家必须遵守，一，不准恃强凌弱，惹事生非；二，不准结交不正派人士；三，不准做见不得人的事，违背伦理道德的事；四，大家自力更生，同心协力，创造更美好的亡命谷，我要说的是，以往你们的种种劣迹，从此不再追究，只要从今天起，能够做一个堂堂正正的男子汉，再不干以往的那些罪恶的勾当，本人决不为难各位，若是有人仍不知悔改，冥顽不灵，那就怨不得我不客气了，就如这座石狮一样！"

单宝儿一掌拍向那身边的一座石头雕成的狮子，只见那足足有上千斤重的巨大石狮顿时像豆腐渣一般散落下来，"啪啪啪啪"，发出无数声石块落地的声音。

能智大师等人见了大喜，点头微笑不语。

那些匪贼顿时惊呆了，只听到有人咕哝道："哎呀，新主人这么厉害，只怕刘芒也做不到，要是将石狮推倒，甚至震开，刘芒可能做得到，像这样，将整个石狮震成千百块，真是见所未见，闻所未闻！"那些人惊得呆了好一会儿，才醒悟过来，说道："主人的命令，我等早已说过，誓死服从，主人尽可放心，我们再不会干那些事儿了！"

单宝儿接过话语说道："这位兄弟说得不错，之前的事儿决不能干，所以，我有一个想法，刘芒以前抓来了成百上千的女子，这些女子大都遭了他的蹂躏。刘芒的金银库不知有多少钱财，有人知道没有？"

其中有一个人说道："少说也有六七千万两！"

单宝儿接过话头，继续说道："如果她们中有愿意回家的，就每人分给五百两银子，回去找个人家，安居乐业，不愿意回去的，有大伙儿中意的，对方亦愿意嫁给你的，每对夫妇分配五百两，一间房子，在这城堡住下来，城堡下面有田地，每家分上一亩二亩的，自种自吃，至于没有回家的女子和一些没有找到对象的兄弟，每人亦分给三百两银子，由我的代理分配，做一份差事，每月都给一定的薪水，先就说这么多，其他许多细节问题，待我弄清楚，再作规定！"

"好啊！好啊，新主人万岁，万岁！"那些匪贼对单宝儿的规定和安排感到十分意想不到，个个欢呼雀跃，直高呼单宝儿万岁！

能智大师走到单宝儿跟前，说道："单少侠果然已经练成神眼奇功，可喜可贺，单少侠有这样的胸襟，亦令老衲十分佩服！"

单宝儿笑道："承蒙大师教诲，晚辈不能就此将这些人撇开不管，大师时常教导晚辈，要得饶人处且饶人，胸怀大志，晚辈还差得远呢！"

能智大师说道："单少侠过谦了，你这些大胆的安排，老衲连想都不曾想到，可谓是长江后浪推前浪，老衲这帮人也自叹弗如！"

任重义走上前说道："你们俩，一老一小，开口说话，就是你夸我，我赞你，我们还有许多事情要办，办完了，好继续上路呀！"

单宝儿说道："任大哥所言极是，这城堡中的许多事情，晚辈还得请教三位，走，我们去公主殿里谈！"

单宝儿与三位前辈将亡命谷中的一切情况摸清楚后，谈论这些匪贼能否改过自新，几天下来，终于能够放下心来，那些平日里跟着刘芒一起作威作福，祸害百姓的恶徒果真有了巨大的变化，一切能让几人称心如意。

这天，单宝儿决定动身离开亡命谷，继续向段家堡而去，临走前，他聚集亡命城堡中的众兄弟说道："在下现有要事在身，需马上去办，谷中的一切事情交给花菊花姐姐全权处理！"

此语一出，顿时哗然，这些人都十分地诧异，谷主怎的叫一个丫头打理谷中事务?

单宝儿游目一匝，目光犀利，众人顿时安静了下来，鸦雀无声。

单宝儿说道："花菊花自幼陪同香香公主一起长大，对谷中的事务十分清楚，再说，本人除了对花菊花十分了解以外，各位我还不太熟悉，这是主要原因，在下既然成为这谷中之主，那么，我就得对大家负责，我决不会将一个自己不了解的人提到这个位置上来，万一出现什么差池，单某也对不起诸位！"

众人都点头称赞，暗暗庆幸被赋予了一位真正为他们着想的"谷主"

单宝儿又宣布道："现在，我将谷主的令牌交给花菊花，现在，你们的谷主就是她了，倘若在下的事情办妥，必将回来看望大家，万一有什么不测，各位必须按照规定，一切服从花谷主的安排，现在，我还要选出几位声誉较高的人出来辅佐花谷主，你们之间各自互相了解，谁人缘好，谁有能力，大家心中最清楚，每人选出四位分管东南西北四片的长官，票数最高的四位就是了！"

众人都觉得这样十分民主，十分公平、公正，当下三下五去二，就立刻产生了四位人选，他们分别称为东堡主的董熊，西堡主田少青，南堡主李俊，北堡主田璋。

四位堡主产生后，单宝儿又让花菊花当场宣布堡中的事务分配及其他事宜，花菊花起初还有些踌躇，但立马恢复了"谷主"的威严，将一切事务分配得有条不紊，合情合理。

众人都暗暗称赞单宝儿有眼光，有见识，选了这么一个好代理人，心中佩服得紧。

一切事情办妥后，单宝儿、彭丹玲与能智大师、任重义及万华山都准备好行装，就要出发。

这时，花菊花率领部下一齐来送行，贾诸葛亦带着丐帮弟子前来道别。

单宝儿突然忆起了两件事，走到贾诸葛面前说道："贾师爷，在下有一事相求，还望师爷能够大力相助！"

贾诸葛一笑，说道："单少侠这话就见外了，你与我帮任帮主结拜为兄弟，你有什么事，我们理当办到，用不着这般客气！"

任重义笑道："是啊，单兄弟尽管吩咐，他们若不办到，我就按帮处置！"

单宝儿反倒纳闷起来，说道："任大哥这么一说，兄弟反而不好意思说了！"

任重义自然明白，说道："好好好，我不插足此事就是，你尽管向贾师爷说吧！"

单宝儿这才放下心来，说道："贾师爷，丐帮弟子遍布天下，分支颇多，在下有一位师妹薛钗儿与在下失去联络，在下挂念她的安危，望师爷能替在下打听打听，一有消息，通知在下一声！"

贾诸葛惊奇地问道："这么简单？"

单宝儿一笑，说道："对我来说，可难于上青天了！"

贾诸葛不假思索地说道："好，此事就包在我身上，单少侠请放心，另外有一人，不妨也给少侠打听打听！"

单宝儿心中大喜，说道："师爷若能将在下父亲的下落一并打听到，那就再好不过了！"

贾诸葛哈哈一笑，说道："天下的事，丐帮恐怕没有不知晓的，单少侠，贾某就此别过，只愿少侠一路平安，后会有期！"说罢，向单宝儿及其他人一拱手，率着丐帮弟子先行而去。

单宝儿叹道："香香为了我牺牲了自己的生命，我临行前若不去祭拜她，单宝儿就枉为人了！"

能智大师笑道："单少侠果然多情多义，不愧是英雄豪杰，我等亦陪你一同前去！"

单宝儿拱手说道："我单宝儿谢谢大家了！"接着对花菊花吩咐道："花谷主，香香公主的生日，你知道吧，每年都好好地祭她一祭，单宝儿感激不尽！"

花菊花满眶泪水打转，说道："谷主怎的这样说，花菊花同香香公主亲同姐妹，谷主不吩咐，我也决不会忘了此事！"

单宝儿感激地望了她一眼，说道："有你这句话，我大可放心而去，好了，你叫众兄弟先行散去吧，香香公主可不喜欢热闹！"

花菊花立马让众位亡命谷弟子散去，陪同单宝儿等人去祭拜香香公主。

单宝儿熟悉地来到刘香香的坟前，他这几天，每天都来祭拜香香，总是望着刘香香的墓碑心潮起伏，思绪万千，感慨不已，彭丹玲亦总是一声不响地跟着他来到香香的坟前，默默流泪无语。

此刻，再一次来看香香，单宝儿激动不已，悲痛万分，想到香香几番救她，对她情深意重，更胜于彭丹玲，他几乎掉下泪来，望着香香的坟墓，单宝儿脑海中难以忘却过去的一幕幕，好久，他终于开口叹道："亡命城堡这一战，令人痛心疾首，香香对我恩重如山，永难相报了！"

任重义仿佛心里亦很沉重，说道："刘芒为了夺宝，命丧黄泉，刘希为了情爱、权势，不惜忤逆谋反弑父，川中四鬼老谋深算，结果不得善终，司徒沉鱼处心积虑，终究落得梦幻泡影，唉，实在是不难回首哇！"

众人心里沉重，能智大师感叹地说道："世间的人们，往往为了财宝、情爱、权势不择手段，处心积虑，时时算计，这一切的一切，都随着生命的终结，化成过眼云烟，幻成泡影，有谁能真正体味到呢？早知如此，何必当初？因果报应，上天已定，谁能难以逃脱天意的安排，阿弥陀佛，善哉！善哉！"

花菊花挂着两行泪水，说道："大师所言极是，只是我家公主年纪轻轻，人品又好，却也落得这般下场，莫不叫人心痛，怨天不公平！"

能智大师叹道："花谷主的心情，老衲深深了解，倘若香香公主活在世上，无亲无故，孤苦零丁，只怕比死更加痛苦！"

花菊花泣声道："至少，香香公主还有单少侠，这个她最爱的人！"

花菊花望了一眼彭丹玲，说道："话虽如此，但这也是天意，人有旦夕祸福，此事古难全，这就要靠各人的造化了！"

彭丹玲跪在香香的坟前默默无语，一直没有出声，这时，哀声哭道："香香妹妹，倘若彭丹玲要事办成之后，还活命的话，我一定来亡命谷中，今世今世永远伴着你！"

单宝儿心中一潮，暗道：是啊，万一性命得以保全，我和丹玲定要来此与香香作伴，陪她一生一世，以报答她的大恩大德！

万华山说道："有你这句话，香香在天之灵也该满足了，好了，时候不早了，咱们还是上路吧！"

众人依依不舍地离开了香香的坟墓，离开了终生难忘的亡命谷，带着绵绵幽怨直向段家堡急奔而去。

一行五人出了亡命谷的辖地，虽说是立春时节，可仍然寒意浓郁，到处荒凉一片，五人跨开大步，向西南而行，中午时分到了一处市集，一打听，才知此处在云南境内叫牛街。

单宝儿说道："咱们找家饭店吃饭，然后去买五匹好马，也好加快脚程，大家意下如何！"话刚说完，只见一个身穿缎子长袍，书生模样的年轻汉子走上前来，抱拳说道："这位可是单少侠吗！"

单宝儿从未见过此人，还礼道："不敢，正是小可，请问阁下贵姓？不知如何识得小可？"

那年轻人微微笑道："小人奉他人嘱托，在此恭候多时，请往这边用点粗菜淡饭！"说着恭恭敬敬地引着二人到了一座豪华酒楼之中。

酒楼中店伙计也不待那年轻人吩咐，立即摆上酒菜，说是粗菜淡饭，却是一桌十分丰盛精致的酒席，五人都甚感奇怪，但见那年轻人坐在下首席上相陪，一句不提何人相请，一味地催促各位用好用饱，单宝儿向四人示意，也就不再多问，随意吃了些。

酒饭已毕，那年轻人说道："请五位到这边休息！"下了酒楼，早有人牵了六匹大马过来，六人一同上了马，来到一座大庄院前，但见垂柳绕宅，只是苍凉了点，白墙朱漆大门，气派却是不小。

任重义低声说道："单兄弟，你除了结拜我穷叫化子，还结交了不少富家朋友吗？"

单宝儿狐疑不解，说道："任大哥取笑了，小弟也不知其中缘故！"

万华山说道："单少侠真天意相佑，居然能与你一起这般享受，且看看是怎么回事，不吃白不吃，吃了可也不白吃，定会有古怪，反正咱们也正好一路消受去，乐呵一段，也是好的！"

庄院前站着十几名家丁，见那年轻人到来，一齐垂手肃立，那年轻人请单宝儿等五人到大厅用茶，桌上摆满了果品点心。

单宝儿心道：这时候，果品也只有南方有，这主人一定是南方的了，我若问他何以如此接待，他不到时候，必不肯说，且让他弄足玄虚，随机应变便是。当下和能智大师等人随意谈论这南方的风物景色，不理睬那年轻人，那年轻人恭敬相陪，对五人之间的谈话竟不插口半句。

用罢茶点，那年轻人说道："单少侠与大师、帮主、掌门及这位姑娘旅途劳顿，长途跋涉，想必好些日子没洗澡吧，就请各位去内室洗浴更衣。"

能智大师微微一笑，单宝儿心道：听他口气，似知道咱们一行人的来历，大师一笑，不知是否猜到几分。当下随着家丁走进内堂，其他四人分别由家丁带到其他内室，却有一个仆妇前来侍候彭丹玲往后楼沐浴。

过不多时，五人一一来到大厅，你看我，我看她，只见四人身上衣衫都是焕然一新，甚至连任大哥的丐帮服装及万华山的道袍都是崭新的，唯有能智大师仍穿着那身袈裟。

单宝儿走过去，低声道："大师这衣装可不好配换！"

能智大师笑道："你别这么看，人家可能耐着呢，那件新袈裟比我这身鲜艳得多了，不过老衲还是喜欢这件少林传下来的宝贝！"

单宝儿又走到任重义和万华山的面前，说道："任大哥和万掌门这是过新年吗？打扮得这么整齐洁净！"

万华山哈哈一笑，说道："你看你自己，像新郎官一样，彭姑娘又像新娘一样，怕是那主人十成是想给二位举行婚礼呢！"

单宝儿早见彭丹玲脸上薄施脂粉，便笑道："如果真是这样，那可就多谢掌门金言啦！"

彭丹玲脸上赧然，别过头去，单宝儿暗悔当着众人的面失言，但偷眼瞧她，却不见她脸上有何怒色，目光中露出又羞怯又幸福的光芒。

这时厅上又丰陈酒馔，那年轻人向五人敬了几杯酒，转身入内，回来时手中捧了一个红包袱，他双手捧着包袱，呈到单宝儿面前，说道："小人奉主人之命，将这份东西交给单少侠！"

单宝儿望了其他四人一眼，并未接过包袱，问道："贵主人是何方神圣？何以如此厚待小可？并赠送包袱？"

那年轻人说道："主人吩咐，不得提他的名字，将来单少侠自然知晓！"

单宝儿好生奇怪，接过包袱，解开一看，只见里面却是一本黄皮书本，书皮上写着"詹氏祖传机关暗器解法"，翻开第一页，上面写道："请熟记后立即毁掉，不得落入贼人之手！"再翻看几页，那里面记载着稀奇古怪的各种机关暗器及其具体破解之法。

单宝儿大奇，心想：这詹姓主人怎的这般好心？再说这古怪百出的各种机关解法于我有什么作用？是了，也许这段家堡中暗藏着不少的机关，这姓詹的好心人怕我们五人遭了暗算，枉送了性命，当下就一页一页地翻看下去，本来他就过目不忘，但想到段家堡乃是自己的仇家，不可大意，就又仔细地翻看琢磨了一遍，直至将各种机关的情形及破解之法记得倒背如流才罢。

但他心中甚是迷惘，将黄皮本交给能智大师，说道："大师，你瞧瞧，看看有什么门路没有！"

能智大师刚想接过，那年轻人开口说道："主人吩咐过，只供单少侠与这位姑娘读，他人不得翻看！"

单宝儿不知什么用意，说道："书本上说不得落入贼人之手，难道阁下认为大师也是贼人吗？"

那年轻人道："不敢，不敢，既然单少侠亲口说了，那就让大师瞧瞧，也未尝不可！"

能智大师将手缩了回去，说道："单少侠就不要为难这位施主了，老纳亦不愿看这别人不允许看的东西！"

单宝儿只得将那本书拿了回去，交给那年轻人，说道："既然如此，你就毁了它吧！"

那年轻人甚是诧异，说道："单少侠可不能不熟记此书中内容，否则小人不好交差！"

单宝儿一笑，说道："我已能倒背如流了，只管毁了吧！"

那年轻人更是惊奇，说道："单少侠切不要开玩笑，这书中内容对你可大有益处，否则，难报大仇，单少侠还请慎重熟记！"说罢，又将书呈上。

单宝儿说道："我都说了，全部记下了，你要怎样才肯相信？"

那年轻人说道："除非小人提出任何一个这书中的细节，单少侠都能对答如流！"

单宝儿违拗不过，说道："你只管问吧！"

那年轻人果真翻开书问了几个机关的解法，单宝儿一一答对，那年轻人这才十分高兴地收起书本，说道："单少侠当真是奇才，主人也该放心了！"说罢，一掌向那书本拍去，那本书顿时碎成灰烬，还带着股股烟雾。

任重义哈哈一笑，说道："阁下的火焰掌非同凡响，佩服，佩服！"

那年轻人微笑道："微末小技，让帮主见笑了！"

单宝儿和彭丹玲闯荡江湖不久，对这种事百思不得其解，能智大师、任重义和万华山这样的老江湖，奇诡异事，见闻颇为不少，但单宝儿这样突然获得一门奇技，传授奇技的主人又避不见面，这种事却很少见过，只是见那年轻人刚才显露一手火焰掌的功夫，三位阅历颇深的老江湖也不能详知其中的内情。

酒饭既罢，那年轻人说道："单少侠等五位在此休息一晚吧，明日再赶路不迟！"

单宝儿要说有事在身，不便久留，这时，能智大师开口，说道："阿弥陀佛，施主既然一片诚意，我等若不从命，反倒显得咱们不懂礼数了！"

单宝儿立即明白大师的意图，与其他人一道点头不语。

那年轻人吩咐家丁将能智大师三人分别带入内房休息，却将单宝儿和彭丹玲两人另安排在一间书房，单、彭二人来到书房，见书房中四壁放着图书，房中架陈瑶琴，甚是雅致，一名书童送上清茶后退了出去，房中只留下单彭二人。

见时间尚早，单宝儿说道："咱们出去逛逛吧？"

彭丹玲笑道："只怕有违主人意愿！"

单宝儿摇头道："不会的，你不见那年轻人对咱们甚是恭敬！他怎会阻拦我，不怕他家主人吗？"

彭丹玲笑道："你这才进来一小会儿，就狗仗人势，霸道起来了！"

单宝儿想了想，说道："管他那么多，咱们还不知人家是忠是奸呢，什么狗仗人势，说不定咱们进了人家的笼子，不瞧个明白，晚上脱身的路径都难找！"

彭丹玲仔细地分析了这件事，也莫名其中奥秘，便跟着出去了。

二人直逛到暮云四合才回到房中，书童端来酒菜，让二人吃了，收拾完毕，走了出去，不一会儿，又送来洗脚水，转身去了。

单宝儿和彭丹玲望着一大盆的洗脚水哑然失笑，单宝儿说道："我不洗了，你一个人洗吧，我出去一下！"

彭丹玲却说道："咱们晚上就睡在这间书房？"

单宝儿从门口回过头来说道："咱俩谁跟谁？也不是第一次同床共枕了，分什么房！"

彭丹玲羞红了脸，笑道："你可越来越不正经了！"

单宝儿笑道："咱俩睡在一间房里，也好有个照应，你说是不是！"说罢，带上房门走了出去。

彭丹玲一边洗漱，一边想道：那倒也是，这我点雕虫小技，敌人一来，可就糟了，与宝儿哥哥一起可就安全多了！

第十八章

彭丹玲打开房门，就要将洗脚水倒去，单宝儿猛地出现在门前，那一盆洗脚水差点没当头淋向他，彭丹玲心中一惊，说道："我怎会在这里？"

单宝儿调侃道："我可没偷看，只是在门外保护你，万一坏人进来了，那怎么办？"

彭丹玲小嘴一撇，生气地说道："你再不正经，我就不理你啦！"

单宝儿只好收敛嬉闹，说道："好好，我立马闭上臭嘴就是！"彭丹玲这才让他进来。

单宝儿进入书房，随即关上门，就要与彭丹玲亲热，彭丹玲用手掐了掐他的鼻尖，略带责备之意地说道："我们可是在去找咱们仇家的路上，你怎的就不能把你那调皮的手管制一下？男子汉大丈夫，这点都做不到，怎么能报大仇！"

单宝儿瞧她不高兴的样子，只好安分起来。

彭丹玲却对今日之事仍放不下，说道："宝儿哥哥，这个主人送什么机关巧解之法倒像没有什么恶意，你认为呢？"

单宝儿皱了皱眉头，说道："我也很不理解，瞧那本书，也全是真材实料，并无半点虚假，这主人为什么如此好心？"

彭丹玲笑道："还不是你人缘好呗，你曾经说什么'万人谷'中也有许多机关，送书的人会不会是喻圣舒神医呢？"

单宝儿略想了一会儿，说道："嗯，那书中的机关与'万人谷'中的倒颇有些相似，但决计不会是'赛华佗'喻圣舒前辈所为！"

彭丹玲说道："那可不一定，难道你还与其他什么人联系得上？"

单宝儿笑道："我自闯江湖以来，结交的人屈指可数，可除了咱们的月下老人——那对古怪的新郎官儿和新娘子儿之外，其他的人，咱们是比较了解的！"

彭丹玲惊问道："你是说他们送你这奇技的？"

单宝儿笑了笑，说道："你应该清楚，那两人古里古怪，疯疯癫癫的，他们哪里做得出这么周到的安排！"

彭丹玲想到那两人的古怪，"扑哧"一笑，说道："那倒也是，那送书之人会是谁？"

单宝儿摇头道："反正这送书之人八成就是姓詹的一个什么人，至于是谁，却怎么也想不到！"

彭丹玲心思缜密，说道："会不会是你救的那个晓兰姑娘所为？"

单宝儿心头一怔，说道："会是她吗？她可一点武功也不会呀。"

彭丹玲笑道："假如我被像你这么一个好心人救了，又嫁了一个懂得破解各种古怪机关妙法的人，为了报答恩人，我会不会将这点奇技送来报答你呢？"

单宝儿笑道："你是说晓兰姑娘嫁给了一个姓詹的人家，这人恰好有这样的奇术？"

彭丹玲笑道："这只不过是一种猜测罢了，未必没有可能。"

单宝儿自语道："有这样的巧事？"

两人猜测了好半天，也理不出个脉络来，索性倒头便睡，虽说两人年轻，充满青春气息，再次睡在同一床上，不免有些冲动，但两人定力都不弱，也没做出什么越轨的事来。

直睡到二更时分，单宝儿听到屋顶上轻微一响，一怔，暗道：该来的终于来了，使了一个身法，悄无声息地起了床，轻轻地推开窗户，身形猛地暴射而出，从窗户跃出，直窜到屋顶上，却见三个老前辈在东南西三个方位的屋上站着，察看动静，单宝儿展开轻身功夫，来到任重义身边，任重义低声说道："你咋出来了？听到了什么？我怎么啥都没听见？"

单宝儿游目四顾，除了这三个老头儿，别无其他，低声说道："我刚才听到屋顶有轻微响声，便以为是做笼子的人来了，可没想到是大哥！"

任重义回头在黑暗中用惊奇的目光打量了单宝儿好一会，不相信地问道："怎么？你听到我的脚步声了？"

单宝儿点头说道："对，就是你的脚步声！"

任重义叹了一声，说道："唉，老哥哥自以为天下还无人能听得出我的轻功声息，却想不到人老了，功力差了不少啦！"

单宝儿笑了笑，说道："那倒不一定是你功力减了，还可能是我功力强了，耳目更灵敏了！"

任重义狐疑中带有几分喜色，问道："果真如此？连能智大师这样的高僧也未能听得到我的轻身功夫响声，你反倒能听到？"

单宝儿笑道："信不信由你，我自打练成这神眼奇功以后，觉得耳目特别灵敏，你能听到蚂蚁的歌声吗？"

任重义摇头反，问道："你能？"

单宝儿得意地笑道："我当然能！"

任重义又苦笑道："唉，我们这三个老头还担心你呢，看来真是多余了，你赶快回房吧，要不然，弟媳可等不及了！"

单宝儿捶了他一下，说道："老不正经，我们可没什么！"

任重义奇怪地道："没什么？你的定力倒是不弱，去吧！"

单宝身形如春燕一般，飞进书房，将窗子掩上，轻轻地走到床边，虽说光线十分黑暗，但在他眼中，却如同白昼一般，见彭丹玲酣睡正甜，也不惊动他，在她身边睡了，接着便听到任重义轻微的脚步声渐渐远去，当下也不在意提防，嗅着彭丹玲体内发出的幽香，甜甜地睡去。

次日清晨起身，早有僮仆送上参汤燕窝，跟着便是面食点心，单宝儿看着娇艳的彭丹玲像新娘子一般，心道：有她为伴，卿卿我我，倒不寂寞，能一生一世这样平淡地过下去，可谓无忧无虑，快乐逍遥了！

蓦地转念想道：我大仇未报，就盼望成家过太平日子，直枉为男儿了，想到此处，胸前热血沸腾，便向彭丹玲说道："咱们该动身了，那年轻人可没留咱们五位的意思！"

彭丹玲点头说道："只怕三位前辈早已在等着我俩了！"

两人准备换下新衣服，那僮仆说道："两位不用换了，主人吩咐过！"单宝儿也不以为意，拉着彭丹玲来到大厅。

能智大师等三人果真在大厅等候，当下单宝儿向那年轻人道了谢，就要告辞而去，那年轻人也当真不挽留，说道："单少侠此去遥远，不如将这五匹马也一并用上吧！"说罢，手一挥，一个僮仆端了一大盘的金锭银锭来。

单宝儿笑道："马匹我们骑去就是了，银两却不必了！"五人跟着单宝儿出了庄院，乘马向西南而去，那年轻人也不强求，任由他们。

中午打尖，五人乘马已经来到鲁甸，五人下马吃了中饭，给马匹喂了一些食料，继续前行，行至傍晚，离会泽约有五十来里，又听到马蹄声响，两骑马迎面驰来，马上乘客奇装异服，从五人两旁一掠而过，两乘客打量了五人一眼，转眼消失了。

单宝儿说道："这两人骑马的速度倒是快得很，不知是何方神圣，如此古怪！"

任重义说道："我看两人眼光有异，莫不是打咱们的主意？"话犹未毕，忽听前面马蹄又响，又有两骑从身旁掠过，乘客穿着亦与众不同，不像是中土人物，但马上乘客身手矫健，显然是江湖人物，任重义哈哈一笑，说道："这倒像黑道人物踩盘子的架势，说不定还有几骑马过来呢！"

单宝儿问道："什么叫踩盘子？"

万华山笑道："这都不懂？待会儿你就知道了！"

果然，五人行不到二里路，又有两骑迎面奔来，过不多久，跟着又是两骑。

单宝儿心中暗道：这些人怎的古里古怪？且看他们能奈我何？于是笑道："任大哥，这些踩盘子的怎的无休止？是不是我们太厉害了？"

任重义笑道："可不是吗？少林、武当、丐帮三大掌门人都齐了，他们能不重视吗？江湖绿林中一等一的大寨子，兴师动众地劫那一等一的大镖局子，也才派四名好手探盘子，今日居然翻了一倍，可见对方将我们看得很重！"

单宝儿不以为然，说道："不知三位可认识其中的人物？"

能智大师说道："大概不是中原的人士，料想是从域外来的好手罢，咱们可得小心才是，一个刘芒就如此厉害，何况对方有十几名高手！"

单宝儿心道：只怕他们没这个本事，还不知我的斤两！

正思忖间，忽听得身后蹄声奔腾，单宝儿笑道："来了，一共八骑！"众人一惊，回头一望，尘土飞扬，果真有八匹马一齐自后面赶了上来，"呜"的一声长鸣，一枝响箭从头顶飞过，跟着迎面来了十匹马。

单宝儿笑道："好大的声势，只怕是为了抢藏宝图而来！"

任重义朗笑道："你道他们抢金银珠宝吗？咱们身上合计起来，也只有几百两纹银，还不如去劫一镖呢！"

这时，前十骑，后八骑一齐勒缰不动，已将五人夹在道路中间。

单宝儿在马上抱拳说道："各位英雄，不知你们方之间有什么瓜葛，可不要将我五人也牵扯在内，还请前面的朋友让让道！"单宝儿故意这么说。

能智大师微微一笑，用"传音入密"的功夫送过话来，说道："单少侠何时变得这等油腔滑调?"单宝儿瞧了他一眼，笑而不语。

突然，那十人当中有一个喇嘛笑道："原来是这等脓包，让老子这般兴师动众，倒是多心了，哈哈哈!"

彭丹玲听那喇嘛一笑，险些跌下马来，单宝儿心道：看来这些人都不简单，个个武功高强，今日怕要吃亏，丹玲可就成了他们攻击的对象了，我若不让他们轻视，只怕保不了丹玲，想到此，又说道："各位好汉，你们要打便打，我们真的要赶路，请让路吧!"

身后一人说道："傻小子，爷们就是冲着你们五人来的，让什么路，交出藏宝图，就饶了你性命，否则，嘿嘿……就是有三个武林至尊在，也将你等剁成肉泥!"

单宝儿傻乎乎的样子，说道："哎呀，在下与各位无怨无仇，无故要我颈上人头，我的头给了你，不就死了吗? 怎的又说饶我性命? 那不是明摆着哄小孩吗?"

那些人轰然一阵大笑，能智大师听他如此胡扯，也不禁微笑了。

单宝儿却皱着眉头，说道："不许笑，你们原本就是存心不良，想置我于死地，哪个不怕死的，请来领教小爷几招试试!"

那群盗贼一震，其中一个年轻的小伙子怒道："小子，你倒挺狂傲的，本大爷就试试你有几斤几两!"说罢，也不亮兵刃，一掌直向单宝儿面门打来。

单宝儿见他身法不赖，瞬间就趋近前来，但见他眉目清秀，面容白净，英俊飒爽，也是个堂堂的俊男子，也不答话，身形笨拙地一跃，下得马来，故意往地下一倒，说道："哎哟，我的妈呀，屁股都摔痛了，不玩了，你不等人家下马站好就打，哪有这般不讲理的!"

那群人又轰然大笑，那年轻小伙高傲地说道："你这三脚猫的功夫，趁早滚远点，别在这里碍手碍脚，丢人现眼!"

单宝儿抬头说道："好好，我立刻就走，你们说话可得算数，我走了，就不准再来杀我了!"说罢，将彭丹玲的马一牵，就要离开。

万华山不知单宝儿搞什么名堂，怕他上当，说道："单少侠不可轻信这群混蛋，他们哪里肯轻易放过你，这些都是杀人不眨眼的狗东西，你快回来吧!"

单宝儿回头抱拳说道："万掌门，小可对不起你了，今天，我看大家都难活命，反正他们说了，让我们走，你们好好保重，我去了!"扯着彭丹玲骑的那匹马，一步步地从那十人面前擦身而过。

那群人只顾大笑，倒也不理会他，后面一人又喊道："藏宝图不会在他俩身上吧？怎的让他们人就这么走了呢？"

前面十人中一人笑道："淳于兄何必如此着急，他们能翻过咱们的五指山吗？最要紧的是对付这三个死老头子！"说罢，回手一扬，一阵如雨点般的银花向单宝儿和彭丹玲发出。

单宝儿早知他们会暗算自己，这时猛然间觉得脑后生风，他的耳朵可谓异常灵敏，不用回头，便知是一阵雨点般的暗器，当下运起护身气劲，衣衫顿时像充满空气一般鼓了起来，只听"啪啪啪啪"，几十下金属落地的声响，那些暗器根本就冲不破他的护身气劲，便失去力道，落下地来。

这群人正大惊之际，任重义又哈哈朗笑，说道："原来是流星镖伍雷霆在这里暗算娃儿，羞不知羞，老夫不明白你怎的变成这般模样，老丐几乎认不出你了！"

那发镖之人见任重义指出他的姓名来，当下撕下一张面皮来，说道："任帮主好眼光，在下正是伍雷霆，能瞒得别人，却瞒不过你，伍某实在丢人了！"

任重义笑道："你这易容术倒是十分高明，不过掩饰功夫的本领就差得远了，你这流星镖一出，不就等于告诉咱们你是谁了"！

伍雷霆反而显得十分高兴，说道："伍某微末小技，怎会让你任帮主挂在心上？不足挂齿，不足挂齿！"伍雷霆与这帮人合伙，经任重义这一点破，倒显得自己了不起了，假装谦虚起来，江湖上讲的就是扬名立万，自己一旦成了名，就显得十分有地位，有颜面，只不过出名的方式各不相同，有的靠仁义才华，有的靠卑劣行径，杀一个大奸大恶之人也可以扬名，做一桩罪恶的勾当也可以立万，区别就在于红道与黑道，即正道与邪道，所谓道不同，不相为谋，可也有人会变，由正道中响当当的人物忽然变成一个黑道人物，象伍雷霆，即属于这种人，他刚出手甩出的雨点般的飞镖，每一支都是击向人体的要害部位，他之所以显露这一手他得意的绝技，原是想在其他人面前显显威风，岂料单宝儿竟然连头也不回地用护身气劲将他的飞镖全数震落，他心中十分气怒，羞愧万分，任重义识得他这一独门暗器，便认出他来，由于任重义是丐帮帮主，他的身份地位显赫，就把伍雷霆的身份抬高了，所以当其他人都去追赶单宝儿时，伍雷霆却立在原地与任重义谈话。

伍雷霆的合伙人在后面终于忍耐不住了，其中一个身材高大魁梧，高鼻梁，有着铜铃般的眼睛，头上扎着一根独辫子的家伙喝道："伍雷霆，你是与这臭要饭的叙旧呢，还是与咱们一起夺藏宝图？啰嗦大半天，时间都让你给耽搁了！"他说起话来发音不太准，显然不是中土人士！

伍雷霆极为恼火，说道："腾古格尔，你凶什么凶？你有本事，干吗不动手？露两手你那'天象无量拳'看看，称称你的斤两，若能在这三位中任何一位手下走得了一百招，我伍某今生愿服侍你一辈子！"

腾古格尔气得哇哇大叫，骂道："好你个龟儿子，羊羔孙子，老子若有这个本事，用得着与你这种人合作吗？老子单干不就成了！"

能智大师、任重义和万华山听了心中好笑，同时忖道：这些人表面上合伙，内心却各怀鬼胎，一旦藏宝图得手，必然内哄，再互相残杀一番，谁本领高，有心计，谁就能最终得到藏宝图，或者是仅有几个人得到，其他人必为自己合作伙伴所杀。这三位人物的名气太大，若换成是单宝儿，即便是见了他武功高深莫测，也会有人冲上去大打出手，所以，有好几位都去追赶单宝儿，这留下的人反而都望着三位顶尖人物发愣，没有人出动。

前面不远处喊杀连天，六个人围着单宝儿和彭丹玲厮杀得紧。

任重义见单宝儿一时还不至于吃亏，哈哈大笑道："伍镖师，你带来这么多客人，怎不给我三个老头子引见引见，我可不好杀不知名号的人物！"几句话说得悠然，却十分狂傲，震慑人心。

那十二人心中同时一惊，仍未动手，伍雷霆干笑两声，说道："承蒙任帮主任前辈瞧得起，伍某自愧不配你如此称呼，镖师实不敢当，这几位也都是江湖中成名人物，只是很少在中原露面而已，那边六位就是蒙古人见人怕的'漠河六霸'托木、桑格、邦乌、都尔、扎马、哈克！"

任重义哈哈一笑，说道："都说'漠河六霸'在蒙古国享有盛名，为非作歹，尽干丧尽天良的买卖，怎的跑到中原来撒野？不过，你们叫什么，我不清楚，你不说，我还真不知其名呢！"任重义顿了一顿，说道："听说蒙古国还有个腾古格尔，并不惧怕漠河六霸，不知是真是假？"

"当然是真的！难道我怕过他们吗？"腾古格尔高声说道："就凭你知道我的名字，都不知道他们六人的名字就可以证明了！"

旁边好几个人点着头，同意腾古格尔的说法，却只有三个着装最为古怪的老者不动声色。

任重义向能智大师问道："大师可识得这几人？"能智大师自然会意，答道："阿弥陀佛，恕老衲眼拙，的确不识得那几位！"

伍雷霆不等任重义要求，介绍道："这三位天竺国的最高武学尊者，穿蓝袍的是蓝月摩祖雅鲁错，穿灰色袍子的是恒河老祖番地甘地，穿绿长衫头上缠着红棉巾的是土著族长波曼兹曼杜斯卜，他们三人，你们自然不认识，他们也听不懂咱们说的话！"

万华山哈哈笑道："原来是三个聋子，那更不值得与之一战了！"他们三人一唱一合，倒将十二人中的九人镇住了，只有三个来自天竺国的老者听不懂汉话，见他们九人没动手，当然也不知对手的底细，亦不敢贸然出手，呆在一边观察任重义等三人行色。

伍雷霆接着说道："那位西藏喇嘛是密宗中的高手，另两位头戴纶帽的是苗疆'两毒王'毒不怕、怕不毒两兄弟，在我身边的年轻人叫宇文宏昌、柳虎生、潘书良，对面那年轻人叫淳于必佳，是个大漠富家的后代，总共就是这十八位了，三位前辈若是看在众人的薄面上交出藏宝图，大家决不为难诸位！"

任重义脸色一沉，说道："你道我们三老头怕了你们不成？听你这么一说，都是些乌七八糟的货色凑在一起，八成也不知受了什么好人的指使，你们何必送掉小命？自己也落不到什么好！"

腾古格尔惊奇地抢着说道："你们怎知我们不能合伙办得此事？"

任重义察颜观色，料定猜想不错，说道："你们十几个人为了一张地图合伙来对付我们，可知这藏宝图的秘密？"

淳于必佳笑道："当然知道，此乃一件神物，无论谁得到了，必将是当世武功第一之人！"

万华山哈哈笑道："那你们若夺到宝图，取得神物，又将如何分配？"

淳于必佳说道："这个不必你操心，我们是不会争夺这些东西的，只是受了一位恩人的嘱托，所以我们誓死夺去这个藏宝图！"

这时，单宝儿与漠河六霸的战斗突然停止了，原来，单宝儿已经擒住了六霸之首托木，这六个蒙古彪形汉子虽说不是一母所生，却胜过亲兄弟好几倍，一见老大被捉住了，单宝儿随时就会要了他的性命，其他五人陡然住手，不敢再强行进攻。

单宝儿用左手扼住托木的咽喉，笑道："喂，你们几个怎么不打了？怕他丢了性命不成？他一死，岂不是正好？你们就可以多分一份儿了！"

其中一个满脸横肉，高鼻深目的高大汉子怒道："放屁！我们六人不求同生，但求同死，你若是杀了他，我们杀了你之后再自杀！"

另一人说道："哈克，不可毛躁，老大的命捏在他手中，等于我们六人的性命，大家还是小心为妙，喂，你这位小白脸，放了我们老大，咱不再为难你们就是!"

单宝儿听到他们的谈话，心中一惊：想不到这几个人还挺讲义气，我倘若杀了他们的老大，怕是不怕他们，却也十分麻烦，不如就做个人情，放了他，看他们怎的。主意既定，说道："各位是何方神圣？留下姓名，或许本小爷能饶他不死!"

"漠河六霸"大为震惊，想不到这小子如此轻易地就肯放了托木？难道他想使什么诡计？当下众人面面相觑，不敢作答。

其实，单宝儿早就知道他们是"漠河六霸"，乃是蒙古国人，此次来中原是受人指使而来，也并非出于本人意愿，这些讯息是单宝儿一边应战，一边从伍雷霆的介绍中听到的，此时的他居然能边应战边倾听别人的谈话，真个一心分为二心用!

单宝儿见他们踌躇不答，干脆松开手，将托木向他们几个面前一推，说道："就此饶了你，以后不可再做伤人害理的事了，去吧!"

"漠河六霸"奇怪不已，过了一会儿，托木首先跪下说道："这位少侠手下留情，我等当听从少侠的教诲，请少侠留下姓名，日后我等也好图个答谢!"其他人也跟着跪下。

单宝儿笑了笑，说道："我可不图你们报答什么，只要改过自新，不再在黑道上混，就够了!"

那个叫哈克的说道："这个自然，少侠尽可放心，我们六人向来是……，是知恩图报!"

单宝儿见他们说得诚恳，也就不再多说，拉着彭丹玲同乘一匹马，向能智大师这边走来。

待单宝儿远离他们之后，"漠河六霸"中的老三邦乌说道："咱们哥儿六人怎好向主人交待! 没夺得藏宝图，反而又欠了人家的情了!"

老四都尔说道："我们刚在这边斗得辛苦，他们十二人反而与人家拉起家常来了，且看他们如何做。"

老大托木说道："我们六人早已经立下誓言了，只要是有恩于咱们的，我们决不能加害，但是，我们又立誓为恩人办事，今日的事儿办不成，回去只好由主人处置了!"

老二桑格最为刁钻狡猾，说道："大哥，四位弟弟，我们恩怨分明，是自上次恩人开恩时立下的毒誓，不可违背，但是他们中只有刚才那白面小伙子于咱们有恩，其他人可没有，待会儿要是动手，咱们不攻那恩人就是，攻打别人不就行了，这样，就是没拿到藏宝图，主子也不会只责怪咱六人吧！"

五人听了大喜，说道："不错，不错，就这么办！"六人咕浓了一会儿，这才围拢过来，看别人行动，自己再选择攻击对象。

众人都诧异"漠河六霸"怎的与单宝儿相安无事，他们都走过来时，能智大师双手合十道："阿弥陀佛，各位施主，世间财物何以尽享？施主的主子是何方神圣，真的不能见告吗？"

伍雷霆很恭敬地说道："大师请见谅，这主子吩咐过的，确不能透露他的身份，不知大师等人因何三番四次地问我们主子？"

单宝儿笑了几声，说道："你们个个四肢发达，头脑简单，大师不愿大开杀戒，只要问明你主子是好是歹，说不定不用你们动手，也就将藏宝图奉送给你们了！"他这么一说，只不过是胡诌而已，谁知万华山听了微微一笑，心道：我正有此意，只怕你们还不肯呢。

那十八人听了又惊又喜，居然有这样便宜的事，自己不用动手，藏宝图即可得到，有几个人刚想开口明告主子的姓名，最先与单宝儿动手的那个英俊少年宇文宏昌说道："天下哪有这等好事，大家切不可上这几个老鬼的当！我们用不着与他们多费口舌，上啊，各位老师！"

随着宇文宏昌这一声呼喊，那些人这才全部亮出兵刃，唯有什么天竺国来的三个老者没带兵器，赤手空拳地抢先攻了上来，刹那间，十八人斗五人，三打一又多，四打一又少，于是，其中六人攻打单宝儿和彭丹玲二人，其中每四人各与能智大师、任重义、万华山形成三个战场，狠命攻来。

"漠河六霸"倒真的再未与单宝儿交手，托木、哈克与蓝月老祖雅鲁错、伍雷霆攻能智大师，桑格、都尔与恒河老祖番地甘地攻任重义，外加柳虎生、帮乌、扎马与那土著族长波曼兹曼杜斯卡及潘书良攻万华山，其他的西藏喇嘛、两毒王、宇文宏昌、腾古格尔、淳于必佳六人则与单宝儿及彭丹玲斗了起来。

宇文宏昌这一声喊，他们十八人就立即自动形成这样的组合，仿佛早就编排好了一般，真让能智大师、任重义等人暗暗吃惊，这帮家伙看来早就安排好了，不然怎会如此均衡分来，一个域外高手带着三个人攻打每一个顶尖人物。

能智大师等人猜得没错，这些人都是为当今皇上卖力的，在来此之前，他们得到消息，知道他们一共有五人，且有少林、丐帮、武当三大顶尖高手在内，是以经过一番经心安排而来，宇文宏昌一发令，他们就自动形成这种局面了。

那么，当朝皇帝为何插手此事呢？又何以知晓这藏宝图的秘密？这可就说来话长了。

去年八月中秋，也就是单敬贤与木谷三郎比试武艺的那一天晚上，皇帝老儿与一群妃子一起在赏月楼赏月，正吟诗作赋的当儿，一颗耀目的星光陡然出现在紫微星的旁边，而且光芒更强于这个象征帝王之相的星星，皇帝大骇，赏月的兴致再也没有了，被这颗不知来历的星光陡然出现惊骇得兴致荡然无存，立马召集群臣及祭师观察天象，推算是否有人要谋权篡位。

说起来不够科学，但在当时，可就大为流行这种说法，皇帝更是深信不疑，因此，朝中养了不少人异人术士，最为著名的就是崂山道士秦可灵，秦可灵当下煞有介事地掐指推算，突然大惊失色地说道："哎哟，万岁爷，只怕有人想秘密谋反，此人可能就是万岁爷身边的人，由于以前羽翼未丰，不敢显出原形，现在他大有强劲的势头，并且在蠢蠢欲动，正在紧锣密鼓地招兵买马，一步一步地实现他的梦想哩！"

皇上心焦如焚，说道："秦祭师，你可有办法将这妖孽除掉？"声音近乎有些颤抖，皇帝的威严也减少了许多。

秦可灵干咳了几声，皮笑肉不笑地说道："万岁爷，此人只不过仍在壮大他的实力而已，万岁不必多虑，谅此人也不能对万岁构成多大威胁，皇上可派人到民间查访查访，定能找到这个图谋不轨的妖孽！"

皇帝本就昏庸无能，只想快活逍遥一辈子，安安稳稳地将江山保住，当下说道："难道秦祭师认为此人在民间，而不是在朝文武百官?!"

秦可灵笑道："皇上，根据卦象来看，此人的确在民间，与满朝百官毫无干系！"

皇帝长出了一口气，说道："好，就立即派各大捕快秘密查寻此事，他们最合适不过，并且不易让人起疑！"

秦可灵不失时机地拍了一马屁，恭敬地说道："皇上圣明！"

皇帝一面将各大捕快秘密派了下去，一面遣人到处寻找各地武功卓绝，并且不是名门正派的非中原人士，由于接到一则消息说江湖中正出现一种奇怪的现象，就是有人在秘密按藏宝图寻找天下至高无上的一种神兵，皇上疑心重重，立刻派了这十八位在江湖上从未出现的人物，前来夺取藏宝图，以免落入反贼之手，后果不堪设想！

能智大师怎么也想不到这十八人的主子竟是当今皇上，只想他们的主人是江湖中人，但有一点，让他们五人想不通的就是，这主子竟如此能耐，将四面八方的异人都请来夺藏宝图，并且势头如此强大，所以，能智大师等人只觉得这十八人的主子断然不会怀什么好意，想方设法想弄清他们的主人是谁，可那宇于文宏昌不由分说，就一呼而上，大打出手。

能智大师力敌蓝月老祖雅鲁错、伍雷霆、托木、哈克四人，事实上，高手过招，功力较弱的人几乎是插足不了的，能智大师与四人斗了三百余招后，顿感最大的敌手就是那个雅鲁错了，其他三人倒不足惧，他俩一旦交手起来，伍雷霆、托木和哈克只有在一旁干瞪眼的份儿，偶尔递上一两招，让蓝月老祖缓口气，也不过是眨眼的事儿。

又交过百余招后，蓝月老祖举起双手，只见他两手发出两道蓝色气劲，周身劲风狂舞，只迫得伍雷霆、托木、哈克三人亦要运起内功方能站稳阵脚。

能智大师一见这怪招，不禁想起了刘芒，当下摧动内力，全身功力集聚于双掌，僧袍被气劲充鼓起来，一副威然不惧的神态，能智大师突然一个暴起，心道：先下手为强，趁他劲力未全运足，杀他个措手不及，心念电转之际，身形已扑向雅鲁错。

雅鲁错亦是绝顶高手，知道他这一招若是闪避，必然会导致严重后果，是以不敢闪避，双掌急匆匆地硬接过去，尽管劲力未足，但此时不得不挡。但听"砰"的一声巨响，四掌相撞，蓝光与金光四射，耀眼夺目，内力比拼之时，蓝月老祖心中一喜，暗道：这老和尚功力亦不过如此，虽然我功力未运足，仍能顶得住！

能智大师暗自吃惊：这外来的怪野之人，功力倒不小，糟了，我内伤刚愈，功力大减，如此拼下去，大为不利，但见两股气劲激荡，尘沙飞扬，斗得旗鼓相当。

能智大师改变策略，使出一个倒转身，双脚功力陡增，向蓝月老祖的面门踢到，雅鲁错哪里料到能智大师突发奇招，只听到"彭"的一声，胸腹轰然中脚，劲力一松，整个人如飞而去。

虽然伍雷霆、托木、哈克三个未上，但由于运功抵抗两人气劲，功力亦消耗不少，这时上阵，十分勉强，能智大师亦拼得内力耗去大半，与三人斗成平手，心中想道：只愿那蓝月老祖这一招被击得再也不能参战就好了，当下一边与三人游斗，一边注意蓝月老祖的动静，但见雅鲁错在地上挣扎了几下，陡然慢慢站起，这一下，能智大师大惊失色，想不到雅鲁错仍有余力，伍雷霆等三人见雅鲁错站起身来，赶紧抽身回去，生怕自己枉送了性命！

雅鲁错双足站定，怒视着能智大师，无穷战意，似又在他体内熊熊燃烧，陡见他聚劲力于双掌，掌缘化成蓝色，透射出两道半月形的刀芒，能智大师勉强运起残余功力，使起少林童子金身，一团金色的光芒围绕周身，双掌金光闪烁，喝道："来吧，受死吧，野种！"

雅鲁错自不明白他骂些什么，狂吼一声："他妈的，一定要杀了你！"

能智大师及其他人也不懂，但见雅鲁错双掌一开一合，身形一跃，数道蓝色刀芒向能智大师打来，能智大师暴吼一声，陡然两手中已幻化出两道奇形弯刀形的光芒，向蓝月老祖打来的数道蓝色光芒击去，两大奇功，再决胜负。

恶战中，托木、哈克躲闪不及，被蓝月老祖的一道刀芒击得暴退，顿时气绝身亡，同时，轰响声急如炸雷，两人只攻不守，拼斗之惨烈，令人震惊！

激战之中，能智大师陡然伸出右掌向雅鲁错的下颌击去，"噗"的一声，雅鲁错未及闪避，再遭奇招袭击，用尽最后一道残力，猛地飞起一脚，踢中能智大师的小腹，两人突飞开来，在这种危险的打法中，二人拼到筋疲力尽。

邪鲁错内伤严重至极，瘫软卧倒在地，根本无法再战下去，伍雷霆心中大为惊惧，连忙过去扶蓝月老祖。

能智大师当然亦是伤疲不堪，若不是内伤刚愈，这一战打败雅鲁错应不成问题，此刻二人亦斗成平手。

单宝儿和彭丹玲以二敌六，亦战得相当辛苦，主要是为了防止彭丹玲受伤，这些人知道单宝儿的厉害，刚才"漠河六霸"亦未奈何得他，是以出手就是狠招。

单宝儿身形左躲右闪，穿插于六人之间，出手如电，雄猛内劲绕遍全身，左手敌住西藏喇嘛的禅杖，右手敌住腾古格尔的大刀，臂劲瞬间疾吐，腾古格尔被掀得翻倒在地，足见单宝儿此时功力奇高，西藏喇嘛狂吼暴叫，挥起禅杖劈杀单宝儿，但听单宝儿一声冷笑，说道："撒手！""砰"的一声，西藏喇嘛胸膛已然中掌，禅杖顿时脱手飞出，宇文宏昌一直躲在西藏喇嘛身后，看准机会，疾窜偷袭，单宝儿猛然惊觉身后一股劲风袭来，运起护身罡气，"咔嚓"一声，宇文宏昌的长剑顿时被震碎，两毒王仅围着单宝儿周身打，伺机下毒！

淳于必佳则对彭丹玲大打出手，左手迅猛向彭丹玲的胸部抓来，彭丹玲顿时脸上羞红，暗骂道：无耻下流的东西！同时长剑划出一个圆圈，径向淳于必佳的手指削来，淳于必佳大惊，若不撤招，五指必立断，当下急缩回手，右手拍出一掌，向彭丹玲肩臂拍到，一股强烈劲力，由肩头袭来，把彭丹玲击得飞退，五脏六腑像是要倒转过来。

正当淳于必佳一击得中高兴之时，猛觉身后有人悄然拍出，警觉却迟了一步，单宝儿从他后面双掌拍出，肩头与脑壳顿时碎裂，颓然倒地身亡，腾古格尔大刀又至，单宝儿身形急忙一个翻飞，躲过他的大刀，同时右足踢去，"砰"的一声，腾古格尔的面门中足，笨重的腾古格尔被踢得连连倒退，单宝儿心想，击毙一个，少一个敌手，当下身形再次翻飞，向腾古格尔疾扑而来，单指如锥，狠狠地刺中他的大耳朵，腾古格尔直痛得魂飞魄散，倒地不起。

西藏喇嘛禅杖再至，单宝儿左手一抓，将禅杖牢牢抓住，喇嘛另一手挥拳攻到，单宝儿掌劲疾吐，硬将他的拳势击了回去，可是陡觉肩头一阵刺痛，原来毒不怕飞出一只毒镖，击中单宝儿的肩部，单宝儿顿时大怒，突然掌劲如虹，向喇嘛的手肘劈去，直把他手臂的肌肉劈得皮开肉绽，这时，怕不毒倏地放出一团毒雾，笼罩在单宝儿的周身，单宝儿顿时感到一阵昏厥，险些倒下身去，情急之中，运起内息，稳住心神，不使自己倒下，同时两掌掀起一团气旋，将毒雾收聚成圆球一般，臂劲疾吐，那毒雾像巨大的绣球般，被推向西藏喇嘛，"嘭"的一声炸响，毒雾气球与喇嘛撞个正着，喇嘛身子向后倒退了一丈，胸膛被击中，痛得撕心裂肺，惨叫大喊。

单宝儿纳闷，噫？这喇嘛居然不倒下，难道他百毒不侵？

毒不怕嘿嘿冷笑道："用不着奇怪，他们个个提前服了我的解药，自然不怕毒！"

单宝儿心道：原来如此，忽然间看到彭丹玲瘫软倒地，大声惊呼道："丹玲，你怎么了？"

毒不怕冷笑道："小子，你还真能硬挺，她已经中了我的'毒云彩虹'，命在旦夕，乖乖交出藏宝图，就给了你解药如何？"

单宝儿大怒，喝道："老妖怪，不怕你不交出解药，先擒了你，杀了你，不信你身上没带解药！"

毒不怕和怕不毒两人怪笑，怕不毒说道："傻小子，我们身上毒药，解药少说也有上千种，你可别把那漂亮妞儿毒死了，那可就太可惜了！"

单宝儿一怔，暗道：这下可难倒我了！难道要将藏宝图交给他们？

任重义斗得甚是辛苦，恒河老祖最为老奸巨猾，他未看清楚任重义的武功套路，却在一旁装腔作势，并不出力攻打他，倒是柳虎生、桑格、都尔全力以赴，丝毫不敢大意。

任重义见柳虎生如此卖力，心道：毒镖毒花柳柳虎生也不是什么大恶之徒，怎的一声不响地全力攻打？料想他们的主子一定不简单，当下哈哈一笑，说道："毒花柳也算是一位赫赫有名的人物，怎的这般藏头藏尾，不敢以真面目示人，毒镖也不愿放一支，甚至连句话也不敢说了吗？"

柳虎生手中丝毫不敢怠慢，说道："晚辈在任帮主面前岂敢造次，放镖这种微末小技怎能在您面前施展？岂不是班门弄斧？"

任重义又是哈哈大笑，说道："你倒知道卖乖，干吗不也与那什么番地甘地一样做做样子，以逸待劳？"

柳虎生早就看出恒河老祖并未卖力，心中十分不满，暗道：原来也不过是个混饭吃的家伙，我若不全力出击，岂不是要丧命于你的掌下？这种心计休，想唬得了我"毒花柳"，当下说道："晚辈仰慕前辈已久，今日得见，三生有幸，此时若不与您老过上几招，恐怕以后就没有机会了！"

任重义一边与四人周旋，一边心中想着对策，他越是见恒河老祖不敢全力进攻，越是装作从容不迫，一副轻松的样子，实际上心里暗暗叫苦，这恒河老祖并未出全力，待会儿要是真功夫显露出来，只怕老丐今日性命不保，他听柳虎生这么一说，随即哈哈大笑，说道："本帮主瞧你还健壮，怎的如此看破红尘？难道你就要死了不成？"柳虎生又惊又怒，暗道：这怀有虚名的恒河老祖如此不中用，难怪任重义如此猖狂，我看他并使出拿手功夫，不然的话，我焉有命在？不如省点气力，待会儿使尽了劲力，只怕逃命也不得了！

任重义感到柳虎生的劲道大减，只不过是一些空架子而已，心中已有了主意，若不及时将桑格、都尔解决掉，只怕真的没机会了，心念电转之际，暴喝一声，运起全身功力，向桑格、都尔抖出两道强劲的光芒。

这时，恒河老祖哈哈一笑，用梵语说道："真功夫来啦！"

任重义自然听不懂，只见他嘴唇翕动，像说了句什么，就一招迅猛攻了过来，这一招来势犹如江河奔涌，汹涌澎湃，的确不可小觑，任重义只得缩手对接番地甘地这一招。

"嘭"的一声巨响，柳虎生没来得及运功护体，一下子被震飞退数丈，胸脯被重重地击了一下一样，五脏六腑翻动不已，"哇"的一声，喷出一股鲜血，倒在地上，重创得爬不起来，心中愧道：上了那臭要饭的当了，若是运功攻打，也不至于震成这样，桑格、都尔两人亦受到气劲的波及，不由自主地被推出战斗范围外。

任重义接恒河老祖这一招过于仓促，顿感体内血气上涌，难受至极，也不敢显露出来，不然的话，番地甘地接着一阵猛攻，任重义必然应接不暇，遭受重创，望着恒河老祖，心道：这家伙果真深藏不露，天竺国居然有这样的好手，也真是不可思议了，也怪自己中了这个老家伙的圈套，不该与他周旋这么久，以致劲力耗了不少，这老家伙反而一点真气都没泄去，若不假装若无其事的样子，他定会再发狠招，先镇他一镇，于是立在原地，悠然自得地捋了捋白白的胡子，哈哈大笑，一副根本不把他瞧在眼里的神态。

"恒河老祖"番地甘地内脏亦被震得翻动，不敢冒然出招，心中暗想：中原的武功果真了得，今日恐怕遇到真正敌手了，看来不用绝招，是对付不了这老要饭的了，心中拿定主意，手中丝毫不敢怠慢，急运毕生功力，但见他两手交叉，双足立定，身体陡然缓缓暴长，衣衫鞋子全部被挤破，一个庞然大物霍然立在任重义的面前，这正是恒河老祖的绝技"瑜伽变形大法"。

饶是任重义久涉江湖，亦不曾见过此等景物，直看得目瞪口呆，面色大变，但他毕竟是老江湖，倾刻便安下心来，运起毕生所学，将全身劲力聚于双掌，心道：不管他使什么邪魔功夫，但愿能图个两败俱伤，也不枉此生了，总算临终前见到这样的旷世绝学，死而无憾！

此时的恒河老祖面额青筋凸出，模样狰狞，可怕至极，挥着一双巨拳，张牙舞爪地向任重义走来，那脚步踏得地面震动不已，"轰隆"声不断，任重义和他身形相比，有如小孩一般，能敌得住这样大块头的巨无霸一击吗？

邦乌、扎马、潘书良和土著族长波曼兹曼杜斯卡将万华山团团围住，好在这四人里无人会使用暗器，否则，万华山早就败下阵来，四人同时上前进攻他，万华山前后左右受敌，傲笑一声，将手中的一柄长剑舞得密不透风，邦乌等四人一时亦奈何不了他，只得使用车轮战术，意在消耗万华山的体力。

万华山哪有看不出来的道理？顿感压力减轻不少，一柄长剑更是灵动活泼，仿佛活物一般，过不多时，万华山的剑势渐渐缓了下来，劲风剑气亦不再如先前那般凶猛了。

邦乌、托马、潘书良及波曼兹曼杜斯卡一边加快攻势，一边心中暗喜，这臭道士终于累得不行了。

万华山与能智大师、任重义一样，都是江湖中的顶尖好手，岂是三下两下就能对付得了的？这四人个个都是有勇无谋之辈，竟不知是万华山故意诱他们上当的。

托马好大喜功，攻得最欢，人影一晃，再次抢前攻上，他使用的是一柄钢叉，这钢叉亦长不过万华山的长剑，前面有两尖齿，他双手握紧叉柄，直刺向万华山的胸膛。

万华山提剑一拨，将钢叉荡开，扎马的内劲与万华山相距甚远，退后一步，险些跌倒，万华山正待乘机将他杀了，好减少一份压力，忽然，扎马身后一人倏地扑将上来，万华山一怔，后退一步，左掌"拨云见日"向旁掠出。

那人从他掌下穿过，右手铁笛疾戳，左手两指前伸，直扑到他怀里，万华山看清楚那人是潘书良，心中一怒，左掌"白露横江"一格，右手迎击，待他闪避过这一剑，左手已抓住他的后心，猛喝一声，将他向旁边掼了出去。

扎马见他给自己解了围，心中感激，一惊之下，身子一掠，扑上抱住，但万华山这一掼劲道奇大，带得他向旁边的大树干上撞去，突觉背心一挡，撞得他和潘书良一齐摔在地下，虽然跌得狼狈，却未受伤，两人双双爬起，才知是土著族长波曼兹曼杜斯卡出掌相救，扎马说道："多谢族长！"那波曼兹曼杜斯卡白眼翻了两翻，也未听懂他们的话语。

万华山眼见强敌上阵，忽地大吼一声，猛窜出去，左手伸出，已勾住了邦乌的手腕，单手将他的钢叉夺过，右手一剑"长虹贯日"，使足全力，向他后心刺去，邦乌大惊，身子急偏，却哪里避得开，这一剑正中左臂，"喀嚓"一响，手臂被削了下来，邦乌惨叫一声，心胆俱裂，万掌门第二剑随着又刺到，眼见邦乌性命不保，波曼兹曼杜斯卡在救扎马和潘书良时已知不妙，第一剑刺出时不及相救，这时猱身疾上，狠命一掌打出，从斜侧里直击万华山的太阳穴，万华山左掌翻转，"啪"的一声，两人掌势相抵，各自震退数丈，这两人来自不同的国家，先前已交过手，都觉对方功力深厚，不敢大意，全力攻下，是以都感到内脏被震得翻涌不已，两人急忙调整内息，使内息畅通无阻。

扎马见他的三哥身受重伤，倒在地上，连忙将他扶起，见他已痛得晕了过去，手臂鲜血狂喷不止，连忙取出一颗丸药，塞在他口里，撕下一段衣衫，将手臂伤口包扎好，潘书良用铁笛将邦乌的几处穴道点上，止住流血，见波曼兹曼杜斯卡和万华山均未进攻，心道：我何不吹上一曲，虽说不能碎裂万华山的心脉，但就算乱了他的神智，也利于土著族长去攻他！

这潘书良精通音律，吹得一手好笛，能以笛音克敌，为了荣华富贵，自告奋勇来到皇宫，在皇帝面前大显身手，他的笛音将皇帝老儿吹得如醉如痴，想入非非，犹如进入仙境一般。他一直深得皇上的宠爱，留在宫中，每天吹奏笛曲让皇帝老儿享受，很少在江湖中出现，所以以无人识得他。

潘书良主意既定，将铁笛一横，很熟练地将嘴唇放在笛上，悠悠地吹了起来，但听笛声悠扬宛围，忽高忽低，愈变愈奇，时而如昆岗凤鸣，时而如深闺细语，荡气回肠，令人心神大乱。

那土著族长波曼兹曼杜斯卡刚好调整好内息，准备上前攻打万华山，陡听到一阵笛声，一愣，只觉得这笛声煞是好听，不知不觉地跟着笛声手舞足蹈起来，土著族素喜舞蹈，所以他一听笛曲，就立刻进入潘书良的圈套。

万华山亦同时调整好内息，听到潘书良的笛声，冷笑一声，心道：听他这笛声与鬼笛落水鬼铁柱升不相上下，铁柱升不是我的对手，你潘书良今天亦逃不过此劫，以为贫道会像那土著族长一般受你控制吗？当下运起内劲，口中呼啸，响声越来越深厚雄壮，与笛声相互纠缠在一起。

潘书良没想到万华山居然没事儿，而土著族长却手舞足蹈起来，他原本只道那土著人听不懂他的笛曲，于他无碍，这时见他听自己的笛声跳将起来，正准备停止，不再吹了，岂料这当口儿，万华山的啸声又起，若不继续吹奏下去，势必会就此败得狼狈不堪，心道：这臭道士居然也精通音律，看他有多少斤两？自以为这方面无人能与他匹敌，好胜心强，很快投入这场战斗。

波曼兹曼杜斯卡经万华山的清啸之声一发，顿时停止了舞蹈，但觉一阵强烈劲道自体内压迫而来，几乎透不过气来，急忙运功抵抗。

万华山清啸阵阵，时而如龙吟狮吼，时而如雷电大作，变化万千，刚劲激荡，深厚无匹，忽见潘书良额头汗水涔涔而下，笛声亦东闪西避，心中大喜，更是竭尽毕生劲力，用劲呼啸，势如山崩海啸，向潘书良袭去。

一旁的扎马更是运功抵抗不敌，蒙古人向来喜好乐曲，他当然亦不例外，但感到两个人两种不同的音律一齐向自己袭来，心神慌乱至极，不敢有丝毫的大意，盘腿运劲抵抗，但毕竟功力不济，怎敌得上两人的劲道？顿时静坐在地上，七窍大量流血，一动也不动，气绝身亡，反而是邦乌虽失去一条手臂，却因痛晕过去，不受二人的音律干扰，一点损伤也没有。

潘书良渐渐支撑不住了，但说什么也不能松懈，否则，将被万华山击成重伤，土著族长波曼兹曼杜斯卡全力运功抵抗，但万华山与潘书良二人功力加在他一人身上，已是抵制不住，不禁感到心中越来越烦，愈烦愈乱，神志几乎有些不清了，心中大骇，猛地暴吼一声，这一声吼，用尽了全身劲力，万华山的清啸之声与潘书良的笛声戛然而止，所不同的是，潘书良倏地倒地身亡，七窍流血，而万华山则若无其事。

这是什么原因？潘书良可能到死也不知道，杀死他的竟然是万华山与波曼兹曼杜斯卡二人之合力，原来，波曼兹曼杜斯卡的这一声暴吼与万华山的清啸乃是同出一炉，正好用以对付潘书良阴柔的笛声，两"刚"克了他这一"柔"，一个万华山他都抵挡不住，再加上一个粗野的土著族长，潘书良不死才怪。

万华山亦不知道土著族长这一喊帮了他，只道是潘书良功力不如那铁柱升，所以才七孔流血而死，心中对潘书良充满了鄙夷。

波曼兹曼杜斯卡见潘书良和扎马都死了，心下更为惊惧，心道：想不到这个臭道士居然这么厉害，呼啸几声也能杀了两人，只怕自己性命不保，走为上策，当下双手合十，口中念念有词，猛然间，只见他身上一股乌色气团笼罩着。

万华山大骇，疾摧内劲，准备迎他攻击，说时迟，那时快，波曼兹曼杜斯卡两手一起抖出一道刚猛的乌色气劲，向万华山袭来，万华山闪躲不及，两掌振出两道气芒，"嘭"的一声巨响，尘土飞扬，万华山身子疾飞，后退数丈，"哇"的一声，吐出一大摊血来，生命紧要关头，万华山强忍内伤，爬起来，准备与那土著族长拼个玉石俱焚，可游目四顾，哪里有他的人影，早就消失得无影无踪，万华山心中好笑，暗道：他若再拼命一击，我这条命就保不住了！

这一战激烈无比，无暇顾及旁人，十八人分四个场地打斗，写起来分先后，可打斗的时候却是同时进行的，这会儿波曼兹曼杜斯卡逃走，万华山受伤吐血，蓝月老祖和能智大师均受严重内伤，单宝儿见彭丹玲中了"毒云彩虹"倒地，与两毒王僵在那里，任重义面临恒河老祖变形成巨无霸的威胁，这都是同一时刻的事情。

与此同时，传来一阵嘿嘿嘻嘻的笑声，笑声古怪凄厉，众人心头都为之一震，足见来人功力深厚无比，四处战场同时定格，仿佛等着发笑之人现身一般。

第十九章

单宝儿先是一惊，既而又喜，心道：他俩这时候出现，不知会不会帮我呢？听笑声，仿佛还在五里开外，只怕不久就会来了，单宝儿心念刚毕，陡然见树林旁边飞出两条鲜艳的人影，正是他曾遇见过的两个古怪之人，那对新娘子儿新郎官儿。

两个看上去八十多岁的老夫妇，却穿着一套耀目的新婚服饰，与之不相称的地方，便是他们身上的兵刃了，那男的腰间别着一把锈迹斑斑的柴刀，女的左手拿着一块砧板，右手拿着一把生锈的菜刀，腰间还别了一柄铁勺子，两人一路疯疯癫癫，嘿嘿嘻嘻地向众人走来，那女婆子说道："嘻嘻，好不要脸，这么多人打一个，我老婆子可得管一管了！"那男老者说道："嘿嘿，理当管了，不过你说如何管法？"

众人都觉得这两人奇异无比，在他们眼里看来，这对老夫妇可比打斗吸引人多了，竟忘了打斗，只眼睁睁地望着这两个怪人，瞧他们到底想干什么！

老夫妇俩首先走到单宝儿那边，那新娘子儿笑道："嘻嘻，小子，媳妇待你还好吧？"

新郎官儿眼尖，见彭丹玲倒卧在地，说道："嘿嘿，怕待他不怎么样，他斗得如此辛苦，她媳妇却在这里睡大觉，新娘子儿，我去把她弄醒，好不好？"

单宝儿急了，不知怎么的，见了这两人，他一时竟不知道说话，直到这一刻，才阻拦道："单宝儿见过两位前辈，两位恩人身体可好？"说罢，就要下拜，那老太婆衣袖一拂，单宝儿顿感一股劲风自下而上，本想运功抵抗，但立知他俩并无恶意，就顺其自然地被她拂了起来，那老太婆面色大喜，说道："嘻嘻，几个月不见，小子功夫进步倒挺快的，谁是你的师父呀？"

单宝儿答道："前辈过奖了，单宝儿师父就是那三位！"

这时，那老头儿将彭丹玲弄醒过来，也不知他用了什么法子，使得"两毒物"

面如土色，身子微颤。他走过来问道："哪三位？嘿嘿，定是绝顶高手啦！"

单宝儿指着能智大师、任重义和万华山，说道："这三位是少林方丈能智大师，丐帮帮主任重义任大哥，武当掌门万华山万前辈！"

两个老夫妇随着单宝儿的引见，像是检阅部队一般走了一趟，站在任重义对面的恒河老祖番地甘地身边，那新娘子儿说道："嘻嘻，稀奇，你这么大的块头，老婆子倒是第一次见，与我家新娘郎官儿比划比划，嘻嘻，看他能胜得过你不！"

恒河老祖自然听不懂她的话，瞪着两只铜铃般的大眼，狰狞的面孔露出恐怖的笑容，仿佛在说"叫他来受死吧！"

老婆子再次来到彭丹玲这边，问道："你们是谁把我这媳妇弄睡的？走出来，嘻嘻，小媳妇，我给你出这口气，好不好？"彭丹玲只是站在原地，瞪着眼睛不动。

毒不怕和怕不毒十分奇怪，他俩怎么也想不到这两个古怪人居然能解开他们所下的毒，心中都对这对异人深感畏惧，毒不怕战战兢兢地走前一步，说道："是我下的毒，你是何人？怎会解这'毒云彩虹'？这可是只有我们才能解的剧毒！"

那老太婆张嘴一笑，可瞧见她牙齿所剩的不多，说道："嘻嘻，你这算什么屁毒！老婆子还从未遇过我不能解的毒！"

单宝儿这时走过来揽住彭丹玲，顿觉她身子僵直不动，不知所以然，用询问的目光望着那老婆子。

两毒王这才明白他们并不能解这种毒，只不过装腔作势罢了，当下便胆大起来，哈哈大笑，望着老婆子，面上露出傲色。

这边恒河老祖潘地甘地瞪着那新郎官儿，一步一步地逼过来，那老头子"嘿嘿"两声笑，说道："玩真的！嘿嘿，你退后，我来会会他！"

任重义本就快力竭了，听这怪老头子一说，巴不得休息一会儿，退向一旁，看着他如何对付这个"巨无霸"。

恒河老祖虽说变得巨大威猛，劲道也增强了不少，但是相较常态时笨拙得多了，只见他走过的地面深陷一尺来深，足可证明他此时的威力无匹。

新郎官儿见恒河老祖番地甘地身形笨拙，料想他也不会抢先出击，便说道："老外，嘿嘿，咋跟外国人斗了起来？真有趣，嘿嘿，我出招了！"话音刚落，挥着一双血红色的肉掌向恒河老祖巨大的胸膛拍去。

谁知恒河老祖竟不闪不避，亦不招架，挥着两个海碗大的拳头，一招"双峰贯耳"向新郎官儿的脑壳打来！

眼见着两人同时中招，任重义惊呼道："危险，快使千斤坠！"

任重义不喊，新郎官儿亦知有异，这老外竟不闪避，必定有万分把握，新郎儿官使了一个千斤坠，与此同时，双掌仍击中恒河老祖的小腹，"噗"的一声闷响，如中败絮，劲力竟消失得无踪无影，新郎官儿大惊之际，头顶上响起一声晴天霹雳，原来恒河老祖用力过猛，收势不住，自己的两个拳头相撞，发出一声巨响，直痛得他撕心裂肺地张开大口惨叫，声震数里之外。

毕竟是武学绝顶高手，大叫之时，连抬粗壮的大腿，向新娘官儿踢去，新郎官儿亦不闪不避，反而向他的大腿冲去，恒河老祖两只大眼顿放异彩，大为欢喜。一旁的任重义骇然失色，暗道：这疯子当真疯了，这一脚如何消受得了？陡见新郎官儿随着那一踢之势飞上天空，在空中一个翻跃，已到了番地甘地的背后，同时取下腰间那把锈柴刀，砍向他的巨背，那柴刀正好砍在恒河老祖的后背上，令新郎官大为震惊的是，这一刀竟未伤他皮肉丝毫，柴刀砍中的地方如海绵一般陷了下去，犹如一个砍不破的气球一样，此伏彼起，甚为怪异。

恒河老祖哈哈大笑，那凹陷之处猛地鼓起，一股强大气劲由柴刀传到新郎官儿的身上，新郎官儿顿时被震飞老远，身形临空一飘，稳稳地落在地上，瞪着恒河老祖，眼睛不停飞转，思忖着对策。

任重义在一旁暗自庆幸，幸好这怪老头替了我一把，不然的话，只怕早已去另一个世界了，这怪老头武功倒比我强得多了，以前只听说他夫妇俩怪里怪气地到处游荡，却不知原来有这样好的武功。

那边怪老婆子见机关被识破，便明着向两毒王要解药，单宝儿扶着彭丹玲，眼见着她俊美的脸蛋渐渐变得苍白无血色，心中说不出地难受，恨不得马上杀了那两个苗疆毒王。

毒不怕与怕不毒两人怪笑，满嘴黄牙，模样十分可恶，开始只道怪老婆子怪异厉害，这会儿却不知从哪里来的胆子，竟指手划脚地对新娘子儿嘲笑起来。

新娘子儿关切地看了一眼脸色惨白的彭丹玲，气得把菜刀在砧板上剁得"锵锵"直响，说道："嘻嘻，气死我了，嘻嘻嘻，我杀了你们，嘻嘻嘻，敢不给解药，敢嘲讽我美丽的新娘子！"

两毒王更是捧腹大笑，没想到天下居然有这种怪人，气愤骂人时也笑个不停，而且老得不成样子了，还说自己美丽，难怪两毒王直笑得东倒西歪，根本就没把老太婆放在心上。

倏地，两毒王只觉得眼前人影一晃，刚想出招，却已动弹不得了，已然被人点中了穴道，再看怪老婆子，见她却仍在那里用菜刀剁砧板，似乎不知他们被点了穴道这回事儿，两毒王游目四顾，也未发现另有他人，只不明白，没见老婆子动手，自己的穴道怎么就被人点了呢？若是刚才那人存心要置他们于死地，还不是轻而易举？不由得冷汗直冒，惊惧莫名！

唯有单宝儿看得分明，虽然他清清楚楚地看见了新娘子儿怎样动手，怎样点穴，怎样回到原地，却暗暗钦佩她高超的轻功和一流的点穴手法，于是心中便默默地将她的身法和手法一一牢记于心。

那怪老太婆剁了一会儿，见两毒王不动了，大吃一惊，当然是假装的，除了单宝儿，也没其他人知晓，她笑咪咪地走到两毒王面前，用菜刀在这个头上敲敲，又在那个颈上抹抹，直吓得两毒王白眼直翻，差点没昏了过去，但见她从怀中掏出两颗黑色药丸，一人嘴里服下一颗，亦不作声，仍笑咪咪地望着两人，把菜刀在砧板敲得脆响。

两毒王吓得眼珠子都快要冒出来了，汗如雨下，可也说不出话来，直憋得满脸通红，连声放屁，望着怪老婆子，哀求的神情溢于言表，忽地，似乎怪老婆子身形微动，定睛一看，她仍就站在原地，可两毒王却可以说话了，但听毒不怕颤声说道："姑奶奶，老祖宗，你赶快给我们解药，我定会将'毒云彩虹'的解药交给你！"

怪老太婆歪着脑袋，笑道："嘻嘻，有这么便宜的事吗？怎么突然自愿给那媳妇解药了？我不信，你骗人，嘻嘻，还哄得人心中乐滋滋的，叫我姑奶奶，叫亲妈也不上你的当，嘻嘻！"

两毒王不知是心中着急，还是吃了那黑色药丸，起了什么难受的反应，两人脸容扭曲变形，更是令人生厌，毒不怕连忙说道："亲妈，亲妈妈，你相信我们，我们决没有骗你哄你，对了，亲妈妈，那'毒云彩虹'的解药在我衣衫的第五排、第七个口袋里，烦劳您老人家自己拿，给那姑娘服下，她立马就没事了！"

新娘子说道："嘻嘻，看来你口袋还不少，没骗我吧？"

怕不毒忙答道："决不敢骗亲妈妈，不敢骗，不敢骗……"

新娘子儿走上前，爱怜地抚摸着两人的脸蛋，说道："我怎的突然捡了两个这么老的儿子呀，嘻嘻！不知新郎官愿不愿意认你们两个，嘻嘻！"

毒不怕汗水淋湿衣襟，连声答道："愿意，愿意认！"

单宝儿见两，如此慌张，想笑，可是怎么也笑不出来，因为怀中彭丹玲的气色越来越不好。

怪老婆子笑道："你怎知道他愿意认你们做儿子？嘻嘻，你比我了解他吗？嘻嘻，你们就是白做我们的儿子，我们也不要！嘻嘻，人渣两个，无用至极！"

说罢，手疾如电，已将那"毒云彩虹"的解药拿在手中，问道："是这瓶子呀？"二人见她手法快得简直不可思议，更令两人骇然的是，她竟不曾解开毒不怕的衣服，数清哪个口袋，像是在自己身上取东西一般准确无误，哪里还敢出声，只一个劲儿地点头。

单宝儿见她这一手法更是精绝，牢记于心，心中不由得大为佩服，暗忖道：只怕能智大师、任大哥和万掌门都难以做到！

怪老婆子将那解药给彭丹玲服下，然后将两毒王的穴道解了，便立在单宝儿和彭丹玲面前，像欣赏什么宝物似的，瞧得单宝儿心中直纳闷，不知她到底玩什么花样。

新朗官瞪着巨大威猛的恒河老祖，突然将锈菜刀向地下一扔，从腰间抽出一根细细的铁丝来，恒河老祖狂笑不已，双拳带着巨大的劲风向新郎官儿砸来，新郎官儿冷笑几声，"嘿嘿，瞧你还猛不猛，老爷今天就破了你这邪功！"说罢，铁丝一抖，"刺"的一声，正中番地甘地的双拳，说来也怪，恒河老祖的身躯顿时小了许多，劲道也减小了不少。

恒河老祖惊惧莫名，暗道：今天撞鬼了，我这功夫，从来就没人可破，怎么会怕他一根细小的铁丝？我不信，老子今日一定要杀了他，心中充满了恼怒和愤恨，摧动内劲，身子又长了起来，挥起重拳，一气狂砸猛打，只打得地上到处都是坑坑洼洼的，泥土飞扬，混浊一片。

新郎官儿这一试得手，冷笑一声，将恒河老祖的重拳全数避过，出其不意地闪到他的后背，手中细铁丝霎时间已抽打了数十下，奇迹出现了，恒河老祖顿时象泄了气的皮球一样萎缩了下来，恢复得和原来一模一样。

恒河老祖番地甘地一声不吭，呆呆地望着新郎官儿，过了一会儿，向怪老头儿行了一礼，倏地展开轻功，转眼消失在树林里。

这下可好了，那些伤兵败将四散而逃，眨眼走得一个不剩，唯有两毒王站在原地一动不动，哀求着新娘子儿。

眼见着彭丹玲好了起来，面色也红润了，新娘子儿笑道："嘻嘻，乖儿子，怎么不跟着走呀？还等着认你爹爹吗？嘻嘻！"

两毒王再也顾不得那么多，双双跪在新娘子儿的面前，哭诉道："好亲妈，您就将解药给了我们吧，我们再也不敢乱施毒了！"说罢，竟哭得死去活来。

新娘子"嘻嘻"狂笑一阵，说道："你们的亲妈还没死呢，干吗哭得如此伤心？嘻嘻，你们吃了我的'化胆丸'，不会有什么大碍，死不了，滚蛋吧，嘻嘻！"

两毒王停止哭泣，你望我，我瞧你，仍不敢相信，又叩头求饶起来，怪老太婆不理，将菜刀在砧板上剁得"锵锵"直响，怪老头走了过来，说道："嘿嘿，看来只有吃了我这解药才能好了！"说罢，在怀中久久地摸着，好一会儿才摸出两颗绿豆大小的黑丸子，说道："嘿嘿，新娘子儿，我可将解药给他们啦！嘿嘿！"

怪老太婆吃惊不已，不解地问道："噫？你哪里来的解药？嘻嘻，又骗人了！"

怪老头喝道："嘿嘿，你们把嘴张开！"

两毒王依言张着嘴，只见怪老头手指一弹，两颗黑丸子分射向两人口中，两毒王不假思索地吞了下去，叩谢而去。

待两毒王走后，新娘子厉声问道："嘻嘻，新郎官儿，我给他们吃的根本不是毒丸，用不着什么解药，你真是自作聪明，嘻嘻！又没胜过我，是不是？"

新郎官儿故作大惊失色，说道："嘿嘿，你又故伎重演，我可是老上当呀！嘿嘿，不中用啦，不中用啦！"说罢，走到单宝儿和彭丹玲跟前，蚊嗡般说道："我给那两人吃的是我身上的污垢！"

单宝儿和彭丹玲同时"扑哧"一笑，便双双跪了下来，叩谢他俩这对大恩人、大媒人又一次救了他们。

新娘子走近，扶起他俩，笑道："小子，你可找着好媳妇了，什么时候吃你们的喜酒呀？"

新郎官儿说道："嘿嘿，看你俩穿得像新婚一样，八成已经成了亲啦！喝他生儿子的喜酒吧！"

彭丹玲俊脸羞红，声音清脆响亮地说道："恩人取笑了，我二人还不曾成过亲！我们答应过两位老人家，成亲一定请你们喝喜酒的！"

新娘子爱惜地拉着彭丹玲说道："好好，反正离成亲的日子大概不远了，我们就等着喝你们的喜酒，嘻嘻，新郎官儿，该走了吧！"

新郎官儿拾起地上的菜刀，答道："嘿嘿，小子，我们要走啦，你好自为之，嘿嘿，新娘子儿，走！"二人手牵着手，几个兔起鹘落，瞬息便不见了。

任重义和万华山将能智大师扶起，能智大师调侃道："你们几个没事，老衲有菩萨保佑，更不会有事情的，放心吧！"

单宝儿和彭丹玲走了过来，彭丹玲见能智大师伤势挺严重的，说道："大师，咱们先在这里休息一下再走吧！"

能智大师笑道："我的伤不打紧，大家斗得也饿了，咱们向前走一程，找个歇脚的地方，吃吃饭，填饱肚子，再休息不迟！"

单宝儿感慨道："大师的胸襟令人钦佩，还处处想着别人，大师可骑得马么？"

能智大师说道："单少侠，尽管放心，别说是骑马，就是徒步行走，老衲也不甘落后！"

任重义笑道："你是和我与万贤弟比呀！"三人哈哈大笑，

待单宝儿将惊吓得四散的马儿牵了回来，五人一道骑着马向段家堡方向缓缓而行，好让大师的伤痛不致发作。

五人一路南行，不几日，能智大师的伤势已经全部好转，能智大师将"传音入密"的内家功夫传给了单宝儿，任重义和万华山也分别将丐帮打狗棒法和武当剑法传给了他，单宝儿和彭丹玲一起学，彭丹玲还未练至一成，而单宝儿已全部学会，而且还创造了不少新鲜招法，令三位顶尖高手惊叹不已。

一路风光旖旎，美丽如画，名胜古迹，美不胜收，这一直到段家堡所在地都无人打扰，风景如画，心情舒畅，五人相互传授切磋武艺，有时反而由单宝儿指点他们几个人的武功破绽以及如何改进，是以人人受益匪浅，武功均有进展，进展最快的就是单宝儿，其次是彭丹玲了。

来到楚雄，五人商定先不打扰段家堡，以免打草惊蛇，待到把段家堡情况摸清楚之后再说，在楚雄的一家旅馆里定下四个房间，五人住了下来。

这一日，五人从二楼住处下来吃早饭，只听到旁边一桌四人在议论谈笑，神态甚是兴奋，像是有关段家堡的事情，五人一边用早点，一边凝神聆听。

一人道："段家堡家大业大，远近闻名，咱们哥儿几个怕是没这个福分！"

另一人说道："试他一试又何妨？大不了就是给打了下来，若是有些损伤，段家堡还负责医药费呢！"

又一人道："只怕我们连那烧火劈柴的事儿也未必捞得到，哥儿几个还是别丢人现眼了！"

还有一人道："一年就这么一次，失去机会，可就再也找不回了，咱们还是去试一试，男子汉大丈夫，丢得起这个脸，再说，也不是什么丢人的事，只不过想找碗饭吃！"

其他三人连声附和，说道："老哥说得是，咱们现在就走，这会儿恐怕早就人山人海了！"说罢，四人付了饭钱，朝单宝儿这边瞧了一眼，便匆匆走了。

单宝儿向众人一眨眼睛，四人会意，一起跟了上去。

楚雄本就是一个大集市，物产丰富，各行各业十分火红，加之许多少数民族弟兄也来赶集，更加热闹非常。

五人也无暇看热闹，径直跟在那四人后面，走了一段路程，与他们同向而去的人竟越来越多，互相谈笑，无一人不笑容满面，仿佛过新年一般。

不一会儿，五人眼前的人越来越多，几乎走不动了，挤得水泄不通，单宝儿抬眼望去，哈哈，人山人海，站满了偌大的一个广场，广场的正北方矗立着一座雄伟的建筑，上面挂着一个牌匾，匾上是用烫金写成的三个大字，赫然映入众人眼帘：段家堡。

单宝儿陡见仇人的府邸，心中不禁热血上涌，激动不已，一股强烈的复仇火焰在体内燃烧着，整个人就像要爆炸一般。

彭丹玲的芳心亦如鹿撞，跳得厉害，但她仍不忘留心单宝儿，见单宝儿的双眼射出两道五彩光芒，知他已怒至极点，连忙柔声喊道："宝儿哥哥，不可性急，你忘了咱们的计划了吗？咱们还未摸清对方的底细呢！"

突然，二人耳边响起细若蚊噬的声音，说道："你二人已经学会了'传音入密'的功夫，为何不用？若是让对方的人发觉了咱们的计谋，可就不好办了！"

二人心中一怔，正是能智大师在提醒他们，彭丹玲即用"传音入密"的内功传话给能智大师，说道："多谢大师提醒，我们险些忘了！"

大师又传话道："不要紧的话，就不要说了，你的功力有限，这样太耗真力，少说为好！"二人同时向能智大师点了点头，不再传话。

这时，前面的人一阵骚动，只听得有人喊道："来了，来了！马上就开始了！"

五人抬头一望，只见段家堡的大门豁然洞开，一个管家模样的老者走了出来，虽然相距甚远，单宝儿亦看得清楚，只见那人五六十岁的模样，留着一撮羊毛胡子，已经花白了，脸形瘦削，但双眼炯炯有神，两道花白眉毛斜插向两鬓，太阳穴鼓鼓的，脸却蜡黄。

单宝儿不由得点了点头，心中暗道：是个练家子，看来内力相当浑厚，一个管家都已经如此，那么其他人不是更加厉害了！

但见那老者来到早已备好几张木椅的一处平台上，游目一匝，目光如电，广场之人顿时静了下来，无一个人说话，像是被那老者的目光所慑，那老者哈哈一笑，双手抱拳，向广场众人说道："各位英雄豪杰，乡亲父老，今天是段家堡一年一度的'招贤招徒招工大会'，我老头儿段可朴奉堡主之命主持这次大会，希望各位踊跃参加，现在，我将这次大会的要旨向大家宣读一遍……"只听他朗朗有声，偌大一个广场，都能听得清他的声音，足见其内劲深厚。

单宝儿很经意地听，都是一些客套之类的话语，最后才说到了正题，说是由于管理需要，决定招收几名贤能人士，共创段家堡家业，以及大会选拔的方法、规则等等。

过了一会儿，一切都说得明白透彻了，早就有人等得不耐烦了，段可朴话音刚落，一个年轻的小伙子跃上前去，说道："素闻段家堡的功夫深不可测，小可吴连春先来领教领教！"

段可朴哈哈一笑，说道："壮士想参加武赛，很好，很好，你只要在这位弟子手下走得了三十招，便即可选为段家堡的弟子了！"

那位段家堡弟子上前一步，说道："在下段元林，阁下请出招！"说罢，竟立在原地不动，等待那吴连春进招。

吴连春也不客套，只作了一个请势，便开始一阵猛攻猛打，架势倒是十分威猛，段元林不急不躁，一招一招地应接得有板有眼，沉稳得很，眨眼已攻了二十七八招，场下的人都欢呼起来，有的竟喊道："吴连春必胜，吴连春好样儿的！"

单宝儿心下好笑，暗道：想必喊叫之人只不过是泛泛之辈，看不出段元林故意让他，其实，论功力拳法，那吴连春能在段元林手下走过三招就不错了！

这时，听到段可朴在一旁高喊道："第三十一招了，只要过得了这一招，吴小哥就是段家堡的人了！"场上一片欢腾雷动，都为吴连春呐喊助威！段可朴语言未毕，段元林突然身形一晃，已然来到吴连春的背后，将他一推，吴连春一个趔趄，摔倒在地。

段元林连忙上前扶起他，笑道："吴兄弟好功夫，刚才若不是在下使出绝招，只怕未必能打得过吴兄弟！"

吴连春知道他是给自己留面子，满脸羞红，说道："段家功夫果真了不起，小可明年再来讨教！"

段可朴哈哈大笑，抱拳说道："欢迎！欢迎！难得吴兄弟如此看得起段家堡，只要你明年能胜过三十招，即为段家堡的人，我们期待着吴兄弟明年加入我段家堡！"

吴连春红着脸，一抱拳，下了平台。

接着又上去几位，不过，用不着多久便下来了，都没能走过十招，更不用说三十招了。

不一会儿，上去一位姑娘，单宝儿心中一愣，望了一眼彭丹玲，彭丹玲一笑，知道他是想她也上台试一试，好混入段家堡，了解他们的一切情况，于是，便专心瞧那姑娘如何参加法。

那姑娘生得挺有几分姿色，但是却有着一股英气，不同于一般农家女子及富家千金小姐，倒是个习武之人。

段可朴见那姑娘上台来，一笑，说道："姑娘对段家堡可感兴趣？"

那姑娘笑道："难道段家堡不收女弟子吗？"

段可朴大笑一声，说道："想必姑娘是外地人吧，我们段家堡每年都不定期招纳人才，不论男女老少，只要能通过考试即可，不过，话得说开，段家堡收女人，不是纳为弟子，而是做其他事情，比如烧饭，洗衣，服侍堡主夫人、小姐等杂事，姑娘可看得起？"

那姑娘清脆响亮地说道："本姑娘既然上得台来，哪有不试之理！请问，若是通过了，就非得加入段家堡吗？"

段可朴笑道："姑娘言重了，段家堡一向是采取自愿加入的原则，岂有强逼之理？姑娘若是通过了，却又不愿加入段家堡，可得到十两纹银，以感谢姑娘的诚心参！"

那姑娘笑道："好，就冲着你十两纹银试上一试，请出节目吧！"

段可朴一愣，问道："姑娘要文考还是武考？"

那姑娘笑道："先前这么多人都是比来比去，斗得不堪入目，本姑娘就开一个先河，试试你那文考又如何！"

段可朴笑道："这里有三道试题，姑娘只要能做出即可，也就是胜了这场选拔比赛！"

那姑娘笑道："只管念来！"一副胸有成竹的样子，让在场人看了都不由得对她刮目相看。

段可朴微微一笑，捋了捋胡子，说道："姑娘听好了，这是一个谜语，不过，姑娘得也用谜文对答，不得直接说出谜底，说是'此花自古无人栽，每年隆冬它会开，无根无叶真奇怪，春风一吹回天外。'"

广场之下许多人都叽叽喳喳地说道："这有什么难的，不就是雪花吗？"

另有一人道："谜底倒是容易猜，你就雪花为谜底出一谜文试试？"

那人道："那倒有点难了，我一时还想不出来！"

单宝儿心中甚是惭愧，吟诗作赋猜谜语之类的，他根本不在行，虽说能猜出这个谜底，可也作不出谜文来，暗道：我与那些寻常百姓又有什么区别，还总是以为自己很不同于常人，等报了仇之后，得好好习习文章，单凭两下武功，想闯天下，却也不行，彭丹玲靠在单宝儿身旁，微微一笑，单宝儿红着脸问道："你能对上吗？"

彭丹玲笑道："这有什么难，'只织白布不纺纱，铺天盖地总是花，鸡在上面画竹叶，狗在上面印梅花'！"

单宝儿惊奇地瞪大眼，望着她说道："我怎不知你还有这样的才华？"

彭丹玲说道："我虽说出生在武术世家，可我武功平平，你道为什么，我每天就看书，弄一些文字游戏，以致将武功都偏废了！"

单宝儿笑道："好好好，如此更好！"

彭丹玲笑得如花枝乱颤，说道："好什么好呀？"

单宝儿笑道："咱们一文一武，可谓天下无敌了！"

彭丹玲十分欣喜，嗔笑道："别吹牛啦，天外有天，强中更有强中手！"

单宝儿指着台上那姑娘说道："至少她不比你强！"

彭丹玲笑道："人家胸有成竹，怎会猜不出来！你听听，她不是说了出来吗！"

单宝儿望着彭丹玲出神，但耳朵却听到那姑娘朗笑道："谁说此花无人栽？六月酷暑也会来，上得高山不奇怪，天上仙女撒下来！"虽说并不怎么华丽顺溜，可与段可朴针锋相对。段可朴现不高兴，但想到只不过是一种赛试游戏而已，便说道："好文才，了不起！第二道题是说'一物坐也坐，卧也坐，立也坐，行也坐'打一动物！"说罢，望着那姑娘。

那姑娘一听，暗道：这老头存心骂人来了，当下俏目一眨，说道："一物坐也卧，行也卧，走也卧，卧也卧，专吃你那一物！"

段可朴脸色微变，仍笑道："姑娘这回可就猜错了，咱们首先说好了，必须是同一谜底，姑娘请吧！"段可朴见她两次出言不逊，也不客套，先下逐客令，那姑娘哼了一声，说道："本姑娘连胜两局，何以退下？难道我那谜文不对题吗？你且当着大家的面说个明白！"

段元林喝道："姑娘要是为大会助兴，我们热烈欢迎，若是存心捣蛋，嘿嘿，段某手中的长剑恐怕不会答应！"

那姑娘俏目一睁，柳眉一扬，说道："想打架？难道本姑娘怕你不成？尽管放马过来！"说毕，招式一摆，向段元林招招手，示意他进攻，一副浑不把他放在眼中的神态。

段可朴息事宁人，笑道："第二道关，姑娘通过就是，说好了文考，又岂能出尔反尔，又武考起来了，元林，退后，以免人家说咱们说话不算数，耍赖！"

那姑娘气得面红耳赤，说道："小老儿，你说话带刺，责怪本姑娘不是吗？"

段可朴笑道："哪里敢，姑娘听好了，第三道题目是——"他为了避免唇枪舌战，连忙转入正题，说道："这仍是一个谜语，说是'画的圆，写的方，冬天短，夏天长。'姑娘请！"这句话仍有骂人之意。

姑娘红着脸道："东海有条鱼，无头又无尾，抽去脊梁骨，便是这个谜！"说毕，头也不回地走下台去。

广场之上许多都是寻常百姓，虽有一些人略有才华，可也只是能猜中谜底，无人能对上谜文，更无人能像那个姑娘一般，针锋相对，毫不相让，可见她确实不简单。

段可朴一脸不高兴，三次都让那姑娘占了上风，但仍不失大家风度，喝道："姑娘慢走，你是通过选拔考试的第一人，姑娘是若不愿入我段家堡，便请拿去这十两纹银！"说着手一扬，一道白光向那姑娘射去，那姑娘回手一接，将那锭银子接住，但内劲不如段可朴，被震得虎口发麻，脸上绯红，却扬手将那纹银甩出，说道："你拿去在菩萨面前多烧些香纸吧，积积阴德！"

段可朴伸出两个指头，将那锭白银夹住，冷笑两声，说道："姑娘好心肠，当真是巾帼英雄，佩服！佩服！"

过了少许时刻，又有几名应试之人相继上去，接着又陆续下来，竟无人能过得关去。

能智大师、任重义和万华山听得看得饶有兴趣，有时点头，有时微笑，竟不搭理单宝儿和彭丹玲两人。

又见几人上去，那段可朴倒像是存心考较在场的人一般，他拿捏得十分准确，有的人规定十招，有的人则百招以上，有的就一招，竟无人能过得了他的这种选拔考试。

单宝儿轻轻地推了推彭丹玲，示意她上去应试，彭丹玲宛尔一笑，柔声道："你是要我文试是吗？"

单宝儿兴奋地点着头，彭丹玲笑了笑，说道："这人山人海的，一时难以挤上前，如何是好？"

单宝儿一笑，说道："这个不难，你怕女儿家展露轻身功夫跨越人家头顶不好，那我就充当护花使者，来，跟我走！"彭丹玲娇笑，伸手拉住单宝儿递过来的强有力的手臂，径直向平台方向走去。

单宝儿运起护身气劲，那些寻常百姓哪里抵挡得住，踉踉跄跄，跌跌撞撞地不自觉地就退开了一条路，单宝儿牵着彭丹玲悠然走过，来到平台前，单宝儿朗声说道："我家娘子觉得你这游戏挺好玩的，想来试一试，还望不吝赐教！"彭丹玲羞涩地掐了单宝儿一下，红着脸站在平台前。

单宝儿一声话语，声音震彻云霄，前面的观众只觉得耳鼓嗡嗡作响，好久未能恢复过来，段可朴心中一怔，暗道：高手来了！当下哈哈一笑，朗声说道："少侠何必客气，你家娘子想应哪种方式？"他似乎毫不在意单宝儿存心捣乱，沉稳应对。

彭丹玲轻步盈盈地走上平台，向段可朴微微一道福，说道："小女孩仰慕段家堡威名，今日若有幸过得了你这应试，那就是在府上烧火做饭，也是福分了！"一双美目顾盼生情，举手投足，娇媚百态，风情万种，银铃话语，如玉珠击盘，场下顿时静得出奇，寻常百姓哪里见过彭丹玲这样的绝色女子，都傻了眼，张着黄牙大嘴，不知身在何处，段可朴心头怦然一动，恭恭敬敬地立在一旁，不敢再多看她一眼，竟也忘了答话，至于段元林等几个年轻的弟子，更不用说了。

彭丹玲嫣然一笑，脆声说道："段老师何不将试题出了来！"

段可朴回过神来，说道："姑娘，不不不，夫人可是文试？"

彭丹玲一笑，说道："我一个柔弱女子，不懂什么武功，只得在文字方面向您老人家请教了！"

段可朴笑道："不敢，看姑娘似是大家闺秀，丽质天生，只怕不比常人，所以得多出几题了！"他见彭丹玲娇艳欲滴，心中始终将她当作姑娘，是以又称她为姑娘，而事实上，彭丹玲也未与单宝儿成过亲，仍是闺女一个，难怪他脱口而出便是如此称呼，另一方面，只怕是段家堡今天只希望选一些姑娘，而不是夫人的缘故，场下仍是鸦雀无声，无半点声响。

彭丹玲笑道："请老人家出题便是！"

段可朴振了振精神，说道："打一字谜：无双春夜盼郎归。"

彭丹玲沉思瞬息，说道："一字！"这时，场下许多人都哈哈大笑，竟在说彭丹玲猜错了，任重义、能智大师吸了一口气，暗道：这丫头居然还有如此才华，若不是她一猜出，恐怕自己一时还想不出来，万华山笑道："大师，任老丐，彭姑娘猜作一字，怕是断章取义了吧？"

任重义哈哈大笑，说道："恰恰正是一字，非断章取义！"

万华山心中纳闷，说道："她只猜到前面'无双'是一字，可那春夜盼郎归岂不是废话？"

任重义解释道："春夜就是无日，春字无日是什么？盼郎归就是无夫，春字无日又无夫，不就是一字了！再说，前面'无双'两字一定，就是个一字，作不得其他猜法！"

万华山瞪大眼睛，翘起大拇指，说道："了不起！了不起！贫道惭愧，惭愧！"

单宝儿自是不知为什么猜作一字，一双眼睛直盯着彭丹玲疑惑不解，彭丹玲望着他微微一笑，单宝儿便深信不疑了，料定她一定猜得不错。

果然，段可朴惊呆了一小会儿，大为赞叹，说道："好才华，好才华！"心中却暗道：原来想一下子难倒她，却让她略一思索便猜着了，这个姑娘若招了进堡，安置倒成了问题！如此美丽绝伦，做什么事都不妥唉，还是多考较于她，让她退去吧！于是，笑着又道："目字加两点，不作贝字猜，贝字欠两点，不作目字猜，姑娘请猜两个字！"

单宝儿在下边也暗道：这老头儿怎的存心想她出洋相，专出一些难题！

彭丹玲笑道："目字加两点，不作贝字猜，那就是贺字，贝字欠两点，不作目字猜，便是资字，老人家，对不？"

广场寻常百姓也听得明白，都鼓掌喝彩欢呼，段可朴挥手示意大家安静，笑道："正是，正是这两字，姑娘真是一代才女，说是'两人土上说因由'猜一字！"

彭丹玲碎步走到一把木椅上坐下，娇笑道："老人家以为如何？"

段可朴笑着点点头。

彭丹玲却笑道："老人家，我也出一谜，'三人同骑无角牛，一人独坐草木

369

中'，猜两字！还望老人家不吝赐教！"

段可朴笑着对旁边的那个童仆说了，不一会儿，那童仆便端来一盅绿茶呈给彭丹玲，彭丹玲落落大方地端起茶来，小呷一口，笑道："好茶，老人家继续出题吧！"

段可朴想了一想，念道："秀山轻雨青山秀，请对下联！"

能智大师和任重义一怔，暗道：这可不好对呀，这句上联倒过来念与顺着念是一模一样，难！难！

彭丹玲望着单宝儿深信不笃的目光，沉思了一刻钟，突然，笑靥顿生，说道："香柏鼓风古柏香！"

能智大师和任重义不禁叫了一声："好！"

段可朴汗水涔涔而下，又念道："踏足不前空耗日！"此联一出，任重义又急忙说道："这姓段的倒真有两把刷子，存心想整倒彭姑娘，嗯，大师，你可对得出？传给彭丹玲不就是了！"

能智大师说道："阿弥陀佛，老纳不才，若是能对得出，用得着你提示！这句上联可隐含着一个字，下联必须也是一个字谜联，不好对，不好对！"

但听彭丹玲朗声说道："莫等日落近黄昏！"

段可朴大叫一声："好！"便倒向地上，面上豆大的汗珠一颗颗地滚淌，段元林等弟子将他扶起，段可朴上前向彭丹玲一揖，说道："说是人前有一个和尚身上有三百两纹银，这一天，他上了一个饭庄，花了三百个铜钱，接着又到了一个饭庄，花了三十两纹银，接着又来到一个饭庄，花了五十两纹银外搭四十个小钱，接下来，又到一处饭庄，吃鸡肉花了十两银子，接下来又到一处饭庄，赌搏赢了一百三十两银子，接下来又到一处饭庄，与妓女勾搭花去一百两银子，接下来……"

段可朴一边说着，一边大汗淋漓而下，可把能智大师气得直想破口大骂，念道："阿弥陀佛！罪过！罪过！"

万华山打趣道："这和尚倒什么也不缺，吃喝嫖赌抽，五毒俱全！"

任重义瞪了他一眼，示意不要亵渎大师。

段可朴突然打住，说道："请问姑娘这和尚……"

彭丹玲笑着打断道："这位大师身上还有二百八十两银子三十四个小钱！"

段可朴一怔，既而哈哈大笑，说道："姑娘才思敏捷，聪明绝世，你这答案虽然正确无误，但是小老儿要问的是这位和尚到底去过多少家饭庄！姑娘请讲！"

彭丹玲的俊脸"唰"的一下子红到耳后根，睁大两只美丽的眼睛，惊异地看着段可朴，怎么也没想到这老头子来这一手！

单宝儿见彭丹玲窘迫万分，红着脸，高声喊道："段老儿，你使诈，怎么这么一大把年纪，胡弄人家年青后辈！"说罢，身形轻轻一飘，立在彭丹玲的身边，伸手握着她的玉手安慰道："这老倌耍赖，不合规则，我去打发他！"说着，就要动手与段可朴过招。

彭丹玲终于平静下来，说道："没通过就是没通过，别与人家纠缠，失了礼数！咱们走吧！"拉着单宝儿就要下来。

广场之上顿时哄然喧闹，都说段可朴故意刁难，说段家堡并不想选拔人才，存心愚弄穷苦老百姓开心，还有的说单宝儿和彭丹玲真是一对璧人，天造地设，万分般配……

段可朴突然说道："这位少侠若是不服气，尽管来比过，胜就是胜了，败就是败了，你若当着大伙的面走得过我老儿一招的话，你即可被选拔为段家堡的人了！"

单宝儿听了大怒，暗想：瞧你这老儿虽有两下子，也不能如此瞧不起我单宝儿，若不让你知道天外有天，你的尾巴可就越发翘得高了，更是不把别人放在眼里。

单宝儿拍了拍彭丹玲的手背，彭丹玲会意，微笑着点了点头，好像在说：你去吧，我没事，我相信你能胜得过他！

单宝儿倏地一转身，朗声说道："想不到老人家亦如年轻人一般口气那么大，我单……善于一招制敌，看看咱们在一招之内谁胜谁败！"

在场的人听他此言，莫不惊得目瞪口呆，均自暗想道：瞧你一个文弱俊白的书生气质，又如何能一招敌得过他！他可是段家堡的哪，不可能一招击败段家堡的管家吧！人们都猜测着，期待着这令人难以捉摸、难以置信的结果！

段可朴嘴唇微微一动，似是有些怒意，但立马恢复为常态，笑道："少侠雄心壮志，气宇不凡，后生可畏，小老儿今天就开开眼界，见识见识你那一招制敌的功夫！"说罢，摆开一个古怪的姿态，只见他一双干枯的手掌突然发出血红的光芒气劲，使广场之中的观众为之目眩。

"呀，今日那小嫩脸怕要小命不保了，可惜，可惜！"一人慨叹道。

"唉，好好的一对璧人，眼看就要棒打鸳鸯，那美如玉的人可要成为活寡妇了！"另一人说道，甚是为单宝儿的生命担扰。

单宝儿耳聪目明，听了心中甚是气愤，暗骂道：乌鸦嘴，狗嘴里吐不出象牙来，不过，一招要打败这老儿，实无十分把握，也只好搏他一搏了，于是，站着一动不动，向段可朴招手戏弄道："老人家尽管出招吧！"

段可朴笑道："还是你进招吧，小老儿再不懂规矩，也不可能以大欺小，抢先进攻，请！"

单宝儿微微一笑，喝道："那就恕在下无礼了！"了字未歇，身形微动，已然来到段可朴的面前，双掌带着两股强猛的气劲，直向段可朴那血红的双掌拍去。

段可朴大叫一声："来得好！"双掌拍出，一团血红的光芒疾射而出，足有开山裂石之势！

但听"轰隆！"一声巨响，四掌相接，电光四射，激荡之气直将面前看热闹的人群波及得向后倒了一大片，待众人看清楚时，单宝儿已然与段可朴换了一个位置，两人相背而立。

段可朴面上肌肉微微抽动，继而哈哈大笑，朗声笑道："果然不凡，少侠好功夫，失敬失敬！小老儿输啦！"

单宝儿站着不动，仍与段可朴背向而立，淡然说道："老人家功夫了得，你我并未分出胜负，叫在下挂此虚名，羞煞在下啦！"

段元林上前一步，说道："段四叔，你并未输呀，这位兄弟自己都这么说了，你一向都不轻易认输的，今日何以未输却道输了？"

段可朴暗道：我的确是输了，这位兄弟不过是顾及小老儿的颜面，身法奇快，扶了小老儿一把，段元林居然没能看出来，场下的那些寻常百姓更看不清楚了，当即转过身说道："多嘴，大丈夫行得正，站得稳，输便是输了，岂有不明是非之理！"

单宝儿心中暗笑，心道：段老儿这句话是说与我听的，当下转过身来，抱拳道："老人家承让，单……，善不善于一招制敌，观众们都看得清楚，在下今日眼界大开，受益匪浅，告辞！"便要离开。

段可朴阻拦住他，说道："识英雄重英雄，少侠既然如此说，小老儿只好请少侠入堡中一叙！"说毕，欠身作了邀请的姿势。

单宝儿看了看彭丹玲，又望了望人群中后排的能智大师等三人，说道："老人家如此说，是要在下入你段家堡了？"

段可朴说道："不然的话，岂不叫我段家堡失信于天下？！少侠请罢！"

单宝儿拱手说道："在下今日有事要办，明日自当上贵堡听从安置，不知可否？"

段可朴连连点头，说道："当然，当然，小老儿明日在段家堡恭候，少侠请！"

单宝儿说了声"请！"便携着彭丹玲走下平台，向后排走来。

但听身后传来段可朴的声音，说道："各位英雄豪杰，父老乡亲，今日段家堡选拔人员的赛试到此为止，谢谢各位的参与，谢谢大家的捧场，谢谢！"人群顿时乱哄哄的，众人一一散去。

单宝儿和彭丹玲回到客栈，能智大师、任重义和万华山已然在店中等候两人归来。

能智大师双手合十，说道："单少侠刚才那一招的确迅捷无比，老纳只怕未必能做到，可喜可贺，想不到单少侠的武功进步这般神速！"

任重义捋着胡子笑道："是啊，你这招若是用来对付大哥，我恐怕也不易应接！"

单宝儿微笑道："大师、大哥再别夸奖单宝儿了，我可是很容易骄傲的！"

万华山说道："单少侠功夫如此了得，只怕合我三人力量也不是对手，不过，刚才你怎的不去段家堡了？"

单宝儿坐了下来，说道："正要向三位请教，该如何探得段家堡的底细呢？"

能智大师道："嗯，有备无患，那段可朴刚与你交手完毕，就宣布大会解散，为何今日独独取你一人？值得三思。"

彭丹玲玉容一变，说道："难道他们已经知道了咱们的身份和目的？"

任重义笑道："我看未必，或许是碰巧而已！"

能智大师道："若真如彭姑娘所言，只怕此次单少侠危险重重，凶多吉少，再说咱们也不能一同进入段家堡，这段家堡是近几十年才兴旺起来的，原先并没有多大的名气了，我等亦与段家堡素未来往，堡中的各种情况更不清楚，所以，咱们必须先探明对方的实力，然后再作打算！"

单宝儿热血沸腾，说道："纵然是龙潭虎穴，我也要闯他一闯，若是像丹玲所言，单宝儿钻进了他们的笼子，不幸发生，还望三位前辈，不要作无畏的牺牲，单宝儿对三位的悉心栽培，无以为报，这里谢过！"说罢，起身便要下拜。

任重义连忙扶住，说道："单兄弟说哪里话，好像是生离死别一般，别人不说，叫丹玲心里如何好受，咱们哥儿俩心系一处，再怎么说，我也不会袖手旁观，有什么事儿，我替你都给办了，就算拼着老命一条，也决不枉与你相交一场！"

单宝儿苦笑道："大哥一番心意，小弟明白，不过，单宝儿不会轻易地就这么去了，我还有许多值得留恋的呢！"

任重义拍着他的肩膀，说道："这就是了！"过了一会儿，又说道："你经过亡命谷中两三个月来的磨炼，已经不像从前那样笨拙、鲁莽了，大哥相信你必会沉稳应付各种不利的情况，记住，大哥、大师和万掌门，更有丹玲姑娘在客店里等着你，明日进入段家堡，小心为好！"

单宝儿说道："谢谢大哥，还有大师和万掌门，单宝儿自信能一路平安无事。"

万华山笑道："如此甚好，我们三个老头也不多打扰，你们俩好好叙叙！"

能智大师及任重义会意，起就要回各自房间，单宝儿阻拦道："不妨事，不妨事，时间还充足得很哪！"

万华山笑道："少侠近来越来越风趣了，吉人自有天相，咱们的担心可能多余了，好，不多打扰，走走走！"万华山将能智大师、任重义一并带了出来。

待三人走后，彭丹玲再也忍不住内心的感情，一下子扑到单宝儿的怀抱，柔声哭泣道："宝儿哥哥，我好害怕，真的好怕！"

单宝儿心中酸酸的，笑着说道："傻丹玲，你怕啥？我过一两天不就回到你身边了吗！"

彭丹玲说道："我真的好害怕失去你，要是没有你，我也不活了！"

单宝儿抚摸着她的秀发，眼眶一红，说道："别说傻话了，没有的事，就是万一有个好歹，你也要活下去，你爹娘的仇还未报呢！再说，你一个姑娘家，找一个比我更好的如意郎君，和睦美满地过下去，我就是死了，也会安心！"

彭丹玲见单宝儿说得如此真切，更加泪如雨下，哭成泪人，说道："不不，我不要你离开我，你不准一个人去了，不准你……，不准你……"

彭丹玲哭得相当厉害，单宝儿被搅得心情也很低沉，一时竟不知该如何是好。

彭丹玲哭了许久，突然，她停住了，破涕为笑，说道："宝儿哥哥，你看我，总是好哭！"

单宝儿为她拭去泪水，笑道："哭的时候，也这般好看！"

彭丹玲微微一笑，说道："你要是喜欢看，就让你看个够，看个饱！"说着，竟大胆地睁着一双美目看着单宝儿，面上带着醉人的微笑，温情脉脉，让人心神荡漾，单宝儿不禁看得呆了，口中喃喃说道："怎么看得够，看得饱！一辈子也看不够，看不饱，丹玲，我真的好爱你！"说着，将彭丹玲紧紧拥入怀中，紧紧地抱着。

彭丹玲柔情地说道："我也好爱你！这一辈子也爱不够，下辈子，下下辈子，再下下辈子，我也一样地爱你，爱你无限下去！"

单宝儿笑道："若真能像你说的那样就好了，这辈子咱们忙着报仇，没好好过上一天，心中常常揣着仇家，下辈子咱们就什么也不想，什么也不做，就年年爱着，月月爱着，天天爱着，时时刻刻爱着，爱得轰轰烈烈，爱得迷迷糊糊，爱得腾云驾雾，你说好不好？"

彭丹玲紧紧抱着单宝儿的颈脖，柔声说道："好，太好了，不过，像你说的那样爱着，咱们吃什么呀？咱们长生不老，不用吃东西，整天爱就是了！"彭丹玲"扑哧"一声，笑出声来，说道："哪有这样的事情！"

单宝儿笑着说道："咱们下辈子就有！"

彭丹玲轻轻推开单宝儿宽宽的臂膀，认真地说道："我要这辈子就有！"

单宝儿愣了一愣，继而笑道："等我们报了大仇，咱们就按说的一样好不好？"

彭丹玲娇嗔道："不好，我现在就要你爱我，像你所说的那样爱我！"

单宝儿不懂，说道："咱们这不是在一起吗？你还有什么不如意的事情？"

彭丹玲神秘地微笑道："宝儿哥哥，你明天就要去段家堡了，是福是祸，是吉是凶，不得而知，我送一样礼物给你，你可不许不要！"

单宝儿在她脸上轻轻刮了一下，说道："说傻话，你给什么礼物，我都会接受的，并且一定会好好保存的！"

彭丹玲灿然一笑，两只美目射出异样的光彩，神态极为温柔，说道："那好，你转过身去！"

单宝儿笑道："什么礼物，神神秘秘的！"

彭丹玲又说道："你闭上眼睛！"

单宝儿依言闭上双眼，口中却笑道："还有这么多花样，女儿家真叫人捉摸不透。"

但耳朵特别聪灵的单宝儿听到彭丹玲在解衣衫的声音，他吃了一惊，不敢转过身，问道："你干什么？"

彭丹玲说道："我没叫你说话，待会叫你转身，你再说！"

单宝儿只得缄口不语，阵阵熟悉的醉人的幽香弥漫开来，单宝儿心神一荡，但听彭丹玲低声细语地呼唤道："你转过来吧！"

单宝儿依言慢慢转过身来，彭丹玲又细声说道："你睁开眼睛吧！"

单宝儿微笑地睁开双眼，但立刻微笑消失，代之的是目瞪口呆，彭丹玲毅然放下少女的矜持和尊严，一丝不挂，单宝儿睁着双眼，感激地望着彭丹玲，颤声说道："丹玲，你……"

彭丹玲深情地盯着单宝儿，柔声说道："宝儿哥哥，此次你深入虎穴，生死难料，我将自己交给你，至少可以留下一个温馨的回忆……"

正值血气方刚的单宝儿，面对这突如其来的猛烈挑逗，不禁血脉偾张，难以自制，怔怔地望着他至爱的伴侣——彭丹玲。

彭丹玲慢慢地为单宝儿宽衣解带，他僵立在原地，一动不动，任凭彭丹玲温情地为他一件一件地将衣服脱掉，脑海中的思绪飞速飘扬，暗道：一旦她怀了我的骨肉，而我又不幸丧命段家堡，叫孩子生无父亲，如何对得起孩子？她一个黄花闺女，我怎可坏了她的贞节，断送她一生的幸福？不能！不能！单宝儿身子突然一阵颤栗，抓着彭丹玲的柔荑说道："丹玲，不能！我不能接受你这份珍贵的礼物，不能坏了你的贞节，断送你一生的幸福，上天会注定你我有缘，我一定会平安无事地回到你身边，等咱们的大仇得报之后，我一定好好待你，决不辜负你，给你真正的幸福和快乐！"

彭丹玲含着热泪，轻轻地爱怜地抚摸着单宝儿的脸庞，说道："不，宝儿哥哥，我真的很希望为你留下一点血脉，为你生一个孩子，将来，我带着孩子，便你见着你一样，这是我最大的，也是唯一的心愿！"

单宝儿心底顿时暖烘烘的，不轻弹的男儿热泪盈满眼眶，面对着彭丹玲柔情的娇声细语和秀美的少女胴体，单宝儿想到的更多的是丹玲将来的幸福，他流着泪水说道："我不能如此自私，这样太委屈你了！"

彭丹玲见他如此顾全自己的贞节、自己的将来、自己的幸福，摇着头，泪水涟涟地说道："宝儿哥哥，今生我注定是你的人了，你若接受这份礼物，但愿老天怜见，赐我们一个孩儿，有了他，我就有生活下去的意义，你若不愿接纳我的心意，了却我的心愿，我只好与你共赴黄泉了……"

单宝儿心中大震，说道："这……你……"

彭丹玲说道："我是心甘情愿的，但愿苍天有眼，能为你续了这一脉香火，将来，我会好好带着孩子，叫他永远记住你这个爸爸……"

第二十章

　　彭丹玲的真挚深情终于打动了单宝儿的心，他紧紧地抱着彭丹玲的玉体，流着眼泪说道："丹玲，若能逃过这一劫难，我单宝儿决不辜负于你，万一有事，来世一定要好好地报答你！"

　　情根深种的一对璧人，狂拥热吻，在悲痛与浓情蜜意交集之下，两人灵欲一致，真爱结合，数番云雨，不知时光飞逝……

　　"砰砰！砰砰砰！"敲门声响，使二人猛然从甜美的梦中惊醒，只听到任重义在客房门前喊道："单兄弟，快出来，咱们有事要相商，我们在能智大师的房间等你！"接着，便是他离开的脚步声。

　　单宝儿和彭丹玲整理好衣衫，来到能智大师的房间，只见三人神情凝重，像是有什么急事相告。

　　能智大师请两人坐下后，说道："单少侠，咱们三个不中用的老头经过一个下午和大半个夜晚的打探，已经对段家堡略有了解……"

　　单宝儿和彭丹玲同时一愕，时间过得真快，竟不知不觉已经过了那么长时间，单宝儿很冷静地说道："大师一番心血，单宝儿不胜感激！"

　　能智大师挥手拦住他的话头，说道："单少侠不用客气，咱们时间紧迫，还是商量正事要紧！"

　　任重义接着说道："正是！单兄弟，我们三人今日获悉段家堡的行动十分隐秘，许多堡内的弟子有些事情也不知晓，只有少数的头目及派出办事的人知道该做的事情，并且段家堡的堡规十分严明，他们个个都守口如瓶，做过的事从不提，话不说第二遍，每个人做的事，做多少件事，只有他们自己和堡主及主要人物知道，其它的人一概不知，也一律不向他人说起，这次你进入段家堡，只怕收获不大，再说，他们越是如此神秘，就越证明他们行动不可告人，越显示出他们的阴谋诡计，我劝单兄弟还是不去为妙。"

万华山说道:"的确如此,单少侠还是别去了,以免中了仇家的圈套!"

能智大师说道:"咱们正是这个意思,单少侠意下如何?"

单宝儿瞅了彭丹玲一眼,见她神色相当惊慌,心中也不禁一动,但立马醒悟过来,说道:"三位如此关心,单宝儿实在感激不尽,但我若不去段家堡,依大家之意,我单宝儿的血海深仇不就永难报了!段家堡越是神秘,我越是要闯,不入虎穴,焉得虎子?单宝儿为了报仇,一切都豁出去了,何惧性命之危!"

任重义感叹道:"兄弟呀,你的心情,我们都能够理解,古话说得好,君子报仇,十年不晚,又说留得青山在,不愁没柴烧!做哥哥的可不希望你作无畏的牺牲!"

单宝儿却说道:"任大哥所言极是,但若段家堡永远是这样,我就永远徘徊在仇家的门外,不知对方的底细,再说,这样下去,等上十年,我终究还得一闯段家堡,何不趁此机会打探个虚实,弄个明白,段家堡若果真是我的仇家,他们必定想方设法除掉我们,斩草除根,以免留下祸患,那时,单宝儿拼了性命也要手刃真凶,若他们不是仇家,或是仇家另有其人,他们必不会对一个无辜的陌生人下毒手,明日上段家堡,我是去定了!"

能智大师不住地点头,说道:"单少侠才思过人,分析得十分在理,我们三个臭皮匠只不过是想单少侠能延缓一段时间,想个万全之策,再去行动!"

单宝儿主意已决,说道:"大师及万掌门、任大哥的一番好意,单宝儿明白,此去是吉是凶,三天后便见分晓,若是我进去三天仍无消息,便请任大哥一路多多照顾丹玲,去找我爹爹吧!"

任重义毅然说道:"兄弟尽管放心,这点事情,做哥哥的一定办到,若是你三天还未回报消息,哥哥便闯了段家堡去,掀他个底朝天!"

能智大师双手合十,念道:"阿弥陀佛!"

万华山则说道:"但愿事情不如我们所想的那么坏,这是吉是凶,也只是一半的几率,咱们还有一半的几率,再加上单少侠的武功今日昔比,我们三个只怕不是对手,那段家堡的人也高不到哪儿去,这又占了一半的几率,加上单少侠吉人天相,一共足足有八成机会安然无恙,咱们也许过于担心啦!"

彭丹玲惊喜地问道:"这是真的吗?"

万华山笑道:"姑娘不必担心,咱们只不过是分析最坏的打算,这最好的打算恐怕还不止我所说的那样！"

众人一听，也觉得大有道理，不禁稍稍感到一些宽慰。

万华山又笑道："最为重要的一点便是段家堡的人有可能压根儿不知道你这个仇家寻仇来了，大家说，单少侠还会有危险吗！"

万华山将一切分析得相当透彻，众人虽说喜忧参半，但也都不再为单宝儿过分担心了，各自回房休息。

彭丹玲怎么也放不下那颗牵挂单宝儿生命安危的心，悲伤而依恋，单宝儿何尝不是如此，但是男子汉的豁达开朗，置生死于度外的刚强气魄，使他反而显得若无其事，笑容堆在脸蛋，不时地安慰丹玲。

即便是万华山将一切都剖析得异常清楚，大称特称单宝儿没有危险，可在这生离死别的紧要关头，彭丹玲这样一个柔情似水的女儿家，如何能做到若无其事！对单宝儿深深的情爱和依恋使她情不自禁地搂住他的脖颈，狂吻着他的两片厚唇、面颊、眼睛……甚至全身每一处，单宝儿在丹玲狂热的拥吻下，男子汉特有的刚毅亦抵抗不住内心的灵欲，两心相悦，再度真爱结合，伤心的话留得明天再说，不会放过这一刻。

春宵苦短，转眼工夫天便亮了起来，几番云雨，几番情，两人的爱情进一步升华，眼见着至爱的人就要深入虎口，彭丹玲依依不舍地偎依在单宝儿的怀抱里，怎么也割舍不下对他的依恋之情，经过这个真爱的不眠夜，两人已是名副其实的夫妻，这一夜情永生难忘，单宝儿深情地望着心爱的丹玲，想说的话太多太多，但他只说道："丹玲，谢谢你，谢谢……"

温顺而富有个性的丹玲说道："宝儿哥哥，我都已是你的人了，还这么客气……"

单宝儿说道："丹玲，总之我要谢谢你，来世我定再与你结为夫妇！"

彭丹玲深情满怀，说道："老天也会帮着我们夫妻的，你会没事，没事的！不管今生还是来世，我都一定等你！"

单宝儿沉痛地说道："丹玲，你好好保重！我去了！"

彭丹玲"唔"了一声，再度与单宝儿热吻紧拥，恋恋不舍！

单宝儿告别彭丹玲、能智大师、任重义和万华山四人，就要前往段家堡，彭丹玲心中的悲泣和苦楚袭来，但她却强颜欢笑，不愿让单宝儿看到她痛苦的神情，单宝儿何尝不知，向彭丹玲一笑，转过身径向段家堡而去，再也不敢回头。

单宝儿只身来到段家堡，那管家段可朴早已在门口等候相迎了。

"欢迎，欢迎新成员！"段可朴笑容可掬地说道，伸出双手来对单宝儿表示友好。

单宝儿微微一笑，说道："咱们都已是一家人啦，何必那样客气！以后有些地方还要请段管家多多关照！"手掌暗蓄一股内劲，伸过去与段可朴干枯的双手相握。

段可朴握住单宝儿双手之时，脸色突然一变，随即立马亲热地微笑道："小兄弟，看来你对小老儿甚有好感，握手都握得那么紧密！"

单宝儿一怔，暗道："这老家伙原来并不曾运用内劲，倒是我多心了。"听他这么一说，俊脸微红，连忙收住劲力，笑道："在下初来乍到，人生地不熟，不与你老人家套近乎！还能与谁亲热！"

段可朴哈哈大笑，说道："那可是我小老儿求之不得了，小兄弟英姿飒爽，小老儿形貌猥琐，只怕攀附不上！"

单宝儿笑道："老人家取笑了，反倒是在下高攀不上你才对！"

段可朴拉着他的手说道："好说，好说，小兄弟请！"

单宝儿回答道："你老人家请！"

两人手拉手哈哈大笑，一同走进段家堡，仿佛就是一对早已相知多年的好朋友。

进入段家堡，让单宝儿颇感意外的是，里面的房宇建筑与大门的宏伟迥然不同，普普通通，与一般寻常百姓家无异，只不过范围挺大，房屋众多而已，唯有中间的一幢房宇倒有点气势，像模像样。

单宝儿一边随着段可朴向中间的大堂走去，一边暗道：这或许正却证了段家堡的古怪神秘，看来这段家堡的确不是什么好东西！

更为离奇古怪的是，大堂的内外静静地站着两排段家堡的弟子，那些弟子的神情十分冷酷，一动不动，似乎对两人的步行入内视而不见，像什么也未发生一般，单宝儿暗道：这段家堡里当真神秘古怪，难怪任大哥等人如此担心我的安危，当下心中转念一想：既然来到这虎穴龙潭，就泰然处之，一切顺变，待他们的堡主出来，若有异动，便先擒了他，量这些弟子也无可奈何，关键时刻，能手刃仇人，然后能多杀一个算一个，也不枉母亲生我养我了。

突然，随着一声"少堡主到！"一个四十多岁的中年男子步履十分稳健地步入大堂，来到正堂上的一把虎皮交椅上坐定，向堂下扫视了一眼，那眼神虎虎生威，甚是有一种王者的风范。

段可朴毕恭毕敬地说道："少堡主，我此次选拔的就是这位小兄弟了！"

那中年汉子微微点头，说道："嗯，你叫什么名字？"语气盛势凌人。

单宝儿一愣，暗道：大丈夫行不改姓，坐不改名，我又何必隐瞒真名实姓！倘若他知道我与他是仇家，必定已经摸清了自己姓名，若是不知，我就是老老实实地回答，他也不会对我怎么样，于是朗声答道："在下姓单名宝儿，愿为段家堡效犬马之劳！"说时，两眼死盯着那中年汉子，看他面上有何变化。

那中年汉子哈哈大笑，说道："这只怕是你的乳名，小孩子才叫什么宝儿、贝儿的，你还有其他什么名字没有？"

单宝儿被这一笑弄得有些糊涂了，说道："我就只有这个名字，并不曾取起其他名字！"

段可朴说道："少堡主，这位小兄弟的功夫十分了得，该如何安置？"

那中年汉子说道："哦！他是凭功夫选进本堡中的吗？我看他文质彬彬，还以为是以文考取得资格的呢！"略微一顿，说道："那我可要试他一试了！"

单宝儿一听，心中一紧，暗忖道：只怕这个什么少堡主与段可朴在故弄玄虚，做笼子让我钻，乘机取我性命，不可不防，一拱手说道："不敢，少堡主地位尊贵，在下已是贵堡的弟子了，属于下人，如果比试起来，这犯上的罪名，小的可担当不起！"

那少堡主哈哈一笑，说道："这倒也是，不过不打紧，你与段管家比试一场，我在一旁观看也是一样，点到为止，不可伤人，开始吧！"他立马下令，充分显示着他的权威霸气。

段可朴对他的命令甚是听从，将长衫的下摆向腰间一扎，摆开架式，向单宝儿讨教。

单宝儿知道段可朴是个强劲的武功高手，但从昨天那一招的比试推测，他绝不是自己的对手，今天那中年汉子让他再与他比试一番，定有什么不可告人的目的，暂且不充分显露自己的全部功底，以防对手摸清自己的实力，于是站定身子，抱拳说道："还请段管家请进招吧！"

段可朴笑道："单兄弟请进招吧！"

单宝儿知他决不会先出手，便道："那就恕单宝儿无礼了！"语音未竭，身形微动，已扑到段可朴的面前，双掌向他面门拍到。

段可朴双掌运聚全身劲力迎上，但突然觉得单宝儿双掌并未带着强烈的劲风，心中暗自奇怪，思忖着：或许这小子使诈！但仍减到了七成功力，"砰！"的一声，四掌相接，单宝儿身体向后飞退，而段可朴却站在原地一动也没动。

段可朴忖道：这小子捣什么鬼，居然故意不发力，是故意让老夫，还是别有意图？少堡主存心想瞧他的功夫底细，我得非逼他露出真本领不可，身形疾飞而至，未等单宝儿站稳脚跟，以迅雷不及掩耳之势向他的天灵盖拍去，这一招凶狠至极，若不抵抗，势必立刻丧命于段可朴的掌下！

单宝儿心中骇然，毫不思索地挥掌招架，但仍未用上全身劲力，正将段可朴的那招堪堪接住，段可朴变招迅速，双掌幻出数个掌影，分别向单宝儿身上的各大要穴打来，单宝儿心道：这段老头招招凶狠，势在取我性命，不好，不能着了他的道儿，刚才那招若不是拿捏得准，劲道用得恰到好处，不死也得受重伤，那时他们要杀我可简单多了，眼前段可朴凶招又至，不禁大怒，喝了一声，双掌抖出数道掌花，将段可朴的招数全数化解。

那中年汉子在一旁猛喝一声："好，精彩！"原来，单宝儿后发先至，竟能迅速化解段可朴这一狠招，使得那中年汉子不由得喝彩起来，他哪里知道，在单宝儿眼里，再迅捷的招架也会放慢，瞧得一清二楚，化解攻势也是轻而易举，没有反攻他算是段可朴的运气了，若单宝儿存心置他于死地，只怕段可朴早已陈尸于大堂之上了。

但见段可朴一招比一招迅速，一招比一招凶狠，狂风骤雨般地向单宝儿急急攻到，单宝儿不慌不忙，不卑不亢，沉稳应对，将其招数全盘击溃，段可朴汗水不禁自脸上涔涔而下，渐感体力不支，单宝儿却脸不红，心不跳，形同平常。

突然，单宝儿眼见那中年汉子自虎皮椅上腾空飞起，向他疾驰而来，单宝儿暗道：狐狸尾巴终于露了出来，我何不先擒住这个仇人的儿子！

单宝儿稍一动劲，将段可朴震退，右手单手接了那少堡主一掌，"砰！"的一声巨响，那少堡主身子不由自主地向后退去，单宝儿暗道：这少堡主倒有几分劲力。身形不退反进，竟比那中年汉子后退迅速多了。一个人要想与对方对接一掌，必然会因对方的掌劲而产生反力，而单宝儿不但看不出有丝毫的反弹迹象，反而速度更快，足见其功力高于那少堡主何止十倍！

那少堡主正待落下来站稳脚跟时，猛觉有人在他背后一托，他心中一喜，暗道：莫非是义父到了？这一念头还未闪过，后背的几处大穴已经被那人点住，动弹不得，抬眼望去，却不见了单宝儿的身影，正自纳闷，不知是谁制了自己的穴道，猛听到身后的声音说道："你爹爹在哪里？"

那中年汉子本姓任名开喜，他从小便没有父亲母亲，整天到处以乞讨为生，孤苦零丁，一天夜里，大雨滂沱，他突然发起高烧来，幸亏被段家堡的堡主看见，将他救了回来，自此，他便在段家堡长大，又被堡主段天拜认作义子，这段天拜在段家堡也无子女，他便顺其自然地坐了少堡主，叫段天拜为爹爹，并得其真传。

任开喜听出那说话之人便是单宝儿，暗道：爹爹安排此人进入段家堡不知有何用意，听他之言，好像与爹爹有过交往，不知他找爹爹何事，但他武功不知比爹爹高出多少倍，倘若他存心来寻衅滋事，那可不大好对付，不过，看他年纪轻轻，量他也没多少经验，我不如骗他一骗，说道："单兄弟，你有什么事和我任开喜说也是一样，找我爹爹干吗？"

单宝儿说道："怎么？你不姓段吗？那你就不是段家的后人了？姓段的在哪里？"

任开喜心中一紧，暗道："单宝儿原来并不知道义父没有后人，那爹爹安排他来段家堡又是为何？他又找段家的人干什么？"于是说道："段家的后人便是任某了，有什么事，尽管和我说，我替你转告我爹爹便是！"

单宝儿越听越不对劲，问道："你姓任，那你爹爹姓啥？"

任开喜说道："我爹爹当然是姓段了，小子，你到底与我爹爹有什么交往？"

单宝儿听他语意，知他亦不知自己是他爹爹仇家，便说道："你就去对他说，他新结识的一个朋友要见他。"说罢，便解了他的穴道。

任开喜手脚得了自由，说道："如此说来，倒是我某得罪阁下了，阁下请稍等，我这就去禀告我爹爹！"

单宝儿听任开喜左一句"我爹爹"，右一句"我爹爹"，心里都犯糊涂了，暗忖道：他姓任，说他爹爹姓段，儿子与母亲同姓也是很平常的事，所以单宝儿才有这么一种猜想。

单宝儿说道："不！我与你一同去！"

任开喜见他如此不讲礼数，心道：爹爹怎的交了这样一个不懂礼数的朋友！不过，爹爹交待要好好对待这个人，不可对他有半点不周到，也只好带他去见义父了，任开喜一向视段天拜为亲生父亲一般，对他的话向来言听计从，见单宝儿要求与他一同去见义父，也不违拗，说道："好吧，咱们一同去见我爹爹便是！"

单宝儿心中一紧，没想到这任开喜答应得如此爽快，丝毫没有阻拦的样子，心中暗道：不管他们玩什么鬼把戏，先会一会这个仇人再说，主意打定后，便大刺刺地跟在任开喜的身后，向段家堡的深处走出。

单宝儿一路跟着任开喜，眼观六路，耳听八方，谨防进入对方的埋伏圈，可令人意外的是，越是走往段家堡深处，就越发静得慌，别说是有人，就是连个虫影也未发现，没有一丝的埋伏迹象，单宝儿越发觉得不对劲，脑海中不断地分析可能出现的种种情景，脚下却丝毫未停，紧紧地跟在任开喜的后面，他心中只有一个打算，若是有什么不测，先解决掉这个人！

来到一座石山的面前，只见石山上面出现一道石门，门前立着两座石狮，那石狮雕得十分逼真、生动，栩栩如生，工艺十分地精细，两只石狮口中都含着一个石球，每只石狮还踏了一个大石球，左边的那个石狮抬起右脚，将石球踏住，右边的则恰恰相反，两只石狮虎视眈眈地怒视着来人，一副不可靠近的神态，任开喜站定，运用内劲，朗声说道："爹爹，你要我们寻找的人，我已经给你带来了，他也要求见你！"

单宝儿心中一怔，暗想：怎么，那老家伙原来早就安排好了，果真如任大哥他们三人所料，这老家伙早就知道我要来寻仇了，可是谁走漏的风声？他又怎么知道我就是他的仇家？

这时，石门的一侧传来一声沉闷又十分苍老深厚的声音，说道："开儿！你去吧，留下他便是！"听到声音，似乎是从某个小孔中传出，单宝儿循声望去，发现声音是从一簇花草中传出的，他耳目灵敏，立刻判断出了声音发出的位置就是那一簇白色的花草中，但有一大丛的花枝草叶覆盖，就是他目光如此敏锐，也没发现什么特别的位置，但他明明感到这声音自山中较远的地方送出来的，否则，任开喜用不着运用那么大内力送话，里面的人亦用上了不小的内劲，才传出话来。

任开喜转过身来，神情显得十分古怪，说道："单兄弟，你可是洪福齐天呀，这山洞，我自小至现在也未进去过，而你进入段家堡的第一天就来到这处禁地，而且能够得见我爹爹，实在令人羡慕！"

单宝儿原本想杀了他，听他这么一说，更觉奇怪，暗道：反正他又不是姓段，还弄不清他是不是仇家的亲生儿子，他武功斗不过我，暂且让他多活几天，弄清楚再杀也不迟，先对付那老家伙再说！尽管这洞中可能危机重重，我亦要闯他一闯！

那苍老浑厚的声音又起，说道："开儿，你是不是也想进来？"

任开喜顿时脸色大变，说道："孩儿没有爹爹的允许，万万不敢，开儿这就告退！"说罢，悻悻而退。

单宝儿暗道：洞中那老鬼的确十分了得，内功极高，任长喜刚才说话并未用上内功，他于洞中亦听得见，足见其内功修为已臻于绝顶境界，单宝儿顿时好奇起来，心道：不知这洞中到底有何古怪，竟如此神秘，任开喜身为少堡主，居然从未进入其内！

单宝儿竟然不去理会任开喜，任他离开，仔细地端详着那石门和两头石狮，突然，脑海中灵光一闪，暗道：这个石门、石狮好像在哪里见过一般，为何眼熟到如此！是了，那本《詹氏祖传机关暗器解法》上有这石门的机关，情形与这段家堡的石门石狮竟然一模一样。

单宝儿正欲按照那本书上解说的去打开石门，转动机关，忽听那苍老浑厚的声音传了出来，道："你应该懂得如何打开石门吧？那本祖传秘笈上就有这石门的开启之法！"

单宝儿顿时大为骇然，一下子愣住了，思忖道：那老鬼如何知道我能打开石门，又如何知道我曾看过那本奇门秘笈？对了，那本书一定是段家堡堡主故意安排手下人送给我的，倘若他有一道最厉害的机关不写在书上，那我贸然进去，岂不就是有再高的武功也得被擒住？不正是进入那老鬼做的笼子？那我就成了他的笼中物了！原来，送书以及只选拔我单宝儿一人进段家堡都是那堡主的精心安排，想到这里，单宝儿也不禁全身颤栗，冒出一身冷汗，"好险，差一丁点儿就上了仇人的当！"单宝儿想道：哼，想用如此卑鄙的手段擒住我，没那么容易！单宝儿决定另辟新径，坚决要找到石门里那密室的其他入口，倘若没有其他的入口，仅这一个唯一的进出口，那该怎么办？单宝儿陡然想道，不过，没有找，怎能就断定没有他入口呢？先绕着石山四周找找再说，单宝儿主意已定，径向石山顶攀飞上去。

事实上，单宝儿这一路向段家堡而来，路上遇到的人家为他们五人周到地服务，送书给他，及段家堡选拔他为今年的新增弟子，恰恰如单宝儿所猜测的，正是段家堡堡主段天拜所为，不过这一切另有原因，单宝儿却误解了，话又说回来，这也难怪单宝儿怀疑甚至误会。

这石山比起单宝儿的父亲单敬贤曾上去过的古月神峰，可谓是康庄大道了，没有古月神峰的三分之一的高度不说，山体的斜面亦不是十分陡峭，且斜面上怪石嶙峋，杂草灌木丛生，攀登起来，十分轻松，不消片刻，单宝儿如履平地般几个提纵，便上了那石山山顶。

山上的各种各样的树木郁郁葱葱，高矮不一，野草满山遍是，高者可齐腰，鸟雀亦十分繁多，当真是一处人迹罕至的地方，难怪任开喜说是一处禁地了，虽然是人迹罕至，但单宝儿敏锐犀利的目光，仍发现这山顶有人到过的足迹，尽管痕迹并不很明显，已经快被野草自然生长之势毁去。

单宝儿心中大喜，既然山顶上有人来过的足迹，就有可能找到那石洞或许存在的另一处入口。

单宝儿脸上露出得意之色，暗自庆幸没有落入那段家堡老奸巨滑的堡主的圈套，一面自赞自己聪明，一面仔细地寻找起来，希望能如他所愿地找到那石洞的秘密入口。

站在山顶高处，从树林间的空隙中，单宝儿发现石山的另一边山脚处是一个说大不大，说小不小的湖泊，湖水碧绿，波光粼粼，在阳光的照射下反射着数不清的点点星光。

单宝儿向湖泊方向走了约百余步，眼界豁然大开，偌大的一个湖泊尽入眼帘，已然来到了一处绝壁之上，凝目下望，绝壁悬崖如同刀削一般，足足有百余丈高，使人看下去有些头晕目眩，无法下得崖去，看来此路不通，单宝儿沿着崖边向左边一路寻去，一路均是悬崖绝壁，直至那湖泊的末尾处，仍是如此，但见下面却是段家堡的一些矮小普通的平房，足足有二三十间，他毫不气馁，又折身转到石山的右边，情景如左边一般无二。

单宝儿摇头苦笑，暗道：我这样返身下得山去，必定是自寻死路，那帮人不早已布好了埋伏才怪！

正苦无良策之际，耳际突然飘来了一丝隐约可闻的哨声，单宝儿大喜，暗忖道：这处禁地果然有人，而且还是一个十分悠闲自在之人，居然到这种地方来吹口哨！

单宝儿凭着灵敏的听力这一异能，向发音的地方寻去，不久，便来到悬崖的边上，那口哨声仍隐约可闻，单宝儿游目四顾，哪有人影！四周空茫茫的，但那口哨之声在此处最为清亮响脆，必在这附近无疑，突然，单宝儿伏在悬崖旁边，用耳朵贴着地面，不听则已，这一听让他吃惊不小，原来，那口哨之音是从山体内发出，仿佛是在脚下，又仿佛离之甚远。

那口哨越来越动听，曲声越来越缠绵，仿佛是两人沉浸在无限的缠绵温馨之中，让人陶醉于其中，单宝儿听得入神，手脚居然忘了用力把住地面，一个恍惚，人已经滑下了悬崖。

顿时，单宝儿只觉得两耳呼呼生风，心头一紧，双手向石崖上一拍，正想借力跃了上去，陡然，那口哨越发清晰起来，似乎就在脚下不远处的绝壁之中。

此时，单宝儿若凭着自己现在的功力，双掌借力，身子一个提纵，再接着一个翻飞，上得石崖，完全不成问题，可是，好奇心起，驱使着单宝儿居然放弃上崖的念头，心中暗道：凭我现在的武功修为，即便是坠崖而下，落入湖水之中，也不会对性命造成任何的威胁，突然，脑海之中闪现灵光，何不用"壁虎功"试他一试？

这"壁虎功"是单宝儿在亡命谷中，从小香香给他的一本书中学到的，虽然他过目不忘，一学即会，但却从未亲身演示过，这会儿，突然之间，便想到用它，心念电转之际，双手双脚向石崖上一贴，暗运内息，哈，居然真像壁虎一般，稳稳地吸在绝壁之上！

单宝儿心中大喜，那口哨声仍然于脚下悬崖中间传来，在耳边不断地萦绕，诱人至极，一心想探个究竟的单宝儿，运用"壁虎功"，如游蛇一般地向绝壁下爬去。

单宝儿头下脚上稳当地向悬崖中间爬去，那口哨声更加清晰了，突然，他发现眼前的崖壁深陷了下去，探近身子一看，原来是一个刚可容得一人身体通过的一个洞口，那口哨声便是由那洞口中传出的，口哨之声像有一种魔力一般地吸引着单宝儿，他毫不犹豫，身形一滑，便向那洞中爬去。

原来洞中还有一线微暗的光亮，经他这么一个伟岸的身躯一入，便将光亮遮住了，黑漆漆的，无法看见前面的路径，他目力十分地高强，这一点倒对单宝儿来说毫无防碍，他进洞的速度，凭着他特异的听力，遁着口哨声传来的方向，单宝儿如游走灵蛇一般在黑暗之中快速地前进。

经过左转右拐，忽上忽下，单宝儿不一会儿就突觉眼前微微一亮，眼前不远处一个圆圆小洞射出一线光束，单宝儿这才发现面前是一个丈许见方的石室，他身子一溜，一个飘忽，便稳稳地站在石室之中，那口哨之声竟是由那小圆洞口传过来的，单宝儿惊奇地走到小圆洞前，透过洞口向那边望去，不由得毛骨悚然，大为惊骇！

但见洞口那边足有上百丈见方的一个大山洞，洞中的一个石上端坐着一个约摸四十岁左右的男子，只见他满脸都是胡子，约有两三寸长，像是许久没有修理过，那男子头发散乱，两只深陷的眼睛一动也不动，高高的鼻梁，蜡黄的脸皮贴在脸上，没有一点肌肉，形象邋遢恐怖至极，只见他两手拿着两片树木的叶子，放在嘴唇之上，正聚精会神地吹着口哨，更让单宝儿惊骇的是，那人坐的石头之下，成千上万条毒蛇正静静地躺卧在他面前的石洞地面上，那些毒蛇形状之怪异，着实让单宝儿心惊肉跳，小时候，他在神秘谷没少与蛇打交道，但却无一条蛇能与这里的毒蛇相比，那毒蛇之怪，单宝儿平生见所未见，那些毒蛇五颜六色，有花色的、青色的、黄色的、白色的，有的一半白一半黑，更为奇怪的是，那群蛇的最前端有一条细如小虫般通体透明的血红色的小蛇，毒蛇的大小不一，大的比一般蟒蛇还要大，总之，各种各样的怪蛇都汇聚在这洞中了，那些怪蛇仿佛在静静地聆听坐在石上的的男子的口哨声，竟一动也不动，像沉醉于那口哨声中一般。

单宝儿看得冷汗直冒，身体直打颤，那些毒蛇分类排开，黄色的在一堆，青色的在一堆，每一堆蛇的前面均有一个领头的怪蛇，与那堆蛇的颜色一致，排在最前的便是那条细小的透明血红色的蛇了，它们仿佛是训练有素的士兵在列队接受检阅一般，整整齐齐，有条不紊，秩序井然。

单宝儿被那汉子的口哨之声深深地吸引住了，但听他吹出的乐曲让人如醉如痴，欣赏那乐曲之际，暗道：这人真个十分奇特，口哨之声居然吹得让人进入醉生梦死般的境地，甚至连那些毒蛇也被他的吹奏给迷住了，成群结队地来洞中聆听，那汉子居然置若罔闻，想是与那些毒蛇早已打过交道的样子，这个人是何方神圣，竟具备这等奇功！

正思忖间，陡听那人口哨之声忽变，曲声诡异刺耳，单宝儿顿觉内心烦乱，忙暗运劲力抵抗，不再让那哨声干扰自己，但奇怪的事情却发生了，只见那汉子身下的各种各样的怪异的毒蛇忽然大乱起来，互相缠绕，互相缠斗起来，千万条毒蛇一起翻滚缠斗，场面残酷血腥至极点，唯有那各类毒蛇最前面的几条蛇无动于衷，仍静伏在原地，却也没有哪一条蛇去与它们相斗，单宝儿不觉暗暗称奇，这种恶蛇相斗的场面，他却从未见过，手心暗暗渗出汗来。

倾刻间，便有数十条毒蛇被对方咬死，那汉子皮笑肉不笑地动了动面皮，露出高不可测的神情，样子特别可怖狰狞，突然，口哨之声又变，单宝儿心道：看还有什么古怪发生！只见那毒蛇一条接一条地向石洞中一处角落腾飞而去，像是射出的箭一般，顺着毒蛇腾飞而去的方向来看，单宝儿这才发现石洞角落处，有一幅画在石墙上的人像，那人像全身赤裸，上面还标明了全身各大要穴，在他的面部还写了"段天拜"三个字，单宝儿一愣，暗忖道：看样子，这洞中的汉子对段天拜恨之入骨，却也不知是为何！只听得口哨之声更加刺耳难听，那毒蛇一条接一条地直扑向"段天拜"的画像，而且每条蛇都径直扑向人体画像上的穴位处，在穴位处咬住不动，眨眼之间，毒蛇已缠满了"段天拜"的全身，将他的身体缠了个严严实实，只见都是毒蛇，再也见不到人体肖像了。

单宝儿又惊又喜，想不到那汉子竟有如此奇技，简直是匪夷所思，若有那汉子相助，杀段天拜倒容易多了，单宝儿突然萌发想要与那汉子亲近的念头，他一边思索，一边回转身来，在石室中四下探望，看是否能打开这间石室，过去与那汉子套个近乎，交个朋友，至少他与那汉子同想杀一个仇人——段天拜！此人与他是友非敌，单宝儿心中想道。

单宝儿在石室中仔细地察看了一番，幸好他曾看过那个神秘好心人给他的那本巧解各种机关的奇书，马上便发现了这石室的奥秘，他见石室的墙壁上有个圆盘，圆盘之中有个旋钮，想必便是开启石室之门的机括了，伸手抓住旋钮一转动，哈，果然便是石室的机关，"轰隆隆"的一阵声响，石室与那边石洞之间的墙猛然洞开，出现一道石门，同时，单宝儿听到那口哨之声骤然停止，想是那汉子被这突如其来的情景弄得愣住了，他微微一笑，迈开大步，跨过那道门向石洞走去。

那男人果真被吓住了，呆若木鸡般地盯着单宝儿，似是不相信这眼前发生的一切，疑声问道："来者何人？你如何进到这石洞中来？"

单宝儿笑道："阁下不必惊慌，我与你是同一路的朋友，决不是什么坏人！"

"朋友，哈哈！"那汉子一阵大笑，说道："我在这石洞中足足呆了近半年了，也不曾发现这洞中有什么机括，除了段家堡的人，难道还有别人能在这方面强过本郎君不成！"

郎君？单宝儿一时弄不懂那人的来头，向前一步，说道："敢问阁下……"

"不准过来！"那汉子吼道："料定你必是段家堡派来的探子，想从我'地煞郎君'口中套出什么来，那是痴心妄想！"

地煞郎君？是什么门派的人？单宝儿从未听说江湖上有这么一号人物，也许是阅历甚浅的缘故吧，他一边暗想，一边说道："在下与段天拜不共戴天，与阁下一样，正想除去段天拜呢，不如咱们交个朋友，怎么样？"

"地煞郎君"哈哈大笑，说道："你当我是三岁小孩，这么好哄，你到底是谁？从实招来，否则，嘿嘿……"便将口哨置于嘴边，单宝儿知道他便要驱使那些毒蛇对付自己了，心中一紧，这可不好对付，这么多的毒蛇，别说是它们能咬人穴位处，放毒，就是缠，都缠得死人，心中惊慌，便战战兢兢地说道："阁下别……别动怒，在……在下是……"

"用不着多说，看你心虚的样子便知道，现在，你就受死吧！"那汉子不容分说，打断单宝儿的话，说毕便吹起口哨来。

那些毒蛇一听到口哨声，倏地掉转头来，眼放萤萤绿光，逼视着单宝儿，一齐向他奔涌而来。

想到自己马上就要变成一堆白骨，单宝儿心中惊惧莫名，慌乱之中，急忙撺动内息，运起护身气劲，但那些毒蛇毫不惧怕，纷纷腾空飞来，向单宝儿袭来，可是都没有击穿透单宝儿的护身气墙，一一掉落下地。

那汉子甚是骇然，口哨声忽变，那些毒蛇霎时间将单宝儿团团围住，在他周身丈余见方的地方围了个严实，条条毒蛇都昂起头来，对着单宝儿喷起毒液来，眨眼之间，毒液被单宝儿的护身气劲挥发成弥漫的毒雾，单宝儿被笼罩在毒雾之中。

不妙！单宝儿心中暗叫，倘若如此下去，我吸了这毒雾，便会中毒身亡，心念电转之际，赶紧运起奇眼神功来，先前伏在原地一动不动的那几条毒蛇在那透明血红色小蛇的带头下，倏地猛向单宝儿的护身气墙穿来，说来也是奇怪，那小红蛇居然能穿透单宝儿的护体气墙，向他的双眼射来。

就在这千钧一发之际，单宝儿双眼暴射出两道强烈的五彩光芒，那小红色"嘶"的一声，身形陡然转向，疾飞而去，其他的众多毒蛇更是拥挤不堪，仓皇四射而逃，千万条毒蛇一齐出动，发出相互磨擦的声音，听起来特感肉麻。

那汉子眼睛瞳孔突然增大，急忙鼓劲猛吹口哨，但那些毒蛇竟毫不听从指挥，逃得更快，转眼便消失得一条不剩，仅剩下数十条先前因互相缠斗牺牲了的毒蛇尸体。

"地煞郎君"气急败坏，恼羞成怒，暴吼道："小子，你用了什么邪门功夫，居然能破我这'万蛇阵'？老夫与你拼了！""了"字刚落，身形一动，已至单宝儿的面前，一双枯爪，带着两股劲风，狠命地向单宝儿的双眼抓来。

单宝儿冷哼一声，不闪不避，手法奇快无比，就在"地煞郎君"快要抓着他的双眼，正自得意之际，冷不防地双手一捉，将那双枯手捉了个正着，一发力，"地煞郎君"便如断线的风筝一般飘到他先前坐着的石头上，"砰！"的一声，撞得他头昏眼花，金星直冒，动弹不得。

"地煞郎君"无力地抬起枯手，指着单宝儿吃惊地说道："你……你……！"便说不下去了，瘫软在石墙之下。

单宝儿微微一笑，说道："阁下下如此毒手，你也怪不得在下了，我问你，你与段天拜到底有什么仇恨？"说着，眼睛向那石洞角落处"段天拜"的画像望去。

"地煞郎君"当然会意，只是一直未能恢复过气力来，兀自喘息不止，不作回答，但脸上露出一丝神秘的笑容。

单宝儿情知"地煞郎君"抵挡不住自己这一击，已经内伤惨重，走过去将手在他肩头一搭，"地煞郎君"眼睛顿时射出哀求的光芒，但忽觉一股真气缓缓自单宝儿手中传来，心中甚是高兴，感激地望了单宝儿一眼，不失时机地抬手抱元，运功疗伤起来。

约摸过了五六分钟，"地煞郎君"开口道："谢谢少侠，敢问少侠尊姓大名？"

单宝儿见他已能开口讲话，知他内伤已经痊愈，说道："我叫单宝儿，前来取段天拜狗命的，阁下与他有何仇恨？"

"地煞郎君"一惊，随即大喜，说道："好好好，这真是妙极了，这招棋实在是妙！"

单宝儿不明白他说的话，说道："什么妙极了？这招棋是什么？"

"地煞郎君"突然变得对单宝儿异常亲热，说道："少侠的爷爷可叫作单雄仁？"

单宝儿一怔，答道："正是在下爷爷，阁下何以知晓？"

"地煞郎君"干笑道："老夫与你爷爷乃是至交，因此对你家比较了解，你父亲可是单敬贤？"

"正是，阁下几时与我爷爷打过交道？你看起来也不过与我爹爹年纪相仿！"

"嗯，我是与你爹爹差不多年纪，不过，你爷爷托我做过许多事情，等我们出了这石洞，我就带你去见他如何？""地煞郎君"诡秘地笑道。

"我爷爷早就死了，再也见不到他老人家了！"单宝儿伤心地低下了头，对单雄仁充满了无限的怀念。

"死了？什么时候死的？""地煞郎君"吃了一惊，露出不相信的神情。

单宝儿悲痛地说道："就在去年九月份初，段家堡的人黑夜突然杀到我家，将我娘、爷爷及几个家人都杀死了，为了掩护我逃走，他们……"

"地煞郎君"却笑着安慰道："少侠不必伤心，吉人自有天相，不会有事的，你爷爷说不定死不了呢！"

单宝儿大吃一惊，他记得彭丹玲曾说过只见母亲的尸体，却不见有爷爷的尸体，

难道爷爷真的没死？这就怪了，爷爷下身瘫痪，武功尽失，他如何能抵得住段家堡人的追杀？是了！我真糊涂，爷爷在危急之际，曾突然向段家堡的人发起进攻。是不是他机缘巧合，突然恢复了功力呢？但又为何我亲眼见他被段家堡的人所杀？难道他并不曾气绝，反而逃过了这场劫难！单宝儿一头雾水，怎么也搞不清是怎么一回事。

单宝儿但愿爷爷单雄仁真的活在世上，那么他又多了一个亲人了，于是，问道："阁下对我爷爷很了解吗？"

"地煞郎君"见单宝儿思索了良久，突然用疑惑的目光望着他，干笑道："单少侠孝心可嘉，老夫只不过与你爷爷有过几次来往而已，至于他是否真的死了，我亦不知，我早在去年八月底就被困在这段家堡的石洞之中了，你家发生劫难在我困在这里以后，我只不过是心中但愿如此而已！"

单宝儿听了不禁黯然，说道："那岂不是未知数？总之还是谢谢你，对了，阁下如何称呼？论辈份，在下该叫你前辈才是，你看我这人挺木讷的。"

"地煞郎君"笑着拍了拍单宝儿的肩膀，说道："你就叫我曹叔叔好了，我叫曹海！是你爷爷的手下，你不必客气！"

"手下？"单宝儿瞪大眼，说道："我爷爷从未说起过，他难道还做过其他什么事？"

曹海一时说漏了嘴，面容微微一变，立即说道："对，我曾经为你爷爷办过事情，不是他手下是什么！不过，现在就不是了，那只不过是我对你爷爷十分敬重，才这么说的，你爷爷后来便一直隐居在'神秘谷'对不对？所以，我再也不是他手下了！"

单宝儿这才露出"原来如此"的表情，说道："那曹叔叔为何被段天拜困在这石洞之中呢？"

曹海一时答不上来，说道："这个……这个说来就话长了，我待会儿再告诉你，噫，你如何进得这石洞来？"

单宝儿见他对自己家了如指掌，又亲眼见他驱使毒蛇咬"段天拜"，对曹海深信不疑，并不曾想到其他方面，觉得他便真的是与自己同仇敌忾，一个战线上的人，便很爽快地说道："这都是曹叔叔口哨之声的功劳，我本来是想到段家堡的这

处禁地，杀了那段天拜的，但发觉形势不对，便上得山来，听到口哨声，便寻声找来，没想到便找到这里来了！"

曹海大喜，说道："你是说这里可以通往山顶？有出口了？"

单宝儿点了点头，说道："是，只不过那出口是一个地道，很窄，仅能容下一个人爬着出去，另外，出口在悬崖的中间处，上不得，下不去，挺难的。"

曹海却笑道："单少侠却来打趣我'地煞郎君'了，你不是进来了吗？我们就一定能够出去，事不宜迟，咱们走！"

单宝儿原本想找到另一处入段天拜那石洞的进口，却误撞到这么一处奇怪的地方，碰到一个段天拜的仇家，心中有点失望，这样出去，岂不白费了心机？当下犹豫了一下，但听到曹海说他在这里住了半年，便不忍心违拗，站起身来，便要与曹海一道出了这石洞。

陡然，那石门"喀轧轧"合上，曹海和单宝儿同时吃了一惊，怎么会这样？刚才那石门还敞开着，怎的一说要出去，它便合上了呢？难道它有灵性不成？曹海气愤地骂道："他妈的，段天拜这老不死的心狠手辣，存心要置我们于死地，单少侠，你这回可中了他的圈套啦！"

单宝儿心中一紧，暗道：姜到底是老的辣，想不到终究进了他的笼子，段天拜，我一定要将你碎死万段，但他转念一想，既然这石门是由机括控制，只要这石洞之中藏有开启石门的机关，就不难开门出去了，想到这点，心中不禁一阵宽慰，说道："曹叔叔，咱们分头找找看，有可能找得机关呢！"

"地煞郎君"曹海冷冰冰地说道："你这小子自以为聪明，进来时靠的是机关，出去时便也能依靠机关吗？我在这石洞呆了半年，难道这点法子我都不曾想到？没有用的，机关在石洞外被控制住了，任何人都打不开它的！"

曹海的话像一盆冷水般浇灭了单宝儿心中的希望之火，但他仍不死心地说道："曹叔叔，你可曾找到机关？"

曹海不屑地说道："机关倒是找着了，呶，就在这里！"曹海指着一个石钟般的石块说道："不过，我弄了近半年也没将它弄开，准是段天拜那老贼在外面控制住开启石门的机关了，否则刚才那石门也不会自动合上！"

单宝儿仍存一丝幻想，说道："事在人为，有可能是你方法不对头，我去试它一试！"

"地煞郎君"淡然说道："去吧，去吧，你在这方面还强过我不成！当初，我就是顺利地通过道道机关才闯到这石洞中来，结果就被困住了，你有啥本事，只管去试试，可别把它弄碎了！"

单宝儿也不以为意，很坚定地来到那石钟跟前，右旋三下，左旋七下，可那石门却纹丝不动，也没听见机关发出的声响，这可让单宝儿大感意外，因为那本书上是这么说的，怎的就不灵验了？可为何进来时，那石门却轻而易举地就启动了呢？没道理，没道理，单宝儿又盘弄了一阵，仍不见石门有任何启动的迹象，额头上不禁涔涔流下汗水来。

曹海吁了一口气，说道："我的单少侠，你还嫩得很，没想到的事还多着呢，别费气力了，坐下来想想别的法子！"

单宝儿终于垂头丧气地坐了下来，狠狠地挥起拳头砸在地面上，暗叫道：单宝儿啊单宝儿，你真的笨死了，大仇未报，就被仇家轻而易举地捉住了，枉为男儿了！

"地煞郎君"对他嗤之以鼻，说道："光是生闷气，糟蹋自己有什么用，注定你这辈子受人牵制，唉，小子，人心难测，你我能死在一块，也是一种缘分，来，我给你说说段天拜的故事，你听不听？"

单宝儿想到横竖总是死路一条，听说仇人的事，自是兴趣倍增，说道："我只知道他是我的仇人，其它的倒一点也不知晓，曹叔叔能告诉我仇家的一切，单宝儿死也瞑目了，至少，知道仇家的来历总是好的！"

曹海却苦笑道："小子，你年轻有为，却如此经受不住挫折，哪能干大事？我在这洞中呆了半年也未死，难道你一来，咱们就得死了？真没出息！"

单宝儿心头大喜，说道："曹叔叔教训的是，单宝儿铭记于心！"

曹海说道："好了，我给你讲那老贼的故事，你好好听着！"看了单宝儿一眼，见他不答话，便说道："你可知道段天拜其实不叫段天拜，他也不是姓段？"

单宝儿大吃一惊，问道："那他姓什么？叫什么？何以在段家堡成家立业？"

"地煞郎君"狡黠地一笑，说道："我说过了，你还嫩得很，不知道的事还多着呢，段天拜原本姓詹，叫詹安在，设计夺了人家的女人，谁知后来那人寻仇来了，他斗不过对手，便逃到这楚雄避难来了！"顿了一顿，又道："不过那却是很久以前的事了，算起来也将近五十年了吧！"

单宝儿睁着一双大眼，说道："曹叔叔，你才四十多岁，如何知道五十年前发生的事？"

曹海笑道："这不奇怪，起先我也不知道，受主人之托，前来印证此事，却果真如此！"

单宝儿惊道："何以印证？难道他亲口承认了此事？还是有别的法子？"

曹海笑了笑，说道："你小子这回考虑到了，他既亲口承认了此事，又有别的法子辨认！"

单宝儿好奇地道："什么法子？他身上有特殊记号？"

"不，他身上没有，可他脑子里有，这洞中的入口存在着道道机关，那些机关就是最好的证明！"

单宝儿恍然大悟，暗道：真该死，果真是奸贼的计谋，那本詹氏祖传机关秘解是他故意送给我的了，真是笨猪，天下哪有这么好的事情！无端地便有人送奇书给你！

单宝儿懊悔不已，咬牙切齿地说道："我一定要杀了那个老贼段天拜！"

"地煞郎君"曹海脸上露出深不可测的微笑，说道："对，咱们同仇敌忾，将那狼心狗肺，夺人心爱的女人的奸贼砍成十八大块，将他的黑心喂狗！"

"好！我一定会这么做！"单宝儿答道，但内心却暗道：哪能如此残忍？那岂不是与他们一般无二，没什么分别了。

曹海仿佛想到了什么似的，说道："单少侠，你用什么功夫吓得我那些蛇儿四散逃走的？"

单宝儿笑道："你不说，我倒记不起来了，其实也没什么功夫让它们逃走，它们只不过害怕我的眼神！"

曹海恍然大悟般地连连点头，说道："对了，对了，你爷爷有这种功夫，他会控制人，你却能控制毒蛇，看来你比你爷爷更为高明了！"

单宝儿大感意外，说道："我爷爷会用一种功夫控制人？我怎么从来都不知道？"

曹海连忙转开话题，说道："反正你爷爷都生死难料了，不谈这些，你与段家堡是如何结仇的！"其实曹海不问，已猜着八九分，他只不过是想证实一下。

第二十一章

单宝儿从头至尾，将段家堡的人深夜闯入"神秘谷"，抢夺藏宝图的事细说了一遍。

曹海听了不住地点头，说道："是了，段家堡的人就是神出鬼没，专做一些见不得人的勾当，这样的人留于世上，只会祸害更多的人，为了武林的正义，咱们一道除去他，对了，你可以用思想控制段天堡，要他生不如死！"

单宝儿看曹海满腔热血，正义凛然，不禁肃然起敬道："曹叔叔，我能用思想去控制人吗？"

曹海吃惊地道："难道你自己不知道有这种奇特功夫？那些毒蛇不是让你叫走了吗？"

单宝儿摇着头说道："我哪里知道用什么思想意识去控制它们，那些蛇是怕我的眼睛！"

曹海大惑不解，说道："你的眼睛有这么厉害？"

单宝儿笑道："人见了我可能不会怕，可蛇见到我眼睛放出的光芒来，定会逃之夭夭，因为我是蛇王，千年蛇王的眼睛！"

"地煞郎君"不禁悚然，颤声问道："你是蛇王？你不是人?！难怪你眼放五彩光，居然能奇迹般地来到这石洞中，你到底是何方神圣？"单宝儿这么一说，曹海倒迷糊起来，竟怀疑他不是人！

单宝儿觉得十分好笑，说道："我实实在在地就是一个人，难道你还认为我是蛇精蛇妖不成?！这世上哪里有什么妖怪！要是有，那也是人变成的了！"

曹海定了定心神，说道："你当真是人？你说世上没有妖怪？小子，你太嫩了，武学最高境界，就是步入空冥的空间，可以灵魂脱壳，不用动手，以心杀人，你永远难以想象，事实上却有这种人，我可是亲眼见过！"曹海说得活灵活现，仿佛世上真有其人。

单宝儿大为骇然，说道："那怎么可能？他若想谁死，谁便活不成了？"

"事实如此，以后你就会知道了！"曹海笃信不疑，就像是亲眼见过，又道："唉，其实我不该说这么多，好了，我肚子饿了，咱们吃饭吧！"

单宝儿大喜，一听有东西吃，不争气的肚子立刻"咕咕"地叫了起来，口水直涌上咽喉，说道："正好我也饿了，咱们吃什么？有人送饭吗？"

"呸，痴心妄想，段天拜有这副心肠就好了！"曹海气极败坏地骂道："他娘的段老贼，想活活饿死我'地煞郎君'，幸好我本领通天，想饿死老夫，可没那么容易，来，咱们进餐！"曹海拉着单宝儿在那一堆死蛇的尸体旁坐下，说道："这就是我们的食物了。"

单宝儿惊得眼睛睁得铜铃般大，说道："生吃死蛇？"

"地煞郎君"鄙视了他一眼，反问道："难道你有火可以用来烤着吃？"

单宝儿摇头道："没有！"

"地煞郎君"轻蔑地一笑，说道："这不就是了，没有火就得生吃，我都吃了半年了，蛇肉的味道挺不错的！"

单宝儿见他像沉浸在生吃蛇肉的津津有味的情景中，感到一阵恶心，向旁边挪了挪，不敢再与他搭讪，此刻，他觉得"地煞郎君"简直是太可怕了，他还说自己是妖怪，他自己才真是个生食蛇肉的妖怪呢！

曹海很熟练地将一条较粗的毒蛇一掌劈去头颈部，手一带，蛇皮就全被撕下来，白皙皙的蛇肉呈现出来，他递给单宝儿，笑道："来，小子，吃一条就习惯了，蛇肉是没有毒的，尽管吃，保证死不了！"

单宝儿吓得站起身来，说道："我不饿，你自己吃罢，我去休息一会儿！"

曹海摇了摇头，张开血盆大口，咬住一段蛇身，轻轻一扯，顿时便有一大块蛇肉，被他衔在嘴里，那蛇身上露出一段蛇骨，可见他吃蛇肉内行老到至极，看曹海津津有味地咀嚼着，血腥气味扑鼻而来，单宝儿大感恶心，险些呕吐起来，他连忙收回目光，到一个角落处躺下，不敢再看下去。

只听到曹海在那里自言自语地说道："小子，还不知蛇肉的鲜美，等你尝到了甜头，吃别的东西还没有胃口呢，看你能撑几天，到时候恐怕连蛇皮都抢着吃。"

单宝儿越听越感肉麻可怖，干脆运功闭住耳鼓，不再听"地煞郎君"可怕的言语，不知不觉地进入了梦乡。

不知过了多久，单宝儿被一阵凉意给弄醒了，睁眼四顾，却发觉"地煞郎君"曹海不见了，单宝儿大为诧异，忙喊道："曹叔叔，曹叔叔，你在哪里？"可回答他的便是自己的回音，单宝儿猛地弹身起来，却发现曹海倒在石洞老远的角落里，背倚石壁，仿佛是熟睡一般。

单宝儿立即走了过来，他很奇怪，曹海睡着了竟没有呼吸的声音，以他的听力，应老远就可以听到人的呼吸声，可曹海却没有呼吸声，一种可怕的念头油然而生，他走到曹海的身边，不相信自己的耳朵般用手摸了摸曹海的脉搏，单宝儿心里陡然一凉，想不到真的让自己猜中了，曹海的脉搏亦停止了跳动，身子近乎冰冷，显然已死去多时了。

这一觉醒来，刚刚结识的难友就离自己而去，单宝儿好不伤心，两行热泪夺眶而出，一字一顿地说道："曹叔叔，我一定为你报仇，不管你与段天拜是如何结上冤仇的，他是你的仇人，更是我的仇人，希望你在天之灵，能保佑我出得这个石洞，那便可以给你报仇了！"

事实上，曹海并没有死，他只不过在利用单宝儿，利用他逃出这个已让自己呆了半年的石洞，因为他知道单宝儿与段天拜之间的关系，他知道这石洞中的一切都在段天拜的监控之中，他还知道段天拜决计不会让单宝儿也死在石洞中，说是石洞，其实便是石牢，在这石牢中呆了整整半年的滋味已是常人难以熬受，不管是谁，都不愿过这种暗无天日的生活，再说，曹海还有重要事务在身，虽然他这样做很冒险，但他十分有把握，他认为此举定可成功。

单宝儿自然是不知自己早已身处别人圈套之中，他只想曹海与自己相处虽然只不过是一天的事情，但与他同仇共敌，同受段家堡的人的迫害，是以对曹海多少有些同情，有些愤恨不平，他万万想不到曹海并未死，而是运用了龟息大法，将自己的心脉闭住，犹如死人一般无二，这龟息大法是一种极为神奇的内功，江湖上许多甚有威望的人未必能有几人识得，更何况是初出茅庐的单宝儿，自是不知这么回事，别说是能知晓龟息大法的要旨和征兆，就是听说，都不曾听说过世间还有这门子功夫，自然会上当了，如果单宝儿的阅历稍深一点，也不难知晓此事，他自己本身就有与这龟息大法有异曲同工之妙的冬眠经历，只不过他只以为曹海与自己不同，曹海是真的死了，而自己则是进入冬眠，并且这世间恐怕也只有他一人才有这种冬眠的怪习。

曹海早就算计好了，单宝儿定会认为他是死了，他心肠较仁慈，必定会找个地方将他埋葬，可这石牢四壁全是溶石，无一处土地，无法挖掘墓坟，他是不会有被活埋的危险，唯一的就是担心段天拜会瞧出端倪，将他杀死。

单宝儿这一觉醒来，见与自己相处才一天的难友死了，心中大为伤感，其实他已经睡了整整三天，他在闭住耳鼓时被曹海点了睡穴，全然不觉，如果他没有闭住自己灵敏的耳朵，就不会发生这种事了，可曹海恰巧碰到这当上，曹海并不知单宝儿有这种惊人的听力，只不过是误打误撞，偶然碰巧而已。

单宝儿果真找地方想埋了曹海，他在石牢中找了一遍又一遍，始终找不到一处可以埋葬曹海"尸身"的地方，于是心中一冷，暗想：想不到好人总是命苦，死无葬身之地，一阵凄凉的长笑之后，单宝儿突然有种强烈的愿望，要离开这个可怕的石牢，他望着进得这石牢中的那处石门，灵光一动，暗道：我何不将这道石门打碎打穿？但这念头只是一瞬间便被否定了，因为那本书中说，有的机关若是被控制住，强行施暴，必将带来严重的后果，有可能这整个石洞便会坍塌下来，到时自己走不了不说，曹海的尸体也不能"入土为安"，怎对得起他？

他呆立在石牢的中央，两只眼睛漫无目的地随处扫视，突然，他的眼睛定住了，直视着曹海告诉他的那个石钟模样的机关，看了那个石钟好久，单宝儿眼中一片模糊，思忖道：反正逃不脱一死，索性毁了这个害人的机关也好，有我单宝儿陪伴曹海，他也当满足了罢，这么一想，便当真要这么做了，单宝儿缓缓地抬起双掌，内劲揃发，两团金色气劲顿时笼罩于他的双掌之中，但他心乱如麻，一时不甘心就这么死掉，一时又不能忍受这石牢的困顿，决心将其毁了，蓦然想道：曹海能呆半年，我却一天都不能忍受？正踌躇间，那石钟旁边传来一声巨响，"喀轧轧"出现一道大门，已然洞开。

单宝儿以为是自己眼花了，暗自想道：难道有谁解救我们不成？定神仔细凝目，却见一个古怪的老头站在那门前，单宝儿心中大喜，这不正是那怪老头子新郎官吗？心头一甜，便道："前辈怎的来到这里了？"

"新郎官"面露惊讶之色，噫了一声，说道："你怎么会在这里？是如何进来的？"

单宝儿答道："前辈有所不知，我本是来这段家堡报仇的，误打误撞来到这石洞之中，这不是三言两语能够说得清楚的，咱们先出了这石洞，日后我再慢慢告诉你。"

"新郎官"也不以为意，眼睛不停地向洞内瞧去，问道："洞中还有一人呢？

在哪里？"

单宝儿吃了一惊，这个怪老头如何知道洞中尚有一人？以前每次见到他，总是模样行为古里古怪的，今日却与往日迥然不同，又是为何？单宝儿仅仅略想了一下，可以说这些念头只在脑海中一闪即逝，眼前这个大媒人、大恩人数次救他于危难之中，理当不怀疑，答道："那人死了！"

"死了？""新郎官"大是怀疑，说道："就是死了，你也要将他的头颅割了下来，快去，这个人不是好人，他是日月神教的'地煞郎君'！你可知道？"

单宝儿更为惊异：想不到"新郎官"当真不简单，这"地煞郎君"在洞中呆了将近半年，如此秘密的地方，他能找到这里来不说，居然对曹海了如指掌，曹海是"地煞郎君"是不错，可他是日月神教里面的人，我却不知情，单宝儿一面思索，一面向曹海的"尸体"走去，"日月神教"，他听未婚妻彭丹玲说过，知她的话断然不假，日月神教是一个极为邪恶的教派！

单宝儿暗道：这曹海骗得我好苦，我什么都对他说了，他却一再不说明他的身世来历，原来是这等邪恶门派中人，难怪他不敢明言！

走到"地煞郎君"的面前，单宝儿又愣住了，暗忖道：人都已经死了，何苦要再作贱他的尸体。单宝儿转头望着"新郎官"，说道："前辈为何要他的首级？领赏吗？"

"新郎官"兀自立在那石门前，不耐烦地说道："我叫你取了他的首级，你便取下就是，哪来那么多废话！"

单宝儿无味至极，心想：人家又再次来救你了，还能与恩人讨什么条件？这怪老头是有许多古怪的地方，但曹海既然是日月神教这种邪教中人，他也活该身首异处！

单宝儿正待转过身来取了曹海的头颅，冷不丁地听到"新郎官"大叫一声："小心！"单宝儿浑然没有察觉到曹海这时会突然弹身而起，他只道是别的什么意外情况，待到听到风声辨别方向，方知是由身侧而来，但已迟了一步，"地煞郎君"曹海俨然已将匕首架在了他的咽喉。

但听曹海说道："单少侠，你不要中了那贼人的奸计，你知道他是谁吗？"

单宝儿被这突如其来的变故吓了一跳，随声问道："他是谁？"

曹海哈哈大笑，说道："亏你还来段家堡报仇，他就是你的仇人，段——天——拜！"他自然知道单宝儿不会认识段天拜，也不识得眼前这个怪异的老头就是段家堡堡主，更不知道这个段天拜实则是自己的亲爷爷，而那个单雄仁是个冒牌货，这一切，曹海自己也是半年前，刚进入这石洞中得以确认，单宝儿自是不知道个中的阴谋和诡计。

单宝儿顿时愣住了，目光转向"新郎官"，怎么也难以相信这个曾两度救他，又撮合他与彭丹玲婚姻的大恩人、大媒人，竟然就是他千方百计要除掉的大仇人！

"新郎官"面不改色心不跳，说道："小子，你别听他胡说，他才是你仇人的走狗，我是你爷爷，你的亲爷爷！"

单宝儿一头雾水，心道：怎的你会是我爷爷?！我爷爷是单雄仁，我自小到大都与他在神秘谷，他去年不知是否被害，虽不得而知，可你却如何是我的亲爷爷？那单雄仁又是我什么？

不等单宝儿答话，"地煞郎君"曹海急忙说道："单少侠千万别信他的话，他是段家堡堡主段天拜，是你的大仇人，也是我的大仇人，咱们一起杀了他！"曹海虽这么说，但手中的匕首却兀自未放松分毫。

单宝儿霎时间被弄得云里雾里，不知该信谁才好，心道：曹海说的也不无道理，这怪老头居然能知晓洞中有他曹海这么一人，且对他了解甚深，而且这段家堡的禁地，一般人决计不会找来，且有许多机关，除了段家堡堡主段天拜知晓机关的开启方法外，就是任开喜这个少堡主，也未曾越这雷池半步，这怪老头不是段天拜又是谁？如果他不是段天拜，他又如何进得这石洞中来？又如何打得开这石洞的大门？

单宝儿生怕眼前的恩人就是自己的仇人，但他仍想得到事实的根据，问道："那你如何进得这石洞中来？又怎知开启石洞石门之法！"

"新郎官"见单宝儿似乎倾向"地煞郎君"曹海那一边了，却也不急不怒，说道："我要来便来，要打开便打开，全凭我的兴趣，你干吗问这个！快杀了你身旁的那个恶贼，我是你爷爷，知道吗？"

单宝儿怎么也不能将他与爷爷联系起来，倒是能与段天拜相联系，但一时也抉择不下。

曹海说道："单少侠，千万别信那个恶贼的话，你姓单，你爷爷叫单雄仁，是我的故交，他姓段，如何是你的爷爷？这不是明摆着的吗！"

单宝儿思绪烦乱，心乱如麻，听他两人互骂对方恶贼，究竟哪一方是敌，哪一方是友，一时难以确定，虽说曹海的话有大部分可信，但他总觉得曹海也有些不妥的地方，究竟不妥在哪儿，他一时也未曾想到，其实，单宝儿潜意识里感觉到曹海不妥的地方就是曹海一直将匕首架在他脖颈上，既然他俩同仇敌忾，理应并肩作战，何以曹海死架着匕首不放？单宝儿感觉到这一点，却未曾细想出来，这种捉摸不定的情况下，他一个初出茅庐的小子自是难洞察得如此深刻了，同时，他亦感觉到"新郎官"十分地古怪，如果他是段天拜，他大可将石洞的大门一关，将他二人长久关在里面，即使不会冻死饿死渴死，又与死了有什么分别？为什么"段天拜"却不这么做？却要站在那里与"地煞郎君"辩个明白，都想自己杀了对方呢？

单宝儿百思亦不得其解，尽管他思绪飞快，仍不能想个明白。

曹海见单宝儿犹豫不决，心中大为慌恐，连忙俯在他的耳边，低声说道："咱们先出了这个鬼石洞再说，不然的话，这辈子恐怕就没有指望了！"

单宝儿心中一惊，暗道：这倒也是，看那"段天拜"到底抵不抵挡，关不关我们，心念一动，便抓了曹海的腰部，向石门扑去。

起初曹海还认为单宝儿信了那"段天拜"，吃了一惊，但立马见单宝儿向石门扑去，这才定下心神，放了他颈脖上的匕首。

"新郎官"对两人突然扑来显得大为吃惊，忙用手在旁边一动，那石门便慢慢地要合拢上了。

就在这一刹那间，单宝儿对曹海彻底信任了，因为他已经放下了自己脖颈上的匕首，而那个"新郎官"却启动机关要关上石门，置他俩于死地，一切都与他自己想象中的相吻合，那个"新郎官"定然是段天拜无疑了！

石门足足厚逾一尺，机关是死的，不能如人心所欲，想瞬间关上，已是不可能，是以单宝儿和曹海想出那石洞，跨过那石门，时间绰绰有余，只是单宝儿心想那段天拜必定会极力在门前阻止，身形鬼魅般地趋上之际，一手抓着曹海的腰带，另一手呼地一掌吐出，一道金色的气劲直穿过那石门，也不见前面有何动静，一团黑影一晃，两人便出了石门。

曹海顿时骇然不已，暗道：这姓单的小子当真了得，轻功和内力竟达到如此境界，此生我恐怕再也及不上他的一半了，单雄仁怎的如此糊涂，竟调教出有如此神功的敌手？不对，单雄仁的功夫亦及不上他的一半，这小子当真邪门！

单宝儿游目四顾，却发现自身又处在一单间石室中，却不见那"新郎官"的影子，这时，前面传来段天拜的声音，说道："有本事你就闯过这一道道机关吧！"再也听不到任何的声响了。

曹海冷笑一声，说道："单少侠，这个难不倒本郎君，你跟着我便是，用不着我久，咱俩就可以重见天日了！"说毕，想是半年没有自由过，今日却要龙归大海，喜不自胜，忍不住哈哈大笑起来，笑声中充满无限的喜悦、愤怒，还带有几分诡秘，单宝儿听了心中发毛，他从未见过这种神情，正想打断他，猛听身后"轰隆"一声，"地煞郎君"笑声戛然停止，两人回头一看，原来是那扇石门这才迟迟关上。

两人相视了一眼，不由得都笑了起来，出了石牢的感觉真是好极了，"地煞郎君"曹海笑道："单少侠，你瞧我怎样破老贼的机关！"

单宝儿笑着点了点头，其实他早就看见了这道机关的破解法门，只不过想看看曹海是否真的有这等本事，想检验那本秘笈中的机关解法与曹海的解法是否一样。

果然，曹海径直向单宝儿早已发现的众多按钮中的一个，只见他手指在上面点了三下，"唿哗"一下，这间石室的通道之门应声而开，"地煞郎君"回眼看了单宝儿一眼，意在炫耀，单宝儿微微一笑，跟着走了出去。

后来的几道机关亦让曹海轻易地破解，全都与单宝儿那日得到的詹氏祖传机关秘解上记载的一般无二，单宝儿心下十分纳闷，暗道：曹海如何像是在自己家中一样，轻车熟路地便出了这山洞，那什么秘解不就成了废话吗！难道曹海与段天拜是一家人？

思忖间，两人出了最后一道机关，都不由得眼睛一花，睁都睁不开，原来是在昏暗的地方呆得久了，有些对强光不适应，不过这是片刻之间的事情，曹海伸了个懒腰，深深地吸了一口清新的空气，跟着竟然像孩童时蹦跳起来，边笑，边手舞足蹈，神情滑稽古怪，单宝儿见他这般高兴，觉得他呆在石洞之中，过了半年暗无天日的苟且生活，一旦出了石牢，竟激动得这般模样，不免对他大感同情。

两人仍就十分小心，环顾四周，却静得可怕，没有一个人影，突然传来蝉叫声，越发显得静寂，虽然此时正值春季，但楚雄镇的天气就犹如夏天一般，是以才有蝉鸣声，单宝儿这才抬头看了看太阳，知道此刻已近晌午，强烈的阳光正照射着大地，两人都感到全身一阵燥热。

这段家堡也的确够大的，单宝儿依着任开喜带他来的路线，与曹海一道小心地向前而行，行了一段，单宝儿突然听到一阵细微的打斗声，对曹海说道："前面有人相斗，咱们去看看！"

曹海侧耳倾听，却听不出来，说道："哪有什么声音？在何处？"

单宝儿知他听力比自己差了许多，微微一笑，拉着曹海就向声音传来的方向奔去，说道："待会你就知道了！"

又奔了一程，曹海这才听到兵刃相击的声响，暗道：这小子当真厉害，这相斗之声少说还在三四里路外，他却在七八里之处便听见了，足见其内力何等惊人，心中不禁有些担心起来，只怕教主亦不过如此！

曹海正暗自担心之际，单宝儿说道："怪不得这一路都没有人把守，原来他们都在庭院之中与人战斗，真是天佑吉人！"

"地煞郎君"曹海笑道："正是，咱们是何许人？福大命大，死不了！"

单宝儿一愣，想到曹海在洞中显然是已经气绝，却突然活了过来，心中一直奇怪，便问道："曹叔叔，你在洞中不是已经死了吗？是如何活过来的？"话刚出口，顿觉不妥，不禁俊脸一红。

曹海淡淡一笑，不以为忤，说道："老天爷不许我死，叫阎王爷又给送回阳间了。"

单宝儿见他回避了自己的问题，亦不好意思再问，便径直奔向那打斗声处。

二人见已入段家堡的住宅区，格外谨慎，但立刻发现那些房子里并无一人，心里稍感一宽，打斗声愈渐清晰，两人已然来到一座宏大的建筑前，单宝儿认得此间正是段家堡的中心建筑，那一日，任开喜便是在这里被自己擒住的，打斗声恰恰是从此间传来。

二人悄没声息地来到大殿后厢，但听一声喝道："你们段家堡当真聒不知耻，想以多取胜吗？"

单宝儿听出是武当掌门人万华山的声音，心中一惊，暗忖道：他们如何闯进段家堡来？略一思考，向"地煞郎君"问道："曹叔叔，咱们在石洞中呆了多久？不是只有一天吗？"

曹海诡秘一笑，淡淡地答道："不，已经快四天了呢！今天是你入洞的第四天，至于我，那可就几十倍个四天了！"

单宝儿哦了一声，露出"原来如此"的表情，说道："曹叔叔，咱们去帮忙，也好趁机报仇！"

"地煞郎君"干笑两声，说道："嘿嘿，咱们还不知那闯入段家堡的人是谁呢？作壁上观，待他们斗得两败俱伤，咱们再动手不迟！"

单宝儿听了大骇，心道：那可就迟了，拉着曹海二话不说，"呼"的一声便从后堂扑上。

一群人斗得正酣，陡然见大堂上忽地多了两人，心中均是一惊，这两人是谁？

　　单宝儿一见果真是能智大师、彭丹玲等四人，心中大喜，任重义见单宝儿平安无事，吁了一口气，斗得越发精神了，彭丹玲乍见心爱的人像神仙般地忽地出现在眼前，柔肠百结的她竟忘了身处大敌大斗之间，不顾一切地向单宝儿扑来，两行热泪顿时如同雨注。

　　就在彭丹玲转身之际，身后的两柄明晃晃的长剑已然刺到，单宝儿大惊失色，叫道："小心！"人已腾空飞至，两手同时抖出两道金色气劲，"喀嚓"两响，那两柄长剑顿时斩为两截，握剑的人同时被震退十余步，撞到后面的那些插不上手的弟子身上，说来也怪，这握剑的两人倒似乎没事一般，遭殃的反而是身后的那几个弟子，被震碎筋骨而死。

　　那两名持剑人暗叫侥幸，却对这突如其来的一击大为折服，单宝儿那似神似仙般地轻功，固然是众人望尘莫及，更加令人惊叹的是，他这一掌打出的却玄乎其玄，神乎其神，中掌之人未死，死的反而是他身后的人。

　　没人能知晓这是什么功夫！

　　单宝儿自己亦是大惊，想不到情急之中突然发挥一种奇特的功夫来，但他顾不着细想，回手揽住还在向前奔，而兀自不知危险的彭丹玲，关爱地说道："下次可不能这样了，怎如此失魂落魄！"

　　彭丹玲被他回手一拥，心中一惊，刚要回手打来，突然见是单宝儿，那一掌硬生生地在他胸前不足一寸处停了下来，听他这么一说，再看脚下的两截断剑，立刻明白了是怎么回事，噙着泪水箍住单宝儿的颈脖，呜呜地哭了起来。

　　其他人斗到紧处，这二人却于危险之间亲热相拥，叫段家堡的弟子看了不禁目瞪口呆，竟忘了乘机攻上，这种情形当真是前无古人，后无来者。

　　转瞬间，还是有两三个自负武功不弱脑子灵活的段家堡一流高手持剑攻上，单宝儿右脚将地上的一柄长剑剑柄一踩一翻一勾，那柄剑像识得方向般准确无误地落在单宝儿的手中，但见他左手将彭丹玲的柳腰揽住，右手拿着长剑，身体急速旋转，"喀嚓嚓"几声响，那攻上来的三人手中的长剑应声而断，捏在手中的只剩下一截剑柄，那三人大为骇然，痴痴地怔在三个不同位置，自不敢上前，其他段家堡弟子却齐声喝彩起来。

　　没有人再敢攻来，因为上来也是送死，这种神乎其技的人叫人见了生怯，段家堡的弟子不是笨蛋，没人敢拿自己的性命开玩笑，可他们都是忠于主人堡主的忠实奴仆和弟子，东边不亮西边亮，齐刷刷地向能智大师、任重义和万华山这边攻到。

原本能智大师等三人都是被高手围攻，这时又涌上来几名段家堡弟子，虽说他们对三人不致构成威胁，但至少能让其他的高手缓缓气，减少不小的压力。

此时天气正热，单宝儿见任重义等三人和其他人一样，汗水湿了衣襟，将彭丹玲带至曹海身边，说道："曹叔叔，烦劳你照顾她了！"说罢，侧身便攻向自己的仇人段天拜夫妇，其时，段天拜夫妇仍是一对古里古怪的新婚打扮，与能智大师相敌，单宝儿一声暴喝："大师请退下，让单宝儿来料理这对贼人！"

能智大师明白他的心意，答道："也好！"便退身而下，转攻其他段家堡弟子。

单宝儿这才看清了，原本这对老"新人"使用的是柴刀及菜刀、砧板、铁勺之类，现如今却改为短刀了，单宝儿疑惑不解，他亲眼见过这对老"新人"的古怪功夫，深不可测，那种奇特古怪高深的功夫用在普通的锈迹斑斑的柴刀、菜刀上，少说也在这种兵器上浸润了数十年的时间，可他们竟然舍弃不用，反而使用这种短刀，实在是让单宝儿琢磨不透。

但见他俩夫妇一人手中拿着四柄短刀，见了单宝儿也不开口说话，那怪老头双掌之中四柄短刀，扬手之间便见他左手刀滚到右手，右手刀滚天左手，便似手指交叉一般，纯熟无比，武学中有言道：一寸长，一寸强，一寸短，一寸险！短刀长不过五寸，当真是险到了极处，单宝儿心中暗奇：看来不可小瞧了这对夫妇，他曾见过这对老新人相敌那恒河老祖和土著族长的功夫，更加不敢大意，长剑一挥，抖出数道剑圈，向"段天拜"夫妇攻去。

段氏夫妇背靠着背，四只手银光闪闪，八柄短刀交换舞动，两人不但双手短刀交互转换，甚至"段天拜"的短刀也交到他老婆手里，他老婆的短刀又交到"段天拜"手中，但每一柄刀决不脱手抛掷，始终老实严紧地递过来递过去。

单宝儿心中大奇，暗道：管你们玩什么花样，我也照攻不误，心念电转之际，已经攻了三次，但均被段氏夫妇挡开，段氏夫妇两人手中八柄短刀盘旋往复，日光下联成两道强烈的光环，绕在身旁，守得严密无比，周身光环耀目，叫人眼花缭乱。

单宝儿心中大为奇怪，暗道：这大堂之上，何来日光？偷眼上望，发现大堂顶上全是透明玻璃，日光反射过来，方才如此，单宝儿暗骂道：好狡猾的一对夫妇，原来改换兵器有此深意，故意令对手眼睛难以察看他们的套路，难怪能智大师久攻不下，大汗淋漓了。

但见段氏夫妇周身光华四射，光芒照射刺眼，幸好单宝儿目力甚强，这种强光亦难不倒他，仍能将段氏夫妇的每招每式瞧得清清楚楚，单宝儿再次猱身而进，长剑直攻进去，又交过了数招，单宝儿发现段天拜刷刷刷连连数刀，全是进攻的杀着，绝不防自身，而自己的长剑往往被段天拜的老婆挥刀架开，方知他夫妇练就这套刀法，一攻一守，配合得可谓天衣无缝，滴水不漏，攻者专攻，守者专守，不须兼顾。

这厢能智大师、任重义和万华山现已经组成一个剑阵，这三人在兵器上可谓无所不能，不论是什么兵器，照用不误。

段家堡的弟子不乏高手，像任开喜、段可朴、段元林等均是好手，更为令人叹服的是，这些高手平时训练有素，配合得严密，不亚于"段氏夫妇"。

是以，三大高手单个对付起来，实难攻下，亦组成一个"天地人三才剑阵"，段家堡弟子在任开喜的率领之下，亦是数十人的剑阵，这种剑阵对剑阵的打法在江湖上是常见，能智大师等三人忽左忽右，穿来插去，剑阵似三才而非三才，三柄长剑织成一道剑网，只等对方来攻，那段家堡弟子组成的巨型剑阵亦甚是了得，但见数十人包围着三人大转圈子，而且越来越快，人影飘忽，行踪不定。

突然，段氏弟子站定，东边的一群十几名弟子长剑齐刷刷地向三人攻来，任开喜大叫一声："不可！"但已然来不及，能智大师三人浑然一体，像刮起一阵旋风一般地卷向东边的十几名弟子，顿时，那十几名弟子有的长剑脱手，有的头颅飞出，有的脚下齐膝断去，原来这三才剑阵实暗藏正反五行，倘若对手信以为真，按天地人三才方位去破解，立时陷身五行，难逃杀伤，他三人而排五行剑阵，每个人要演变许多生克变化，加之内功和剑法上的造诣，那些不明真相的弟子自是不堪一击了。

单宝儿一人独敌"段氏夫妇"，尽管他夫妇运用剑光照射对手的眼睛，但于单宝儿却徒然无益，经过数度交手，单宝儿已然发现对手的破绽所在，那就是他们在不断地变换花样，交换短刀，这换短刀之际，便是巨大的破绽，虽说在别人眼里，就这不过几分之一秒的动作，不足以称为破绽，可在单宝儿眼里却大为不同，他的双眼像慢镜头电影一般地瞧着他夫妇的招数，而且有他迅捷无比的手法和身法，这短瞬的几分之一秒的破绽也是他们致命的弱点。

单宝儿长剑再抖，摧动全身内力，集聚于剑身，剑光更甚，剑未至，一股强烈的剑气已然攻到，令"段氏夫妇"感到一阵气窒，"段氏夫妇"亦不同凡响，陡然两人周身笼罩着一团红色气劲，那八柄短刀亦幻成两道红色光圈，将单宝儿攻来的一剑堪堪抵住，正当两人交换短刀之瞬间，单宝儿身形微动，如鬼魅般又挺剑攻上，"当当！"两响，段天拜的老婆手中的两柄短刀脱手而飞，两人顿时方寸大乱，原是合而为一体的身躯分了开来，毕竟是单宝儿经验不足，未能一下子击倒对方，这两夫妇亦不是泛泛之辈，分开来亦是相当厉害，单宝儿一手以掌对付"段天拜"，一手持剑与段天拜老婆相斗，仍是如猛虎，如猎豹，威力不减。

倏地，单宝儿听到风声，知道必是暗器，忙运起护身罡气，周身金光陡增，"叮叮"数响，那几枚银针全数被他护身气劲抵落，掉在地上，单宝儿大怒，暗骂道：好阴险的一对贱夫妇，左掌凶猛拍出，"轰！"的一声，"段天拜"与他对接一掌，身形像断线的风筝一般飘向大堂之上，"砰"的一声掉在地上，已经全身筋骨碎裂，气绝身亡，这个可让"新娘子"容颜扭曲，号叫一声："老公！"话刚喊毕，单宝儿长剑已然刺进了她的胸膛，她瞪着一双惊惧的眼睛，倒地而死。

这厢能智大师等三人如龙卷风一般地向段家堡弟子袭来，瞬间便有十几人又倒下了，任开喜、段可朴等见"段氏夫妇"已死，惊愕之下，夺路而逃。

单宝儿恨不得将段家堡杀得鸡犬不留，万没想到"新郎官"与"新娘子"如此轻而易举地被自己杀了，正要追赶任开喜等人，任重义喊道："单兄弟，大仇已报，穷寇莫追！"单宝儿这才停住脚步，走回来狠狠地踢了一脚脚边已死去多时的一名段家堡弟子，向能智大师等人道谢。

正准备向能智大师等三人引见"地煞郎君"曹海，抬眼望去，哪里有曹海的影子？连彭丹玲亦不知去向，单宝儿又惊又奇，不知曹海是什么时候离开段家堡了，彭丹玲决计不会离开他的，那么她怎么突然不见了呢？

任重义立刻发现发生了什么事情，急忙身形一晃，向东北方向追去，同时说道："咱们快追！"

能智大师不待单宝儿追赶，赶紧问道："单少侠，你带出来的那人是何门派的人？什么名号？"

单宝儿心急如焚，一时也不知该如何回答，急急答道："在下亦不知他是何门派，他自称'地煞郎君'，名叫曹海，听段天拜说好像是'日月神教'的人！"

万华山听了大惊失色，急呼道："这就是了，'日月神教'有个'天煞郎君'曾率领手下骚扰我武当山下的众多武学世家，那曹海自称'地煞郎君'，必是'日月神教'里的人无疑，这可糟了，赶紧追！"说毕，向南方追去。

能智大师把手一挥，说道："老衲向西，单少侠，你向东，咱们分头追，事不宜迟，一切待以后再作打算，万不可让彭姑娘落入魔教人手中！"语音未落，人已去得老远。

单宝儿心中比他们三人更焦急，他一时也弄不清楚彭丹玲到底是不是曹海掳去的，更怀疑还有他人乘混乱打斗之机将曹海和彭丹玲一并捉了去，至于曹海是不是'日月神教'里的人，也还得进一步证实，单宝儿心乱如麻，爹爹未曾找到，师妹又与他走失，大仇虽然是报了，而现在最心爱的伴侣却遭人掳走，如何叫他不心焦如焚！

这个中的头绪一时也理不清，为今之计，也只好按能智大师的意思向东追去，心中主意已定，人已腾空而起，展开全身劲力，施展轻功，向东疾奔。

突然，他面前人影一晃，已然发现一个蒙面人如箭一般地向他撞来，单宝儿临空拍出一掌，那蒙面人亦出掌相接，"砰"的一声，单宝儿身形顿时从空中飘落下地，而那蒙面人则娇叱一声，身形向后暴退数丈。

在这紧急关头，突然出现这种情形，单宝儿不由得大为恼火，大声吼道："岂有此理，为何阻拦我的去路？有何目的？快快从实招来！"双足刚点地，身形向那蒙面人疾扑过来，忽地一道白光向他面门射来，单宝儿伸出右手，两指一夹，将那东西夹住，人在空中，已清楚看到手中接住的是一支飞镖，上面带着一张纸条。

单宝儿大为诧异，凝目一看，那纸条上面写道："快做正经事去罢，你的朋友不会有危险的。"再看那支镖，却是一支鬼头雕刻的木镖，单宝儿大喜，真是踏破铁鞋无觅处，得来全不费功夫，到处寻找这雕刻鬼头木镖的主儿，今日却被自己碰上了！

单宝儿来不及细想纸条上的话意，足刚点地，立刻又向那蒙面人追去，仍可看见那蒙面人在视野中成为一个小点点。

单宝儿一路发足疾奔，但见那小点点越来越大，越来越清晰，发现那人穿着一身洁白的衣衫，尽管轻功甚高，仍可见那人步履轻盈，体态婀娜，显然是一个女子。

单宝儿大感怪异，暗道：这个女子是什么人？怎的会发鬼头木镖？"妙手神偷丐"秦通秦长老是她杀的吗？她如何知道丹玲不会有危险？这么想来，不禁暴喝道："站住！为何鬼鬼祟祟地蒙着面，不敢以真面目示人？"他这一声吼，聚集了全身的劲力，内力通过声音传送出去，震惊数里之外。

那蒙面女人听到吼声没有站住，而是身形竟在空中跌落下来，摔在地上。

"我怎么会有如此威力？"单宝儿吃惊之际，已然来到那蒙面白衣女子的身前，见她那双清澈明亮的眼珠下射出惊异的目光，望着自己，单宝儿已可以想象她那蒙着面纱的脸庞，定是苍白无血色，但她并不畏惧，那双美目居然把单宝儿全身上下打量个透，像欣赏一件十分珍贵的艺术品一般。

单宝儿的语气不自觉地缓和了，说道："我问你，'妙手神偷丐'秦通秦长老可是你杀的？"

那蒙面女子用怨恨的目光看了他一眼，娇哼一声，站起来，并不答话，拔足便走。

单宝儿如何能放过，身形一晃，即挡在她的面前，拦住了她的去路，冷冷地说道："有胆子做，就该有胆子承认，你倘若再不回答，别怪在下不客气了！"

那蒙面女子仍不作声，转身又走，单宝儿如影随形，再次如鬼魅般地出现在她的面前，如此数番，那女子始终逃不过单宝儿的阻拦，便干脆立于原地，不再乱动，单宝儿静立在她的面前，心中暗自奇怪，自己居然脾气这样好？但那女子却也没有要与他动手的意思，高昂头，一副冷傲的样子，但亭亭玉立，定然是个美人坯子。

此时，两人相距不过三尺，顺风送来那女子身上淡淡的幽香，单宝儿不禁心神一荡，既而一惊，暗道：这女子既然能杀了秦通秦长老，武功必定不弱，我切不可有怜香惜玉，心慈手软的念头，便喝道："你是哑巴？还是聋子？我问你话，如何不答？"

那女子终于大怒，气愤地说道："你才是哑巴，你才是聋子，本姑娘想答就答，不想答就不答，你又能如何？"

单宝儿不怒反喜，暗道：你终于开口了，如果不开口，如此僵持下去，我倒不知如何对付！当下便说道："那是为何？杀了人不敢承认么？"

那蒙面女子更加恼火，气道："你不但是哑巴、聋子，还是瞎子、十足的笨蛋，杀秦通的明明是个大男人，为何诬赖本姑娘？"

单宝儿不禁大为恼怒，自入江湖以来，还从来没有人如此痛骂于他，就连能智大师、任重义以及万华山这样的江湖著名人物，也对自己客客气气，彬彬有礼，今日却遭个不知名的蒙面女子的连声大骂，心中颇不舒服，俊脸通红，刚要以牙还牙，以眼还眼，对她一阵痛骂而后快，那女子却抢先说道："听着不那么顺耳是么？

那天秦通被杀，你亦亲眼目睹，明明是一个蒙面男子所为，却来诬赖我一个女子，你是不是瞎子？是不是笨蛋？嗯?!"

单宝儿顿时怒气全消，回想起去年那一日秦通被杀时的情景，的确是一个蒙面男子所为，并非女子，不由得再次满面羞红，支支吾吾地说道："那你可……可知……知杀秦长老的是……是谁?"

那蒙面女子怒道："你问我，我问谁去？现在你明白秦长老不是本姑娘杀的了，是不是?"

单宝儿羞愧地答道："是!"

那女子说道："请你让开，我要走了!"

单宝儿兀自立在她面前不动，暗道：这女子当真古怪得很，不知那天她躲在什么地方偷看，我和彭丹玲竟没有见着她，她反而看见我俩了？便问道："在下尚有许多不明之处，请教姑娘!"

那女子哼了一声，说道："和你这种笨蛋说不清楚，别浪费本姑娘的宝贵时间，请让路!"

单宝儿也不恼火，说道："姑娘倘若不愿相告，在下只好……"

那女子心中一紧，惊声问道："你想怎样?"

单宝儿心中暗笑，答道："在下只好死缠着姑娘了!"话刚出口，顿觉不妥，不禁再次脸红。

白衣蒙面女子冷笑道："天下再没有你这般无耻之人了，有屁快放，有话快问，本姑娘可没闲工夫!"

单宝儿连连称是，说道："去年丐帮的那张字条也是姑娘故意留的了?"

白衣女子淡然答道："是!"

"姑娘陷害我和我的朋友又是为何?"

"混账，我几时陷害你们了？你且说说!"那蒙面女子怒目圆睁地说道。

"你在纸条上留言说我二人为夺藏宝图，杀了秦长老，丐帮弟子将我二人捉到洛阳丐帮总舵发落，幸好帮主慧眼识破不是我二人所为，否则，我二人被你害得性命都丢了，在下与姑娘素不相识，无怨无仇，你到底是何居心?"单宝儿义正辞严地说道。

那蒙面女子一阵娇笑，说道："真是笑死我了，这是丐帮捉了你，与我何干？你自己处在瓜田李下，难保叫人不怀疑，自己做事不小心，怨得了别人吗?"

单宝儿又气又恨，说道："若不是你故意相告于丐帮弟子，我二人也不会被他们捉住！"

"噫？你这是不打自招，承认秦通是你杀的了？幸好本姑娘知道不是你干的，要是这话拿到丐帮中去说，人家不说是你杀了秦通才怪，瞧你笨头笨脑，两句话都说不清的傻样，武功倒不赖，你叫什么名字？"白衣女子说道，神态甚是高傲。

单宝儿好生气怒，但又得要从她口中知道丹玲的情况，不便发作，说道："在下的名字不足挂齿，姑娘还是不知道的好，省着扰了姑娘耳根清静！"

那女子清笑一声，说道："那好，让本姑娘清静清静罢！"说着，侧身从单宝儿身旁走过，再也不理他了。

单宝儿急了，再次挡住了那白衣蒙面女子的去路，问道："在下有最后一个问题请教姑娘，否则，你不能走！"

那女子冷冷地说道："你不是不屑与本姑娘谈话吗？还有什么好问的？本姑娘一概不知道！"

单宝儿怒道："今天你说也得说，不说也得说，我的朋友到底是谁掳去了？"

白衣女子轻哼一声，说道："本姑娘不知道！"

单宝儿气极，说道："那定是你做的好事，快说，我的朋友在哪里？"

白衣女子露出鄙夷的目光，说道："说你笨，当真愚笨如牛，我独自一人，你没瞧见吗？"

单宝儿冷冷地说道："那定是你的同伙干的！"

白衣女子怒道："真是不可理喻，无赖！"

单宝儿也不敢与她动手，气愤地说道："请姑娘放尊重点，在下的忍耐是有限度的！"

白衣女子像是故意气他，说道："有胆子你就杀了本姑娘，看有没有人告诉你心上人的下落！"

单宝儿大为吃惊，暗忖道：她何以知道丹玲是我的心上人？这姑娘当真古怪，但又不能得罪，否则，丹玲的下落便无从找起了，但继而又喜，说道："姑娘是知道她的下落了？"

那女子怨恨地带几分妒意地望了他一眼，说道："你这个大笨蛋，这么大的太阳，让本姑娘到前面的亭子里蔽蔽阳光好吗？"

经她这么一说，单宝儿方才觉得全身一阵闷热，看那姑娘汗水已经将蒙面的黑纱巾都湿透了，抬手往脸上一抹，早已是汗水淋漓，为了追问她，自己竟未觉，回头一望，前面果真有一个凉亭，单宝儿身侧过，说道："那你可告之我她的下落了吧！"

那女子边向前面走去，边答道："不知道！"

单宝儿大为恼火，气愤地说道："那你干吗说她没有危险？是不是故意拖延在下的时间？"

那蒙面女子也生气了，说道："你爱怎么想，就怎么想，反正本姑娘没有骗你！"

单宝儿听着暗道：这就奇怪了，她既说不知道丹玲的下落，又说她没有骗我，那么丹玲是没有危险了！我是该信她呢，还是不相信？她定然有一种说法是假的，噫，莫非她想要我替她干什么事才肯说出事实真相吗？

这么一想，单宝儿便说道："姑娘只要能告诉在下朋友的情况，想要在下做什么，尽管说吧！"

那白衣女子坐在凉亭的石凳上，打量着他，说道："你以为本姑娘是做讯息生意的吗？不过，你与我一起去做一件事，证明我的看法是否正确也好。"

单宝儿迫不及待地说道："什么事，咱们这便去做！"

白衣女子说道："不急，离目的地还远着呢！"

单宝儿心道：你倒是不急，可我心里急呀，多耽搁一会儿，丹玲便多了一分危险，但他是有求于人家，又见那女子态度冷漠，性格高傲，不愿强求，只好耐着性子在她对面的石凳上坐下，却刚坐下又站了起来，嘴唇一动，想要说什么，却话到嘴边又咽了下去，急得在亭子内来回直转。

那白衣蒙面女子起初视而不见，但见单宝儿来回转悠，急得像热锅上的蚂蚁一般，忍不住"扑哧"一声，笑出声了。

单宝儿气愤愤地说道："好笑吗？没见过男人这种锻炼身体的方法吗？"

白衣女子笑得花枝乱颤，说道："噫？想不到你这笨蛋还挺逗的嘛，看来你倒是个多情种子！"

"不！是痴情！"单宝儿纠正道。

"有什么分别吗？"白衣女子像是明知故问。

"不会移情别恋！"单宝儿答得甚是干脆。

第二十二章

白衣女子顿时沉默了，良久，叹了一口气，轻声问道："你能告诉我你叫什么名字吗？"

单宝儿毫不相让，说道："那你能说出你的芳名吗？你能揭开你那神秘的面纱吗？你能告诉我你到底是何门何派何人的高足吗？"

白衣女子笑道："我只问你一个问题，你怎么问那么多，明摆着想赚一把嘛！"

"那么姑娘一问换在下一问也可！本人行不改名，坐不改姓，单宝儿是也！"单宝儿极力地与她周旋，想套出她的来历。

谁知那白衣蒙面女子并不回答，而抬起一只羊脂般的玉手将面上的黑纱猛地扯了下来，单宝儿一看，差点叫出声来，那是一张奇丑无比的脸，世界上再也没有比这张脸更丑的脸了，这张脸凹凹凸凸，肌肤浮肿，面容黝黑如炭，不似人形，生得极是丑陋，唯有一对明眸颇有神采。

单宝儿与她对视，见她眼神中充满自信，并不因为那丑脸展现而自惭形秽，便大胆地问道："为什么会这样？姑娘有什么仇人相害吗？"

这一问，却让一直冷傲的白衣女子好生感动，眼眶顿时盈满泪水，但泪水在眼眶里打转，始终没有流下来，想是那姑娘强忍住了。

单宝儿看得真切，心里懊悔不已，难过地说道："是在下不好，惹姑娘伤心了。"

那白衣女子慢慢地将面纱蒙上，微微摇了摇头，说道："单少侠，这不关你的事，都是那可恶的挨千刀的短命的老不死的贼子，本姑娘一定手刃这个恶徒，为我娘报仇，唉，我苦命的娘啊！"

单宝儿听她话意，果真有过一段不寻常的经历，不过不是她，而是她娘，单宝儿也不好再多问，以免惹她伤感。

白衣女子见单宝儿突然变得异常平静，不再像先前那样急躁不安，说道："单少侠，你是不是觉得我很丑，很难看，不愿再与我说话？"

单宝儿知道爱美是女人的天性，白衣女子既然将自己丑陋的面孔蒙上，就是不想天下男人和女人见到她的丑貌，但她却对单宝儿毫不隐瞒，连这样难以见人的面容都展示他，自是对他极为信任了，自己却不能不信任于他，不能再刺痛人家的伤处了，便说道："姑娘也忒小看在下了，人不可貌相，虽然是美若天仙，但若心如蛇蝎，又怎能言其美？倘若一人心地善良，不坑人害人，心灵美，便是世上最美的人了，姑娘对在下信任坦诚，足见姑娘的心灵美至极点，单宝儿巴不得结交你这样的朋友，怎能看不起姑娘！"

白衣女子听了大为感动，说道："单少侠不仅相貌俊美，心地更是善良，对心上人又如此痴情，实是人中之龙，小女子只怕没资格与少侠交朋友！"

单宝儿笑道："姑娘说哪里话，你我击掌为誓，从此交为朋友，你看如何？"

白衣女子一愣，说道："少侠心诚如此，小女子这等丑陋的容貌，你不嫌弃，小女子如不从命，反而显得不尊重了，不过，小女子想与少侠交一个不同一般的朋友，是最最要好的朋友，方可显出我的诚心一片。"

单宝儿大喜，也不对她的话加以细想，当即说道："好，好，如此甚好，咱们从此成为最好的朋友，有难同当，有福同享，有愁同分担，有仇一起报！"说毕，伸出双掌。

那女子欣喜地伸出一双玉掌，羞涩地与单宝儿双掌一击，说道："单少侠可不许反悔！"

单宝儿伸出一手，指天发誓道："单宝儿从此与……与……"

白衣女子会意，说道："温玉娥！"

单宝儿接着说道："单宝儿从此与温玉娥温女侠结为最最好的朋友，如有反悔，天劈五雷轰，叫我不得……"

温玉娥"扑哧"一笑，打断道："好啦，用不着发这么多毒誓，今天，我很开心，单哥哥要不要听我讲我娘与那恶贼的故事？"

单宝儿见她改口称自己为"单哥哥"，觉得甚是亲切，便说道："温姐姐讲吧，在下洗耳恭听！"

温玉娥笑道："单哥哥这么客气，你怎知我一定比你大？"

单宝儿很随和，笑道："那我叫你温妹可以吧？温妹，你讲吧！"

温玉娥显得十分高兴，响脆地答道："嗯，我这就讲了，你别心中老挂念你的那个心上人，可不可以？"

单宝儿心道：你讲你的故事，怎的还不许人家想心事？不过，你既说了她会没有危险，不想便不想，当即笑道："当然可以，不过，你得保证她平安无事！"

温玉娥用嫉妒的目光望着他，说道："如果不保证，你便没心思听，是不是？"

"那是当然！"单宝儿回答得十分迅速。

温玉娥明知单宝儿没有心思听她的故事，即便是她作了保证，单宝儿也只是半信半疑，仍会心不在焉，不禁幽幽地叹了一声。

单宝儿惊道："温妹，你又伤心了？！"

温玉娥低垂蟝首，说道："只怨我命苦，你的那个心上人的命真好！"

单宝儿一怔，没想到她居然为自己而和丹玲起醋意，这句话隐约表达了对自己的倾心之忧，又见她澄清的眼珠正含情脉脉地望着自己，淡淡幽香随着午后的热风阵阵送到鼻中来，待要对她说几句温柔的话，忽地心中一动：单宝儿啊单宝儿，丹玲对你一往情深，为了单家的将来，不惜献身于你，你却对别的姑娘心动神摇，把持不住，如何对得起她？想到此处，坐正身子，正色地说道："温妹，你我已是最要好的朋友了，从此以后你再不会有苦难了，纵使有，我亦与你一并分担！"

温玉娥心中正迷糊，忽听他这么说，不由得大喜，问道："真的吗？"

单宝儿斩钉截铁地说道："自然是真的，你现在就将心中的苦恼一古脑儿讲出来，让单哥哥替你分忧好么？"

温玉娥眼眸一亮，面纱向里一凹，像是樱口微动，想说什么来着，却又缩回去了，良久，她神态极为伤感地说道："我娘是一个很美很美的女人，简直美得不得了，十八岁那年，我娘无意之中见到了严杰群，这个严杰群长得十分英俊、潇洒，又有一身好武艺，我娘一眼就看上他了，有一天，我娘故意与严杰群贴面一撞，这一撞便撞出了爱的火花，严杰群怔怔地看着我娘，一下子被我娘的美丽倾倒了，两人一见钟情，不久便结为了夫妻，结婚的头几年，严杰群对我娘一直很好，百般体贴，我娘更是喜，不自胜，暗自庆幸遇到了一位好夫君，后来，我娘便怀上了我，严杰群不喜反而对我娘十分冷淡，常常外出与别的女人厮混，我娘知道身怀六甲，不能伺候他，当下心中十分气愤，但强忍着，以为生下了我以后，他便会回心转意。"

"谁知这个淫贼从此再也不理我娘了，其实我娘那时候仍然美得不可形容，可风流成性的严杰群早已对我娘失去了兴趣，偶尔临幸我娘一次二次，后来，我娘终于发怒了，看到那些比她差了不知多少倍的女子，与自己心爱的人在一起鬼混的情景就来气，便将她们一个个地杀了，只要谁与严杰群好，她便不声不响地将她杀掉。"

"那个歹毒的老贼竟连哄带骗地让我娘服下了剧毒的粉斑蜘蛛毒，后来我娘便成了我现在这个样子……"

单宝儿听了惊了一跳，惊声问道："难道温妹也服了这种毒吗？"

温玉娥冷冷地说道："怎么？你怕了？"

单宝儿心中十分惊惧，但却笑道："我不怕，倘若你真的服了这种毒，我一定请赛华佗妙手神医喻前辈为你解毒。"

温玉娥甚是感激，眼泪欲流，说道："我没有服这种歹毒的毒，倘若服了，也没有人能够解救，我娘变成我的这种样子，使毒发攻心，气息奄奄，老天有眼，正在这个时候，一个老尼来到我家化缘，我娘在临终前将便将我托付给她，这个老尼姑欣然答应了，还听我娘将她的经历说一了遍，便含恨而去，这个老尼姑实际上不是尼姑，是故意扮成的，她后来便成为我的师父，再后来，我师父为了替我娘报仇，竟同样遭到严杰群的暗算，不幸死了，于是我师祖便收留了我，那只不过是前十几年的事了。"

单宝儿听得目眦欲裂，挥拳砸向凉亭的石桌，顿时将石桌砸得粉碎，温玉娥吃了一惊，只听得单宝儿说道："不手刃这等恶人，誓不为人！温妹，我替你报仇。"

温玉娥淡然说道："多谢单哥哥，可是我不想他死在别人手下，我一定要他生不如死，要亲手让他活活被折磨而死，受尽人间的痛苦！"

单宝儿听了一怔，虽然这未免过于残忍，但对付这样的恶徒，不残忍一点，难以警醒世人，于是便说道："也好，那么温妹，要我与你一起做的事是什么事？"

单宝儿听了这样让人伤心的故事，不忍让温玉娥沉浸在极度悲伤之中，便转换话题。

温玉娥明白他的心意，说道："还是与这件事有关。"

单宝儿见她并不在意，便问道："那你该姓严才是，为何姓温了？"

温玉娥咬着银牙，狠狠地说道："我没有这样禽兽不如的父亲，我不要做她的女儿，我只有我娘，我娘姓温，我便姓温，只当那个老淫贼死了，可是他到如今还逍遥自在，还在糟蹋良家女子，我岂能让他多活一天？只是他后来隐姓埋名，不知所踪，我到处寻访，已感觉到他便躲在离这不远处的地方，咱们今天晚上便去取他狗命，不，我要他生不如死，让他如狗一般地活着，叫他吃尽人间的疾苦，要他……"

单宝儿听着发毛，连忙打断道："好，好，让他多受一份罪也好，咱们这就去吧！"

温玉娥却道："单哥哥，你为什么如此相信我？你怕你心爱的人有危险吗？"

单宝儿笑道："温妹既然说她没事，就会没事的，我相信你，因为我与你一样，遭受不幸的人是不会说谎话的，是吗？"

温玉娥感谢地看了她一眼，说道："走吧，我们先治理那个恶贼，然后去见你的爱人！"

单宝儿点了点头，与温玉娥一道起程前行。

是夜，月黑风高，微带雨。

若非温玉娥在前引路，单宝儿就算手上拿着严杰群的地址，恐怕仍要花一番工夫才能找到这心狠手辣的淫贼的巢穴。

严杰群的居所座落于城东的民居之中，房舍鳞次栉比，包括他隐居的巢穴在内，数百间院落，一色青砖青瓦，由小巷相连，形成深巷高墙，巷窄小而曲折幽深，数于街巷里拐弯，纵横交错，都以大青石板铺地，形式大同小异。

二人冒着微微细雨来到这里时，就像走进一座迷宫里，难以认识路径，尤其是这黑夜时分，仅凭房舍透出的昏暗灯光，就是如进鬼域一般。

但温玉娥却有非常异样的感觉，她能感觉到毒父的所在。

单宝儿则清晰地看到，在这种地方，要打要溜，都方便得很。

单宝儿掠入其中一条巷里，打趣道："严老贼定不只你一个仇家，否则不会住在这种走得人头晕眼花的地方！"

温玉娥肯定地说道："定是如此，不过有谁能如我这般穷追他呢！"

尚未说完，已是细腰微微一扭，飞上了左旁的瓦顶上。

单宝儿同时跃了上来，二人伏下后，俯望前方巷口深处，细雨朦朦，人踪杳然。

单宝儿惊讶道："温妹，好像没有什么人吧？"

温玉娥低声道："我的感觉绝错不了，真奇怪，为何我感到有人在接近呢，却又不见人影，听不到声音，这是从来未有过的呀！"

单宝儿突然说道："我也心生警兆，有人！"

但见一队十多人的黑衣武者，正从巷的那边而来，行动十分谨慎小心，在狭窄的小巷里蛇行前进。

二人同时一怔，顿感到此队人马将破坏他们的计划。

那一队人马迫近时，单宝儿已在细雨黑夜中看清他们个个戴着面具，那面目狰狞恐怖，难以形容，单宝儿出道以来，还是头一次见到这类怪人，心中不免有些迷惘。

待那些人远去后，二人相视了一眼，便展开轻功跟了上去。

因为二人同时产生强烈的预感，那些人马定是去找严杰群这个混蛋。

过了少许时刻，便听到那些人在一处房舍门前停了下来，其中一人上前用门环重叩了三下，接着又轻叩了三下，那门便"吱呀"一声开了，接下来便是那帮人入内的声音，却无一人说话。

过了良久，二人这才靠近那处房屋。

温玉娥的感觉愈加强烈，凑近单宝儿的耳边，用细如蚊声般的声音说道："这便是那个狼心狗肺的人的家宅了！"

其实，温玉娥用比这还细小的声音说话，单宝儿亦能听得清清楚楚，不过，温玉娥压根儿不知这档事儿。

温玉娥的樱唇如此凑近单宝儿，吹气如兰，幽香更浓，单宝儿心神一荡，暗道：女人真是尤物，这么丑的女子，原来却也这么香！

他微微一笑，低声说道："真奇怪，我突然也有许多莫名其妙的感觉，也感到这便是我们要找的那个严杰群的家了！"

温玉娥再次凑近她，说道："真的吗？你也练过这种功夫？那太好了！"心中一激动，脚步轻轻一滑，樱唇正好在单宝儿的右颊上碰了一下。

温玉娥大吃一惊，待要分辩此举并非自己轻浮贱薄，却又不知如何说起，虽然仍隔了一层薄薄的面纱，她却早羞得满脸如一朵大红花一般，幸亏是在黑夜之中，又有面纱相隔，不然的话，真的不知怎么面对单宝儿了。

单宝儿却平静如常，知是她在细雨润湿的屋瓦上把持不稳，脚滑的缘故，说道："小心！"伸手扶了一把。

温玉娥原本就如她母亲一样，情孽深种，自见单宝儿在段家堡与丹玲相拥时与段家堡弟子相斗，便对他产生好感，更对丹玲的这种幸福充满着向往，后来短短的半天相处，那颗芳心潜意识地便许向了单宝儿，不仅是因为他长得玉树临风，英姿挺拔，更因为他待人真诚，有一颗豁达善良的心，这正是她的梦中情人，尽管她的门规不允许她心有所属，但普天之下的妙龄少女，哪一个不怀春？真正做到绝情的人又有几人？即便有，也不该是她这般年岁。

自己原本无意中的动作使得她又羞又怕，这时被单宝儿一手握着她的柔荑，慌乱的心又更加又惊又喜，甜蜜得不得了，充满了柔情蜜意地瞥了单宝儿一眼，这深情的一瞥使她后来为单宝儿而死，而情愿放弃门主之位。

世事如戏，谁又能预知许久以后的事？似乎有人能，但他们总说"天机不可泄露！"注定你是如此命运。

单宝儿此刻心中只有彭丹玲一人，甚至连小香香都未能及得上丹玲在她心中的位置，更不必说薛钗儿、张梦绮了，同样，温玉娥也不能，不过，单宝儿若是情场老手的话，就不会不知道温玉娥的心意，早在几个时辰前，温玉娥便向他表明了心迹，她说要与单宝儿交一个不同一般的朋友，是最最要好的朋友，方可显出我诚心一片！只可惜单宝儿会错了意，是以他能心静如水。

温玉娥心中甜蜜之际，单宝儿拉着她的手，毫无儿女之情，唯有兄妹之亲地飞落在严杰群房舍前边屋顶上。

严杰群的巢穴若从门外看去，实与其他民居无异，只是门饰比较讲究，不像邻居门墙的剥落残旧。

但二人一入房屋内院，却是另一番风景，不但宽敞雅洁，园林与院落浑成一体，布局清幽，建筑亦别出心裁，颇具特色。

这座名为"清雅庄"的庄院，名字是单宝儿一眼瞧见那门上的称号而得知，以主宅厅堂为主，水石为衬，复道回廊与假山贯穿分隔，高低曲折，虚实相生。

水池之北是座山顶式的小楼，五楹两层，翘角飞檐，像蝴蝶振翅欲飞，非常别致，严杰群的卧房就是那间。

单宝儿看了温玉娥一眼，很难想象如此清闲雅致的房宅中，居然住着一个风流成性、荒淫无度的恶魔。

小楼后是蜿蜒的人造溪流，由两道小桥接通后院的仆人居室和仓房。

"清雅庄"占地不广，但是丘壑宛然，精妙古朴，极具诗意。

二人将这恶贼的窝居巡视了一遍，竟无人发觉二人的到来，二人一时都看呆了眼，想不到这种贼人却如此懂得生活情趣。

单宝儿终于收摄心神，低声说道："温妹，咱们如何整治他？"

温玉娥定了定神，秀目立即射出惊惶之色，低呼道："快走，我已强烈地感到敌人已察觉我们的行动了！"

单宝儿只想尽快地帮温玉娥办完这件事，好早日知道彭丹玲的下落，且自负武功臻于化境，不屑地说道："既然来了，怕他做甚？趁机杀了他也好。"

温玉娥柔声说道："单哥哥，我是不想连累你，你还有光明的前途呢！"

单宝儿有些生气地说道："温妹，这是说哪里话，不是说过有难同当，有仇同报么，咱们若是要退，也是一起退出，既然你有心放他一马，我也只好暂让这淫贼多活两天了！"

温玉娥道："今晚恐怕不是整治他的时候，咱们走吧！"

说着，与单宝儿手牵着手便想离开"清雅庄"。

突然，一个声音传入单宝儿的耳鼓，这声音，单宝儿听了觉得太熟悉了，只不过说话的语气似乎变了些，这种久违了的熟悉的声音竟让他不想离开，一定要探出个究竟来。

温玉娥听不到那个声音，见单宝儿并没有想走的意思，低声问道："单哥哥，怎么了？"

单宝儿头也不回地答道："温妹，不是单哥哥不听你的话，这件事我非查明不可！"

温玉娥好生诧异，问道："什么事？"

问话间已被单宝儿拉着一齐向那小楼而去。

两人跃上一棵离小楼二十来丈的大树上，却无半点声响，单宝儿心中奇怪，想不到温玉娥的轻功亦这般好，足可与任大哥相比。

二人抬眼望去，但见小楼灯火通明，窗户却紧紧地关着。

熟悉的声音传来，单宝儿心中一怔，听见那人道："严坛主，段天拜那老儿怎么样了？还没有与他的宝贝孙子自相残杀吗？"

那严姓人道："三堂主错了，敝人姓田，不姓严……"

那堂主哈哈大笑，说道："严杰群，你用不着老戴着面具，我已经查过你的身世了，还不老老实实地回答本堂主的问题！是不是对我这个新任堂主不服哇？"

严杰群见那堂主这么一说，语气顿时软了下来，颤抖地说道："属下不敢，只不过是因仇家太多，为掩人耳目，望三堂主见谅！"

三堂主不以为意，说道："你堂堂的一个神教坛主，还怕仇家来寻仇不成？莫要长他人志气，灭咱神教威风，一切有教主替你撑着，还如此缩头缩脸，有什么资格任我日月神教的坛主！"

严杰群道："堂主教训的是，属下再也不敢了！"

单宝儿和温玉娥听了同时大吃一惊，想不到严杰群竟成了日月神教的坛主，温玉娥这时候已能听到他们的谈话，皆因此处距离小楼不远了，足可清晰听见。

单宝儿好生奇怪，明明那个什么三堂主的声音听起来熟悉得不能再熟悉了，却一时想不起来到底是谁，且又为何是日月神教的三堂主？

正纳闷之际，听到严杰群接着说道："启禀三堂主，听说今日那老贼段天拜夫妇已经被一个姓单的小子杀了，哈哈，教主叮嘱属下多年在此秘密监视的任务已完成了，不知三堂主可曾听教主对属下另有何吩咐？"

单宝儿越听越奇，暗想道：为何日月神教要监视段家堡？为何听了我杀了段氏夫妇显得如此高兴？却又为何对此事了如指掌，难道真的如段天拜所言，我真正的仇家是日月神教教主？段天拜是我的爷爷？那单雄仁是我什么？如真是这样，我岂不是亲手杀了自己的亲爷爷，亲奶奶！

单宝儿一头雾水，思潮翻涌，心里却乱如麻，不知该到底相信这究竟是不是事实。

又听那三堂主哈哈一笑，说道："严坛主聪明，教主觉得你再也没有留在此处的意义了，咱们神教已决定于今年八月中秋在'不归谷'集合，到时大举进攻京城，一举夺得天下，哈哈，咱们可有福享了！"

单宝儿和温玉娥听了犹如晴天霹雳，日月神教竟然想谋反，夺皇帝老儿的江山？！

严杰群亦哈哈大笑，说道："到时候，三堂主可就是一朝大臣了，说不定后来还可以当上皇上呢！"

三堂主哈哈大笑，说道："严坛主也不会低到哪儿去，届时你可用不着在这种地方受苦啦，教主！不，皇上封你美女千儿八百的，够你受用了！"

严杰群乐不可支，说道："那得感激皇上恩赐了！"

三堂主道："咱们光归乐，时下还有许多事情要办，你现在负责将这张藏宝图弄到那姓单的小子手中，好让他尽快了却教主的心愿！"

严杰群像是接过了地图，答道："是，属下一定办到！"

单宝儿听了更是大感意外，藏宝图何时落入"日月神教"之手？爹爹到底身在何处？是不是已遭"日月神教"的毒手了？

想到这里，心中甚是伤感难过。

温玉娥突然低声说道："单哥哥，咱们走吧，我感觉到敌人已采取行动了！"

单宝儿这时哪有心思去感受外界的肃杀气氛，说什么也不愿放弃这个千载难逢的好机会，一定要从那个三堂主口中得知藏宝图何以落入"日月神教"，爹爹单敬贤到底是不是身遭毒害。

正当二人相持之际，整个"清雅庄"突然"呼"的一声，全庄通明，到处都是火把，虽然下着细雨，却不能扑灭那火把的火势。

两人骇然大惊，镇定心神，跃下树梢，向火把最少的地方奔去。

单宝儿开始后悔了，说道："温妹，都是单哥哥不好，没听你的话，否则也不会身陷敌人的埋伏！"

温玉娥则显得异常平静，说道："单哥哥，这不怪你，一看他们的形势，便知是早有防备！"

单宝儿边奔边说道："那我们快突围！"

语音未毕，两条黑影疾飞而至，由二人侧面而来。

一个熟悉的声音传来，说道："小子，你逃得了吗？"

单宝儿和温玉娥同时分向两条黑影疾驰攻去。

那三堂主其实便是单宝儿的父亲单敬贤，那一日，为救彭丹玲，自己身遭"日月神教"的围攻，终因不敌对手，被生擒活捉，岂料被"日月神教"的日神左使单雄仁运用"摄魂术"将其控制，将已往的一切忘得一干二净，死心塌地地为单雄仁杀人，这也正是"日月神教"教主与日神左使及月神右使几十年处心积虑精心安排的一曲好戏，那就是要让他们父子俩自相残杀，不过，他现已改名为郑伯成，又屡建功绩，便成为"日月神教"的三堂主，当然，单敬贤并不知道自己到底是谁，他已将过去的一切忘记了，唯一知道的便是自己必须竭力为单雄仁卖命，自己叫郑伯成，是"日月神教"的三堂主。

事实上是单敬贤的郑伯成戴着面具，这是"日月神教"特有的，单宝儿攻他的时候，并不曾发觉他便是自己千辛万苦要寻找的爹爹。

郑伯成已非没有见过阵仗的人，但仍未想过世上竟有这么可怕的武功。

单宝儿突如其来的猛攻，让他才警觉时，整个人已陷进一种近乎无可抗拒的劲漩里。

这是千百股奇怪的力量，部分把他扯前，部分却直压而来，还有几股横向和旋转的力道，就像掉下了大海怒涛汹涌的漩涡中，使人难有自主把持的能力。

幸好单敬贤先一步生出警觉，又幸好单宝儿没有全力进攻，否则此时怕早已东倒西歪，难以立稳。

单宝儿此时的功夫却是在"亡命谷"中"亡命城堡"时小香香交给他的一种奇怪的功夫，这时心到手到，意随心发，自然而然地使了出来。

单敬贤至此乃生死关头，想都来不及想，手中长剑聚集了全身功力，向来人刺去。

一时间，他只能见到一个人影子。

一点剑芒，正在他眼前扩大。

无坚不摧的剑气，透过长剑侵来，使得单敬贤呼吸顿止，全身有若刀割。

单敬贤由小楼来到单宝儿面前，发觉有异，直到这可怕的对手施以迅捷无比的攻击，只不过眨两下眼皮的工夫，但已使单敬贤陷进生平未曾遇过的凶险里。

这个对手太可怕了！

眼见手中长剑可准确封挡对手兵器时，对方长剑生出变化，徐徐地一晃，单敬贤的长剑已然击在空处。

那种用错了力道，有力无从施展的感觉，令单敬贤难受得差点昏厥了过去。

眼前全无人影！

幸好他多年的道行清晰地告诉他对手正以奇异莫测的步法，来到他左侧目光难及的死角。

最为奇怪的是，眼前仍有点点剑芒，依旧不断闪烁，使他睁目如盲，只能纯凭经验作出反应。

一道细尖的剑气，似欲刺住自己的腰眼处，如此厉害的身法剑招，确是骇人听闻至极！

单敬贤哪还有余暇思索，硬把刺空的长剑收回，扭身侧削。

同时扭头凝神往这可怕的大敌瞧去，人影一闪，单敬贤的长剑再度削空，对手竟如鬼魅般缠绕着他。

是他的亲生儿子，但他却不知晓，也不能够知晓，因为他已经被单雄仁控制，无从记起自己还有这么一个儿子！

单敬贤毕竟是武学大家，马上机灵起来，劲未用足，立即变招，同时往后疾退，他非想逃走，而是要站稳阵脚，准备反扑。

虽只两招之数，他已竭尽所能，为自己的老命奋战，因为他知道，闪避逃走只会徒然送命，不如搏他一搏。

蓦地剑芒剧盛，四面八方尽是呼啸的剑影芒光，虚实难测，招术难辨。

但单敬贤却能准确地把握到对手不但正在前方，要命的一剑亦正朝自己下腹处闪电攻至。

对手的速度显然比他快上几筹，所以他虽已在疾退，但主动权却全操在对方手内。

值此生死悠关之际，单敬贤运起长剑，更发挥出长剑的绝招，抖出一圈数十朵剑花，绞击在对手刺来的剑上，"当"的一声，这是他首次接触到对手长剑的剑身。

就连欣喜的念头都来不及产生，已然感到贯注在长剑剑身上的真气，一下子被对手之剑吸得一干二净，接下来便是对手之剑产生了一股粘贴之力，叫他连抽回剑身亦不能。

单敬贤临危不乱，正要弃剑逃命时，对方的长剑像毒蛇般附着他的长剑上，向他的小腹而去。

这厢温玉娥倏地欺身过去，举起右掌，轻飘无定地往严杰群的胸口按去。

严杰群无暇多想，凝神看她的掌势，只见那看来飘柔无力，不带丝毫风声劲气，仅像她想摸上他自己一把的玉掌，实循着某一微妙的轨迹朝自己拍来，更不住变化继生，叫人难以捉摸。

凭着经验，他清楚地知道，若让她击中胸口，说不定真要一命呜呼，值此生死攸关之际，不敢怠慢，大刀闪电般向她玉掌劈去。

温玉娥冷哼一声，欺身而上，左手扬起，手背横扫刀锋，竟然是近身肉搏的狠辣招数。

岂知严杰群刀招突变，硬把刀向后一抽，切往她仍不改攻来的右掌腕口处。

温玉娥想不到严杰群能把刀使得这么灵活，暗道：难怪师父失算，遭他毒手，偿若不是师祖教会我几路奇特的功夫，恐怕亦难对付这恶贼，心念电转之际，若想要躲避，自然易如反掌，但那时怎好面对师祖？岂不丢了她老人家的面子？于是猛咬银牙，左手变化，往刀锋抓去，同时侧身撞入严杰群的怀里，右手幻出千百掌影，使出了真实本领。

早先她只想打得严杰群跌得个狗啃屎，好出了心中一口恶气，毕竟他是自己的亲生父亲。

严杰群并非泛泛之辈，既然能当上"日月神教"的坛主，实非虚得，身影一晃，横移开去，不但让温玉娥的左手抓空了，还回刀削往她幻成漫天掌影的一掌。

温玉娥哪想得到他的反应如此快，再难留有余力，使出精妙绝伦的手法，先一掌拍在严杰群的刀锋上，如影随形地跟着他移动身形，掌背拂上了严杰群的胸口。

严杰群惨叫一声，往后抛飞，跌往回廊，同时凌空喷出一口鲜血，重重掉在廊外的石板上，温玉娥大吃一惊，以为他这一下必丧命不可，正待要追去看个究竟，岂料单宝儿一剑竟搠向单敬贤的小腹，早先她就有一种预感，单敬贤便是单宝儿的亲人，惊呼道："单哥哥，不可伤他！"

单宝儿并未有要伤那"三堂主"之意，这时温玉娥一喊，顿时收手。

谁知身为"日月神教"三堂主的单敬贤疾退之时，高声喊道："还不快快将两个小贼杀了！"

随着单敬贤一声令下，那些火把一齐向两人拢来，眼见着他们人多，温玉娥身影一飘，来到严杰群的身边，伸指连点了他身上几处大穴，将他提起，向腋下一挟，喝道："单哥哥，快走！"

单宝儿不想就此罢休，他还未弄清这个"三堂主"到底是谁，但形势不利，只好与温玉娥一齐掳了严杰群，纵身跃上屋顶，如飞而去。

雨越来越大，电闪雷鸣，似是隐含着一场暴风雨。

单宝儿从温玉娥手中接过被制了穴道，不能动弹的严杰群，两人在雨中穿过狭窄幽深的街巷，迅速地向郊区奔去。

后面那些"日月神教"的弟子和严杰群坛下的弟子追喊声渐渐消失，借着闪电的光明，二人会意一笑，直奔向郊区的一处树林。

两人奔出二三十里外，这才放慢脚程。

那雨下得正紧，雷鸣电闪，夜静得十分怕人。

温玉娥停下脚步，说道："单哥哥，放下他吧！"

单宝儿毫不客气地将严杰群像抛绣球般地扔向地上，"砰"的一声，严杰群如同死尸般摔在草地上，痛得直哼哼，硬是说不出话来。

黑暗中，单宝儿仍能见到温玉娥玲珑浮凸的胸脯一起一伏，呼吸又较为深重，显是见到这个亲生父亲却是一个十恶不赦的人，心情十分激动。

单宝儿知道她此刻的心情十分复杂，一个从小就失去母爱和父爱的姑娘，在渴望中期盼了十几年，渴望得到母爱和父爱，然而见到这个给了她生命的亲生父亲，却又是杀死她的母亲的恶人，此刻欣喜、仇恨、幽怨、辛酸、委屈……什么滋味都有。

　　单宝儿将手指一弹，一道光芒射向严杰群的身上，严杰群这才"哎哟"一声，喊出口来，他的哑穴已被单宝儿弹指隔空解开了。

　　严杰群中了温玉娥一掌，五脏六腑已被震得易位，这时穴道一解，禁不住地叫痛起来，但他马上意识到自己是掌握在别人的手里，仍气魄不减，说道："两位是何方神圣？何故夜闯我'清雅庄'？捉了本庄主，又意欲何为！"

　　黑夜的滂沱大雨淋得三人全身湿透，一道照得满天通亮的闪电过后，紧接着一声炸响，震得三人耳鼓嗡嗡作响，老天似乎亦在为温玉娥的悲苦命运抱不平。

　　就在这一瞬间，温玉娥如老天发怒般地冲向严杰群，身法之快，令单宝儿都感到大吃一惊，严杰群只觉眼睛一花，身上的各处大穴均已被解开，当再定睛细看时，温玉娥像是站在原地未曾动过一般。

　　唯一的一点改变使严杰群顿时魂不附体，面色死灰，那就是不知怎么的，闪电一闪瞬间，眼前的蒙面人露出一张令他最不想见的面孔，温玉娥的这一动作实在太快，在黑暗中，凭着闪电的光亮，严杰群并未看得如此清楚，况且还下着倾盆大雨！

　　可是单宝儿却将这一动作全过程瞧得一清二楚！

　　严杰群一见到温玉娥的那张熟悉的，久违了的，以为今生再也不会见到的奇丑的脸，顿时魂飞魄散，惊惧莫名地瞪着双眼，大声叫道："有鬼呀，有鬼，有鬼……"

　　严杰群惊吓得连滚带爬地逃走，然而老天像是在故意惩罚他，这时刻，他怎么也提不起真气，双腿酸软无力，像是被什么东西扯住了一般，加上草地上雨水多，怎么逃也逃不走，真像个断腿的瘸子。

　　又是一道闪电划破夜空。

　　温玉娥再次站在严杰群的面前。

　　严杰群只道是真的遇上死去的妻子温媚娘的鬼魂，趴在地上，将头叩在雨水草地上"啪啪"作响，口中喃喃念道："媚娘，我知道错了，我一定会烧许多的纸钱给你享用，你别吓我了，我求求你，你快回阴间去吧，过不多久，我就来阴间陪你，再也不分开了……"

温玉娥突然用嘶哑的声音阴森森地说道："你害得我好惨呀，你这个狼心狗肺的东西，还想骗得过我吗？"

严杰群更加吓得两股颤颤，哆嗦道："媚娘，我一直都很后悔，那天你仙游后，女儿也不见了，这么多年了，我一直在寻找她的下落，你在九泉之下，一定要保佑我们父女早日相见，只要我与女儿见上一面，我就立刻来见你，你去吧，我知道我罪孽深重，不知你现在是在天上，还是在地狱里，我想你心地那么好，一定在天上，我一定要改过向善，多积功德，也好将来能上天见你，否则我只能入地狱了，仍不能见你……"

单宝儿在一旁听得十分气愤，想不到严杰群仍死性不改，谎话连篇，若不是温玉娥早先说过要亲手杀了他，整治他，此刻恨不得将他送上西天。

温玉娥更是气得全身发抖，一道耀目的闪电划过，陡见她目光射出寒冷的光芒，猛然间在面上一拂，那张奇丑无比的面孔立时变成一副美如天仙的绝色佳人的面孔。

严杰群神情一呆，更加害怕得屁滚尿流，颤声道："你……你真的在天上，是了，你仍是这么美，这么漂亮，一定不会住在地狱里……"

单宝儿乍见温玉娥突然变得如花似玉般美丽，不禁一呆，想不到温妹原来是如此美艳不可方物！

温玉娥用沙哑的声音说道："你已经见到了你的女儿，现在该知道怎么做了吧？"

严杰群更是大感意外，说道："你……你到底是人还是鬼？"

温玉娥冷冰冰的说道："我当然是人，做鬼的应该是你，早该是你，不该是我娘……"

说罢，神情极为激动，满脸湿淋淋的，不知是雨水还是泪水。

单宝儿听温玉娥如此一说，情知便要不妙，连忙靠近她，怕她伤心至极，遭严杰群这个老奸巨滑的恶魔暗算。

严杰群果然清醒过来，心中的恐惧顿时全都消失了，倏地从草地上弹身起来，二话不说，一掌径拍向温玉娥的面门！

好阴毒的父亲！

单宝儿心中一惊，暗道：这严杰群不愧是武学大家，受了如此严重的创伤，仍然身法奇快！

　　心念电转，欺至于温玉娥的面前，挡住了严杰群冲向她的攻击，"啪啪啪啪"，连续四响，已然给了他四个耳光。

　　严杰群吃惊不小，想不到自己一生遇过的高手不少，却从未见过这种武功卓绝的人物，自己还未碰到目标的一根毫发，竟然被旁人后发先至给了他四个耳光，不禁恼羞成怒，喝道："臭小子，我与你拼了！"

　　温玉娥说道："单哥哥，你让开，我来与他作个了断！"

　　单宝儿知她的心意，知趣地退向一边。

　　严杰群突然停了下来，哈哈大笑，讥讽道："我的好女儿，怕老子杀了你的情郎是不是？看来你与你娘一样个性，不过你比你娘强多了，更合我的胃口！"

　　单宝儿想不到天底下居然有这种父亲，吼道："胡说八道，我们是……"

　　温玉娥打断了他的话，说道："是又怎样？今天便是你的死期！"

　　严杰群哈哈一笑，冷冷说道："那就来吧！"话音刚毕，已然欺近温玉娥面前，双掌挟着两股劲风，摆明是想与她拼个玉石俱焚。

　　温玉娥娇躯暴开，临空一个翻飞，落在严杰群的背后。

　　严杰群那一击已然落空，还未来得及转身，双耳猛然一阵刺痛，温玉娥双指戳入他的耳鼓，他顿时什么也听不得了，成了聋子！

　　严杰群惨呼一声，几乎跌倒，身未转，两掌已改为双拳，向后猛击。

　　温玉娥不闪不避，两只玉手已将他的两拳稳稳抓住，向里用力一扭，"喀嚓嚓"几声骨骼断裂声响，严杰群的两条手臂立成残废，再也发不起威风来。

　　温玉娥神态一变，说道："当初你可想到有今天这样的下场！"竟忘了他已经是聋子了。

　　严杰群"扑通"一下子跪倒在地，哭诉道："女儿，爹爹罪该万死，你杀了我吧，我再也不想活了，我死有余辜，这辈子就是积再多的功德，也弥补不了我的过失，杀了我，杀了我，你这位丈夫的确是人中之龙，爹爹看得出，爹爹能为你有这样的丈夫打心眼里高兴，我也该去向你娘恕罪了，做牛做马都应当去服侍你娘了，你就成全我吧，女儿，我的好女儿！"

　　温玉娥鼻子一酸，两行泪水簌簌而下，女儿家毕竟心肠软，经不住严杰群的"忏悔"。

　　严杰群黑暗中鬼眼翻转，见温玉娥不说话，似在哭泣，心中大喜，继续施展哄骗手段，"忏悔"道："爹爹后悔年轻时做错了事，后来年岁大了，多么想与你娘一起安安稳稳地度过晚年，能见你与我的好女婿一起幸福地生活，可是我一失足成千古恨，一切已无法挽回了，想不到在去见你娘之前，能看到你夫妻俩这等般配，我想把这消息带给你娘，你娘也会高兴的，噢，对了，你刚才叫你丈夫什么来着？他姓单吗？我有一张藏宝图要交于他，如果正是你丈夫，不不不，那个人叫单宝儿，你丈夫不知叫什么？你替爹爹交与叫单宝儿的人罢，藏宝图就在我的胸前口袋里，你来拿了去吧，不过，千万要告诉他，不可冒险去寻宝，定会有危险！"

严杰群故意将这番话说得真切，特别是最后几句话，单宝儿与温玉娥在"清雅庄"中已经听得的话与他说的一般无二，当下只以为他真的良心发现，或许人之将死，其言也善吧！

严杰群此时已是聋子，说话声特别大，黑暗中，温玉娥只听得他话意真切，正准备上前从他怀中取了藏宝图，而单宝儿却对严杰群的表情瞧得一清二楚，情知他定是仍在使什么诡计，便上前拦住温玉娥，说道："温妹，让我来取！"

温玉娥觉得一个女孩子在男人的胸口乱摸，本就大犯规矩，脸颊一红，退了开来。

严杰群本想在温玉娥来取宝图时，趁她消除了对自己的戒备，施放冷脚，尽最后几分残余的力量与她同归于尽，却不料单宝儿自告奋勇地走上前来，严杰群心里暗骂道："臭小子，就算不能同归于尽，也能将你击成重伤！"

想到自己临死时，仍能哄骗得二人如此信任，面容露出一丝诡秘的笑容。

单宝儿暗里推动内力，以防他偷袭，把手伸进严杰群的口袋，果真拿出一张藏宝图来。

严杰群虽说耳朵聋了，但眼睛却明亮的很，说道："好女婿，就是这张藏宝图了！"

单宝儿听了此语，不禁感到一阵恶心，他倒不是因为温玉娥的丑貌，况且她的"庐山真面目"比丹玲还要美，而是因为严杰群这种苟且偷生如此讨好的卑劣行径。

刚想出口辩驳，说自己并非温玉娥的丈夫，但立马意识到说了他也听不到，说了也是白说。

单宝儿不失风度地将他扶起，因为严杰群跪在雨地上已经好长时间了，对于一个聋了耳朵和断了双臂的人，单宝儿的内心是不忍。

严杰群讨好道："好女婿，谢谢你啦！"

单宝儿觉得他又可恶又可怜，点了点头，算是作答。

温玉娥在一旁一直默不作声，望着单宝儿和他手中的藏宝图，思潮翻涌！

单宝儿转过身，正准备问温玉娥如何处理此事。

岂料，严杰群倏地于他身后弹身起来，双足快如闪电般地踢向单宝儿的后背！

温玉娥一见顿时花容失色，这一偷袭，只怕是她的师祖来，亦会受挫，何况是单宝儿不曾有她们门派中特有的超感觉异能！

单宝儿听得身后有异声，一股劲风袭来，也不转身，暗运护身气劲，顿时周身金光大盛，与此同时，严杰群的双足已经狠命地踢中他的后背！

陡听一声惨叫，严杰群应声身体翻飞出去，"啪"的一声，重重摔在草地上，由于雨水刚歇，地面很滑，这一下子，严杰群滑出十余丈远。

温玉娥惊叫一声，关切之情，溢于言表，柔声道："单哥哥，你不要紧吧？"

单宝儿松了松筋骨，一副毫不在意的样子，说道："没事，他伤不了我的！"

温玉娥连忙说道："那就好，快，别让他逃走了！"

单宝儿笑道："他的内力远不如我，加上本身有内伤，只怕这一遭，他命不保！"

但是，还是与温玉娥一起飞身赶至严杰群倒地之处。

却见严杰群在雨水地上抽搐不已，口中哆哆嗦嗦，不知咕哝些什么，看样子大概是因受不了这严重的打击，以致神经错乱，犯了精神病，见到两人影晃至，眼神中露出极为害怕的目光，神情恍惚，甚至有些呆痴。

突然，他像疯狗一般地嗥叫，在地上狂啃乱咬，竟将那污泥一口一口地吞下肚去。

单宝儿不由得骇然，心中的怜悯之情油然而生。

温玉娥长叹一声，饱含着无限的怨恨！

严杰群彻底地疯了，他万想不到到头来会落得如此地步！

温玉娥又长叹了一声，说道："单哥哥，咱们走吧，活该他有这样的下场！"

单宝儿也叹声摇头，和温玉娥一道向黑夜处前行。

行了数十步，单宝儿突然拉住温玉娥，说道："温妹，你用两手捂住耳朵！"

温玉娥不解地问道："干什么？"

单宝儿叹道："你捂住耳朵就是！"

温玉娥依言捂住双耳，心中暗道：不知单哥哥搞什么鬼！

单宝儿倏地身形一晃，眨眼消失在温玉娥的视野之中，紧接着传来一声长啸，啸音充满无尽的劲力，震惊夜空！

温玉娥心头一颤，单宝儿又如鬼魅般地出现在她的面前，叹道："走吧！"

温玉娥站在原地不动，很平静地说道："你杀了他？"

单宝儿听她语气有所改变，再也没有称严杰群为"老贼"之类了，便知道他并不怪他打破了她的谋划，喟然说道："他现在这样是最好的解脱，一个疯了的人，又是全身残废，活着还不如狗，做人有什么意思，我不忍心看他受非人的痛苦和煎熬，成全了他而已！"

温玉娥却说道："谢谢你，单哥哥！"

单宝儿苦笑道："我成了你的仇人父亲，你怎么反而来谢我？我如何受得了！"

温玉娥又恨之入骨地说道："他不是我的父亲，我没有这种父亲！"

单宝儿伸出双手，抓住温玉娥的双肩，说道："温妹，他已经死了，事实终归是事实，他终究是你的父亲，是他给了你生命，虽然他是个十恶不赦、死有余辜之人，他终归是他，你是你，不要背着思想包袱，忘了吧，一切都过去了，重新开始吧！"

温玉娥身子微微一颤，似想扑到单宝儿的怀里，但马上定住了身形，轻声说道："单哥哥，你教诲得是！"

两人沉默了一会儿，单宝儿也不知该说些什么好，见温玉娥仍没有要离开的样子，便问道："温妹，还有什么事情未办么？"

温玉娥叹道："单哥哥你说得是，他毕竟给了我生命，我却总未为他做过什么，现在我去为了他做第一件事，也是最后一件事吧！"

说毕，向严杰群的尸体走去。

单宝儿略一迟疑，随即便明白了她要干什么，立马跟了上去，说道："温妹，咱们一起来吧！"

温玉娥感激地看了他一眼，说道："不用了，我想尽自己的一份心意，还是我一个人埋了他吧！"

单宝儿不好硬抢着插手，只好由她。

温玉娥从腰间取出一柄匕首，飞速地在地上挖掘起来，上面的土层被雨水淋透，甚是松散，不消片刻，一个大坑已经成了一半，地下八寸深处的地方均是硬质土，掘起来比较难一点，但温玉娥一声不响地飞快地掘着。

单宝儿听得她呼吸渐粗重急促了，关切地道："温妹，歇会儿吧！"

温玉娥也不答话，自顾迅速挖坑，过了不久，这才将土坑挖好了。

此时，她已累得微微娇喘。

只见她身形一跃，"啪"的一声，竟未能跃上土坑，一下子摔在坑里。

单宝儿大感意外，连忙跳下坑去，将她扶了起来，说道："怎么啦，温妹？"

温玉娥摇了摇头，无奈地说道："不知道是怎么搞的，竟全身一点气力也没有，只好烦劳单哥哥将他放下来了！"

温玉娥又叫单宝儿将他放正，说道："在人间，他不能堂堂正正地做人，但愿他在阴间能弃恶从善，做个正直的鬼！"

单宝儿将温玉娥轻轻一送，她便稳稳地站在了地上。

两人将严杰群掩埋好，天将近蒙蒙亮了。

温玉娥一脸倦意，站起身来，无力地说道："现在走吧！"

刚跨出一步，温玉娥身子一晃，便要软瘫下去。

幸好单宝儿眼疾手快，不失时机地将她扶住，发觉她身子软绵绵的，似是连站立的气力也没有！

温玉娥虚弱地说道："单哥哥，我真的好困！"

单宝儿这才想到两人为了整治严杰群，忙忙碌碌地淋了一夜雨，身体仍湿漉漉的，已然一夜未合眼，自必有点倦意了。

但单宝儿却一点困倦的感觉也没有，他不知道温玉娥在与严杰群打斗的过程中，真气已耗了不少，加之心里过度伤感、怨恨，经过这大雨一淋，又独自一人为严杰群挖掘葬身之地，气力几乎耗尽，被这雨水长时间浸泡着，现已经着了风寒。

他只好将温玉娥娇躯抱在怀里，向前方漫无目的地走着。

温玉娥神色却出奇地平静，并不以单宝儿的举动而显出愠意，明亮的眼睛半开半合地打量着单宝儿的脸。

单宝儿心中有些慌乱，说道："温妹，你大概是被雨淋坏了身子，着了风寒，我这就送你去看大夫！"

温玉娥气息微弱地说道："不用了，你找一处僻静的地方，让我安静一会儿，休息一会儿，便会没事的，你这样抱着我，在人家面前可不好了！"

单宝儿羞红着脸，支吾道："那……那你全身湿淋淋的，如何是好，这样你会更加病重的！"

温玉娥苦笑了一下，说道："我身上有火刀、火石，你找些柴火点燃，将衣服烤干了不就成了！"

单宝儿虽然觉得大为不妥，但他自己也不明白为什么对她的话言听计从，不愿违拗，竟真的按照她的话去做了。

穿过一片树林，陡听得传来流水的淙淙声音，一座大山出现在他的眼前，山上一道瀑布自百丈高崖飞泻而下，气势磅礴，那山下云雾缭绕，隐约可见有一片竹林。

单宝儿一路向那山崖走去，依着那道蜿蜒的清溪，左弯右转，两边的美景层出不穷，不断地变换，使人有一种心迷神醉的感觉。

单宝儿望了一眼已倦得合上美目的温玉娥，暗道：这一处必是你理想之所了！

单宝儿抱着温玉娥一路走着，倚着石崖左方的一条石板小径忽上忽下，眼前豁然开朗，在临崖的台地前，那道飞瀑之下，一池碧绿的潭水，清澈见底，一群不知名的好看的鱼儿自由地游来游去，潭边的石崖上有几处土山，上面开着各种各样五颜六色的花朵，别有一番情趣！

那飞瀑自百丈悬崖泻下，如烟如雾，雨雾在潭上空随意飘忽，叫人看了如醉如痴。

单宝儿眼睛忽地一亮，凭着他惊人的目力，发现那瀑布之后，居然有一个石洞。

他大喜之下，搂着温玉娥身子一掠，纵身飞过碧潭，穿过如雾般地飞瀑，来到了石洞。

那石洞入口处不大，刚好容得一人过去，里面却另有一番洞天。

室雅何须大，花香不在多。

的确，那石室并不大，中央摆着一个方形石桌，石桌四面却只有对着放的两条石凳，石室的四周还雕镂得十分精致，石壁的壁橱里还摆放着酒坛、杯子等酒具，平常生活的用品也都一一齐备。

石室的西边有一扇门，里面是一间卧室，石床上整齐地摆着各种寝物，那被褥看上去仍十分地新。

石室的东边也有一间石室，这间石室较那两间还要小，里面却是一些餐具和石灶，还有两捆干枯的柴木。

第二十三章

单宝儿看着大为奇怪，这石室虽说只有三间，若是在此居住，倒似神仙一般，石室在飞瀑之后，却也不见光线甚暗，但不知这主人当初开凿这石室时是如何采光的，单宝儿不由得暗自赞叹主人的卓绝才智。

温玉娥突然哼了一声，像是在做梦。

单宝儿这才发觉自己一时只顾看石室，而忘了怀里一直抱着她，连忙将温玉娥放在卧室的石床上，把那"厨房"里的柴木搬了几根来，取了温玉娥身上的火刀、火石，生起火来。

把火生好之后，单宝儿却踌躇了，不知是该将温玉娥身上的湿衣脱下来烘干，还是将她抱着坐在火边烘。

看着温玉娥那娇嫩的粉脸，心中不禁一怔，几点雨水仍挂在她的面庞上，似梨花带雨般，如丝的细眉下眼角朝上倾斜，长长的睫毛向上翻翘，鼻如琼雕，樱桃小口含着几缕乌黑的秀发，确实是美丽绝伦。

单宝儿俊脸一红，暗骂自己暗地里瞧人家姑娘家，心中一阵羞惭。

他最终还是抱起了温玉娥那美丽的娇躯，来到柴火旁，将她雪白的脖颈放在左手臂弯里，充满青春少女活力，浑圆成熟的臀部放在自己相交盘着的膝上，搂着她烘衣服。

以前，单宝儿也曾这么抱着薛钗儿，哄她入睡，但他与薛钗儿虽处在最亲密的状态中，心中只有纯真的兄妹之情，一点也没有绮念，然而，抱着彭丹玲，则有一种幸福愉悦的感觉，仿佛永久都不分开就好，可今日抱着温玉娥，这般替她烘衣服，心中却不大自然，脑海中老胡思乱想，并且有一种自认为卑鄙的冲动。

拥着温玉娥动人的娇躯，单宝儿思潮起伏，想到彭丹玲而今还不知是死是活，心中顿时一阵焦躁不安。

然而他怎么也放心不下怀里的温玉娥，想到她的身世，与自己多少有些相似，怜惜之情油然而生。

忽听得怀里的温玉娥喝道："单宝儿，你这冤家，为什么要让我碰上你？"

单宝儿吃了一惊，刚想说：那不是你先缠上我的吗？不对，也是我先缠上了你！

温玉娥又道："你知道吗，我第一眼见到你时，便知道自己这辈子注定是你的人了，唉，我怎么跟我娘生了一样的个性，可怜我娘是什么面容，我都不知道！"

单宝儿伸手摸了摸她的额头，着手火烫，知她着了风寒后发高烧，说起胡话来了，但他却不知如何是好，只得撕下一块衣襟，那衣服仍是湿淋淋的，贴在她的额头上。

温玉娥又低声咕哝了几句听不懂的话语，忽地大声惊喊道："你为什么娶了娘，又要拈花惹草？你算什么好男人？三心二意，喜新厌旧！还将我娘害死，你这样的人，配我叫你爹吗？你是个狼心狗肺的负心郎，是大坏人、大恶人，我现在就替娘报仇，杀了你这个老贼！"

单宝儿心道：你不是已经报了仇吗？怎的还念念不忘？突然，他心中一惊，暗道：我这辈子可不能三心二意，只爱彭丹玲一个人就够了，可不能落得像温妹的父亲一般。

温玉娥又道："娘呀，女儿命比你还苦，你与爹还有过一段亲爱，还有一个我，可我心里喜欢单宝儿，他可是已经有了心上人了，你叫我如何是好？但是娘，他可比我那个负心的爹好上百倍、千倍，我知道他是个真正的好男儿，是个感情专一的男儿，可是娘，女儿不知道怎么的偏偏爱上他，爱上他这个已有心上人的人，你能告诉我，该怎么办吗？"

单宝儿的心像被撕裂一般地痛，他起初倒以为是温玉娥说胡话，可这时却真正是真情流露，语意凄切，想到自己无意之中却伤了温玉娥，心中痛苦不已，但他知道，只有像温玉娥说的那样，感情专一，才不失为好男儿，可是，好男儿却为何要伤害一个惨遭不幸的弱质女子？单宝儿心乱如麻！

但听温玉娥咕哩咕噜地说了些呓语，又道："娘啊，女儿知道如果插足他们两人的感情，痛苦的必定是我们三人，女儿不能这样做，我不知道为什么这般喜欢他，我可以为他的幸福而让我自己一人痛苦，娘，你说这样行不行？"

单宝儿顿觉得温玉娥伟大，想不到她竟有这样的襟怀。

又听温玉娥道："单宝儿，不！单哥哥，你知道吗？我见你将心上人搂着，仍从容自如地应敌，打得他们落花流水，我好羡慕，你能将我也这般呵护吗？"

单宝儿心道：能，你不用害怕，一切邪恶终将化为灰烬，你再也不会有担惊受怕的日子了，但转念一想，我可把温妹当作什么了？妻子？那彭丹玲怎么办？小妾？不能，我不能纳妾，温妹呀，单宝儿今生终将要负你了，怪只怪我认为丹玲在前，否则，我亦会像对待丹玲那般待你，唉，我的心现在是始终如一吗？怎的想着丹玲，又要想着温妹？我已经对不住小香香了，难道今生还要伤害温妹？这到底是前生的冤孽，还是今生的情债？单宝儿好生为难。

温玉娥突然"啊"了一声，迷迷糊糊地道："我怎么这么热，是不是死了？下油锅了？娘，你在哪里？女儿想见见你！"

单宝儿一听，忙将她换了一下身，这时，她的一边身子衣服都已经烘干了。

又听温玉娥道："水！水，我要喝水！"

单宝儿忙起身将她抱到卧室的石床上，取了一个小水壶，到碧潭中舀了水，送到温玉娥的嘴边！

温玉娥喝了几口清水，便迷迷糊糊转身，终于在梦呓声中慢慢睡着了。

可她的一边身子仍是湿的，单宝儿只得又将她抱起，来到柴火边给她烘衣服。

天似乎是大亮了起来，飞瀑后的石洞石室光线明亮了许多，外面应该是一个阳光明媚的春天。

单宝儿拥抱着温玉娥的娇躯，心潮澎湃，思绪万千，一颗心却是怎么也不能静如止水。

想到温玉娥所说的胡话，单宝儿心中又苦又甜，不禁呆呆地仔细看着怀里的温玉娥。

单宝儿伸手拨开她嘴边含着的少许秀发，不禁心神一荡。

我的天！原来世间竟有气质如此动人的美女，只怕薛钗儿、彭丹玲、张梦绮都要逊让三分，这是一个完美无缺的人间尤物，叫单宝儿如何坐怀不乱？

望着她有如山川起伏的优美体态，娇嫩且晶莹似雪却又充满弹力的肌肤，单宝儿深深地吸了一口气，她由头到脚，无法在这匀称得无可比喻的身段上，找到任何足以破坏她完美的半点小瑕疵，反而愈看愈感到她那种难以言喻的美丽集天地灵秀于一身，如云的秀发，优美的娇躯散发着天然的芳香。

单宝儿看着发呆，良久，显得十分凄苦且无奈，摇了摇头。

然而他怎么也不愿让自己的视线离开温玉娥出众的脸庞，不知是由于她处于发烧状态下，还是在烤火的过程中，抑或自然而然的情况下，温玉娥的脸庞挂着红晕，散发着灼热的青春气息和令人艳羡的健康肤色，浓密而长长的睫毛盖着她那令人勾起最美丽梦想的眼睛，巧俏秀挺的鼻子，丰润光亮的香唇，无一不显出她的娇美来。

单宝儿瞧得直怦怦心跳，面热耳赤，想到温玉娥从小就失去了母爱和父爱，比起自己来，更加孤独和痛苦，一种爱怜涌上心头，情不自禁地俯首把脸与她的脸贴在一起，像呵护婴儿一般，心疼不已，再也没有非分之念。

突然，单宝儿回想起小时候也常常这般被母亲搂抱着入睡，母亲总是微笑地望着他幼稚的脸，爱意浓浓地哄道："小宝宝，睡吧，快点长大！"

当时的单宝儿并不懂得这就是母爱，反正觉得这样睡在母亲的怀里，特别温暖，特别舒爽，在母亲哼着的小曲声中，总是很惬意地睡去。

单宝儿抬起头，亦如母亲哄他入睡般地将温玉娥的后背用一手轻轻地拍着，轻轻地摇晃，似是而非地将母亲那熟悉又模糊的曲子哼着，当真将温玉娥当作了一个小婴儿。

单宝儿哼着哼着，声音渐渐地小了，语调呜咽起来，视线一片模糊，想到自己从此失去了母亲的爱，而自己长大了，再也不需要母亲这般呵护了，该是报答母亲的养育之恩，尽自己孝心的时刻了，可她永远地离开了心爱的儿子，死得这般悲惨，想到娘的命这般苦，不由自主地悲痛不已，泪流满面。

此刻，单宝儿的一颗善良的心脆弱得更像一个天真的小男孩一般，充满了对母亲无尽的眷恋与思念。

"吧嗒"一声，一滴眼泪正掉在温玉娥紧闭的眼皮上。

温玉娥迷迷糊糊地醒来，直感到天旋地转一般，头沉重得要命，她悠悠地感到自己正被一个人搂抱着，少女特有的警觉与矜持使她猛地睁开那双美目，正想起身挣扎，却发现搂抱她的是单宝儿，是她心爱的一见钟情的情哥哥，心中倏地掠过一股温暖和幸福，赶忙羞涩地闭起双眼，只愿永远都这样温馨地睡在单宝儿的怀里，让他永远地这般拥着自己。

可她马上又睁开了心中老大不愿睁开的双眼，因为她在刚闭眼睛的一刹间，已然发现单宝儿——她的情郎呆愣着，且满面都是泪水。

温玉娥顿时幸福得泪如泉涌，她看到自己心爱的人居然为她流泪！

她并不知晓自己会错了意！

她只知道单宝儿在拥着她，在流泪，那定是为她而流泪！

从来没有人对她这般好，这般动真情，这使她感激不已！

原本身体虚弱，有待恢复的温玉娥经这么一激动，顿时又昏厥过去。

单宝儿只感到温玉娥身子微微一动，连忙用衣袖将满脸的泪水拭去，他可不愿让温玉娥看到他这不轻弹的男儿眼泪。

当他低头看温玉娥时，顿时目瞪口呆，发现温玉娥紧闭的美目两行热泪在流着，心中说不出地同情和疼爱，使他的心如被人揪着一般地痛。

想不到她内心凄苦无比，睡着了，在梦中仍流淌出泪水，这怎不叫单宝儿心生怜爱！

她在为自己的命运哭泣？！

单宝儿想到这一点，心中暗道：我堂堂一个男子汉，岂能无故伤害一个弱质女子？无论如何，今生定要让她幸福一生，叫她不再受半分痛苦！

然而他却感到前所未有的困惑和迷惘，他既不能像严杰群那般用情不专，朝三暮四，又不能让温玉娥脆弱的心再受伤害，这却如何办得到？除非单宝儿能够将自己变成两个人！

为此，单宝儿苦恼不已！

若要既不负彭丹玲，又不负温玉娥，那么，唯一的办法就只有同时娶了这两个美人！

可这并不是单宝儿所构想的爱情原则，他对彭丹玲的爱，是他的最初情爱，是最深挚的爱，可以说，这是初恋，他能对彭丹玲至死不渝！

然而，对于温玉娥，他既没对她有深深的了解，更无深深的交流，而是出于一种同情，一种怜爱，这种怜爱，并非是爱情！

他自己明白，温玉娥亦明白，可偏偏温玉娥无意之中看到了单宝儿的泪水，这流泪的情景让温玉娥觉得单宝儿至少对她动了一点点真情，可是她会错了意，这种感情是一种同情，而绝非爱情。

单宝儿仅能做到一点，便是成为温玉娥的哥哥，俗话说：长兄如父母，这使单宝儿打心底像对婴儿一般地呵护温玉娥，是一种升级的父爱。

仅此而已！

然而，他知道这样做终究是伤害了温玉娥，伤害了这个苦难的多情的弱女子。

单宝儿忽然觉得有些饿了，肚子咕咕作响，他这才从思索中回到现实中来，发觉温玉娥的衣服早烘干了！

当下便把她放置在卧室的石床上，看着温玉娥眼角的泪痕未干，长叹了一声，心道：她也该饿了，已经整整一个晚上没吃东西了，我得为她醒来时准备点食物。

一切显得都像是老天的安排，这石洞中居然还有一些小米和干菜以及油盐等物。

单宝儿大喜，从未做过饭的他，开始动手做他平生的第一次午餐。

单宝儿总算毛手毛脚地做了两道菜，尝了尝，味道还算不错，只不过咸得要命，他苦笑了一下，便接着煮饭。

单宝儿的思绪如石灶中跳动的火一般，闪烁不停，时而为爱情困惑，时而为家仇愤恨，时而为如同温玉娥一样命运的人叹惜。

脑海中灵光闪动之际，突然悟到了什么似的，赶忙将柴火弄小了些，起身来到卧室里。

将温玉娥曲线玲珑的娇躯扶起，让她盘膝而坐，自己则与她对面而坐，四掌相对，一股丝丝真气缓缓注入温玉娥的经脉。

不到半晌，温玉娥那双好看的眼睛慢慢地睁了开来，单宝儿望着她那明亮澄清的眼眸，露出一张欣喜动人而充满男性魅力的笑脸，说道："温妹，你终于醒来了？"

温玉娥感到单宝儿体内的真气正绵绵不绝地向自己体内传来，身体轻松舒适极了，却不知自己到底是怎么了，幸福而又感激地望了他一眼，粉脸羞红地问道："单哥哥，谢谢你！我是不是生病了？"

单宝儿笑道："温妹，看样子，你病得不轻，连自己都不知道在发高烧吗？"

温玉娥一愣，妩媚地一笑，说道："想必是大雨淋坏了身子吧！"

单宝儿觉得她清醒了许多，心中大喜，答道："正是，可把我急坏了，不知怎么办才好呢！"

温玉娥的俏脸更加通红，温馨且幸福地问道："单哥哥，你真的很着急温妹吗？"

单宝儿态度坚决地答道："真的，假吗？"

温玉娥神情一变，但立马又羞红着脸说道："单哥哥，你不要误会，温妹并非怀疑你的真情，只是……只是你待温妹真的很好，让温妹心中有愧！"

单宝儿心头一震，不解地问道："温妹，你何愧之有？难道你……"

不等单宝儿把话说完，温玉娥低垂螓首，说道："单哥哥，对不起，这都是师祖的命令，我也不能违抗的！"

单宝儿大惊，暗道：这下可糟了，原来你一直在骗我，丹玲肯定被你的同伙抓去了，情况定是不妙！

正想发火，温玉娥却说道："但我不知道是什么原因，总之，我不想再瞒着你，我本来是想夺取你手中的藏宝图的！"

说着，她终于鼓起勇气抬起头，看着单宝儿并不吃惊的神情，继续说道："可我知道，要在你手中夺得藏宝图是不可能的，因为我的功夫和你相差太远了！"

单宝儿摇着头说道："你大可不必将这些真实情况说出来，只要你开口，我就会将藏宝图交给你的！"

温玉娥瞪大美目，吃惊地问道："你怎么会如此轻易相信我？"

单宝儿苦笑了一下，暗道：难道你在梦中的话也是故意在骗我？想想也不合乎情理，如果真是骗他的话，那么她干吗要将真情告诉单宝儿？单宝儿很坦然地说道："只因你对我的一片深情！"

温玉娥又惊又喜，不知道自己对他的深情，单宝儿是何以得知的，但已是羞涩与惊喜并发地再次低垂螓首。

单宝儿以为她是默认了自己的谎言而羞愧，冷冷地说道："即使你是假意的，但宁可人负我，我单宝儿也不愿负人！"

温玉娥娇躯微颤，顿时泪水涟涟，哭诉道："单哥哥，我温玉娥若对你有半分假意，叫我不得好死，活不过今年！"

单宝儿连忙阻止，他最怕女人的眼泪了，说道："哎，你干吗？快别哭了，何必发毒誓？老天在上，你的那些毒誓一概不作数，我只不过与你交往时间太短，对你还不太了解，胡猜而已，不必当真！"

温玉娥噙着泪水，说道："那你真相信我了？是也不是？"

单宝儿不由自主地点了点头，他自己也十分奇怪为什么对温玉娥这般迁就。

温玉娥看出单宝儿似乎是出于安慰她，而不是真的相信了她，愣了好半响，说道："想不到你还是不相信我！"

单宝儿窘红着脸，说道："你倒真会察颜观色！"

温玉娥淡然说道："并非是我察颜观色，就是让我闭起眼睛，我亦知道你说的话是真是假!"

单宝儿吃了一惊,问道:"你怎会有这样的本事?不是又在说胡话吧?"

温玉娥顿时明白了单宝儿是如何知道自己的心事的,粉脸再次红到耳根,说道:"说出来,可能你又不相信,我本是圣洁门的门主,你听说过圣洁门吗?"

单宝儿老老实实地说道:"没听说过,更没想到你会是门主!"

温玉娥笑道:"门主又怎么了?还不如不当这个劳什子门主好!"

单宝儿大为好奇,说道:"门主的苦痛难道也很多吗?"

但话音刚毕,想起她梦中的话,不由得暗骂自己仍然那么笨!

温玉娥说道:"当圣洁门的门主终身不得嫁人,永远是痛苦的命,原本圣洁门中人是不会有感情的,偏偏我……"

单宝儿关爱地说道:"我明白,是不是要受到门规的处罚?"

"嗯,不过我不怕!"温玉娥轻描淡写地答道,顿了一顿,又道:"圣洁门中无一不是绝色美女,但个个都是蒙着面皮做人,你初次见我时便是那张面孔!"

单宝儿讶道:"为何要如此做呢?"

温玉娥说道:"这是多年来的门规,据说是创我圣洁门的创始人也是一个绝美的女子,只因应付不了接踵而来的求爱者,竟将自己天生丽质的容颜毁去了,后来她发觉自己是多么愚蠢,便创立了圣洁门,让天下的美女都自愿加入圣洁门,再也不将弟子的容貌毁去,而改为戴一张面皮了!"

单宝儿越听越奇,说道:"好好的一张美丽脸庞,为何要蒙上?真令人不可思议!"

温玉娥说道:"这样就没有人来找我们的麻烦了!"

单宝儿露出"原来如此"的神情,同时佩服创圣洁门的那位女子高瞻远瞩,但却说道:"那她们又何以愿意加入你的圣洁门?"

温玉娥笑道:"这个恕我不能告诉你!"

单宝儿心想:你圣洁门的秘密我也不必知道,不说也可!

温玉娥又道:"我圣洁门有一种奇特的功法,是江湖中独一无二的,你想不想知道?"

单宝儿笑道:"温门主若是不便说,单宝儿更是不便听了!"

温玉娥笑道:"什么门主不门主的,还是叫我温妹,我喜欢你这样叫,圣洁门这种奇特的功法只有门主才有资格练,其他人均想不到会有这种武功!"

单宝儿不好意思地说道："那温妹你还是不要说了吧！"

温玉娥不依道："我就是要告诉你，我相信你不会对别人说的，也好叫你对我的话放心，叫你知道我的心！"

最后一句话说得细如蚊声一般，但单宝儿仍能清楚地听见，心中一热，顿时面红耳赤起来。

温玉娥亦红着脸，问道："单哥哥，有什么不妥吗？"

单宝儿不知有多坦白，他一直很奇怪为什么对温玉娥那般坦诚，说道："我刚才想亲你，拥抱你！"

两人这一直谈话，四掌一直未分开，也未曾停止运功。

这时单宝儿一句真心话不知让温玉娥有多高兴，全身一颤，那触电般的颤栗由玉掌传到单宝儿的身体上，单宝儿心里更加怦然一动，却仍不敢侵犯温玉娥的圣洁。

温玉娥不敢再看单宝儿那双火辣辣的眼睛，低垂螓首，心中一片温馨，脸上也是一红，娇美中略带腼腆，更增风致。

单宝儿见她低头不语，问道："温妹，单哥哥知道是不应该，但我真的有这种冲动，我不想骗你，现在我不想啦，我怕自己不能好好待你，负了你！"

温玉娥嫣然一笑，柔声道："我在想，要是我能做你的妻子该多好，你就可以抱我亲我了！"

单宝儿一怔，暗道：是啊，我真的不能这样做对不起温妹的事了，一时间竟讷讷的，说不出话来。

温玉娥无限深情地道："单哥哥，你想亲我抱我，想得厉害么？"

单宝儿点了点头，却一点欺骗的意思也没有，说道："可我已经有了妻子了！"

温玉娥淡然答道："我知道，并且你为你刚才的念头深感愧疚，对不对？"

单宝儿又是一惊，想不到温玉娥真的会琢磨人的心思，不亚于肚子里的蛔虫，单宝儿来了一个默认。

温玉娥说道："我们说了这么久，终还没把那奇特的功法告诉你，我练的那种功法很奇特，就是能洞察人的心思，感应事物的发展，你的心思通过你的手掌早就传给我了，你相信不？"

单宝儿见她转换了话题，心中有些难过，觉得这样对温妹实在是不公平，说道："那我却不知你的心思，不由得我不相信了！"

温玉娥说道："练这种功法必须集中全部精神，方能奏效，如果不是我们四掌相对，这会儿咱们说话，我分了心，也是不知你的心思，但人若集中精神，不与你手相触，亦能感应，这种功法，你说神不神奇？"

单宝儿此时觉得温玉娥更像自己的亲妹妹一般，天真可爱，说道："神奇，你找你爹就是用这种功法的么？"

温玉娥笑道："正是，另外，我还知和你一起在段家堡的那个姓曹的不会伤害你的心上人，只不过怕逃不脱你的手心，才这么做的！"

单宝儿"啊"了一声，说道："原来丹玲果然是被他掳去的，那他一定是'日月神教'的了！"

温玉娥笑道："我想此刻，你的丹玲可能已经被两个老头救了，那两个老头似乎与你也有血缘关系呢！"

单宝儿听了大奇，说道："你这也能感应得出来？"

温玉娥淡然一笑，说道："这又算什么，比起我师祖，那可就差远了，若是我师祖亲自来临，必可下断言哩！"

单宝儿说道："那你师祖岂不是神仙，万事通？"

温玉娥笑道："也没那么厉害，但她的确能感应数十里之外的事情和它们之间的联系！"

单宝儿讶道："那温妹你能感应多远？"

温玉娥羞红着脸，说道："不过一里路，还不及师祖的几十分之一！"

单宝儿叹道："天下之大，无奇不有哇，看来我的武功也不是像能智大师说的那样！"

温玉娥说道："世间的学问本是永无止境，武功亦然，眼下你就敌不过我师祖！"

单宝儿并不震惊，说道："只想能有缘见你师祖，向她老人家请教请教，定会终身受益！"

温玉娥突然想到了什么，说道："单哥哥，你的藏宝图对你来说是不是很重要？"

单宝儿说道："宝物对于我来说，只不过是身外物，可有可无，再说，是不是当真像人们传说的那样神奇，也不得而知，目前我只想找到我的父亲、丹玲和师妹，从此不再涉足江湖了！"

温玉娥讶道："你父亲？在清雅庄时与你打斗的那个人与你似乎也有血缘关系，有可能是你爹！"

此语一出，单宝儿大吃一惊，暗道：那怎么可能？爹爹如何会加入"日月神教"？且还当上了"三堂主"，但他又不敢对温玉娥的感应作肯定的怀疑，因为他已经领教了她的这一奇特的超感应能力！

单宝儿一时陷入深思，心道：难道果真如此？那不就是说爹爹为了救丹玲，自己却被"日月神教"的人抓了去？那他为何会甘愿为魔教效力呢？爹爹可不是这样的人！

温玉娥见单宝儿不说话，竟也忘了送真气到自己的身体中来，便放下了双掌，怔怔地看着单宝儿。

单宝儿双手垂了下来，这才回到现实中来，尴尬地一笑，说道："温妹，对不起，我们再来！"说毕，又抬起了双掌。

温玉娥嫣然一笑，说道："不用了，谢谢单哥哥，我已经好多了，你刚才在想你爹是为何为魔教效力的事，是不是？"

单宝儿知道温玉娥这是明知故问，坦然说道："是的，真想不明白！"

温玉娥突然问道："你了解'日月神教'吗？"

单宝儿摇了摇头，若曹海是"日月神教"的人，他倒是算是接触过的，的确很邪门，他居然能号令蛇群，回想起在段家堡石洞中的情况，仍心有余悸，说道："温妹可知道他们的有关情况？"

温玉娥点头说道："知道一些，单哥哥可听说过'摄魂大法'？"

单宝儿仍是摇了摇头，更是惊奇，温玉娥如何知晓这么多事情？

温玉娥道："如果我的感应不会出错的话，那么你父亲正受'日月神教'的控制！"

单宝儿听了大骇，问道："是不是就是被那个什么'摄魂大法'所控制的？"

温玉娥叹道："是，但也不完全是，因为据我所知，'日月神教'已研制出一种方法，可以以此训练出一批极厉害的杀手，他们只听从于主人的命令，决不会违抗，可能完全泯灭人性，忘记以前的所有一切，惟命是从，而武功精进，神志集中，力大无穷，超乎人的极限，一般的武林中人根本不是他们的对手！"

单宝儿听得目眦欲裂，骂道："可恶，他们岂不是想干什么便干什么！"

温玉娥神情极为严峻地说道："基本上是这样，'日月神教'的教主野心勃勃，他不但想依靠这样的一大批杀手称霸武林，而且还有谋反之心，想夺天下！"

单宝儿恍然大悟，难怪那个"三堂主"与严杰群说什么教主成了皇上，他们就有好日子过了，他十分慌恐地问道："难道这些人就无药可救了吗？"

温玉娥斩钉截铁地说道："不，有人能救他们，只要能捉到他们！"

单宝儿从没有如此害怕和恐慌，假如他爹单敬贤真的被"日月神教"所控制，那该是多么可怕，父子自相残杀！单宝儿的心一阵前所未有地沉重，气愤地问道："这种恶毒的功夫到底为什么如此令人丧乱心志？"

温玉娥知道他在为他父亲担心，为那种邪功愤慨，说道："单哥哥，我说过，天下的事物总会有它对立相克的一方面，'日月神教'的那种邪门功夫，其实就是施功的人将自己的思想意志强行纳入受功人的脑海里，将受功人原有的思想意志强行挤向一旁，不能发挥，能发挥的就是施功者的思想意志，所以'日月神教'的人有恃无恐，他们还不会担心手下的人有倒戈的情形，我们其实可以利用这一点，这一'日月神教'的致命的弱点！"

单宝儿愈听愈奇，惊奇地问道："我们如何利用它？"

温玉娥看似一个温柔的女辈，却颇有雄心壮志，以天下苍生的幸福为己任说道："单哥哥，有语云'人在江湖，身不由己'，即使你想退隐江湖，从此不再染指，事实上已是不可能，'日月神教'早已经盯上了你，且与你结下了梁子，是以他们见你躲到天涯海角，都会来找你算账，他们决不会容允像你这样的高手存在，他们要称霸武林，雄霸天下，就竭力地不择手段地清除任何障碍，越是高手，就越对他们构成威胁，再说，若是他们一旦图谋成功，颠覆了朝廷，天下的老百姓哪还会有好日子过，你想做一个善良的平民百姓都不安宁，所以，单哥哥，切不可忽视了这一点，我们必须和'日月神教'决抗到底，决不能让这样的一批人来统治天下！"

单宝儿听了温玉娥一番报国之志，顿时俊脸通红，惭愧万分，暗道：自己却不如温妹一个女子，当真渺小了，当即便下定决心，说道："温妹的一番心志，令单宝儿茅塞顿开，不除此邪魔歪教，我是不会就此退出江湖的，温妹请放一百二十个心，只是单宝儿在这方面经验不足，还得请教温妹！"

温玉娥粉脸一红，脆声说道："单哥哥，何必客气，请教二字，温妹哪里敢当，我是在想，若是有你这样杰出的人才领导我们一批对抗邪教之人，定可一举成功！"

单宝儿笑道："温妹抬举我了，我可不是当领袖人物的料！"

温玉娥不以为然，笑道："我们暂且不讨论这个问题，还是先说说你父亲的事吧！"

　　单宝儿眼睛精光一闪，说道："我爹怎么啦？"

　　温玉娥叹了一声，说道："假如你爹也被'日月神教'控制，我们便可以将他活捉了来，将他的原来面目复原，在'日月神教'中作我们的卧底，也只有这样，我们才会更多地了解那个邪教！"

　　单宝儿"啊"了一声，讶道："要是再次受到他们的控制，如何是好？"

　　温玉娥肯定地说道："不会的，这种情况决计不会发生，因为他们绝想不到这世间还有人能解他们的那种惨绝人寰的功法，他们一直认为那是一种万无一失的功法，认为手下绝不会倒戈，只要令尊能装得像受制时一样就行了！"

　　此时，温玉娥的气色已经完全恢复了正常，娇艳欲滴，更加明媚。

　　单宝儿忽然想到自己曾煮过饭，笑道："温妹，你饿了吧？咱们边吃边谈好吗？"

　　温玉娥又惊又喜，柔声道："你做的饭么？哪来的米菜？"

　　单宝儿调笑道："吉人自有天相，咱们是饿不着的，来，尝尝我第一次做饭的手艺！"

　　两人早就饥饿至极，只是为了互不打扰对方谈话的兴趣，才没有提出肚子饿的实情来，这时吃起饭来，虽然单宝儿做的饭菜味道不怎么样，都吃得甚是香甜，并不觉得没有胃口，单宝儿生怕温玉娥咽不下去，这时见她津津有味地咀嚼着，不时地深情款款地望他一眼，询问道："恐怕你还从未吃过这么糟的饭菜吧？"

　　温玉娥羞红着脸道："可我觉得比过去任何一顿饭都香，只愿能一直吃这样的饭就好了！"

　　单宝儿岂有不明其意之理，赧然道："若你喜欢，以后我便做与你吃罢！"

　　温玉娥心中一阵感激，明知此话不可能实现，却充满无比的温馨，柔声道："你这么说，我听着欢喜，但如真的像你说的那样，天下百姓可就要受苦啦，咱们可不能这么自私！"

　　单宝儿自知说漏了嘴儿，俊脸一红，知道这句假话定瞒不过温玉娥，无地自容之际，岂料温玉娥这么一说，让自己下了台阶，羞愧道："咱们在这石洞呆上两天，一面让你养好身子，一面商量对付'日月神教'的对策如何？"

　　温玉娥巴不得与单宝儿呆在一起，当下喜上眉梢，细眉一挑，高兴得如小孩

447

般，叫道："好哇，温妹可不会煮饭噢！"

单宝儿耸肩一笑，说道："不打紧，这点小事，我包下了！"

两人吃罢午饭，时间已是午后多时了。

温玉娥站起身来，伸出一双玉手收拾着餐具，单宝儿起身阻止道："温妹，还是让我来吧，你身体刚复原，休息休息要紧，再说，这种事哪是你干的！"

温玉娥"扑哧"一笑，微露一排整齐的皓齿，充满柔情蜜意地道："难道这就该是单宝儿单大侠做的了？你做饭我洗碗，天经地义！"

单宝儿坚持道："不不不，还是我来，省得污了你的手儿！"

温玉娥见单宝儿如此心疼自己，心中别提有多温馨，当下也不违拗，说道："那就偏劳单哥哥了！温妹出去呼吸一下清新空气！"

单宝儿点了点头，"嗯"了一声，微笑地收拾着碗筷。

温玉娥信步走出洞口，只见洞口的浓雾弥漫，轻袅如烟，不由得暗叹这一奇景，透过如烟如雾的瀑布，她发现前边是一个不大不小的碧潭，好奇心起，纵身一跃，如飞般掠出洞口。

穿过如烟的瀑布，眼界顿时一亮，和煦的阳光照射在波光粼粼的碧潭上，泛着点点金光，如夜空中闪烁的点点繁星，煞是好看。

温玉娥心情大好，瞧见碧潭对面有一个长满花卉的小丘，惹人喜爱，便临空一个翻飞，轻轻地飘落在小丘之上，万花之中。

温玉娥一见这许许多多的山间野花，奇香四溢，十分鲜艳美丽，却无一能叫出名字来，她像所有少女一般，对花儿有着特别的喜爱，这时新病初愈，心旷神怡，立马便像蝴蝶般在万花丛中穿梭往返，时而拨弄着这朵黄花，时而俯下蛮首，闻闻那朵红花，仿佛与这些花儿是久别的亲朋好友一样亲热，像一个天真烂漫的小女孩一样，情形可爱至极。

碧潭四周有好几处小山丘，上面均开满了漂亮的五彩缤纷的花儿，温玉娥看到忘形之处，竟施展轻功，如蝶蝴般在小山丘之间飞来飞去。

单宝儿洗罢餐具，来到洞口，只听得温玉娥银铃般的笑声传来，心中更是欢喜，暗道：温妹的病终究好了，看她玩得真高兴，单宝儿的目力极强，透过如烟幕般的瀑布，看清温玉娥一身洁白的衣衫，在万花丛中穿来飞去，如百花仙子一般，不禁心神一怔，暗道：温妹简直就是一个圣洁的天使，哪里像人？突然想到温玉娥的际遇，愤然叹道："这样的一个美丽的仙子，却从未得到父母的慈爱，且命运如此悲惨，老天真是不长眼睛！"

突然，耳际传来温玉娥那醉人动听的声音："单哥哥，快来看呀，这么多漂亮的花儿！"言罢，又是一长串银铃般的笑声！

单宝儿心念一动：温妹怕从来没有如此开心过，不由得童心大起，弹身飞过那层如烟幕的瀑布屏障，向温玉娥的身旁飘去。

温玉娥眼睛一花，单宝儿已然带着一个充满男性魅力的微笑站在了她的身旁，温玉娥一愣，随即红着脸拉过单宝儿的手，指着一朵洁白的花朵，歪着脑袋，像一个不懂事的无知孩童一般，问道："单哥哥，这朵花儿，你识得吗？"

单宝儿瞟了那花儿一眼，眼睛便转向温玉娥那白里透红的脸蛋，摇头微笑道："不识得，温妹知道吗？"

温玉娥见单宝儿盯着她看，低下了粉脸，羞涩地说道："你不看这美丽的花儿，如此看着人家干吗？"

单宝儿笑道："那花儿再怎么好看，也及不上温妹好看！"

温玉娥心中一热，顿时脸红至耳后，温柔一笑道："不和你说啦，咱们玩捉迷藏好不好？"

单宝儿小时候常常与薛钗儿在神秘谷中玩这种游戏，再熟悉不过了，高兴地答道："好，是你抓我，不是我抓你？"

温玉娥兴致特高，反问道："若我抓着了你，你该怎样？"

单宝儿笑道："你说怎样便怎样吧！"

温玉娥想了想，"扑哧"一笑，说道："那你便学小狗叫？"

单宝儿高兴地一拍手，说道："好，学小狗叫便学小狗叫，若是我抓着你，又怎样？"

温玉娥毫不思索地答道："那我就唱支曲子给你听，好不好？"

单宝儿听她说唱曲子，高兴得如孩童一般，跳跃欢呼，连声称好。

温玉娥转过身去，说道："你先躲罢！"

单宝儿诡秘地一笑，弹身一跃，悄没声息地向那百丈悬崖的石壁上掠去，运起壁虎功，双足双手牢牢地粘在石崖上，只等温玉娥来寻他。

温玉娥转身俏目流盼，却哪里有单宝儿的影子，便脆声喊道："单哥哥，你藏好了没有？"

单宝儿一听，暗道：我可不上你的当！

小时候，他与薛钗儿捉迷藏时，总是让薛钗儿去躲，他来寻，也这般呼喊道："钗儿妹妹，藏好了么？"

薛钗儿便在躲藏之处回答道："好了，你来寻吧！"

单宝儿便依着薛钗儿的应答声传来之处，总是很轻易地将她揪出来。

临到薛钗儿找他时，薛钗儿也这般喊道："宝儿哥哥，藏好了么？"

单宝儿却死不回答，薛钗儿找了半天，也不知他躲到哪里去了，最后，便是薛钗儿的哭泣声，单宝儿自动地出来见她。

现下，温玉娥这般喊他，他自是不会回答，料想温玉娥也不会注意到自己会贴在悬崖之上，即使是想到了，目力也不一定能够看到这么高。

单宝儿不由得暗自得意。

温玉娥喊了几声，未见回音，暗道：你不上当，我一样有办法找着你！

身子一掠，便四处飞纵，找遍整个碧潭四周，也不见单宝儿的影子，便抽身跃进石洞之中，却也不见他。

突然，俏目一转，心生一计，来到碧潭前，向潭外走去，同时高声喊道："我不玩啦，办正经事去，单哥哥，再会啦！"

单宝儿贴在高高的石壁之上，瞧见温玉娥真的向潭外走了，心道：你走了，叫我如何去寻丹玲？当下急忙喊道："温妹，等等我！"

同时，身子急速下落。

温玉娥乍听单宝儿一声呼喊，迅速地辨清方向，转身向潭内飞掠，"咯咯"娇笑，说道：

"哈哈，上当了吧，我找着你了，快学小狗叫！"

单宝儿此时身形已然到了温玉娥的面前，情知上当，再想躲藏，已来不及，便红着脸学了几声小狗叫声。

温玉娥笑靥如花，说道："有上得那么高的小狗吗？"

单宝儿厚着脸皮，说道："该你了！"

温玉娥笑道："好了，你别过身去！"

单宝儿微笑地依言转过身，同时摧动内功，双耳顿时灵敏异常，温玉娥的去向、方位听得一清二楚，待到约定时间一到，单宝儿身形一飘，落到其中的一个小山丘的花丛之中，温玉娥却正在花丛里暗笑刚才单宝儿中了她的计。

单宝儿嬉笑着轻轻一拍温玉娥的柔背，温玉娥吓了一跳，转身见是单宝儿，讶道："你来怎么一点响声也没有？"

单宝儿却盯着温玉娥那满是狐疑惊讶之色的脸庞，笑道："唱曲子吧！"

温玉娥瞟了他一眼，笑道："我唱便是了！"

说罢，身形一跃，便向碧潭的另一方飞去。

单宝儿如影随形，身子飘然跟至，两人如同两只轻灵的小鸟在碧潭上空飞舞，亦宛若是一对神仙下凡一般。

忽地，温玉娥身子陡然向潭中落下，如断线的风筝一般。

单宝儿大惊，忙使了一个千斤坠，将温玉娥的娇躯拦腰抱住，便想向潭边提纵。

岂料温玉娥玉臂紧搂着他的颈项，是那么自然，像他们很久很久以前便是一对情人一样，她的脸上没有一丝惊容，不过好像闪过一丝动人的让人猜不透的笑意，在他的背后一点，单宝儿顿时失去了劲道，"扑通"一声，两人双双掉进了清澈的碧潭。

单宝儿仅仅觉得身子一麻，立马便恢复了常态，温玉娥这一点，虽让他一时间失去了内力，但手法并不重，亦是单宝儿的内力太强，旋即便解了开来。

单宝儿搂着温玉娥浮出水面，惊奇地问道："温妹？你这是做什么？你病情才好转，可不能玩水中游戏了！"

温玉娥娇嗔道："人家想试试你的功夫嘛，哪想到你爬到那么高的悬崖，却经不住我这一只小指头一点！"

单宝儿运起轻功，顿时搂着温玉娥的娇躯，身子像没有重量一般地立在水面上，踏浪向石洞走去，走在波光粼粼的水面上，如履平地一般。

温玉娥不由得面色一变，讶道："原来你轻功这般好！"

单宝儿生气地答道："好有什么用？还不是浸得像落汤鸡一样！"

温玉娥"扑哧"一笑，说道："你生气时也很可爱！"

单宝儿气得不答话，搂着她向瀑布后石洞走去。

两人的身体相贴，顿时有一种奇特的感觉，温玉娥微笑着闭上美目，尽情享受着这一刻美妙的时光，心中喃喃地念道："但愿这水路永远没有尽头，那该有多好！"

快乐的时光，永远是那么短暂，温玉娥只觉得那时间短得像弹指一挥间，单宝儿双足已踏上了石洞前的石岸了，松手放下她的柳腰，低声关切地道："快进去换了衣服。"

温玉娥却仍闭着眼睛，搂得更加紧了，颤声说道："单哥哥，别离开我，好吗？"

那声音如令人神驰的鹂音，使人不忍相违。

单宝儿心中一动，还是很平静地伸手拉下她紧搂着自己颈项的玉手，说道："别傻孩子气了，又会生病的！"

温玉娥一颤，睁开美眸，风情万种、含情脉脉地望着单宝儿，说道："可我没有衣服可换了。"

单宝儿一听，也是实情，便再也硬不起心肠，只好摇头说道："那我帮你将火生好，你自己脱下湿衣烤干吧！"

温玉娥喜得柳眉一挑，脆声答道："好咧！"

单宝儿将她拉进石室，生了柴火，便要出石洞。

温玉娥问道："难道你不烤衣服吗？"

单宝儿却道："等你烤干了，在床上好好睡上一觉，我再烘也不迟。"

温玉娥微垂蠕首，泪水在眼眶里打转，说道："那你帮我打几桶水行吗？"

单宝儿讶道："干什么？"

温玉娥红着脸说道："你只管打来便是！"

单宝儿只好依言打了两桶水，说道："你洗洗衣服，再烘干也好，我到外面等你，烘干了便喊我！"

温玉娥羞红着脸，说道："你怎么知道人家要洗衣服？"

单宝儿以为自己猜中了，得意地说道："我跟你在一起，也学到了一点感应呗！"

温玉娥"扑哧"一笑，说道："只怕你火候不够，感应错了！"

单宝儿摇了摇头，便向石洞外走去，说道："不耽搁你了，快烘衣服吧，别再着凉了。"

温玉娥望着单宝儿远去的背影，心中闪现出一种大胆的念头。

单宝儿全身湿淋淋地坐在石洞前，望着迷雾般的瀑布随风飘忽，叹道："人生若是如这瀑布般自由便好了，多么轻松，多么和谐安祥。"突然又暗道：人生恰如这瀑布一般，扑朔迷离，让人看不透，摸不着，心灵若非像我这目力一般高级，又如何能看透人生？

想到温玉娥与彭丹玲都是如此地爱着他，他的心乱如麻，彭丹玲是他的至爱，加之又与自己有了夫妻之实，是如何也不能辜负的，可是……可是对于温玉娥这既没有得到父爱，又没有得到母爱的孤苦零丁的姑娘来说，如果让她心中的爱情又失去了，该是多么残忍，单宝儿无论如何也下不了这样的决心去伤害温玉娥，因为她太需要人去爱护，去抚平她心灵的创伤。

可他又不能同时娶了两个美若天仙的女子，单宝儿的心忐忑不安，痛苦莫名。

温玉娥在石室中，将湿衣一件一件脱去，仔细地欣赏着自己充满青春活力，充满弹力的光洁如玉的少女胴体，热血沸腾，心中澎湃起伏，难已平静。

她的心早已属于单宝儿了，这本不合圣洁门的门规，身为门主的温玉娥却难以抑住这颗躁动的心，她知道自己犯了一个严重的错误，可是仍不悔，她想做得明白、彻底，不枉母亲给了她这么一个皓洁如玉的身子，这样做，她觉得对得起自己，今生无怨，哪怕它太短暂，总胜过没有！

人一生是应该追求一些美好的东西，温玉娥是这样想的，也想这样做。

一想到自己那种大胆的念头，温玉娥的心就突突直跳，她感到面红耳热，激动不已，脑子里嗡嗡作响，硬是下不了决心，让她的计划立马实施。

正踌躇之际，忽见石室的石板上有一只毛茸茸的肉虫，身上黄褐斑点到处点缀着，顿时心中有了主意。

单宝儿仍旧在为温玉娥对自己的挚爱痛苦，绞尽脑汁地思索着，比较着她与丹玲，仍是不能确定取舍，对于自己到底爱不爱温玉娥，单宝儿的心是很模糊的，总没有像对彭丹玲那般爱得明朗，却又不是像对待薛钗儿、张梦绮那般明了的兄妹之情，因为他已经明显地感觉到自己对温玉娥的关爱与牵挂是那么强烈，甚于彭丹玲，对于这个介于彭丹玲与薛钗儿、张梦绮之间的温玉娥，单宝儿脑中一片迷茫。

忽听石室中传来温玉娥一声惊叫，单宝儿的心猛地一颤，毫不思索地飞身窜进洞中。

第二十四章

然而，眼前的情景却让他目瞪口呆，只见温玉娥全身一丝不挂地向自己奔来，脸上满是万分惊惧之色。

单宝儿睁大双眼，望着温玉娥满是惊恐的脸，惊声问道："出了什么事？"

温玉娥一下子扑到单宝儿的怀里，哆嗦地指着地上说道："好恐怖啊！把我吓坏了。"

单宝儿的手一接触到温玉娥那滑如凝脂般的肌肤，身子像触电一样，剧烈颤栗。

温玉娥更是芳心躁动，身子一下子软酥酥的，没了力气，瘫软在单宝儿温暖却仍是湿淋淋的怀里。

单宝儿眼睛特亮，一眼便看见地上那条黄褐色的毛虫，心中立刻明白了，暗道："为什么姑娘家这般害怕虫子？！"

他一面将温玉娥将要瘫软下去的光身扶住，一面十分紧张地说道："不要怕，有我在呢！"

单宝儿也不知道为什么自己会如此紧张，他并不是害怕虫子，而是害怕自己敌不过温玉娥如此尽现少女胴体的诱惑。

温玉娥原本就是天资聪颖的奇女子，加之她本身又学会了圣洁门独特的超级感应功法，见单宝儿身子剧颤，说话紧张激动，岂有不明他的想法之理？

突然，她伸出两只洁白如玉的手臂，将单宝儿的脖颈缠得紧紧的，全身皓如白雪的肌肤紧贴在单宝儿的身上，漆黑的长发如瀑布般地自由泻下来，随着她蟠首微晃，飘逸摆动，散发出诱人的香味，一双像天上星星那么明亮的眼睛望着单宝儿，充满无限柔情地喃喃问道："单哥哥，温妹美不美？"

单宝儿哪遇到过这般情景，即便是与彭丹玲有过夫妻之实，也不曾是温玉娥这般挑逗，不禁心摇神驰，不由自主地说道："温妹是天上的仙女，怎的不美！"

温玉娥明眸精光一闪，风情万种地说道："单哥哥，那你还等什么？还不要了温妹！"

单宝儿一听此言，脑子嗡的一下，热血上涌，险些支持不住，但他定力十足，立刻觉察到温玉娥的这一出戏是经过精心安排的，为何先前对虫子那般恐惧，而现在却置于脑后，仿若没发生过什么一般？想到温玉娥曾说过她是为了藏宝图而来，又说凭她的实力，夺藏宝图是不可能的，是以出此下策？诱惑我单宝儿？

单宝儿仿佛知道了事情的真相，顿时冷静了下来，木然地放开了她的玉手，淡漠地摇了摇头，笑了笑，说道："温妹，我说过，你想要藏宝图的话，我自会给你，你用不着这般诱惑我！"

温玉娥没想到单宝儿竟会如此曲解她的用意，闻言，粉脸惨然一变，顿时芳心一惨，凄然地摇头道："不，不，我没有要宝图之意，更不会以此诱惑于你，我只希望你知道，我温玉娥爱你之心够了，是以以身相许，不求天长地久，但求曾经拥有！"

单宝儿一怔，立刻明白了自己犯了一个严重的错误。

温玉娥此刻却十分凄然，边说，边退后几步，一丝不挂的胴体立现在单宝儿面前，脸上竟无一丝羞涩，也无半点少女的矜持。

单宝儿还发现那条黄袍色的毛虫爬到了温玉娥的粉足上，她却似一点感觉也没有，一点都不害怕，凭她女性特有的感觉，不可能不知道身子有异物侵扰，她却置若罔闻，继续说道："你既然如此误会我，以为我温玉娥是轻薄女子，事实已经发生了，温妹并不后悔这一个大胆举措，现在我纵有千百张嘴，亦难分辩，只希望你——单哥哥记住，曾经有一个姑娘，那就是温玉娥，她，爱你之心，至死不移！"

话落凄然一笑，仍见妩媚，美目中异光一闪，霍然举掌向自己的天灵盖拍去。

单宝儿万没想到她会突然之间，用自绝来表明心迹，大惊之下，暴喝一声，道："温妹，快住手！"声落，人已然闪电般扑到，一把扣住温玉娥举起的右掌，俊脸上冷汗颗颗冒出。

单宝儿有些茫然地注视着泪眼朦胧的温玉娥，以愧疚中含有无奈的声音，近似哀求地摇头道："温妹，我早已明白你的心，你知道，我已经有了彭丹玲，自从见到你为你娘报仇，杀了你爹之后，我立誓不能步你爹后尘，我不能辜负了你，也不能辜负了彭丹玲……哎，其实，我也十分痛苦，我知道自己此生终将伤害你，我……我只不过是想长痛不如短痛，温妹，原谅我！"

温玉娥原有一肚子委屈，此时一听单宝儿提及自己的父亲，潜意识中立即明白了单宝儿的无奈，芳心中的委屈顿时散去，此刻心里有的是万分的愧疚。

刹那之间，她明白了许多，许多。

为什么他平日里总是掩藏自己的真情？那双明亮的星眸总是想瞧着自己，却又无奈痛苦地移向别处，就当她是一种理想的幻影，梦中的情人，现实中，单宝儿却痛苦万分，他同样是那么爱她，但是，他有了彭丹玲，他不想做严杰群第二！他是严杰群第二吗？不，绝对不是！

温玉娥心中明白单宝儿对自己的情意，觉得自己太过愚蠢，不该如此不了解他的心，于是，美目中的泪光更浓了。

单宝儿的目光不敢落在温玉娥的身上，别了过去，忽然，他蹲下身去，将温玉娥粉足上的毛虫捉了起来，自言自语地又不无深意地说道："虫子啊，我若像你一样，变成白痴便好了。"

说罢，手里捏着虫子，深一脚浅一脚地向石洞外走去。

温玉娥只觉得刹那之间，好像掉进了万年冰窖之中，寒彻心肺，忍不住娇呼一声，飞身扑向单宝儿，莲足一旋，转向单宝儿的身前，俯身扑进他怀里，痛哭失声。

单宝儿木然地立在原地，一任温玉娥放纵情感，却是忍心不加抚慰。

温玉娥哀求道："单哥哥，你，你不要我了吗？温妹我不是故意的，我，我只想叫你知道，我有多么爱你，我的心唯天可表，你从来没对我透露心事，现在，现在我知道，你很爱我，我没有你，便活不了……"

说到此便再也说不下去。

单宝儿只觉得她赤裸的娇躯颤抖得十分厉害，搂在自己颈上的一双玉手是那么冰凉。

温玉娥最后一句话让他再次颤栗不已，温玉娥的话不假，如果自己就这么离开了她，说不定她还会做出什么极端的傻事来。

他，单宝儿心底的情爱如父爱，一齐涌来，爱怜地替温玉娥拭去美眼上的泪水，摸着她苍白的粉脸，疼惜得久久不能言语。

温玉娥惊得泪水如泉涌出，因为她已然发现单宝儿的星眸里闪烁着无语的泪花，这是她第一次看见单宝儿流泪，他是第一个为她流泪的男儿，更让她感动的是，他还是她心目中的爱人。

好久，单宝儿才哽咽道："温妹，不要再说了，一切都是我的错！"

温玉娥搂着他的脖颈，听得出单宝儿说话时的声音有些沙哑，她原是个聪明的女孩子，摇摇蠛首，娇怯地道："单哥哥，你不要如此自责，都是温妹不好，你，你告诉我，你不记恨我吗？"

单宝儿沉重地道："我永远不会怪你，我只恨自己不能好好地去保护你，不能……温妹，你何时回圣洁门？"

温玉娥生怕单宝儿离开她，忙道："我不回去，我已经没有资格做圣洁门的门主了，你去哪里，我就跟你到哪里！"

单宝儿的心再也硬不起来，关切地说道："温妹，你身体刚刚恢复，快穿上衣服，别再着凉了！"

温玉娥听了，温顺地跃身飞离单宝儿的怀抱，飞快地穿好衣服。

"单哥哥，你快烘衣服吧！"温玉娥穿好衣服，摆动了一下瀑布般的秀发，说道。

"嗯！"单宝儿很自然地答道，但脑中一直在搜索自己是否爱温玉娥的信息。

这一夜，单宝儿与温玉娥呆在石室中，他一直很沉默，倒是温玉娥显得异常高兴，有说有笑，还做了晚餐。

单宝儿从不独自和擅自饮酒，这一夜却将石室里那现成的酒缸打开，喝得酩酊大醉。

温玉娥亦不阻拦他，也陪着他喝了几杯，粉脸更如红霞一般，娇艳欲滴。

单宝儿终不胜酒力，几杯下肚，借酒消愁愁更愁，几句凄迷痛苦的酒话说出后，便倒桌而睡着了。

温玉娥这才让强忍了多时的泪水放纵奔流，哭成泪人。

次日黎明，天空上还挂着几点闪亮的星星，石室中也有微暗的光线。

单宝儿皱了皱两道剑眉，悠悠地醒来，已然发现温玉娥和衣卧在自己的身旁，蠛首很快意地枕在自己的臂弯里，动人的小嘴角还挂着梦中的笑意，可那双美目也仍可见未干的泪痕，均匀的呼吸声伴着她那浮凸玲珑起伏的胸脯，充分显示着温玉娥的睡姿是同样的优美，令人神魂颠倒。

乌黑亮丽的秀发和少女的玉体一齐散发出醉人的淡淡幽香，单宝儿不禁心神一荡，怜惜地拂了拂她的几缕凌乱的青丝，看着温玉娥姣好无比的面容，心底涌上了一种莫名的冲动，就想把温玉娥就这样一辈子拥在怀中，一辈子把她来爱。

温玉娥似乎不愿从甜蜜的梦中醒来，兀自睡得香沉。

单宝儿瞅着她的脸，视线竟模糊起来，一时之间，分不清睡在自己有力健壮的臂弯里的是温玉娥还是彭丹玲，两张同样绝美却是两种不同的美丽动人的脸庞重叠又分开，分开又重叠，令单宝儿遐想连连，同样是爱惜不已。

突然，一种异声传入单宝儿的耳朵，顿时将他从遐想中拉回到现实中来。

单宝儿凝神一听，已然发觉五里之外，正有一群人向自己这边急急赶来，来者个个均是武功高手，仅凭脚步，便知来者不怀好意。

莫非他们是寻找我二人而来？此念头在单宝儿脑际一闪，单宝儿立刻将睡梦中的温玉娥推了几下，温玉娥睁开惺松的眼皮，含情脉脉地望了单宝儿一眼，然后又很自然且带着对美梦无限眷恋的神情，再次闭上了美目，要继续做他的美梦。

单宝儿动用"传音入密"的功法，凑着温玉娥的玉耳说道："懒虫，快别贪睡了，敌人来啦！"

温玉娥一惊，娇躯跃起，讶道："在哪里？"

单宝儿露出一个充满男性魅力的微笑，未见到他启动嘴唇，温玉娥已听到他的声音说道："别那么紧张，他们还在五里之外，像是冲着咱们而来！"

温玉娥粉脸红润，像是这才刚刚醒来一般，害羞起来，见单宝儿未动口，却能说话，美目瞪得老大，小口微张，好半晌才低声说道："单哥哥，你怎的会这种功夫？这种腹语，听说是少林的不传秘学，你如何学了来？"

单宝儿见温玉娥那娇滴滴、羞答答的模样，心中热血上涌，禁不住伸手将温玉娥揽入怀中，运功，用温柔的声音说道："温妹，你知道的东西倒不少，那是承蒙少林方丈能智大师的错爱，将此秘学传于我，有机会，我教给你，好不好？"

温玉娥被他这么一拥，早已是幸福得似在云里雾里，再听单宝儿那温情的话，高兴得眼泪快要流出来了，将单宝儿那结实的身躯紧紧抱住，低声哽咽道："好，温妹今天真的太幸福了……"接下来竟无语凝噎。

单宝儿大为感动，想不到自己对温妹流露出了真情，更想不到她会激动到如此，心中的爱意更浓，竟忘却了以前为温玉娥对自己的感情而来的烦恼与痛苦，沉浸在一片幸福温馨之中，仿佛有了温玉娥，亦就有了彭丹玲一样，同样是那样令人愉悦欢欣。

直到此刻，单宝儿方知自己爱温玉娥如同爱彭丹玲一样深刻，不分伯仲。

单宝儿已然很清晰地听出那群人已经来到碧潭前，共有十二人，传话温玉娥："温妹，他们已到潭边来啦，别出声!"

温玉娥露出一个甜美的微笑，螓首微点，一排整齐的皓齿光亮洁白，会说话的眼睛蓝得动人，告诉单宝儿，她已然知道了。

突然，一个阴阳怪气的声音说道："噫，他们的足迹明明至此，却为何不见了呢?"

又听到一个极细的身形一跃，飞身而去。

单宝儿与温玉娥对视了一眼，暗道：这人轻身功夫倒真了得，若不是自己有这方面专长，倒还听不出他身形飘动的响声。

接着，一个声音尖叫道："这山丘上也有他们的足迹，看来，他们在山上躲藏过!"

那阴阳怪气的声音说道："再找找，看有什么线索!"

又听到那人身形连跃几处山丘，过了一会儿，便飞身回到潭边，说道："启禀副坛主，到处都只有二人的足迹，却不见严坛主的足迹，也未见他们离开的迹象。"

那副坛主像是思索了片刻，说道："这百丈悬崖，他们定是上不去的，难道是雨水冲去了他们离开的线索? 这不可能，既然来时足迹未洗去，何以离开却没有迹象? 奇怪，奇怪!"

另一声音道："那种香味仿佛仍在，不知他们到底躲到哪里去了，难道会有遁地之法不成!"

单宝儿一怔，暗道：这群人的鼻子比狗还灵敏，居然能辨别人体气味!

温玉娥见单宝儿疑惑不解，只是默笑不语。

那副坛主喝道："再全体仔细寻找一遍!"

但听数声身形飘动之声，那些人已四面分散开来。

过了好半天，那些人始终没有发现瀑布后面的石洞，便在那副坛主的一声令下，一齐离开了碧潭。

单宝儿耳聪目朗，已经听出只走了十人，还有二人未曾离开，暗道：好狡猾，想诱我二人出去，便笑看看了看温玉娥，见温玉娥正温情脉脉地看着自己，露出一丝神秘的微笑，立刻明白了她亦知道此情。

两人就这样相拥老半天，才听到两声极细微的身影离去的声音。

待那声音去了两里之外，单宝儿这才传话道："温妹，你是不是也知道他们尚留有两人?"

温玉娥微笑地低声道:"你以为只你听得出来吗?"

单宝儿料想那群人再也无法听到两人的谈话,便开口说道:"这可怪了,你的听力怎会如此好?"

温玉娥笑道:"我就是凭这一点微末小技吃饭呢,哪能上他们的当!"

单宝儿更加奇怪,说道:"凭这吃饭?你们圣洁门到底是做什么的?"

温玉娥粉脸贴着单宝儿温和的胸脯,玉手在他的衣襟上揪来揪去地把玩着,柔声说道:"我们圣洁门专门搜集天下武林各大门派之间的讯息,专门以讯息赚钱,奇怪吗?"

单宝儿恍然大悟,说道:"怪不得连能智大师都不知道的许多事情,你都知道,难怪你对'日月神教'有所了解了。"

温玉娥说道:"所以,我圣洁门中人都是蒙上一张丑陋面皮的,否则,接触的顾客当中,不少是一些好色之徒,那我圣洁门岂不遭殃!"

单宝儿笑道:"这想法甚妙,不知你们圣洁门跟踪人可与刚才那伙人是否一样。"

温玉娥一愣,说道:"单哥哥是否说我圣洁门的行径很卑劣?"

单宝儿却答道:"只要是不做伤天害理的事,那就不是一样的了。"

温玉娥这才笑道:"我圣洁门从来不做伤天害理之事,每做一件事之前,都查得一清二楚,才将讯息卖给人家,不该卖的决计不出手"!

单宝儿不愿在此问题上纠缠,转换话题道:"你们跟踪有什么方法吗?"

温玉娥一笑,说道:"你想套出圣洁门的秘密?"

单宝儿无奈地说道:"若是不便说,就不说了吧!"

温玉娥却不依道:"你既问了,我自然会告诉你的,跟踪之术不外乎四种法门,一是察迹,就是找寻被跟踪者路过的地方所留下的足迹,或者是折断的枝叶,踏践的花草等;二是嗅味,人的毛孔都是开放的,不断送出各人身上特有的气味,历久不散,气味被树叶草花吸了,跟踪者高手嗅觉比猎犬还要灵敏,故一嗅便知道了;三是观远,就是登高俯瞰,站在高处,被跟踪者的行踪便一目了然;四是听风,这是空旷地方或迫近跟踪者时才使用,高手可听风辨别人的方位,就好比听风辨暗器一样。"

单宝儿暗忖道:我若知道此法,必定也是一个跟踪术的高手了,当下笑道:

"这么说，你是跟踪我才到云南来的？"

温玉娥笑道："你以为我的感应能超过师祖，甚至达数千里远吗？可能吗？"

单宝儿笑着摇头，说道："你的超感应能力倒比跟踪术高明得多了！"

温玉娥自是欣喜万分，难得单宝儿如此夸奖她，她觉得单宝儿今天与昨天截然不同，仿佛对自己好多了。

单宝儿突发奇想，说道："咱们何不来他个反跟踪？"

温玉娥大喜，说道："你有此想法最好不过了，反正我也是吃这碗饭的，却不料反被对方跟踪，看来'日月神教'的人着实不简单！"

单宝儿扶起温玉娥道："咱们这就去吧！"

温玉娥竟像小女孩一般欢喜雀跃，蹦跳着与单宝儿一道，出了石洞，离开碧潭，寻着那十二人留下的迹象追赶上去。

一连三日，单宝儿和温玉娥一路跟踪那十二人，见他们也无甚大的动作，便远远地跟在其后，不作打扰。

三日来，单宝儿对温玉娥百般照顾，使温玉娥受宠若惊，一直笑颜常开，开心愉悦至极。

第四日上午，单宝儿与温玉娥一路有说有笑地跟在"日月神教"十二弟子之后大约五里外的路上。

温玉娥突然笑着说道："单哥哥，我有一种预感，今天那些人可能有什么行动！"

单宝儿不置可否地笑道："你的感应向来很准，咱们小心跟上就是，瞧清楚后搅他一局也不错！"

温玉娥急道："那可不好，咱们是放长线钓大鱼，这么一搅，岂不露馅了！"

单宝儿恍然大悟，赞赏道："嗯，总是你心细，噫，他们好像躲躲藏藏的……"

温玉娥一怔，道："我怎么没听见？"

单宝儿微笑道："走，咱们靠近一些，你就明白了！"

说罢，拉着温玉娥的玉手，身法奇快，悄没声息地向前驰去。

温玉娥终于听到了那几人脚步窸窸窣窣的声音，混杂无比，像是正在找藏身之处。

突然，一个尖细的声音叫道："兄弟们，快伏下，那妞儿快来了！"

另一个沙哑的声音说道："老黄，依我看，等副坛主赶上来再拿那妞儿稳当些!"

又一人粗着嗓门骂道:"朵七,你他妈的别生了一对鸟卵子,那妞儿仅仅会一丁点武功,不要说咱们有十人,就是我李鬼一人,也能手到擒来。"

那沙哑的声音也骂道:"你他妈的知道个屁,三堂主传讯咱们活捉她,要咱们不可伤了她,万一那妞儿一犟,咬舌自尽,你可就吃不了兜着走,真是猪脑子!"

那尖细的声音说道:"好了,兄弟间别伤和气,这是奇功一件,待会儿大伙儿一起上,要她自杀也不能,只要抓来她,咱们兄弟就有重赏了!"

这时,远处果然传来一阵急促杂乱的马蹄声,单宝儿闻声,俊脸不由一紧,忖道:这姑娘果真不是高手,连马都不善骑,我是否该帮助她?单宝儿不由自主地看了温玉娥一眼。

温玉娥却显得很沉静,向他眨了眨美目,示意看情况再作定夺。

蹄声愈来愈近,离单宝儿和温玉娥躲藏之处不到三里路,单宝儿双眉一皱,游目四顾,发觉此处系荒野丛林,有不少巨大的怪石突兀林立于树林之间,景色奇美。

突然,但听一声暴喝道:"张小姐,你这是赶往哪里?"

单宝儿一听"张小姐"三字,心头一怔,忖道:莫非是张梦绮?缘何她会只身一人?当下不及细想,霍然跳了起来,身形一晃,欺上去,来到一处怪石丛中,放眼一看,只见一里开外,一匹棕色好马上面赫然坐着张梦绮纤细的身影。

在她面前,三面环绕着十个凶神恶煞般的汉子。

温玉娥很快地来到单宝儿的身后,对他那突如其来的行动和表情甚为诧异,心道:为何他对那张小姐如此紧张?暗忖间,美目凝望,不由得不相信地揉着眼睛,暗道:世间竟有这般美人,难道单哥哥看上了她?

张梦绮见十个不明来历的恶汉阻住了去路,粉脸一变,娇怯天真地叱道:"我与各位素不相识,请各位让让道儿吧!"

其中一个大胡子走上两步,"嘿嘿"两笑,贼眼快要放出火来,淫笑道:"你不认识咱们兄弟几个,咱们可识得你哩,张小姐,不用害怕,咱们哥儿几个虽然神魂全被你收了去,却谁也不敢动你一根毫毛,因为,咱们新上任的三堂主想见见你哩!"

张梦绮一愣,道:"我更不识得你们什么三堂主,也不想见他,各位大哥请让路!"

又一粗犷的声音道："小姑娘，咱们三堂主看上了你，是你的福气，保你享不尽荣华富贵，说不定将来还能做个王妃什么的，跟咱们走吧！"

张梦绮骇然道："你们到底是什么门派的人？是不是'日月神教'的人？"

那粗犷的声音答道："嘿嘿，这下你可猜对啦，姑娘还是乖乖地跟我们走，省得咱们动手！"

张梦绮知道这些人的厉害，自己定然是敌不过，眼见又逃不掉，便急道："你们敢？！要是让我宝儿哥哥知道，你们谁也别想活命！"

温玉娥闻言抬眼一扫单宝儿冷峻的俊脸，妒意顿生，不由得把目光移了开来，暗骂道：真是个多情种子，到处欠情债！

一尖嘴猴腮的闻言大笑道："单宝儿是吗？嘿嘿……只怕早就变成一副骨架喽，咱们兄弟专门负责盯他的梢，连他的尸影也未找着，想是给虎狼吃了吧！"

张梦绮一听，小嘴一努，反驳道："嗯，你们不用骗人，宝儿哥哥武功高得很，少林、武当、丐帮的方丈、掌门、帮主合力都敌不过我宝儿哥哥，他是不会有对手的！"

那瘦猴子一阵怪笑，说道："张小姐，天下奇男子美男子多的是，像我们三堂主，可谓一等人物，何苦念念不忘那呆头呆脑的任人欺骗的傻小子呢？"

张梦绮生气地道："你们才呆头呆脑的，敢侮辱我宝儿哥哥！"

话毕，竟不顾自己的性命，突然一抖马缰，一手"噌"的一声，拔出长剑，向那瘦猴冲杀过去。

温玉娥心头一颤，暗道：这小姑娘倒对单宝儿情有独钟，唉，不知将来是不是也与她一同嫁了单哥哥呢？

十名大汉见张梦绮如此娇小柔弱，情知她武功不过尔尔，不由得哈哈狂笑起来，一齐飞身向马前冲去！

那匹棕色马一见这么多人冲来，去路被阻，顿时一声长嘶，扬起前蹄，立了起来，张梦绮原本就不善骑术，哪能还坐得稳，娇呼一声，掉向地上。

十名大汉又是一阵哄笑，其中一人尖叫着飞身而上，淫笑道："哈哈……小美人别伤着，俺来接住你！"身形飞扑上前，速度倒也不慢。

就在那大汉双臂将要抱住张梦绮之际，突然传来一声凄厉的惨号，张梦绮娇躯已到另一人的怀中。

温玉娥眼睛一花，回头一看，身侧哪里还有单宝儿的影子！当下不由得暗自惊骇，忖道：单哥哥功力的确高深莫测，难怪那张小姐说合少林方丈、武当掌门和丐帮帮主之力也不是他的对手！

其他九名大汉被这一声惨号吓得全都怔在原地，木然地站在那里出神，那匹棕色马，趁此际狂奔而去。

张梦绮虽然美艳盖世，娇弱纤细，却刚烈如火，她万没想到抱着自己的人，会是朝思暮想的梦中情人，只当自己已被"日月神教"的大汉擒住，抽出玉手，娇叱道："放下我，你这淫贼！"将全身功力聚集于手掌，向后猛拍过去。

单宝儿扬手轻轻扣住她的腕脉，松手把她放在地上，沉声说道："梦绮妹妹，是我，单宝儿！"

张梦绮一时间用力过猛，耳道被塞，未听出来，扬拳就打，突然，美目一眨，发觉是单宝儿，不由惊喜道："宝儿哥哥，快闪开……"

单宝儿未闪避，张梦绮那减了几分力道的粉拳终未控制住，正好擂在他的胸膛上，张梦绮也随着娇呼一声，扑进单宝儿的怀里，泣声道："宝儿哥哥，你叫我想得好苦啊！"

泪珠颗颗落下，如粒粒晶莹的珍珠，娇躯微微颤抖着，不知是惊是喜，娇怯之态，惹人生怜。

单宝儿伸手轻抚着她的乌发，说道："你怎么独自来这里了？"声音充满无限的疼爱和怜惜。

张梦绮仰起带泪的美脸，深深地打量着单宝儿的俊脸，撒娇般地说道："我为什么就不能到这里来了？你知道吗？你一走就是半年，可曾想过我？想过苦苦寻找你，日夜想念你的梦绮妹妹？"

泪珠如梨花上的细雨，心迹表明得再明白不过了。

然而，这一切却如千万利箭，无情地刺进单宝儿的心房，他在心中默默轻呼道：梦绮妹妹，分别只不过是短暂的，我们不是又见面了吗，你想我，我也曾想你和师妹薛钗儿，可是，我从一开始就当你是亲妹妹一般，你却这般爱恋我，叫我如何是好？单宝儿可不能再伤害你了，我只愿你永远快乐开心，活泼可爱，我们真的不能成为夫妻啊！

或许，是太久的沉默，张梦绮没有得到他的回音，她突然有些担心地问道："宝儿哥哥，你是不是不要梦绮妹妹了？"

单宝儿黯然一笑，说道："说哪里话，我怎的不要自己的妹妹！"

张梦绮飞快地在单宝儿的俊脸上亲了一口，娇声喜道："以后，我永远不再离开你了，你也不许离开我，否则妹妹又不知道有多伤心！"

单宝儿沉重地一笑，说道："以后，你回到'花岭山庄'，大可不必为我担心，我希望在那恬静的环境中，你能过上幸福快乐的生活，宝儿哥哥会常常来看你的。"

张梦绮娇躯由于过度惊恐而颤抖着，她抬眼盯着单宝儿，绝望地道："你……你不要我了！"

单宝儿木然地把目光移向蓝天白云，冷静地道："梦绮妹妹，我觉得你我之间原不应该有什么爱情，唯有最亲的兄妹之情，唉，我愿你慢慢地将我忘记了吧，天下比我单宝儿这样的傻瓜强的人多得是，你一定会找到一个真正爱你的人！"

天真的张梦绮却怎么也不相信自己的耳朵，紧紧搂着单宝儿，生怕他立马从身边消失了一般，她泪眼婆娑地道："宝儿哥哥，不是这样的，不是的，你骗我，你一定是有苦衷的，对不对？我不在乎你有彭姐姐和薛姐姐，我只愿一生一世能永伴你，宝儿哥哥，你知道我的心是怎么为你而热的吗？我发过誓，今生非你不嫁，我爱你……"

两片颤抖的樱唇，紧紧地印在单宝儿的朱唇上，截住了下面要说的话。

躲在一旁的温玉娥心头猛地剧颤，暗道：怎的又冒出一个薛姑娘了？好啊，单哥哥，你原来也是个花花公子啊！

单宝儿身子一颤，刚想移开张梦绮那热烈狂吻的樱唇，但是想到张梦绮对自己竟然爱得这般执着，自己却浑然不知，知道自己又将要伤害一个天真美丽的小姑娘了，心里顿时一片空荡，竟忘了身旁还有敌人的存在。

身旁的人却没有忘记他俩，他们之所以迟迟不发一语和进攻，并非过度惊恐而没有清醒，而是他们发现此人真的是他们的跟踪对象——单宝儿。

两人的拥吻，不啻给他们带来了立功领赏的大好机会，他们彼此打了一个眼色，最靠近单宝儿的三人，突然蹑足跨上三步，猛地一挥手中的长剑，就要向他俩冲杀过来。

突然，三人脸上肌肉一阵抽动，手中挥起的长剑还举在空中，人却缓缓地软瘫下去。

没有喊叫，也没有痛哼，这种死法，的确令人胆颤心惊，魂飞魄散。

其他的七名大汉惊慌地退了几步，谁也不敢再上前来，他们的直觉认为，这三人必是单宝儿所杀的。

然而，单宝儿呆呆的，任凭张梦绮狂吻，此刻两人仿佛对身外一切都未曾警觉，甚至单宝儿的衣袂都未曾飘动一下。

接着退下的七名大汉也如三名同伴一样，相继倒了下去，没有一个幸免，也没有一个知道自己到底是怎么死的。

温玉娥在一旁莲足一跺，暗骂道：张姑娘，也恁般不要脸，单哥哥对你无动于衷，难道你是死人？感觉不到？还自己这般投怀送抱，羞也不羞？接着，她生气地在旁边的石块上坐了下来，不再看单宝儿与张梦绮的亲热场面。

单宝儿很被动地被张梦绮热烈地拥吻着，脑子一片空白，他根本没有心思理喻张梦绮的热情，他只是被这样接踵而来的感情债所困绕，手足无措。

张梦绮天真的心以为单宝儿比自己还懵懂无知，对男女之事不甚了解，是以竭力投入，想唤起单宝儿对自己的情感爆发出来，想引导他加入这热烈的拥吻中来，然而，长时间的付出却仍未得到一丝回报，张梦绮这才彻底清醒了，彻底绝望了，知道她的宝儿哥哥真的未曾爱过她，自己只不过是痴痴地单相思而已。

张梦绮泪水涟涟地木然地移开樱唇，然后怔怔地望着单宝儿，仍是无限柔情地道："宝儿哥哥，你从来就没有对梦绮妹妹动过真情吗？你告诉我，从来就没有过吗？"

单宝儿心头一震，暗忖道：若说从来没有动过真情，那是假话，他清晰地记得在认识彭丹玲、温玉娥之前，在花岭山庄与张梦绮初次见面时，便对她产生好感，当与她一泓秋水相对，他曾有过若有梦绮这样的姑娘伴自己一生，也该美满幸福了的想法，虽说那种念头一闪即逝，但那毕竟是他第一次想到自己的女人，他记忆犹新，直到后来，他才发觉自己的这种想法更少于有梦绮这样的妹妹的想法，是以从此将梦绮看作自己的妹妹一般，亦如他对薛钗儿的感情一样。

张梦绮这样问，单宝儿不知如何回答，他真的怕伤害了她，只是木然地摇了摇头。

张梦绮泪眼朦胧地盯着他，仍不能确定单宝儿的心境，泣声道："你别摇头，我要你亲口说出来，你说，你说嘛……"

单宝儿好生为难，支支吾吾地道："梦绮妹妹，你做我的妹妹不好吗？不是一样天天与宝儿哥哥在一起吗？你何苦如此念念不忘呢？"

张梦绮死命摇头，任泪水放纵奔流，说道："不好，我不要做你妹妹，我要做你的妻子，老婆，我为你而生，我的心早属于你了，我的人也一定属于你，我只要你回答一句话，要么我为你一生守候，要么我一生伴你到老……"

天下的痴情再也莫过于此了，温玉娥在一旁听得亦感动得泪水簌簌而下，对张梦绮的恶感顿时全都烟消云散，反而对她大为同情，恨单宝儿铁石心肠起来，恨他不解风情。

单宝儿被张梦绮这一宣誓难住了，无奈而又实在地说道："说没有对你动过真情，那是假的，说对你有爱情，又不太对，唉……"单宝儿的话带着多少牵强，多少关切，多少无奈，多少痛苦，长叹一声，恨不得自绝于张梦绮的面前。

张梦绮突然转过身，欲离单宝儿而去，自己千辛万苦寻找到梦中情人，他却不爱她，对她只有兄妹之情，怎叫她不伤心?!叫她又如何能在单宝儿身边呆下去?!

突然，她惊叫一声，道："啊，这些人怎么死的?"话毕，又惊惧地扑回单宝儿的怀里，好像是只有在单宝儿的怀里，她才感到最安全。

单宝儿闻言一惊，电目一闪，见温玉娥正带着一丝幽恨的目光向自己瞧来，知道必是她所为，正待上前问个究竟，忽然，一个冷冰冰的声音起自前面三十丈开外，道："单少侠，老夫冒昧打扰了!"声音不高，却动人心弦。

单宝儿心头一紧，猛然抬眼望去，只见三十丈外的一块高山丘上，立着一个黑色锦衣，胸口绣着一个白色骷髅头像的老者。

此人双目深陷，闪闪生光，双眉浓而短，高鼻巨口，长须拂面，两鬓太阳穴鼓得老高，显然内力高深，相貌阴沉中还有一股不可侵犯，唯我独尊的威仪，老者身侧，环绕着十二个锦衣大汉，四人一组，井然有序。

温玉娥一见此人，不由得骇然起身，飞落到单宝儿身侧，低声道："此人是泰山三大刀尊之一，'鬼头刀尊'曾进!"

张梦绮乍见突然来了一个美艳若天仙的女子，对单宝儿还甚是亲热，不由得对她产生抵制之念，问道："你是谁?"声音之中，倒并不将什么"鬼头刀尊"放在心上。

温玉娥答道："我也是你宝儿哥哥的朋友，这'鬼头刀尊'厉害得很，咱们等会儿再说!"

单宝儿心头一紧，却未表现出来，暗忖道：这泰山三大刀尊似乎在丐帮听什么人提起过，今日找我单宝儿，却不知为了什么。见那曾进态度冷淡，也冷冷地说道："不知老人家有何见教?"

"鬼头刀尊"淡淡地一笑，道："老夫原不想见你，但听说你大败'亡命谷主'

刘芒后，又将段家堡堡主段天拜夫妇杀了，老夫生平未曾遇到过敌手，想与单少侠切磋切磋。"

单宝儿一听，暗道：这曾进消息倒是灵通，但没有道理呀，我杀段天拜不过几天前的事情，他远在山东泰山，没有理由这么快来到这云南与四川的边境，定是有所图谋，早就赶来了，只不过比温妹迟到几天而已，啊？难道又是为藏宝图而来？

这么一想，单宝儿轻轻推开怀中的张梦绮，冷然跨上两步，道："老人家恐怕另有所图吧？今日既然相逢于此，老人家非要逼在下出手，也只好献丑了，老人家进招吧！"

温玉娥全身心戒备，因为"鬼头刀尊"身侧还有十二个锦衣大汉。

"鬼头刀尊"曾进坦然长笑一声，道："痛快，单少侠快言快语，老夫就不客气了！"长笑声中，已然飞身向单宝儿面前扑到。

身法奇快，眨眼之间便来到三人面前。

温玉娥趁机发出三只木镖，这三只木镖可是淬了毒的，只要前面薄薄的一层皮擦破，木镖之毒浸入人体，马上便毫无声息地死去，眼前三支鬼头木镖分上中下三路向"鬼头刀尊"电射而去，仅见光芒一闪，便已到达。

"鬼头刀尊"面色一紧，因为他的身法奇快，加之温玉娥的木镖也快，相向而来，快得无与伦比，情急之中，右手向外轻轻一拂一送，恶恨恨地说道："丫头，还给你！"

声落，鬼头木镖已到面前，其速度比温玉娥快上何止一倍以上，方向也从上中下三路，使人难以全部接收。

温玉娥一双玉手匆忙之中，却不知接哪一根好，因为，三支毒镖同时到达，若是弄不好，势必让毒镖穿体而过，亡命当场，不由得花容失色，惊惧莫名！

单宝儿身形一晃，快得不可思议，冷哼一声，右手闪电般倒挥而出，说道："不收也罢！"一股罡风过处，三支木镖齐齐地插在草地上，那片草立刻萎黄枯死。

"鬼头刀尊"曾进老脸一变，长笑一声，道："单少侠单掌劈落这毒镖，这份功力，武林中的确不多见，哈哈……老夫今日遇上对手了，单少侠，你年纪轻轻，武功这般了得，确实足以令整个武林不安！"

单宝儿一怔，道："曾老前辈是想杀在下才安心了？"

"鬼头刀尊"一捋长须，淡然笑道："武林中人，要想生存，乃至扬名立万，莫过于做一起轰动武林之事，再说，身为习武之人，不是你杀人，便是人家杀你，正如你我现下的立场一样！"

　　单宝儿冷笑道："曾前辈已是武林成名人物，何以再谈什么扬名立万！"

　　"鬼头刀尊"哈哈一笑，平静地说道："世间的事太多没有理由，对我来说，老夫想怎样做，便怎样做，其他的并不重要！"

　　单宝儿一听，知道这场战斗必无可避免，早已有准备，冷然道："那就请尽管放马过来！"

　　曾进身子刚欲上前，十二个锦衣汉子中，突然跃出一人，说道："启禀师父，弟子愿打这头阵！"

　　"鬼头刀尊"哈哈大笑地拍了拍那汉子的肩膀，向他扫了一眼，点头沉声道："只怕你在他手下难走出三招！"声音平静而冷酷，好像此人的生死，与他并没有关系。

　　那汉子脸上横肉抽动了几下，似有退缩之意，他知道他师父"鬼头刀尊"决对不会看错，然而，身为师父的"鬼头刀尊"却一点没有命令他退下的意思。

　　单宝儿冷哼一声，笑道："尊驾明知弟子不敌，却要他来送命，哪有你这样的师父，对徒儿如此不加爱惜！"

　　"鬼头刀尊"冷笑道："作为我曾进的徒儿，必定要言出必行，就算是鬼门关，也要闯，生死何足道哉！"言下甚是得意洋洋。

　　那汉子一闻此言，心知生路已断，不如索性全力一拼，给他师父留个好印象，说不定师父不忍心，会出手相救，那也说不定，倘若侥幸未死，日后也可在众师兄弟面前称雄，这么一想，他立马大吼一声，道："少假仁慈，接招吧！"

　　他飞身直上，足点地跃起，身未至，一股气势已然袭来，快逾闪电，重如泰山，声势甚是骇人。

　　单宝儿一震，暗忖道：想不到"鬼头刀尊"一个徒儿，竟然有这般功力，可见他本人定然非同小可，难怪温妹如此惧怕"鬼头刀尊"了。

　　心念电转之际，冷笑一声，右掌闪电拍出，一股强劲的金光直至那汉子胸口，掌劲后发先至。

　　那汉子久经大敌，单宝儿一出手，他已知非自己所能抵抗得住，如再前进，徒送性命，早已急忙收招斜退，应变十分快捷。

　　单宝儿微微一笑，收掌凝立，并不进攻。

　　那汉子堪堪避过一招，见单宝儿也不追击，立时又暴吼一声，飞身直扑而上，气势甚强，勇猛无伦！

单宝儿冷笑一声，暗道：既然你一心求死，在下就成全了你！

正欲一招了结了他，突见一道黑芒倏地闪过，闪电般地直取锦衣汉子的"璇玑穴"。

原来温玉娥早已存下杀他之心，见他再度扑上，突然发出毒镖。

那锦衣汉子全神贯注在单宝儿的身上，哪会顾及此？雕刻鬼头的木镖没入体内，身子才跃出半空，便如断线的风筝一般飘落在地，毫无声息地离开人世。

"鬼头刀尊"一怔，突然冷冷地盯住温玉娥，道："丫头，看你如此美丽，心肠却这般狠毒，你杀了他，有什么理由？不说出来，老夫今天就不会怜香惜玉了。"

温玉娥淡然答道："你堂堂的一个江湖成名前辈，要与单宝儿切磋武艺，却利用这等卑劣的车轮战术，羞是不羞？"

"鬼头刀尊"哈哈一笑，道："好一个刁钻丫头，就算被你钻了空子，不过，杀人偿命，你仍免不了一死！"

温玉娥妩媚一笑，道："只怕你没有机会来杀小女子就早已命丧黄泉了！"

"鬼头刀尊"眼中杀机一闪，举步向单宝儿走来，眼光盯着单宝儿，一面冷笑道："说得好，老夫先结果了你！"

声音未落，人已然飞身凌空向温玉娥扑去，身法快猛绝伦，令人瞠目结舌，但见他起身于空中，如同雕一般，双爪五指箕张，狰狞如鬼，十分恐怖！

温玉娥没料到"鬼头刀尊"会舍去单宝儿而直扑自己，更没料到他功力高深至此，距离也不算短，他居然瞬息即至。

但身为圣洁门门主的温玉娥也不是省油的灯，情知欲避不及，玉掌只得使尽毕生之功力，向空中拍去。

"鬼头刀尊"冷笑一声，说道："女人家花拳绣腿，中看不中用，雕虫小技，也想逞能！"不闪不避，身子在空中左右一晃，巧如游龙一般地穿过温玉娥的数十道掌影，闪电而入。

温玉娥见状心胆俱裂，暗叫一声："完了！"话落，美目一闭，静等毙命！

就在这千钧一发之际，单宝儿闪电攻入，暴喝一声道："有我单宝儿在，你休想伤她！"

"鬼头刀尊"等的就是这一刻，他之所以突然攻击温玉娥，并非真的想杀她，他表面上在江湖上口碑甚好，背地里不知做了多少见不得人的事情，他本身就是老色鬼一个，见温玉娥美如天仙的动人模样，早就垂涎三尺，只是表面不露声色，攻温玉娥的主要目的乃是诱单宝儿在仓惶间出手，使他不足以提起全身功力。

当下一听单宝儿喝声，立马止招转身，把早已提足的全身功力强猛拍出，对准单宝儿的双掌。

"轰隆！"一声巨响，直震得地动山摇，飞沙走石，回旋气流，上冲直达数十丈之高。

温玉娥和张梦绮被气流直迫得向后飞退而去，幸好没有受伤！

单宝儿退了一丈，胸口一阵气窒，心中不由大为骇然，暗道：这老鬼果真厉害！

"鬼头刀尊"也恰好退了一丈，虽然与单宝儿同样退出一丈外，但心中的惊骇，却远胜于单宝儿，双目紧盯在单宝儿的身上，暗忖道：此人年纪轻轻，竟能在未提起全部功力之际接我全力一掌，且不分胜负，若不使出绝招，只恐难以胜他！

心念电转间，他杀机立现，冷然跨上一步，说道："单少侠，果然名不虚传！"

单宝儿微微一笑，道："曾前辈过奖了，在下与你打成平手，今日切磋武艺到此为止吧！"

"鬼头刀尊"暗道：好小子，竟看出老夫的心思了，想走，怕没那么容易！

但表面上仍不以为意，哈哈一笑，道："也罢，只是那丫头得留下，杀我徒弟，得以一命抵一命。"

单宝儿冷漠一笑，道："看来曾前辈写要与在下为难了？"

"鬼头刀尊"曾进哈哈大笑，道："单少侠此言差矣，老夫为徒儿报仇，与你无关！"

单宝儿知他今天是要与自己血战到底，故意找茬儿，说是找温玉娥算账，实是逼自己出手，当下对他的狠毒心肠大为鄙夷，冷笑道："在下的朋友岂能任人宰割！要想报仇，先杀了在下再说！"

"鬼头刀尊"等的就是这句话，他之所以在江湖中口碑极好，就是依靠这种表面上的理直气壮，当下冷笑道："既然你一意维护，那就怪不得老夫心狠了，小子，进招吧！"

单宝儿心静如水，说道："还是你老人家请吧，在下理当让先！"

"鬼头刀尊"闻言大怒，从来就没有人在他面前如此托大，但想到自己并无必胜的把握，占尽先机更好，暗道：小子，这是你自找的，当下一声冷笑，道："单宝儿，你也太狂妄了，既然你不愿先行出手，嘿嘿，那老夫只好占先了，接招！"声毕，飞身连拍百余掌影，掌出竟不带半点风声，却快愈闪电，急如奔雷，笼罩单宝儿全身各处重穴，形如四面罩来满天掌网。

单宝儿一见，情知这看似绵绵无力的掌影，不带半丝劲道，实际上蕴藏着巨大的内力，倘若有半分大意，必会于顷刻间送命，当下不敢大意，双掌连续拍出数百掌影，后发先至，以攻制攻！

"鬼头刀尊"乍见单宝儿后发先至，速度比自己还快，心中不禁暗自惊叹，当下好斗之心更加坚定，一定要置单宝儿于死地，决不能让这个初出茅庐的小子盖过自己的名头！

两人都是全力以赴，一个是震威武林，成名已久的"鬼头刀尊"，一个是名噪江湖，初出茅庐的江湖少侠，一旦比拼起来，其惨烈之状，当真是前所未见。

张梦绮原本听单宝儿说自己并未当她是伴侣，心中来气，打算一走了之，这时候，见心上人与"鬼头刀尊"杀得难解难分，生死难料，看着斗场中模糊不清的人影，心中惴惴不安，回头望着面带忧色的温玉娥，道："喂，你……你是我宝儿哥哥的朋友吗？"

温玉娥一听她说"我宝儿哥哥"，心中便有一股醋意，但想到她的确爱单宝儿，深刻、热切尤甚过自己，便点头道："嗯，是的！"

张梦绮轻移莲步，来到温玉娥身边，道："好姐姐，你看宝儿哥哥会胜吗？"

温玉娥一听她叫自己姐姐，心中顿时一阵温暖，但还是很茫然地说道："很难说！"

张梦绮不高兴地一努小嘴，道："你怎么不相信我宝儿哥哥？枉你还是他的朋友！"

温玉娥慨然道："我说了，妹妹也许不相信，当今之世，的的确确有人武功高过你的宝儿哥哥，别忘了，与他动手的人是成名已久的'鬼头刀尊'，他的经验不知比宝儿哥哥强多少倍，再说单哥哥的心计又不及他，我也很担心呢！"

张梦绮不屑地道："我宝儿哥哥可是打败过'亡命谷'主刘芒和'段家堡'堡主段天拜的人，那刘芒能打败少林方丈、武当掌门和丐帮帮主的联手，可想当今定是无人能敌我宝儿哥哥了！"

温玉娥轻叹一声，道："事实如此，恐怕刘芒也敌不过'鬼头刀尊'曾进，泰山三大刀尊历来被视为武学中的权威人物，且又以'鬼关刀尊'曾进最为厉害，是以胜败之数，实在难料！"

张梦绮气得粉脸通红，娇声叱道："你到底是不是我宝儿哥哥的朋友？怎的专长他人志气，灭自己人的威风！"

温玉娥心里着急程度其实并不亚于张梦绮，她一直挂心着打斗中的单宝儿，闻言顺口道："姐姐只是说出事实而已。"

张梦绮本就娇弱天真，童心未泯，这时见心爱的人生死未卜，此时自己心中的祈盼又让温玉娥彻底打跨了，这又急又气又恨又怒之下，顿时泪水如泉涌出，哭道："你不配作我宝儿哥哥的朋友，你一点也不帮他，还要说风凉话！"

温玉娥闻言心头一颤，转头只见张梦绮已成泪人，哭得眼睛红肿，如带雨梨花一般，她人本就生得娇柔，惹人怜爱，此刻一哭，更令人心疼，温玉娥顿时显得手足无措，柔声哄道："妹妹快别哭了，我不是存心气你，而是'鬼头刀尊'的确厉害，要是我师祖在就好了，妹妹快别哭了！"

张梦绮一听，顿时止住哭声，挥袖擦了擦泪眼，抬头向场中望去，但见沙尘滚滚，气劲回旋，人影难辨，心中更加紧张，但强忍着泪水，恐惧地道："你说宝儿哥哥会胜吗？"

温玉娥何尝不想单宝儿能够取胜，但她对"鬼头刀尊"甚是了解，知道他的厉害，的确像曾进自己所说，他生平未逢敌手，道："嗯，可能会胜他一招半式，不过，要花费长一点时间和多一点力气而已。"

张梦绮这才露出甜甜的微笑，道："你这才是宝儿哥哥的朋友，喂，好姐姐，你去帮帮我宝儿哥哥好不好？"

温玉娥一怔，忖道：我连他们人影都辨不清楚，哪有能力帮得上！

就在此时，场中突然传来"轰隆"一声巨响，飞沙走石，气劲回旋，尘烟顿时更加浓了一倍，模糊的两团人影，一闪而分，各自退据于一边，尘烟随着山风吹拂渐渐消散，两边的人各自向自己这边的人望去。

触目不由全是一惊，只见两人胸口激烈地起伏着，额上汗珠急下如雨，却一任它们流下，谁也不敢挥手去抹。

第二十五章

张梦绮乍见单宝儿并未受伤，心中欣喜，就要上前去为他擦去汗水，温玉娥一把拉住她，说道："不能去，这样会害了单哥哥的！"

张梦绮顿时吓得美目瞪得老大，一对明眸瞧着单宝儿，满脸都是关切之色。

"鬼头刀尊"终于冷冷一笑，说道："单少侠，你使老夫惊奇，不过，老夫并未使用绝招！"

单宝儿淡然一笑，道："你我已两度交锋，未分胜负，尊驾何不就此歇手，以免一世英名毁在在下这无名之辈手中！"

"鬼头刀尊"大笑道："黄毛小子，不要口出狂言，你我今日不分出胜负，便叫老夫颜面无存！"

单宝儿冷哼一声，道："你我有多少斤两，均已称量过，心知肚明，何必再打！"

"鬼头刀尊"一捋长须，哈哈大笑，摇头说道："非也，你且试着接我这招看看！"

话毕，只见他高大的身躯突然萎缩下去，脸上的肌肉也不知跑到哪儿去了，只剩下一张脸皮贴在头骨上，宛如干尸一般，头发与长须披散着，混在一起，难以分辨，狰狞得如同厉鬼，模样十分恐怖，只是两只手臂却暴涨数倍，有如象足一般粗壮，只有从一双闪动如电的精目，仍可见他是一个人。

张梦绮惊叫一声，双手捂住眼睛，扑向温玉娥的怀里，不敢再看，温玉娥虽说知道的事情比张梦绮多得多，也惊得花容失色，忙喊道："单哥哥，他要用鬼头绝情刀的绝招，你小心些！"

单宝儿见这古怪的功夫是在与恒河老祖交手的过程中，但也没有"鬼头刀尊"的模样这般恐怖，一听温玉娥说他要用"鬼头绝情刀"，立刻明白了曾进之所以称为"鬼头刀尊",想是因为这种古怪功夫。

　　的确，曾进的头颅犹如鬼头一样，且身子如同干尸，像一个厉鬼，单宝儿见"鬼头刀尊"的双手涨得奇大，像是充满了很强的气劲，暗道：难道绝情刀是一种气芒？缘何不见他用大刀呢？

　　一面思忖，一面暗里摧动全身气劲，顿时，全身一团金色的护身罡气笼罩周身，双目射出两道奇幻的五彩光束，让人看了惊叹不已。

　　温玉娥从未见过单宝儿使用这种功夫，不禁一时怔在一旁，目定口呆，因为她发觉单宝儿此时就如同一个神君一般，金刚一样，周身金光闪耀，双目五彩缤纷，简直就是天神下凡！

　　但见"鬼头刀尊"曾进披头散发，张牙舞爪，形同欲择人而噬的恶鬼，发出一阵阵令人毛骨悚然的怪笑。

　　忽地，"鬼头刀尊"吐出阴森森的话道："小子，今天你的死期到了，快快自行了断了吧，免得老夫动手！"

　　单宝儿此刻也无必胜的把握，亦从未试过"鬼头绝情刀"的厉害，但此时他仍大义凛然，将全身功力提至顶峰，护身气劲笼罩周身，双掌的气芒时隐时现，一旦施展起来，非同凡响，他大声说道："老鬼，尽管放马过来吧！"

　　"鬼头刀尊"暗忖道：这一战关系到各自的性命，斗智斗力，不择手段，也要将这小子诛杀，当下双臂摧动疾挥，两股"鬼头绝情刀"光芒，飞劈单宝儿。

　　单宝儿丝毫不敢大意，看得真切，双臂猛地一振，两股金色光芒疾射而去，恰好与两股"鬼头绝情刀"相撞。

　　两声巨响，顿时，气流飞速外泄，直冲得两旁的大树东倒西歪，石走沙飞，枯叶小草满天飘飞，单宝儿已把"鬼头绝情刀"芒全数击溃。

　　"鬼头刀尊"大惊，暗道：这小子果真古怪，我的鬼头绝情刀芒竟伤不了他，但他仍冷森森地说道："小子，咱俩倒要认真较量较量，且看你这个不知天高地厚的小子有多少斤两！"

　　话毕，身形一跃，就要临空劈了下来。

　　单宝儿情知他想取高空之势，毫不怠慢，身法如电，跃上空中，两人在空中斗得光芒闪耀，异常灿烂，瞬息间已对撼了五百多掌。

　　单宝儿一边沉着应战，一边忖道：为何我明明见他出手渐渐变得缓慢，自己就是比他快不起来了呢？

他哪里知道此刻正是发挥了神眼奇功的作用，之所以比对手快不起来，乃是那灵虬毕竟是一个动物，它的一切修为均是来自人类，人的速度有多快，它的潜能在单宝儿的体内发挥至此，也就是说，这种神眼奇功只有在高手不断地挑战下，它才会不断地进展，但它本身不会创新，只是对方有多快，它便有多快，但若是这个对手比以前的对手差远了，那它的潜能便可很明显地显现出来，正是因为"鬼头刀尊"此时的功力和身速比刘芒或段天拜更高更快，是以单宝儿便只有与他同样的速度进攻了！

转眼间，两人又拼了五百余掌，单宝儿已然发觉"鬼头刀尊"的刀势越来越强劲急烈，招架起来有些吃力，幸亏自己神眼能瞧出他的路数，一时还不至于吃亏。

"鬼头刀尊"更是心中惊骇，暗道：这小子居然能拼上千刀以上，的确不易，但他杀机已起，便狠命向单宝儿猛烈攻击，心道：凭你的功力，看你还能撑得上几时！

思忖之际，"鬼头刀尊"猛地暴喝一声，绝情刀芒陡然增强一倍，将单宝儿双臂抖出的两股金芒尽数击溃。

单宝儿一惊，暗道：原来这老鬼居然故意深藏不露，不知他这鬼头绝情刀到底是如何练成的！

心知若不变招，定难应付，心念电转之际，双掌划出一个圆弧，一股强大的气劲汹涌向"鬼头刀尊"电射而去，两股气劲化成了一股，气势更加威猛！

"鬼头刀尊"乍见单宝儿突然变招，气势非同凡响，凭着他在武学上浸淫数十年的经验，感觉到单宝儿这一招的实力似乎有限，于是毫无顾忌地劈出两股强大的"鬼头绝情刀"芒，果然将单宝儿的这一变招击溃，幸好单宝儿的护身罡气刚猛无比，将绝情刀芒的余劲抵住，不致受伤。

事实上，单宝儿此时亦感到力气不济，有些力不从心，神眼奇功在他身上发挥的实力可能还不够，仅使他将许多博而杂的武功一看即会，但也只是学会而已，并未加以提高和创新，仅停滞在前人的水平上，甚至有的功夫未必达到最高境界，哪里能与这个经验老到，凶残奸滑的"鬼头刀尊"相比？仅凭着自己的武功招数，在短时间倒也与他斗得旗鼓相当。

单宝儿不断地变换招式，发力狂轰"鬼头刀尊"。

温玉娥和张梦绮见单宝儿一直奈何不了"鬼头刀尊"，如此斗下去，单宝儿必定吃亏，在一旁忧心如焚，却是爱莫能助，只有干着急的份儿。

电光石火之间，两大武林顶尖高手突然四掌相接，比拼起内力来了，这种斗法，最为凶险，若是内力相差甚远，弱者必身体爆裂而亡。

"鬼头刀尊"一接触单宝儿的掌心，立马觉得单宝儿不是他所想象的那样，感到单宝儿的功力相当浑厚，且体内蕴藏着一股浩然正气，极为刚猛，另外，还有多种不知名的内气同时存在于他的体内，让"鬼头刀尊"惊诧不已。

单宝儿亦感到"鬼头刀尊"的内功有如排山倒海般一波接一波地涌过来，并且在不断地增强，一浪比一浪强猛。

单宝儿情知他要全力作最后一搏了，他暗自忖道：这老鬼的掌劲猛地加强，必然顾不上其他，该是痛击他的时候了！

心念电转之际，单宝儿趁"鬼头刀尊"加倍摧劲强攻之际，突然将自己的攻力与曾进急猛攻来的掌劲，全部引聚至双足。

眼见着自己的掌劲猛然袭击单宝儿，并将其内劲一下子摧得减弱，"鬼头刀尊"大喜过望，加倍地狠摧气力。

温玉娥及张梦绮在一旁看得花容失色，急得娇呼起来。

冷不丁地，单宝儿一个倒挂金钩，双足重重击在"鬼头刀尊"的天灵盖上。

这一击聚集了"鬼头刀尊"和单宝儿两人的合力，劲度强猛万钧，直轰得"鬼头刀尊"曾进头顶顿时"咔嚓"一声，出现一道裂痕，鲜血迸射，如箭喷出，痛得"鬼头刀尊"魂飞魄散！

惊魂未定的张梦绮和温玉娥见形势突然逆转，不由得高兴地如同孩童一般，两人四掌一拍，欢呼道："呀！打得好！"

"鬼头刀尊"的十一名徒儿同时面色大变，惊得大声道："师父！"

剧痛之下，"鬼头刀尊"双掌顿时与单宝儿的双掌分开。

单宝儿瞅准时机，奇招层出不穷，双掌改作双拳，挟着千钧之势，再度狂砸"鬼头刀尊"的顶门，专打他痛处。

"鬼头刀尊"不愧是武学高人，重创之下，仍能趁单宝儿得意之时，冷不丁地电闪而出，扣住单宝儿的右手脉门。

单宝儿大骇，运功挣脱之际，头面猛遭袭击，"哇"的一声，吐出一摊鲜血。

激战之中，形势瞬息万变。

张梦绮和温玉娥一下子目定口呆，玉容失色，竟惊得愣在当场。

这次轮到"鬼头刀尊"弟子们欢呼雀跃了，齐声高声道："杀了那小子，杀了他！"

危急之际，众人耳际忽然响起一阵急促的马蹄声，众人一惊，一团黑影已如飞而至，身法诡异。

"鬼头刀尊"立时觉得一股凶狠暴戾的气势正向自己袭来，还未来得及松开单宝儿，头顶被那黑影施以雷霆一击。

"鬼头刀尊"头顶遭到重创，神色顿时变得狰狞恐怖，血满披面，须发散乱，更添其恐怖凶戾的厉鬼之态！

他咬牙切齿地骂道："你奶奶的，老夫就是死，也要将你们这些可恶的家伙带进地狱！"

话未毕，一张枯爪向黑影抓去，同时，另一只手再度劈出"鬼头绝情刀芒"，直向受伤的单宝儿攻到。

单宝儿此刻哪敢怠慢，顾不得伤痛，猛提真气，两股金色光芒迅猛向"鬼头刀尊"袭去。

同时，"鬼头刀尊"头顶上空的黑衣人，亦再度掌劲如雷，由上方狂轰"鬼头刀尊"。

"啊呀，师父不妙了……"曾进一徒儿惊呼起来。

那名徒儿语意未竭，身遭夹击的"鬼头刀尊"已是油尽灯枯，"轰隆"一声，全身爆裂开来，顿时血肉横飞，尸骨无存。

然而，"鬼头刀尊"也的确厉害，全身炸裂开来的强大气劲竟将单宝儿和黑衣人震得斜飞开去，"砰砰"两响，两人重重地摔在地上。

黑衣人被震得血气翻滚，禁不住也吐出一道血箭。

本已受伤的单宝儿再度遭遇重创，竟躺在地上，再也没有力气动弹了！

那十一名锦衣汉子见师父已亡，倏地齐声四散逃去，眨眼便不见了踪影。

张梦绮和温玉娥双双扑向单宝儿。

两人将单宝儿扶起，温玉娥从怀中掏出一个瓷瓶来，倒出一颗黑色的药丸，让单宝儿服下。

张梦绮气急，一把将瓷瓶夺了过来，说道："看你这小气鬼，一颗药丸顶什么用，全部给我宝儿哥哥吃了吧！"

温玉娥急忙阻止道："妹子，不行，这是'九转回天灵丹'，每个人只能一次服用一颗，强行不得！"

张梦绮这才"噢"了一声，说道："那我错怪姐姐了！"

这时，那黑衣人"哎哟"一声叫了起来，温玉娥和张梦绮同时向那黑衣人望去。

"嘻，怎么是你?!"张梦绮天真可爱的脸上又惊又喜，惊声说道。

温玉娥见张梦绮神色有异，忙道："你认识那个人吗！"

"当然认得，他还是我们的恩人呢！"张梦绮边说，边站起身，向黑衣人走去。

温玉娥看着张梦绮的背影，心道：我自然知道他是我们的恩人，他救了单哥哥嘛，何须你说！

那黑衣人面色灰白如纸，显然已身受重伤，张梦绮也不管温玉娥是否同意，将一颗"九转回天灵丹"塞入黑衣人的嘴里，将他扶正。

那黑衣人受伤较单宝儿轻得多，当下还能坐着运功疗伤。

张梦绮樱唇微启，欲言又止，见黑衣人在疗伤，也不打扰他，又回到单宝儿身边来。

温玉娥已在运功替单宝儿疗伤了，张梦绮看着单宝儿那虚弱的样子，嘴角仍在流血不止，忙掏出香帕，轻轻地将他脸上的血迹一一擦拭干净，自己却已无声地流下了伤心的泪水。

"九转回天灵丹"奇效无比，没多久，那黑衣人已经内伤痊愈了，便向单宝儿这边走了过来。

张梦绮感激地看了他一眼，心中有许多问题想要询问他，但这一切都比不上自己心目中的情人——单宝儿的性命重要，她仅仅看了黑衣人一眼，便立马目不转睛地盯着单宝儿脸色的变化。

黑衣人微微一笑，那笑容是那么深不可测，没有人知道他此刻的心思，但他却很知趣地静静立在一旁，等待着单宝儿伤势的好转。

张梦绮那张美丽却充满焦虑的脸，终于到了乌云渐散的时候，她万分高兴地甜甜一笑，因为，她已经看到自己的心上人脸色渐渐红润起来，眼睛慢慢地睁了开来。

在温玉娥全力运功为单宝儿疗伤之际，单宝儿亦自行摧动内息，调息起来，他默默提劲运转，渐入忘我境界。

约摸半盏茶的工夫，单宝儿星目再度张开，精光四射，神采奕奕，显然伤情全都好转。

温玉娥却也累得香汗如雨，这时便收功调息起来。

张梦绮早已忘却单宝儿说过他俩之间只有兄妹之情的话语，首先惊喜地叫道："宝儿哥哥，你终于好了！"娇躯微动，已飞身扑了过来，如小鸟依人一般。

单宝儿轻抚她的秀发，笑道："傻梦绮，傻妹妹，宝儿哥哥素来吉人天相，哪会有事！"

张梦绮美目一白，娇声道："你这个样子，真快把人家急死了！"

黑衣人插话道："嗯，这位小姑娘倒也真的着急你！"

单宝儿闻言抬眼望去，只见那高大的黑衣人正挂着一丝笑容看着他，单宝儿知道冷落了他，有些不好意思地说道："多谢阁下出手相助，敢问阁下尊姓大名？"

张梦绮像小孩不懂事般抢着说道："对呀，你救过我们的性命，还不知道你叫什么呢，快说来听听，等会儿我定请你大吃一顿！"

黑衣人两鬓挂脸须一动，哈哈大笑道："在下出手相援，亦属偶然，姑娘好意，我心领了，在下木谷三郎，从东瀛岛国而来。"

单宝儿一怔，觉得这名字好生耳熟，便笑道："木谷前辈此次来中原，可有什么要晚辈帮忙的？只要晚辈力能所及，定当办到！"

木谷三郎愣了一愣，似想说什么，然而却始终未曾开口。

张梦绮是个直爽性子，见木谷三郎似有难言之稳，便豪气干云地说道："木谷前辈，有什么难办的事，尽管说来，你是咱们的救命恩人，你的事便是我们的事，我宝儿哥哥能力强着哩，他一定能帮你办到！"

木谷三郎笑了笑，说道："本来这件事也算不上什么难事，在下远道而来，对中原还不太熟悉，在下要找一个叫单敬贤的好朋友……"

单宝儿大惊，睁大眼睛问道："阁下要找我爹？"

木谷三郎亦是一怔，讶道："怎么？单贤弟是你父亲吗？"

单宝儿正色道："正是，在下单宝儿，你要找的朋友便是家父，不知前辈找家父为了何事？"

木谷三郎哈哈大笑，特别开心地上前拉着单宝儿的手道："哈哈哈，苍天有眼，让我木谷三郎在此遇着单贤侄了，好好好，后生可畏，你父亲与我是结拜兄弟，我便是你伯伯了！"

当下便将去年八月中秋在古月神峰与单敬贤相会以及是如何成为兄弟之前后经

过，向三人叙说了一遍。

单宝儿原也听父亲讲过此事，只是自出江湖以来，让他觉得江湖之中，事事必须谨慎，是以一开始便也不敢贸然相认，这时听木谷三郎说得一分不差，便确信无疑了，上前叫了一声："木谷伯伯！"便神色十分黯然，一阵伤心难过！

木谷三郎一惊，瞧出了端倪讶道："贤侄该高兴才是啊，何故如此伤感？"

单宝儿强忍住泪水，低咽道："爹爹为了去寻找那神剑秘笈，现已经下落不明，我娘还有我爷爷也因此而招致杀身之祸……"

想到那一晚，母亲惨死的情景，单宝儿便再也说不下去了。

木谷三郎了听，双拳握得"咯咯"作响，狠声说道："贤侄节哀顺便，我一定要手刃那个真凶，要他血债血偿！"

温玉娥在一旁静静地观察木谷三郎的神情，见他的确义愤填膺，亦感应到他与单宝儿有一种很亲近的关系，便脆声说道："单哥哥已经把那个恶人杀了，已经报仇雪耻了！"

木谷三郎"哦"了一声，说道："那我这个做伯伯的定要帮贤侄将贤弟找到，完成我的一桩心事！"

话毕，伸手拍了拍单宝儿的双肩，示意他要坚强一些。

单宝儿明白他的意思，甚至有些责怪他男子有泪轻弹，只不过为他在两个如花似玉的姑娘面前留点面子才如此示意，心中甚是感动，于是淡淡一笑，吸了一口气，说道："咱们走吧！"

木谷三郎突然一声清啸，接着，众人便听到一声马嘶，马蹄声渐近，一匹棕色良驹一溜烟出现在众人的眼前。

张梦绮一拍玉手，欢喜道："木谷伯伯，原来你这马儿这般听话，我却不善骑它！"

那棕色良驹见到木谷三郎甚是亲热，又是扬蹄长嘶，又是伸过头来在木谷三郎的身上轻擦，敢情木谷三郎便是它的主人。

木谷三郎轻抚了几下马面，哈哈大笑道："要不是它，我还找不到你呢！"

张梦绮这时像记起了什么似的，神色一沉，不无关切地问道："木谷伯伯，薛姊姊和我二哥怎么样了？"

单宝儿听了心头一震，暗忖道：原来木谷伯伯早已见过梦绮妹妹、钗儿妹妹和张大哥，心中对师妹甚是惦记，这时听梦绮这么一说，便问道："师妹她在哪里？

梦绮妹妹快带我去见他们!"

木谷三郎摇头叹息了一声，说道："只怪我技不如人，唉，未能保护好贤侄的师妹，咱们还是一路走，一路说与贤侄听吧!"

经过张梦绮和木谷三郎的叙说，单宝儿这才知道与张梦绮、薛钗儿和张梦飞等三人分开半年的时间里，他们发生了哪些事。

原来，自那天单宝儿和彭丹玲被丐帮弟子抓去以后，张梦绮等三人心急如焚，四处探听他二人的下落。

时过半月，方才打探到单宝儿和彭丹玲同丐帮帮主任重义及武当掌门万华山、少林方丈能智大师前往段家堡的消息。

于是，在张梦飞的带领下，三人便马不停蹄，日夜兼程地赶往云南段家堡。

一路上，倒也平静，未曾遇到过什么麻烦，然而，到达段家堡已是隆冬时节了，三人左等右等，也未曾等到自己要寻找的单宝儿和彭丹玲。

在段家堡所在地楚雄等了将近一个月，一天，薛钗儿说道："张大哥，咱们在此傻等也不是办法，说不定宝儿哥在路上遇到了什么难事给耽搁了，若是那样，咱们不是错过了帮助他的机会了么?"

张梦飞兄妹俩一听，觉得也有道理，于是，便又起身往回赶，回到丐帮总舵洛阳，又历经了一个多月，路上也未曾碰到过单宝儿和彭丹玲。

终于，在洛阳丐帮总舵，从"贾诸葛"那里得知单宝儿被困"亡命谷"中，最后将亡命城堡掀了个底朝天，谷主刘芒亦被单宝儿所杀。

三人听了无不振奋，便再次赶往段家堡，与单宝儿会面。

沿途又听说单宝儿已经报仇雪恨，三人的一颗悬着的心才落了下来。

这一天，三人快接近云南境内，不料却飞来横祸，遇上了"日月神教"三堂主率领的一帮人众。

"日月神教"一行十来人，个个面戴恐怖狰狞的古怪面具，本来三人也不曾招惹这"日月神教"的一行教众。

两方人马刚碰面时，突然，为首的戴着那个最为古怪面具的人喝道："三个娃儿给我站住!"

薛钗儿和张梦绮自闯入江湖以来，哪里见过这等古怪的场面，当场便惊得花容失色，害怕地躲在张梦飞的身后。

倒是张梦飞见识不少，见对方不怀好意，己方实力与之相比又相差甚远，当下很平静地说道："不知在下等三人哪里得罪过阁下一帮教众，还望明示！"

语音振振有辞，想那"日月神教"的人应不会胡乱找人打架。

然而，张梦飞却揣测错了。

其中一个粗犷的声音哈哈一笑，说道："你等三人实未曾招惹过我们，但是我们三堂主看上了你那两个小妹妹，这下你小子有福享喽！"

其他"日月神教"弟子一阵哄笑，显然不把张梦飞等三人放在眼里。

张梦飞情知斗不过他们，但想若连这"三堂主"的真面目都没看清，万一两个小姑娘有个闪失，报仇都找不着主儿，便笑道："尊驾的面容，我等都不曾瞧个清楚，这算哪门子事儿！"

一个尖嗓子一阵怪笑，说道："你小子好胆！我们'三堂主'的尊容是随便给人瞧的吗？少他妈的啰哩啰嗦，快领着两个夫人与我们一道走吧！"

薛钗儿一听，大为恼火，娇叱道："你们这些人大白天强抢良家民女，简直连猪狗都不如，本姑娘宁死也不会依了你们的，赶早收起你们的贼心！"

那尖嗓子惊道："哎呀，你这丫头挺辣的嘛，真合我家'三堂主'的胃口，待会儿让我家'三堂主'好好修理你！"

那群人又是一阵哄笑，张梦飞知道那尖嗓子说修理的意思，绝对不是什么好言辞，见今天的横祸已无可避免了，便小声对薛钗儿和张梦绮道："待会儿我冲上去，你们能走多远便走多远，不要婆婆妈妈的！"

话毕，大喝一声，长刀横削，直向那"三堂主"攻去。

那"三堂主"见张梦飞突然出手，心中不禁怒火如雷，猛地一声怒喝道："小子，你真想找死！"

话声中，欺身上步，右臂一探，一只肉手五指箕张，就向张梦飞横削而来的长刀刀背抓来。

张梦飞神情一变，单凭对方的这份胆识，不用交手，便知自己与他功力相距甚远，但为了保全妹妹梦绮不受这等恶人的侮辱以及薛钗儿的清白，明知自己不敌，亦勉强攻上，同时喝道："你们还不快走！"

两个姑娘闻言一愣，对视了一眼，仍然是没有挪动脚跟。

那粗犷的声音哈哈大笑，说道："小子，你以为她们走得掉吗？就算是那个什么单宝儿，也保不住他俩！"

薛钗儿是个聪慧的姑娘，尽管这些恶徒心怀不轨，芳心不免早就动气，但从那粗犷声音的汉子话中，却也听出他们对单宝儿颇为敬畏，心忖道：我何不干脆告诉他们，自己是宝儿哥的师妹，倒看他们怕是不怕！

薛钗儿想到这里，娇喝一声，道："张大哥，你住手，我师兄单宝儿就要来了，他们一个也别想活着离开！"

那"三堂主"闻声收势停手，不禁感觉奇怪地望了望薛钗儿，但见她明眸秋水，神光奕奕，樱口瑶鼻，小巧玲珑，俏生生，娇怯怯，有如瑶池仙子降临，记忆之中曾见过不少美女，可几时见过这样的美人儿，不禁看得骨软筋酥，发了呆，恨不得立刻纵身上前，把薛钗儿搂在怀里，销魂一番。

但他心中极有数，若此刻硬来，说不定她一倔强，横剑自刎，可也就得不到了。

那些"日月神教"其他弟子，见头儿这般发呆，亦都定下神来，起初不敢直愣愣地傻瞅两位美如天仙的仙女，此刻大好机会，哪能放过，都向张梦绮瞅来，却也不敢瞅自己头儿正在瞅着发呆的薛钗儿。

但见张梦绮一头乌黑发亮，柔软的秀发，披垂芳肩，身穿一身青裤绿衣，虽然天真幼稚了一点，却也明艳照人，娇美至极点，别有一番美韵，她手持长剑，俏生生地仁立在一旁，双目神光灼灼，宛如玉女临风。

这群经过特殊训练的"日月神教"教众，个个都已成为色鬼，见了如此美艳的两个姑娘，无不心驰神摇，愣在当场。

张梦飞越发觉得形势凶险，却一时又想不出好的方法，使得两位妹妹逃离虎口，不禁心焦如焚。

那尖嗓子的"日月神教"弟子为人极为狡诈，他以为"三堂主"被薛钗儿这么一声喝给吓住了，小眼珠子骨碌碌一转，计上心头，尖声叫道："小丫头，你唬得了我家'三堂主'吗？单宝儿怕是早就死了，我们一行人都未跟踪到他哩！"

最后一句话，他故意叫得响亮，意在提醒"三堂主"和其他兄弟。

其实，这何须那尖嗓子提醒，"三堂主"再明白不过，只是怕薛钗儿和张梦绮等自杀而已，是以想方设法，将她们丝毫不伤地活擒了来，但一时又想不出好的办法，这时尖嗓子一叫，他便很自然地顺嘴喝道："给我拿下！"

其他弟子还未梦醒时，尖嗓子人已掠身扑出，右手长剑寒光一闪，剑尖挑向薛钗儿左肩，右手指向薛钗儿胸前。

这些经过特训的"日月神教"弟子，武功急剧提高，不但出手快若闪电，火候亦达到相当高的境界，剑挟锐风，拂穴手劲风更疾。

薛钗儿经过将近半年的江湖行走，武功亦精进不少，仗着单宝儿的威名，倏地一声娇叱道："恶贼，你好胆大！"

声落振剑还击，闪身避招，疾若飘风，速度并不慢于尖嗓子。

"日月神教"一行教众没想到薛钗儿一个娇弱女子也有这等身手，不禁呆立在一旁，看着她那曼妙无比的身姿，却忘了"三堂主"已经下令出手。

但见薛钗儿身形若燕，进退闪避，不但奇妙，而且快捷，剑似游龙，剑光寒气森森，出招疾若飘风电闪，又狠又准，又玄又神！

张梦飞看了不禁暗暗惊奇，他哪里知道，此刻薛钗儿的剑法神奇无比，精妙绝伦，乃是正合武学至理，薛钗儿此刻仗着单宝儿的威名，心无杂念，以气驭剑，以人驭剑，人剑合一，是以在这当儿，薛钗儿的武功突进，自身武功有了一个质的飞跃。

张梦飞见薛钗儿竟能抵挡得住这样的一个"日月神教"高手教徒，精神为之大为振奋，暴吼一声，向那正看得发愣的"日月神教"其他弟子猛然攻到。

长刀突化金芒万道，寒光万缕，罩向其中的三名"日月神教"弟子。

"日月神教"弟子到底是经过特训的，分神之际，陡然眼前金光一闪，顿生警觉，三人身形暴退，同时亮出兵刃，又同时向张梦飞攻来，三人同退同进，整齐异常，形同一人。

张梦飞见突然袭击一击不中，大为恼怒，不遗余力地如急风骤雨般向三人攻到，长刀舞成一片金色光幕，一人对付三人。

三名"日月神教"弟子丝毫不乱阵脚，进退仍是如初齐整，不大一会儿，便已占了上风。

另有两名"日月神教"弟子淫笑着向张梦绮走来，眼看张梦绮就要被生擒活捉，张梦绮银牙一咬，横剑便向自己洁白的玉颈抹去！

这个小姑娘性子倒也真是刚烈，千钧一发之际，一条黑影倏地自林冲出，"当"的一声，张梦绮手中的长剑被震飞脱手。

同时，一个苍劲的声音喝道："无耻淫贼，还不快给我住手！"

喝声入耳，声音虽然不大，却也震得众人耳膜嗡嗡作响，且有一股慑人心神，不可抗拒的威严。

黑衣人快逾风驰电掣，插足此事，不由得让"日月神教"教众大为一怔，他这一声喝，各人都不由自主地停了下来。

黑衣人身形一落，众人才看清，来人竟是一个须发斑白，年约五十左右的老者，身材又高又大，穿着一身黑色长袍，宽松写意，随风飘动，一副气定神闲的悠然姿态。

这个黑衣人正是木谷三郎，不过，当时并没有人认识他，就是真实身份为单敬贤的"三堂主"亦将他忘得一干二净，甚至连自己到底是谁都不曾知晓，更不必谈认识这个结拜义兄了。

木谷三郎亦不知晓"三堂主"就是单敬贤，否则他也不会在此刻现身出来，尽管三人正值性命攸关之际，他之所以此刻出手相援，是有其目的的，可是，这一切，除了他自己，其他人是一概不知晓。

"日月神教"三堂主单敬贤见此人神态从容，知他必然是来趟这浑水，惊怔之间，大声喝道："你们还不动手，更待何时？难道等着人家要了你们的头才梦醒吗？"

"日月神教"弟子一听头儿怒喝，顿时便如同着了魔似的向四人攻来，竟专攻不守，将生死置之度外。

木谷三郎见张梦绮武功平平，留下来只是累赘，当下一声清啸，一匹棕色良马飞奔而来，木谷三郎手下一边应对"日月神教"几名弟子，一边将张梦绮轻轻一提一送，张梦绮便飘落在马鞍上，那匹棕色好马便驮着她急驰而去。

木谷三郎这才毫无顾忌地放手大战，一人独战十人，可谓其武功精湛，胆识过人，一柄长长弯刀舞得密不透风，那十名"日月神教"特训弟子一时间亦奈何不了他。

张梦飞则一人战四，被逼得手忙脚乱，气喘吁吁，一柄大刀封挡四柄长剑，甚感吃力，情形甚为狼狈。

薛钗儿一路剑法使得出神入化，独战那个尖嗓子，虽然威力无比，但因全凭真力施为，本身她的功力比之尖嗓子相差甚远，单靠剑法与之周旋，短时间还与其战成平手，但时间一长，损耗真元过甚，一个姑娘家年纪尚轻，且功力毕竟有限，渐渐真力不济，剑势威力已渐减，招式也已逐渐缓慢下来。

尖嗓子乃"日月神教"特训杀手，一见薛钗儿剑势招数渐缓，知道她已是强弩之末，真力不继，心中顿时暗喜，连忙抖擞精神，一支长剑立见威力骤增。

原本以尖嗓子的功力，要薛钗儿性命，决非难事，但"三堂主"既已看上了她，自己决不能对她有丝毫损伤，是以一直不敢贸然出手下狠招，这时见薛钗儿真力渐尽，活捉她是大好时机，便猛增快手，不致让她有机会回剑自刎。

薛钗儿芳心有数，真气已消耗过多，若再强支缠斗下去，岂只是败？若让这伙恶人活捉生擒了去，恐怕生不如死，心想：三十六计，走为上策，无奈在尖嗓子强猛攻势下，别说是脱身逃走，就是想撤剑回来，也已然不可能。

武林高手动手过招之际，最忌分神，薛钗儿脑中念头，虽然有如电光石火，一闪而过，可是就在这微一分神之间，剑势变缓，一下子便着了尖嗓子的道儿，长剑脱手飞出。

薛钗儿大惊，挥起玉掌，便要向自己的天灵盖击下。

尖嗓子早有准备，就在震飞她的长剑之际，已然出手如电，瞬间将薛钗儿全身几处大穴制住，将她活捉生擒！

"三堂主"单敬贤见美人已到手，便大声喝道："都给我住手，再不住手，就叫她丧命剑下！"

尖嗓子最为狡猾，焉有不明之理，忙将长剑向薛钗儿玉颈旁一架，作威胁之态！

"日月神教"教众见头儿发令，忙罢手停战，张梦飞和木谷三郎更是不敢妄动，眼睁睁地看着"日月神教"一行教众挟着薛钗儿离开。

尽管薛钗儿大声叫喊，道："张大哥，你快将我杀了，然后替我报仇！"

可张梦飞如何下得了手，这将近半年与薛钗儿相处，已对她产生爱慕之情，虽说薛钗儿并不知情，但要他杀自己心上人，比杀他自己更难出手。

望着"日月神教"一行渐远的身影，张梦飞突然走到木谷三郎面前，说道："多谢阁下出手相助，还望大侠帮忙帮到底，去追赶我的妹妹，在下这就去跟踪那一群恶徒！"

说罢，亦不等木谷三郎答话，便纵身飞奔而去。

接下来便是木谷三郎出手相助单宝儿，大战"鬼头刀尊"的一幕了。

单宝儿听完张梦绮和木谷三郎的叙说，便急忙道："这么说，钗儿妹妹被掳去不久，咱们快点追赶上去！"

木谷三郎哈哈一笑，说道："单贤侄救人心切，义薄云天，叫做伯伯的好生佩服，可是，你想过没有，咱们不知'日月神教'一行人要去往哪里，可不能再重演梦绮姑娘寻找你的戏了，眼下最重要的是将两张藏宝图找到，弄清'日月神教'

的老巢，找到你爹，集中力量，一起将'日月神教'消灭，再说，有张梦飞跟着，若有消息，他必会想办法通知我们，到时候咱们再去救你师妹也不迟，以免枉费功夫。"

众人觉得有理，便向武当山赶去。

日月神教总坛。

日月神教教主郑清坤用来处理日常事务的神殿——"日月神佛金殿"内，此时气氛十分庄严肃杀，给人一种透不过气来的感觉。

大殿正厅前放置着一个偌大的青铜香炉，青铜香炉上刻着精美的日月图案，上面还铸着八个大字："日月同辉，佛光普照"，香炉上插满了一大把一大把的檀香，缕缕青烟由炉中冒出，袅袅升空，随风飘忽，浓香充满了整个"日月神佛金殿"。

金殿正堂两边各有八座神像，这些神像神情古怪，面目狰狞可怖，但却座座栩栩如生，形态逼真，人身兽面，头上还长有两只长角，一手拿着一块令牌，一手拿着形状古怪的兵刃，那人身兽面的神像俯视整个金殿，狰狞中带着不可一世的威严。

巨大神像之下，放置着一张巨大的精致大椅，椅子金光四射，上面雕龙刻凤，乃雕刻品中的极品。

金殿两旁神像之下，站着两列"日月神教"弟子，为数如同神像一样，亦是十六人，但见他们恭身而立，鸦雀无声。

不大工夫，一片宏亮的钟鼓齐鸣，突然起自金殿大堂之后，各自连响了十六声。

金殿前立马鱼贯走来一行"日月神教"弟子，一共也是一十六人，为首的便是"日月神教"狂雪堂堂主单敬贤，他们分四排整齐站定后，个个面色肃穆，静立等候，此刻却没有一个人再戴那恐怖的面具。

少许，又是三声钟鼓齐响，接着，随着一声"教主到！"金殿内外顿时传来震天大呼，道："日月神教，光照四方，日月神教，普渡众生，光我神教，扬我教威！"

呼声冲彻九天。

但见由金殿中堂那人身兽面神像之后，走出三人，前面的正是"日月神教"教主郑清坤，后面跟着"日神左使"单雄仁，"月神右使"木谷山人。

郑清坤年逾八旬，看上去却如同三四十岁左右的健壮中年男子，腰宽肩阔，体态威武，一对剑眉之下，神光闪烁的明目朗若亮星，高鼻阔口，头大耳肥，面色红润光滑，一副养尊处优的富豪绅士模样，最特别之处便是他的头顶处，一道若隐若现的光圈，如影附形地贴在他的身上，不时地显现出奇美的光芒，当真有股仙道韵味。

木谷山人本名叫什么，除了郑清坤、单雄仁知晓外，无人得知，此人骨瘦如柴，獐头鼠目，形像猥琐，一看便是一个工于心计，凶残狡诈之人。

单雄仁神态悠闲，极有几分大官之相，老成沉稳，与木谷山人相较，真个千差万别，不可相提并论。

单雄仁真名亦不叫单雄仁，其真实身份亦只有教主、"月神右使"和他自己知晓。

单敬贤好像对他们十分忌惮，更甚于对"日月神教"教主郑清坤，一见单雄仁随教主郑清坤入殿，便低头，不敢与单雄仁对视，一副下人奴才之态。

郑清坤在雕刻精美的大椅上坐定，"日神左使"、"月神右使"分立两旁，郑清坤星目一扫，金殿之中更是一片死寂，静得几乎要让人发疯。

良久，郑清坤终于说道："众护教，坐下吧！"

肃立于金殿两旁的十六人齐声答道："谢谢教主！"这才一起坐了下来，但十六人仍皆表情冷静。

郑清坤又道："三堂主，听说云南分坛坛主严杰群不知所踪，可有此事？"

狂雪堂堂主单敬贤战战兢兢地答道："回禀教主，确有此事，那天夜里，属下与严坛主正相会于他的'清雅庄'，不料却闯入了两个不知来历的绝顶高手，属下与严坛主合力与那二人周旋，但仍不是敌手，最终还是让那二人将严坛主掳了去。"

郑清坤不动声色，问道："你这狂雪堂堂主怎么当的？从未失手过，这次却让人家从你眼皮底下将人掳走，却不知对手是谁，可追踪过他们啊？"

"追踪过，是一男一女，功夫甚是了得，不过，后来他们在一个碧潭边失去了线索，再也无法继续跟踪下去了！"单敬贤小心地答道。

郑清坤仍不惊不怒，平静地道："嗯，想来严坛主年轻时亦有过不少的仇家，莫不是仇家寻仇来了！"

单敬贤一见有台阶可下，哪有不下之理？便连忙答道："教主英明，明察秋毫，属下当时从那女子的举止言行当中，亦有如此猜测，八九不离十便是如此。"

郑清坤略一点头，道："嗯，本教主吩咐的事情，你可曾办到？"

单敬贤身子微微一颤，说道："属下已经按教主吩咐将藏宝图交给严坛主了，却不知这当儿突发意外，严坛主还来不及将藏宝图送给那个单宝儿，便给人掳去了。"

郑清坤眉头一皱，说道："那你马上将藏宝图再送一张给那小子，不得有误！"

单敬贤面色一变，道："回教主，教中跟踪单宝儿的线人已失去了线索，要找那小子只怕不易！"

教主郑清坤眉头一皱，似要发怒，却又忍住了，良久不语。

这时，獐头鼠目的"月神右使"木谷山人在教主郑清坤的耳边咕哝了几句。

郑清坤点了点头，听他说完后，道："狂雪堂堂主听令，现准你摘下神赐的面孔，在江湖上走动，遇到一个叫你爹爹，与那小子模样相似的人，便将藏宝图给他，然后回总坛复命！"

单敬贤连忙鞠躬道："是，属下谨遵教主旨令！"顿了一顿，说道："属下这就带几个弟兄，马上去！"

郑清坤伸手阻止道："不，你明日再去，只准你独自一人，其他的人就不要带了！"

单敬贤又是躬身道："是，属下明白！"

郑清坤站起身来，道："今日圣朝至此为止，退朝！"

说罢，随着那头顶的光圈一闪，飘然而去，单雄仁和木谷山人亦随之而去。

这一场景，俨然便是皇帝老儿早朝般的风光，不可一世的郑清坤早已把自己当作大好江山的主人了。

回到自己的"狂雪堂"，单敬贤擦了擦额头上的汗水，向手下问道："我那娇美的夫人呢？"

尖嗓子连忙凑上去，嘻笑道："回堂主，她已经在您老人家卧室中等候您了！"

单敬贤眼光奇怪地一闪，道："还好教主没有叫本堂主马上出发，今晚要好好消受一番。"

说罢，便大步跨出狂雪堂，向自己的卧房走去。

薛钗儿的眼睛被一层黑布蒙着，此刻，她躺在一张床榻上，穴道被制，一点儿也动弹不了，她一想到那戴着恐怖面具的"三堂主"，说看上了她，要她做堂主夫人，心中就害怕极了，她恨不得马上一死了之，她还是个冰清玉洁的黄花闺女，宁死也不愿受那些恶人的蹂躏。

第二十六章

可是她连死也不可能了，因为她根本动不了。

于是，她便想该如何对付这个恶人，这个天杀的"三堂主"，想出许多许多办法，却没有一个是可行的，最后终于决定，若是"三堂主"对她非礼，她便咬舌自尽！

咬舌？咬舌的力气都没有了，如何行得通？薛钗儿彻底绝望了，泪水如江河奔泻，涌了出来。

随着房门"吱呀"一声响，薛钗儿心里一阵剧颤，她知道噩梦就要开始了，女人家特有的警觉让她自然生出反抗，可是她唯一能做到的，便是在心里大骂特骂，什么畜牲、禽兽、猪狗不如的，一阵大骂，反抗仅此而已。

薛钗儿这种默默的骂声仍阻挡不了来人的脚步，于是便开始祈求佛法无边的菩萨，祈求菩萨显灵，救救她，救救她这个不幸的女子。

然而，一切都是徒然。

自古红颜多薄命，美丽是女人的资本，却也是给自己带来厄运的祸根。

薛钗儿的命运便是如此。

"哈哈哈，小美人，本堂主一定会使你欲死欲仙……"单敬贤迫不及待地将衣服脱去，一丝不挂地爬上床榻。

薛钗儿的心一下子便提到了嗓子眼上，可是她欲喊无声，唯有泪水如泉涌出。

单敬贤粗暴地将薛钗儿的衣衫撕了下来，刹那间，她那冰肌玉骨的优美胴体便显露无遗。

薛钗儿几乎昏厥了，她在心里道："师父，你在哪里?! 宝儿哥! 你在哪里啊……"

"哈哈哈，又白又嫩，太可爱了!"单敬贤丧心病狂地一阵大笑，伸手便摸到薛钗儿的身体上，用力的搓揉着她那娇嫩柔匀的乳房。

薛钗儿顿时脑子一片空白，只感到天摇地动，好像一下子就失去了听觉，没有了味觉，切断了嗅觉，不见了视觉，触觉也麻木了，甚至连意识也丧失了。

然而，单敬贤却毫不怜惜。

"哈哈，太可爱了，太刺激了！活像个刚剥壳的鸡蛋，本堂主可真是艳福齐天，哈哈哈……"

一阵撕心裂肺的疼痛让薛钗儿恢复了知觉，她已然感到，自己正在被那天杀的"三堂主"强暴着，蹂躏着，摧残着！

这个没有人性的"三堂主"，没有一点的怜惜，一丝的尊重，甚至连一丁点儿当她是"人"的意思也没有。

他的粗暴的动作只有在最粗糙的木头上奋力打进一口钉子时才会发生，而且他毫不顾全钉孔有多粗，木头会不会爆裂，甚至只要是有孔的地方，就打进了锋利、锈蚀的钉子。

薛钗儿痛苦万状地承受这雷击般的打击，脑子一阵晕眩，便什么也不想了。

忽然，她觉得身上的哑穴被那"三堂主"解了开来，薛钗儿毫不思索，张开樱口，伸出舌头，便要咬舌自杀。

就在这一刹那，她眼睛上的黑布亦被撕了下来。

所见使她震惊，一下子失去了咬舌的劲道，她看到骑在自己身上，正怪笑不已的"三堂主"竟然是她日夜思念，刚才还想他来救她的，亲如父亲的师父——单敬贤！

"师父，是你……"薛钗儿睁着一双惊恐的美目失声叫道。

然而，这喊声一出，她就意识到这个正在自己身上粗暴泄泻的单敬贤，并非昔日百般疼爱，将她视为亲生女儿的单敬贤了。

此刻他就像一只奇异的畜牲，像蝮蛇或是毒蜘蛛一类的怪种，含辛茹苦地怀胎产卵，然后又十恨九仇似的非一口气将自己产下来的子女完全吞噬入自己的肚子里方才甘心。

单敬贤对待薛钗儿，便是如此，此刻便是！

"师父？你叫我师父？哈哈哈……"单敬贤又是一阵淫笑，说道："徒儿更应该让师父尽情享受，你该不会不知道吧。"

单敬贤更加快乐地享受着薛钗儿的身体。

这一刻，薛钗儿绝望了，她发现自己与他的相认是一个严重的错误，这只会让这个"单敬贤"更加肆无忌惮，毫不怜惜地摧残自己。

"好徒儿，你怎么不说话？你的声音好甜！师父最喜欢听了……"单敬贤淫笑着说道。

薛钗儿咬破了嘴唇，鲜血流了下来，她一声不哼，她在想，她的师父决计不会是这个样子的，他从来就不会贪恋女色，然而，事实无情地证实了单敬贤变了，甚至是在强奸她的爱徒，她亲若亲生女儿，早就想把她当作儿媳妇的徒儿。

薛钗儿玉洁冰清的胴体在淌着鲜红的血，她满脸是泪，在这之前，她从来没有向任何男人赤身裸露过，甚至连她深爱的宝儿哥，她也从未见过任何男人裸露的下身，可是她现在却向人显露视若生命的玉体，也看到了第一个赤裸下身的男人，这个人竟是她的师父?!

这怎么可能?!

面对着这般凌辱，这种折磨，这样子的欺侮，而且还竟是来自她亲若父亲般的师父的蹂躏，薛钗儿简直是不可思议，无法承受这痛苦。

她想到的是，此时的单敬贤一定是迷失了本性，因为她太熟悉她的师父，她的师父如果不是被人用什么恶毒的法子害了，他决不会如此，别说是她这个徒儿，便是对任何一个女子，他都不会产生一丁点儿邪念。

单敬贤还在快意地享受她的玉体，他还说道："好徒儿，你真是我的好宝贝，真要本堂主的命，真的比任何一个女子都好消受!"

堂主？师父？薛钗儿脑海不断地重复着这两个词语，师父何时成了"日月神教"的堂主？对了，对了，一定是"日月神教"将师父抓住，然后将他控制住，使他迷失了本性!

这么一想，薛钗儿不禁看了一眼单敬贤，看着他那狞笑的面孔，仿佛一点儿不认识她的样子，在毫不怜惜地强奸着她，此刻，她却没有恨单敬贤的意思，反而对他充满了同情，好好的一个正人君子，竟落得如此下场，坠落到如此地步，变得人不像人，连禽兽都不如!

她唯有哭泣，为自己哭泣，也在为单敬贤哭泣!她恨!恨这个世上没有公理，没有正义，恨老天瞎了眼，为什么好人总没有好报?!她愤怒，她要报仇，一定要将这个罪魁祸首除掉，以泄心头之恨!

她再也不想死了，因为她要将养她疼爱她的师父还原成原先的模样，让他脱离苦海。

单敬贤终于泄灭了身上的欲火，停了下来，他淫笑道："好徒儿，你答应我不寻死，我便解了你的穴道！"

薛钗儿出奇地平静，答道："我不寻死就是，你也要好生保重！"

单敬贤一阵淫笑，道："你这娃儿，逗得本堂主心花怒放，真让本堂主好生疼爱！"

其实，他没有一丁点疼爱，连人性都没有，薛钗儿再明白不过，但她还是把他看成是自己的师父，要他好生保重！

单敬贤果真解了她的穴道，薛钗儿也果真没有寻死，反而一反女性的娇羞之态，赤身裸体地爬了起来，盯着单敬贤那苍白无血的脸，呆了呆，无声的泪水再次夺眶而出。

单敬贤却无一丝的反应，没有一点儿心动的表情，狞笑道："怎么？本堂主令人不快活么？"

薛钗儿越发哭得厉害，单敬贤正待发火，传来尖嗓子的声音道："堂主！左使来见你了！"

单敬贤神色一变，变得十分紧张不安，哆哆嗦嗦地穿好衣服，头也不回地走出卧房，颤声问那尖嗓子道："主人在哪里？"

尖嗓子道："在狂雪堂！"

单敬贤仍紧张厉害，道："走……走吧！"

主人？薛钗儿乃天资聪颖的女孩，马上意识到这个"左使"定与师父单敬贤人性的泯灭有着必然的联系，于是，她毫不思索地胡乱捡了两件总算还没有撕得穿不上身的衣服穿上，尾随单敬贤而去。

薛钗儿生怕被单敬贤发觉自己在跟踪他，忙运起轻身功夫来，可是刚一提气，下体一阵剧痛，劲道立即卸了下去，薛钗儿见提气已是不能，便远远地跟在单敬贤和那尖嗓子的后面。

穿过几条甬道，再转了几个弯，便听见尖嗓子道："左使在里面等候您了，堂主请进，属下告退！"

单敬贤有些不愿尖嗓子离开的意思，但终究没有阻止，直到尖嗓子消失了身影，才缓步向大堂内走进。

过了一会儿，薛钗儿见四下无人，便壮着胆子向大堂靠近了一些，听到堂内有人在说话，一时间，薛钗儿不能运功凝神倾听，只得又向大堂靠近，来到一簇花圈之后，躲藏起来。

听得单敬贤道："主人，我现在不再是狂雪堂堂主了么？"

另一个苍劲的声音道："嗯，这次你单独出去，不再是狂雪堂堂主身份，但你回来后仍做你的堂主，这个不必担心，你知道你现在叫什么吗？"

单敬贤答道："教主不是吩咐过，说属下叫单敬贤吗？"

"对，你要记住，你是单宝儿的爹，单——敬——贤，不再是什么堂主了，也不是'日月神教'的人，知道吗？"那左使道。

薛钗儿心头一怔，暗道：这个左使的声音缘何如此耳熟？他是谁？当下也不及细想，一心想知道单敬贤到底为何称那左使为主人，便专心偷听。

单敬贤道："知道了，主人还有什么吩咐？"

语意中对"左使"十分忌惮，恨不得马上离开他。

那"日月神教"左使哈哈一笑，道："单敬贤！"

单敬贤很像不甚习惯，哆嗦道："奴仆……仆……在！"

左使又是一阵怪笑，道："看来你记得还不甚牢固！抬起头来，看着我的眼睛！"

薛钗儿一惊，不知道那左使要对师父干什么。

只听到那左使念念有词，道："我是你的主人，你是我的奴仆，你必须服从主人的命令，服从教主的命令，你现在叫单敬贤，是单宝儿的亲生父亲，你必须忘记你在'日月神教'里所做的一切，包括你是狂雪堂堂主。你的父亲叫单雄仁，你还有个女徒弟叫薛钗儿，你家住在'神秘谷'，你原来是去寻找神剑秘笈，见到你儿子单宝儿后，将藏宝图交给他，说你有要紧事，先走一步，叫他随后赶来，赶来寻宝……"

薛钗儿越听越惊奇，暗忖道：这个左使为什么对我师父如此了解？又在对他施什么妖法？薛钗儿苦思冥想，终想不出所以然来。

陡听那左使道："你现在将我说的话重复一遍！"

单敬贤连忙说道："你是我的主人，我是你的奴仆，我必须服从你的命令……"

薛钗儿听得芳心怦怦直跳，忖道：这是什么鬼怪功夫？居然能控制人的思想？果然不出我所料，师父他老人家受人控制，丧失了本性，唉……

过了一会儿，单敬贤离开了狂雪堂，薛钗儿望着他远去的身影，泪水涟涟。

正待要起身离开，忽然身子被人挟了起来，薛钗儿一惊之下，便要挣扎，可哪里挣得脱？那人就像老鹰抓小鸡般挟着她，飞身飘向狂雪堂内。

凭着女性特有的直觉，薛钗儿已感到自己被那什么左使擒住了，因为他能控制住师父单敬贤，武功必高出师父许多，他来到自己身后，自己却一点都未曾察觉！

薛钗儿猜测得不错，抓住她的人正是"日月神教"的"日神左使"单雄仁，但她怎么也想不到，这个人却是看着她长大的，在神秘谷中已经死去的爷爷！

当那人将她放下来时，薛钗儿强忍着下身的痛楚，运功集聚于右掌之上，倏地转身，全力向那人胸脯拍去。

那人冷笑一声，道："花拳绣腿！也想伤老夫！"

只见他不闪不避，右手快逾闪电，轻轻一拿，便将薛钗儿右掌的脉门扣住。

薛钗儿顿时劲道尽卸，粉脸通红，情急之下，便以头向那人胸脯撞去！

其实，她这一着亦不过是黔驴技穷之举而已，谈不上一点武功招数，且一点劲力也没有。

单雄仁哈哈一笑，道："想寻死？老夫还不答应呢！"

话毕，一股内劲由他右手传了过来，薛钗儿顿时便怔在当场，一动也不能动了。

气怒之际，薛钗儿扬起小脸，"呸"，一口清痰直射那人脸庞。

可当她清痰疾射之后，立即粉脸一变，惊喜不已，原来捉住她的人竟是她的爷爷，单敬贤的父亲单雄仁！急忙娇呼道："爷爷快闪！"

单雄仁乍见薛钗儿亦是一惊，但那不过是电光石火间的一闪而已，马上恢复了冷静，对薛钗儿口中射出的清痰，竟张口接住，在口中品尝几下，吞入肚中，哈哈大笑道："好香甜！比你师娘的嘴儿还甜！"

薛钗儿见此情景，脑子立刻"嗡"的一下，立马明白了，这个爷爷亦像她师父一样，甚至更为可怕，听他那一句话，脑子中灵光一闪，似乎想到了什么，但仓惶之间，一时也未明白到底是什么事情。

她惊得粉脸苍白，美目怒睁，道："你想干什么？"

单雄仁伸手托起薛钗儿俊美的下巴，看着她的美脸，淫笑道："你应该最清楚不过了！"

说毕，手指滑向她的酥胸，薛钗儿本能地向后一退，"嘶"的一声，薛钗儿的衣服也被单雄仁扯下一大块来。

薛钗儿仿佛一下子坠入了万丈深渊，泪眼朦胧地哀求道："你是我爷爷，你怎么能……"

单雄仁一声怪笑，道："是么，即便是，也不是你的亲爷爷，你还是留些力气，与老夫共赴巫山吧！"

语未毕，薛钗儿也被他轻易地揽入怀中，三下两下便将她衣衫剥得根纱不剩。

薛钗儿羞愧至极，又想到了死，刚张口要咬舌自杀，但这个自杀的念头立刻被自己否定了，不，我不能死，我还要报仇，要将这些禽兽不如的狗东西消灭，薛钗儿这么一想，便立刻变得全身软绵无力，仿佛灵魂已经离开了娇躯，只剩下一副空荡荡的骨架子。

单雄仁二话不说，就一手揽着薛钗儿，一手扒下自己的裤子，连上衣也不曾脱下。

薛钗儿痛苦得娇躯一阵剧颤，然而她再也没有反应了，脸色苍白，神情呆滞，眼睛一动不动，形同死人。

单雄仁看着她那呆若木鸡的表情，丝毫不去理会，好像是对这种情况司空见惯了一般，说道："乖孙女，你用不着装死，老夫知道你仍活得好好的！"

说话的同时，他竟一边搂着薛钗儿耍乐，一边在大堂四处游走。

过了片刻，他才将薛钗儿的玉体放在地上，再次骑在她的身上，不过动作渐缓了，他享受着薛钗儿的身体，享受着每一分，每一刻，而且同时还淫笑着捏弄薛钗儿那娇嫩柔匀的乳房和美丽如凝脂般的胴体的每一处。

薛钗儿感到自己的灵魂再也不是附在自己的躯体上，那是一个被禽兽遭踏过的躯体，而自己的灵魂却是圣洁无比的，她们再也不能合二为一，躯体死了，灵魂还活着，不，灵魂死了，躯体还活着。

单雄仁置之不理，边享乐，边哈哈大笑道："好孙女，你比你师娘更好消受，更使老夫痛快，老夫好久没有亲近到如此美妙的滋味了，你胜过你师娘千百倍！"

薛钗儿一震，脑子里猛然想起师娘惨遭杀害的那一夜时的情景。

为什么师娘当时汗流满脸，突然发疯似的喊她和宝儿哥快走，说爷爷他……，爷爷他怎么了？爷爷变了，爷爷不是爷爷，是"日月神教"的左使，他为什么瘫了，却在那时突然恢复了功力，还与那蒙面人打斗，这一切都是假的，是单雄仁在演戏，是他一手安排的，甚至他还用那个控制师父的鬼功夫控制了师娘，占有了师娘！这个猪狗不如的畜牲，他绝对不是师父的亲生父亲，他是个用心险恶的大魔鬼！

他为什么这么残酷？残暴？残忍？为什么如此狠毒？险恶？狡诈？这么说，那些自称是段家堡的人也是"日月神教"的了，为什么他要嫁祸于段家堡？为什么单雄仁对师父一家如此凶残？师父与段家堡同是他的敌人吗？师父一家与段家堡又是什么关系？为什么要他们自相残杀？

刹那间，薛钗儿明白许多，许多！她知道宝儿哥已经犯了一个严重的失误，他不该杀了段天拜夫妇，绝对不该！

想不到师父一家竟遭到如此残酷的圈套、阴谋，自己也因此而遭到断送美好前途的祸端，这世间太残酷，太可怕！太恐怖了！这哪里是人间？比地狱还不如！

薛钗儿愤慨，恨这个无情的人世，恨世间一切禽兽不如的、恶毒的、如同单雄仁一样的魔鬼！

这些魔鬼不消灭，不除掉，人间永远不能太平，永远会遭劫难！

此刻，薛钗儿自己正在遭受着无限痛苦的灾难，这种遭踏，这种打击、强暴、蹂躏，不但葬送了她的美好的人生，且毁了她做人的尊严，这一场噩梦将永无止境地缠绕着她，使她终生睡不好，眠不成，至死方休。

两度遭受摧残，薛钗儿已经奄奄一息了！

惨痛的梦魇终于暂告结束了，单雄仁终于一阵抽搐，无比快乐，喉咙里发出一种极享受极奇特的怪呼声，他静了下来，满足地离开了薛钗儿的身子，不紧不慢地穿上了裤子。

薛钗儿木然地躺在冰冷的地上，全身一点知觉也没有，她突然想，单雄仁叫单敬贤出去，将藏宝图交给单宝儿，那一定又是一个大阴谋，她要阻止单宝儿，阻止他进入陷阱！

但她此刻一点力气也没有，连手指动弹一下也不能。

单雄仁穿好了裤子，淫光四射，意犹未尽地打量着薛钗儿的胴体，贼眼珠子骨碌碌地转着，奸笑一声，便将薛钗儿扶了起来。

薛钗儿神情仍然十分木然，她眼眸子一动也未动，凌散的头发胡乱地飘散下来，脸色死灰，仿佛此刻她就是一个美丽的女鬼。

单雄仁双目瞧着她，奸笑道："薛钗儿，你看着我的眼睛……"

薛钗儿心里"咯噔"一下，明白这个可恶的大魔头要对自己实行如同控制师父师娘一样的鬼怪功夫，她明白，也反抗不了这个恶人，她只有一个念头，那就是顺从单雄仁，假装被他控制住，假装被他施了功法，但她亦不能明确自己的想法对不对头，成败便在此一举！

单雄仁奸笑地接着说道："我是你的主人，你是我的奴仆，你要听命于我，服侍我，忘掉以前的一切，忘掉它……"

薛钗儿的美目木然地一动不动，她没有看单雄仁的眼睛，而是看他的鼻子和嘴巴，她不知道这样自己还会不会被他古怪的功法所控制。

事情证明她的想法不错，她已明显感到自己仍然有着自己的想法，仍然没有被他控制，但她还必须装下去，否则，她仍逃不脱被控制的命运！

单雄仁终于施完了功法，说道："薛钗儿，你说你叫什么，你把我的话重复一遍！"

薛钗儿仍木然地，有气无力地答道："我叫薛钗儿，你是我的主人，我是你的奴仆……"

单雄仁一阵怪笑，道："好，奴仆薛钗儿听着，你现在到狂雪堂堂主那里去，只要说你是我的女人，他就不敢对你乱来！"

薛钗儿一听，暗道：原来这老鬼已经知道了单敬贤强奸了我，但她仍有气无力地答道："是，主人！"

说毕，仍是一动不动。

单雄仁笑了几声，道："老夫赠点气力给你！"

说罢，伸手搭在薛钗儿的丹田上，一股真气汩汩渗入薛钗儿的体内，顿时，薛钗儿全身充满了无尽的力量。

但她知道，凭这一点力量，想杀单雄仁，简直是鸡蛋碰石头，唯有假装下去，找准机会，再行复仇！

薛钗儿爬起身来，丝毫不顾全身赤裸的羞耻，跪着说道："多谢主人！"

单雄仁见她如此听命，一点也不疑心，说道："去吧！"

薛钗儿道："是！主人！"

爬起身，光着身子就往外走。

单雄仁一见不妥，道："回来，穿好衣服！"

说罢，便将自己身上的衣衫脱了下来，给薛钗儿披上！

薛钗儿穿好衣衫，木然说道："主人，我去了！"

单雄仁点了点头，"嗯"了一声，露出一个狰狞的奸笑。

薛钗儿强忍着一眶苦泪，来到单敬贤的卧房。

单敬贤一见她进来，吃惊地道："你是谁？为什么到我房中来？"

薛钗儿一怔，暗道：单雄仁那老贼的鬼怪功法果然厉害，师父被他一施法，竟将刚才的我也忘记了！

此刻，她对单敬贤，甚至连一点恨他的意思也烟消云散了。

薛钗儿妩媚一笑，道："单敬贤，主人叫我来的，怎么，不可能吗？"

单敬贤一听，果真不敢对她无礼，客气地道："好吧，那你就在这里休息，我去外间！"

薛钗儿拦住他道："主人可没有叫你出去，只要你对我不非礼就是了！"

单敬贤像是没有自己的思想一样，对薛钗儿言听计从，薛钗儿明白，他一定是有思想的，但这种思想不属于他自己，而是属于单雄仁，所以他才对自己如此顺从，所以他才将不久前自己强暴过的女子——她——也忘记了，更不必说知道她是他亲手养大的爱徒！！他连自己到底是谁都不知道。

是夜，一切归于宁静。

单敬贤卧房里，仍有一人不成眠，她，就是惨遭蹂躏的薛钗儿。

此刻，她并没有因被单敬贤和单雄仁两度摧残而精神崩溃，而是在想如何将单敬贤的阴谋圈套告诉他的师哥，他的梦中情人——单宝儿。

微暗的光线下，薛钗儿看了看单敬贤熟睡的模样，突然，她脑际闪过一个念头，跟着粉脸露出一丝莫名的笑意。

她大胆地蹑手蹑脚地来到单敬贤的身边，伸出玉手推了推单敬贤，单敬贤仿佛一点醒动的意思也没有，薛钗儿便开始在他的身上摸索起来。

然而，单敬贤仍是一动不动，睡得正酣，鼾声仍然十分粗响。

终于，薛钗儿摸出一块方形的羊皮纸来，单敬贤身子一翻，薛钗儿吃了一惊，闪电般地点了他的"昏睡穴"，见他再也没有动弹，便放心地来到桌子旁边。

可是，她怎么也找不到自己要找的东西，于是，一狠心，将手指放在樱口之中，银牙一咬，手指顿时流出血来。

她蹙了蹙眉头，忍住疼痛，用手指飞快地在羊皮纸的背面写了几个血字，然后又将羊皮纸放回单敬贤的衣袋中。

心愿已了，她躺在床上，顿时感到一阵轻松和安心，脸上荡起了一种古怪的笑容，她在想：这计划如此成功，宝儿哥应该不会来闯这个虎穴龙潭！

这么想着，渐渐感到困倦，迷迷糊糊地便进入了梦乡。

第二天清早，薛钗儿悠悠醒来，发觉单敬贤已然不在了。

她芳心一阵"突突"直跳，有些紧张，虽然她已将单雄仁的阴谋写在了单敬贤身上的藏宝图上，但她仍担心单敬贤发现了，一旦被发现，那她的计划就算玩完了，所以，她便希望单敬贤在将藏宝图交与宝儿哥之前不要拿出来观看。

这时，门外传来一个女子的声音，喊道："薛姑娘，该起床洗漱了!"

薛钗儿一惊，暗道：这女子是谁? 怎知道我的姓名? 莫不是单雄仁那老贼派来的?

暗惊之间，那女子已经推门进来，双手捧着一盆清水，体态婀娜，步履轻盈，她将那盆水放在桌子上，转过身来，两人四目相对，同时吃了一惊，只不过那女子惊得更为厉害一些，她惊叹薛钗儿那绝世的容貌，本来，她自以为在这"日月神教"之中，自己的美丽绝不比别的女子差，可与薛钗儿这么一比，顿时便显得逊色了许多，她直愣愣地盯着薛钗儿，好半晌没有说出话来。

薛钗儿这会儿看清了那女子的容貌，只见她天生丽质，雍容大方，面容姣好，活脱一个美人坯子，绝不会是出身于农家，大有富家千金小姐的气质。

薛钗儿一怔，暗道：想不到这样的一个富家千金小姐也被"日月神教"控制了，真是老天不开眼，不知还有多少女子与我一样惨遭不幸!

"你是谁?"薛钗儿好奇地问道，她这样绝美的少女，绝不会如此问法，她只不过是想装作真的已被单雄仁所控制了而已。

那女子美眸一动，立即露出一个娇媚可人的微笑，娇声说道；"奴家叫李雪春，是左使要我来服侍你的，你知不知道，我原本不愿意的，现在见了你之后，心里一下子就折服了!"

薛钗儿不知她到底在说什么，伸了一个懒腰，姿态仍是那么优美，道："折服什么?"

李雪春"扑哧"一笑，随即挥袖掩口，说道："你不知道，原来都是别人侍奉我的，在这里，女人的漂亮就是资本，你果然是仙女化人，那老色鬼的确没让我失望……"

李雪春玉臂一扬，一阵香气扑来，薛钗儿觉得一阵恶心，那香味实在太令人难以消受，只见李雪春骚媚入骨的神态展现脸庞，说道："看你还不懂怎么利用自己的美丽，女人嘛，只要你让男人快乐，啥话都可以说，管他什么左使右使的，只要他喜欢你，你就可以撒娇，哭闹，他就可以被你制得服服帖帖的，要做什么说什么，还不是随你，嘻嘻……"

薛钗儿一边洗漱，一边思索着李雪春的底细，暗道：如果她是派来做卧底的，我可马虎不得，若是个一般的女子，倒也不妨向她学习学习，一定要让单雄仁那老贼死于我的手下！

她自昨日遭单敬贤和单雄仁两度蹂躏以后，整个人仿佛一下子变了模样，已经再也不是一个黄花闺女了，对于她来说，贞操比生命还重要，此时她以为自己不过是一个活物，行尸走肉罢了，对于美好的前途彻底绝望，脑际唯有仇恨，唯有强烈的复仇计划。

薛钗儿慢条斯理地装扮着，对李雪春爱答不理！

李雪春不以为意，风骚一笑，道："哟，还挺倔强的，我初来时，也与你一样，对这些坏人恨之入骨，后来也慢慢习惯了，薛姑娘，你如此美丽，不好好利用，多可惜呀，像我们这样柔弱的女子，落在这群人手里，哪里还有什么好盼头，把握住现在，好好地享受一阵子，等到人老珠黄，或是被他们这些臭男人玩腻了，咱们就得去见阎王爷喽！"

薛钗儿听了暗大吃一惊，想不到李雪春竟然已经被折磨得一点反抗的意识也没有了，她只知道利用美色享受，却没有利用这一资本复仇，可怜可叹！

为了弄清李雪春的底细，薛钗儿冷冷地说道："我看你也没怎么好好享受，你说，你到底比别人哪一点特殊了！"

李雪春"咯咯"一笑，道："待会儿，我带你去一个地方，你便知道了。"

薛钗儿心中一紧，暗道：她要带我去哪里？但转念一想，反正自己已身处虎穴，怕什么，管她带我去哪里，先摸清一些情况是最好不过！

李雪春见薛钗儿已梳妆完毕，便道："薛姑娘，请跟我来吧！"

薛钗儿跟着李雪春出了单敬贤的卧房，越过一道长长的回廊，穿过一条石洞，径直向一个湖边走去。

这时节，天已大亮，旭日东升，漫天朝霞映着那湖光山色，颇为壮观，晨光中，只见湖边许许多多的庭院宫殿，院院环套，屋脊相连，大大小小，不知有多少间房子，所有的房屋都是石墙琉璃瓦，绿窗朱户，但那房屋的样式却无一间相同，有的似千年古刹，宝殿巍峨，有的似乡间农舍，竹篱环绕，有的则像一座古墓，圆丘横卧，房子有些稀奇古怪，但大都建造得精巧别致，布局巧妙，令人观之，耳目一新。各个院落之中，处处苍松古柏，茂竹修篁，这么大的一片院子，此时却不见一个人影，亦不闻人声，只有晨风拂来，丹桂飘香，奇花吐艳，枝头小鸟啾啾争鸣，使人恍惚，如临仙境一般。

薛钗儿好生奇怪，偌大的一片院子，却不见人影，不闻人声，便问李雪春："这是什么地方？怎的不见人呢？"

李雪春柳腰一扭，拉着薛钗儿的玉手，笑道："好妹子，这叫仙乐宫，住的都是女人，这时候，那些骚蹄子还在梦乡呢！"

薛钗儿心性聪颖，已猜到了八九分，仍装作不明白的样子，问道："她们睡得很晚吗？"

李雪春道："你知道仙乐宫是干什么的吗？"

薛钗儿摇头道："姐姐不说，我怎么知道？"

李雪春一听薛钗儿称她为姐姐，感到十分亲切，笑道："苦命的妹子，这仙乐宫是专门用来侍候男子享乐的地方，昨天晚上，她们被那些臭男子折腾了整整一夜，这时候还不筋疲力尽？睡得正香！"

薛钗儿表面上无动于衷，心里却暗暗嗟叹这些像自己一样命苦的女同胞们！

李雪春领着薛钗儿在仙乐宫中七扭八拐，东绕西转，最后来到一座院子前，那小院的门楣上悬着一块朱漆木匾，匾上镂刻着三个烫金大字——野趣园，进了院门，见那小院虽然不大，却别有一番景致，花墙影壁之后，是一圈竹篱围起的小菜园，园中种了各种鲜菜，瓜架上秧藤盘绕，花叶间玉瓜倒悬，园中还有一八角琉璃井，井台上置有一架辘轳，菜园旁，是一个小小的池塘，塘内碧水悠悠，几株水浮莲浮于碧波之上，红花倒映，野趣横生，两只红冠玉颈大白鹅，在塘内浮游相戏，一见有人来，立刻振翅高歌。池塘边，还种有几株垂柳，柳丝垂荡，拂弄得塘内碧波荡漾，一只老母鸡带着几只鸡雏儿，在塘边草地上啄食，咕咕嗒嗒，鸣叫不休。花园和池塘之后，是三间草屋，窗前挂着一张鱼网和几样农具。

薛钗儿原本从小住在神秘谷中，此刻进了这野趣园，倍感亲切，立刻勾起了她许多童年的遐想，仿佛又回到了神秘谷中，与单宝儿还有师父师娘在一起时的快乐时光，还有那可亲可敬的爷爷单雄仁，而此时知道单雄仁原来是如此卑鄙残忍之人，心情又变得沉重起来。

穿过池塘边的草径，进了屋子，又见那屋子情景与屋外的趣味大相径庭，屋外是一片田园风光，农家野趣，古朴自然，令人爽心悦目，屋内布置得富丽堂皇，优雅舒适，中间堂屋地上，铺着墨绿色团花绣毯，正中一张紫檀木雕花八仙桌，漆光紫亮，桌旁摆着两把花梨木太师椅，西首那间屋子，看模样似是书房，房内靠墙置有紫漆木橱，橱架上摆满了许多书和玉器古玩，粉壁上还悬着几幅水墨丹青，临空一张桌案上，摆着纸墨笔砚。东首屋子是卧室，里面只有一张宽大的木床，那床造得极为精致，雕龙刻凤，床上挂着粉绸绣花锦帐，垂着黄色流苏，床头放着一座梳妆台，台上方悬着一面偌大的铜镜，看上去，这屋子便好似新婚夫妇的洞房一般。

薛钗儿把屋中情景打量了一番，心中不禁一动，充满无限的遐想，若不是家中突发劫难，自己与宝儿哥成亲，亦有此时这么风光了。一想起单宝儿，薛钗儿的热切思念袭上心头，泪水不禁在眼眶中打转，想到自己已是不洁之躯，一股强烈的怨恨怒火燃烧起来，顿时止住了快要流下的泪水，眼神充满了复仇的火焰。

李雪春并不知晓薛钗儿此时的心思，只道她见了如此美妙的屋子，看得呆了，便笑道："薛姑娘，这房子是给你住的!"

薛钗儿一怔，接着冷笑一声，道："是吗? 怎么布置得像新房一样?"

李雪春"咯咯"娇笑道："是的，姑娘难道不认为这是你的福分吗?"

薛钗儿一怔道："什么福分? 姐姐请明说!"

李雪春眼睛突然睁大，讶道："姑娘连自己快要做教主夫人了也不知道?!"

薛钗儿大惊，沉思了一会儿，突然喜道："姐姐说的可是真的?"

李雪春不知薛钗儿的想法，见她面露喜色，巴结道："当然是真的，姐姐还想以后沾姑娘的光呢!"

薛钗儿突然又平静地说道："姐姐取笑了，主人可没有这么说。"

她之所以这样说，是想套出李雪春是否是单雄仁故意安排来监视她的。

李雪春自是不明白有这一节，道："那个老色鬼，做事一向神秘兮兮的，大概他是想给教主一个惊喜吧!"

薛钗儿暗自好笑：原来你真还有些向着单雄仁那老贼。

便说道："主人已经这么安排了，我自愿遵从，姐姐是否是与我在这野趣园一起住呢?"

李雪春笑道："这个是当然，姐姐可是专门来服侍你的呀，其他的臭娘们还没有这个资格呢!"

薛钗儿心中一惊，暗道：想不到李雪春自己亦是个女人，居然骂起同胞来，可见她已是何等的玩世不恭，只求自个儿安逸享受，顾不上他人了，并且，这种享乐只不过是堕落，一种严重的畸形！

李雪春见薛钗儿良久沉思不语，笑道："是不是连姐姐也不够资格了？"

薛钗儿对李雪春和善一笑，道："姐姐说哪里话，我只不过在想其他的姐妹们都在做些啥！"

李雪春叹了一声，道："女人命苦啊，妹子，咱们生下来就是这个命，让那些臭男人凌辱，让臭男人享乐，这一生，无甚指望了，美好的人生再也不属于咱们了！"

说罢，竟落下几滴泪来。

薛钗儿又是一惊，道："姐姐原来也有这么多凄苦！"

李雪春扬起好看的泪脸，勉强笑了笑，道："不谈这些，反正过一天算一天，难得妹子对姐姐这样热情，我去叫其他姐妹来见见，可好？"

薛钗儿求之不得，道："那就有劳姐姐了！"

李雪春道："妹子何必客气，我这就去叫她们来！"

说罢，扭着腰肢出了野趣园。

不多久，李雪春果真带了一大群姑娘们来到这野趣花园，薛钗儿见了如此多的青春少女，看着她们个个面带无奈笑容的神情，心一下子像掉进了冰窖。

与她们寒暄了一番后，李雪春一声娇呼，道："姐妹们，好了，该回去了，否则让那些臭男人知道了，咱们可又没好日子过了！"

那些姑娘倒也十分听话，一一与薛钗儿作别后离去。

回到野趣园的房中，薛钗儿惊叹道："姐姐能耐真大，那些姐妹对你可像十分地敬佩！"

李雪春樱口微启，露出一排洁白的玉齿，道："妹子取笑了，她们只不过是慑于那个左使的淫威，才对我如此服贴，倘若有一天，姐姐被左使甩了，她们不把姐姐我整死才怪呢！"

薛钗儿又是一怔，道："难道她们还敢反抗不成？"

李雪春笑道："妹子也是个女人，应该懂得女人的心，这些姑娘都是黄花闺女，哪一个不是对这里的臭男人恨之入骨，初来时，她们都是死活不依，寻死的不少，但最终还是逃脱不了被凌辱的厄运，唉，有不少烈性女子，被凌辱后，无颜再活，索性一死了之，免得再受这些臭男人的凌辱，可是，这些臭男人连死也不放她们，当着这些姑娘的面，让几十甚至上百人对其尸体再次进行糟蹋，这还不算，糟蹋完以后，将尸体悬挂起来，把她的羞处剜掉，敷上蜜糖，捉来成千上万只蚂蚁放在那羞处，蚂蚁顷刻间就将尸体吞噬得只剩下一副骨架……唉，真是惨不忍睹，不少姑娘看得都昏厥过去，自此就再也无人敢寻死了，不过，她们哪一个不对这些臭男人恨之入骨？只是没有能力反抗，唉，女人命苦啊……"

薛钗儿听得毛骨悚然，禁不住打起寒颤来。

李雪春走过来，扶着薛钗儿的柔肩道："妹子不用害怕！只要你不胡来，他们也不会把你怎么样！"

薛钗儿木然地道："妹妹并不怕死，只是对这等令人发指的事感到不安。"

李雪春一怔，道："妹妹有何不安？"

薛钗儿叹道："不知还有多少妙龄少女还得被这些贼子糟蹋，姐姐你……"

李雪春一惊，讶道："妹妹的心地真好，不过没有绝对的把握，妹妹切不可轻举妄动啊！"

薛钗儿心中大为感动，推心置腹地道："姐姐如不嫌弃妹妹我，不如咱俩结拜为异姓姐妹，如何？"

李雪春毫不迟疑，喜道："姐姐能得这样的好妹妹，三生有幸，姐姐哪有不答应之理！"

说罢，拉着薛钗儿来到园子中央，双双跪拜下来，对着苍天，起誓，结拜起来。

结拜完毕，两人拥抱痛哭，相见恨晚！

两人平静下来以后，李雪春看着薛钗儿的面容，叹道："妹妹这样的绝色佳人，原本不该受这样的苦难！"

薛钗儿噙着眼泪，强忍着苦水，道："红颜多薄命，姐姐亦不该受这等痛苦，包括其他姐妹，都不该受这活罪呀！"

李雪春一怔，暗自惊叹薛钗儿的胸襟，道："妹妹可知这野趣园从未有女子住过？"

薛钗儿听了大惊，讶道："那是为什么？"

李雪春来到房子门口，向外探望了一会儿，见再没有其他人，回来小声说道："妹妹有所不知，这野趣园本是准备给教主夫人的！而今你住了进来，你说会发生什么！"

薛钗儿大惊，站起来，不怒反喜道："姐姐是说妹妹我将成为教主夫人吗？"

李雪春打趣道："这得看妹妹的造化了，听说教主的脾气很是古怪，你要小心应付，待荣登教主夫人之位，可别忘了我这个姐姐哦！"

薛钗儿笑道："姐姐又取笑我了，难道以前真的没有女子住过此屋吗？"

李雪春道："难道姐姐骗你不成，那个老色鬼嘱我带你来这里，没有十足的把握，他也不敢擅自作这个主张，来，姐姐为你打扮打扮！"

薛钗儿坐在梳妆台前，李雪春为她精心地装扮一番时，薛钗儿的思绪翻涌，暗道：看来，李雪春并非是单雄仁派来做卧底的，只不过是一个佣人罢了，若自己真能当上什么教主夫人，就有机会杀掉单雄仁这个老贼了，李姐姐说得不错，女人的美丽就是资本，我要好好利用起来，实现自己的复仇计划，想到这点，薛钗儿神秘地笑了一笑。

李雪春见她面露色，也禁不住喜笑道："妹妹可好了，姐姐可就是苦喽！"

薛钗儿对着铜镜中的李雪春一笑，道："姐姐与我是结拜之交，当然是有福同享，有难同当，咱们永远是一条心，你说是吗？好姐姐！"

李雪春大为感动，道："当然，若是以后有用得着姐姐的地方，妹妹就直说，姐姐我不惜一切代价也要替妹妹办到！"

薛钗儿一怔，想不到李雪春如此重情义，站起身来，与李雪春紧紧拥抱在一起，良久，说道："姐姐，我有一件事告诉你，你切不可对别人说，否则妹妹的命会保不住的！"

李雪春捧起薛钗儿的玉脸，道："姐姐不要听了，万一姐姐熬不住坏人的折磨，说了出来，岂不是害了妹妹？！"

薛钗儿道："有姐姐这句话，钗儿明白姐姐决不会对别人说的，所以妹妹一定要告诉你，以免你以后会对妹妹发生误解！"

李雪春大感奇怪，道："姐姐决不误会你，不管你做什么，姐姐全力支持！"

薛钗儿更是心存感激，道："其实我已经被那个什么左使单雄仁施了古怪魔法，不过，我是假装的，但在他面前，我还得装下去，所以，以后见了外人时，我就会是另一种面目，姐姐切不要大惊小怪，以防别人看出破绽！"

李雪春瞪着一双大眼睛，道："你怎知'日月神教'左使叫单雄仁？这里没有一个人知道他姓名呢！"

薛钗儿一惊，道："多谢姐姐提醒，否则妹妹要是在别人面前这么称呼他，就露馅了，这件事说来话长！"

说罢，薛钗儿将自己的身世来历及与单雄仁等之间的关系一一对李雪春作了一个详细的解说。

李雪春听了杏眼怒睁，道："这个畜牲，哪有爷爷强暴自己孙女的！"

薛钗儿道："其实他不是我师父的亲生父亲，应该是仇人才对，所以他辛辛苦苦地把我们一家养大，然后又想方设法布下圈套陷害我们！"

李雪春虽是女儿家，却也满腔热情如火，愤愤地说道："妹妹可有什么要姐姐帮助的，尽管说来，姐姐我就是粉身碎骨，也一定会为妹妹你办到！"

薛钗儿此时正怒火中烧，见李雪春果真是如血气方刚的小伙子般讲义气，感激地道："多谢姐姐，姐姐只要将这里的一切情况告诉妹妹就行了，再说，这件事很冒险，我也不想连累姐姐。"

李雪春一听，很是生气，道："妹妹说这话就见外了，咱们亲如一家，说什么连累二字，只要是姐姐知道的，就毫不保留地告之妹妹，不过，妹妹想知道关于哪方面的情况？"

薛钗儿一时也想不出什么头绪来，说道："姐姐可知这里常来些什么样的人？"

李雪春道："妹妹得告诉我，你是不是要报仇？你告诉我，我才帮你，否则，恕姐姐不顾姐妹之情！"

薛钗儿叹了一声，道："姐姐这又是何苦呢？钗儿真的不想连累你！"

李雪春气道："你再说连累二字，姐姐就不再理你了！"

薛钗儿无奈，道："姐姐对我一片深情，钗儿来生做牛做马也难报答，姐姐既然定要我说出来，钗儿便告诉你，钗儿今生今世美好的前程都断送在这个无耻的单雄仁手里，若不想方设法除掉这个恶魔，此生死不瞑目，我决定利用教主夫人的地位，设计陷害这个大魔头，以其人之道，还治其人之身！"

李雪春叹道："妹妹想一人报仇，谈何容易，姐姐何尝不想除掉这些恶人，这里的每一个姐妹都如你一样，都有这样的想法，可是我们是女人，敌不过这些恶人啊！"

薛钗儿讶道："姐姐是说，叫妹妹我不要痴心妄想了！"

"不！"李雪春飞快地答道："我不但叫你不要打消这个念头，我还要参与进来，同时还笼络其他的姐妹一起来共同完成这个复仇计划！"

薛钗儿听了大喜，紧紧地抱住李雪春，叫道："好姐姐！"

第二十七章

暮色四合，天边尚留有一道淡红色的残霞。

野趣园中，走来两名身材威武的男子，走在前面的那人看上去不过四十左右，腰宽肩阔，体态威武，一对剑眉之下，神光闪烁的明目朗若星辰，高鼻阔口，头大耳肥，面色红润光滑，他的头顶之处不时地闪现出一道奇美光圈，俨然一个仙人临凡的架式，他便是"日月神教"教主郑清坤。

跟在他身后的便是他的一条强有力的左臂——单雄仁。

两人一路走进野趣园，却无半点声息，足见其功力之高，他俩踏进薛钗儿和李雪春所在的房间，她俩却浑然不知。

薛钗儿经过李雪春的精心打扮，更加光艳照人，但见她蛾眉如春山含翠，粉脸似黄昏晚霞，秋水为目，琼瑶小鼻，睫毛如扇，唇如樱，堪称倾国佳人，只是，她蛾眉时锁，美目呆滞，像是中了什么魔法。

郑清坤看得不禁呆住了，竟一时忘了说话。

单雄仁脸上露出淡淡一笑，轻咳了一声。

薛钗儿和李雪春闻声一惊，这才发现房内已经多了两个男人。

李雪春毕竟老练，忙深深地福了一福，脆声说道："教主万岁，左使千岁！"

薛钗儿美目一抬，乍见单雄仁的目光如电，正直愣愣地盯着自己，顿时花容失色，娇怯地退了两步，"扑通"一声，下跪，道："奴仆该死，不知主人驾到……"

郑清坤一见薛钗儿的眼神，便知是单雄仁对她施了摄魂大法，这时见薛钗儿跪下，再明白不过了，顿时喝道："岂有此理，竟敢对她也施加此法，左使是何居心？"

说罢，竟亲自将薛钗儿扶了起来，直看得目不转睛。

单雄仁不慌不忙，答道："属下之所以斗胆擅自对夫人施加此法，是因此女正是那贼子单敬贤的爱徒，此举是以防教主不测！"

薛钗儿一听，暗道：这老狐狸好不狡猾，一张利嘴，看我以后如何除掉你，心中虽在诅咒单雄仁，表面却仍漠然，静静立在一旁。

郑清坤好像是全身心都放在了薛钗儿身上，对单雄仁的解释微微地点了点头，过了一会儿，突然转过身去，说道："以她的身手，能害得了本教主吗？还不快快解了她的慑魂大法！"

单雄仁这下慌乱地退了一步，立定身形道："教主教训得是，不过，破她的摄魂大法，除了教主，再无他人可以！"

郑清坤一听，立时摇了摇头，道："太像她了，太像了，你看，我将这一点都忘了，来，好凤儿，我替你解开法术！"

说罢，伸出右手，只见他那手指一长一缩，一道蓝色气芒全送到薛钗儿的眉心。

薛钗儿只觉得脑中一片空白，全身一阵痉挛，顿时软绵绵地倒向地上。

郑清坤一把扶住她，对李雪春道："快扶她到床榻上休息一下，切不可惊动她！"

李雪春连忙扶起薛钗儿，可她一个柔弱女子，如何托得动薛钗儿，愣在原地，不知如何是好！

郑清坤一见，道："唉，老喽，脑子也不灵动了，你搬不动她的，来，让我来！"

说罢，将薛钗儿的娇躯轻轻一托，像托空气般将薛钗儿送到床上，替她盖好被子，静静地坐在一旁，目不转睛地看着薛钗儿的粉脸，仿佛薛钗儿就是他深爱多年的妻子一般。

单雄仁愣了愣，随即露出了古怪的笑意，轻声说道："教主，若没有其他事儿，属下告退！"

郑清坤头也不回，挥了挥手，示意他和李雪春退下。

入夜，四周一片沉寂，偶尔传来几声猫头鹰的鸣叫，使人愈发觉得这个夜晚静得让人心里发怵。

薛钗儿迷迷糊糊地醒来，朦胧中瞧见一个人正在她的身旁静静瞅着她，是那么关切，那么充满爱意，迷迷糊糊中，她以为坐在她床边的人是她的心上人——单宝儿，樱唇微启，脱口喊道："宝儿哥！"

那人一怔，像是从美妙的回忆中惊醒过来，但是仍笑了笑，说道："姑娘，你醒了，我不是你的宝儿哥，我是'日月神教'教主郑清坤，你好好休息一下，不要乱动！"

薛钗儿一惊，这才明白她的宝儿哥并不在自己身边，而此刻自己正身处"日月神教"的野趣园，自己再也不是以前的自己了，不再是冰清玉洁的清白之躯了，一想到自己美好的前程就此断送，热泪夺眶而出。

郑清坤摇着头叹道："连哭泣的模样都如此相像，真是不可思议！"

说罢，竟如同哄自己深爱的情侣一般，想让她止住哭泣！

薛钗儿哪里听得进郑清坤的劝说，哭得越发让郑清坤手足无措，哭着哭着，突然想到自己应该坚强才对，应该把握住复仇的每一次机会，眼前这个人可是"日月神教"的教主啊，只有依靠此人，报仇的希望才不致变得渺茫！

这么一想，突然一下子便停止了哭泣，破涕为笑，死死地盯着郑清坤，看她对自己有何反应。

郑清坤乍听薛钗儿不哭了，高兴得就如小孩子得到糖葫芦一般，却也不敢一直瞅着她，竟害羞起来，那情形就如同一个憨厚的小伙子见着心爱的姑娘一般窘迫。

薛钗儿立刻明白了这个教主的心思，暗道：莫非这个教主真的喜欢上我了不成？难道我与他昔日的心上人长得真的一模一样？否则，他也不会说连哭的样子也一模一样了！

薛钗儿正想着如何取悦眼前的这个教主，然后如何实现自己的伟大复仇计划，此时却看到郑清坤别过脸去，高兴地说道："阿凤，你知道吗？你始终是我的唯一，这么多年来，我一直苦苦寻找你的下落，我不管你与师兄是否结过婚，还生了个孩子，我一直都是那么爱你，其他的女人，我根本不放在眼里，只有你，才是我心目中的女人，也只有你，才配做我的郑清坤的女人，没有想到，为了你，师兄竟设计陷害我，骗了你，骗了你与她成婚，还生了孩子，我知道，他也很喜欢你，可是你应该喜欢我更多一些，这我是知道的，你不知道为什么我会突然失踪吧，只要你答应我，你仍然是爱我的，不，你绝对还是爱我的，你是爱我的……"

说到这里，竟呜咽得说不下去了。

薛钗儿躺在床上，听得惊呆了，她还从未见过一个男人对一个女人如此痴情，而且这个男人居然是一个老头，一个须发斑白的教主，这使得薛钗儿不得不惊诧，一时间竟不知该如何是好，颤颤地说道："你不要这样，我不是你的阿凤，我叫薛钗儿……"

突然，郑清坤转过头来，薛钗儿吃了一惊，见他已然老泪纵横，忘情地说道："我知道，你不是我的阿凤，可是你与她长得一模一样，这些话，我憋在心里已然几十年了，我要说出来，说给我的阿凤听，你能明白的我心吗？"

薛钗儿见他语无伦次，知他太过激动，便说道："好吧，你说，我听着便是！"

郑清坤一怔，讶道："你真的愿意听吗？"

薛钗儿不知他为何有此一问，点了点头，道："你对你的阿凤一片深情，你们之间肯定有很多话要说，你们之间的故事也肯定十分感人，感人的故事，谁都愿意听，你说是不是？"

薛钗儿这样一说，郑清坤突然变得更为激动，说道："这几十年来，总算能让你听我说出心里话，你还是喜欢我比喜欢师兄多一些，我郑清坤总算没有白白为你痴情几十年，你知道吗？这几十年来，我没有对一个女人产生过感情，我至今仍单身一人，没有成家，没有妻儿，我一直在等你呀……"

薛钗儿听郑清坤深情款款的话语，一股温馨涌上心头，不过这只不过是一瞬间而已，她知道这只不过是郑清坤把她当作昔日的情人，这说话之人毕竟不是自己的心上人——单宝儿，一种失落感随之油然而生，同时，复仇的火焰再一次在心中熊熊燃烧。

郑清坤继续说道："阿凤，你看，我现在是教主了，荣华富贵，享之不尽，詹安在能让你过上什么生活？！还不是到处流浪，四处躲藏，不久，说不定你还可以当上皇后，怎么样？高不高兴……"

薛钗儿听着越来越糊涂，忍不住问道："教主，詹安在是谁？"

郑清坤一怔，看了薛钗儿好一会儿，叹道："当然，你不是我的阿凤，自然不知詹安在就是我师兄了，这个憨厚的小子原来也这样卑鄙，竟陷害于我！"

薛钗儿似乎明白了他们之间的些许事情，那就是为了那个阿凤，詹安在设计陷害了郑清坤，得到了阿凤，是以郑清坤对这个情敌十分仇恨，但她不知为什么郑清坤又说不久就要阿凤当皇后，难道郑清坤要夺皇位？！

薛钗儿又道："你说我不久就是皇后？"

郑清坤若有所悟地说道："你不是阿凤，你没有这个资格，我为什么要说给你听，你说为什么？"

薛钗儿见他突然暴躁起来，有些害怕地答道："这不是你自愿说给我听的吗？"

郑清坤盯着薛钗儿，突然又无限温柔地道："阿凤，对不起，我不久就要谋反，夺那狗皇帝的位子，到时我就是皇上，你就是皇后，你说，高兴不？"

薛钗儿见他性情变化无常，一时也不知该说些什么好，只道："当然高兴，皇后是一般女人当不上的！"

郑清坤高兴地道："对，一般人怎么能当皇后，只有你，才是皇后的命，只有我郑清坤才是皇上的命，其他人只有臣服你我！"

薛钗儿对眼前这个痴情的老头，这个性情古怪的教主突然有了几分亲切，感到这个世界上如他这样痴情的男子倒不多见，要是单宝儿也对我这般好，今生死也该瞑目了，若是那个阿凤亲耳听到这些话语，不知该作何感想。

薛钗儿的思绪被郑清坤牵动得如波浪般汹涌翻滚，一时想到自己，一时想到那个阿凤，一时想到单宝儿，一时又想到眼前的郑清坤，只觉得世事真是难以预料，竟然让许多不该发生在自己身上的事，如今都一一发生了，一想到自己的命运，不禁轻叹了一声。

这微小的叹息声亦瞒不过郑清坤的耳朵，他好奇地问道："你为何叹息？是不是有什么不如意？"

薛钗儿此刻明白自己是被郑清坤解除了什么摄魂大法的，是以再也不能装作一副漠然的样子，便说道："教主有所不知，当上皇后皇上又怎么了，还不是天天提心吊胆，今天担心手下谋反，明天担心天下苍生的疾苦，还不如做一个普普通通，无忧无虑，无牵无挂的自由人来得实在，总不至于活得这么累呀！"

郑清坤大奇，道："是啊，这几十年来，我呕心沥血，精心算计，到现在得到了什么？还不是孑然一生？世事如烟，把握住现在才是重要的。"

薛钗儿一见自己的话语能使郑清坤有所感触，娇声道："那么教主还想不想当皇上了？"

郑清坤狐疑地打量了薛钗儿一眼，道："当上皇帝自然是天下男人最想做的事情，可是如今我都快八十多岁了，即使当上皇帝，又有几年好日子？可叹的是天下黎民百姓，每一次战争，都会给他们带来苦难，但是，为了报仇，我一定要将那狗皇帝赶下台来！"

薛钗儿一惊，道："教主与当今皇上有什么恩怨么？"

郑清坤脸色极为难看，说道："若不是那狗皇帝心狠手辣，杀了我九族，我也不至于落得如此地步。想起年轻时，我也没少为他立下汗马功劳，即使我家犯下什么滔天大罪，可也不该将那些无辜的人都统统杀掉，那可是两千余名活口啊！"

郑清坤说到这里，极为愤慨，就像是有天大的仇恨一般。

薛钗儿听得些眉目，从郑清坤的话意中猜测他年轻时必定为皇帝做过许多事情，可是她怎么也想不出，为什么他家会遭到灭顶之灾，以致被诛杀九族。

薛钗儿喟然叹道："难怪你要谋反，原来皇帝杀了你家那么多人！"

郑清坤突然说道："你干吗问这么多？有什么目的吗？是不是想通知那狗皇帝，领赏？"

薛钗儿一怔，知他的性情突变，道："我可没有什么目的，都是你自己告诉我的，如果你不愿说，就不要说了嘛！"

说罢，洒下了几行热泪！

郑清坤一见薛钗儿哭了起来，心一下就软了，说道："好阿凤，你别哭，我不是有意对你这么凶，你不是要听吗？我都说给你听好了，以前我一直守着这个秘密，现在我都告诉你好了！"

说着，竟将自己的身世来历，以及如何计划谋反对薛钗儿一一说了起来。

薛钗儿边哭，边聆听着，得知原来郑清坤是郑王爷的儿子，当时他还是皇上身边的大红人，立过不少功劳，因为谋反，家族竟遭灭顶之灾，幸好他一人逃生，发誓要报此仇，是以处心积虑数十年，创立"日月神教"，准备于今年八月十五揭竿起义。

薛钗儿越听越玄，暗叹，想不到这郑清坤原来有如此一段惊天动地的故事，不过，她亦不知郑清坤到底做得是对是错，只觉得他谋反定是不可为之举。

这一夜，郑清坤竟丝毫没有倦意，硬是与薛钗儿谈到了天大亮，这才起身走了。

薛钗儿可疲倦极了，打了一个呵欠，便倒头睡着了。

也不知过了多久，薛钗儿被一声呼唤叫醒了过来，睁开惺松的双眼，她发现站在床边的是李雪春，正笑咪咪地看着她。

"姐姐，有什么事？"薛钗儿露出一个可爱的笑容道。

李雪春诡秘地反问道"怎么睡这么久，是不是昨晚耽搁睡觉了？"

薛钗儿点了点头，道："姐姐不知那教主有多可恶，硬缠了我一个晚上没合眼！"

李雪春浪笑一声，道："怎么样？感觉还可以吧？吃得消吗？"

薛钗儿粉脸一红,道:"你说什么呀,昨晚上,那教主让我陪着她谈了一个晚上!"

"谈了整整一晚?"李雪春有些不相信地道。

"嗯!他还是个蛮痴情的男人呢!"薛钗儿有些赞许地道。

"是吗!"李雪春很不屑地道:"天下哪有几个痴情的男人,即使有,教主他也数不上!"

"数得上呢!"薛钗儿反驳道:"我还从未见过哪一个男人为了一个女人痴痴地等了一辈子,至今仍孑然一身呢!"

"你是说教主为了一个女人才终身不娶的?"李雪春讶道。

"当然,那个女人叫什么阿凤!"薛钗儿道:"不过,她长得与我一模一样呢!"

"傻妹妹,这是男人惯用的骗女人的手段!你切不可信他!"李雪春告诫道。

薛钗儿略微想了想,皱了一下眉,道:"不太像,他还指名道姓地将她说了出来,那个女人现在已经与另一男人结婚了,生了孩子,他还说那个男人就是他的师兄,他还说为了争那个阿凤,他们师兄弟竟相互斗狠,后来他中了师兄的圈套,他师兄最后骗取了他心目中的女人呢!"

李雪春听着有点惊奇,道:"我在这里已经有四五年了,可从没听说过教主还有这桩事儿!"

薛钗儿有些得意地道:"他说他从未向其他人说起过,所以你不知道也不足为奇。"

"是吗!"李雪春故作夸张地大声道:"这么说,妹妹这教主夫人可是当定了!"

薛钗儿小脸通红,不依地道:"姐姐又取笑我了。"

李雪春连连摆手道:"好了,好了,快起来,我有重要的事跟你说!"

薛钗儿一听,连忙起床,穿好外衣,道:"姐姐,什么情况?"

李雪春见薛钗儿连梳妆都顾不上,道:"看把你急的,女人起床后,不打扮打扮,像什么样子,来,姐姐一边为你妆扮,一边说给你听。"

薛钗儿高兴地往梳妆台前一坐,道:"谢谢姐姐了。"

李雪春一面为她梳妆,一面道:"昨个晚上,我从一个姐妹那里得知一个惊人的消息!"

薛钗儿迫不及待地道:"是与我们的计划有关吗?"

"当然,要不我说出来还有什么意义呢?"李雪春有点生气地道:"这个人哪,我想我们可以利用利用，或许他能助我们一臂之力呢！"

"是吗！他是干什么的？"薛钗儿急于想知道那人的来历。

"他呀，可了不得啦，除了教主、左右使外，他可就最吃香啦！"李雪春仍未说出那人是做什么的。

"别转弯抹角了，快说他是谁！"薛钗儿催促道。

"说出来，你也不认识，你只要知道他能帮我们就行了！"李雪春微笑道，在故意逗她。

"好！好！那你快说他对我们有什么帮助！"薛钗儿没有办法地说道。

"这个人嘛，他的医术可高明啦，听说能将死人医活呢！你说怪不怪？"李雪春拉长语气道。

薛钗儿一怔，暗道：难道喻圣舒喻老前辈也是"日月神教"的人？便疑惑地问道："这个人有多大年龄？"

"大约二三十岁吧！还挺英俊的呢！"李雪春并不知道薛钗儿为何有此一问，道："这个小伙子野心勃勃，医术又高，颇受教主器重，听说教中的许多奇迹都是他一手创造的呢！"

"什么奇迹？"薛钗儿问道。

"比如说，一个很普通的人，他的医术和药物可以使那个人马上变为一个武功高手，另外，他还可以用药物控制其他人，使他们不得不为'日月神教'效命，否则便只有死路一条！"李雪春如数家珍道。

"你说来说去，怎么与我们的计划一点扯不上联系呢？"薛钗儿诧异地道。

"别急嘛，昨个晚上，那家伙来其中一个姐妹那里过夜，他对那个姐妹说，他要当教主，他还要当皇上呢！"

薛钗儿一听，高兴地差点跳起来，说道："那我们可以与他合作吗？"

李雪春已经为薛钗儿打扮好了，将她转过来，面对面瞧了瞧，道："嗯，你这样的美人，任何男人见了都会心动的，这就让你去与他谈谈，好不好？"

薛钗儿的心咯噔一下，道："这怎么行？你这样做是不是太突然了，万一人家说的不是真心话，咱们的小命丢了不算，计划可就要落空了呢！"

"不会的，你信不过姐姐吗？"李雪春拍了拍薛钗儿道："做大事就得冒大险，否则哪能成气候，是不是？"

薛钗儿愣了愣，道："话倒是如此，可是他真的对我们有用处吗？"

李雪春妖媚一笑，道："妹妹聪明一世，糊涂一时，咱们只要控制住他，让他为我们效力，就等于控制了大半个'日月神教'，这你还不懂吗？"

薛钗儿仍狐疑地问道："他真如此厉害吗？"

李雪春解释道："不是他本人厉害，而是他的医术厉害，控制其他日月神教弟子的是他的解药，不服他的解药，他们就会没命的，好了，待会儿你见了他便知道了。"

薛钗儿这才将信将疑地随李雪春一道出了野趣园，向山谷边的一处单独的房舍走去。

两人走到房舍的前边，见那房子前面站着几个日月神教的弟子，薛钗儿心中一惊，暗道：难道李雪春出卖了我不成？偷眼看看李雪春，见她微笑地看着自己，点了点头，薛钗儿一时也不便发问，硬是没有弄懂她的意图。

突然，一个麻脸的汉子上前喝道："你们两个干什么的？"

李雪春毫不惊慌，道："这位爷，这位妹妹有些妇道人家的病，想请神医给治治，不妨事吧？"

那汉子像是司空见惯一般，很习惯地把手一挥，让开道路，说道："进去吧，可得快点啊！"

李雪春笑道："多谢这位大哥！"

那麻脸满脸淫笑道："这位妹子真是仙女一样，不知什么时候能让咱哥儿几个也乐上一乐啊。"

说罢，便是一阵淫笑。

李雪春笑道："几位大哥真是性情中人，教主夫人的头上可开起玩笑了！"

那几个汉子一听李雪春说薛钗儿是教主夫人，顿时吓得面色大变，慌忙跪了下来，自己打自己的嘴巴，道："小的该死，有眼不识泰山，请教主夫人切莫告之教主，否则小的几个便没命了！"

说完，又连连在地上磕头不止。

薛钗儿见他们如此惧怕教主，便道："好了，我不将今天的事儿抖出去就是了，不过，以后你们可得听我的。"

那几个汉子齐声道："小的们愿为教主及夫人肝脑涂地，万死不辞！"

薛钗儿哼了一声，也不再理会那几个汉子，随李雪春进了那间房舍。

初来房舍前，便有一股淡淡的草药味飘来，这会儿，进入房间，那药味更加浓烈，让薛钗儿和李雪春有点气闷，难以呼吸顺畅。

李雪春见房舍中空空的，像是没有人，对薛钗儿道："走，咱们去里屋看看！"

薛钗儿点了点头，两人迈步跨进了里面的一间房子，只见那房子满是木架，木架上放置数不清的大小不一的药罐，薛钗儿暗道：想必里面装的是各种各样的药物吧。

李雪春向四下里看了看，喊道："有人吗？"

接着便听到一声沉闷的话语从角落里传了过来，道："谁呀？"

俩人一惊，眼前便出现一个英俊挺拔的青年人，那人一见薛钗儿，顿时傻了眼，呆呆地立在那里，一动也不动。

薛钗儿乍见眼前出现的那个年青人，也是大吃一惊，颤声道："你……你……"竟未说下去。

李雪春见两人都互盯着对方，讶道："你们俩认识？"

薛钗儿粉脸一变，但马上恢复了常态，笑吟吟地道："神医，本姑娘身子有些不适，请你帮忙看一下！"

那青年怔怔地立了一会儿，然后木然地应道："好，我这就给你瞧瞧！"

薛钗儿大大方方地在桌子边上坐下，挽起衣袖，露出皓洁如玉的手腕，放在桌子上，很平静地道："有劳神医了！"

那"神医"战战兢兢地伸出手指搭在薛钗儿的玉腕上，可那手指颤抖不止。

李雪春道："神医，你慌什么？"

那年青人道："本人何曾惊慌过，只不过这位姑娘的病情非同一般，看病的方式亦必须非同一般！"

李雪春道："那神医要用什么样的方式治疗她这个非同一般的病呢？"

那青年道："有你在一旁，这病恐怕不好治疗，请暂时回避一下！"

李雪春用征求的目光，看了看薛钗儿，薛钗儿不以为意，道："姐姐请按照他的意思办，不会有事的！"说罢，向李雪春眨了眨眼睛，李雪春会意，假装极不情愿地慢慢地走向外屋。

待李雪春走后，那青年一阵哈哈大笑，道："薛姑娘，咱们可是真有缘分呀！"

薛钗儿看了他一眼，故意妩媚一笑，道："是吗？那就要看你把不把握得住了！"

那"神医"一怔，大奇道："薛姑娘此话可是当真？"

薛钗儿"咯咯"一笑，道："只怕你没那个胆子！张梦飞，你也算是个响当当的汉子，却对姑娘下此毒手，可不够光明磊落呀！"

张梦飞"哈哈"一笑，道："我'万灵医童'什么事不敢做？没胆子？没胆子我就不会呆在这里了，薛姑娘，去年的那件事也是在下一时糊涂，请不要挂怀，但我的的确确是真心喜欢你呀！"

"是吗？"薛钗儿见他的手指仍未离开自己手腕，伸出另一只手，"啪"的一下打在"万灵医童"的手上，道："你大可以光明正大地向我说明，说不定我会同意你呢！"

"万灵医童"大喜道："那我们可以重新再来嘛！"

薛钗儿歪着蟒首，笑道："可以吗？"

"万灵医童"显得极为高兴和激动地道："当然可以！"

薛钗儿"咯咯"一阵娇笑，笑得"万灵医童"莫名其妙，怔在当场。

好一阵子，薛钗儿才止住笑声，道："你知不知道我现在的身份？你难道连教主都不放在眼里吗？"

"万灵医童"一怔，良久才道："哼，什么教主，只不过是个糟老头而已，没有我，他也没几年好活，我怕他什么？只要你答应与我结为夫妻，我马上就可以将整个'日月神教'闹得鸡犬不宁，你信不信？"

薛钗儿一听，暗道：这家伙果真狂妄，野心不小，居然有胆子与郑清坤作对，李姐姐说得不错，一定得控制住他，这么一想，便又"咯咯"一笑，道："笑话，你凭什么和他斗？你斗得过他吗？"

"万灵医童"将胸脯一拍，道："既使你不说，我也一样会将整个'日月神教'掌握在我的手里，不久的将来，这'日月神教'教主的位子便是我'万灵医童'的，甚至连皇帝老儿的位子也早就给我预备好了呢！"

说罢，便狂傲地哈哈大笑。

薛钗儿一怔，道："你这样张扬，难道不怕我在教主面前告你？"

"万灵医童"一怔，哆嗦了一下，道："薛姑娘！你不会这么做吧？"

薛钗儿正色道："你说呢？"

"万灵医童"尴尬一笑，道："我看那个糟老头子对你来说，也没有快乐开心可言，只有我'万灵医童'才与你是天造地设的一对，你是不会告诉他的，是不是？"

薛钗儿"咯咯"一笑，道："不愧是'万灵医童'，连女人的心思都猜得那么透，你说我不会，就不会告诉他吗？这得看我高兴不高兴了！"

"万灵医童"面色一沉，道："薛姑娘，你若要置我'万灵医童'于死地，想报仇的话，那是痴心妄想，只要我一句话，你休想离开这房子半步！"

薛钗儿一怔，暗道：这家伙到底有什么本事？语气这么强硬！随即微微一笑，道："怎么？你难道把我杀掉？"

"万灵医童"道："杀你，我还有点舍不得呢，你只要顺着我，我就会封你为教主夫人，甚至皇后，若是不依的话，哼，我马上叫他们进来将你们变成废人！"

薛钗儿不惊不慌，笑道："你是说外面那几个汉子？"

"万灵医童"得意洋洋地道："对了，他们早已是我的人了！"

薛钗儿暗暗称赞"万灵医童"的心计，但不露声色，笑道："就凭他们几个，也想和教主斗，你自不量力！"

"万灵医童"哈哈大笑？道："这'日月神教'，除了教主、左右使和十几个护教以外，哪一个不在我'万灵医童'控制之下？没有我的解药，他们休想活过今年！"

薛钗儿一惊，道："你是说你用药物将这些人都控制住了？"

"万灵医童"高傲地跷起二郎腿，神气地道："不光是这里的人，包括其他各地的坛主、舵主还有一些头目，都服过我的解药，他们始终逃不出我的掌心。"

"万灵医童"说时，还将手掌摊开，然后紧紧一握，实在是一副胸有成竹的样子。

薛钗儿心中暗暗打定主意，心里想道：我可不能让他牵着鼻子走，一定要让他死心塌地为我效命，不过，用什么法子让他们听命于我呢？薛钗儿一时也想不出什么主意来。

突然，薛钗儿想到李雪春曾对她说过的话，女人唯一的资本便是美丽，自己何不使个美人计，让"万灵医童"上钩。

这么一想，计上心来，笑道："你说得不错，教主都这么老了，我这么一个妙龄姑娘，怎愿意侍奉一个老头子？再说了，你长得也有点人模狗样，本姑娘心里还是有几分喜欢！只要你能让我过上荣华富贵的生活，我也不是对你如此绝情！"

"万灵医童"一听大喜，道："这个你放心，用不了多久，整个'日月神教'一定会是我'万灵医童'的！"

"好！"薛钗儿飞快地答道："为了表示我对你的支持，今晚你敢不敢来我野趣园？"

"万灵医童"一听大喜，哪里想到这是薛钗儿的计谋，也顾不上细想，当下大声道："没问题，我准时赶到。"

"别让我等得太久哟！"薛钗儿给"万灵医童"抛了一个媚眼，像风一样飘走了。

"万灵医童"被薛钗儿这么一挑逗，傻傻地愣在那里，以致薛钗儿和李雪春离开了他的房屋，他还沉浸在无限美妙的遐想中。

……

是夜，天刚落下夜幕，如血的残阳刚刚逝去，"万灵医童"果真色胆包天，早早地来到了野趣园。

薛钗儿热情地招待他，给他端上了上好的香茗。

"万灵医童"一边品尝香茗，一边眼睛不眨地在薛钗儿的身上看了一个透！

李雪春按照薛钗儿的安排，自行去做其他事了，屋里只剩下"万灵医童"和薛钗儿两个人。

"万灵医童"再也按捺不住，站起身来，抱住薛钗儿，便要寻欢作乐。

薛钗儿实际哪里想与他作什么鱼水之欢，挑逗道："瞧你这猴急的样子，我去洗洗便来！"

"万灵医童"喜不自胜，极不情愿地放开薛钗儿，说道："你快去快来，我快憋不住了！"

薛钗儿只感到一阵恶心，但强忍着挤出一丝笑容，道："不用多久，我马上就好！"

说罢，径自到内屋去了。

"万灵医童"直急得在客厅上转来转去，好不心焦。

约摸过了半个时辰，薛钗儿总算出来了，"万灵医童"仿佛就像等了半个世纪一般，俊脸憋得通红。

这时薛钗儿出来，乌黑的秀发如瀑布一般倾泻下来，身穿一件洁白宽松的睡衣，便如出水芙蓉一般娇艳美丽，直把"万灵医童"看得呆了。

薛钗儿诡秘一笑，道："来！抓我！抓着了便给你好处！"

"万灵医童"色眼光芒陡增，如一头饿虎一般向薛钗儿扑了过来。

薛钗儿"咯咯"一笑，顺势一扭，"嘶"的一声，那洁白的睡衣便让"万灵医童"扯了一块下来。

薛钗儿也不再笑，越奔越快，"万灵医童"心中一急，硬是发挥不出最高水平，总是抓不着薛钗儿，这可把"万灵医童"急得大叫，直追得气喘吁吁。

薛钗儿也暗自奇怪，自己的轻功居然比"万灵医童"还要强，一时也不及细想，只顾挑逗"万灵医童"的情欲，让她屈服在自己的石榴裙下。

她哪里知道，昨天郑清坤给她那一指功力，名叫"还魂指"，是郑清坤为了破解"摄魂大法"苦心钻研出来的一门颇耗真力的功夫，郑清坤那简简单单的一指，不仅对"摄魂大法"有独特奇效，而且像她这样并未受"摄魂大法"控制的人，则对其功力有大大的裨益，这一指至少要耗费郑清坤一年的功夫，郑清坤一年的功力加在薛钗儿身上，可就不一样了，高手每增一年的功力，相当于一般人十年的功夫还不止，是以薛钗儿此刻功力陡增，她却并不知是因何而得！

"万灵医童"正追逐得紧，突见一个人悄没声息地来到野趣园，这个人就是"日月神教"教主郑清坤，他的武功可谓是世间罕见，是以两人均未曾发觉。

"万灵医童"经薛钗儿这么一挑逗，兽性大发，大吼一声，身法如电，一步赶到薛钗儿的身后，探爪一抓，"嘶"的一声，又扯下一大块衣服。

顿时，薛钗儿洁白光润的肌肤立刻裸露了出来。

还未等"万灵医童"高兴起来，陡然觉得一股无形的强大气劲向自己袭来，"轰隆"一声，"万灵医童"整个身子撞在墙壁，已然被伤得奄奄一息。

薛钗儿一惊，抬眼望去，见郑清坤一动不动地站在房门前，脸色铁青，愤怒至极点。

薛钗儿马上掩面哭泣起来，这更让郑清坤气恼不已，身未动，一股气劲再次向"万灵医童"击到。

但郑清坤突然改变攻击方向，"轰"的一声，"万灵医童"身后的墙壁顿时被打出一个大洞来，若是这一下击在他的身上，恐怕早已一命呜呼了。

薛钗儿对这一切充耳不闻，兀自哭泣不止，仿佛受了天大的委屈一般。

郑清坤气恼地走到"万灵医童"身边，一把将他提了起来，狠狠地说道："找死，你敢动我的女人！"

"万灵医童"吓得屁滚尿流，道："属下不敢，属下纵有天大的胆子，也不敢冒犯夫人！属下是来替夫人治病的！"

这个狂傲的家伙，死到临头也没有一句真话。

郑清坤亲眼见她追赶薛钗儿，还将她的睡衣撕了下来，自是不信他的鬼话，但是他觉得此时杀了"万灵医童"，对自己的大事不利，强忍着怒火道："此话当真？"

他这只不过是缓兵之计，好让"万灵医童"有一个台阶下！

"万灵医童"狡诈奸滑，哪有不知之理，硬着头皮道："不信，你问问夫人便知！"

郑清坤像履行公事般问薛钗儿："他说的可是真的？"

薛钗儿也聪明绝顶，知道此刻自己的一句话关系到"万灵医童"的生死，若自己硬要说是"万灵医童"非礼她，郑清坤再怎么宽容，也不会留他活命，否则，他的教主颜面何在？若自己顺"万灵医童"之意，说不定他感激再生之德，真个听命于自己也未必不可能。

便答道："我本来是请他来为我治病，可是他……"

郑清坤气恼地打断道："可他对你非礼，是不是？"

"万灵医童"一听，闭起眼睛，暗道："我命休矣！"

可是薛钗儿却道："可是他却说我是缺少活动，导致肠气瘀结，是以要玩什么老鹰抓小鸡的游戏，可没想到他却撕下我的衣服，呜呜……"

这么一说，"万灵医童"倒十分感激薛钗儿这话圆得贴切，滴水不漏，心下暗自佩服，但薛钗儿的衣服被自己扯了下来，教主焉能放过自己？即便死罪可免，恐怕活罪难逃，心中又暗自叫苦！

果然，郑清坤恼道："好你个'万灵医童'，借治病之机，调戏本教主夫人，该知道自己怎么做了吧？快快将自己的右手卸下来！"

薛钗儿连忙道："教主息怒，现在我已经感到好多了，再说，神医也不曾对我怎么样，只不过为了让我跑得更快，才不小心撕了奴家的衣服，他亦不是存心的，便饶了他吧！"

郑清坤见薛钗儿说得入情入理，便道："好吧，就依了阿凤之言，饶你一次，下次你若对她有半点侵犯，小心你的颈上人头，滚吧！"

说罢，将手轻轻一抬，"万灵医童"便像一枚小石子一样被扔出了门外。

"万灵医童"艰难地挣扎着爬了起来，一步一瘸地离开了野趣园。

待"万灵医童"去了很久，郑清坤这才转过身来，对着薛钗儿道："阿凤，过来，让我好好地看看你！"

薛钗儿心中暗叹道：这郑清坤对那个阿凤可谓是到了痴情入迷的程度了，怎的老唤我作他的阿凤？但她不愿违拗他，莲步轻挪，来到他的面前，蹲了下来，抬起美目，直愣愣地盯着郑清坤。

郑清坤托起薛钗儿的粉脸，不禁看得发呆，嘴中轻唤道："阿凤，我好想你呀！"

薛钗儿被他这一声呼唤感动得俏脸通红，羞涩地道："教主，我可是薛钗儿呀！"

郑清坤似乎亦知道她并非是他心目中的阿凤，但她的确与昔日的阿凤长得一模一样，此刻见到薛钗儿，就如同见到记忆中的阿凤一样，此情此景，往日的美好回忆历历在目，他难以平静，怔怔地道："以后我就叫你阿凤，你就叫我坤哥，好不好？"

薛钗儿心中暗道：你这么一大把年纪，我叫你坤爷爷还差不多，但她明白，郑清坤是想把她当作昔日的阿凤，让他重过去的温馨，更是他对那个阿凤痴迷到最深程度的一种变态，她禁不住点了点头，柔声喊道："坤哥！"

郑清坤果真将她当作什么阿凤了，情不自禁地将她搂在怀中，忘情地喊道："阿凤！"神情甚为激动。

这一老一少的两位男女搂在一起，若让不明白其中缘由的人见了，还以为是祖孙俩呢！郑清坤像小伙子一般，对薛钗儿热情似火，紧紧拥着薛钗儿道："阿凤，你不要离开我，好吗？今生今世我们俩都不分开，再也不分开了！"

薛钗儿像一只温顺的小羊羔一般偎在郑清坤的怀里，她不知道此时自己该是幸福，还是悲哀，总之，心里老大不舒服，怪怪的，她多想此刻拥着她的是单宝儿，说这话的是单宝儿，迷迷糊糊之中，也忘情地道："师哥，我能永远与你在一起，该有多么幸福啊！"

郑清坤以为是跟他说话，应道："是啊，阿凤，你我原本就该是一对的，这几十年，我都期待着这一刻的到来，你不知我的心里每天每夜要唤你的名字无数次，就这样，终于把你给唤回我身边来了。"

薛钗儿听了亦十分感动，道："坤哥，你真的那么爱我吗？"

郑清坤抚摸着薛钗儿的柔背，道："阿凤，你还不明白我的心吗？今生今世，你都是我的，其他的女人，我根本放不到心里去，没有人能占据你在我心目中的位置，我爱你，胜过爱我自己。"

薛钗儿从未听过这么动情感人的情话，喃喃地道："为了我，你愿放弃一切吗？你不在乎我已经不是清白之躯吗？"

郑清坤轻哼了一声，道："除了你，其他的一切一切都不重要，没有什么比你更让我在乎的了，只要你永远在我身边，我可以放弃一切，放弃荣华富贵，与你双飞双栖，什么他妈的清白、贞操，统统让它们见鬼去吧，我要的是你的心，你的人，其他的，我一点也不在意！"

这番话，让薛钗儿感动得热泪夺眶而出，因为她正是一个被人糟蹋过，被人蹂躏过的女孩，听了这样的话，如何叫她不感动？但她幻想说这样的话的是单宝儿，而不是须发斑白的老头儿郑清坤！

然而，薛钗儿那颗被蹂躏过的冰冷的心让郑清坤的热情渐渐融化了，她开始有一些渐渐喜欢上郑清坤那痴情！

薛钗儿深情地抬起头来，轻轻地抚摸着郑清坤那斑白的头发，柔声道："如果我现在同意永远与你在一起，再也不分离，你可不可以放弃什么教主，放弃什么谋权夺位？你愿不愿意与我一起到一个恬静的地方去过无忧无虑的生活？"

郑清坤望着薛钗儿那一泓清澈的秋水，肯定地点了点头，然而，过了良久，又摇了摇头，叹道："你始终不是阿凤，你是你，阿凤是阿凤，你不可以与她相比！"

薛钗儿知道，这一切，郑清坤都是为阿凤而做的，甚至许多的事情，除了为家族报仇之外，他都是为了那个他心目中永不磨灭的阿凤，薛钗儿看着苍老的郑清坤，想到昔日他年轻时热情似火，如今仍然同样执着追求阿凤，少女的一颗芳心真的感动了，甚至单宝儿都不曾如此执着地追求过她这个师妹，这个老头子仿佛执迷不悟地为他的阿凤不惜一切代价地做着许多不该做的事情，尽管他过于偏激和令人气愤，可一个男子为了一个女人，能做到这份上，实在世所罕见。

这天晚上，薛钗儿也不知道自己为什么，到底是为了她的复仇计划，还是真的被郑清坤感动了，她竟主动地与郑清坤这个可以做她爷爷的教主同睡了一张床。

痴情的男人也必然柔情，薛钗儿深深地体会了这一点，对于这个两度遭受摧残的美丽少女来说，这一夜与郑清坤的结合，使她第一次尝到了做女人的乐趣，一个名副其实的女人应有的享受，郑清坤是把她看成了她心目中的阿凤，一样细心地呵护，没有一丝粗暴，仿佛她真的就是阿凤，真的是他的爱侣，薛钗儿深深地体会到了，体会到郑清坤男人特有的温柔和魅力。

第二天一早，郑清坤依依不舍地告别了薛钗儿，薛钗儿回想起昨晚自己的体验，禁不住双颊通红，亦如新婚之夜一般。

以后的几天，"万灵医童"果然不敢再来造次，薛钗儿为此有些担心，怕自己的计划难以实现，但是，每次郑清坤到来，男人怀抱中的温暖又让她快乐不已，竟有时会想"万灵医童"永远不要来打扰她与郑清坤，包括所有的外界恼人的事情，都不要来侵扰她与郑清坤这种互相依恋的局面，只愿一辈子在这野趣园中过下去。

可是，这不可能，薛钗儿很清楚这一点，她终于静下心来，开始实施她的计划。

单宝儿、温玉娥、张梦绮和木谷三郎一行四人这几天来奔向武当山，目的是拿回万华山手中的藏宝地图。

夏日骄阳似火，燥热气闷，让人感到极为困倦和疲惫。

这一天，单宝儿一行四人终于来到了武当山，远远望去，但见层峦叠嶂，山势迂回，各种建筑如仙山琼阁，无不是依山就势，难怪历代真人在此修真养性，武当山的确是一处闻名的道教圣地。

四人走着如同云梯般的石栏神道蜿蜒而登，来到了天柱峰。

走进天柱峰顶的太和宫，就宛如来到了"天宫"，层层相连的殿宇道观，参差起伏，仿佛真的是从天上飘落下来的，而不是精工巧匠的杰作，自天柱峰鸟瞰下去，但见云雾缭绕，一派自然、清幽、逍遥、平和的气氛，在此修行养性，无疑是极好的。

四人惊叹之余，武当掌门人万华山已出宫迎了上来，人未至，哈哈一声笑，像是自天际飘来，浑厚苍劲，接着人已到了单宝儿等面前，单宝儿刚要开口，万华山抢先道："单少侠，什么仙风把你给吹来了？"

单宝儿因与他相处已久，也不论辈份，笑道："万掌门真会说笑，你这不是明知故问吗？"

万华山一边引着四人入内室，一边道："唉，贫道无能，未能找到彭姑娘，实在惭愧！"

张梦绮插话道："彭姐姐怎么了？"

万华山打量了一下张梦绮，道："难道单少侠没有告诉你她被人掳走了？"

张梦绮恍然大悟般道："噢，原来你说的是这事儿，咱们这就去找她去嘛！"

万华山让四人在内屋坐了下来，又嘱人端上了上好的龙井茶，道："四位远来，急慢之处，还望见谅，这是解渴的好东西，大家先解解渴，一会儿咱们再聊！"

单宝儿心中着急彭丹玲的安危，一刻也坐不住，说道："万前辈，在下这次来是专程来拿回我的东西，彭姑娘的生死未卜，叫我如何也坐不住呀！"

万华山笑道："难道连喝口茶的工夫也没有吗？再说，你要去，也得让咱们三个老不死的一道去吧，好宝贝咱们几个老头没福享用，看一眼总该可以吧！"

木谷三郎一直没有说话，这时道："有万掌门助一臂之力，我等求之不得，只不过我这贤侄对彭姑娘着急得很，还请万掌门原谅！"

万华山哈哈一笑，道："着急没有用，还是去见见她吧！"

单宝儿一听，高兴地跳将起来，喜不自胜地道："你是说她在你武当？"

万华山捋了一下长胡须，笑眯眯地点头道："还有让你更惊喜的事呢！"

单宝儿也不多加思索，一心想见她的爱侣彭丹玲，焦急地问道："万前辈，丹玲她到底在哪里？"

单宝儿话音刚落，一个小道童进门说道："掌门，人已带到！"

单宝儿早已听出身后来了不少人，听小道童一说，猛地一转身，让他日夜想念的彭丹玲赫然便出现在眼前。

彭丹玲乍见单宝儿，高兴得热泪簌簌而下，一下子扑进单宝儿的怀中，痛哭起来。

两人紧紧地拥抱在一起，也顾及不了还有许多双眼睛在笑咪咪地盯着他俩。

张梦绮气得一下子翘起了小嘴巴，一跺脚，别过身去，不再看了。

温玉娥看了张梦绮一眼，心中暗叹了一声，却是很平静地坐在那里。

细心的温玉娥发现与彭丹玲一道而来的还有少林方丈能智大师、丐帮帮主任重义，另外还有不认识的一对老夫妇。

彭丹玲突然从单宝儿的怀里挣脱出来，高兴地说道："宝儿哥哥，来，见过爷爷和奶奶！"

单宝儿一怔，睁着一双大眼睛看彭丹玲指着的两位老人，发现这一对老夫妇竟是那古怪的"新郎官儿"和"新郎子儿"，正是段家堡堡主段天拜夫妇。

单宝儿乍见他们，不禁怒火顿起，大喝一声道："仇人！"便要上前与之交战。

任重义一把拉住单宝儿道："单兄弟，不可鲁莽，他们的确是你的爷爷和奶奶！"

第二十八章

单宝儿一头雾水，暗道：这两人明明就是段天拜夫妇，是我的仇人，丹玲和任大哥都说是我的爷爷和奶奶，这是怎么回事？不过，他们俩既然呆在武当山，自必不是假的，且看他们怎么说！

这么一想，单宝儿静下心来，微微一笑，走到"新郎官儿"和"新娘子儿"身前，道："两侠说是我单宝儿的爷爷、奶奶，可有什么证据？"

"新郎官儿"正色道："你不姓单，我亦不姓段，咱们原本是祖孙俩，都姓詹！"

单宝儿一听火了，气愤地道："你说我不姓单，就是不姓单吗？证据呢？"

能智大师哈哈一笑，道："詹少侠切勿急躁，这个中的情况不是三言两语能说清的，大家先坐下来，慢慢谈吧！"

单宝儿想起在段家堡时，眼前的这个人也曾这么说过，心中暗道：难道我真的弄错了！仇人竟是亲人，突然回头，见温玉娥正在向她点头，脑子中立刻闪现出温玉娥曾说她也有一种预感，这"段天拜"夫妇可能是他的亲人，但他还是不相信，问彭丹玲："你是他们救下的？"

彭丹玲点了点头，道："你那个曹叔叔是个大坏蛋，是'日月神教'的'地煞郎君'，是'日月神教'教主派来打听你爷爷奶奶下落的人！"

单宝儿飞快地回忆那天在段家堡，曹海用匕首架着他脖子时的情景，思想开始有些动摇了，将信将疑地道："是真的吗？他们可有什么目的？杀我娘的人是谁，我的仇人又是谁？"

"新娘子"走过来，拉着单宝儿仔细打量一番，道："傻孩子，你中了仇人的计谋了，杀死你娘的就是你原来的假爷爷，叫什么来着？"

单宝儿漠然地答道："单雄仁！"

"新娘子"神情极为愤慨，道："单雄仁，其实他一点也不善，她是一个最为恶毒的人，是我们家仇人的助手，来，叫你爷爷——说给你听！"

单宝儿仍是稀里糊涂，但他还是坐在了彭丹玲的身边，静等着"新郎官"的解说。

"新郎官"咳了一声，道："首先，告诉你一个秘密，也是我们祖孙相认的证据！"

众人一听，都竖起耳朵，彭丹玲微笑着对单宝儿点了点头，示意那证据是千真万确的。

"新郎官儿"道："其实我叫詹安在，你奶奶叫李凤，我们家从我这一代起，身上有一个不同于别人的遗传的记号，就是所生的男子的乳点有一个是红色的，一般人两个都是黑色的。"

此语一出，木谷三郎身子微微一晃，插话道："两前辈说笑了，天底下哪有这种遗传？"

"新郎官儿"毫不思索地掀开那件单衣，果然，他的胸前两个乳头一红一黑。

彭丹玲、张梦绮和温玉娥立即别过头去，不敢再看。

詹安在不好意思地笑了笑，道："对不起，几位姑娘不要见怪，只因关系到我们祖孙相认之事，不得不如此！"

话毕，拉下衣服又道："好孙子，你的乳头可是如此？"

单宝儿红着脸道："是又怎样？这能证明吗？像这位伯伯说的，天底下碰巧的事多着呢！"

詹安在苦笑着摇了摇头，道："你不信，我也没有办法，据说我师父以前的那位情人练了一种很特别的武功，能辩识两个人之间的关系，若是她在这里，她便可以证明了！"

单宝儿一听，向温玉娥望去，温玉娥又点了点头，示意詹安在说的一点不假，但温玉娥心中却在纳闷：师尊原来与詹安在的师父是一对情人，我怎么从未听说过？

单宝儿见温玉娥再次点头，料定詹安在确是他爷爷无疑，起身来到詹安在的面前，"扑通"，一下子跪了下来，叫道："不孝孙儿叩见爷爷、奶奶！"

詹安在和李凤高兴得老泪纵横，扶起单宝儿，道："乖孙子，现在你可该改名换姓啦，现在姓詹了，起个什么名字好呢？"

单宝儿高兴地道:"就请爷爷奶奶给孙子取个名吧!"

李凤笑道:"咱们两个老不死的都是粗人,取个名字不好听,还是请在坐的各位出主意吧!"

张梦绮脱口而出道:"詹天佑!"

彭丹玲一笑,道:"梦绮妹妹说说名字的来历看看!"

张梦绮"咯咯"一笑,道:"天佑吉人嘛!单哥哥!不不不,詹哥哥是吉人天相,叫詹天佑不错!"

温玉娥笑道:"詹哥哥可喜欢这个名字?"

单宝儿摸摸脑袋,笑道:"我也不知道,不过,大家都叫我宝儿叫惯了,我还是叫詹宝儿算了,改姓不改名!"

能智大师道:"阿弥陀佛,姓名本是一个人的称呼记号,叫什么都是一样,大家说是不是?"

众人一阵大笑,都点头道:"好好,就叫詹宝儿吧!"

木谷三郎许久沉默不语,这时有点坐不住了,说道:"在下有点不舒服,先失陪了!"

说罢,看了詹安在和李凤一眼,出了房间。

温玉娥樱唇微动,想要说什么,詹安在却抢先说道:"宝儿,你知不知道,为了寻找你们,我与你奶奶几乎跑遍了整个中原地区,直找到去年才有了眉目的!"

詹宝儿讶道:"爷爷,你说说看,你是什么时候知道我就是你的孙子的?"

李凤笑道:"想找你们的确是不易,所以我与你爷爷一路扮作一对古怪的夫妇,这你都知道了,直到江湖中传出了藏宝图的消息,我们才一路追寻过来,其实,这藏宝图原本是我和你爷爷的师父留下的,却被我们的仇人,也是我师兄,你爷爷的师弟夺了去!"

詹宝儿气极,一拍桌子,道:"他现在在哪里?我一定要为咱们家报仇!"

李凤摇头道:"不是不报,时候未到,再说,他现在是'日月神教'的教主,实力强过我们不知多少,咱们鲁莽行事,只会以卵击石,枉送性命!"

詹宝儿道:"那我们怎么办?"

李凤道:"不是没有办法,以眼下的情况来看,仇人郑清坤之所以将藏宝图放出来,是有目的的,一是想让我们一家自相残杀,这也是为什么说你娘是段家堡的人杀的,其实是他的手下一手干的,他只不过是怀疑段家堡的主人是我和你爷爷,才抛砖引玉，想让你把我和你爷爷找出来，那个曹海也是郑清坤派来打探我和你爷爷底细的人，现在曹海已经被我与你爷爷杀掉了，料想郑清坤一时还想不到我们一对老不死的就是他要找的人，不过，既然已经引起了他的注意，他心中一定有数，再者，他还有更多的阴谋，就是利用藏宝图，让江湖大乱，相各派互争夺，他坐收渔翁之利，事实上，藏宝图有没有用，我与你爷爷都不清楚，我们俩的师父临走时，也就是按藏宝图去寻长剑时说了一句话，就是，若他三个月后没有回来，要我们切不可擅自去寻宝，可我们的师父至今也生死未卜，我就与你爷爷想，那藏宝的地方必定有许许多多的机关，否则我师父他老人家是不会回不来的，这么多年，我们便一直研究暗器机关，把它写成册子，你想必已经看过了。"

詹宝儿道："就是那本《詹氏祖传机关秘解》吗？"

李凤道："正是，事实上，也是交给你那本书的那天，我们才得知你就是我们詹家的后代，你总该记得，在那天，你洗了澡，是不是？"

詹宝儿恍然大悟，道："你们趁我洗澡时，发现我的乳头是一红一黑，才肯定我是你孙子无疑！"

詹安在道："对，事实上，我们早就跟踪过你，但见你一路做过不少好事，不像是郑清坤的手下，又偷听到你要到段家堡去报仇，便知这必是郑清坤一伙安排的阴谋，便对你有几分猜测了，这郑清坤为了达到目的，不择手段，心狠手辣，要我们祖孙相残，幸好我早有安排，不然的话，恐怕便死在你的掌下了！"

詹宝儿听得目眦欲裂，仇恨的火焰在心中熊熊燃烧，一想到那天将"段天拜"夫妇打死的场景，心中就不禁一颤，但幸好爷爷奶奶早有准备，不然的话，就中了仇人的计谋，后果不堪设想。

詹宝儿讶道："那我杀死的人是谁？"

詹安在摇头道："唉，那是我的一个结义兄弟，可惜他死得冤枉！"

詹宝儿大奇，道："爷爷，你其实可以早点认我这个孙子呀，那样的话，也不会导致这么多人冤送性命！"

李凤道："傻孙子，这是我与爷爷故意安排的，不然的话，郑清坤是不会放过我与你爷爷的，现在段家堡没了，他还真以为我与你爷爷死了呢！"

詹宝儿极为不满地道："爷爷奶奶，请恕孙儿不孝，你们这样对待结义兄弟，真是不该！"

詹安在和李凤对望了一眼，说道："我们也知道这样做不对，但这是没有办法的事，如果不这样，更严重的不止如此，有可能你与你伯伯还会自相残杀，到时候，咱们家的人都让自家人杀死，你说郑清坤他有多狠毒！"

詹宝儿道："我还有一个伯伯？"

李凤道："不错，以后若遇到一个乳头一红一黑的人，要不就是你的父亲，要不就是你的伯伯了，千万不可杀了他，否则就中了仇人的奸计！"

詹宝儿道："难道爷爷奶奶也未发现伯伯吗？"

两人无奈地摇了摇头，道："往事不堪回首，你伯伯也不知道到底身在何处，就是现在在我们面前，我们也不认识，因为除了靠那特殊的记号，我们是互不认识对方！"

温玉娥又想插话，詹宝儿却道："爷爷，郑清坤为何要对我们如此残忍？"

詹安在叹道："这件事说起来可就长了，那是五十多年前的事了，我、你奶奶、郑清坤原本是师兄妹三人，我和你奶奶先入师门，后来，我师父有一天带来一个满身是伤的小伙子，便是郑清坤，不过，以后的日子，我们还是相安无事，相互间十分亲热，像一家人一样，一起习武，再后来，有一天，师父突然留下两张藏宝图和一封信便走了，不几天，郑清坤也不见了，我和你奶奶便回到老家，成了亲，不久便生下了你伯伯，过了六年，你父亲便出世了，你父亲还未满月，一天晚上，突然飞来横祸，一个蒙面人杀入我们家，他的功夫实在太高，我与你奶奶联手也对付不了他，再说，你奶奶那时身子很虚弱，战不多久，我与你奶奶都已重伤，没有力气还击，眼睁睁地看着那蒙面人将你伯伯和你父亲掳去，同时，他还找着了我们师父交给我们的藏宝图，临走时，他叫了我一声师兄，我们才知是郑清坤这个家伙，他竟为了藏宝图，杀到我们家来了，他掳了你伯伯和你父亲，就是让他们长大后互相残杀！"

能智大师念道："阿弥陀佛，罪过，罪过！"

万华山道："唉，这场灾难，不知冤死了多少人，我苦命的徒儿，至今还未找到真凶！"

任重义亦道："是啊，秦长老也搭上了一条性命，我这个做帮主的百年后，怎么有脸去见他呀！"

张梦绮一听众人都是叹息，泪水忍不住流了下来，道："我大哥大嫂都死了，不知是否与此事有关呢。"

詹宝儿道："梦绮妹妹不要伤心，你家的事可与这没关联，那是'万灵医童'

那小子干的！"

万华山道："现在大家有一个共同的目标，就是将'日月神教'消灭掉，至于找不找神剑，看来并不重要！"

詹安在道："不，没有找到神剑之前，恐怕在座的没有一个能胜过郑清坤，甚至联合我们所有人的力量也未必胜得过郑清坤！"

张梦绮睁着俏目讶道："他有那么厉害！"

詹安在笑道："宝儿，你也许还记得曹海曾说过，有人可以身不动，以心杀人，这个人就是郑清坤！"

温玉娥接着道："也许是真的，这种功夫霸道无比，想要接近他也不可能，他可以以无形的力量杀人，看不到他身子动过半分！"

詹宝儿道："世间竟有这等古怪的功夫？"

能智大师也摇头道："看来老衲的见识也浅得很，从未见识过这种武功！"

任重义道："以詹前辈所言，那长剑定可破他这种功夫了？"

詹安在欠了欠身，道："任帮主切莫这样称呼，否则叫小老儿如何受得了，至于长剑能不能发挥一种无上的能量，亦不得而知，只有拿到才知晓！"

詹宝儿道："那我们何不去找它？"

詹安在道："那藏宝的地方必定步步凶险，我看还是小心一些为好，咱们先准备准备，将一些奇门暗器之术弄得透彻后，再去冒险，保险系数就大多了！"

众人一听，也觉有理，便道："咱们分头去找些这方面的书籍来共同研讨！"

万华山道："好，就这么办，各位就在武当呆上几日，待准备好以后再去寻宝！"

詹宝儿与彭丹玲久别重逢，自是巴不得早点单独在一起，便起身道："在下先告退！"

詹安在和李凤对视一眼，笑了笑，也不加责怪。

詹宝儿刚跨出房门，温玉娥立刻跟了上来，拉着詹宝儿道："宝儿哥哥，有一件事，不知当讲不当讲！"

詹宝儿以为她见自己没有理她，只顾与彭丹玲亲热，心中咯噔一下，道："温妹请讲吧！"

温玉娥见彭丹玲笑吟吟地看着自己，心中颇感亲切，道："刚才我一直有一种感觉，那个木谷三郎一定就是你们家要找的人，他可能就是你伯伯！"

詹宝儿一听大喜，道："你怎么不早说？咱们快去找他！"

这时，一年轻道士上前说道："掌门，刚才那个高个子的老人说他有事先走了，叫我向你们说一声。"

詹宝儿一步跨到他面前道："是不是和我一起来的那个男子？"

年轻道士连连点头道："正是，正是！"

詹宝儿急道："他走了多久了？"

年轻道士回答道："已经多时了，他一出来便走了！"

詹宝儿一下子陷入沉思，喃喃地道："为什么？为什么他见了自己的父亲和母亲都不相认？反而逃避！"

詹安在和李凤激动地向温玉娥问道："姑娘所言可是实情？"

温玉娥道："我也不能确定，不过应该与你们有亲缘关系！"

詹宝儿道："爷爷、奶奶，温妹的感应特别准，错不了的！"

詹安在一愣，道："温姑娘的师父是哪位高人？可否相告？"

温玉娥回答道："我师父早年就去世了，不过，我师祖可能就是你们师父的情人，至于她姓啥叫啥，我就不知道了！"

李凤高兴地道："你师祖可会一种奇特的超感应功夫？"

詹宝儿道："奶奶，温妹自己也会一点，是她师门的独门功夫！"

李凤激动地拉着温玉娥的手道："如此甚好，如此甚好！"

温玉娥道："李奶奶可是想马上见我师祖？"

李凤一怔，马上笑道："了不起，我的心思你都能感应出来，老头子，咱们可遇上贵人啦！"

詹安在也激动地道："是啊，是啊，能见到这位温姑娘的师祖，咱们就不难找到我们的儿子了！"

张梦绮不相信地看着温玉娥道："你要是能说出我的心思来，就信你！"

温玉娥瞟了一眼，张梦绮那调皮的样子，道："你是存心试我呢？还是在说我骗詹爷爷和李奶奶？"

张梦绮拉着温玉娥道："不是这个意思，来，你说，我现在想什么？"

说罢，看了一眼詹宝儿。

温玉娥有点不好意思地说道："我可说了，你不后悔？"

张梦绮一怔，然后把小嘴一翘，道："你说！"

温玉娥叹道："你在想，反正宝儿哥哥也不把你当成媳妇看待，不如加入我圣洁门，对不对？"

说毕，自己也羞得低下了头。

张梦绮更是羞得无地自容，恨不得此刻地下裂出一条缝来，钻了下去。

彭丹玲一见二女都低下了头，上前道："两位妹妹不要吃醋，只要宝儿哥哥喜欢，我决不会有意见，好的东西，应该大家一起分享嘛！"

詹宝儿道："我什么时候成了东西了？"

李凤瞧了瞧彭丹玲，又瞧瞧温玉娥和张梦绮，觉得三人都不错，高兴地道："男人多娶几个老婆没关系，你们就一齐嫁给我这孙子！"

詹宝儿急了，抢着道："奶奶，这可不行，这不是叫孙子用情不专吗？那爷爷他怎么没有娶两个老婆？"

李凤气道："胡扯！有你这么说话的吗？奶奶作主，你们以后跟着我这孙子就是！"

张梦绮笑了笑，摇头道："强扭的瓜儿不甜，李奶奶，你不用费心思了！"

说罢，扭身跑了。

李凤立刻追了上去，狠狠地抛下一句："老头子，另一个姑娘，你要好生看着点！"

话毕，人已去得老远。

温玉娥很平静地走到房间里面，一声不响，默默地深思着。

詹宝儿好生为难，看着彭丹玲，不知该如何是好！

突然，温玉娥很慌张地跑了出来，詹安在生怕她出了什么乱子，刚要阻止他，温玉娥来到詹宝儿面前，惊声道："我师祖来了，怎么办？"

詹安在一听，喜出望外，笑道："来了更好，我正要向她请教呢！"

詹安在语音刚落，一个尖尖的声音传来："玉儿，你好大胆，竟敢违背门规，该当何罪！"

众人一愕，一个身穿黑衣的女子从天而降，立在众人面前，只见她身着黑裙，头披黑纱，双眉紧蹙，脸上露出抑郁的神情，一双深陷的眼睛，虽蕴含着无限的忧伤，但仍不难看出她年轻时无与伦比的绝美轮廓，只是她一脸郁郁的神情和哀伤的眼神令人怜悯神伤！

温玉娥双膝"扑通"跪倒在地，道："师祖要如何处罚玉儿？玉儿不敢有半分违抗，玉儿该死，如今也没有什么好说的，请师祖动手吧！"

说完双目一闭，静等着她师祖动手。

詹宝儿身子一晃，挡在温玉娥面前，道："前辈息怒，温妹全都是为我才违抗您的旨意，要罚，您就罚我吧！"

能智大师这时走出房间，乍见温玉娥的师祖，不禁脱口喊道："天山黑魔女！"

其他人心中都是一惊，怎么从未听说过这号人物？

"天山黑魔女"看了一眼能智大师，道："算你这小和尚还有不少见识，不过，'天山黑魔女'是你叫的吗？"

詹宝儿更是大惊，道："方丈大师这么大年纪，你叫他小和尚，看来你的确不是什么正经人物！叫魔女一点也不过分！"

"天山黑魔女"哈哈一笑，笑声震得众人惊悸不已，她猛地止住笑声，道："小子，老身在世已有二甲子有余，叫他小和尚，有何不可？"

众人更是大惊，眼前这个女人居然有一百多岁？詹安在却不以为意，道："我师父他老人家可去了你那里？"

"天山黑魔女"气愤地道："不要提他，他死了活该，玉儿，今天你还有什么未了之事？"

詹宝儿一见"天山黑魔女"要动手惩罚温玉娥，急忙道："想拿她，你得先过我这一关！"

温玉娥见詹宝儿如此袒护她，大为感动，柔声道："宝儿哥哥，你不用说了，你斗不过我师祖的！"

"天山黑魔女"眼中突然闪出一丝奇怪的目光，冷笑一声，道："你们一起上也不管用，不信你就试试看！"

万华山突然道："前辈门中之事，贫道本不应插手，但要在我武当拿人，恐怕没那么容易！"

"天山黑魔女"仰天长笑，道："真是一群不知天高地厚的东西，今天你们一个也别想活命！"

温玉娥急忙道："师尊不可，玉儿今生是不能报答你您人家了，只图来世了！"

说罢，抬起玉手，猛地向自己的天灵盖拍去。

詹安在一直在一旁注意温玉娥的行动，见她竟然要自绝，急忙伸手相隔，可惜他还是慢了一点，正自暗叹之际，猛然见温玉娥的那只手放在自己的头上，像是抚弄头发一般，大感奇怪时，温玉娥泣道："师祖，您何苦？玉儿犯下死罪，活下去也没意思！"

"天山黑魔女"冷哼一声，道："你以为我会饶了你吗？我没叫你死，你就不准死，你的生死由我定，休想这么简简单单了事！"

众人从两人对话中，方知刚才是"天山黑魔女"救了温玉娥，却见"天山黑魔女"身子一动都没动，是如何让温玉娥的手停了下来？一时也弄不明白，却大感震惊。

"天山黑魔女"道："这个小子有什么好？他心中没有你，你这样不是自寻死路！"

温玉娥含着泪道："我不管他心中有没有我，只要我心中有他就够了，不求别的！"

"天山黑魔女"笑道："好好好，说得好，只要心中有他就够了！"突然，她转向詹安在道："你那该死的师父心中也有我，我心中也有他，他却一直不愿与我在一起，你说他死得该不该！"

詹安在一怔，想不到这个百余岁的老人也为情所困，一时支支吾吾的，答不上来。

"天山黑魔女"看了詹安在一眼，道："你心中在说，我这样骂你师父才是该死，是不是？"

詹安在大惊，道："前辈超感功夫真是空前绝后，我只是尊敬师父他老人家罢了！"

"天山黑魔女"冷哼一声，道："哼，那冤家还算没收错徒弟，可我却收了这个孽徒孙！"

她用犀利的目光扫了众人一眼，道："好，既然你们心中都想试试我的功夫，我不成全你们，了却你们的心愿，你们到死怕也不明白世上到底有多少高人，来，一起上吧！"

众人都已闻得她具有一种奇特的超感能力，对她说中心中的想法不再奇怪，相互看了一眼，便欲上前围攻。

"天山黑魔女"又对着詹安在道："你这老头怎的担心我门中的人？玉儿她死不了，我还没让她死呢！"

詹安在的心思又被说中，"呼"的一声，他率先举掌攻她面门，霎时间，詹宝儿、能智大师、任重义、万华山几乎同时出手，向"天山黑魔女"攻去。

可众人却被一股无形的气劲挡在原地，一步也不能上前，甚至连自身的功力也不能尽力发挥，不禁大奇，只好硬着头皮，暗里狠命推动真气，与那股无形的力量抗争。

彭丹玲在一旁瞧那"天山黑魔女"一动也不动，其他人都立在当场，面红耳赤，不断推动内力，却一步也不能前进，心中惊骇不已，生怕"天山黑魔女"伤了她的宝儿哥哥，急忙走到温玉娥身旁，恳求道："温姑娘，你快请你师祖手下留情！"

温玉娥瞟了彭丹玲一眼，道："师祖她是想试试自己的功夫到底有多高，她从来没有一次对付这么多高手，她心中绝没有伤害大家的意思！"

彭丹玲将信将疑时，"天山黑魔女"突然"哇"的一声，吐出一口鲜血来，众人大骇，急忙收劲，已然发现那股无形的力量已同时消失了。

温玉娥这才站起身来，道："师祖，玉儿该死，不该让你分心，否则你一定敌得过他们！"

"天山黑魔女"看了温玉娥一眼，笑道："你这丫头，多嘴多舌，不过，师祖已经知道自己功夫到底达到了什么程度了，你想不想学师祖的功夫？"

詹宝儿、能智大师大惊，才明白刚才若不是温玉娥的话使"天山黑魔女"分了心，还不知伤的是谁呢！

只听温玉娥道："师祖请原谅，玉儿现在再也没有资格当圣洁门门主了，玉儿也没有资格学师祖的武功！"

"天山黑魔女"却道："胡扯，我说可以就可以，只要你不再和那小子纠缠，再说，他心中没有你，你干吗这么死心眼！"

温玉娥泪眼婆娑地道："我……我真的好喜欢宝儿哥哥……"

"天山黑魔女"长叹了一声，道："唉，看来你心意已决，现在我就废了你这门主之任，你跟他去吧！"

温玉娥喜出望外，道："多谢师祖！"

"天山黑魔女"却道："你什么时候想通了，就什么时候回圣洁门找我，我随时都等你，唉，这圣洁门的门规从此怕是要改改喽！"

说罢，转身就要走，却又叹息道："为一个不喜欢自己的男人如此痴情，真是个傻丫头！"

詹宝儿一怔，暗道：我真的如此绝情吗？温妹在我心中真的没有一席之地吗？回忆起过去与温玉娥在一起的日子，詹宝儿觉得没有理由说服自己不喜欢温玉娥！

"天山黑魔女"边走边道："算你小子还有一点良心，还不是很讨厌玉儿这丫头，否则你的小命早就归西了！"

詹安在见"天山黑魔女"要走，急忙道："师娘慢走！我还有事相求！"

"天山黑魔女"一怔，转过身来，十分高兴地看着詹安在道："你叫我什么？叫师娘？可你师父连亲我一下都没有呢！"

在场的几个老人都暗自窃笑，这老婆子也太露骨了。

"天山黑魔女"脸色一沉，道："好笑吗？你这小和尚，小乞丐，小道士，懂男女之间的事吗？还好意思笑，你们知道情为何物？"

能智大师连忙双手合十，念道："阿弥陀佛！阿弥陀佛！"

"天山黑魔女"冷笑道："阿什么弥？陀什么佛？我看你七情六欲也绝不了，否则，功夫怎么这么差？"

众人愕然。

"天山黑魔女"又道："你们要去'日月神教'与那教主斗，只有白白送死的份，这么一大把年纪，不求上进，成天地打打杀杀，哪像个武学大家？你们知道武学境界有多深吗？告诉你们，我老人家也不知道，不过，我知道'日月神教'教主的功夫比我差不了多少，你们想找死，就尽管去。"

詹宝儿一听，气愤地道："依你说，那就是任他胡作非为了？"

"天山黑魔女"正色道："真是一群死脑筋，不管是什么功夫，都有它致命的弱点，只要找到这种弱点，他就厉害不起来了！"

彭丹玲天资聪慧，马上意识到"天山黑魔女"是在传授大家怎样破郑清坤的功夫，脆声道："前辈不吝赐教，我等感激不尽！"

"天山黑魔女"面向彭丹玲道："丫头，你倒机灵，刚才你看到了，他们几个人一起攻我，也不能挪动半步，你说是为什么？"

彭丹玲脱口而出："前辈是说，如果接近你的身体，这种功夫就发挥不出来了？"

众人一听大奇，都佩服彭丹玲的才思敏捷，却无一人发言，仿佛就是在听"天山黑魔女"传授功夫一样。

"天山黑魔女"嘿嘿一笑，道："算你还碰到了一点皮毛，其实，我的这种功夫叫'空冥道界'，那个'日月神教'教主也学了一点点，不过，他不知是从哪里学来的，好像你师父也没有学过这种功夫吧！"说罢，转向詹安在。

詹安在立即答道："没有！"

"天山黑魔女"道："不管他从什么地方学来的，这种功法讲究的是气和体合而为一，不过，做到这一点，就会成仙啦，连我老人家都不能做到，郑清坤更不必说了，不过，他练到把气由体内发出，以无形的力量杀人，已经很不错了！就像刚才我演示的那样，但是，这种气如果没有躯体的控制，就不能凝在一起，也就是说，没有了躯体，这种功夫就失去了作用！"

詹宝儿讶道："你这不是叫我们杀他吗？"

"天山黑魔女"道："对呀，你们要杀他，得能接近他的身体，如果你们连他的身体都接近不了，还谈得上杀了他吗？"

詹宝儿道："我们可以用暗器攻他！"

"天山黑魔女"摇了摇头，道："说你笨，你真笨，你自己的护身罡气，暗器都穿透不了，如何让暗器穿透强过你们所有人合起来都比不上的郑清坤的无形气劲？真是瞎扯！"

任重义点了点头，道："那么，前辈说来说去，我们还是没有办法接近他的身体呀。"

"天山黑魔女"冷笑道："如果刚才你们攻我的时候，我的脚下埋上一堆炸药，会怎么样呢？"

众人一听，大喜道："妙！妙！唯有此法，才能毁掉那老贼的躯体！"

詹宝儿摇着头道："在'日月神教'的地盘，我们怎么去埋炸药呢？真是头疼的事儿！"

"天山黑魔女"道："这就让你们自己去想办法了，其实，在我发功的时候，只要小小的一点力量，就可以把我的躯体毁掉，只是你们根本未能接近我，更谈不上对我的身体施力了！"

众人一听，都十分茫然，不知如何才能除掉郑清坤的躯体。

这时，一个道童急步跑了上来，道："掌门，有一个人要见这位单少侠！"

那道童不知詹宝儿已改姓了，仍称他为单少侠。

万华山道："是什么人？从哪里来的？"

那道童答道："那人说他是单少侠的父亲！"

詹宝儿一听，喜道："他在哪里？"

"天山黑魔女"笑道："已经到了！"

不一会儿，一个老道引着单敬贤走了进来，彭丹玲高兴地扑了过去，喊道："义父！"

可单敬贤好像根本不认识她，径直走到众人面前，扫视了一眼，也不说话。

詹宝儿叫道："爹，你叫我找得好苦啊！"

单敬贤见到詹宝儿，一点高兴的表情也没有，掏出一张羊皮地图来，说道："这是一半藏宝图，你按地图标示的地方去将长剑找出来，爹有事先走了。"

说罢，将藏宝图扔给詹宝儿，转身就要走。

詹安在乍见单敬贤，心中激动不已，走到"天山黑魔女"面前道："前辈，他可果真是我的儿子？"

"天山黑魔女"道："如果是假的，他怎么会给'摄魂大法'控制了？"

詹安在听了一呆，詹宝儿更是大叫一声，道："前辈，请救救我爹爹！"

温玉娥亦道："师祖，您就答应吧！"

"天山黑魔女"看看温玉娥，又看看詹安在和詹宝儿，道："郑清坤以为只有他一人能解'摄魂大法'，我叫他看看世上并非是他想象的那样没有高人！"

温玉娥大喜，忙向詹宝儿道："宝儿哥哥，还不快快谢谢我师祖！"

詹安在和詹宝儿一听，双双跪下。

"天山黑魔女"哼了一声，一股无形的力量将二人托起，二人先是一愣，继而一笑。

眼见单敬贤快要走出去了，"天山黑魔女"突然扬起衣袖，喝道："回来！"

单敬贤的身子像是线拉风筝一样，被"天山黑魔女"扯了回来，单敬贤大惊，刚要出手，"天山黑魔女"手指向单敬贤额头上一点，单敬贤便愣愣地立在原地，半分也动弹不了。

约摸半刻钟，"天山黑魔女"收回食指，对詹宝儿道："你扶他去休息一会儿，就没事了！"

詹宝儿一下子托起单敬贤，向房内走去，万华山连忙给他指引道路，道："就让你父亲睡在我的床上！"

"天山黑魔女"看了看温玉娥，道："你自己多保重，师祖还是很希望你回圣洁门来！"

詹安在不等温玉娥答话，抢着道："还请师娘帮最后一忙！"

"天山黑魔女"头也不回地道："还用问什么，你那大儿子不就是先前走的那个人吗？我这丫头早就说过了，是不是？玉儿！"

温玉娥低着头道："玉儿也不敢确定，只有师祖最清楚！"

"天山黑魔女"道："你这丫头，别人怎么没有这样的感觉，只有你能感觉到他们之间有血缘关系，怎么自己信不过自己，以后别犯这样的错误了！"

话毕，人一下子就消失在众人视线当中。

温玉娥望着远去的天空，呆呆地立在庭院中央。

武当山天柱峰太和宫的景色的确是很美，可是大家都无暇欣赏这美景，心情极为沉重，像被一层浓雾笼罩着一般。

单敬贤悠悠醒来时，已是第二天的事了。

詹宝儿和彭丹玲一直守在单敬贤的身边，一夜都没有合眼，单敬贤微微一动，已然惊动了詹宝儿。

詹宝儿惊喜地道："爹，你醒来了吗？"

单敬贤的头十分沉重，迷糊中还能认出詹宝儿，道："宝儿，爹怎么像做了许多梦一般，这是哪里？我怎么会在这里？"

詹宝儿一见单敬贤还能认出自己，大喜道："丹玲，丹玲，爹能认得我了！"

彭丹玲亦高兴得紧紧握住詹宝儿的手，激动不已。

单敬贤见到彭丹玲，低下头沉思了一会儿，又抬起头来，喜道："你不是玲儿吗？怎么和宝儿在一起？你找到他了？"

彭丹玲高兴地叫了一声道："义父！"便说不下去了。

詹宝儿喜道："爹，丹玲现在是我家的媳妇了，宝儿还遇到了爷爷和奶奶呢！"

"爷爷、奶奶？"单敬贤又苦苦沉思，良久道："宝儿，你犯糊涂了，你只有爷爷，哪来的奶奶？"

詹宝儿连忙道："爹爹，你真的还不明白，单雄仁他不是……"

单敬贤喝道："宝儿，你越来越不像话了，怎么直称爷爷的名字？"

詹宝儿一愕，道："爹，你还有许多事不清楚，单雄仁他根本就不是我爷爷，咱们都姓詹，不姓单！"说着，他转身向彭丹玲道："丹玲，你快去叫爷爷、奶奶来！"

丹玲走后，单敬贤突然道："我是不是交给你一张藏宝图？"

詹宝儿掏出一张羊皮纸来，道："可是这张吗？"

突然，詹宝儿看到羊皮纸上有几个小字，写道："陷阱，勿闯，钗儿！"

詹宝儿一怔，问道："爹，钗儿师妹可在'日月神教'？"

单敬贤苦思冥想了良久，喃喃地道："钗儿，钗儿，她为什么在'日月神教'？她在'日月神教'吗？"

詹宝儿道："爹，你是不是在'日月神教'当过什么堂的堂主？"

单敬贤突然间触电一般地颤栗起来，哆嗦道："我，我不是人……我竟连自己的女徒弟也……"

忽然，他猛地从床上跳将下来，拔出墙上挂的长剑，便向自己的颈上抹去。

詹宝儿大奇，心随意动，一掌拍在单敬贤的手肘上，"当"的一声，长剑掉在地上。

就在此刻，詹安在和李凤在彭丹玲的带领下来到了，见此情景，不由得骇然不已，抢上前来，捉住单敬贤的手，李凤连点了他的几处穴道，这才放心地道："傻孩子，你纵使做错了什么事，那也不是出于你的本意，都是仇家害得我们如此，你何苦要寻短见！"

詹宝儿连忙道："爹，这就是奶奶，这是爷爷！"

单敬贤泪水在眼眶里打转，道："我还有什么脸面苟活于世，不如死了！"

詹安在看着单敬贤道："你这样去了，谁来替咱们家报仇，还有，你还有一结拜的义兄是不是？他就是你的亲生哥哥，你不为整个家着想一下，咱们还有许多事情没有了结，你叫我好失望！"

单敬贤对他这个刚刚接触的父亲劈头盖脸的抢白不屑一顾，道："我一直都活在别人的安排中，是被人利用的工具，如今你这个父亲又要利用我去报仇，仇仇仇！你让我做一次真正的自己可不可以？"

詹安在和李凤对视一眼，都惊得没有话说，心中却暗道："是啊！人生在世，有太多的不如意，有几人能够真正做真正的自我？都是在世俗的眼光中生活，为别人的眼光而活，而不是一个真正纯粹的个人。"

彭丹玲和詹宝儿更是觉得这个世间的确充满太多的恩怨，自己年纪轻轻便卷进了一个仇杀的漩涡，不能自拔，何时才能过上清静自由的生活？

单敬贤见他们都不说话，叹道："我做错了太多事，我想，我会想方法弥补的，宝儿，替我把穴道解开！"

詹宝儿用征求的目光看了看李凤，李凤点了点头，詹宝儿才将单敬贤的穴道一一解开。

一家人此刻团聚，却无一丝喜悦的气氛。第二天，单敬贤独自回"日月神教"中去。

……

单敬贤回到"日月神教"，仍装作中了单雄仁的"摄魂大法"，对他们恭恭敬敬，服服帖帖，单雄仁、郑清坤见单敬贤已完成任务，都神秘地笑着，并未发现对单敬贤的控制早就被解除了。

是夜，单敬贤神秘地来到野趣园，他好生羞愧，在野趣园中转悠了好半天，才决定进去见薛钗儿。

薛钗儿听到敲门声，以为又是那郑清坤来了，便叫道："坤哥，是你吗？"

随着竹门"吱呀"一声打开，映入眼帘的赫然是自己的师父，薛钗儿心中陡然大喜，继而低下了头，叫道："堂主，是你呀！"

单敬贤苦笑了一下，向四处看了看，问道："钗儿，这里还有没有外人？"

薛钗儿猛然听到单敬贤能叫出自己的名字，大喜地叫道："师父，你……"

单敬贤进了房间，见没有其他人，道："师父现在有一件事交代你，希望你能够办到，师父死也瞑目了！"

薛钗儿大惊道："师父，你怎么了？怎么这样说？钗儿不明白！"

单敬贤突然声音变得极为沙哑，道："我做了许多罪不可恕的事，只是大仇未报，死不甘心，否则让仇人作歹为非，天下不知还有多少人要遭难，所以，临死前希望托你一事，你可能办到？"

薛钗儿明白单敬贤所说的是什么，鼻子一酸，道："师父，那也不能怪你，你是被单雄仁的'摄魂大法'控制所致，你应该是受害者！"

单敬贤心中一热，道："师父此次来，是要你利用你现在的身份，在宝儿他们攻打'日月神教'教主郑清坤时，你一直伴在他身边，他不会对你发功的，这样，你只要在他的身体上略微加一点点力量，便可以杀了这个魔头！"

薛钗儿道："师父不是也在这里？咱们一起报仇不是更妥吗？"

单敬贤突然走到离薛钗儿一丈开外的地方，道："我这些话你切记切记，师父对不起你！"猛然间抽出长剑，闪电般地刺进自己的胸膛！

时光飞逝，转眼已近中秋。

这一天，詹宝儿一行来到与长江三峡毗邻的一个神秘莫测的地方，那地方有一个天然的大坑，这就是藏宝图上所描述的天坑，天坑边沿着峭壁悬崖围成，呈桃形，长足足有五十余丈，宽有四十余丈，坑内四面山峰向下延伸，铁壁般合围成漏斗状，直到坑底，站在天坑边沿向下俯视，目光一落千丈，令人魂飞魄散。

詹宝儿一行费了大半天工夫才下到天坑底下，站在坑底向上仰望，仿佛置身于十八层冥冥洞府之中，肃杀阴森，令人毛骨悚然，广阔的天空只留下一个小小的亮点，坑底一条阴河从西南方流向东北方，河段有足足十余丈是露出地面，河水黑绿，但却清澈见底。

一行人沿着一条狭长岩缝前行，黑暗中，许多蝙蝠被惊动，在周围乱飞，有的干脆直扑人体，发出吱吱怪叫，彭丹玲、温玉娥、张梦绮都心惊胆颤，紧紧跟在詹宝儿身后，一点也不敢落后。

岩缝里阴暗潮湿，空气稀薄，众人都觉得十分气闷。

走了一程，突然，岩缝越来越宽阔，空气中充满了一股强烈的尸体腐烂的味道，让人感到一阵恶心。

张梦绮忍不住道："宝儿哥哥，咱们是不是来到阎王殿了？"

詹宝儿头也不回，道："叫你不要来了，你偏要来，这时候后悔了是不是？现在回去还来得及，前面可能更加凶险呢！"

张梦绮赌气地道："谁说我后悔了，难道女孩子就不敢冒验吗？你说是不是？两位姐姐！"

彭丹玲和温玉娥只想作呕，哪有心思答话，皱着眉头，同时点了点头。

任重义在前面开路，忽觉一股腥风吹来，对众人道："大家小心点，前面不知有什么古怪！"

詹宝儿目力最为敏锐，这时发现前面有一对小小的亮点正虎视眈眈地看着他们这一行人，心中一紧，暗道：莫非这洞中还有怪物？

这么一想，便道："大家先在此停一下，爷爷、奶奶，你们保护好三个女孩，我一个人先上前去看看！"

李凤道："老头子，你也上去，别让孙子一个人冒险！"

任重义道："不用了，你们断后，我与詹兄弟一起去！"

李凤道："那就多谢任帮主了！"

任重义道："您老不用客气，咱们可是一家人呢，走，詹兄弟，咱们一起去看看!"

詹宝儿说了一声"好",与任重义一道向前急驰而去。

靠近一看,两人不由得同时倒吸了一口凉气,已然发现那一对亮点是一双熠熠发光的绿眼睛,那是一个高七尺有余,长十余尺的怪物,怪物似牛非牛,象蜥非蜥,全身布满了巴掌大的鳞甲,头上长着六只犄角,一张大嘴露出两颗长长的牙齿,正全神贯注地盯着詹宝儿和任重义。

詹宝儿紧盯着那怪物铜铃般大的眼睛,对任重义道:"任大哥,想不到咱们一入洞,第一个碰到的是个畜牲!"

任重义全身戒备,道:"是啊,这畜牲像是有意挡咱们的道,看来咱们得先制服它,才能通过第一关。"

詹宝儿一听,心中一动,道:"莫非这畜牲是经过训养的?"

任重义却道:"咱们试试不就知道!"

说毕,两人同时向那怪物扑去,四掌齐发,挟着巨大的劲风。

那怪物咆哮一声,不退反进,突然之间,腾空而起,张着两只巨爪,分别向两人抓来。

两人大骇,急忙拔高丈余,居高临下,俯冲,向怪物背部拍去。

那怪物身在空中,却也十分灵便,巨尾一摆,身子已然向前冲去丈余,想要躲开詹宝儿和任重义的重击。

詹宝儿和任重义如影附形,跃上怪物的背,挥掌狠命拍打。

那怪物嗥叫一声,"轰隆"一声巨响,怪物庞大的身躯重重地掉在地上。

詹宝儿和任重义丝毫不放松,骑在怪物背上一阵猛打。

那怪物一着地,顿时有了借力之处,四爪同时拍地,身子暴起,径直撞向洞顶,拍地之处,尘土飞扬,一片混浊。

詹宝儿和任重义一见此情此景,暗叫不妙,若不及时离开怪物之背,必然会让怪物庞大的身躯与洞顶的石崖活活挤死,两人大惊之际,已然飞身逃离怪物的背部。

那怪物倒十分了得,知道两人已不在其背,在空中一倒,翘起巨尾,在洞顶上一点,那巨大的身躯竟如一只巨大的鹰隼扑了下来。

怪物此时俯冲之快,如闪电,如迅雷,詹宝儿和任重义身形刚落定,身后已贴洞壁,毫无退后可言,两人唯有硬性拼上。

这边众人已靠近了许多，看见此景，不由得大喊道："小心！"

詹宝儿突然摧动内息，双眼射出两道强烈的五彩奇光，洞中顿时亮了许多。

那怪物刚要重创詹宝儿和任重义之际，陡然见那两道五彩奇光射来，像遭电击一般，全身一阵剧颤，从空中掉了下来，飞快地逃得不见踪影。

詹宝儿暗叫道："好险！"

任重义却欣喜地道："詹兄弟，那怪物怕光呢！一见你眼中射出光来，就失去劲力，像遇到克星一样，逃得倒真快！"

詹宝儿道："这次咱们侥幸打跑了那个畜牲，下一次不知还有没有更厉害的畜牲！"

任重义拍了拍身上的灰尘，道："再来什么怪物，咱们也能打跑它！"

詹宝儿道："但愿吧，好了，爷爷，咱们继续前进吧！"

能智大师和万华山这时上前来，见詹宝儿和任重义都没有受伤，心中放宽了许多，能智大师道："世间仍然存在许多孽障，它们躲在暗处害人，不铲除，始终是人间的祸患！"

任重义笑道："大师的话深奥难懂，咱们不听也罢！"

张梦绮道："有的人比这些畜牲还能作孽，咱们这些人都是专门除妖斩魔的专家呢！"

众人都开心地一笑，但在这幽暗的洞穴中，不知还会有什么怪物出现，丝毫不敢大意。

一路上，众人所见到的无不让人触目惊心，不时地有人的尸骨出现，万华山打趣道："看来，这洞穴中有不少人来过，却丧生于那些畜牲之手！"

张梦绮最为胆小，战栗道："大师，你说这洞中会不会有鬼？"

能智大师悠然道："世间本无所谓鬼，鬼只不过是人扮成的，那些人不自重，不做人而做鬼！"

张梦绮无意中踩到一块硬硬的东西，俯身一看，原来是一块人的骨头，惊叫一声，扑向詹宝儿的怀里，喃喃地道："哎哟，不好了，我踩着鬼了！"

詹宝儿放下她，拍拍她的后背，道："只不过是一块骨头而已，哪里是鬼！"

一行人缓缓而行，里面渐渐明亮了起来，到处都是杂草丛生，沿壁上爬满了不知名的藤蔓。

任重义告诫道："大家小心着点，只怕这乱草丛中也有怪物出现！"

张梦绮、彭丹玲和温玉娥三个女孩子听了不禁身上一紧，寒毛都竖了起来，屏住呼吸，寸步不离地跟在詹安在和李凤的中间，不敢乱说话。

詹宝儿突然拉住任重义道："任大哥，小心，前面像是有动静！"

众人都竖起耳朵聆听，却听到呼呼的山风声音，再也没有任何异声。

温玉娥猛然间惊恐地叫道："来了！"

张梦绮干脆闭上眼睛，一下子扑到温玉娥的怀中，两人紧紧抱成一团，李凤连忙将彭丹玲揽入怀中，抽出长剑，全身戒备。

一阵异味袭来，洞中顿时暗了下来，众人抬眼望去，原来一大群古里古怪的鸟雀正向这边飞来。

众人大骇，都拔出兵器，准备与这些怪鸟来一场搏斗。

万华山忽地长啸一声，啸声中充满无穷的劲力，众人心中明白，万华山是想以啸声驱散那一群怪鸟，可那群怪鸟反而更加凶猛起来，像是被激怒了一般，不顾一切地向众人攻了过来。

詹安在护着三个女孩子，手中长剑舞得密不透风，将那些怪鸟挡在剑影之外。

霎时间，洞中无数怪鸟纷纷攻来，众人只得全力搏杀，但见剑光飞舞，怪鸟怪叫连连，不大一会儿工夫，已有千余只怪鸟被众人击落，满地都是怪鸟死去的尸体，血腥冲鼻，令人倒胃。

那些怪鸟像越来越多，并不惧死，从四面八方围攻过来。

詹宝儿好不心急，暗道：若这样斗下去，何时才能将这些怪鸟杀尽？不被啄死咬死，也会活活累死！

心念一转，弃了长剑，陡然摧动真力，两股金色光芒击向空中，"哗啦啦"，一阵响声过处，一下子就有数百上千只怪鸟丧命于詹宝儿的掌下。

任重义一见詹宝儿一掌大为奏效，也弃了长剑，凝气动劲，全凭真力与怪鸟搏杀。

但那怪鸟像是层出不穷，杀了一群，又飞来一群，累得众人大汗淋漓，也不能向前移动半步。

万华山气得大叫，骂道："他妈的，这鬼鸟还真难说！"

能智大师一边斗，一边道："詹少侠，这样斗下去不是方法，你用神眼试试！"

一语惊醒梦中人，任重义连忙道："对对，这些怪鸟说不定也怕光！"

詹宝儿已经变换内功运转方法，两眼刹那间变得血红，两道强烈的五彩奇光射出。

第二十九章

那些怪鸟果真惧怕不已，一阵怪叫后，飞得一个不剩，洞中顿时又亮了起来。

任重义气愤地道："真他妈的糊涂，若一开始就让詹兄弟施展神眼奇功，咱们也用不着斗上这么久，这么累了！"

詹安在好奇地道："宝儿，你的眼睛是不是从什么东西身上换来的？"

能智大师笑道："那是喻圣舒养的一条千年灵虬的眼睛，人的眼睛怎么能发出这种奇光来！"

詹安在哈哈一笑，道："看来那些怪鸟不是怕光，而是怕你的眼睛，因为你是千年修炼的灵眼，那些怪鸟遇到比自己修炼时间长的动物，以为是兽大王来了，便害怕地逃跑了。"

任重义若有所悟地道："说得有理，咱们若是再遇到什么怪物，有詹兄弟一人就行了，不用大家多费真力！"

李凤关切地道："那倒不可大意，万一不是这么回事，大家可遭殃了，还是谨慎些为好！"

众人一面说，一面前进。

忽地前面又暗淡了下来，任重义又道："又有怪物来了！"

詹宝儿道："任大哥，你跟在我后面，我来开路！"

说话间，眼前赫然出现了一个庞然大物，此物高约数丈，似人似猿，也像人一样有眼有鼻有耳，一张大嘴向前挺出，足有一尺有余，全身毛茸茸的，四肢粗壮如牛腿，头上长着三只弯弯的短角，正向这边急急奔来。

别看那怪物庞大，却行走如飞，眨眼间便到了众人面前。

詹宝儿毫不怠慢，发出神眼奇功，两道强光自眼中射出。

那对物咆哮一声，蓦然如电般转身而逃，那怪物的后背居然还长着一对如鸟般

· 549 ·

的翅膀，飞得比先前那怪鸟还快。

万华山哈哈大笑，道："果真不愧是兽中之王，这些畜牲一见你眼中射出五彩光芒，就仓惶而逃，这下好了，前面有再多的妖怪，我们都不用怕了！"

任重义道："我们本来就没有怕过，你说是不是，大师！"

能智大师道："现在不是斗嘴的时候，咱们赶路要紧！"

来到一处溶洞，各种石钟、石笋妙趣横生，浑然天成，不再像先前那般潮湿，污秽不堪，众人一见前面并无其他出口，都十分诧异，洞中一条暗河缓缓流淌，水色墨绿，如镜如毯，却清澈透明。

张梦绮讶道："这不是咱们进洞见过的那条河吗？"

任重义点头道："是呀，这没有理由没有路呀！"

詹安在默默地看着洞中的一切，自言自语，不知念了些什么，忽然，他大叫一声，道："找到了，便是这里！"

只见詹安在抓住一个石球，用力一拨一拉，"轰隆"，一扇石门顿时洞开。

众人欣喜不已，步入，但见这里是一间很大的石室，石室中央有一个大大的圆池，圆池中热气腾腾，池下的红色沸水哗哗翻滚，石室的顶中央，一个很大的铁篮被一根根粗粗的铁链连着，恰恰吊在圆池中央的上方，石室呈圆形，四周平滑如镜，找不到有任何的门扇的迹象。

众人都在四处找出口之际，那石门"轰"的一声，已然合上，就是想退回去，现在也不可能了。

张梦绮见到如此美丽的石室，笑道："宝儿哥哥，你那说那铁篮是不是引诱人上去，然后掉下圆池的沸水中，把人活活烫死？"

詹宝儿看了看石室的顶部，见那顶有一个刚好可以通过铁篮的圆形轨迹，不过，那个圆孔被一种东西盖住，不易发现，詹宝儿想了想，道："我看未必！"

说罢，身形一飘，飞上铁篮，抓住铁链的一端，用力一拉，那铁篮竟缓缓地向上升去。

詹宝儿急忙喊道："大家快上，迟了就来不及了！"

万华山率先腾空跃上铁篮，接着李凤、彭丹玲、张梦绮、能智大师、任重义都一一飞身而上，只剩下詹安在和温玉娥了。

詹安在催促道："温姑娘，快，晚了可就来不及了！"

温玉娥道："詹爷爷您先请！"

詹安在急道："这时候，你还跟我客气个啥！快上！"

温玉娥却执拗地要詹安在先上，詹安在无奈，只得飞身上到铁篮上，道："温姑娘，快！"

温玉娥眼见那铁篮就快要升到石室的顶部了，银牙一咬，腾空飞起，可这石室高约七丈有余，温玉娥飞身跃起，眼见快要抓到铁篮了，却因真力不济，身子向下掉去。

众人惊得张着大口，大气也不敢出，张梦绮闭着双眼，叫道："完了！"

说时迟，那时快，詹宝儿如闪电般跃下铁篮，一把抓住温玉娥的玉臂，同时抽出腰带，向铁篮抛去。

任重义也在同时抽出腰带，向詹宝儿甩出的腰带掷去，两条腰带在空中一缠，詹宝儿凭着旷世的轻功，双脚互相叩击，一手借任重义腰带传来的拉力，堪堪飞上铁篮。

刚刚跃上铁篮，"哗啦"一声，石室顶部已然大开，铁篮越过那道圆孔，升了上去。

众人都惊出一身冷汗，温玉娥紧闭着双眼，依靠在詹宝儿的怀中，不知是幸福，还是被吓昏了过去。

铁篮越过圆孔，停了下来，詹安在道："快下去，不然铁篮又要下去了！"

詹宝儿抱着温玉娥率先跃下铁篮，众人亦跟着跳了下去，可那铁篮却未见要下去的迹象，众人未加理会，呈现于眼前的是一道幽暗的隧道，隧道的前端是一个方圆的木桶，足足可以容纳十人，顺着那黑咕隆咚的隧道望去，里面什么也看不见。

张梦绮走到木桶旁，大叫道："喂！"

那声音立刻产生共鸣，一直向前延伸，也不知里面究竟还有多远！

詹安在突然道："大家蹲下来看看！"

只见那木桶底部安放着四个大木轮，四个木轮整整齐齐地排列在两条平行的木轨上。

能智大师道："这莫不是哪位前辈高人特地开凿的一条通道！"

詹宝儿道："反正现在大家已无退路，坐到木桶上去！"

众人依言一一上得木桶，詹安在道："如我猜得不错，等那铁篮下去时，这木桶就开始滚动了！"

话音刚落，猛听到铁篮"喀喀轧"，顺着铁链降了下去，同时，木桶果真开始滚动起来。

那木轮在木轨上发出"轰轰"的声响，张梦绮忙向詹宝儿靠了靠，小声道："宝儿哥哥，这黑咕隆咚的，木桶不知要把我们带到哪儿去！"

詹宝儿道："去我们该去的地方呗！"

那木桶在隧道中忽左忽右，忽上忽下，约摸走了多个时辰，"砰"的一声闷响，那木桶终于停了下来。

可是四周都是黑乎乎地，什么也看不清，李凤道："我这里带了火折了，点亮了，大家瞧瞧有什么特别之处！"

李凤点亮了火折子，众人一摸四壁，到处都是坚硬的花岗石，而且很滑。

张梦绮不禁骂了起来，道："这个缺德的前辈古人，存心我们要死在这黑洞中！"

万华山心中也十分恼火，冲着张梦绮道："你不要动不动就说死好不好，真不吉利！"

詹安在在木桶终端仔细摸来摸去，过了一会儿，道："大家不要吵，机关找到了！"

他的话音刚落，果真，一扇石门缓缓地升了起来。

忽然一道光亮照了进来，众人都觉得心境大开，舒服多了。

眼前又是一间石屋，众人入得此洞，发觉那石室十分狭小，刚刚能容得下他们几人，这间石室与先前的那个大不相同，不仅狭小，而且石室奇高，约有二三十丈高。

众人抬头望去，只觉得头晕目眩，天旋地转，室顶有一个圆形的小转盘，转盘上有三个新月形的小孔。

詹安在叹道："这位先辈当真是个奇才，想出这么高明的机关！"

詹宝儿一怔，道："爷爷，这道机关如何破解？"

詹安在拾起三个新月形的东西，道："这就是开启机关的钥匙，只要连续将这三个新月形的钥匙准确无误地打进那三个小孔中，便可以闯过这道关了！"

任重义道："寻常的暗器倒不难打，不过，这月牙形的暗器，却从未听说过有人能使用，弄不好打偏了，可就遭了！"

詹安在道："正是如此，所以这位前辈又给我们出了一道难题，这里谁最擅长使用暗器？"

詹宝儿道："温妹，你来试试！"

温玉娥为难地道："这可不是闹着玩的，不可以试，现在只剩下三个钥匙，有一个不中，咱们可就永远困在这里了，我的功力不够，打不到那么远，也不一定准！"

詹宝儿无奈地道："那任大哥你来！"

任重义摆了摆手，道："你这是为难大哥，大哥可不行的呀！"

万华山道："谁的功力最高，谁来打，打不中是命，咱们也不会怨他！"

能智大师道："是啊，詹少侠担当此任再好不过了，你功力最高，目力最强，我看你打中第一个钥匙之后，那圆盘肯定要转动，只有你能在圆盘转动时看得清小孔的位置，你就打吧！"

詹宝儿看了看那室顶上的圆盘，道："好，那我就来打！"

彭丹玲拉着詹宝儿的手道："宝儿哥哥，你不要想得太多，大家都相信你！"

众人跟着附和道："是，是，你一定行的！"

詹宝儿道："好，大家先让一点位置给我，我跃起几丈，以便更准一些。"

温玉娥突然道："慢，宝儿哥哥，你刚才给了我一个启示，这地方小，咱们如何能腾出地方来？只有一个办法！"

万华山急道："什么办法？"

温玉娥不好意思地道："咱们一共是九人，可以搭云梯上去，这样就可以缩短距离，出错的几率就小了！"

众人一听大喜，能智大师突然道："那如何使得，叫老衲背着你们一群女人，那可不行！"

任重义气愤地道："你这和尚怎么回事？这个时候还讲什么男女？人家姑娘家个个是黄花闺女，冰清玉洁，都能放下矜持，你慈悲为怀，怎的突然婆婆妈妈起来了！"

詹安在道："这样，我来撑底，大师站在我肩上，万掌门站在大师肩上，依次是温姑娘、彭姑娘、张姑娘、我的老伴、任帮主，宝儿最上面，大家看如何？"

能智大师见自己没有与女人接触，道："可以，可以，这样安排好！"

九人一叠，足有六七丈高，与那圆盘的距离一下子缩短了不少。

任重义双手托着詹宝儿道："詹兄弟，老哥用力一送，你借力，能腾多高就腾多高，看准，连续打进去！"

詹宝儿道："好！"

任重义双手猛地用力一托，詹宝儿借力一蹬，身子暴升十余丈，此时已距那小孔不足十丈，詹宝儿将真气凝于右手，"嚓"的一声，第一个新月形钥匙准确无误地打进第一个小孔，那圆盘果真开始转动起来，詹宝儿一股作气，接着连续甩出两个新月形的钥匙，"当"的一声，那圆盘一下子停住了，不再转动。

众人也不能抬眼上望，只觉得脚下"轰隆隆"，发出一阵声响，九人已散落下来，石室开始缓缓上移，众人都高兴得笑逐颜开，那石室快到圆盘跟前时，那圆盘忽地一转动，顶部已像一扇门一样打开，石室便升了上去。

众人眼前一亮，只见一个富丽堂皇的宫殿出现了。

九人出了石室，走进宫殿，但见宫殿雕龙绘凤，栩栩如生，形象逼真，宫殿中央放置着一个水晶石棺，棺材里面安祥地躺着一个男人，那人面带笑容，像是欢迎到这里来的客人，又像是在嘲笑世人，一种叫人捉摸不透的微笑，让九人不禁对前途感到一片茫然，不知还有多少机关。

任重义一看这宫殿到处是干干净净，叹道："看来，想来寻宝的人还没有到过这里的，只怕在前面已经让那些畜牲给吃了！"

万华山道："不知那长剑是否就藏在这宫殿中，大家四处找找看！"

九人一齐四处寻找起来，连棺材底下都仔细搜查过了，也不曾见过有什么长剑。

詹安在沉思了一会儿，说道："看样子，长剑不应该藏在这里，可能还有最后一道机关，我们没有找到。"

任重义道："你对这方面最为精通，依你看，长剑应该藏在哪里？"

詹安在道："可能是一个最不起眼的地方！"

万华山道："这宫殿到处都是惹眼的地方，哪有什么不起眼的地方呢！"

彭丹玲看着一幅九龙壁图，看得入迷，竟不理会他们的谈话。

詹宝儿道："会不会在这水晶棺中？"

任重义道："嗯，有可能，何不打开看看！"

这时，张梦绮走到彭丹玲面前问道："彭姐姐，你在看什么？"

彭丹玲若有所思地道："这九条龙好怪呀，你看，他们好像在保护什么似的！"

温玉娥连忙走了过去，道："他们保护什么呢？"

张梦绮讶道："该不是神剑吧?!"

彭丹玲喜道："对，正是神剑，否则，还有什么值得他们保护的呢？"

其他人一听说神剑有了下落，一齐围到那九龙壁图前来，看来看去，也只觉得好像是彭丹玲说的那么回事，但就是找不出长剑的藏匿之处。

任重义仔细地将九条龙的形态一一观看了一遍，沉默了一会儿，道："这九条龙虽然各不相同，但有一个共同的特点，大家看，他们嘴中所含的珠子都是一模一样！"

万华山看不明白，问道："这与长剑有什么关系？"

任重义道："或许这珠子也就是开启最后一关的钥匙呢？"

万华山道："这是画，又不是真珠子，你以为像月牙形的钥匙一样呀，脑子真简单！"

任重义不以为意，用手摸了摸那九条龙嘴中的珠子，觉得光溜溜的，硬硬的，他七摸八摸，也瞧不出什么端倪来。

詹宝儿见任重义在珠子上摸来摸去，也用手在珠子上摸了摸，感觉有些奇怪，他突然猛地将珠子向下一按，奇怪，那珠子竟陷了下去，詹宝儿大喜之余，一气将九颗珠子依次按了下去。

奇迹终于出现了，那壁画忽地一转，立刻出现了一条甬道。

九人大喜，向甬道深处走去。

甬道的拐角处，突然彩光大盛，奇幻无比，众人只觉得眼前亮晃晃的，刺得眼睛都睁不开，唯有詹宝儿丝毫不觉得耀目。

詹安在道："大家还是小心些好，这彩光由拐角折射而来，都如此刺眼，恐怕正视它时，会把大家眼睛弄瞎！"

万华山道："你不要危言耸听，照你这么说，我们这些人连瞧长剑一眼的福气也没有了？"

詹安在解释道："我不是这个意思，有可能不是这把长剑发出的，而是另有其物！"

詹宝儿道："大家还是站在这里，我不怕强光，让我先去看看！"

李凤关切地道："宝儿，你运功抵抗！"

詹宝儿会意，连忙摧动神眼奇功，双眼顿时射出两道五彩奇光，一下子把那强光抵挡了不少，众人才觉得眼前稍稍清楚了一些。

詹宝儿运起神眼奇功，走到拐角处，发现甬道的另一端的一张石桌的刀剑架上，正安好地放置着一个黑乎乎的东西，石桌的中间一个非常耀眼的光球正在散发出刺眼的强光。

詹宝儿急运起全身功力，把双眼中的五彩光加强至极点，说来也怪，这光球的强光在詹宝儿双眼射出的五彩光中渐渐暗了下去，渐渐地，渐渐地消散了。

詹宝儿收起奇功，回头向众人道："好了，光球现在不发光了，大家来看吧，这是不是宝图上所载的神剑！"

众人一拥而上，只见那石桌上放着的不过是一根很普通的铁条而已，根本不像长剑，既无剑柄，又无剑锋。

张梦绮失望地道："这也算长剑？真是笑死人了！"

温玉娥道："是骡子是马，拉出遛遛不就知道了！"

詹宝儿用手抓住那铁条，掂了掂，感觉特别古怪，一会儿很重，一会又像是很轻很轻，不禁讶道："世上怎会有如此古怪的东西！"

众人不知原因，问道："怎么个古怪法？"

詹宝儿将铁条拿起，道："大家提提看！"

任重义一提，顿时皱起眉头，道："当真奇怪，奇怪！"

万华山一把抢了过来，笑道："哈哈，这宝物像是有灵性，怎的一会轻，一会重的！"

众人一一试过，均不明其中道理。

詹安在道："来，用我这柄剑试试它到底是不是无坚不摧！"

说罢，拿着铁条向自己的长剑砍去，"当"，长剑应声而断。

众人面面相觑，硬是不明白这无柄无锋的铁条是如何将长剑砍断的。

能智大师道："这灵物不知会给咱们带来一些什么样的后果！"

万华山道："管他什么后果，咱们辛辛苦苦地入洞中，就是为了寻着它，带出去就是了，难道咱们还把他放在这里不成？"

张梦绮却道："现在咱们该怎么出去？"

万华山道："怎么进来，就怎么出去呗！"

詹安在道："现在咱们是不能走回头路啦，这里一定还有出口！"

任重义道："你可找到出口？"

詹安在摇了摇头，沉默不语。

九人又开始在甬道的石室里寻找起来，可是不知找了多久，也没有发现出口在哪里，个个都是心焦如焚。

詹宝儿将铁条放在刀架上，道："难道咱们真的没有办法？"

万华山一屁股坐了下来，道："有什么办法？除非将这石牢挖开一条道来。"

能智大师平静地道："这石室牢固无比，怎么挖？再说，咱们还不知身在何处呢！挖到猴年马月才能出去！"

九人本来已疲惫不堪，这时又想不出怎么出去，都坐在地上，稍作休息。

石室顿时一片静谧，没有一个人发出声响。

也不知过了多久，九人都迷迷糊糊地睡着了。

睡梦中，詹宝儿突然被一种细微的声音惊醒，他睁开双眼，见其他八人兀自睡得正香，暗道：这细微的声音是从哪里来的？

侧耳聆听，那声音分明是兵器相击发出的声响，这里又没有其他人，哪来的兵刃相交之声？

詹宝儿把耳朵贴着墙壁，那声音仍就似有若无，他又把耳朵贴向地面，那声音却清晰了许多，不由得暗喜道：原来这室底下是空的！

心中这么一想，不由地跳起来，猛地用力一跺脚，"嗡"的一声，众人也惊醒过来，好奇地看着詹宝儿。

詹宝儿高兴地宣布道："好了，我找到出口了！"

众人齐声问道："在哪里？"

詹宝儿道："就在脚下，这石室底下是空的呢！"

众人大喜，都站起身来，道："咱们一起打穿它！"

众人一起发力，跺脚的跺脚，拍掌的拍掌，可那石室地面只是嗡嗡作响，仍是纹丝不动。

大家不禁相对愕然，均暗想：这石室底既是空的，没有理由合九人之力也打不开呀。

詹宝儿暴躁起来，抓起那根铁条，用力狠狠向地下甩去，叫道："要这劳什子干什么？剑不像剑，害得大家都困在这里。"

李凤大叫道："宝儿，不要！"

可是却迟了，詹宝儿已将铁条掷向了地面。

众人只觉得脚下一沉，"哗啦"一下子掉了下去，"扑通，扑通！"掉进了什么地方，九人觉得身子一凉，发现大家都在水里，抬头望去，数十丈高的地方有一个小小的洞口，却是刚才呆过的石室，底下是刚入洞时流淌过的河流。

九人爬出水面，幸好河水不深，三个姑娘呛了几口水，上得岸上，发现正处在一个很大很大的山洞中，河水由山洞中静静地流过，直延伸向远方。

洞口正有几个人在打斗，詹宝儿眼尖，一眼便认出其中一人正是他的伯伯木谷三郎！

原来，木谷三郎知道了自己与单敬贤是亲兄弟后，便决定自己去寻宝了，这个中的情节还从得很早以前说起。

五十多年前，郑清坤从詹安在手中夺得藏宝图和他与李凤所生的两个儿子，便决定要让李凤的两个儿子自相残杀，以报詹安在夺走心上人之仇，詹安在缘何又与郑清坤结下了深仇大恨呢？本来詹安在和李凤前后不久师从于"天山黑魔女"的心上人"天山白侠"，詹安在与李凤都是穷人家的孩子，两人在一起练功习武，倒产生了几分情爱，熟料，有一天，他们的师父"天山白侠"突然带回满身是伤的郑清坤，从此，郑清坤便成了"天山白侠"的第三个徒弟。

这郑清坤原本出身于皇族，天生风流倜傥，比起詹安在老实巴交的个性，更让李凤心转意移，李凤不觉中便对郑清坤也产生了爱慕。

三师兄妹正值青春年少，但都明了自己在对方心目中的地位，只是没有说出来而已，相处和和睦睦，客客气气。

一晃三年过去了，这天，"天山白侠"突然留下两张羊皮地图和一封书信，便不知去向。

詹安在和郑清坤都觉得是该对对方说明白的时候，可是两人一相谈，觉得均非李凤不娶，这下可难住了两人，于是决定以武论英雄。

詹安在先入师门，功力自是在郑清坤之上，郑清坤过去虽为朝廷大将军，立过不少汗马功劳，但在"天山白侠"手下学艺，他那点微末功夫根本不值一提，但郑清坤毕竟是饱读诗书，聪明绝顶，在各方面进步也很快，两人各有千秋，一个功力稍高，一个剑术稍精。

两人定下规矩，决定于次日避开李凤，进行比武，胜者娶李凤，两人互不相让，詹安在虽笨，但亦不致于笨到连计策都想不到，他师从"天山白侠"，比郑清坤学艺时间长，学到的一些奇门遁甲的东西比郑清坤多，但这场比试，他一点把握也没有，于是连夜在比试的地方埋下了郑清坤根本不知道如何破解的机关。

第二天，郑清坤怀着必胜的信心踏上征途，两人从天明直斗到天黑也未能分出胜负，詹安在心急如焚，便使了一个骗着，把郑清坤引到早已布下的机关中，郑清坤万没想到詹安在这样憨厚老实的人也会这样做，幸好他中了埋伏后，凭着一身功夫，巧妙地躲开机关，可是他身后是一个悬崖，等到他意识倒身处险境时，已然来不及，掉下万丈悬崖。

就这样，郑清坤一去不复返，詹安在自然有办法顺理成章地与李凤成了亲。

可是好景不长，仅仅过了六年的快活夫妻生活，大难不死的郑清坤前来报仇，他要让詹安在一生过着不安定的日子，李凤自是不知情，心中早就根透了郑清坤。

郑清坤夺到詹安在的两个儿子后，从结识的朋友中挑出单雄仁和木谷山人两个最要好的朋友，让两人一人抚养一个，嘱木谷山人专门培养木谷三郎凶狠、狡诈、残暴的性格，而让单雄仁培养单敬贤正义、大度、坦诚的性格，自己则着手创立"日月神教"，就这样，一晃眼前的两个人都已成家了，而郑清坤自己的"日月神教"经过数十年苦心经营，也壮大了起来，于是三人便开始了他们的计谋。

木谷山人故意跑到远隔重洋的东瀛国，为的就是消除木谷三郎的疑心，这一天，木谷山人故意将藏宝图让木谷三郎偷偷地瞧见了，果然不出他所料，木谷三郎一见有神剑秘笈的地图，杀心顿起，便趁敬茶时在茶下了毒，木谷山人焉有不知之理，早就准备好了解药，自己徒儿的两把刷子，木谷山人再清楚不过，与解药一同服下后，运起龟息大法，假装死去。

木谷三郎一得到藏宝图，就仓惶逃到中原，却发现藏宝图上写着非单家的人不能得到此宝，木谷三郎在此之前曾与单敬贤在古月神峰上交过手，这也不过是木谷山人和单雄仁特意安排的而已，木谷三郎果真在去年将藏宝图交给单敬贤，让单敬贤去寻得长剑，然后自己再行抢夺。

这正掉进了木谷山人和单雄仁布下的陷阱，那天在武当一听说詹安在家传的胎记，自己身上正是一红一黑两个乳头，明白自己与单敬贤竟是同胞亲兄弟，但他决定自个儿去寻宝，藏宝图有两张，詹宝儿是寻得长剑的那张图，而木谷三郎是从寻秘笈那张地图出发，两张地图所描绘的是两个不同的点，但却是汇聚在一起的，所以，詹宝儿等人一出洞便遇上了木谷三郎。

此刻与木谷三郎相斗的三人是人称"老鼠狼"的潘地黄、"山霸王"洪冲亮以及丐帮的长老项尘破，这三个不知何时勾结在一起，也不知从什么地方弄到一张藏宝图，便寻得宝来，恰巧遇上了木谷三郎，双方就此打了起来。

詹宝儿和詹安在、李凤乍见木谷三郎，心中高兴得不知该如何形容，竟将那神剑之事抛到脑后去了，飞快地上前相助木谷三郎。

万华山急忙道："喂，可有人拿到那个铁条？"

经他这么一提醒，任重义道："一定在河里，大家快去摸！"

可是万华山、任重义、能智大师从河这一端摸到那边老远的地方，也没有发现那把神剑，三人仍不死心，顺着河流继续摸下去。

那边相斗的木谷三郎、潘地黄、项尘破、洪冲亮一听到有长剑，立刻停止了打斗，纷纷飞奔，跳入河水中摸起长剑来。

詹宝儿见木谷三郎根本不理会自己，只道他还不知道自己就是他的亲人，便不顾一切地喊道："我是你侄子！"这声音在山洞中来回激荡，直飘向远方。

可河里的人却充耳不闻，木谷三郎更是像根本听不见似的，在河水中来回穿梭，全身心投入摸宝的队伍中。

詹宝儿见河水中几个人狼狈的样子，不禁叹道："那神剑一时重，一时轻，不知被河水带到哪里去喽！"

詹宝儿无意中的一句话让他们听见了，项尘破、潘地黄和洪冲亮突然从河水中爬起来，发疯般地沿着河水流去的方向急速飞奔而去。

木谷三郎呆了一呆，突然发疯般追了上去，嘴中喊道："那长剑是我的，是我的，你们谁也不准抢！"

能智大师、任重义、万华山失望地爬上岸，湿淋淋的，干脆坐在河岸边道："唉，武林又少了一件稀世奇兵！"

彭丹玲"咯咯"一笑，道："若咱们不把它找出来，武林还不是一样没有这件兵器？就当咱们不曾寻过这个宝物好了！"

詹宝儿从怀中掏出藏宝图来，道："对，咱们何必追求这些虚无飘渺的东西呢！"说罢，将藏宝图撕得粉碎！

詹安在和李凤看了不禁大惑不解，但也没有办法，因为藏宝图已经给毁了。

能智大师猛然叹道："世间的一切莫不如此，人赤条条地来到这个世上，最终还是一无所有地离去，咱们辛辛苦苦追求一场，到头来也不过是一场梦，哈哈哈！"

任重义笑道："大师怎么不念阿弥陀佛了？"

能智大师道："若我一念阿弥陀佛，那神剑就出现在咱们面前，我就再念！"

众人一阵哄笑。

就在此时，洞外突然传来一阵阴森森的冷笑。

众人闻声一望，恰见两条人影从洞口的地面上腾空飞至，两人都蒙着一红一白两种恐怖的面具。

张梦绮见过这种戴面具的人，惊叫道："你们是'日月神教'的什么人？"

众人一听，不由得都弹身起来，望着这两个蒙着面具的人。

詹安在突然道："单雄仁，用不着蒙着脸了，还有木谷山人，你也不用装神弄鬼了！"

众人一惊，没想到詹安在还能喊出这两个人的名字。

两个人哈哈一笑，慢慢地撕开面具，詹宝儿一眼便认出单雄仁，他的假爷爷！

单雄仁笑道："詹安在，你这几年可也吃了不少苦哇，居然还能探出我们两个的名字！"

詹安在道："你们也很辛苦嘛，居然跑到云南这么远的地方找到段家堡，还不惜把曹海送到我这里当情报员。"

木谷山人阴森长笑一声，道："我说你怎么知道我二人的名字，原来是从'地煞郎君'那厮口中得到的！"

詹宝儿恍然大悟，原来爷爷城府竟然那么深，居然没有告诉我知道这两人的情况。

单雄仁一见詹宝儿正用仇恨的眼光盯着自己，笑道："好孙子，近来可好？"

詹宝儿一听大怒，道："老贼，你害得我娘好苦，受死吧！"

话毕，已飞身扑向单雄仁。

单雄仁早就对詹宝儿的情况了如指掌，明知取胜的机会很少，但此时已由不得他了，把牙一咬，猛地提聚真力，大喝一声道："你是我孙子，你的两下子，做爷爷还不知道！"

话声一落，身子突然一晃，绕行空中，幻出数条张牙舞爪的魔影，飘忽不定，狰狞骇人，刚猛的掌风，随着飘忽的人影而动，纵横交错，盘旋空中，虽然不见尘土碎石飞扬，但洞口旁的杂草却被吹得像熨斗熨平了一般，从那骇人的锐啸之声，也不难想象得出他掌上的威力。

詹宝儿心中暗惊：以前在神秘谷中从未见过他有这样的武功，他这是故意深藏不露。

两人一交手，两个人影盘旋如轮，地上众人只能由衣色约略辨别出两人的位置。

突然，两人同样身上光芒大增，轰隆之声如雷鸣般阵阵传出。

接着，两个身子的幻影光芒渐渐消失，两人身子也由空中渐渐降下，却没有一点异样的变化。

温玉娥、张梦绮见过詹宝儿与"鬼头刀尊"打斗的场面，这时心中也不由得担心起来。

彭丹玲更是担心，也有些迷惑，因为她想不起詹宝儿还有如此与对方相斗的场面。

单雄仁木然地站在詹宝儿面前五丈远的地方，额上豆大的汗珠滚动不滴，身前地面上，横着他的一只齐腕断折的右掌，右腕断处，此时仍在滴着鲜血，但他像是浑然不知一般。

木谷山人大骇，尖叫道："左使，你还好吧？"

詹宝儿冷冷地向前跨了一步，冷酷地道："单老贼，念你养育过我的分上，还给你留下一只左掌，你还有什么绝招，尽管使出来吧！"

单雄仁精目转动了一下，沉声道："好孙子，你功夫进步真令人吃惊，我双掌已敌不过你，单掌就自然不用谈了，要杀要剐，你动手吧，老夫不想再花那些无谓的力气了！"

詹宝儿道："你不是很厉害吗？为什么要陷害我的家人？为什么要布下这些害人的圈套、陷阱？你不是想得到天下吗？你现在怎么就自贬身价了？"

单雄仁道："连'亡命谷主'都不是你的对手，我不过是助手而已，敌不过你也不丢人，有本领，你可以去向我们教主领教。"

詹宝儿道："你来时如此嚣张，这时候假惺惺，是为了让我们再次闯进你们布下的陷阱是不是？你不要忘了，此地不只是我一个人，而且，我再也不是昔日那个无知无用的小孩子了，你不用激将法，我们也会去会你们什么狗屁教主的！"

单雄仁脸色一变，马上恢复了常态，狂笑一声，道："哈哈……小子，你有种，你以为你真的天下第一吗？"

詹宝儿冷笑道："我知道，就是合我们这里所有人的力量，也不一定敌得过那个狗屁教主郑清坤，但我们为了正义，为了让天下的老百姓不再过苦难的日子，一定要与郑清坤斗一斗，看他是不是金刚不坏之身！"

木谷山人奸笑一声，道："有胆识，说得好，我们就是要让你们痛苦，让你们父子、祖孙、亲兄弟自相残杀，怎么样？够残忍吗？"

詹宝儿大喝一声，道："住嘴！你这个人渣！"说罢，双掌拍了过去。

木谷山人老脸一变，杀机立现于眉宇之间，冷喝一声道："小子，老夫会会你又如何！"话落，双掌猛然一抬，闪电般地从正面向詹宝儿胸口拍来，没有呼吼之声，却有一种让人感到窒息的潜在压力。

"轰隆"一声巨响，两人四掌已然接实，相击之处，回旋的气流刮得地面如刀削一般，靠近两人的三个姑娘不由得全都退了一步。

尘沙飞扬如烟，空中一片混浊，显然，木谷山人的功力比单雄仁更胜一筹。

两人各自退了三大步，足下过处都留下了一寸多深的足迹。

尘沙渐落，视线清朗，木谷山人一见詹宝儿身前的足印与自己差不多，心头不由得大喜，暗忖道：此人功力的确了不得，不过，与他斗个两败俱伤也未必没有可能，转念之间，冷笑道："小子，你行！"

詹宝儿冷冷一笑，道："你想必就是什么狗屁右使了，你的功力却没有我想象的那么高！"

木谷山人心弦一紧，但未形之于色，冷然笑道："不过，也不是你想象的那么差！"

詹宝儿冷冷地道："但愿如此！"

木谷山人突然阴冷地笑道："小子，你知道我们为什么要对付你们詹家吗？"

詹宝儿道："你们还讲什么见不得人的理由吗？现在该是你去见阎王爷的时候了！"

木谷山人心中有数，如果詹宝儿真个发动进攻，他将无法抵挡，但他此次来的目的就是詹宝儿所说的，引众人进入他们的埋伏，这时，闻言精目一转，道："你不想听听我们精彩的计划吗？"

詹宝儿心中一心，收了招式，冷冷地道："快点说，我看你们的计划有多精彩！"

木谷山人见詹宝儿已然收势，身子猛然向后暴退数丈，转身就逃，同时喝道："单老头儿，你等死吧，还不快走！"

单雄仁却皱子皱眉头，大笑道："生死有命，何须躲避，宝孙儿，你现在已知道许多秘密，你今天若想杀我的话，就来'日月神教'吧，到时我等着你，与你一并了断。"

说罢，竟大步地头也不回地走了。

张梦绮叫道："宝儿哥哥，怎么不就地将他处理了？"

詹宝儿却道："他说得不错，生死有命，他活不到很长的！"

……

九人一道来到"日月神教"的总坛，一路却静得出奇，不见一个人影。

詹宝儿道："大家小心点，这也许是他们故弄玄虚！"

秋风瑟瑟，落叶飘舞。

众人刚踏入"日月神佛殿"，竟然发现郑清坤静静地坐在教主的位置，身边伴着薛钗儿，除了两人，地上还有两具尸体，赫然就是单雄仁和木谷山人。

众人大惑不解，都停在殿前，静等着事态的发展。

郑清坤微微地略带无奈地笑道："现在，该是你我了断的时候了，师兄，你害了所有人，这叫自作孽，你怨不得别人！"

李凤银牙一咬，愤恨地道："想不到你变得这般狠毒，害得我一家骨肉分离数十载，没过上一天安稳日子，我不明白，我们一向待你不薄，为何要这般加以迫害？"

郑清坤凄然一笑，道："你为何不问问我当时是怎么突然消失的？"

李凤愤然道："你为什么突然失踪与我们无关，我只知道你害得我一家好惨，今天还有什么好说的……"

郑清坤突然喝道："师兄，我的老实师兄，你为何不说话？"

詹安在道："师弟，你我心里明白就够了，这也不能怪我，没有师妹，我活不了。你对我进行这样残忍的报复，你可对得起师妹和那些无辜的人吗？"

李凤讶道："你们之间到底有什么隐瞒我的？死老头，你说，你还有什么瞒着我的吗？"

詹宝儿不愿听这些东西，他急于要报仇，这时大声喝道："郑老贼，你今天就准备受死吧！"

郑清坤哈哈一笑，道："量你们也没这个能耐，你以为你们有几斤几两？杀得了我吗？"

能智大师道："你作孽太多，天理不饶，今个咱们就算拼了性命，也要除了你这个孽障！"

郑清坤哈哈狂笑一阵，道："你们要杀我，我郑清坤决不反抗，但有一个请求，你们先听我把话讲完！"

众人大奇，不知郑清坤为何这般轻易地就服法了。

郑清坤道："当年，为了师妹，我与师兄詹安在决定以武论英雄，胜者娶她为妻……"

李凤讶道："何曾有过此事？"

郑清坤冷笑道："你当然不知道，这是我与师兄两人之间的约定，师兄竟然用卑鄙的手段埋下机关陷害于我，逼得我跳下悬崖……"

李凤全身一颤，问詹安在："可有此事？"

詹安在点了点头，李凤猛地抽了他一记耳光，众人大惊，李凤摇头道："你竟瞒了我几十年，你好心狠！"

詹安在竟不抵抗，一言不发。

郑清坤惨笑道："当然，师兄也是因为爱你而为，但是他的手段太过阴毒，若他使诈胜过我，我郑清坤也无话可说，因为兵不厌诈嘛，可是他竟然想置我于死地，幸好老天有眼，我落下悬崖不死……"

万华山插话道："所以你一定要报复对不对？"

郑清坤笑道："有仇不报非君子，你的爱徒是我手下单雄仁所杀，待会儿要报仇，你尽可冲着我来！"

任重义气道："那我丐帮秦通长老也是你手下杀的了！"

郑清坤哈哈大笑道："他可是詹安在的大儿子所为，我们只不过使了一个离间计，让武当、丐帮相互残杀而已！"

任重义和万华山对视了一眼，道："你这个没人性的畜牲！"

郑清坤精目一闪，道："这能怪我吗？要怪，也只能怪詹安在这个老实的师兄，是他给你们带来的这场灾难！"

詹宝儿道："大丈夫敢作敢为，你堂堂一个教主，怎的做过的事要强加在别人头上！"

郑清坤道："这一切是因为你爷爷而起，事是我所为，却是因他而起！"

詹安在正色道："我们之间的恩怨，你为何加在下一代身上？你这就叫光明磊落吗？"

郑清坤笑道："我只不过是以牙还牙而已！"

詹宝儿道："你话说完了没有？我可没这么大耐性！"

郑清坤笑道："许多事情，你都想不到，阿凤，你知不知道，我心目中只有你，为了你，我不惜牺牲一切，我这数十年，每时每刻都在想念你！"

众人一听，更加大奇。

李凤老脸青一阵，白一阵，真个与薛钗儿长得十分相似。

郑清坤笑道："为了情爱，我变得面目全非，再也不是原来的我，可是你也因此变得不再是往日的你，你只不过永远是我心中的一个幻影，而今，我终于找到了我心目中的爱人，她就站在我的身边！"

众人大为诧异地看着薛钗儿，薛钗儿羞愧地低下了头。

郑清坤扫了众人一眼，道："你们不要用这种眼光看她，若不是她，你们永远也报不了此仇，这地上的两个人也不会死，也许江山还会易主！"

万华山笑道："一个老头爱上一个姑娘，不足为奇，可一个姑娘爱上一个老头，叫人费解！"

郑清坤笑道："你懂爱情吗？爱情是不讲究年龄界限的，是她说服了我，是她使我找回了自我，世间的恩怨本就是人为的，可到头来终是空，这数十年来，我一直追求的是一种虚无飘渺的情爱，我错了，做错了许多事，当我遇到钗儿时，才发现我是多么可悲，现在，我能与她在一起，死也该瞑目了！"

万华山道："这么说，你为了她杀了自己的手下？"

郑清坤冷笑道："不仅如此，我还将日月神教解散了！"

任重义讶道："你不是想造反吗？"

郑清坤凄然一笑，道："我已经没几年好活了，就是得到天下，又如何？我膝下又无子孙，又有谁来继承？这些不过是过眼烟云，可我与钗儿之间的情感是现实的，是千真万确的，我一生失去的太多，现在不好好地握住，就枉来人世了！"

众人一听，都百思不解，想不到郑清坤为了薛钗儿，会放弃他的计划，甚至仇恨、江山。

詹宝儿心中一痛，道："师妹，你……"

薛钗儿凄苦一笑，道："师父他老人家自绝了，薛钗儿令你失望了，希望你与各位放过我俩！"

众人闻言大为奇怪，也大为不解，更是为难。

能智大师道："苦海无边，回头是岸，冤冤相报何时了，阁下能放下屠刀，我等也不是无情之人，只要你从此不再为祸人间，我们也决不为难你们！"

薛钗儿惊道："大师此话当真？"

能智大师道："老衲以性命担保！"

郑清坤笑道："只怕其他人不答应，大师用不着发此毒誓！"

温玉娥哽咽道："我等决不为难你们就是！"

众人一听，都抛下了手中的兵刃。

郑清坤突然大笑道："哈哈，想我一生为祸这么多，你们都轻易地放过我，我没有点表示，也枉为男人！"

说毕，又是一阵狂笑，笑得眼泪都出来了，突然，他精目一转，但闻"砰砰"两声，郑清坤的双肩上的琵琶骨已然被自己的内力震断，成了废人。

众人大骇，都长叹一声，转身欲走。

这时，詹宝儿忽然听到四面八方传来许多嘈杂的马蹄声，詹宝儿气愤地回过头，愤然道："好老贼，你居然用此苦肉计！"

郑清坤武功已废，自是不明白，说道："你还是不相信我，那就请动手吧！"说毕，闭上眼睛，一副置生死于度外的样子。

突然，天空传来一声道："你们一个也不许走！"

众人闻言一惊，抬眼望去，已然发现成千上万的官兵将他们团团围住。

郑清坤睁开双眼，对眼前的情景大感意外，见一个"日月神教"的弟子混在官兵中，大喝道："你是什么人？为何要置我们于死地？"

那人抛下面具，张梦绮尖叫一声："二哥？是你！"

张梦龙笑道："妹妹，你不要怪哥哥，自古忠义难两全，我身为捕快，自是为朝廷效力，现受皇命，处死反贼郑清坤！"

温玉娥拾起地上的长剑一横，道："你们谁敢捉拿这两人，我就与谁拼了！"

其他人都同声道："对，你们胆敢上前一步，我等决不坐视不理！"

郑清坤大为感动，道："诸位不必了，郑清坤死不足惜，我不想连累大家！"

张梦龙哈哈一笑，道："以你们几个，也想与朝廷作对，简直做梦！"

说罢，把手一挥，叫道："上！"

可没有一个官兵上前，这时，詹宝儿发现蓝月老祖雅鲁错来到张梦龙面前，笑道："张捕快，你也辛苦了，该歇歇了！"

张梦龙自是听不懂他说些什么，探过头问道："你说什么？"

雅鲁错冷不丁地伸手向张梦龙头上拍去，张梦龙还不明白是怎么回事便归西了。

张梦绮大叫一声："哥哥！我与你们拼了！"飞身上前，长剑狠命地刺向蓝月老祖。

宇文宏晶把手一挥，道："杀！"

顿时，杀声一片。

……

滚滚长江东流水，三峡奇险秀美的风光让人惊叹不已。

温玉娥虚弱地躺在詹宝儿的怀中，道："宝儿哥哥，此生不能做你詹家的媳妇，只图来生了！"

詹宝儿热泪盈眶，痛苦地道："温妹，你对我痴情一片，宝儿傻蛋，辜负了你！"

温玉娥凄然地笑道："你我有过一段快乐的时光，我已心满意足了，宝儿哥哥，你记不记得，我与你捉迷藏时输了！"

詹宝儿道："怎么不记得！"

温玉娥灰白如纸的脸上强挤出一丝微笑，道："可我还没有唱曲子给你听呢！"

詹宝儿泣道："等你好了，再唱给我听吧！"

温玉娥用微弱的声音道："不，我现在就唱给你听，好不好？"

詹宝儿含着泪水点了点头，视线模糊不清。

耳边响起温玉娥好听而微弱的歌声："碧云天，黄花地，西风紧，北雁南飞，晓来谁染霜林醉？总是离人泪……"

"恨相见得迟，怨归去得疾，柳丝长，玉骢难系，恨不倩疏林挂住斜晖，马儿迟迟地行，车儿快快地随，却告了相思回避，破题儿又早别离，听得一声'去也'，松了金钏，遥望十里长亭，减了玉肌，此恨谁知？"

"见安排着车儿、马儿，不由人熬熬煎煎的气，有甚么心情花儿、靥儿，打扮得娇娇滴滴的媚，准备着被儿、枕儿，只索昏昏沉沉的睡，从今后衫儿、袖儿，都揾做重重叠叠的泪。兀的不闷杀人也么哥？兀的……不……闷杀……人……也……么哥？久……！"

詹宝儿泪水如泉涌出，紧紧地抱着温玉娥的娇躯，痛恨不已。

彭丹玲含着泪道："宝儿哥哥，温姑娘她，走了……"

詹宝儿突然发疯般吼道："不，她没死，她永远活着……活在我心中……"

……

一年后，人们发现一对夫妇带着一个小女孩在"亡命谷"中祭拜，那坟碑上赫然写道：爱妻刘香香之墓，爱妻温玉娥之墓，爱妻张梦绮之墓。

——全书完——